J. M. SIMMEL

CB138810

Nem só de caviar vive o homem

As ousadas aventuras e requintadas receitas do espião à contragosto Thomas Lieven

Tradução de Paulo Buarque de Macedo

www.lpm.com.br

L&PM POCKET

Coleção **L&PM** POCKET, vol. 1255

Texto de acordo com a nova ortografia.
Título original: *Es muß nicht immer Kaviar sein*

Primeira edição na Coleção **L&PM** POCKET: julho de 2017

Tradução: Paulo Buarque de Macedo
Capa: Ivan Pinheiro Machado. *Ilustração*: iStock
Revisão: Marianne Scholze

CIP-Brasil. Catalogação na publicação
Sindicato Nacional dos Editores de Livros, RJ.

S611n

Simmel, Johannes Mario, 1924-2009
Nem só de caviar vive o homem / Johannes Mario Simmel; tradução Paulo Buarque de Macedo. – Porto Alegre. RS: L&PM, 2017.
592 p. ; 18 cm. (Coleção L&PM POCKET, v. 1255)

Tradução de: *Es muß nicht immer Kaviar sein*
ISBN: 978-85-254-3627-6

1. Ficção austríaca. I. Macedo, Paulo Buarque de. II. Título III. Série.

17-41383 CDD: 833
CDU: 821.112.2-3

© 1993 by Droemersche Verlagsanstalt Th. Knaur Nachf. GmbH&Co, München.
www.droemer-knaur.de
Este livro foi negociado através da Ute Körner Literary Agent, Barcelona – www.uklitag.com

Todos os direitos desta edição reservados a L&PM Editores
Rua Comendador Coruja, 314, loja 9 – Floresta – 90220-180
Porto Alegre – RS – Brasil / Fone: 51.3225.5777 – Fax: 51.3221.5380

Pedidos & Depto. Comercial: vendas@lpm.com.br
Fale conosco: info@lpm.com.br
www.lpm.com.br

Impresso no Brasil
Inverno de 2017

Este romance é baseado em fatos reais. Os nomes e os personagens são fictícios. Toda semelhança de nomes com pessoas vivas ou mortas será puramente fortuita.

SUMÁRIO

J.M. Simmel
(1924-2009)

Johannes Mario Simmel nasceu em 7 de abril de 1924, em Viena. Seu pai, Walter Simmel, um judeu alemão, era químico, e a mãe, Lisa Schneider, trabalhava no estúdio de cinema Wien-Film. Quando os nazistas anexaram a Áustria, em 1938, a família se mudou para a Inglaterra, mas Johannes e sua mãe acabaram voltando e passando os anos da guerra em Viena, enquanto o pai permaneceu em solo inglês.

Depois de se formar em engenharia química, trabalhou numa empresa de telecomunicações. E, no final da guerra, exerceu as funções de tradutor e intérprete para as autoridades norte-americanas, mas logo depois se voltou para o jornalismo. Em 1946, publicou seu primeiro livro de contos, *Encontro no nevoeiro*, muito bem recebido pela crítica por sua originalidade e linguagem poética. E, dois anos depois, o romance *Amanhã é outro dia*. Em 1950, se tornou correspondente na Europa e nos Estados Unidos para a revista *Quick*, sediada em Munique; nesse mesmo período começou a se estabelecer como escritor. Entre suas influências se encontram Hans Fallada, Graham Greene e Georges Simenon. O trabalho na revista lhe forneceu material para um de seus grandes sucessos, *Matéria dos sonhos* (1971). Na mesma época, passou a escrever roteiros para o cinema.

Seu primeiro grande sucesso foi *Nem só de caviar vive o homem* (1960), best-seller que vendeu mais de trinta milhões de exemplares em todo o mundo e que lhe trouxe reconhecimento internacional. O romance conta a história de como o banqueiro Thomas Lieven se transforma em agente secreto, tendo como pano de fundo a Segunda Guerra Mundial e as crescentes tensões entre a União Soviética e os Estados Unidos. A Segunda Guerra Mundial e a espionagem na Guerra Fria foram também temas de *Pátria amada*

(1965), ambientada em Berlim logo após a construção do muro, e *E Jimmy foi ao arco-íris* (1970), um best-seller de setecentas páginas sobre um assassinato durante a guerra e o comércio de armas biológicas. Outros grandes sucessos foram *Ninguém é uma ilha* (1975), *Ainda estamos vivos* (1978) e *Ocultos na escuridão* (1985), além dos infantojuvenis *Um ônibus do tamanho do mundo* (1947), *É proibido chorar* (1948) e *Mamãe não pode saber* (1950).

Liberal e pacifista, ao mesmo tempo em que criou obras de grande apelo popular, J.M. Simmel não se furtou a discutir grandes problemas sociais. Manifestou muitas vezes sua opinião política por meio do enredo de seus romances, que ficaram conhecidos por fazer uma crônica do seu tempo e uma crítica à sociedade da época.

Recebeu diversos prêmios na Alemanha e na Áustria, e foi homenageado pela ONU por seu trabalho no combate ao racismo. Seu último romance foi *Liebe ist die letzte Brücke* (1999).

Ao longo de toda a carreira vendeu mais de 73 milhões de livros, traduzidos para mais de trinta idiomas. Graças a sua obra, que reúne mais de trinta romances, livros de contos e infantis, é um dos autores de maior sucesso em língua alemã do século XX. J.M. Simmel morreu na Suíça, em 1º de janeiro de 2009, aos 84 anos.

PREFÁCIO

por JACQUES ABTEY,

antigo oficial do Deuxième Bureau e dos Serviços Especiais

Durante a minha carreira como oficial do Deuxième Bureau (Serviço Secreto francês) e dos Serviços Especiais, carreira essa que foi longa, conheci vários homens fora do comum. De uma forma geral, um agente não é um homem como qualquer outro. É preciso que ele tenha, antes de mais nada, uma boa dose de inteligência e também uma dose, não menor, de coragem – sem ser, necessariamente, um valentão, pois um agente não é um brigão. Ele precisa, também, ter uma boa estrela, sem a qual o mais inteligente e o mais corajoso pode ver seus planos fracassarem, mesmo em se tratando de um agente "contra a vontade", como foi o caso de Thomas Lieven, cujo pseudônimo famoso eu respeitarei.

De todos os homens que me foi dado conhecer quando nossos caminhos se cruzaram, Thomas Lieven é, de longe e sem a menor dúvida, o "ser mais extraordinário" que conheci, e se esse retrato pode parecer com o que Grimmelshausan pintou em seu tempo, de forma magistral, é que Thomas Lieven nada fica a dever ao seu herói Simplicissimus, o qual, durante a Guerra dos Cem Anos, não andava às voltas com serviços secretos.

Thomas Lieven, o Simplicissimus dos tempos modernos?... Deixe que eu me explique: aventureiro, na acepção mais completa, isto é, além de qualquer dimensão – e a vida não é sempre uma aventura para qualquer um, mesmo quando é uma aventura banal e sem relevo? – Lieven, espírito crítico, e dando às agitações dos homens o valor restritivo dos verdadeiros filósofos, vê-se arrastado, pelas circunstâncias, a mil aventuras e delas sai... são e salvo, o que já é uma proeza.

Oriundo de família da alta burguesia alemã e "ariano" – termo que para ele nada significava, a não ser o seu completo desacordo com o Weltanschauung *de Rosemberg –, ele cresceu numa Alemanha duramente castigada pela derrota de 1918 e que procurava reequilibrar-se e onde chegavam rumores de que Paris vivia em festa. Astucioso, quebrador de galhos, ajudado pela abastança que seu pai soubera conservar e sabendo, ele próprio, ganhar dinheiro sem capital, iniciou a vida entrando em Paris, em 1924, em um imenso automóvel Daimler-Benz conversível que adquirira a preço vil. Em Paris ele fez sensação com o seu chofer, um negro retinto, fardado de branco, sentado no banco posterior. O patrão, com 22 anos, está ao volante. É Thomas Lieven.*

Janeiro de 1965. Estou sentado em um albergue da velha Munique, o Hundskugel, encostado ao monumental aquecedor de faiança, de cores suaves, que ronca suavemente. Através das janelas, cujos vidros, como velhos vitrais, são circundados de tiras de chumbo, vejo turbilhonar grandes flocos de neve.

Em frente a mim e tendo diante de si um canecão de cerveja espumante está sentado Thomas Lieven. Não o estou revendo pelo fato de ele ter-se tornado célebre, graças ao best-seller *escrito por Mario Simmel e que foi levado para o cinema. Vejo-o porque depois dessa guerra de 39-45 o reencontro sempre com prazer e curiosidade.*

Condenado à morte, por contumácia, pelos nazistas, desde antes da guerra; condenado à morte, por contumácia pelos meus compatriotas, em 1946, Thomas Lieven, escapando de todos os naufrágios políticos, apolíticos, militares, sociais e "associais", teve sempre o meu reconhecimento. Tendo sido um grande aventureiro, em nenhuma circunstância traía os que nele confiavam – nem mesmo os que não confiavam, e é por esses fatos que, uma vez por todas, formei o meu juízo sobre o homem.

Vinte anos antes eu o tirara, meses após a libertação de Paris, de uma cela de condenado à morte em um dos fortes dos arrabaldes parisienses. Condenado à morte por instigação de um serviço secreto ao qual eu pertencia então e por motivos sem qualquer fundamento. Retirá-lo de lá fora um golpe de força, mas eu estava disposto a afrontar todos os serviços secretos do mundo para salvar esse homem que, aprisionado pela Gestapo, em 1944, e que esperava um campo de concentração, ou talvez mesmo o machado do carrasco nazista, não denunciou nenhum dos nossos oficiais do Serviço de Informações cujas atividades na Resistência ele conhecia muito bem e pelos quais o Sicherheitsdienst *tinha grande interesse. Pela sua inteligência e astúcia soube virar a situação a seu favor, e será preciso maior prova de sua lealdade que o fato de, uma semana após sair de uma cela ser ele engajado, com pleno conhecimento de causa, é evidente, com a graduação de segundo tenente temporário pelo Serviço de Procura de Criminosos de guerra nazistas da DGSS?*

Que ele tenha sido condenado à morte por um tribunal de exceção, um ano apenas depois da extinção desse Serviço, não é nada de admirar para quem sabe das reviravoltas políticas conforme os homens que estão no poder. Felizmente para ele, Lieven estava em segurança na Baviera de sua infância mas acredito que, ainda uma vez, esse homem prodigioso, à sua maneira, teria escapado, sem um arranhão, caso estivesse em nosso país de liberdade, de igualdade – eu ia escrevendo "de legalidade" – e de fraternidade.

Sem estar sequer grisalho, o olhar sempre vivo e alerta, Lieven não parece sentir o correr dos anos. Sua cabeça é, como sempre, a de um Arsène Lupin tal como, sem esforço, podemos imaginar ao ler as suas aventuras. Algumas serão um pouco forçadas, mas todas refletem, fielmente, o personagem de múltiplos aspectos que era Thomas Lieven, espião contra a vontade. Contra a vontade?... Sem dúvida. Mas podemos estar certos – e não será ele quem o negará – que essa vida cheia de imprevistos e de reais perigos, à qual poucas poderão ser comparadas, se ele pudesse revivê-la, se lhe oferecêssemos recuar na idade, ele fatalmente responderia: "Aceito... Estou pronto para recomeçar".

PRÓLOGO

– Nós alemães, cara Kitty, somos capazes de fazer um milagre em matéria de economia, mas não uma salada – disse Thomas Lieven à moça de cabelos castanhos e de formas agradáveis.

– Sim, senhor – disse Kitty.

Ela falava com a voz um pouco embargada, porque estava terrivelmente caída pelo seu sedutor patrão. Seus olhos enamorados fitavam Thomas Lieven a seu lado, na cozinha.

Por cima do seu *smoking* – azul-escuro e de lapelas estreitas –, usava um avental de cozinha. Na mão tinha um guardanapo. No guardanapo estavam as folhas tenras de dois pés de alface.

Que homem!, pensava Kitty, com os olhos brilhantes. O fato de seu patrão, morador numa casa com muitos aposentos, saber agir com tanta competência em seu reino, a cozinha, tinha, sem dúvida, contribuído para atiçar o seu amor.

– A arte de preparar uma salada está praticamente esquecida – disse Thomas Lieven. – Na Alemanha central botam-lhe açúcar e ela tem gosto de bolo velho; na Alemanha do sul, ela é amarga como erva silvestre, e na

Alemanha do norte as donas de casa chegam ao cúmulo de usar linhaça. São Lúculus! Esse óleo é feito para botar em fechaduras, mas não em salada!

– Sim, senhor – disse Kitty, sempre sem fôlego.

Ao longe ouviram-se soar os sinos de uma igreja. Eram 19 horas do dia 11 de abril de 1957.

Esse 11 de abril parecia um dia como qualquer outro. Não para Thomas Lieven, que pensava poder, nesse dia, terminar com um passado de tumultos e delitos.

Nesse 11 de abril de 1957, Thomas Lieven, que acabava de entrar no seu quadragésimo nono ano de vida, habitava uma casa alugada na parte mais elegante da avenida Cecile, em Düsseldorf. Tinha um saldo respeitável no Rhein-Main-Bank, bem como um luxuoso carro alemão, que lhe custara 32 mil marcos.

Aproximando-se dos cinquenta anos, Thomas Lieven estava extraordinariamente bem conservado. Esbelto, alto e bronzeado, tinha ele olhos inteligentes, algo melancólicos, uma boca denotando sensibilidade e o rosto magro. Os cabelos negros e curtos começavam a ficar grisalhos, nas têmporas.

Thomas Lieven era solteiro. Os vizinhos o consideravam um homem tranquilo e muito bem educado. Tomavam-no por um respeitável homem de negócios da Alemanha Federal, mas sentiam um certo despeito por não saber nada de positivo a seu respeito.

– Cara Kitty – disse Thomas Lieven –, você é bonita e jovem. Tem ainda muito que aprender. Quer aprender alguma coisa em minha escola?

– Com muito prazer – disse Kitty, quase sem fôlego.

– Muito bem. Vou ensinar a você a arte e a maneira de tornar a alface saborosa. Que fizemos, até agora?

Kitty fez uma reverência.

– Há duas horas, senhor, nós lavamos dois pés de alface de tamanho médio. Depois jogamos fora as folhas externas e ficamos com as folhas mais tenras...

– E que fizemos em seguida? – perguntou ele.

– Colocamos num guardanapo e amarramos as quatro pontas. Depois, o senhor balançou o guardanapo...

– Balançou, não, Kitty. Sacudiu para retirar toda a umidade. É indispensável que as folhas estejam bem secas. Agora vamos dar toda a atenção ao preparo do molho. Dê-me uma saladeira e um talher de salada.

Kitty teve um arrepio ao roçar, sem querer, a mão fina e longa de seu patrão.

Que homem!, pensou ela...

Que homem – eis o que haviam pensado inúmeras pessoas que conheceram Thomas Lieven no decorrer de vários anos anteriores. Que tipo de pessoa? A resposta nos é dada se inventariarmos as coisas que Thomas Lieven amava e as que ele detestava.

Thomas Lieven amava:

As mulheres bonitas, roupas elegantes, móveis antigos, carros velozes, bons livros, cozinha requintada e o bom senso.

Thomas Lieven detestava:

Os uniformes, os políticos, a guerra, a insensatez, a força das armas e, também, a mentira, a falta de educação e a grosseria.

Tempo houve em que Thomas Lieven representava o protótipo do bom cidadão, avesso a intrigas e inclinado a levar uma vida estável, calma e confortável.

Foi justamente esse homem que um estranho destino – que será explicado com detalhes – arrancou da vida cômoda que havia planejado.

Como consequência de vários acontecimentos, violentos e grotescos, o bom cidadão Thomas Lieven foi obrigado a tapear as seguintes organizações: a Abwehr e a Gestapo alemãs, o Serviço Secreto britânico, o Deuxième Bureau francês, o FBI americano e a Segurança soviética.

No decorrer de cinco anos de guerra e de 12 anos do pós-guerra, Thomas Lieven foi obrigado a usar 16 passaportes falsos, de nove diferentes países.

Durante a guerra, Thomas Lieven provocou encrencas monumentais para os altos comandos alemães e aliados. Assim procedendo ele não se sentia à vontade.

Uma vez terminada a guerra, ele teve, durante algum tempo – como todos nós –, a impressão de que o delírio em que vivera, e que o fizera viver, era um capítulo encerrado.

Puro engano.

Os homens que vivem ocultos, à sombra, não queriam deixá-lo em paz. Mas ele vingou-se dos seus perseguidores. Explorou os ricaços do tempo da ocupação, as hienas da reforma monetária e os novos-ricos do "milagre econômico".

Para Thomas Lieven, a cortina de ferro não existia. Ele traficava tanto a leste como a oeste. As autoridades tremiam diante dele.

Vários deputados das províncias e membros do Parlamento Federal ainda tremem, nos dias de hoje, porque Thomas Lieven está bem vivo e sabe certas coisas a respeito de certos bancos, certas empreitadas de construções, sem falar das encomendas feitas pelo novo Exército alemão...

É bem de ver que o seu verdadeiro nome não é Thomas Lieven.

Em vista das circunstâncias, ele certamente nos perdoará havermos trocado o seu nome e o seu endereço. Mas a história do homem que foi, outrora, um pacato cidadão, que ainda hoje é um apaixonado pela cozinha e que, sem o querer, tornou-se um dos maiores aventureiros de nossos tempos, essa é absolutamente verídica.

Nós a começamos na noite de 11 de abril de 1957, no momento histórico em que Thomas Lieven dá uma aula erudita sobre o modo de preparar o tempero para uma salada de alface.

Voltemos, pois, à cozinha da *villa*!

– A salada não deve, nunca, ter contato com metal – disse Thomas Lieven.

Fascinada pelas mãos finas de seu patrão. Kitty sentia novos arrepios ao ouvir as suas explicações.

– Para fazer o molho – disse Thomas Lieven –, usaremos uma pitada de pimenta-do-reino, uma pitada de sal e uma colher, das de café, de mostarda forte. Agora, um ovo duro bem picado. Muita salsa. Muita cebolinha. Quatro colheres, das de sopa, de verdadeiro azeite italiano. Kitty, o azeite, por favor.

Kitty, ruborizada, entregou a garrafa.

– Depois do azeite, um quarto de litro de creme fresco, ou azedo, é uma questão de gosto. Eu prefiro o creme azedo.

Nesse momento, a porta da cozinha foi aberta e apareceu um gigante. Trajava calça listrada de cinzento e preto, uma jaqueta listrada de azul e branco, uma camisa branca e gravata, também branca. Cabelos cortados à escovinha cobriam-lhe a cabeça. Caso fosse careca, seria uma segunda edição, algo hipertrofiada, de Yul Brynner.

– Que há, Bastien? – perguntou Thomas Lieven.

A voz do empregado tropeçava, um pouco, nas palavras. O sotaque francês era evidente.

– O sr. Schallemberg acaba de chegar – disse ele.

– Com pontualidade – disse Thomas. – Eis aí um homem com quem se pode trabalhar.

Lieven retirou o avental.

– Iremos jantar dentro de dez minutos. Bastien servirá. Quanto a você, menina, tem a noite livre.

Enquanto Thomas Lieven lavava as mãos no banheiro ladrilhado de preto, Bastien escovou o casaco do *smoking*.

– Que tal a aparência do senhor diretor? – perguntou Thomas Lieven.

– O tipo usual – respondeu o gigante. – Gordo e sério. Pescoço de touro e pança de proprietário. Tipo província, típico.

MENU

11 de abril de 1957

Este jantar deu um lucro de 717.850 francos suíços.

SOPA LADY CURZON

FRANGO COM PÁPRICA

ARROZ

MAÇÃS CRIVADAS COM AMÊNDOAS E MOUSSE DE VINHO

TORRADAS COM QUEIJO

SOPA – Lady Curzon era a esposa do Vice-Rei das Índias, Lord Curzon. Seu marido escrevia livros sobre política. Ela elaborava receitas culinárias.

Para a sopa de tartaruga, a ilustre senhora recomendava as patas dianteiras do saboroso animal, pois nelas está a melhor carne. Para temperar, use estragão, toucinho, gengibre, noz-moscada, cravos da Índia e curry. Acrescente à sopa um cálice de xerez e – se possível – ovos de tartaruga e pequenas salsichas feitas com tripas de tartaruga recheadas com pequenos pedaços da carne do animal. Se isso parecer muito complicado, o recurso é comprar uma lata de sopa de tartaruga no supermercado, mas não esqueça de acrescentar uma boa dose de xerez e uma xícara de creme fresco...

FRANGO COM PÁPRICA – Asse um frango bem tenro, com manteiga, mas não o deixe tostar demais. Corte o frango em quatro ou seis pedaços, conforme o tamanho, e conserve-o quente. Usando a mesma manteiga empregada para assar o frango, refogue uma cebola bem picada e uma colher, das de café, de páprica. Adicione um pouco de água ou de consomé e deixe ferver algum tempo. Junte uma generosa porção de creme azedo misturado com um pouco de maisena. Salgue a seu gosto e acrescente, se necessário for, mais um pouco de páprica. Para realçar a cor avermelhada, acrescente um pouco de massa de tomate ao molho, mas evite que o gosto de tomate venha a predominar. Envolva os pedaços de frango nesse molho e deixe que eles fiquem bem embebidos.

ARROZ – O arroz tem, frequentemente, a consistência de uma papa. Entretanto é fácil fazer um arroz bem solto. Lave bem os grãos e cozinhe-os em muita ou pouca água, durante dez ou 15 minutos. Coloque o arroz numa passadeira e derrame sobre ele água fresca. Graças a esse pequeno artifício a farinha colante desaparece totalmente. Pouco antes de servir aqueça o arroz colocando a passadeira sobre uma panela com água em ebulição. A manteiga, o sal – ou se for desejado – o açafrão, o curry ou a pimenta-do-reino só devem ser acrescentados quando o arroz estiver na travessa para ser servido.

MAÇÃS CRIVADAS COM AMÊNDOAS E MOUSSE AO VINHO – Descasque maçãs iguais e bem maduras. Cozinhe-as em calda de açúcar com baunilha – a fogo brando, e tenha cuidado para que não se desmanchem. Retire-as do fogo e coloque-as numa passadeira.

Enquanto isso, faça torrar, em forno quente, algumas amêndoas descascadas.
Uma vez escorrida a calda em que foram cozidas as maçãs, molhe-as com licor, conhaque ou rum e espete as amêndoas. Arranje-as num prato e sirva-as com a Mousse ao Vinho, que se prepara assim:
Bata duas gemas com cem gramas de açúcar, dissolva vinte gramas de maisena em meia xícara de água e junte um quarto de litro de vinho branco; misture com as gemas batidas e leve ao fogo brando – mexendo constantemente para reduzir o volume. Bata as duas claras de ovos até que fiquem firmes e junte-as à mousse. Pode-se, também, perfumar com rum, conhaque, argnac *ou outras bebidas aromáticas.*

TORRADAS COM QUEIJO – Corte pão de forma – descascado – em pequenos pedaços e aplique uma generosa porção de manteiga no meio de cada um deles. Coloque uma fatia de queijo (de preferência Emmental ou Edam) sobre cada pedaço de pão e leve ao forno bem quente durante cinco minutos, até que as torradas fiquem douradas. Sirva bem quente.

– Retrato simpático.

– Ele tem duas cicatrizes no rosto.

– Nesse caso, retiro o que disse.

Thomas vestiu o casaco do *smoking*. Olhando para a bandeja de licores, disse, em tom de reprovação:

– Bastien, mais uma vez você disse bom dia à garrafa de conhaque!

– Só uma gota. Estava um pouco nervoso.

– Então chega. Se acontecer alguma coisa quero que você esteja com as ideias claras. Como poderá você dar uns tabefes no senhor diretor se tomar um pileque?

– Aquela massa de toucinho? Mesmo no porre ele é sopa para mim.

– Está bem. Você entendeu bem a combinação sobre os toques de campainha?

– Sim.

– Então repete, para ver.

– Um toque: trago o prato seguinte. Dois toques: trago as fotocópias. Três toques: apareço com um porrete.

– Então faça o favor de não confundir.

– Excelente sopa – disse o sr. Schallemberg, empertigando-se e tocando os lábios com o guardanapo adamascado.

– *Lady* Curzon – disse Thomas ao mesmo tempo em que tocava, uma vez, o botão da campainha oculto sob a mesa.

– *Lady* quê?

– Curzon... é o nome da sopa. Sopa de tartaruga ao xerez e creme.

– Ah, sim, evidentemente.

As chamas das velas que ornavam a mesa vacilaram. Era a entrada silenciosa de Bastien que vinha servir o frango com páprica.

As chamas voltaram à calma. A sua luz, amarela e quente, caía sobre o tapete azul-escuro, a grande e antiga mesa flamenga, as confortáveis cadeiras e o grande aparador, também flamengo.

O frango fez renascer o entusiasmo do sr. Schallemberg.

– Delicioso. Simplesmente delicioso! Quanta amabilidade, senhor, convidando-me à sua casa simplesmente para uma conversa de negócios...

– Uma boa refeição facilita qualquer entendimento, senhor diretor. Sirva-se de um pouco mais de arroz, aí está ele.

– Obrigado. Diga-me agora de que espécie de negócio se trata.

– Mais um pouco de salada?

– Não, obrigado. E então?

– Muito bem – disse Thomas Lieven. – O senhor é o proprietário de uma grande fábrica de papel.

– É exato. Duzentos empregados. Só havia ruínas: reconstruí tudo.

– Uma verdadeira façanha. À sua saúde! – disse Thomas Lieven erguendo o copo.

– À sua saúde.

– Eu sei, cavalheiro, que o senhor fabrica um papel filigranado de alta qualidade.

– Perfeitamente.

– Entre vários outros o senhor fornece o papel filigranado para as novas ações da Deutsche Stahlunion.

– É verdade, as ações da DESU. Exigências e controles que não acabam mais. Certamente para que os meus empregados não tenham a ideia de imprimir algumas ações por sua própria conta.

– Ah-ah-ah. Eu desejo, cavalheiro, encomendar-lhe cinquenta folhas, formato grande, desse papel.

– O senhor deseja... quê?

– Encomendar cinquenta folhas, formato grande. Como chefe da empresa o senhor poderá, facilmente, evitar os controles.

– Mas, pelo amor de Deus, que pretende fazer com essas folhas?

– Imprimir ações da DESU, evidentemente. Que pensa?

O sr. Schallemberg dobrou o seu guardanapo, olhou com pesar para o prato ainda meio cheio e disse:

– Creio que sou obrigado a retirar-me, agora.

– De maneira alguma. Teremos ainda maçãs com *mousse* de vinho e torradas com queijo.

O diretor levantou-se.

– Esquecerei, cavalheiro, que alguma vez estive nesta casa.

– Tenho as minhas dúvidas – disse Thomas, servindo-se novamente de arroz. – Por que está de pé, sr. Wehrwirtschaftsführer? Sente-se, por favor.

O rosto de Schallemberg ficou vermelho escuro.

– Que disse o senhor? – perguntou em voz baixa.

– Eu disse: sente-se. O seu frango está esfriando.

– O senhor disse Wehrwirtschaftsführer?

– Certo. É o que o senhor era, muito embora isso lhe tenha escapado à memória quando preencheu o seu questionário, em 1945. Aliás, para que recordar tais coisas? O senhor tinha conseguido novos documentos e um novo nome. Como Wehrwirtschaftsführer o seu nome era Mack.

– O senhor é um louco!

– Nada disso. O senhor era Wehrwirtschaftsführer no Distrito de Wartha. O seu nome ainda figura na lista de pedidos de extradição do governo polonês. Sob o nome de Mack, é claro, e não como Schallemberg.

Schallemberg desmoronou-se sobre a sua antiga cadeira flamenga, enxugou a testa com o guardanapo e disse, num fio de voz:

– Não sei, verdadeiramente, por que devo escutar as suas maluquices.

Thomas Lieven suspirou.

– Veja bem, senhor, eu também tive um passado movimentado. Gostaria de desfazer-me dele. Para isso, preciso do seu papel. Imitá-lo levaria muito tempo. Em compensação conheço impressores de toda confiança... não está se sentindo bem? Vejamos, vejamos!... Tome um gole de champanhe, é tonificante... retomemos o fio: naquela época, depois de terminada a guerra, eu tinha acesso a todos os processos confidenciais. O senhor acabara de se esconder em Miesbach...

– Mentira!

– Perdão, eu queria dizer em Rosenheim. No Lindenhof.

À guisa de protesto, Schallemberg fez um gesto desanimado.

– Eu sabia que o senhor lá estava escondido. Exercendo determinadas funções eu poderia tê-lo mandado prender. Mas perguntei a mim mesmo: que interessa isso? Ele será preso e depois extraditado. E depois? (Thomas Lieven começou a comer uma perna de frango, com grande apetite). Em compensação, dizia eu para mim mesmo, se você o deixar em paz, esse cavalheiro virá novamente à tona. A raça não se perde, volta sempre à superfície...

– Moleque – coaxou uma voz que vinha da cadeira flamenga.

– ...e, nessa ocasião, ele lhe será muito mais útil. Eis o meu raciocínio naquela época. Agi de acordo com ele e, em verdade, fiz muito bem.

Schallemberg aprumou-se com dificuldade.

– Agora, vou direto à polícia apresentar queixa.

– O telefone está na sala vizinha – sob a mesa Thomas apertou, duas vezes, o botão da campainha.

As chamas das velas vacilaram novamente com a entrada, silenciosa, de Bastien. Trazia ele uma bandeja de prata sobre a qual havia algumas fotocópias.

– Sirva-se à vontade – disse Thomas. – Entre outras, há uma cópia de um retrato do senhor diretor em uniforme, vários decretos assinados pelo senhor diretor entre 1941 e 1944, bem como cópia de um recibo do tesoureiro geral do Partido Nacional Socialista referente a um donativo de cem mil marcos para as SA e as SS.

O sr. Schallemberg voltou a sentar-se.

– Pode retirar tudo, Bastien. O senhor diretor já terminou.

– Muito bem, senhor.

– Além do mais – disse Thomas após a saída de Bastien –, eu lhe ofereço uma participação de cinquenta mil. Acha suficiente?

– Eu não cedo a chantagem.

– Não é verdade que o senhor fez donativos importantes durante a última campanha eleitoral? Como é mesmo o nome da revista noticiosa hebdomadária que se interessa por esse gênero de coisas?

– O senhor está completamente louco! Pretende imprimir ações falsas? Acabará na cadeia, e eu também. Se eu lhe der esse papel serei um homem liquidado.

– Não irei para a cadeia. E o senhor não será um homem liquidado, a não ser que *não* me forneça o papel. – Thomas apertou, uma vez, a campainha. – O senhor vai comer uma sobremesa de que vai gostar.

– Não comerei mais nada nesta casa de chantagista.

– Quando posso contar com o papel, cavalheiro?

– Nunca! – berrou Schallemberg. – O senhor jamais terá uma única folha!

Era quase meia-noite. Thomas Lieven e o seu empregado Bastien estavam no salão diante da lareira onde ardia um fogo. Vermelhos e dourados, azuis, brancos, amarelos e verdes, os dorsos de centenas de livros da biblioteca luziam na penumbra. Suavemente, saíam da vitrola as notas do *Concerto n. 2*, de Rachmaninov.

Thomas Lieven ainda vestia o seu *smoking* impecável. Bastien, com o colarinho desabotoado e as pernas sobre uma cadeira; tivera o cuidado, depois de olhar o patrão de soslaio, de proteger o móvel com um jornal.

– Schallemberg entregará o papel dentro de uma semana – disse Thomas. – Quanto tempo levarão os seus amigos com o trabalho de impressão?

– Mais ou menos dez dias – respondeu Bastien, levando à boca um copo com conhaque.

– Então eu partirei para Zurique no dia 1º de maio. É uma bela data o Dia do Trabalho. (Entregou uma ação e uma lista a Bastien.) Aqui está o modelo a ser copiado e também a lista dos números que eu desejo que figurem nas ações.

– Se eu ao menos soubesse o que tu estás cozinhando – murmurou a cabeça de pelos de vassoura, com um tom de admiração.

Bastien só tratava o patrão por tu quando certo de estar só com ele. Conhecia Thomas há 17 anos e a sua carreira anterior não era, certamente, a de um empregado doméstico.

Bastien se ligara a Thomas na época em que se conheceram em casa de uma mulher – *gangster* de Marselha. Além disso, ele e Thomas haviam partilhado da mesma cela de prisão. Esse gênero de coisas cria laços fortes.

– Tommy, tu não queres dizer o que estás preparando?

– Trata-se, meu caro, de uma coisa muito bela e perfeitamente legal: uma maneira de merecer a confiança de outros. A minha escroqueria de Bolsa será algo muito requintado. De fato – vamos bater na madeira – ninguém saberá que se trata de uma escroqueria. Todos ganharão dinheiro e todos ficarão contentes.

Thomas Lieven sorriu beatificamente e tirou do bolso um relógio de repetição, de ouro. Esse relógio fora de seu pai. Relógio delgado, com tampa de mola, que o acompanhara através de todas as vicissitudes da existência: perigos, fugas, perseguições. Thomas sempre conseguira escondê-lo, preservá-lo ou reavê-lo. Ele apertou o botão e um argentino e suave carrilhão soou a hora.

– Não consigo entender nada dessa história – disse Bastien meio triste. – Uma ação representa uma parte de uma grande empresa. Os cupons, destacados, dão direito, a prazo determinado, a um dividendo que é parte que lhes correspondem dos lucros da empresa.

– E então, meu garoto?

– Mas, com mil raios, não há um só banco do mundo onde tu possas apresentar os cupons das tuas ações falsas. Os seus números são os mesmos de outras ações verdadeiras e que pertencem a um pacato cidadão qualquer. O golpe vai pifar logo de cara.

– É evidente – disse Thomas levantando-se – que os cupons nunca serão apresentados.

– E então? Qual é o truque?

– Espere calmamente pela surpresa – disse Thomas, dirigindo-se para o cofre de parede. Manipulou o segredo e abriu a pesada porta. O cofre continha dinheiro, algumas barras de ouro com chumbo por dentro (e cuja história era divertida) e três caixinhas com pedras preciosas, umas soltas e outras montadas. Na parte da frente havia uma pilha de passaportes.

– Para maior segurança – disse Thomas, pensativo –, será preferível que eu vá à Suíça com um outro nome. Vejamos o que nos resta em matéria de passaportes alemães. (Sorriu ao ler os nomes.) Meu Deus!... quantas recordações: Jacques Hauser... Peter Scheuner... Barão Ludwig von Trendelenburg... Wilfried Ott...

– Foi Trendelenburg que arranjou aquela encrenca com os Cadillacs no Rio – disse Bastien pensativo. – No teu lugar eu deixaria de lado o barão. Hauser também. Eles ainda o estão procurando, na França.

– Queira sentar-se, sr. Ott. Em que lhe podemos ser úteis? – perguntou o diretor do Departamento de Títulos, deixando cair sobre a mesa o cartão de visitas: "Wilfried Ott, Industrial, Düsseldorf". O diretor do Departamento de Títulos chamava-se Jules Vermont e a sua sala era no primeiro andar do edifício do Banque Centrale Suisse, em Zurique.

– O senhor é francês? – perguntou Thomas Lieven, que, momentaneamente, se chamava Wilfried Ott.

– Pelo lado de minha mãe.

– Então, falemos em francês – sugeriu Thomas Lieven, aliás Wilfried Ott, falando nessa língua e sem qualquer sotaque.

O rosto de Jules Vermont irradiou o seu contentamento.

– Posso abrir uma conta anônima em seu banco?

– Certamente, cavalheiro.

– Acabo de adquirir algumas ações novas da DESU. Gostaria de deixá-las na Suíça mas não quero depositá-las em meu nome.

– Compreendo perfeitamente – disse Vermont, piscando o olho. – O danado do fisco alemão, hein?

Os depósitos de valores pertencentes a estrangeiros não eram nenhuma novidade para ele. Em 1957 o total dos depósitos de estrangeiros, na Suíça, elevava-se a 150 bilhões de francos.

– Ah, ia-me esquecendo. Quer fazer o favor de destacar os cupons de 1958 e 1959? Não sei quando voltarei a Zurique e prefiro levá-los comigo para receber os dividendos nas épocas próprias. Isso evitará trabalho ao seu banco. – E a mim, pensou ele, os trabalhos forçados...

A transação foi rapidamente concluída. Em seu bolso tinha agora Thomas Lieven um recibo de depósito do Banque Centrale Suisse, atestando que o sr. Wilfried Ott, industrial em Düsseldorf, Alemanha Federal, havia depositado ações novas da DESU no valor nominal de um milhão de marcos.

No seu carro esporte, que chamava a atenção, mesmo em Zurique, voltou ao hotel Baur au Lac. No hotel, todo o pessoal o estimava. É verdade que ele era estimado pelo pessoal de todos os hotéis onde se hospedava. Isso se devia à sua gentileza, às suas opiniões democráticas e às suas gorjetas.

Tomou o elevador e foi para o seu apartamento. Dirigiu-se, logo, ao banheiro e confiou os cupons destacados, dos anos 58 e 59, aos bons cuidados e à eficiência da descarga do vaso sanitário. Assim, não haveria nenhuma surpresa desagradável. A sala do apartamento dava para um terraço. Thomas sentou-se numa banqueta colorida, contemplou, com prazer, os pequenos barcos vagando nas águas cintilantes do lago e ficou meditando. Depois, usando a sua lapiseira de ouro e o papel timbrado do hotel, redigiu o seguinte anúncio:

> *INDUSTRIAL ALEMÃO*
>
> *Procura financiamento na Suíça, prazo de dois anos, juros elevados e garantia de primeira ordem. Somente as ofertas absolutamente sérias e com referências bancárias serão levadas em consideração.*

Este anúncio apareceu, dois dias mais tarde, bem visível, nas páginas de publicidade da *Nouvelle Gazette* de Zurique. No decorrer dos três dias seguintes, 46 cartas foram entregues ao jornal com o número indicado.

Sentado no terraço, de onde se via um céu radioso, Thomas examinava, atentamente, as respostas.

Elas se dividiam em quatro categorias:

Dezessete eram de agências imobiliárias, de antiquários, de joalheiros e de vendedores de automóveis. Não ofereciam dinheiro mas gabavam a qualidade de suas mercadorias.

Dez cartas eram de cavalheiros que não tinham dinheiro mas ofereciam-se para facilitar encontros com outros cavalheiros que, supostamente, o tinham.

Onze cartas, acompanhadas ou não de fotografias, eram de senhoras que não ofereciam dinheiro mas, em compensação, ofereciam o seu charme, ou a falta dele.

E, enfim, oito cartas eram de pessoas que ofereciam dinheiro.

Thomas Lieven rasgou, em pedacinhos, as 38 cartas das primeiras categorias. Dentre as restantes, duas despertaram o seu interesse por serem de tipos inteiramente contraditórios.

A primeira fora escrita em uma máquina de má qualidade, em papel de má qualidade e num estilo duvidoso. O signatário propunha "... mediante juros que me interessem, soma até um milhão de francos suíços". A oferta estava assinada: Pierre Muerrli, negociante de imóveis.

A outra carta era bem redigida, à mão, em letra pequena e graciosa. Ligeiramente amarelado, o papel, da melhor qualidade, era encimado por uma pequena coroa dourada.

O texto era o seguinte:

Castelo de Montenac,
8 de maio de 1957

Prezado senhor:
Com relação ao vosso anúncio na Nouvelle Gazette *de Zurique, ser-me-ia agradável receber a vossa visita. Peço a fineza de avisar-me, pelo telefone, dia e hora que melhor convierem.*
Queira aceitar...

H. de Courville.

Thomas colocou, uma ao lado da outra, essas duas cartas tão diferentes e contemplou-as pensativo. Sempre pensativo, tirou do bolso do colete o relógio de ouro, de repetição, e fez soar o carrilhão de som argentino: uma, duas, três... depois mais duas pancadas: três horas e meia.

Pierre Muerrli, pensou Thomas, é sem dúvida um homem bastante rico, embora um avarento. Ele comprava papel de má qualidade e usava uma velha máquina de escrever.

Esse H. de Courville escrevia à mão mas sobre papel de luxo. Um conde? Um barão?

Vamos ver a cara do cliente...

O Castelo de Montenac erguia-se no meio de um parque imenso, na encosta sul do Monte Zurique. Uma estrada de cascalho, em zigue-zague, levava até um pequeno palácio, de paredes rebocadas de amarelo e de janelas verdes. Thomas parou o seu carro diante de uma larga escadaria.

Um empregado, excepcionalmente arrogante, apareceu subitamente.

– Sr. Ott? Queira seguir-me.

Levou-o através de várias peças luxuosas até um *living room* igualmente luxuoso.

Uma mulher, jovem, fina e elegante, de uns 28 anos, levantou-se da cadeira junto a uma secretária de formas graciosas. Os cabelos castanhos e ondulados chegavam-lhe quase aos ombros. A boca, grande, tinha um brilho rosa-claro. Os olhos eram castanhos e amendoados, as maçãs salientes. Essa senhora tinha, ainda, cílios longos e sedosos e uma pele de veludo e ouro.

Thomas recebeu um choque. As mulheres tinham exercido uma ação devastadora em sua vida.

Esse gênero, pensou ele, aparenta sempre a mesma atitude: indiferença, frieza e arrogância. Mas, quando a intimidade é maior... cuidado com o vulcão!

A jovem senhora olhou-o com ar sério:

– Bom dia, cavalheiro. Nós nos falamos ao telefone. Queira sentar-se, por favor.

Ela sentou-se e cruzou as pernas. A saia subiu, ligeiramente, deixando ver o joelho.

Até as pernas são bonitas, pensou Thomas.

– O senhor procura um financiamento e fala em garantias de primeira ordem. Posso saber de que se trata?

Ela está indo um pouco longe, pensou Thomas. Respondeu friamente.

– Não me parece útil importuná-la com detalhes. Gostaria que fizesse a fineza de prevenir ao sr. de Courville que eu aqui estou. Ele escreveu-me.

– Fui eu que escrevi. Sou Hélène de Courville. Trato dos negócios do meu tio – explicou a jovem senhora, ainda mais friamente. – Portanto, cavalheiro, qual é a sua garantia de primeira ordem?

Thomas inclinou-se, sorrindo.

– Novas ações da DESU depositadas no Banque Centrale Suisse. Valor nominal: um milhão. Cotação das ações antigas: 217.

– Que juros oferece o senhor?

– Oito por cento.

– E que soma deseja?

– Setecentos e cinquenta mil francos suíços.

– Como?

Thomas Lieven viu, com surpresa, que Hélène de Courville perdera, subitamente, a calma. Umedecia os lábios com a língua. As pálpebras batiam.

– Não acha tal soma... bem... um pouco elevada, cavalheiro?

– Mas por quê? Com a cotação atual?

– Evidentemente sim... mas (levantou-se). Lamento, mas creio que terei mesmo de chamar o meu tio. Queira desculpar-me, é um instante.

Ele levantou-se. Ela desapareceu. Ele tornou a sentar. Pelo seu relógio, esperou oito minutos. Seu instinto, adquirido durante vários anos de atividades ilegais, dizia: algo não está certo aqui, mas que será?

A porta se abriu e a jovem entrou. Estava acompanhada por um homem alto, magro, de rosto queimado pelo sol e com um queixo forte. Seus cabelos eram curtos e de um grisalho cor de aço. Vestia paletó sobre uma camisa de *nylon*.

Hélène fez as apresentações.

– Meu tio, o barão Jacques de Courville.

Os dois homens apertaram-se as mãos. Uma pata de *cowboy*!, pensou Thomas, cada vez mais desconfiado. E uma queixada de quem não parava de mascar chiclete. E um sotaque... Se esse tipo é um aristocrata francês, eu sou o papa.

Tinha decidido abreviar o assunto.

– Barão, creio que assustei a sua sobrinha. Esqueçamos esse negócio. Tive muita honra em conhecê-lo.

– Espere um pouco, cavalheiro. Por favor, não tenha tanta pressa. Sentemo-nos. (O barão também estava nervoso. Tocou a campainha.) Bebamos algo e conversemos calmamente.

Quando o empregado arrogante trouxe os copos, o uísque era *bourbon*, e não escocês.

Este Courville me agrada cada vez menos, pensava Thomas.

O barão voltou ao assunto. Confessou que, em verdade, pensara numa soma muito menor... talvez cem mil?

– Barão, não pensemos mais no caso – disse Thomas.

– Ou talvez cento e cinquenta mil...

– Realmente, barão!

– Talvez mesmo duzentos mil... – O tom era quase suplicante.

Subitamente o empregado arrogante apareceu e anunciou um chamado telefônico internacional. O barão e a sobrinha saíram da sala.

Essa nobre família começava a divertir Thomas. Após uns dez minutos o barão voltou só. Estava lívido e suava em bicas. Thomas ficou com pena do coitado mas despediu-se imediatamente.

Encontrou Hélène, no *hall*.

– Já de partida, cavalheiro?

– Eu já os importunei demais – disse Thomas, beijando-lhe a mão. Sentindo o seu perfume e o contato com sua pele, prosseguiu: – A senhora me daria um grande prazer se quisesse jantar comigo no Baur au Lac, ou onde preferir. Aceita?

– Cavalheiro – disse Hélène; dir-se-ia que era uma estátua de mármore que falava –, ignoro quanto o senhor bebeu mas julgo que é esta a sua desculpa. Adeus.

A esterilidade da conversa com o barão de Courville contrastou com a rapidez com que foi fechado o negócio com o negociante de imóveis Pierre Muerrli. De volta ao hotel, Thomas chamou-o pelo telefone e, em poucas palavras, disse-lhe que queria um empréstimo de 750 mil francos, dando em garantia um lote de ações da DESU.

– Não deseja mais? – perguntou Pierre Muerrli, num suíço-alemão gutural.

– Não, senhor, é suficiente – disse Thomas, que pensava: é bom não exagerar.

O negociante veio ao hotel. Era um homem robusto e avermelhado que sabia o valor do tempo. No outro dia, o seguinte contrato foi lavrado perante um notário:

"O sr. Wilfried Ott, industrial em Düsseldorf, assume o compromisso de pagar os juros anuais de oito por cento sobre o empréstimo que recebeu, no montante de 750 mil francos. Este empréstimo será pago até a meia-noite de 9 de maio de 1959.

"Até a referida data, o sr. Pierre Muerrli, negociante de imóveis em Zurique, assume o compromisso de não alienar as ações que o sr. Ott lhe entregou como garantia. No caso de o empréstimo não ser liquidado até a data convencionada, o sr. Muerrli fica com o pleno direito de dispor das ações, como lhe aprouver."

Cada um com a sua cópia da escritura no bolso, Thomas e Muerrli foram ao Banque Centrale. A autenticidade do recibo do depósito das ações foi confirmada. No escritório de Pierre Muerrli foi entregue a Thomas um cheque, ao portador, na importância de 717.850 francos suíços, representando o montante do empréstimo, menos os juros e despesas.

Thomas conseguira, pois, graças a um passe de mágica, 717.850 francos suíços. Ele tinha a intenção e a possibilidade de fazer trabalhar esse capital durante dois anos. Não lhe restava mais que pagar o empréstimo, na data do vencimento, em 1959, e recuperar as ações, falsas, rasgá-las em pedacinhos e fazê-las desaparecer nos lavatórios. Todos ganhariam dinheiro, ninguém teria prejuízo. E o que é mais: ninguém saberia a verdade sobre esse golpe de astúcia. Pronto, era simples. Quando a coisa quer funciona mesmo.

Quando Thomas Lieven, aliás Wilfried Ott entrou, algumas horas mais tarde, no *hall* do seu hotel, viu Hélène de Courville em uma poltrona.

– Você veio! Que alegria!

Depois de um tempo enorme Hélène levantou os olhos do jornal de modas que folheava. Quando falou, havia um tom de tédio em sua voz:

– Ah... bom dia.

O tempo estava fresco e ela tinha um casaco de *vison* canadense sobre o vestido castanho-escuro. Os olhares masculinos a seguiam constantemente.

– A senhora está um pouco atrasada – disse Thomas –, mas estou feliz por ter vindo.

– Uma vez por todas, não estou aqui para vê-lo. Vim por uma amiga que mora aqui.

– Se não é possível hoje, então talvez amanhã, para um aperitivo matinal.

– Amanhã eu parto para a Côte d'Azur.

– Que coincidência – disse Thomas, batendo as mãos surpreso. – Eu também vou amanhã para a Côte d'Azur. Irei buscá-la. Digamos, às onze horas?

– Absolutamente não. Eis a minha amiga – disse ela, levantando-se. – Passe bem, se for capaz disso.

No dia seguinte, às onze horas e sete minutos, Hélène de Courville saía do parque do castelo num pequeno carro tipo esporte e passou diante de Thomas. Ele curvou-se e ela virou os olhos para o lado. Entrou em seu carro e seguiu-a.

Até Grenoble não houve nada especial. Ao sair de Grenoble o carro de Hélène parou e ela saltou. Parou ao lado.

– O motor – disse ela.

Ele examinou o motor sem descobrir a causa do enguiço.

Entrementes, Hélène foi a uma casa próxima para telefonar para uma garagem. Pouco depois chegou um mecânico, que informou que a bomba estava inutilizada. Seria necessário rebocar o carro e o conserto levaria, no mínimo, dois dias.

Thomas estava seguro de que o mecânico mentia para aumentar a conta mas também contentíssimo por encontrar um mentiroso. Convidou Hélène para prosseguir a viagem em seu carro.

Depois de muito hesitar ela aceitou dizendo:

– É muito amável de sua parte, sr. Ott.

As malas foram transferidas. O mecânico mentiroso recebeu, escondido, uma gorjeta de príncipe.

No decurso dos cem quilômetros seguintes, ela só pronunciou uma palavra: tendo Thomas espirrado, disse "saúde".

Depois dos segundos cem quilômetros ela disse que ia encontrar seu noivo em Monte Carlo.

– Coitado – disse Thomas. – Não terá muitas alegrias.

Chegando a Monte Carlo ele levou Hélène, como ela pedira, ao Hotel de Paris. Havia uma comunicação na recepção para ela. Seu noivo estava retido em Paris e não podia vir.

– Eu ficarei com o apartamento desse senhor – disse Thomas.

– Muito bem, cavalheiro – disse o chefe da recepção, embolsando a nota de cinco mil francos.

– Mas se o meu noivo conseguir vir...

– Neste caso ele terá de procurar outra acomodação (levou Hélène para um lado e lhe disse ao ouvido:) – Além do mais esse homem não é para você. Não está vendo nisso a mão da Providência?

A jovem, subitamente, riu às gargalhadas. Eles passaram dois dias em Monte Carlo, depois foram a Cannes e se hospedaram no Carlton. Thomas gostava dessa vida. Levou Hélène a Nice, Saint-Raphael, Saint-Maxime e Saint-Tropez. Juntos banhavam-se no mar. Ele alugou uma lancha e juntos esquiaram. Juntos ficaram dourados pelo sol das praias.

Hélène ria-se das mesmas coisas que ele, gostava dos mesmos pratos, dos mesmos livros e dos mesmos quadros.

Quando, ao fim de sete dias de sonho ela tornou-se sua amante, ele constatou que eles se entendiam sob todos os aspectos. Depois veio o acontecimento: na primeira hora do oitavo dia.

Com os olhos úmidos, Hélène estava deitada no leito de seu quarto. Thomas estava sentado a seu lado. Ambos fumavam. Thomas acariciava os seus cabelos. Trechos de uma música distante entravam pela janela. Apenas uma lâmpada de cabeceira estava acesa.

Hélène suspirou, espreguiçando-se:

– Will, eu estou tão feliz... – Ela o chamava Will. Julgava "Wilfried" wagneriano demais.

– Eu também, meu amor, eu também.

– De verdade?

Eis novamente esse olhar preocupado nos olhos amendoados. Olhar que Thomas não podia explicar.

– De verdade, querida.

Subitamente virou-se para o lado de maneira que Thomas não via mais que o seu magnífico dorso bronzeado e com reflexos dourados. Com um frenesi assustador, ela soluçava sobre os travesseiros.

– Eu te menti. Sou má, tão má.

Ele deixou-a soluçar algum tempo, depois disse, com moderação:

– Se é a respeito do seu noivo...

Ela se atirou, de costas, e gritou:

– Noivo coisa alguma. Não tenho noivo! Ah! Thomas, Thomas!

– Que é que acabas de dizer?

– Eu não tenho noivo.

– Não, não foi isso. (Ele sentiu um nó na garganta.) Tu acabas de dizer "Thomas"?

– Sim – soluçou ela, e grandes lágrimas corriam pela sua face, desciam para o pescoço e o peito. – Sim, certamente que eu disse "Thomas". Pois esse é o teu nome, meu Thomas Lieven, meu pobre querido... Por que te encontrei? Nunca em minha vida amei alguém como te amo... (Novos sobressaltos, nova crise de lágrimas.) E é a ti que eu faço isso, a ti...

– Que me fazes tu?

– Eu trabalho para o FBI – gemeu Hélène.

Thomas nem reparou que a brasa do cigarro estava quase chegando aos seus dedos. Ficou em silêncio por muito tempo. Depois suspirou profundamente:

– Meu Deus, será que tudo vai recomeçar?

– Eu não queria dizer-te... – balbuciou Hélène. – Eu não tenho o direito de dizer-te... Eles vão me mandar embora... mas era preciso que eu contasse tudo, depois do que aconteceu esta noite... Eu estava sufocando...

– Devagar – disse Thomas que, pouco a pouco recuperava o sangue-frio. – Comecemos pelo princípio. Tu és um agente americano?

– Sim.

– E o teu tio?

– É o meu chefe, o coronel Herrick.

– E o Castelo de Montenac?

– Alugado. Os nossos homens na Alemanha anunciaram que tu preparavas um grande golpe. Depois vieste a Zurique. Quando o teu anúncio foi publicado, fomos autorizados a oferecer até cem mil francos.

– Para quê?

– O anúncio cheirava a golpe. Não sabíamos qual, mas iríamos descobrir. Se tudo desse certo te teríamos seguro. O FBI quer te pegar por qualquer meio. É uma ideia fixa!

Ela recomeçou a chorar. Thomas enxugou-lhe as lágrimas.

– Depois, tu pediste 750 mil. Nós chamamos Washington a toda pressa. Eles responderam que 750 mil era uma loucura. Não queriam correr risco tão grande. Assim, eu fui encarregada do caso...

– Encarregada do caso – repetiu ele, como um débil papagaio.

– ...e eu parti. Tudo era cinema. O mecânico de Grenoble...

– ...e eu, grande cretino, ainda lhe dei uma gorjeta.

– ...o noivo... tudo uma farsa! E agora... agora estou apaixonada por ti e *sei* que eles serão capazes até de te matar se não quiseres trabalhar para nós.

Thomas levantou-se.

– Fica comigo.

– Volto já, querida – disse ele pensativo. – É preciso que eu reflita com tranquilidade. Quero que saibas que tudo isso já me aconteceu antes...

Deixou-a chorando, atravessou a sala e entrou em seu quarto. Sentou-se à janela e contemplou longamente a noite.

Depois apanhou o telefone, esperou a resposta da mesa e disse:

– Ligue-me com o chefe da cozinha... Não, é importante... acorde-o...

Cinco minutos depois soava a campainha do telefone. Thomas pegou o fone.

– Gaston? Ott falando. Acabo de receber um golpe duro. Gostaria de comer algo leve e tonificante. Faça-me um coquetel de tomate e alguns croquetes de sardinha... Obrigado.

Recolocou o fone no gancho.

Pois é, pensou ele, não há escapatória. Eles me têm seguro, em 1957, como já me tiveram em 1939!

Através da porta aberta do terraço, Thomas Lieven contemplou a Conich d'Or deserta e as estrelas, inacessíveis e indiferentes, que brilhavam sobre o Mediterrâneo. Do seio das trevas aveludadas pareciam surgir, de repente, os homens e as mulheres de seu passado, deslizando em sua direção... cada vez mais próximos: belezas fascinantes, aventureiras frias como gelo, magnatas poderosos, negociantes desonestos, assassinos sem escrúpulos, chefes de bandos, grandes capitães.

Era toda a sua vida que o confrontava, essa vida desregrada e aventurosa que agora completava um círculo completo que começara num belo dia do mês de maio de 1939.

LIVRO PRIMEIRO

1

No dia 24 de maio de 1939, às dez horas menos dois minutos da manhã, um cabriolé Bentley, preto, parou diante da porta do nº 122 da Lombard Street, no coração do distrito bancário, em Londres.

Um homem, jovem e elegante, saltou. O bronzeado de sua pele, a sua desenvoltura e os seus cabelos castanhos, ondulados e indisciplinados, contrastavam, de maneira singular, com a elegância quase pedante do seu modo de trajar. Sua calça, listrada de cinzento e preto, tinha um vinco impecável. Seu casaco, curto e cruzado, era preto. Também preto o colete onde luzia uma corrente de ouro. A camisa era branca e de colarinho postiço. A gravata, cinza pérola.

Antes de fechar o carro, o moço enfiou o braço no interior e de lá retirou um chapéu coco, um guarda-chuva e dois jornais: o *Times* e a edição em papel cor-de-rosa do *Financial Times*.

Assim preparado, Thomas Lieven, de trinta anos de idade, entrou no prédio em cuja portada havia uma placa de mármore negro com os seguintes dizeres:

MARLOCK & LIEVEN DOMINION AGENCY

Thomas Lieven era o mais jovem dos chamados banqueiros privados de Londres, o que não lhe impedira o sucesso. Devia ele a sua carreira ultrarrápida à sua inteligência, à faculdade de parecer sério e ao talento de ser capaz de viver, simultaneamente, duas vidas totalmente diferentes.

Na Bolsa as suas atitudes eram da mais perfeita correção. Fora daquele recinto sagrado, ele voltava a ser o simpático conquistador que adorava as saias. Ninguém desconfiava – a não ser os que estivessem mais diretamente interessados – que nos seus períodos favoráveis não lhe era difícil manter até quatro ligações amorosas ao mesmo tempo. Ele era tão valente quanto discreto.

Thomas Lieven podia comportar-se com mais aprumo que o mais esnobe dos *gentlemen* da City, mas uma vez por semana ia dançar num dos cabarés mais alegres e agitados do Soho. Duas vezes por semana frequentava, em segredo, aulas de judô.

Thomas Lieven amava a vida e esta parecia corresponder-lhe o afeto. Tudo era fácil, contanto que dissimulasse a sua pouca idade...

Robert E. Marlock, seu sócio, estava na sala onde havia os guichês para o público. Thomas Lieven entrou, erguendo, circunspectamente, o seu chapéu coco.

Marlock, 15 anos mais velho que o sócio, era alto e magro. Seus olhos esbranquiçados tinham um modo pouco simpático de evitar o olhar dos que para ele olhavam.

– Bom dia – disse ele, olhando, como de costume, em outra direção.

– Bom dia, Marlock – disse Thomas em tom sério. – Bom dia, senhores.

Sentados às suas mesas, os seis funcionários responderam ao cumprimento com o mesmo tom sério.

Marlock estava junto a uma coluna de metal sobre a qual, protegido por uma campânula de vidro, o aparelho registrador das cotações da Bolsa vomitava uma fita, aparentemente sem fim, com informações do que estava acontecendo à distância.

Thomas aproximou-se de seu sócio e examinou os algarismos da fita. As mãos de Marlock tremiam ligeiramente. Um observador atento diria que tais mãos eram as de um trapaceiro. Até o momento, entretanto, a desconfiança não penetrara na alma serena de Thomas Lieven.

– Quando é que você vai a Bruxelas? – perguntou Marlock, algo nervoso.

– Esta noite.

– É mais que tempo. Veja como as cotações estão baixando! São as consequências desse maldito Pacto de Aço. Você já leu os jornais, Lieven?

– Certamente – disse Thomas. Ele achava mais correto responder "certamente" que um simples "sim".

Os jornais daquela manhã de 24 de maio de 1939 anunciavam a assinatura de um tratado de aliança entre a Alemanha e a Itália. Esse tratado recebera o nome de Pacto de Aço.

Atravessando a sala dos guichês, meio escura e antiquada, chegou à sua sala, também antiquada e pouco clara. Marlock o seguira e sentou a sua magra carcaça numa das poltronas de couro, em frente à grande mesa de trabalho.

Os dois sócios discutiram, preliminarmente, sobre os títulos que Thomas deveria adquirir no Continente e sobre os que deveria vender. Marlock & Lieven tinha uma sucursal em Bruxelas. Thomas, por sua vez, tinha uma participação num banco particular de Paris.

Quando acabaram de falar sobre negócios, Marlock, quebrando o seu velho hábito, olhou de frente para o sócio.

– Escuta, Lieven, quero pedir-lhe um favor pessoal. Suponho que você se recorde de Lúcia...

Thomas lembrava-se muito bem de Lúcia. Era uma bela loura, de Colônia, que fora durante anos a amiguinha de Marlock, em Londres. Algo de sério acontecera – ninguém sabia exatamente o que fora –, pois Lúcia voltara subitamente para a Alemanha.

– Peço desculpas por caceteá-lo com essa história – disse Marlock, que continuava, com esforço, a olhar de frente para o jovem sócio. – O fato é que eu pensei que tendo que ir a Bruxelas você poderia ir até Colônia para falar com Lúcia.

– A Colônia? Por que não vai você mesmo? Você também é de nacionalidade alemã...

– Eu iria de boa vontade até Colônia – disse Marlock –, mas a situação internacional... Além do mais eu ofendi profundamente a Lúcia, naquela ocasião. Eu sou absolutamente franco. (Marlock dizia, frequentemente e sem motivo, que era absolutamente franco...) Sim, absolutamente franco. Houve uma outra mulher. Lúcia tinha toda a razão de deixar-me. Diga-lhe que peço perdão... Que saberei reparar meu erro... Gostaria que ela voltasse...

Sua voz tinha o mesmo timbre de emoção que a dos políticos quando falam de seus anseios pela paz.

Na manhã do dia 26 de maio de 1939, Thomas Lieven chegava a Colônia. Grandes bandeiras com a cruz gamada flutuavam sobre o Dom-Hotel. Bandeiras com a cruz gamada flutuavam sobre toda a cidade. Era festejado o Pacto de Aço. Thomas via uniformes por toda a parte. No *hall* do hotel os tacões das botas estalavam como tiros de pistola. Um retrato do Führer tronava sobre a mesa do seu quarto. Thomas prendeu na moldura o seu bilhete de volta. Em seguida tomou um banho quente, vestiu-se e telefonou para Lúcia Brenner.

Quando atenderam o telefone ouviu-se um estalo ao qual Thomas não prestou atenção. Em 1939 o superagente de 1940 ainda ignorava todos os métodos de escuta secreta.

– Aqui fala Lúcia Brenner.

Era a mesma voz excitante e enrouquecida pelo fumo que ele tão bem conhecia.

– Srta. Brenner, quem fala é Thomas Lieven. Acabo de chegar a Colônia e... – parou de falar pois, embora não tivesse ouvido um novo estalo na linha, ouviu perfeitamente o grito surdo de sua interlocutora.

– Foi um grito de alegria? – indagou com um sorriso nos lábios.

– Meu Deus – exclamou ela.

Novo estalinho.

– Marlock pediu que eu a visitasse, senhorita.

– O safardana.

– Mas não é bem assim, senhorita...

– O horrível safardana!

– Por favor, ouça-me, senhorita! Marlock encarregou-me de pedir perdão por ele. Posso ir procurá-la?

– Não!

– Mas eu prometi...

– Desapareça, sr. Lieven. Tome o primeiro trem. O senhor não sabe o que se passa aqui...

A linha fez *crac* outra vez, mas Lieven não prestou atenção.

– Mas não, senhorita, a senhorita é que não sabe o que se passa...

– Sr. Lieven...

– Fique em casa. Chegarei dentro de dez minutos.

Desligou e endireitou o laço da gravata. Sentia um grande desejo de agir.

Um táxi levou Thomas, de chapéu coco e guarda-chuva impecavelmente enrolado, à residência de Lúcia Brenner. Fez soar a campainha da porta do apartamento no segundo andar. Ouviu vozes murmurantes do lado de dentro. Uma voz de mulher e uma voz de homem. Não sendo normalmente desconfiado, Thomas ficou apenas ligeiramente intrigado.

A porta foi aberta e Lúcia apareceu. Vestia um *robe de chambre* que aparentemente nada tinha por baixo. Estava nervosíssima.

– Você é um biruta – gemeu ela ao reconhecer Thomas.

Depois, tudo se passou vertiginosamente. Por trás de Lúcia apareceram dois homens. Vestiam casacos de couro e pareciam açougueiros. Um deles empurrou Lúcia bruscamente e o outro agarrou Thomas pela manga.

Adeus fleuma, calma e prudência! Com as duas mãos, Thomas segurou o pulso do açougueiro e girou-o para o lado, como se executasse um passo de bailado. O açougueiro, assombrado, pendia do flanco direito de Thomas Lieven.

Uma espécie de reverência brusca e uma articulação estalou. Com um berro estridente, o açougueiro voou pelos ares e estatelou-se no chão, torcendo-se em dores. As lições de judô, pensou Thomas, foram um bom emprego de capital.

– E agora você – disse ele avançando para o segundo açougueiro.

A loura Lúcia desandou a berrar. O segundo açougueiro recuou gaguejando:

– C-cavalheiro, não ca-cavalheiro. N-não faça isso... (sacou um revólver do bolso). Eu o previno. Seja razoável.

Thomas parou. Só um imbecil ataca, desarmado, um açougueiro com um revólver.

– Em nome da lei – disse o açougueiro, temeroso – eu o prendo!

– Quem me prende?

– Gestapo.

– Puxa, diabo – disse Thomas Lieven. – Quando eu contar esta história no clube!

Thomas Lieven gostava do seu clube em Londres e o clube gostava dele. Todas as quintas-feiras havia reunião e, diante da lareira crepitante, fumando seus cachimbos, os sócios contavam histórias, algumas delas bastante aloucadas.

Quando eu voltar, pensava Thomas, terei uma história que não é nada má.

Não, a história não era má e dentro em pouco ficaria ainda melhor. Mas quando chegaria o dia de Thomas contar a história no clube? Quando voltaria ele a ver o seu clube?

Nesse dia de maio de 1939, sentado numa sala da seção especial D do quartel-general da Gestapo, em Colônia, ele ainda estava otimista. Evidentemente não passa tudo de um mal-entendido, pensava ele, dentro de meia hora estarei livre.

O comissário que recebeu Thomas chamava-se Haffner, um homem gordo com olhos porcinos e ardilosos. Um homem cuidado. Limpava constantemente as unhas com palitos que substituía frequentemente.

– Acabo de saber que você agrediu um colega – disse Haffner em tom rancoroso. – Você terá motivos para arrepender-se, Lieven.

– "Senhor" Lieven para o senhor. Que desejam comigo? Por que fui preso?

– Violação da lei sobre divisas. Há muito tempo eu o espero.

– Eu?

– O senhor ou o seu sócio Marlock. Desde que essa Lúcia Brenner voltou de Londres ela tem sido vigiada. Dizia para mim mesmo: mais cedo ou mais tarde um desses salafrários dará as caras por aqui. E nesse dia: zás. (Haffner empurrou uma pasta que estava sobre a mesa.) É melhor que eu mostre os documentos que o incriminam. Depois disso, o senhor fechará a sua grande boca.

Cheio de curiosidade, Thomas começou a folhear o volumoso processo. Depois de algum tempo, não pôde conter o riso.

– Que é tão engraçado? – perguntou Haffner.

– Ouça, esta história é simplesmente incrível.

Os documentos mostravam que o banco particular de Londres Marlock & Lieven havia cometido, havia alguns anos, uma falcatrua tremenda contra o Terceiro Reich. Para conseguir seus desígnios dolosos, valera-se do fato de que, devido à situação política, os títulos hipotecários alemães eram negociados, há anos, na Bolsa de Zurique, pela quinta parte de seu valor nominal.

Em janeiro, fevereiro e março de 1936, Marlock & Lieven, ou alguém operando acobertado por essa firma, comprara, em Zurique, um certo número dos tais títulos, pagando-os com marcos ilegalmente transferidos. Depois, um testa de ferro de nacionalidade suíça foi encarregado de comprar algumas obras de "arte decadente", sem valor na Alemanha, mas apreciadíssimas no resto do mundo. As autoridades nazistas permitiram a exportação dos quadros. Isso as desembaraçava de peças de arte "indesejáveis" e fazia entrar divisas tão necessárias ao rearmamento. Tanto mais que o testa de ferro teve de pagar trinta por cento do valor em francos suíços.

É verdade que os outros setenta por cento foram pagos – os nazistas só o verificaram muito mais tarde – com os títulos hipotecários alemães que voltando à mãe-pátria readquiriram o seu valor par, isto é: cinco vezes mais do que Marlock & Lieven por eles pagaram em Zurique.

Não fui eu que inventei essa marmelada, disse Thomas Lieven para si mesmo, enquanto estudava os documentos. Portanto, só pode ter sido Marlock. Ele deve ter tido conhecimento de que os alemães o procuravam e que Lúcia Brenner estava sob vigilância. Sabia, portanto, que eu seria preso e que não acreditariam numa só palavra do que eu dissesse. Tudo isso para ficar livre de mim e com o banco só para ele. Raios o partam, traidor de uma figa.

– Bem – disse o comissário, satisfeito –, isto tapa definitivamente a sua boca, não é verdade? – Pegou um novo palito e começou a limpar os dentes.

Que fazer, pensou Thomas. Uma ideia surgiu. Não muito boa, mas não havia outra melhor...

– Posso telefonar?

Haffner semicerrou os olhos porcinos:

– Com quem quer falar?

Agora ou nunca, pensou Thomas, só me resta jogar tudo por tudo.

– Com o barão Von Wiedel.

– Não conheço.

– Sua Excelência o barão Von Wiedel – berrou Thomas, subitamente –, embaixador extraordinário, no Ministério das Relações Exteriores! Não o conhece?

– Eu... eu...

– Retire o palito da boca quando fala comigo.

– Que deseja você com o sr. barão? – balbuciou Haffner, que estava acostumado a lidar com burgueses intimidados. Não sabia como tratar detentos que berravam e que conheciam sujeitos importantes.

Thomas continuou a bradar.

– O barão é o meu melhor amigo.

Thomas conhecera Von Wiedel, bem mais velho que ele, em 1929, numa associação de estudantes, onde não havia duelos. Wiedel apresentara Thomas em alguns círculos aristocráticos e Thomas, por sua vez, pagara alguns títulos que o barão, por desleixo, deixara ir a protesto. Tudo isso os aproximara, num plano humano, até o dia em que o barão aderiu ao Partido. Thomas e ele romperam, então, relações, depois de um bate-boca tremendo.

Ao mesmo tempo em que gritava: "Mande fazer imediatamente a ligação ou então pode procurar outro emprego a partir de amanhã", Thomas torcia para que o barão tivesse boa memória.

A pobre telefonista é que pagou as favas. O comissário Haffner agarrou o telefone e começou, também, a berrar:

– Ligue para o Ministério das Relações Exteriores, em Berlim. E ande depressa, sua idiota.

Isso é absolutamente fantástico, pensou Thomas, quando, um minuto mais tarde, ouviu a voz do seu antigo camarada que dizia:

– Aqui fala Von Wiedel.

– Bom dia, Bodo, aqui fala Lieven. Thomas Lieven. Lembras-te de mim?

Um riso homérico soou no telefone.

– Thomas, meu velho. Que surpresa. Há tempos tu me fizeste um bruto discurso e agora és da Gestapo.

Diante de um mal-entendido tão fantástico Thomas fechou os olhos. O barão continuava a gritar alegremente.

– É engraçado, Ribbentrop, ou Schacht, dizia-me, há dias, que tinhas um banco na Inglaterra!

– É exato. Escuta, Bodo...

– Ah, sim, serviço exterior. Eu compreendo. Camuflagem, hein? Como estou me divertindo. Acabaste por compreender que eu tinha razão naquela ocasião?

– Bodo...

– Onde é que estás? Devo chamar-te de comissário?

– Bodo...

– Comissário-chefe?

– Queres escutar-me, afinal? Eu não trabalho na Gestapo! Fui *preso* pela Gestapo.

Do lado de Berlim fez-se silêncio, por algum tempo.

Haffner estalou os lábios com satisfação, prendeu o fone auxiliar entre a orelha e o ombro e prosseguiu na limpeza da unha do polegar esquerdo.

– Bodo. Compreendeste, ou não?

– Sim, sim. De que... de que te acusam?

Thomas contou de que era acusado.

– Isso, meu caro, é muito sério. Não me posso meter nisso. Vivemos num regime de legalidade. Se és realmente inocente nada tens a temer. Felicidades. *Heil* Hitler.

– O seu melhor amigo, hein? – resmungou Haffner.

Retiraram-lhe os suspensórios, a gravata, os cordões dos sapatos, o seu querido relógio de repetição e o trancafiaram numa cela. Ali Thomas passou o resto do dia e depois a noite. Seu cérebro funcionava febrilmente. *Devia* haver um meio, mas não o encontrava.

No dia 27, pela manhã, Thomas Lieven foi novamente levado para o interrogatório. Entrando na sala do comissário Haffner viu que ele estava em companhia de um comandante da Wehrmacht, um homem pálido e de fisionomia preocupada. Haffner parecia contrafeito. Os dois homens deveriam ter tido uma discussão.

– Aí está o seu homem – disse o comissário em tom irritado. – Cumprindo ordens, deixo-os a sós.

O comissário retirou-se. O oficial apertou a mão de Thomas.

– Sou o comandante Loos, da circunscrição militar de Colônia. O barão Von Weidel telefonou-me, pedindo que me ocupasse do senhor.

– Ocupar-se de mim?

– Sim. É claro que o senhor está inocente. Foi o seu sócio que o meteu nisso.

– Estou encantado, comandante, que o senhor tenha chegado a essa conclusão. Então estou livre?

– Livre de ir para onde? O seu destino é ir para os trabalhos forçados.

Assombrado, Thomas sentou-se.

– Mas se eu sou inocente!

– Vá explicar isso à Gestapo. Pode acreditar, o seu sócio previu tudo.

– Hum – resmungou Thomas. Fitou o comandante e calculou que havia bicho na toca.

E havia.

– Veja, sr. Lieven, haveria certamente uma *maneira*. O senhor é cidadão alemão, é um homem viajado e culto. O senhor fala fluentemente o francês e o inglês. Nos dias que correm há necessidade de homens como o senhor.

– Mas quem tem necessidade?

– Nós. Eu. Sou oficial da contraespionagem, sr. Lieven. Posso tirá-lo daqui, contanto que se comprometa a trabalhar para a Abwehr. Além do mais o senhor será bem remunerado.

O comandante Fritz Loos foi o primeiro membro de um Serviço de Informações que Thomas conheceu pessoalmente. Muitos outros se seguiriam, ingleses, franceses, poloneses, espanhóis, americanos e russos.

Dezoito anos após esse encontro, no dia 18 de maio de 1957, na calma da noite, em um apartamento de luxo, em Cannes, Thomas Lieven pensou: no fundo, todos esses homens se pareciam muito. Todos pareciam tristes, amargurados, decepcionados. A vida é que os forçara a sair dos caminhos normais, todos pareciam estar doentes. Todos eram um tanto tímidos e, por isso, cercavam-se dos seus cômicos atributos de poder, dos seus segredos e do seu potencial de terror. Todos eles eram os atores de uma comédia permanente e sofriam, todos, de um profundo complexo de inferioridade.

Thomas Lieven sabia tudo isto na bela noite de maio de 1957. Em 27 de maio de 1939 ele ainda nada sabia. Ficara simplesmente encantado quando o comandante Loos o convidou para que trabalhasse para a Abwehr alemã. É a única maneira de sair da merda, pensara ele, sem saber até que ponto ele já estava nela atolado...

Quando o avião da Lufthansa furava as nuvens baixas acumuladas sobre Londres, o passageiro da poltrona nº 17 deixou escapar um som bizarro.

A aeromoça correu até ele.

– Não se sente bem, cavalheiro? – perguntou solicitamente. Depois ela verificou que o nº 17 ria.

– Estou muito bem – disse Thomas Lieven. – Peço desculpas, mas eu estava pensando em uma coisa engraçada.

Ele estava relembrando a cara decepcionada do homem que devolvera os seus pertences no quartel-general da Gestapo, em Colônia. O sujeito teve de fazer um enorme esforço para devolver o relógio de ouro, de repetição.

Thomas retirou o relógio do bolso e acariciou, amorosamente, a tampa delicadamente cinzelada. Ao fazer isso, notou que havia um pouco de tinta sob a unha do polegar.

Riu, novamente, ao pensar que as suas impressões digitais estavam num fichário secreto, com a sua fotografia e sua ficha pessoal.

Um tal John Smythe (com y e the) deveria visitá-lo, dois dias depois, para examinar o seu aquecedor de água. O comandante Loos fizera ver que deveria obedecer cegamente a Smythe.

Esse Smythe (com y e the), pensava Thomas, vai ter uma surpresa. Se ele chatear de verdade eu o jogo pela porta afora.

O avião começava a perder altura. Rumando para sudoeste, atravessava o Tâmisa em direção ao Aeródromo de Croydon.

Thomas recolocou o relógio no bolso e esfregou as mãos. Com uma sensação de bem-estar, estirou as pernas. Ah, eis a Inglaterra. A liberdade! A segurança. Uma corrida na rua Bentley, um banho quente, um *scotch*, uma cachimbada e os amigos do clube. E a grande história das suas aventuras.

Depois, evidentemente, uma conversinha com Marlock.

Era tão grande a satisfação de estar de volta que quase toda a cólera estava esquecida. Seria realmente necessário romper com Marlock? Talvez houvesse uma explicação plausível. Era possível que Marlock tivesse aborrecimentos sérios. De qualquer forma era necessário ouvir o que ele teria a dizer...

Cheio de ânimo Thomas desceu do avião poucos minutos depois e pisou o cimento molhado do aeroporto. Protegendo-se com o guarda-chuva, dirigiu-se, assobiando, para o *hall* da saída. Aí, havia dois corredores formados por cordas esticadas. Acima do corredor à direita havia uma tabuleta "British Subjects", acima do outro estava escrito: "Foreigners".

Sempre assobiando, Thomas seguiu à esquerda e aproximou-se da grande mesa do Immigration Officer.

O funcionário, um homem de meia-idade e com um bigode de foca manchado de nicotina, segurou sorrindo o passaporte alemão que Thomas lhe estendeu. Depois de examiná-lo, levantou a cabeça e disse:

– Lamento, mas o senhor não pode entrar em território britânico.

– Que significa isso?

– A sua ordem de deportação foi assinada hoje, sr. Lieven. Queira seguir-me, dois cavalheiros o esperam – disse ele.

Os dois homens levantaram-se quando Thomas entrou na saleta onde estavam. Tinham o aspecto de funcionários preocupados, dispépticos e mal dormidos.

– Morris – disse um deles.

– Lovejoy – disse o outro.

Esses sujeitos fazem-me lembrar de alguém, pensou Thomas, sem conseguir recordar de quem. Estava encolerizado, muito encolerizado, mesmo. Fez um esforço para apresentar, pelo menos, um semblante de cortesia.

– Cavalheiros, que significa tudo isto? Resido neste país há mais de sete anos. Ignoro ter cometido qualquer irregularidade.

O homem que atendia pelo nome de Morris mostrou um jornal indicando um cabeçário em três colunas:

BANQUEIRO LONDRINO PRESO EM COLÔNIA!

– E daí? Isso foi anteontem. Hoje aqui estou. Os alemães me soltaram.

– E por que motivo, faz favor? – perguntou Morris. – Por que razão a Gestapo libera um homem que acaba de prender?

– Provei que era inocente.

– Ah, ah! – fez Lovejoy.

– Ah, ah! – fez Morris.

Os dois homens trocaram olhares cheios de significação. Depois, Morris falou em tom de superioridade:

– Nós somos do Serviço Secreto, sr. Lieven. Recebemos informações de Colônia. É inútil faltar-nos com a verdade.

Agora sei quem é que vocês ambos me fazem lembrar, pensou Thomas subitamente. É aquele pálido comandante Loos. A mesma comédia. As mesmas maneiras.

– Cavalheiros – disse ele encolerizado –, tanto melhor se pertencem ao Serviço Secreto. Talvez lhes interesse saber que a Gestapo me soltou pela simples razão de que eu aceitei trabalhar para a Abwehr alemã.

– Sr. Lieven, pensa que somos ingênuos?

– É a pura verdade – disse Thomas, impaciente. – A Abwehr obrigou-me a aceitar, mas eu não me sinto preso pela promessa que fiz. Quero viver aqui e viver em paz.

– O senhor não pensa que depois de semelhante confissão nós o deixaremos ficar no país. Oficialmente o senhor é indesejável porque entrou em conflito com a lei e nós expulsamos todos os estrangeiros nessas condições.

– Mas eu sou completamente inocente. O meu sócio é que fez uma escroqueria contra mim. Permitam, ao menos, que eu o procure. Os senhores mesmos verificarão que estou dizendo a verdade.

Morris e Lovejoy trocaram olhares novamente.

– Por que razão, senhores, esses olhares que não compreendo?

– Sr. Lieven – disse Lovejoy –, o senhor não poderá ver o seu sócio.

– Mas por quê?

– Porque ele – disse Morris – deixou Londres por seis semanas.

– Lon-Lo-Londres? – disse Thomas empalidecendo. – Par-partiu?

– Sim. Informaram-nos que ele foi para a Escócia, mas ninguém sabe exatamente para que ponto.

– Com mil diabos, que vou fazer, agora?

– Volte para a sua pátria.

– Para ser metido imediatamente no xadrez? Mas eu não estou dizendo que só me soltaram com a condição de eu vir fazer espionagem na Inglaterra?

Os dois homens trocaram olhares. Thomas sentiu que havia mouro na costa. E havia mesmo.

– Ao que eu sei – disse Morris em tom frio –, só há uma solução, sr. Lieven: trabalhar para nós!

Essa agora, pensou Thomas Lieven, se a contasse no clube! Ninguém acreditaria.

– Se o senhor ficar do nosso lado, contra a Alemanha, nós o deixaremos ficar na Inglaterra e o ajudaremos contra Marlock. Nós o protegeremos.

– Mas quem me protegerá?

– O Serviço Secreto.

Thomas não pôde conter um breve acesso de riso. Depois puxou o colete, ajeitou a gravata e empertigou-se.

O momento de confusão e de desânimo havia passado. Percebeu que aquilo que lhe parecera uma grande farsa passara a ser assunto muito sério. Era preciso lutar. Não receava lutar. Não poderia assistir, passivamente, à ruína de sua vida.

– Cavalheiros – disse Thomas –, recuso a oferta. Vou para Paris e lá tomarei o melhor advogado francês para processar o meu sócio e também o Governo Britânico.

– No seu lugar eu não faria isso, sr. Lieven.

– Apesar disso, é o que vou fazer.

– O senhor se arrependerá.

– Isso é o que veremos. Recuso-me a acreditar que o mundo inteiro seja uma casa de loucos!

Um ano mais tarde ele não se recusava mais a acreditar.

Dezoito anos depois, revendo em sua mente, no hotel de Cannes, o filme de sua vida, ele estava, definitivamente, convencido.

O mundo inteiro era um hospício de loucos: eis a única conclusão a que se podia chegar num século de demência coletiva.

No dia 28 de maio de 1939, pouco depois da meia-noite, um homem jovem e elegante encomendava uma ceia no célebre restaurante Chez Pierre, na praça Gaillon, em Paris.

– Émile, nós gostaríamos de uns *hors-d'oeuvres*; depois uma sopa de caudas de lagostim; depois um lombo de vitela com cogumelos. Como sobremesa, uma *coupe* Jacques.

Émile, o velho *maître d'hôtel*, olhava com simpatia para o seu freguês.

Conhecia Thomas Lieven há vários anos. Ao lado de Thomas, estava uma bonita moça de lustrosos cabelos castanho-escuros. Dois olhos de boneca maliciosa animavam o oval de seu rosto. Chamava-se Mimi Chambert.

– Estamos com fome, Émile. Estivemos no teatro, vendo Jean-Louis Barrault numa peça de Shakespeare.

– Nesse caso, senhor, recomendaria umas *croustades* quentes em vez dos *hors-d'oeuvres* frios. Shakespeare é cansativo.

Riram todos e o velho *maître* foi em direção à cozinha.

O restaurante era uma longa sala, obscura, fora de moda, mas muito agradável. Quanto à companheira de Thomas, nada tinha de "fora de moda".

Seu vestido, de seda branca, era justo e com decote generoso. A jovem atriz era pequena, graciosa e sempre animada, mesmo de manhã ao acordar.

Thomas a conhecia há dois anos. Sorriu-lhe e respirou profundamente:

– Ah, Paris! É a única cidade onde ainda se pode viver. Vamos divertir-nos durante algumas semanas.

– Estou contente por estares de bom humor, querido. Estavas tão agitado esta noite... Falavas em três línguas ao mesmo tempo e eu só entendi o francês... Há alguma encrenca com o teu passaporte?

– Por quê?

– Falavas, sem parar, de expulsão e de licença de permanência... Há muitos alemães em Paris que têm complicações com passaportes...

Ele beijou-lhe os dedos, com ternura.

– Não tenhas preocupações. Aconteceu-me uma história muito besta. Nada realmente de sério (falava com calma e convicção e acreditando no que estava dizendo). Fui vítima de uma injustiça, sabes? Fui roubado. Uma injustiça poderá, talvez, durar muito tempo, mas não para sempre. Agora tenho um advogado formidável. Muito breve estará tudo esclarecido e me pedirão desculpas. Até lá espero descansar em tua companhia...

Um garçom aproximou-se da mesa.

– Dois cavalheiros desejam vê-lo, sr. Lieven.

Thomas ergueu a cabeça, sem a menor desconfiança. Vestindo capas impermeáveis um tanto amarfanhadas, dois homens o cumprimentaram, da entrada, parecendo um tanto embaraçados.

– Estarei de volta em um minuto, querida – disse Thomas levantando-se. Caminhou para a entrada.

– Em que lhes posso servir, cavalheiros?

Os dois homens de capa amarrotada o cumprimentaram com uma inclinação. Um deles disse:

– Cavalheiro, já estivemos em casa da srta. Chambert. Somos da polícia. Lamentamos, mas somos obrigados a prendê-lo.

– Mas que fiz eu? – perguntou Thomas, em voz baixa. Realmente, tinha vontade de rir.

– O senhor o saberá.

O pesadelo continua, pensou. Respondeu amavelmente:

– Cavalheiros, os senhores são franceses. Sabem que é um pecado interromper uma boa refeição. Posso pedir-lhes que suspendam a minha prisão até que eu termine?

Os dois policiais hesitaram.

– Podemos telefonar ao nosso chefe? – perguntou um deles.

Thomas concordou e o homem dirigiu-se a uma cabina donde voltou pouco depois.

– Está combinado, cavalheiro, mas o chefe pede um obséquio.

– Qual?

– Ele gostaria de cear com o senhor. Isso facilitaria a conversa.

– Está certo. Mas quem é o seu chefe, se não sou indiscreto?

Eles disseram quem era.

Thomas voltou à mesa e fez um sinal para o *maître d'hôtel*.

– Émile, espero um convidado. Faça o favor de mandar botar mais um lugar.

– Quem é esse convidado? – perguntou Mimi, sorrindo.

– Um tal coronel Siméon.

– Ah – fez Mimi que, contrariando o seu hábito, não acrescentou outras palavras.

O coronel Jules Siméon era um homem simpático. Tinha um bigode bem tratado, um nariz romano e o olhar espirituoso e irônico. Parecia, em tamanho maior, com o ator Adolfe Menjou. Cumprimentou Thomas com deferência e a Mimi como a uma velha conhecida, o que não deixou de inquietar a Thomas.

A roupa azul-marinho de Siméon era, sem dúvida, de um bom alfaiate, mas os cotovelos e as costas do casaco estavam reluzentes. Usava uma pérola na gravata e abotoaduras de ouro, mas os saltos dos sapatos precisavam de conserto.

Enquanto tomavam a sopa e atacavam o *hors-d'oeuvre*, falaram sobre Paris. Com a chegada do lombo de vitela, o coronel entrou no assunto.

– Cavalheiro, lamento incomodá-lo no meio da noite, e ainda mais durante uma refeição. Deliciosas e sequinhas essas batatas fritas, não acha? Recebi ordens de cima. Estivemos todo o dia à sua procura.

MENU

28 de maio de 1939

Durante essa refeição, Thomas Lieven tornou-se um agente secreto.

SOPA DE CAUDAS DE LAGOSTIM

CROUSTADES QUENTES DE SALMÃO DEFUMADO

LOMBO DE VITELA COM COGUMELOS

BATATA PALHA

COUPE JACQUES

SOPA DE CAUDAS DE LAGOSTIM – Para quatro pessoas, use uma dúzia de lagostins, que se cozinham durante 15 minutos em caldo de carne. Quebre as garras e as caudas dos lagostins para retirar a carne. Quebre as carcaças (em pedaços graúdos) e leve-as ao fogo com 125 gramas de manteiga até que essa comece a ferver e a tomar uma cor avermelhada. Adicione uma colher – das de sopa – de farinha de trigo e deixe cozinhar algum tempo. Adicione um litro de caldo de carne e coe usando uma peneira recoberta com tecido fino. Leve novamente ao fogo para nova fervura e só então junte as caudas dos lagostins.*

Essa sopa não deve ser muito espessa como, aliás, é de regra para as sopas servidas em jantares de certa cerimônia.

---

* Sendo difícil encontrar lagostins no Brasil, experimente essa receita substituindo-os pelos deliciosos cavaquinhos do Rio de Janeiro. (N.T.)

CROUSTADES DE SALMÃO DEFUMADO – Molhe, com leite, fatias finas de pão de forma; cubra-as com pedaços de tamanho idêntico de salmão defumado previamente dessalgado em leite e cubra com outra fatia de pão umedecido com leite. Cubra com queijo ralado e ponha, por cima, pequenos montinhos de manteiga. Leve ao forno numa assadeira untada com manteiga.

*LOMBO DE VITELA COM COGUMELOS – Asse fatias de lombo – dos dois lados – numa frigideira (com manteiga) e sirva-as com a seguinte guarnição: asse ligeiramente uma cebola em caçarola com manteiga e depois cozinhe-a em um quarto de litro de vinho branco. Junte três gemas, uma colher de sopa de manteiga, o suco de meio limão, sal e pimenta-do-reino. Acrescente mais vinho e leve a banho-maria até que a massa fique espessa. Separadamente coloque em panela coberta os cogumelos e asaros (*échalotes*) com manteiga e um copo de vinho branco e deixe cozinhar algum tempo. Prepare, também, um* velouté *com uma colher de sopa de manteiga, uma colher de sopa de farinha de trigo e meio litro de caldo de carne. Junte os cogumelos ao molho preparado e cozinhe tudo por algum tempo.*

COUPE JACQUES – Coloque em cada taça um pouco de sorvete de creme, ou de nata, e cubra com creme batido. Coloque por cima uma camada de salada de frutas maceradas em marrasquino durante meia hora. Coloque, por cima, uma camada de sorvete de morangos e guarneça com cerejas cristalizadas.

Pareceu a Thomas que, de muito longe, ele ouvia a voz de Jean-Louis Barrault que ele vira, nessa noite, no papel de Ricardo III, no drama de Shakespeare. Parecia-lhe ouvir, vagamente, um dos versos da peça. Mas ainda não o compreendia.

– Ah – fez ele. – As batatas fritas estão notáveis, coronel. A dupla fritura, eis aí o segredo. Sim, sim... a cozinha francesa...

Thomas pôs a mão no braço de Mimi. O coronel sorriu. Esse coronel é realmente simpático, pensou Thomas.

– Não é somente a boa cozinha que o traz a Paris – disse o coronel. – Nós, também, temos os nossos homens em Colônia e em Londres. Sabemos o que lhe aconteceu com esse caro comandante Loos. Continua sofrendo do fígado?

Novamente pareceu a Thomas que ouvia a voz de Jean-Louis Barrault; novamente teve a impressão de ouvir um verso de Shakespeare. Mas não conseguia, ainda, entendê-lo.

E por que estava Mimi sorrindo? Por que sorria ela com ar angelical?

– Sr. Lieven, permita que eu o assegure da minha simpatia. O senhor gosta da França. O senhor gosta da cozinha francesa. Mas tenho minhas ordens. Sou obrigado a expulsá-lo, sr. Lieven. O senhor é demasiado perigoso para o meu pobre país ameaçado. Ainda esta noite o senhor será levado até a fronteira. Não poderá, nunca mais, voltar à França...

Thomas não conseguiu conter o riso.

Mimi fitou-o e, pela primeira vez desde que se conheciam, não riu com ele. Ele se conteve.

– A menos que – disse o coronel, servindo-se novamente de cogumelos –, a menos que o senhor queira mudar de campo e concorde em trabalhar para nós, isto é, para o Deuxième Bureau.

Thomas teve um sobressalto. Será possível que eu esteja bêbado a tal ponto, pensou. A sua resposta foi em voz baixa.

– O senhor está-me propondo trabalhar para o Serviço Secreto francês, na presença da srta. Chambert?

– Por que não, meu querido? – disse ela carinhosamente e beijando-lhe o rosto. – Eu sou da casa.

– Tu és... – Thomas engasgou.

– No primeiro degrau da escada, mas é verdade. Ganho uns cobrinhos com isto. Estás zangado?

– A srta. Chambert – disse o coronel – é a mais encantadora patriota que eu conheço.

De repente, a voz que se tornara uma obsessão para Thomas Lieven, a voz do ator Jean-Louis Barrault, tornou-se clara em sua memória e Thomas compreendeu, então, as palavras de Ricardo III:

"Por esse motivo – não podendo, nos belos dias que correm, ser um amante feliz – estou resolvido a tornar-me um celerado."

– Sr. Lieven – perguntou o coronel, com o copo de vinho tinto na mão –, quer trabalhar para nós?

Thomas olhou para Mimi, a doce e carinhosa Mimi. Olhou para o coronel Siméon, esse homem que sabia viver. Olhou para a boa ceia.

Parece não haver outro caminho, pensou Thomas Lieven. A imagem que eu me fazia do mundo era totalmente falsa. É preciso que eu mude de vida, imediatamente, se não quiser perecer nessa torrente de loucuras.

A voz de Mimi soava em seus ouvidos:

– Sê bonzinho, querido. Fica conosco. Levaremos uma vida formidável, tu verás.

A voz de Siméon soava em seus ouvidos:

– Chegou a uma decisão, cavalheiro?

A voz de Jean-Louis Barrault troava em seus ouvidos: "... estou resolvido a tornar-me um celerado".

– Estou resolvido – disse Thomas Lieven em voz branda.

Primeiro a Abwehr alemã, depois o Serviço Secreto inglês e, agora, o Deuxième Bureau. Tudo no espaço de 96 horas. Há quatro dias eu vivia em Londres. Era um homem bem considerado, um banqueiro em pleno sucesso. Quem engolirá esta história? Quem vai me acreditar, no clube?

– A minha situação – disse Thomas Lieven, passando a mão aristocrática nos cabelos castanhos e curtos – parece sem saída, mas não muito séria. Bem alimentado, aqui estou sobre os escombros de minha vida burguesa. É um momento histórico. Émile!

O velho *maître d'hôtel* acorreu solícito.

– Temos razões para uma celebração. Traga champanhe, por favor.

Mimi beijou carinhosamente o seu amante.

– Não acha que ele é um verdadeiro amor? – perguntou ela ao coronel.

– Cavalheiro, aprovo a sua atitude. Estou encantado que tenha resolvido trabalhar conosco.

– Eu não resolvi coisa alguma. Simplesmente não tinha outra escolha.

– Vem a dar no mesmo.

– Fica bem entendido que o senhor só poderá contar comigo enquanto durar o meu processo. Quando eu o ganhar quero voltar a viver em Londres. Está bem claro?

– Perfeitamente claro, cavalheiro – disse o coronel Siméon, com um sorriso enigmático, como se já adivinhasse que Thomas Lieven mesmo depois de uma guerra mundial ainda não teria ganho o seu processo e que não viveria mais em Londres.

– Além do mais – disse Thomas – eu me pergunto em que campo eu lhe poderei ser útil.

– O senhor é banqueiro.

– E daí?

– A senhorita informou-me – disse Siméon piscando um olho – que o senhor era muito talentoso.

– Mimi – disse Thomas à atriz –, que falta de discrição!

– A senhorita o fez unicamente pela causa nacional. Ela é uma criatura absolutamente encantadora.

– Suponho, coronel, que o senhor fala com conhecimento de causa.

Mimi e o coronel começaram a falar ao mesmo tempo.

– Eu dou a minha palavra de oficial...

– Mas, querido, foi muito antes de ti.

Pararam subitamente de falar e estouraram a rir. Mimi aconchegou-se a Thomas. Ela tinha um sentimento verdadeiro por esse homem de aparência séria e que podia ser tão pouco sério; esse homem que parecia o protótipo dos banqueiros ingleses e, ao mesmo tempo, era o homem mais agradável para compartilhar a vida e que tinha mais imaginação que todos os homens que ela conhecia. E ela conhecia um número regular.

– Muito antes de mim – disse Thomas Lieven. – Bem... bem... Se eu entendi bem as suas palavras, coronel, devo considerar-me como consultor financeiro do Serviço Secreto francês?

– Exatamente, cavalheiro. Ser-lhe-ão confiadas missões especiais.

– Antes da chegada do champanhe permita-me dizer algumas palavras, com toda a sinceridade. Apesar da minha relativa mocidade, já adotei um certo número de princípios. Caso eles estejam em conflito com a minha futura atividade eu pediria, apesar de tudo, que levasse avante a minha expulsão.

– Os seus princípios, cavalheiro?

– Recuso-me a vestir um uniforme, coronel. Além disso... pode parecer-lhe incompreensível... não dou tiros em ninguém. Não aterrorizo ninguém, não prendo ninguém.

– Mas, caro senhor, por favor. O senhor nos é precioso demais para tratar de tais insignificâncias.

– Além do mais eu não leso ninguém, não furto de ninguém, salvo nos limites permitidos pela minha profissão e somente quando estou seguro de que o sujeito o merece.

– Não tenha cuidado, cavalheiro, pode respeitar os seus princípios. O que realmente nos interessa é o seu cérebro.

Émile chegou com o champanhe. Beberam e o coronel continuou:

– Em contrapartida sou obrigado a pedir-lhe que participe de um estágio de treinamento para agentes secretos. É o regulamento. Há muitos meandros e certos assuntos que o senhor, por enquanto, nem imagina. Eu providenciarei para que o senhor siga, o mais rapidamente possível, para um dos nossos campos especiais.

– Mas não esta noite, Jules – disse Mimi acariciando a mão de Thomas Lieven. – Por esta noite basta...

Cedo, na manhã do dia 30 de maio de 1939, dois homens vieram buscar Thomas Lieven em casa de sua amiguinha. Usavam ternos de confecção barata e as suas calças tinham saliências nos joelhos. Eram subagentes, sub-remunerados.

Com ar sério, fizeram Thomas subir num caminhão-furgão. Quando ele quis olhar para fora, verificou que as portas traseiras estavam hermeticamente fechadas.

Ao fim de cinco horas ele estava todo doído. Quando, finalmente, o caminhão parou e os dois homens permitiram que descesse, Thomas se viu envolvido por uma paisagem melancólica. Era uma planura, quase uma charneca, com valados, semeada de grandes pedras e cercada de arame farpado. Mais atrás, diante de um bosque escuro, Thomas percebeu uma construção escura, marcada pelo tempo. Um militar, fortemente armado, guardava a entrada.

Os dois homens malvestidos dirigiram-se à sentinela que os observava com olhar hostil. Apresentaram muitos documentos que o soldado examinou com atenção.

Um velho camponês apareceu na estrada, com uma carrocinha cheia de lenha.

– É longe a tua casa, vovô? – perguntou Thomas.

– Com o diabo, é sim. Ainda três quilômetros até Saint Nicholas.

– E onde fica isso?

– Lá longe. Na estrada de Nancy.

– Ah, bom – disse Thomas Lieven.

Os dois homens voltaram.

– Deve desculpar-nos por tê-lo fechado no caminhão – explicou um deles. – As ordens são estritas. Do contrário o senhor poderia talvez reconhecer a região. O senhor não pode, de forma alguma, saber onde está.

– Ah, perfeitamente – disse Thomas.

O velho casarão tinha o conforto de um hotel de terceira categoria. Algo miserável, pensava Thomas Lieven. Os meus amigos não parecem muito ricos. Esperemos, ao menos, que não haja percevejos. A vida é cheia de situações inacreditáveis.

Além de Thomas, mais 27 agentes faziam parte do grupo a ser treinado. Na sua maioria eram franceses, mas havia também dois austríacos, cinco alemães, um polonês e um japonês.

Os cursos eram dirigidos por um homem magro e pálido, de aspecto doentio e que tinha os mesmos modos misteriosos, deprimidos, vaidosos e tímidos de seu colega alemão, o comandante Loos, que Thomas conhecera em Colônia.

– Senhores – disse esse personagem ao grupo de agentes, reunido pela primeira vez –, eu sou Júpiter. Durante o estágio cada um dos senhores adotará uma identidade falsa. Têm meia hora para inventar um falso *curriculum vitae* apropriado. Essa identidade falsa deve ser mantida, em qualquer circunstância, a partir de agora. Eu e os meus colegas faremos todo o possível para provar que não são quem pretendem ser. Devem, por conseguinte, adotar uma personalidade que resista a todos os nossos ataques.

Prosaicamente, Thomas resolveu chamar-se Adolf Meier. Não tinha o hábito de empregar sua imaginação em tentativas sem qualquer esperança.

À tarde, recebeu uma roupa cinzenta, de algodão, com o seu falso nome bordado no peito. Os outros alunos receberam o mesmo uniforme de trabalho.

A comida era má. O quarto designado para Thomas era horrível e a roupa de cama algo úmida. Antes de dormir, fez soar, nostalgicamente e várias vezes, o seu querido relógio de repetição. Fechou os olhos e imaginou estar em sua bela cama, em Londres. Seriam quatro horas da manhã quando um terrível berreiro o acordou.

– Lieven! Lieven! Responda, em nome de Deus!

Banhado de suor e sobressaltado, Thomas mal pôde responder:

– Pronto, estou aqui. – No mesmo instante recebeu dois sonoros bofetões. Diante de sua cama estava Júpiter, que lhe disse, com um riso demoníaco:

– Eu pensei que o seu nome fosse Meier, sr. Lieven! Se lhe acontecesse a mesma coisa durante uma missão o senhor seria um homem morto. Boa noite. Durma bem.

Thomas não dormiu bem. Refletia sobre a maneira de evitar futuras bofetadas. No decorrer das noites que se seguiram. Júpiter berrou à vontade. Todas as vezes Thomas saía lentamente do sono e aferrava-se à sua falsa identidade: "Que querem de mim? Chamo-me Adolf Meier!".

Júpiter simplesmente ignorava que Thomas tinha dois bons chumaços de algodão nos ouvidos...

Júpiter estava entusiasmado: Que extraordinário controle sobre si mesmo!

Os estagiários aprenderam a lidar com venenos, explosivos, metralhadoras portáteis e revólveres. Thomas deu dez tiros e verificou, estupefato, que oito haviam atingido a mosca do alvo.

– É um puro acaso – disse ele assombrado. – Eu nunca soube atirar.

Júpiter cacarejou, satisfeito.

– Não sabe atirar, Meier? Então eu digo que é um dom natural!

Em nove dos dez tiros seguintes atingiu a mosca e Thomas disse, impressionado: "O homem é um enigma para si mesmo". Ele aprendeu o Código Morse, aprendeu a redigir em código secreto e a decifrar códigos secretos. Para tal fim, Júpiter distribuiu exemplares, muito usados, do *Conde de Monte Cristo*.

– O sistema – disse ele – é o que há de mais simples. Quando em missão os senhores levarão um livro idêntico. Recebem uma mensagem em código. A mensagem começa por três algarismos que são mudados cada vez. O primeiro algarismo é a página do romance que deve ser utilizada; o segundo indica a linha da página e o terceiro, a letra da mesma linha. Essa letra é o ponto de partida. Daí por diante é só contar até achar a próxima letra conforme os algarismos indicados pelo código...

Júpiter distribuiu folhas de papel com mensagens cifradas.

A metade dos alunos acertou perfeitamente. A outra metade, onde estava Thomas Lieven, falhou redondamente. Os seus esforços para decifrar o código tinham chegado à seguinte frase: "Tdmxdtrre illdm ionteff."

– Vamos tentar novamente – disse Júpiter.

A nova tentativa deu o mesmo resultado de 50-50.

– Mesmo que tenhamos que ficar a noite inteira!... – disse Júpiter.

E passaram a noite inteira.

Já pela madrugada verificaram que estavam usando duas edições diferentes: a segunda e a quarta. A quarta fora revista e, por conseguinte, tinha paginação diferente.

– Uma coisa semelhante é impossível na prática – disse Júpiter, lívido mas convencido do que dizia.

– Evidentemente – disse Thomas Lieven.

Júpiter promoveu uma grande festa, com bebidas em abundância. Um dos alunos, de olhar de brasas e com uma tez de lírios e rosas, chamado Hans Nolle, bebeu demais. No dia seguinte, foi excluído do estágio. O polonês e um dos austríacos deixaram a concentração na mesma ocasião. A noite havia revelado que não eram dignos de ser agentes secretos.

No decorrer da quarta semana a classe foi levada para uma floresta inóspita onde, em companhia do professor, passou oito dias.

Dormiam no chão e estavam expostos às intempéries. Ao fim de três dias acabaram as provisões – conforme previsto – e os alunos deveriam aprender a viver comendo frutos do mato, cascas, raízes, folhas e qualquer animal capturado, por mais nojento que parecesse. Thomas Lieven não aprendeu. Prevendo alguma eventualidade desse gênero, ele tinha conseguido introduzir, na escola, às escondidas, uma provisão de conservas. No quarto dia ele ainda se deliciava com *foie gras* belga. Quando os seus colegas já brigavam por um pedaço de rato do mato, ele se dava ao luxo de aparentar uma calma estoica, que lhe valeu elogios de Júpiter:

– Sigam o exemplo de Meier, senhores! Posso dizê-lo: aí está um homem.

Durante a sexta semana Júpiter levou a classe até a borda de um profundo abismo. O fundo era coberto por uma espécie de gaze. Os alunos recuaram assustados – todos menos Thomas. Empurrando os colegas e gritando "hurra", tomou impulso e saltou no precipício. Numa fração de segundo raciocinara que o Governo francês teria poucos motivos para gastar grandes quantias no seu treinamento físico e moral com o único objetivo de levá-lo ao suicídio. A gaze rompeu-se e Thomas caiu sobre um lençol de borracha que amorteceu, suavemente, a queda.

– Meier, o senhor é o meu melhor homem. Algum dia o mundo falará do senhor.

E o futuro lhe daria razão.

Apenas uma vez Thomas foi repreendido pelo seu professor. Foi na ocasião em que este, ensinando a maneira de escrever com tinta invisível, declarou que só era preciso ter uma pena, suco de cebola e um ovo duro. Ávido por aprender, Thomas perguntou:

– A quem devemos nos dirigir, numa prisão da Gestapo, para pedir cebolas, pena e ovos duros?

O final dos cursos consistiu num "grande interrogatório". Em plena noite os alunos foram brutalmente arrancados de suas camas e levados perante um tribunal da Abwehr alemã. Os juízes eram professores e o presidente era Júpiter. Os instrutores, todos já muito conhecidos pelos alunos, estavam sentados atrás de uma longa mesa e vestiam uniformes alemães. Júpiter tinha uma farda de coronel. Os professores, disfarçados, berravam como possessos e obrigaram os alunos a fixar fortes refletores. Além do mais, ficaram toda a noite sem alimentação, o que, aliás, não era muito grave porque todos haviam jantado muito bem.

Júpiter foi particularmente violento com Thomas. Deu-lhe várias bofetadas e obrigou-o a ficar de nariz contra a parede e com um cano de revólver na nuca.

– Confesse – berrou ele –, você é um espião francês!

– Nada tenho a dizer – foi a heroica resposta de Thomas.

Em vista disso, aplicaram-lhe algemas com torniquetes e começaram a apertar. Quando ele sentiu um pouquinho de dor, fez: ai, ai e, imediatamente, desapertaram as algemas. Cerca de seis horas da manhã ele foi condenado à morte, por espionagem.

Júpiter intimou-o, mais uma vez, a trair segredos militares, prometendo que teria a vida salva.

Thomas cuspiu aos pés do presidente do tribunal e gritou:

– Prefiro a morte!

O seu desejo foi atendido. Ao clarear do dia, foi levado a um pátio sujo, empurraram-no contra o muro frio e o fuzilaram sem honras militares mas, em compensação, com tiros de pólvora seca. Nada de balas.

Depois do fuzilamento, todos foram comer.

É desnecessário acrescentar que terminou o seu estágio obtendo a menção "Muito Bem". Entregaram-lhe os documentos sobre a terminação do curso, bem como um passaporte francês, falso, com o nome de Jean Leblanc. Júpiter tinha lágrimas nos olhos.

– Boa sorte, camarada! Orgulho-me de um aluno como você.

– Diga-me, Júpiter, agora que você me deixa partir, não receia que, se eu cair nas mãos dos alemães, possa revelar o que aqui aprendi?

– Haverá pouca coisa a contar, meu velho – respondeu Júpiter, sorrindo. – Todos os serviços secretos do mundo usam os mesmos métodos de treinamento. Estão todos no mesmo nível e empregam os mais recentes conhecimentos da medicina, da psicologia e da técnica.

No dia 16 de julho de 1939, Thomas Lieven regressou a Paris, onde foi recebido por Mimi, que se portou como se lhe tivesse permanecido fiel durante seis semanas.

No dia 1º de agosto, Thomas Lieven conseguia, graças à intervenção do coronel Siméon, um confortável apartamento no Bois de Boulogne e que ficava a apenas 15 minutos, de automóvel, do seu banco na Champs-Élysées.

No dia 30 de agosto, Thomas conseguiu convencer o coronel Siméon de que, apesar da situação internacional, ele merecia umas férias em Chantilly, em companhia de Mimi, a fim de repousar de todas as suas canseiras.

A 30 de agosto a Polônia decretava a mobilização geral.

Na tarde seguinte, Thomas e Muni foram ver os açudes de Commelles e o Castelo da Reine Blanche.

Quando regressaram à cidade, caía a tarde e o céu tinha tons avermelhados. De braço dado, passaram pelas *villas* estilo fim do século e, pisando as velhas e gastas pedras das ruas, dirigiram-se para o Hôtel du Parc, na avenida Marechal Joffre.

O porteiro fez um sinal para Thomas, logo que entraram no *hall* e disse:

– Chamado telefônico de Belfort para o sr. Lieven.

Pouco depois Thomas ouvia a voz do coronel Siméon ao telefone:

– Lieven, até que enfim o encontro – o coronel falava em alemão, e explicou, imediatamente, por que o fazia: – Não posso correr o risco de alguém, aí no hotel, compreender o que digo. Escuta, Lieven, o negócio vai começar.

– A guerra?

– Sim.

– Quando?

– Nas próximas 48 horas. Tome o primeiro trem para Belfort, amanhã. Vá para o Hôtel du Tonneau d'Or. O porteiro está a par do assunto. Trata-se de...

Nesse momento a ligação foi cortada. Thomas sacudiu o gancho do fone:

– Alô! Alô!

Uma voz severa de mulher falou:

– Sr. Lieven, a linha foi desligada. O senhor falava em língua estrangeira.

– Isso é proibido?

– Sim, desde as 18 horas de hoje. As conversas interurbanas só podem ser em francês.

A voz calou-se. A linha estava morta.

Quando Thomas Lieven saiu da cabina o porteiro olhou-o de forma esquisita. Somente às cinco da manhã, quando bateram à porta de seu quarto, é que ele recordou o tal olhar...

Mimi dormia, toda encolhida, como uma gatinha. Thomas não tivera coragem de contar-lhe o que sabia.

O dia já raiara e uma quantidade de pássaros chilreava nas velhas árvores.

Bateram, novamente, e com mais insistência. É impossível, pensou Thomas, que já sejam os alemães. Decidiu não reagir.

– Sr. Lieven – disse uma voz –, abra imediatamente ou arrombaremos a porta.

– Quem está aí?

– Polícia.

Thomas levantou-se, suspirando. Mimi acordou assustada.

– Que está acontecendo, querido?

– Calculo que venham prender-me novamente.

A suposição estava certa. À porta estavam um tenente de polícia e dois *gendarmes*.

– Vista-se e venha conosco.

– Mas por quê?

– Você é um espião alemão.

– Por que o senhor imagina isso?

– Ontem você teve uma conversa telefônica suspeita. O serviço de vigilância nos avisou. O porteiro observou tudo. É inútil negar.

– Peço que faça sair os seus homens – disse Thomas ao oficial. – Tenho algo a dizer.

Os *gendarmes* saíram.

Thomas mostrou o cartão e o passaporte que recebera de Júpiter.

– Trabalho para o Serviço de Informações da França.

– Não encontrou nada melhor para dizer? Com esses reles documentos falsos? Vamos, vista-se depressa.

Ao cair da tarde de 31 de agosto de 1939, Thomas chegava, como sempre bem vestido, à velha fortaleza de Belfort. A corrente de ouro de seu velho relógio luziu sobre o seu colete. Tomou um táxi e foi imediatamente para o Tonneau d'Or.

O coronel Siméon esperava-o no *hall* do hotel. Apesar de estar uniformizado não parecia menos simpático que à paisana.

– Meu caro Lieven, estou desolado com a atitude daqueles *gendarmes* cretinos. Quando Mimi conseguiu, finalmente, falar-me ao telefone, passei um bruto sabão nos responsáveis. Mas venha agora, o general Effel está à nossa espera. Não percamos tempo. É o seu batismo de fogo, meu amigo.

Um quarto de hora mais tarde, Thomas Lieven estava sentado no gabinete de trabalho do general, no edifício do Estado-Maior francês.

O gabinete era de uma simplicidade espartana. As quatro paredes estavam literalmente cobertas com mapas do Estado-Maior representando a França e a Alemanha.

Louis Effel era alto e magro. Tinha os cabelos brancos. Com as mãos nas costas, andava de um lado para outro diante de Thomas Lieven e Siméon.

– Sr. Lieven – disse o general com voz sonora –, o coronel Siméon falou-me do senhor. Sei que é um dos nossos melhores homens.

O general parou diante da janela e errou os olhos pelo belo vale que separa os Voges do Jura.

– Não tenhamos ilusões. Hitler abriu as hostilidades. A nossa declaração de guerra será entregue dentro de poucas horas. Mas... (o general girou nos calcanhares) a França não está preparada para esta guerra, sr. Lieven. E nós, do Serviço Secreto, ainda menos que todos... Temos problemas que se enquadram em sua profissão. Diga-lhe, coronel.

Siméon engoliu a saliva e, depois, disse:

– É que estamos sem vintém, meu velho.

– Quebrados?

O general concordou, com veemência:

– Sim, cavalheiro. Praticamente sem meios. Reduzidos a uma verba ridícula que nos dá o Ministério. Completamente impossibilitados de agir em grande escala como as atuais circunstâncias exigem. Amordaçados. Impotentes.

– Que horror! – disse Thomas quase sem poder reprimir uma monstruosa vontade de rir. – Peço desculpas, meu general, mas, quando um país não tem dinheiro, não seria melhor desistir inteiramente de manter um serviço secreto?

– O nosso país teria o suficiente para estar preparado para uma agressão alemã. Infelizmente há, na França, grupos que se opõem a todo imposto suplementar: aproveitadores e açambarcadores que não hesitam, mesmo na situação atual, a tirar partido das infelicidades da pátria (O general empertigou-se todo). Bem sei que estou apelando para o senhor na undécima hora. Sei que estou pedindo o impossível. Entretanto, eu pergunto: Acredita o senhor que possamos rapidamente – o mais rapidamente possível – obter somas consideráveis de dinheiro – digo consideráveis – a fim de que estejamos preparados para trabalhar?

– Deixe-me pensar, meu general. Mas não aqui. (Thomas dirigiu olhares para a decoração marcial das paredes.) Aqui o meu cérebro não funciona de maneira satisfatória (o seu semblante se desanuviou). Se os senhores estiverem de acordo, irei para o hotel preparar um jantar durante o qual poderemos retomar o fio da conversa.

– O senhor fala em cozinhar, num momento como este? – disse o general, estupefato.

– Sim, meu general, com a sua permissão. É na cozinha que me ocorrem, sempre, as melhores ideias.

O memorável jantar realizou-se na noite de 31 de agosto, em um salão privado do melhor hotel da cidade.

– Verdadeiramente magnífico – disse o general, passando o guardanapo nos lábios, após o prato principal.

– Fantástico – disse o coronel.

– O melhor foi a sopa de *escargots* – disse o general. – Nunca tive ocasião de saborear uma tão boa.

– Uma informação confidencial, meu general – disse Thomas –, só empregue *escargots* grandes e de carapaça cinzenta.

Os copeiros trouxeram a sobremesa. Thomas levantou-se.

– Obrigado, eu me encarrego disso – declarou ele, acendendo um fogareiro de álcool. – Vou preparar uma *mousse* de limão com cerejas flambadas.

Retirando as cerejas de uma taça, colocou-as numa frigideira de cobre que levou a aquecer no fogareiro. Em seguida, molhou as cerejas com conhaque e com um líquido transparente. Os convidados olhavam fascinados. O coronel Siméon chegou a erguer-se da cadeira.

– Que negócio é esse? – perguntou o general apontando o líquido transparente.

– Álcool de farmácia, muito puro. Uso-o como combustível, para ter melhor chama. – Com um gesto hábil, Thomas aproximou as cerejas da chama. Uma chama azulada ergueu-se, chiando, da frigideira, vacilou e extinguiu-se. Thomas espalhou as frutas quentes sobre a *mousse*.

– E agora, vejamos o nosso problema. Creio que há uma solução.

A colher do general caiu sobre o prato.

– Puxa, diabo, conte-nos isso.

– Esta tarde, meu general... boas estas cerejas, não?... o senhor deplorou a atuação de certos elementos que não hesitam em explorar as infelicidades da França. Esses sujeitos querem ganhar dinheiro, seja de que forma for. Quando as coisas vão mal, eles pegam o seu dinheiro e azulam. Os pequenos é que ficam. (Thomas provou uma colherada de *mousse*.) Talvez um pouco ácida, não? É uma questão de gosto. Por Deus, cavalheiro, acredito que poderemos encher as áreas do Serviço Secreto francês à custa dessa quadrilha de abutres impatrióticos.

– Mas como? Que precisa o senhor para isso?

– Um passaporte diplomático americano, um passaporte belga e uma ação rápida do sr. ministro das Finanças – disse Thomas em tom modesto.

Ele dizia isso na noite de 31 de agosto de 1939.

No dia 10 de setembro de 1939 a imprensa e o rádio anunciavam a assinatura do seguinte decreto:

"PRESIDÊNCIA DO CONSELHO

Decreto proibindo ou regulando, em tempo de guerra, a saída de capitais, as operações de câmbio e o comércio do ouro.

> Artigo 1º – A saída de capitais é proibida, sob qualquer forma salvo quando autorizada pelo Ministro das Finanças.
>
> Artigo 2º – Todas as operações cambiais autorizadas deverão ser efetuadas por intermédio do Banco da França ou de estabelecimento bancário autorizado, para tal fim, pelo Ministro das Finanças."

Seguiam-se outras decisões sobre o ouro e as divisas, bem como o enunciado das severas penas que ameaçavam os contraventores.

No dia 12 de setembro de 1939 um jovem diplomata americano seguia de Paris para Bruxelas, pelo rápido das 8h35. Vestia-se como um banqueiro londrino e levava uma grande mala de mão preta, de couro de porco.

Na fronteira franco-belga a fiscalização era severíssima. Pelo seu passaporte diplomático que se abria como uma sanfona, os funcionários franceses e belgas identificaram o elegante jovem como um certo William S. Murphy, correio diplomático da Embaixada americana em Paris. A sua bagagem passou sem qualquer inspeção.

Em Bruxelas, o correio diplomático americano – que na verdade era alemão e se chamava Thomas Lieven – dirigiu-se ao Hotel Royal. No balcão da recepção apresentou um passaporte belga, com o nome de Armand Deeken.

No dia seguinte, Deeken, aliás Murphy, aliás Lieven, adquiriu dólares até o montante de três milhões de francos franceses. Esses três milhões ele os tirou de sua mala e substituiu pelos dólares.

Esse capital inicial de três milhões provinha do pequeno banco parisiense de Thomas Lieven. Ele achou que era seu dever fazer esse adiantamento ao Deuxième Bureau...

Em consequência dos acontecimentos a cotação do franco caíra vinte por cento. Na França, os que tinham dinheiro, apavorados com a ideia de uma desvalorização crescente, procuravam por todos os meios adquirir dólares.

Dessa forma, a cotação do dólar subiu astronomicamente em algumas horas.

O mesmo não acontecia em Bruxelas. Podiam-se comprar dólares muito mais barato porque o medo da guerra, que assustava os franceses, não havia contaminado os belgas. Acreditavam cegamente em sua neutralidade. Uma segunda invasão alemã estava fora de cogitação.

Tendo o governo francês decidido, de forma brutal, impedir a saída de capitais, os mercados estrangeiros não estavam inundados de francos. Por esse motivo, tal como previra Thomas Lieven, o franco conservava, apesar de tudo, um valor relativamente estável. Tal estabilidade representava, por assim dizer, o pivô de toda a operação.

Thomas Lieven regressou a Paris com a mala cheia de dólares, sempre sob a identidade de William S. Murphy. Em poucas horas os ricaços, que tinham em mente o único objetivo de abandonar a pátria e botar as suas fortunas em segurança, arrancaram-lhe das mãos os preciosos dólares que ele tinha. O medo e a cupidez custaram-lhes o dobro ou o triplo.

A primeira viagem deu um lucro de seiscentos mil francos. De novo William S. Murphy voltou a Bruxelas, levando em sua bagagem diplomática cinco milhões de francos. O mesmo processo foi repetido. A margem dos lucros aumentou. Uma semana mais tarde, quatro cavalheiros, todos portadores de passaportes diplomáticos, iam e vinham constantemente de Paris a Bruxelas e de Paris a Zurique. Exportavam francos e importavam dólares. Duas semanas mais tarde havia oito viajantes.

Thomas Lieven dirigia as operações. Graças às suas relações e ligações ele conseguia refazer as reservas de Bruxelas e de Zurique. A operação, agora, passara a dar lucros de milhões.

Ao passo que aumentavam de volume as operações de Thomas Lieven um raio de esperança e uma expressão de gratidão, ainda um pouco incrédula, iluminaram os olhares dos oficiais do Serviço Secreto francês.

MENU

31 de agosto de 1939

Este menu levou a confusão à política monetária da França.

SOPA DE ESCARGOTS
CHUCRUTE COM FAISÃO E OSTRAS
MOUSSE DE LIMÃO COM CEREJAS FLAMBADAS

SOPA DE ESCARGOTS – Ferva os escargots durante uma hora em água e sal e retire-os das carapaças. Polvilhe-os com sal para eliminar a gosma, lave-os três ou quatro vezes e esprema para tirar toda a água. Faça cozinhar uns quarenta escargots em caldo de carne, até que fiquem bem cozidos. Retire do caldo e pique, bem fino, dois terços dos escargots. Frite-os na manteiga e junte caldo de carne até obter a quantidade de sopa que desejar. Faça ferver várias vezes, juntando noz-moscada e três gemas de ovos (para ligar) e sirva com fatias de pão torrado e os escargots que ficaram inteiros.

CHUCRUTE COM FAISÃO E OSTRAS – Prepare um faisão como para assar. Esprema, ligeiramente, um quilo de chucrute e coloque em uma caçarola. Adicione água e vinho branco até cobrir o chucrute. Deixe cozinhar durante uma hora. Junte o faisão e deixe no fogo mais uma hora. Retire o faisão quando já estiver cozido e acrescente um pouco de bechamel ao chucrute. Tire as ostras das cascas, seque-as com um pano e, uma a uma, salgue e ponha um pouco de pimenta-do-reino. Em seguida cubra com farinha de trigo, ovo e farinha de rosca. Frite, rapidamente, na manteiga até que as ostras adquiram um tom castanho-claro.
Corte o faisão em pedaços e o coloque numa travessa cercado de uma coroa de chucrute e outra de ostras.

MOUSSE DE LIMÃO COM CEREJAS FLAMBADAS – Para quatro pessoas use quatro limões cortados em rodelas grossas que se cozinham em água e açúcar. Junte um pouco de fécula, para engrossar, e passe na peneira quando frio. Acrescente cinco claras de ovos batidas em neve e sirva em taças.
Aqueça cerejas cristalizadas, molhe-as com Kirsch, ou conhaque, e acenda-as. Depois de flambadas coloque as cerejas sobre a mousse que está nas taças.

Entre 12 de setembro de 1939 e 10 de maio de 1940, dia em que os alemães invadiram a Bélgica, o total de negócios de Thomas Lieven chegou a oitenta milhões de francos. Como ele recebia dez por cento para despesas e comissões e como ele invertia em dólares os seus lucros pessoais, restaram-lhe 27.370 dólares. Não houve nenhuma irregularidade, mas um simples e pequeno incidente...

No dia 2 de janeiro de 1940, Thomas Lieven voltava, pela enésima vez, de Bruxelas para Paris, pelo expresso noturno. Na estação fronteiriça de Feignes o trem fez uma parada maior que a usual. Um tanto inquieto, Thomas já se dispunha a indagar a causa quando a porta do seu compartimento foi aberta e apareceu a cabeça do chefe da polícia francesa da fronteira, um homem de alta estatura que Thomas já vira por diversas vezes.

– Cavalheiro – disse o policial em tom positivo –, o senhor deveria deixar este trem, beber um trago comigo e tomar o trem seguinte.

– E por que isso?

– Este trem está à espera do embaixador dos Estados Unidos em Paris. Sua excelência teve um pequeno acidente que avariou o seu automóvel. Reservaram-lhe o compartimento vizinho ao seu. Ele está acompanhado por três membros da Embaixada... O senhor deveria, *sem dúvida*, tomar o trem seguinte. Permita que eu carregue a sua pesada mala.

– Como é que o senhor sabia? – perguntou Thomas, cinco minutos mais tarde.

– Mas, meu caro senhor – disse o grande policial, com um gesto que indicava estar enunciando o que era evidente. – O coronel Siméon nos avisa cada vez que o senhor vai passar, recomendando que o protejamos!

– Que posso eu oferecer-lhe? – perguntou Thomas pegando na carteira.

– Por favor, não, cavalheiro. É um serviço de amigo. Não se recebe dinheiro por isto. Por outro lado... somos

16 homens neste posto e já estamos quase sem café e cigarros...

– Na minha próxima viagem a Bruxelas...

– Um momento, cavalheiro. A coisa não é tão simples. Não teria graça ver aqueles sujeitos da Alfândega ficarem com a muamba para eles! A próxima vez que o senhor vier, mas somente se for pelo noturno rápido – vá para a plataforma dianteira do carro da primeira classe. Um dos meus homens subirá para receber o embrulho.

E assim foi feito, duas ou três vezes por semana. O posto fronteiriço de Feignes tornou-se o mais bem abastecido da França.

– Gente modesta, gente boa – disse Thomas Lieven.

O general Effel quis condecorá-lo mas Thomas recusou:

– Eu sou um civil por convicção, meu general. Realmente não aprecio essas coisas.

– Então peça-me outra coisa, sr. Lieven.

– Eu gostaria muito de ter uma certa quantidade de passaportes franceses, meu general. Com os carimbos competentes. Muitos alemães serão forçados a tornarem-se clandestinos se, por desgraça, os nazistas chegarem a Paris. Eles não teriam dinheiro suficiente para fugir. Gostaria de ajudar a esses pobres diabos.

O general ficou em silêncio por alguns momentos.

– Não será fácil, cavalheiro, mas eu respeito os motivos que ditaram o seu pedido e vou satisfazê-lo.

Muitas pessoas foram procurar Thomas em seu belo apartamento do Bois de Boulogne. Ele não pedia dinheiro a ninguém. Os falsos passaportes eram entregues aos que, se capturados pelos nazistas, estariam em perigo de ir para a prisão ou... para a morte.

Thomas chamava a isso "brincar de cônsul". Ele tinha real prazer em brincar de cônsul. Tendo tirado dinheiro dos ricos era, para ele, um prazer dar uma pequena ajuda aos pobres.

Os alemães pareciam indiferentes à guerra na frente oeste. "*Drôle de guerre*", diziam os franceses.

Thomas Lieven continuou as suas viagens a Bruxelas e a Zurique. Em março de 1940 ele voltou, certa vez, mais cedo que o previsto.

Vou fazer uma surpresa a Mimi, pensou Thomas. Realmente a surpreendeu... nos braços do coronel Siméon.

– Cavalheiro – disse o coronel atarefado com os seus numerosos botões –, assumo inteira responsabilidade. Eu subornei Mimi. Traí a sua confiança. Escolha as armas.

– Trate de dar o fora e que eu não o veja mais em minha casa!

Siméon ficou vermelho como um morango, mordeu os lábios e retirou-se.

– Tu foste bastante grosseiro – disse Mimi com timidez.

– Então tu o amas?

– Eu amo aos dois. Ele é tão valente e tão romântico e tu és tão inteligente e tão divertido!

– Minha pobre Mimi, que vou fazer de ti? – disse Thomas, abatido e sentando-se à beira da cama. Subitamente sentia que estava muito preso àquela jovem mulher...

A ofensiva alemã foi desencadeada no dia 10 de maio. Os belgas se tinham equivocado. O seu país, apesar de neutro, foi invadido pela segunda vez.

Os alemães lançaram 190 divisões na batalha. A elas se opunham: 12 divisões holandesas, 23 divisões belgas, dez divisões britânicas, 78 divisões francesas e uma divisão polonesa. Os aliados dispunham de 850 aviões, parte dos quais já obsoletos, para combater os 4.500 aparelhos alemães.

A *débâcle* veio com uma rapidez incrível. O pânico generalizou-se. Dez milhões de franceses empreendiam uma horrível migração.

Em Paris, Thomas Lieven procedia com calma ao fechamento de sua residência. Os últimos passaportes falsos foram entregues a seus compatriotas quando já se ouvia o surdo troar dos canhões.

Empacotou cuidadosamente os seus francos, os seus dólares e as suas libras e colocou-os em uma valise com fundo falso. Mimi o ajudava. Ela não tinha boa aparência, ultimamente. Thomas mantinha-se algo distante, embora sempre amável. Ele ainda não tinha conseguido digerir o coronel.

Exteriormente, mantinha as aparências.

– Segundo as últimas informações, os alemães estão avançando do norte em direção leste. Por conseguinte, vamos comer algo e partir em direção sudoeste. Temos gasolina suficiente. Passaremos por Mans e prosseguiremos em direção a Bordeaux e... (ele parou de falar). Estás chorando?

– Tu vais levar-me contigo?

– Mas é claro que sim. Eu não poderia, evidentemente, deixar-te aqui.

– Mas eu te enganei...

– Minha queridinha, para enganar-me – disse ele com ar digno – seria necessário que tivesses dormido, pelo menos, com Winston Churchill!

– Ah, tu és maravilhoso, querido. E a ele, tu perdoas também?

– Mais facilmente que a ti. Compreendo perfeitamente que ele goste de ti.

– Thomas...

– Sim?

– Ele está no jardim.

– Como? – disse Thomas estupefato.

– Ele está desesperado. Não sabe mais o que fazer. Quando voltou da última missão não encontrou mais ninguém. Agora está só, sem carro e sem gasolina...

– Como é que sabes?

– Ele... ele me contou... Esteve aqui há uma hora. Prometi falar contigo.

– Agora – disse Thomas – já vi tudo – começando a rir até às lágrimas.

Na tarde de 13 de junho de 1940, um pesado Chrysler preto atravessou Saint-Cloud em direção ao sudoeste. O carro avançava lentamente porque inúmeros outros veículos, transportando fugitivos de Paris, se amontoavam na estrada.

Do lado direito do Chrysler tremulava uma pequena bandeira dos Estados Unidos da América. Uma bandeira estrelada, de dimensão média, recobria o teto do carro. Nos para-choques havia escudos americanos e uma placa, bem polida, com as letras CD.

Thomas Lieven estava no volante e Mimi Chambert a seu lado. No assento de trás, entre malas e caixas de chapéus, estava o coronel Siméon, que trajava o seu terno azul-marinho de corte elegante mas já um tanto gasto. Usava as suas abotoaduras e o seu alfinete de gravata, de ouro. Siméon olhava para Thomas com um misto de gratidão, de vergonha e de extrema confusão.

Thomas fazia o possível para desanuviar a atmosfera dizendo palavras encorajadoras.

– A nossa boa estrela nos protegerá (olhava para a bandeirola junto ao radiador). Dizendo melhor, as nossas 48 estrelas.

– Fugir como um covarde – disse o coronel – quando deveria ficar e combater!

– Mas Jules – disse Mimi em tom amistoso –, há muito tempo que a guerra está perdida. Se eles te pegam serás fuzilado.

– Seria mais honroso.

– E mais tolo – disse Thomas. – Estou curioso por saber como toda essa loucura vai acabar. Enormemente curioso.

– Se os alemães o pegarem – opinou o coronel – você também será encostada à parede.

Thomas freou para entrar numa estrada secundária que atravessava um bosque.

– Os alemães cercaram três quartas partes de Paris. A quarta parte, ainda livre, está situada, *grosso modo*, entre Versailles e Corbeil. É justamente onde estamos.

– E se os alemães já chegaram até cá?

– Tenham confiança em mim. Nesta estrada sem interesse estratégico e neste setor não há alemães. Não há um único.

Chegavam ao fim do bosque e avistaram a planície. Uma longa coluna de carros blindados alemães, ostentando a cruz gamada, rodava sobre a estrada sem interesse estratégico e vinha diretamente sobre eles.

Mimi deu um grande grito.

O coronel gemeu, desanimado.

– Mas que fazem eles aqui? – disse Thomas Lieven. – Certamente erraram o caminho...

– Está tudo perdido – disse o coronel, branco como o linho.

– Não recomece as suas trapalhadas. Você acaba por me enervar.

– Na minha pasta – disse o coronel Siméon em voz rouca – estão documentos secretos e listas com os nomes e endereços de todos os agentes franceses.

Thomas quase sufocou.

– Você ficou louco ou coisa que o valha? Por que trouxe essa papelada?

– O general Effel – gritou o coronel – ordenou-me que a entregasse, a qualquer custo, a uma determinada pessoa.

– Você não podia ter contado isso antes? – berrou Thomas.

– E você me traria, se eu tivesse contado?

Thomas foi obrigado a rir.

– É. Acho que você tem razão.

Um minuto mais tarde estavam face à coluna alemã.

– Tenho um revólver – sussurrou o coronel. – Enquanto eu estiver com vida ninguém tocará nesta pasta.

– Esses cavalheiros – disse Thomas parando o motor – esperarão os poucos minutos que você tem de vida.

Soldados alemães, empoeirados, aproximaram-se, curiosos. Um tenente, magro e louro, saltou de um carro patrulha e dirigiu-se para o Chrysler; fez continência e disse:

– Bom dia. Posso ver os seus documentos?

Mimi parecia paralisada. Não podia, sequer, pronunciar uma palavra. Os soldados, agora, rodeavam o carro por todos os lados.

– *It is okey* – disse Thomas Lieven, com desdém. – *We are Americans, see?*

– *I can see the flag* – disse o tenente em excelente inglês. – *And now I want to see your papers.*

– *Here you are* – disse Thomas, apresentando um documento.

O tenente Fritz Egmont Zumbusch desdobrou o passaporte diplomático americano, feitio sanfona, estudou-o de sobrecenho cerrado e depois olhou para o homem infinitamente *blasé* e infinitamente indiferente que estava na direção do grande carro preto.

– *Your name is William S. Murphy?* – perguntou Zumbusch.

– *Yes* – respondeu o jovem, levando a mão disfarçadamente à boca, para dissimular um bocejo.

O tenente, meio contrafeito, devolveu delicadamente o passaporte. É verdade que nesse dia quente de 13 de junho de 1940 os Estados Unidos ainda mantinham a sua neutralidade. É também verdade que Zumbusch não desejava meter-se em encrencas a 21 quilômetros de Paris. Mas, não sendo feliz no casamento, ele gostava da vida militar. Assim sendo, prosseguiu como mandavam os seus deveres:

– O passaporte da senhora, por favor.

Sem compreender as palavras a morena Mimi adivinhou o que ele queria. Abriu a bolsa e apresentou o documento pedido. Aos soldados que estavam em volta do carro ela ofereceu um sorriso que logo provocou um murmúrio de admiração.

– *My secretary* – explicou Thomas ao tenente.

Por enquanto tudo vai às mil maravilhas, pensou Thomas Lieven. Agora só falta o Siméon e estaremos salvos. A catástrofe ocorreu logo a seguir.

O tenente Zumbusch enfiou a cabeça pela janela, para devolver o passaporte de Mimi e, depois, virou-se para Siméon, sentado ao fundo entre maletas e caixas de chapéus, com a sua pasta preta sobre os joelhos.

Talvez Zumbusch tenha estendido a mão com demasiada rapidez. O caso é que o coronel Siméon teve um brusco movimento de recuo quando a mão teutônica dele se aproximou e apertou contra o peito a pasta preta tendo no olhar a expressão fanática dos primeiros mártires cristãos.

– Olá, que há aí dentro? Deixe-me ver.

– Não, não, não! – gritou o coronel.

Thomas, querendo intervir, fez um movimento e bateu com a boca no cotovelo de Zumbusch. Afinal, um Chrysler não é do tamanho de um campo de futebol.

Mimi desatou a gritar. Zumbusch bateu com o crânio no teto do carro e começou a praguejar. E quando Thomas virou-se para o lado a alavanca do câmbio de velocidade bateu-lhe num local sensível. O joelho.

Heróis cretinos, pensou Thomas, furioso. Depois, com indizível susto, viu surgir na mão de Siméon um revólver militar francês. O coronel, em péssimo alemão, arquejava:

– Tire as mãos ou eu atiro.

– Espécie de asno – gritou Thomas, batendo de baixo para cima na mão de Siméon, com tal força que quase desloca o ombro. O tiro partiu com enorme ruído. A bala atravessou o teto do carro.

Thomas arrancou a arma das mãos de Siméon e disse, em francês:

– Com você só se arranjam encrencas.

O tenente Zumbusch abriu violentamente a porta e berrou para Thomas: "*Raus*".

Thomas desceu do carro, com um sorriso condescendente nos lábios. O tenente também tinha, agora, um revólver na mão. Em volta, os soldados estavam prontos para atirar. Subitamente fez-se um completo silêncio.

Thomas atirou num campo de trigo o revólver de Siméon e ergueu as sobrancelhas ao deparar com 15 pistolas apontadas em sua direção.

Não há nada mais a fazer, pensou Thomas. Tentemos apelar para o respeito que os alemães têm pela autoridade. Procurou respirar normalmente.

– Este senhor e esta senhora estão sob a minha proteção – gritou Thomas, na falta de melhor ideia. – Este veículo é extraterritorial. Os seus ocupantes estão em solo americano!

– Não estou ligando para isso...

– *Okay, okay,* o senhor quer provocar um incidente internacional! Foi um caso semelhante que nos fez entrar na Primeira Guerra Mundial.

– Eu não quero provocar coisa alguma. Estou cumprindo o meu dever. Este homem talvez seja um agente secreto francês.

– Se isso fosse verdade, o senhor pensa realmente que ele se teria portado como um imbecil?

– Basta. Quero ver o que está na pasta.

– Ela faz parte de bagagem diplomática, protegida por imunidade internacional. Eu apresentarei queixa a seu superior.

– O senhor vai ter oportunidade para fazer isso.

– Que quer dizer?

– O senhor virá conosco.

– Para onde?

– Para o quartel-general do corpo de exército. Mesmo um cego veria que há algo de anormal por aqui. Tome a direção e faça meia-volta. À primeira tentativa de fuga abriremos fogo. E não atiraremos nos pneumáticos.

Ele disse isso entre os dentes.

2

Suspirando, melancolicamente, Thomas Lieven examinou o quarto, decorado em vermelho, branco e ouro. O quarto fazia parte do apartamento 107. O 107 era um dos quatro mais luxuosos apartamentos do hotel George V. O George V era um dos quatro mais luxuosos hotéis de Paris. Havia algumas horas que a bandeira da cruz gamada flutuava sobre o seu telhado. Desde algumas horas ouvia-se o ressoar das lagartas dos pesados carros que passavam pela porta. No pátio estava estacionado um Chrysler preto.

No quarto de dormir do apartamento 107 estavam Thomas Lieven, Mimi Chambert e o coronel Jules Siméon.

Eles acabavam de passar 24 horas verdadeiramente loucas. Com um carro blindado à retaguarda, haviam tentado descobrir onde estava o quartel-general do corpo do exército. O tenente Zumbusch tentara, inutilmente, um contato pelo rádio. O avanço alemão, entretanto, era tão rápido que não havia, aparentemente, um quartel-general fixo. Só depois que Paris foi ocupada, sem resistência, é que o general encontrou, afinal, um lugar onde permanecer: o hotel George V.

Pesadas botas alemãs pisavam os corredores. Caixas, metralhadoras portáteis e cabos telefônicos espalhavam-se pelo *hall* do hotel. Linhas de comunicação estavam sendo instaladas. A confusão era tremenda.

Um quarto de hora antes, o tenente Zumbusch levara os seus três prisioneiros ao quarto de dormir do apartamento 107. Depois desaparecera. Sem dúvida para fazer um relatório ao general. A pasta de couro preto estava nos joelhos de Thomas. Ele se apoderara dela antes de fechar, à chave, o automóvel negro. Acreditava que, assim, em seu poder, ela estaria mais em segurança.

Subitamente gritos de cólera atravessaram a grande porta, artisticamente trabalhada, que comunicava com o salão. A porta foi aberta por um oficial de grande estatura.

– O general Von Felseneck pede-lhe a fineza de entrar, sr. Murphy – disse ele.

Portanto, pensou Thomas Lieven, eu ainda sou um diplomata americano. Vamos...

Levantou-se lentamente e, com a pasta preta debaixo do braço, passou diante do ajudante de ordens e entrou no salão.

O general Erich von Felseneck era um homem corpulento, de curtos cabelos grisalhos e óculos de aro de ouro.

Thomas avistou uma pequena mesa, sobre a qual havia talheres e dois recipientes de metal prateado. O general, era evidente, havia sido incomodado durante uma rápida refeição; aproveitando a ocasião, Thomas demonstrou a sua educação cosmopolita.

– General, lamento muito interromper a sua refeição.

– Sou eu, sr. Murphy – disse o general apertando a mão de Thomas –, que devo lamentar o ocorrido.

Thomas quase teve uma vertigem quando o general lhe entregou o falso passaporte diplomático e os falsos passaportes de Mimi e de Siméon.

– Os seus documentos estão em ordem. Queira desculpar a iniciativa do tenente. Pode-se compreender que o comportamento do seu companheiro tenha despertado suspeitas. Mas é fora de dúvida que ele foi além das suas atribuições.

– São coisas que acontecem, general... – murmurou Thomas.

– São coisas que *não devem* acontecer, sr. Murphy. O Exército alemão sempre age com correção. Respeitamos as praxes diplomáticas. Não somos salteadores de estrada.

– *Certainly not...*

– Sr. Murphy, serei franco. Tive grandes aborrecimentos na semana passada. Quase que o assunto chegou aos ouvidos do Führer. Perto de Amiens, dois dos meus homens prenderam e revistaram dois membros da missão diplomática sueca. Uma encrenca dos diabos. Tive que apresentar desculpas pessoais. Aprendi a lição. Isso não me acontecerá a segunda vez. Já almoçou, sr. Murphy?

– N-não.

– Então permita que eu o convide a comer algo antes da sua partida. A alimentação é frugal mas... na guerra como na guerra, não é? A cozinha do hotel ainda não está funcionando. E o Prunier, ah, ah, ah, certamente não está aberto hoje.

– Ah, ah, ah.

– Bem. Então? Uma amostra da cozinha de campanha alemã?

– Não desejaria incomodá-lo, general.

– Ao contrário, o prazer é todo meu. Kogge, mais um talher. E mande levar alguma coisa à senhora e ao cavalheiro que estão ao lado...

– Perfeitamente, general.

Cinco minutos mais tarde...

– Um tanto monótona esta comida, não acha, sr. Murphy?

– *Oh no*. Dadas as circunstâncias está deliciosa... – disse Thomas, que começava a readquirir o seu sangue-frio.

MENU

15 de junho de 1940

Graças aos cozidos Thomas conquistou a amizade de um general alemão.

COZIDOS DIVERSOS

GOULASCH COM BATATAS – Refogue as cebolas, salgue bem o tempero com páprica. Junte a carne cortada em pequenos cubos. Antes que a carne esteja cozida acrescente batatas igualmente cortadas em cubos. Não esquecer que as quantidades de carne e de cebolas devem ser idênticas quanto ao peso. Junte, então, orégano e, se possível, cornichons.

RISI-BISI – Misture arroz já cozido com ervilhas, frescas ou em conserva, junte manteiga ou gordura, restos de carne ou salsichas Frankfurt cortadas em pequenos pedaços e leve ao fogo brando, por pouco tempo. Tempere a seu gosto – o curry é ótimo para isso – e sirva depois de polvilhar com queijo ralado.

COZIDO À IRLANDESA (Irish Stew) – Com esse nome há várias maneiras de preparar um excelente cozido de carneiro com repolho branco. A receita de Mecklemburg é uma das melhores. Eis a maneira de proceder: corte a carne de carneiro em pequenos quadrados, salgue e cozinhe em água durante uma hora ou hora e meia. Desfolhe o repolho, jogando fora as folhas externas. Cozinhe as folhas durante 15 minutos e depois seque-as espremendo fortemente num pano. Forre uma grande panela (de preferência de barro) com fatias finas de toucinho ou bacon.

Coloque uma camada de folhas de repolho e sobre ela alguns pedaços de carne de carneiro, cebola picada, cerefólio (cerfenil), sal, pimenta-do-reino e um cravo-da-índia. Continue a colocar novas camadas na mesma ordem, terminando com uma de folhas de repolho. Molhe tudo com o caldo – filtrado – onde foi cozido o carneiro e leve ao fogo brando durante aproximadamente uma hora. Sirva em uma terrina.

– Não sei explicar por que, mas esses tipos não sabem fazer um cozido – disse o general.

– General – disse Thomas Lieven com suavidade –, para agradecer a sua amabilidade permita que eu lhe ensine uns truques culinários...

– Puxa, sr. Murphy, fala extraordinariamente bem o alemão!

Elogio mortal, pensou Thomas que logo baixou o plano dos seus conhecimentos linguísticos:

– *Thank you, general.* Tivemos uma babá, natural de Mecklemburg. Sua especialidade era o cozido à moda de Mecklemburg...

– Interessante, hein? – disse o general a seu ajudante de ordens.

– Sim, meu general. É uma infelicidade – explicou Thomas, tendo o maior cuidado com o sotaque americano e maltratando a sintaxe alemã – que o cozido esteja, hoje em dia, tão abandonado. Eu explicarei como se faz um cozido à moda de Mecklemburg. Até mesmo um *goulasch* de batatas pode ser delicioso. – Thomas baixou a voz. – Antes, porém, uma pergunta que me preocupa há algum tempo, general: é verdade que misturam... hum... *brometo* à comida dos soldados alemães?

– É um boato muito espalhado. Não posso responder porque realmente não sei. É verdade que os homens ficam em campanha por vários meses, longe de suas mulheres, longe de... Preciso elucidar mais?

– Absolutamente, general. De qualquer forma as cebolas são de grande utilidade.

– Cebolas?

– As cebolas, general, representam o *alpha* e o *omega* de um *goulasch* de batatas. E não há falta de cebolas na França! É muito simples: use a mesma quantidade de cebolas que de carne de vaca, tempere com orégano e *cornichons* picados, depois...

– Um momento, sr. Murphy, por favor. Tome nota disso, Kogge. Quero mandar a receita ao subchefe do Estado-Maior.

– Muito bem, general... Refogue as cebolas, salgue bem e tempere com páprica... – Enquanto ele ditava bateram à porta. Um ordenança entrou. Houve uma troca de palavras, sussurradas, entre o general e o ordenança, e logo a seguir saíram ambos da sala.

Thomas continuou a ditar sua receita de cozido.

Dois minutos depois o general regressou.

– Há pouco – disse o general em voz baixa e tom glacial – repreendi o tenente Zumbusch. Ele não gostou e telefonou para a Embaixada americana. O nome de Murphy é completamente desconhecido. Pode explicar isso, sr. Murphy?

Os *panzers* e os veículos militares continuavam a passar em frente ao hotel. Nos ouvidos de Thomas, o estalido das esteiras metálicas e o ronco dos motores assumiram sonoridade quase intolerável.

Um gesto involuntário fê-lo tirar do bolso o seu relógio de repetição. A campainha soou 12 vezes e depois mais duas. O general, imóvel, esperava. Enquanto soavam os leves toques argentinos o cérebro de Thomas funcionava a toda velocidade. Não há nada a fazer, pensou ele, é preciso jogar tudo por tudo...

– Muito bem. Não tenho alternativa. Sou obrigado a infringir ordens, as mais estritas... general, peço uma conversa a sós com o senhor.

Ele agora falava alemão fluente e sem qualquer sotaque.

– Ouça-me com atenção, sr. Murphy ou qualquer nome que o senhor tenha: eu o previno. Uma corte marcial pode ser reunida em poucos momentos.

– Cinco minutos a sós, general.

Thomas Lieven fez o possível para assumir uma atitude grave.

O general pensou longamente e depois, com um movimento de cabeça, mandou sair o ajudante de ordens.

Logo que ficaram a sós, Thomas pôs-se a falar com a rapidez de uma metralhadora:

– General, solicito oficialmente que guarde em absoluto segredo tudo que vou dizer. Queira dar a sua palavra de oficial que nada dirá...

– Nunca vi uma audácia como a sua.

– O almirante Canaris...

– Ca-Canaris?

– O almirante Canaris, pessoalmente, deu-me ordens para não abandonar, em qualquer circunstância, a minha identidade de diplomata americano. As circunstâncias obrigam-me a dizer-lhe a verdade. Aqui está (com um grande gesto Thomas desabotoou o colete e retirou um documento de um bolso interno), queira tomar conhecimento, general.

Felseneck leu.

Estava em suas mãos uma carteira autêntica da Abwehr alemã, assinada por um certo comandante Fritz Loos, oficial da Abwehr na circunscrição de Colônia. Thomas havia guardado esse documento movido por uma convicção íntima de que algum dia poderia precisar dele.

– O senhor... o senhor é membro da Abwehr? – perguntou assombrado o general.

– Como o senhor vê. (Thomas agora estava animado e a todo pano.) Se o senhor duvida das minhas palavras sugiro que peça uma ligação urgentíssima para Colônia.

(Se ele telefonar estou frito. Se não telefonar estou salvo.)

– Escute... o senhor tem que admitir que...

Aparentemente estou salvo, pensou Thomas. Pôs-se a gritar:

– O senhor sabe quem são as pessoas que nos esperam no quarto ao lado? São pessoas que ocupam posições-chaves no Serviço Secreto francês. E estão decididos a trabalhar para nós (bateu sobre a pasta preta). Aqui dentro estão as fichas e as listas de todos os membros do Deuxième Bureau. Talvez agora o senhor comece a entender o alcance desse trabalho.

O general Von Felseneck estava transtornado. Tamborilava com os dedos sobre a secretária. Thomas Lieven pensava: fichas, listas, nomes dos agentes; se os meus compatriotas alemães pegarem estas listas liquidarão os agentes franceses. Correrá sangue. Muito sangue. Mas, por outro lado, se eles não se apoderarem das listas? Então esses agentes franceses irão fazer o possível para matar alemães. Qualquer das duas hipóteses me é desagradável. Odeio a violência e a guerra. Por conseguinte, devo refletir maduramente sobre o destino desta pasta preta. Pensarei mais tarde. No momento, o que interessa é sair daqui...

– Mas... mas... – gaguejou o general –, se essas pessoas querem trabalhar para nós, porque tanto mistério? É incompreensível.

– O senhor *verdadeiramente* não me compreende, general? A contraespionagem francesa está em nosso encalço. O atentado pode acontecer a qualquer momento. Foi por isso que o almirante teve a ideia de transportar essas pessoas sob a proteção diplomática de uma potência neutra e escondê-las em um casarão, perto de Bordeaux, até a assinatura do armistício. (Thomas sorriu amargamente.) Infelizmente, não imaginamos a possibilidade de um tenente alemão, cioso de seus deveres, vir a fazer fracassar o nosso plano! (Sacudiu a cabeça com ar grave.) Perdemos tempo. Tempo terrivelmente precioso! General, se este homem e esta mulher forem capturados pelos franceses as consequências *internacionais* serão simplesmente incalculáveis... Peço a fineza de chamar Colônia imediatamente!

– Mas desde que eu acredite no que diz!

– Ah, o senhor acredita? É muito amável de sua parte. Neste caso permita que *eu* fale com Colônia para explicar o contratempo e o atraso.

– Depois das encrencas que já tive? Será realmente necessário?

– Que significa: será necessário? Não podemos continuar nas mesmas condições. Se eu partir imediatamente não quero continuar a correr o risco de ser preso na primeira esquina por um de seus homens cheios de zelo e disciplina.

– Eu lhe darei um salvo-conduto – disse o general com voz implorante. – Ninguém o prenderá. Nunca mais.

– Está bem – disse Thomas. – Há outra coisa, general: não repreenda o tenente Zumbusch. Ele cumpriu o seu dever. Imagine só se eu fosse um agente francês e ele me tivesse deixado passar.

Quando o Chrysler preto, com a bandeira estrelada, saiu do pátio do George V duas sentinelas alemãs fizeram continência. Thomas Lieven, aliás William S. Murphy, correspondeu, cortesmente, levando a mão à aba do chapéu preto.

A cortesia de Thomas acabou aí. Passou, imediatamente, a descompor o coronel Siméon, que ouviu sem replicar.

Após 46 horas de viagem reencontraram o caminho da fuga planejada.

– Afinal – perguntou Thomas –, quem é o destinatário da pasta preta?

– O comandante Débras.

– Quem é ele?

– O número 2 do Deuxième Bureau. Ele levará os documentos para a Inglaterra ou para a África.

E depois?, pensou Thomas angustiado, e depois? Como seria belo o mundo sem serviços secretos.

– Esse comandante está em Toulouse?

– Não tenho a menor ideia – respondeu o coronel. – Ignoro quando chegará e como chegará. As minhas ordens são para entrar em contato com a nossa caixa postal, em Toulouse.

– Que caixa postal? – perguntou Thomas.

– Chamamos de caixa postal uma pessoa que recebe ou transmite informações.

– Ah.

– É um homem da mais absoluta confiança. Chama-se Gabriel Perrier, e é garagista...

Eles passaram vários dias nas estradas entupidas de refugiados e de tropas. O salvo-conduto do general Felseneck operou milagres. Os controles alemães foram de uma cortesia exemplar. Por fim, Thomas chegou até a utilizar gasolina da Wehrmacht. Em Tours, um amável capitão entregou-lhe cinco latões.

Antes de Toulouse, Thomas parou o carro e fez um certo número de modificações. Desaparafusou a placa CD e retirou a flâmula americana do radiador, bem como a bandeira que recobria a capota. Prevendo uma eventual utilização, guardou esses acessórios na mala do carro, de onde tirou duas placas de matrícula francesa.

– Peço que não esqueçam de que, de agora em diante, não me chamo mais Murphy, mas sim Jean Leblanc – disse ele a Mimi e a Siméon. Era esse o nome que constava no falso passaporte que lhe fora entregue por Júpiter, seu ex-instrutor na escola de espionagem de Nancy...

Em tempo de paz, Toulouse era uma cidade de 250 mil habitantes. No momento, mais de um milhão lá viviam. A cidade tinha o aspecto de uma praça de feira mas o ambiente era febril e de tragédia. Imensos grupos de refugiados acampavam ao ar livre, debaixo das velhas árvores das praças da Rue des Changes e em Saint-Sernin. Os carros com que Thomas cruzava nas ruas tinham placas de todas as partes da França e de quase metade dos países da Europa. Viu um ônibus da RATP ainda com a indicação de destinar-se ao Arco do Triunfo e um caminhão de entregas com a indicação: "Sodas e Águas Minerais, Alois Schildhammner & Filho, Viena XIX, Krottenbachstrasse 32".

Enquanto o coronel procurava a sua "caixa do correio", Mimi e Thomas tentavam arranjar quartos.

Andaram por todos os hotéis, pensões e centros de abrigo. Nada escapou. Não havia um só quarto livre em Toulouse. Nos hotéis, famílias inteiras dormiam nos *halls*, nas salas de refeições, nos bares e até nos toaletes. Os quartos abrigavam o dobro, ou o triplo de sua capacidade normal.

Com os pés doridos, Mimi e Thomas voltaram ao automóvel, depois de horas e horas de buscas inúteis. O coronel estava sentado no estribo do carro. Parecia preocupado. A pasta preta estava sob seu braço.

– Que aconteceu? – perguntou Thomas. – Você não encontrou a garagem?

– Encontrei – disse Siméon com ar cansado. – Mas não encontrei o Perrier. Ele morreu. Só há uma meia-irmã que se chama Jeanne Perrier e mora na Rue des Bergères número 16.

– Entremos no carro e vamos até lá. Talvez ela tenha alguma notícia do comandante Débras.

A Rue des Bergères ficava num dos velhos bairros da cidade que quase não haviam mudado desde o século XVIII. Velhas ruas e vielas, calçadas com pedras irregulares e com suas casas pitorescas. Ouviam-se a algazarra das crianças e os sons de aparelhos de rádio. Das cordas, estendidas de um lado a outro, pendia a roupa lavada e multicor.

Na Rue des Bergères, com os seus bistrôs, seus minúsculos restaurantes e seus pequenos bares, viam-se muitas moças bonitas. Exageradamente maquiladas e com vestidos curtos e apertados, andavam de um lado para outro, como que esperando que algo acontecesse.

O número 16 era um pequeno hotel envelhecido, em cujo andar térreo havia um restaurante com rachaduras nas paredes.

Uma tabuleta de cobre representando uma silhueta feminina pendia sobre a entrada. Nela se lia:

CHEZ JEANNE

Num cubículo, pequeno e sombrio, estava o porteiro com cabelos cheios de brilhantina. Uma escada muito íngreme levava ao primeiro andar do hotel. O porteiro disse que a patroa não demoraria. Solicitou que os cavalheiros fossem para o salão.

No salão havia um lustre, muito veludo, pequenos sofás, plantas empoeiradas, um fonógrafo e um grande espelho que cobria toda uma parede. No ar sentia-se um misto de perfume, de pó de arroz e de tabaco.

– Meu Deus – disse Mimi meio assustada. – Estaremos num...

– Hum! – fez Thomas.

– Vamos embora – disse o coronel movido por seus princípios puritanos.

Uma bela mulher, de seus 35 anos, entrou na sala. Seus cabelos avermelhados eram curtos. Estava maquilada com apuro. Tinha um ar enérgico. Era uma mulher que conhecia a vida e apreciava o seu lado cômico. A mulher também tinha curvas que imediatamente despertaram o interesse de Thomas Lieven. A voz era ligeiramente rouca.

– Bom dia, minha senhora, bom dia, cavalheiros. Estão juntos os três? Como é encantador! Meu nome é Jeanne Perrier. Posso apresentar minhas amiguinhas?

Ela bateu as mãos.

Uma porta coberta de seda vermelha abriu-se e entraram três moças, uma das quais mulata. Todas as três eram bonitas. Todas as três estavam nuas. Sorrindo, dirigiram-se para o grande espelho e fizeram um giro completo.

– Aí está – disse a mulher interessante de cabelos fulvos. – Da esquerda para a direita temos Sônia, Bebé, Jeanette...

– Minha senhora – interrompeu o coronel em voz débil.

– ...Jeanette é de Zanzibar, ela...

– Minha senhora – interrompeu o coronel em voz mais forte.

– Cavalheiro?

– Há um mal-entendido. Nós queremos falar-lhe a sós. – O coronel levantou-se e, chegando-se a Jeanne Perrier, perguntou em voz baixa: – Que disse a formiga à cigarra?

Jeanne apertou os olhos e respondeu no mesmo tom baixo:

– Agora dance. – Depois, batendo novamente as mãos, disse às três uvinhas: – Vocês podem sair.

As três garotas saíram, rindo disfarçadamente.

– Peço perdão, mas não tinha a menor ideia... (Jeanne começou a rir, olhando para Thomas. Parecia que ele a agradava. Uma ruga de cólera surgiu na testa de Mimi.) Dois dias antes de morrer – disse Jeanne – meu irmão inteirou-me de tudo. Ensinou-me, também, as palavras da senha. (Virou-se para Siméon.) Então o senhor é o homem que deveria trazer a pasta. Acontece que a pessoa que deve vir *procurar* a pasta ainda não deu sinal de si.

– Então será preciso que eu o espere. Isso pode levar algum tempo. A situação desse homem é extremamente perigosa.

A situação do homem será ainda mais perigosa, pensou Thomas, quando ele aparecer. Isto porque ele não vai receber a pasta preta. O Siméon não a terá por muito tempo em seu poder. Disso me encarrego eu. Farei tudo para impedir novas desgraças e mais derrame de sangue... Vocês deveriam ter-me deixado tranquilo, todos vocês. Agora é tarde. Vou jogar o jogo, mas à minha moda.

– Minha senhora – disse ele a Jeanne –, a senhora bem sabe que a cidade está mais cheia que um ovo. Não poderia alugar-nos dois quartos?

– Aqui? – disse Mimi, com um sobressalto.

– Querida, não vejo outra solução (sorriu graciosamente para Jeanne). Por favor, senhora!

– Em princípio só alugo meus quartos por hora...

– Vejamos, madame, permita que eu insista apelando para o seu coração de patriota.

Jeanne pensou, com ar sonhador.

– Que locatário simpático. Pois bem, concordo.

O comandante Débras fez-se esperar. Passou uma semana, depois mais outra, sem que aparecesse. Como seria bom, pensava Thomas, aliás Jean, se ele não chegasse nunca.

Ele começava a instalar-se confortavelmente na Chez Jeanne. Sempre que dispunha de tempo punha-se à disposição da apetitosa hoteleira de cabelos avermelhados.

– Jean – explicou Jeanne a seu locatário germânico que ela tomava por parisiense da gema e que chamava pelo nome de batismo desde o segundo dia –, o meu cozinheiro fugiu. E os abastecimentos são cada vez mais difíceis. Imagine o que eu poderia estar ganhando se o restaurante funcionasse...

– Jeanne – respondeu Thomas, que tratava a sua hospedeira pelo nome de batismo desde o segundo dia –, vou fazer-lhe uma proposta honesta: eu me encarrego da cozinha e das compras. Os lucros nós dividiremos meio a meio, concorda?

– Você resolve tudo assim depressa?

– Isso a perturba?

– Pelo contrário, Jean, pelo contrário! Estou ansiosa por conhecer todos os seus talentos ocultos...

Durante os preparativos para reabrir o restaurante de Jeanne, Siméon acabou por demonstrar que tinha, apesar de tudo, os dotes de um verdadeiro agente secreto. Depois de ausentar-se por dois dias, ele, orgulhosamente, fez o seu relatório a Mimi e a Thomas.

– Os dois mecânicos nada me quiseram dizer mas, revistando a garagem, encontrei vários indícios. Uma chave. Um mapa de estradas. Um desenho. Descobri que o velho Perrier tinha um depósito de gasolina escondido.

– Não diga. Onde?

– Num bosque, perto de Villefranche-de-Lauragais. A cinquenta quilômetros daqui. É uma reserva subterrânea. Acabo de chegar de lá. Há, pelo menos, uma centena de latões.

Mimi deu um salto e pendurou-se ao pescoço do coronel.

Isto resolve o problema das gorduras para a cozinha, pensou Thomas. Fez justiça a Siméon:

– Minhas felicitações, coronel.

– Ah, meu caro amigo, se soubesse como estou feliz por ter, finalmente, feito alguma coisa de útil e sensato.

Se o céu tivesse dado a todos os agentes secretos o mesmo discernimento!, pensava Thomas.

Foram buscar a gasolina escondida na floresta. Thomas guardou o Chrysler numa garagem e empregou uma pequena parte dos seus 27.730 dólares na compra de um pequeno Peugeot, que consumia muito menos gasolina.

Muito em breve Thomas tornou-se uma figura familiar nas estradas, meio esburacadas, dos arredores de Toulouse. Todos os camponeses o cumprimentavam, sorriam e mantinham as bocas caladas. Primeiro porque Thomas pagava bem e, segundo, porque ele lhes obtinha algumas mercadorias raras que trazia da cidade.

Thomas começou a assar, grelhar e a fazer massas à vontade. Jeanne o ajudava.

Na cozinha fazia calor. Jeanne se defendia eliminando, tão radicalmente quanto possível, as peças de vestuário. Era uma sociedade feliz: os sócios se admiravam mutuamente. Mimi, por seu lado, fazia longos passeios em companhia de Siméon.

Todos os dias havia no restaurante um cartaz que dizia: *Complet*. A clientela era quase exclusivamente masculina: refugiados de todos os países que Hitler ocupara. A cozinha de Thomas Lieven era muito variada. Os refugiados estavam satisfeitíssimos porque, além do mais, os preços eram muito razoáveis.

Ainda mais encantadas estavam as jovens pensionistas da casa. Pela sua elegância, sua desenvoltura, sua amabilidade e sua sabedoria, o jovem e sedutor cozinheiro tinha conquistado a estima e a amizade de todas elas. Ele as tratava sempre como se fossem senhoras da sociedade e evitava trivialidades.

Muito em breve era, ao mesmo tempo, confessor, banqueiro, consultor jurídico e médico. Sempre que necessário, ouvia com paciência quando aqueles corações femininos abriam-lhe os recônditos mais secretos.

Jeanette tinha um bebê com uma ama, no campo. Os camponeses aumentavam suas pretensões despudoradamente. Thomas os dissuadiu disso.

Sônia tinha uma herança que um advogado safardana recusava-se a entregar. Thomas o persuadiu.

Bebé tinha um amante brutal que a surrava frequentemente. Fazendo delicadamente alusão a certos regulamentos policiais e usando um delicado golpe de judô, Thomas o levou a uma conduta melhor.

O amante chamava-se Alphonse e, no futuro, causaria muitos aborrecimentos a Thomas.

Entre os frequentadores do restaurante havia um banqueiro chamado Lindner. Hitler o havia forçado a fugir, primeiro de Viena e depois de Paris.

Lindner, que durante a fuga se vira separado da mulher, esperava-a em Toulouse, onde haviam combinado encontrar-se na hipótese de uma separação forçada, tal como acontecera.

Walter Lindner simpatizara muito com Thomas. Quando soube que ele também era banqueiro, fez-lhe a seguinte proposta:

– Venha comigo para a América do Sul. Partirei logo que minha mulher chegar. Tenho uma fortuna por lá. Você será meu sócio – e mostrou um extrato de conta, recente, do Banco do Rio da Prata, confirmando depósitos no valor de mais de um milhão de dólares.

Foi nesse momento que Thomas, a despeito de tudo que já lhe sucedera, retomou coragem e voltou a acreditar na razão e no bom senso. Ainda poderia haver um futuro melhor.

Ainda faltava concluir, da melhor maneira possível, o "caso da pasta preta". Abwehr ou Deuxième Bureau, nenhum dos dois teria os documentos.

Depois disso, então, adeus Europa. Velha Europa sanguinária e podre. Um mundo novo abria-lhe os braços. Voltar a ser banqueiro, bom cidadão e homem honesto! Que sonho!

Este sonho nunca passaria de um simples sonho. Muito em breve Thomas seria libertado do remorso de trabalhar para os franceses contra os alemães. Breve ele trabalharia para os alemães contra os franceses. Depois, novamente para os franceses. Depois contra os ingleses. Depois para os ingleses. Depois para todos os três. Depois contra todos os três. A loucura estava apenas principiando. O homem virtuoso que havia em Thomas Lieven, o homem que amava a paz e detestava a violência, simplesmente ignorava o que lhe reservava o futuro.

Junho terminou, depois julho. Havia quase dois meses que estavam instalados em Toulouse. Numa manhã bastante quente, Siméon, Thomas e Mimi reuniram-se em "conselho de guerra".

Síméon estava um tanto agitado mas Thomas só se apercebeu disto depois de algum tempo.

– Caro amigo – disse o coronel –, precisamos aumentar o nosso raio de ação. Mme. Perrier encontrou um novo bom fornecedor para você. (Apontou para um mapa que desdobrara.) Veja, é aqui, mais ou menos 150 quilômetros a noroeste de Toulouse, no vale do Dordogne, perto de Sarlat.

– Trata-se de um pequeno castelo – explicou Jeanne, que fumava nervosamente, o que no momento também escapou a Thomas – nos limites da Comuna de Castelnau-Fay-rac. Há uma fazenda, vacas, porcos, tudo enfim...

Três horas mais tarde o pequeno Peugeot saltitava sobre as poeirentas estradas, em direção noroeste. Nas margens do Dordogne a paisagem era romântica. Romântico também era o aspecto do Castelo de Milandes, alva e alta construção do século XV, com duas torres maiores e duas menores, dominando toda a cadeia de colinas e cercado por um velho parque a que se seguiam prados e pastagens.

Thomas deixou o carro perto do portão do parque e chamou, diversas vezes, elevando cada vez mais a voz. Ninguém respondeu.

Chegou até uma grande esplanada, coberta de cascalho. Ao alto da escadaria uma enorme e magnífica porta de carvalho estava entreaberta.

– Olá – gritou Thomas ainda uma vez.

Um riso estridente e agudo fê-lo sobressaltar. O que ouvia não parecia riso humano.

No instante seguinte um pequeno macaco castanho surgiu da porta e, sempre aos gritinhos, desceu vertiginosamente a escadaria e como ginasta perfeito escalou o corpo de Thomas Lieven. Antes que este pudesse recompor-se do susto, já o bichinho estava no seu ombro e beijava-lhe o rosto.

Uma voz feminina fez-se ouvir: *Glou-glou*, onde estás, *Glou-glou?* Qual é a nova travessura?

A porta de carvalho abriu-se e, por ela emoldurada, apareceu uma mulher de beleza radiosa e de pele bronzeada. Vestia calças brancas, justas, e uma blusa *chemisier* branca e folgada. Braceletes de ouro tiniam em seus pulsos finos e sua negra cabeleira, partida ao meio e penteada em bandós.

Thomas custou a retomar o fôlego. Conhecia aquela mulher e a admirava havia anos. A surpresa impedia-o de falar. Poderia esperar tudo, menos encontrar face a face, nessa época de loucura, no centro de uma França convulsionada pela guerra e pela derrota, um dos ídolos de todo o mundo e a mais perfeita encarnação da beleza exótica, em resumo: com a célebre dançarina negra Josephine Baker.

– Bom dia – disse ela com um sorriso de maravilhosa doçura. – Queira perdoar esta estranha recepção. *Glou-glou* parece ter gostado do senhor.

– Madame... a senhora é... a senhora tem... a senhora mora aqui?

– Aluguei o castelo, sim. Em que lhe posso ser útil?

– Chamo-me Jean Leblanc. Parece que eu vim aqui na intenção de comprar víveres. A sua presença, entretanto, atrapalha a minha memória – disse Thomas. (Sempre com o macaquinho encarapitado no ombro ele subiu a escadaria, inclinou-se diante de Josephine e beijou-lhe a mão.) – Pouco importa, aliás, o motivo da minha vinda até aqui se isso me dá a felicidade de encontrar uma das maiores artistas de nosso tempo.

– O senhor é demasiado gentil, sr. Leblanc.

– Tenho todos os seus discos. Tenho mesmo três exemplares de *J'ai deux amours*. Assisti a todas as suas revistas...

Thomas Lieven olhou, com veneração, para a Vênus Negra. Sabia que ela nascera nos Estados Unidos, em St. Louis. Sabia que o início de sua carreira fora muito difícil. A fama mundial ela conquistara em Paris, onde, vestida apenas com pencas de bananas, executava danças frenéticas diante de um público delirante de entusiasmo.

– É de Paris, cavalheiro?

– Sou um refugiado, sim...

– Quero que me conte tudo. Gosto tanto de Paris! É o seu carro que lá está, perto do portão?

– Sim.

– O senhor está só?

– Sim. Por quê?

– Por nada. Quer acompanhar-me, sr. Leblanc?

O castelo era muito velho. Thomas logo verificou que abrigava toda uma coleção zoológica. Além do macaquinho *Glou-glou*, veio a conhecer mais os seguintes hóspedes do castelo: *Mica*, um babuíno de ar circunspecto; *Gugusse*, um macaquinho bigodudo e de movimentos rápidos como raios; *Bongo*, uma píton preguiçosa que se enroscava no *hall*, diante de uma lareira sem fogo; *Hannibal*, o papagaio e, por fim, dois ratinhos que Josephine apresentou como srta. *Papelote* e srta. *Ponto de Interrogação*.

Todos esses animais viviam na mais perfeita paz. *Bonzo* estava espichado no tapete e deixava que srta. *Ponto de Interrogação* dançasse sobre seu focinho. *Mica* e *Hannibal* jogavam futebol com uma bola de papel prateado.

– Que mundo feliz – disse Thomas.

– Os animais sabem viver em paz – disse Josephine Baker.

– Os homens, infelizmente, não.

– Eles acabarão por aprender, algum dia – disse a vedete. – Mas, agora, fale-me sobre Paris.

Thomas contou tudo que sabia. Estava de tal forma fascinado que perdera a noção do tempo. Finalmente, e com remorso, olhou para o relógio.

– Meu Deus! Já são seis horas.

– Passei uma tarde muito agradável. Não quer ficar e jantar comigo? Infelizmente tenho pouca coisa em casa. Não esperava visitas. Minha empregada saiu...

– Então posso realmente ficar? – disse Thomas com um entusiasmo verdadeiramente juvenil. – Nesse caso permita que eu cozinhe. Com poucos ingredientes pode-se fazer coisas muito boas.

– É verdade – disse Josephine. – *Nem só de caviar vive o homem.*

A cozinha era enorme e instalada à moda antiga. Em mangas de camisa, Thomas começou a trabalhar com entusiasmo. Fora, caía o sol atrás das colinas ao longo do rio, as sombras se alongavam, chegara a noite.

Josephine, sorridente, olhava-o trabalhar, manifestando especial interesse pelos ovos *pochés* que preparava.

– É uma receita minha, madame! Em sua honra vou batizá-la: ovos à Josephine.

– Obrigada. Agora vou deixá-lo para trocar de roupa. Até já... – ela saiu. Thomas ocupou-se, alegre e satisfeito, com seus trabalhos culinários. Que mulher, pensava ele!

Quando terminou, lavou as mãos no banheiro e dirigiu-se para a sala de jantar. Doze velas ardiam em dois candelabros. Josephine Baker tinha um vestido verde, muito colante. Ela estava de pé ao lado de um homem alto e forte, trajando roupa escura. O homem tinha o rosto queimado pelo sol e seus cabelos branqueavam, nas têmporas. Os olhos e a boca denotavam caráter. Josephine Baker dava-lhe a mão.

– Peço desculpas por esta surpresa, sr. Leblanc – disse ela –, mas sou obrigada a ser muito prudente.

Virou-se para o homem de têmporas grisalhas:

– Maurício, gostaria de apresentar um amigo.

O homem de roupa escura estendeu a mão para Thomas.

– Thomas Lieven, estou encantado por conhecê-lo, afinal. Tenho ouvido falar muito sobre o senhor.

Thomas ficou gelado e imóvel ao ouvir, assim de chofre, pronunciar o seu verdadeiro nome. Que loucura, pensou ele. Acabei, mesmo, caindo na esparrela!

– Que distração a minha – disse Josephine. – O senhor não conhece ainda Maurício! Aqui está Maurício Débras, sr. Lieven, o comandante Débras, do Deuxième Bureau.

Com todos os demônios, pensava Thomas Lieven. Não conseguirei, nunca, sair desta ronda infernal? Adeus, noite agradável e só para dois.

– O comandante Débras é um dos meus amigos – declarou Josephine.

– Homem feliz – disse Thomas mal-humorado. (Olhou para o comandante.) – Há semanas que o coronel Siméon o espera em Toulouse.

– Só ontem consegui chegar. Tive grandes dificuldades em escapar, sr. Lieven.

– Maurício não pode aparecer em Toulouse – disse Josephine. – Sua fisionomia é por demais conhecida. A cidade é um formigueiro de agentes alemães e colaboradores franceses.

– Muitíssimo contente por sabê-lo, minha senhora – disse Thomas.

– Sr. Lieven, compreendo bem o que quer dizer com isso – disse o comandante emocionado. – O senhor é uma das pessoas que mais se arriscaram a serviço da França. Quando eu chegar a Londres, saberei contar ao general

De Gaulle a sua ação de louca temeridade quando salvou a pasta preta das garras de um general alemão.

A pasta preta...

Há quantas noites a pasta preta perturbava o sono de Thomas?

– A pasta está em Toulouse, com o coronel Siméon.

– Não, não está – disse o comandante, em tom amigável. – A pasta está na sacola de ferramentas, na mala do seu carro.

– Do meu...

– Sim, do seu pequeno Peugeot, que está junto à escadaria da entrada. Vamos logo buscá-la, antes de irmos para a mesa.

Desta vez eles me pegaram, pensou Thomas, com raiva. Siméon, Mimi e Jeanne me embrulharam. Que fazer agora? É bem verdade que eu não queria que o Serviço Secreto alemão se apoderasse da pasta. Mas também não quero que os franceses a tenham. O único resultado seria derramamento de sangue... Sangue francês ou sangue alemão, eu não quero ver correr nenhum dos dois. Eu era um homem pacato. Quiseram fazer de mim um agente secreto. Antes que tivessem deixado tranquilo... Vocês vão ver o que ganharão por não me terem deixado em paz.

Sentado à esquerda de Josephine e em frente ao comandante Débras, Thomas pensava nessas coisas enquanto beliscava, sem prazer, as rodelas de paio recheadas que ele próprio preparara.

A pasta preta estava, agora, sobre o grande aparador, perto da janela. Encontraram-na, realmente, na mala do carro. Débras, comendo com apetite, explicou toda a história.

– Ontem telefonei a Siméon, sr. Lieven. Perguntei como poderia ter em minhas mãos a pasta preta. Ele respondeu-me: "Você não pode vir a Toulouse, seria reconhecido; mas temos esse maluco Thomas Lieven, esse tipo extraordinário que vem percorrendo a região em todos os sentidos à procura de mantimentos. Ninguém estranhará ao vê-lo nas estradas. Ele pode levar a pasta preta". (Débras aspirou o aroma que vinha do seu prato.) Formidável este recheio. Como é feito?

– Cebolas, tomates e salsa. Mas por que todo esse mistério, comandante? Siméon deveria ter-me posto a par de tudo.

– Foi obedecendo minhas ordens que ele não o fez. Afinal de contas eu não o conhecia...

– Sr. Lieven, um pouco mais de paio, por favor. (Josephine sorriu radiosamente para Thomas.) Creio que foi melhor proceder assim. Além do mais, a pasta chegou sem tropeços a seu destino.

– Assim foi, não há dúvidas – disse Thomas. Olhou para a pasta preta idiota, cheia de listas idiotas e que poderia custar a vida de centenas de pessoas. Estava sobre o aparador. Arrancada a grande custo aos alemães tinha vindo aterrar entre os franceses.

É pena, pensou Thomas. Sem política, nem Serviços Secretos, nem violência, nem perigo de morte, poderíamos passar uma noite muito agradável.

Uma copla da *Ópera de Quat-Sous* veio-lhe à memória.

Porque, ai de mim, neste planeta
Os meios são precários e os homens brutais.
Quem não gostaria de viver tranquilo?
Mas as condições não o permitem, jamais.

Com efeito, pensou Thomas, as condições e as circunstâncias não são favoráveis. Eis por que as palavras que pronunciou, a seguir, não tinham, realmente, nenhuma ligação com os seus pensamentos.

Thomas Lieven disse:

– Agora permitam que eu sirva uma especialidade que eu batizei Ovos à Josephine, em honra de nossa anfitriã.

Enquanto isto, ele pensava: Débras não deve ficar com a pasta. Simpatizo com ele. Simpatizo com Josephine.

Não quero prejudicá-los. Mas não posso nem devo ajudá-los neste caso.

O comandante estava encantado com a cozinha de Thomas.

– Excelente, cavalheiro, o senhor é um grande homem.

– Botou noz-moscada? – perguntou Josephine.

– Pouquíssima, minha senhora. O essencial é começar por um *roux*, claro.

Thomas Lieven pensava: Compreendo Josephine, compreendo Débras. O seu país está em perigo, nós o atacamos, querem se defender e não ser aniquilados por Hitler. Mas *eu* não quero ter sangue nas mãos.

Thomas disse:

– Só se junta o leite depois, mexendo sempre até que o molho fique espesso.

Thomas pensava: Aquele livro que me deram naquela escola imbecil de espionagem, perto de Nancy, como se chamava mesmo? Ah, sim, *O Conde de Monte Cristo*. Em última análise, o herói estava na mesma situação que eu...

– O senhor vai à Inglaterra de que modo? – perguntou Thomas, com voz angelical. – Qual será o seu itinerário?

– Irei via Madri e Lisboa.

– É bastante perigoso, não?

– Tenho um passaporte falso.

– Apesar disso, e como madame disse há pouco, o país está cheio de colaboradores e informantes. Se encontrarem essa pasta com o senhor...

– Sou forçado a correr o risco. Precisam de Siméon em Paris. É essencial que ele volte. Não tenho ninguém mais.

– Tem, sim.

– Quem?

– Eu.

– O senhor?

Para o inferno com todos os serviços secretos do mundo, pensou Thomas, que respondeu com ênfase:

MENU IMPROVISADO

19 de agosto de 1940

Os ovos que Thomas preparou maravilharam a Vênus Negra.

RODELAS DE PAIO RECHEADAS

OVOS À JOSEPHINE

SALADA DE FRUTAS GELADA

RODELAS DE PAIO RECHEADAS – Use um tipo de paio que possa ser cortado em fatias espessas e sólidas. Corte fatias de um centímetro de grossura sem retirar a pele. Coloque as rodelas numa frigideira com gordura bem quente e aguarde que elas tomem a forma arredondada de uma cúpula. Retire-as rapidamente do fogo, coloque-as numa travessa dividindo em dois lotes e encha a parte que ficou côncava de um lote com o seguinte recheio: raiz forte em raspas, maçã raspada, vinagre e sal. O outro lote recheie com alho refogado com tomate, salsa e azeite de oliva. Sirva acompanhado de pão integral.

OVOS À JOSEPHINE – Prepare primeiramente um bechamel com 110 gramas de manteiga, cinquenta gramas de farinha de trigo e um quarto de litro de leite ao qual se adicionam, quando pronto, duas gemas. É importante misturar a farinha à manteiga derretida de forma que a mistura fique com um tom alourado. Junte o leite, mexendo sem cessar, acrescente as gemas depois de retirar a panela do fogo e adicione uma pitada de noz-moscada. A mistura deve ficar espessa. Complete o bechamel com presunto bem picado e queijo parmesão ralado. Cubra os ovos pochés com a massa, polvilhe-os com mais queijo ralado, coloque sobre eles alguns pedaços de manteiga e leve-os ao forno para gratinar, durante cinco minutos.

Pequeno truque para fazer bons ovos pochés: o ovo poché deve ser mole, mas com bastante consistência para não se desmanchar. Para obter tal consistência é preciso – uma vez quebrada a casca – colocá-lo, com cuidado, na água fervente à qual se adicionou um pouco de vinagre. Deixe cozinhar durante três minutos, retire com uma escumadeira e coloque em água fria para refrescar; depois que o ovo estiver frio seque-o, com grande cuidado, com um pano fino.

Quando adquirir noz-moscada verifique se são pesadas e oleosas. As leves e secas já perderam o aroma e se esfarinham ao ralar. A leve camada branca que cobre a noz-moscada é um depósito da água de cal em que são lavadas para preservá-las dos insetos.

SALADA DE FRUTAS GELADA – Adquira uma lata de frutas misturadas, gele bem, molhe com rum e acrescente muito creme fresco.

– Sim, eu! Não suporto a ideia de os alemães se apoderarem desses documentos (também não posso suportar a ideia de que vocês os têm). O senhor agora me conhece e sabe que pode confiar em mim. (Se tu soubesses o quanto não deves confiar!) Além do mais isso me diverte. Estou viciado no jogo. (Miséria! Quando poderei voltar a ser um cidadão pacato?)

– Maurício – disse Josephine tirando o olhar de seu prato –, o sr. Lieven tem razão. Para os alemães e seus espiões tu és como o pano vermelho que se agita para um touro.

– É certo, querida amiga. Mas como proteger essa pasta contra a Abwehr?

Contra a Abwehr e contra todos os outros, pensou Thomas.

– Em Toulouse – disse ele – conheci um banqueiro chamado Lindner. Espera pela esposa e depois partirá para a América do Sul. Ele me propôs uma sociedade. Viajaremos juntos e passaremos por Lisboa.

– Vocês poderão encontrar-se em Lisboa – disse Josephine a Débras.

– E por que quer fazer tudo isto? – perguntou Débras.

Por convicção, pensou Thomas.

– Por convicção – respondeu ele.

– Eu lhe ficarei devedor de um grande favor – disse Débras com ar pensativo. (Esperemos a continuação, pensou Thomas.) – Além do mais essa viagem dupla nos ofereceria possibilidades interessantes. (A mim, certamente, pensou Thomas.) Se eu atrair a atenção dos interessados sobre a minha pessoa, o senhor estará livre de perseguição (absolutamente exato, pensou Thomas), muito bem. Tomarei, portanto, o trem para Madri. Quanto ao senhor, com o seu visto de trânsito, poderá ainda tomar um avião em Marselha.

Vocês são pessoas de bem, pensou Thomas. Tão honestos e cheios de projetos. Espero que, mais tarde, não me venham a odiar. Mas, na minha situação, um homem honesto poderá fazer coisa diferente do que vou fazer?

Não quero ver morrerem agentes franceses, mas também não quero ver morrerem agentes alemães! Nem todos são nazistas em minha terra.

– É uma simples questão de bom senso, comandante – disse Thomas. – Toda a matilha está no seu encalço. Eu, por outro lado, creio que não estou nas listas da Abwehr.

Por um desses caprichos insondáveis do acaso, nessa mesma noite, mais ou menos à mesma hora, o general Otto von Stülpnagel, Governador Militar na França, erguia a sua taça de champanhe, no Hotel Majestic, sede do Estado-Maior alemão em Paris, para saudar a dois homens. O primeiro era o almirante Wilhelm Canaris, Chefe da Abwehr. O segundo era o baixote e grisalho comandante do corpo de carros blindados, o general Erich von Felseneck.

As taças de cristal tiniram ao serem chocadas. Diante de um grande retrato de Napoleão I, esses cavalheiros bebiam às respectivas saúdes. Os uniformes das diversas armas formavam um conjunto multicor. As condecorações cintilavam.

– Aos heróis invisíveis e desconhecidos da sua organização, almirante – disse o general Von Stülpnagel.

– A glória infinitamente maior dos vossos soldados, cavalheiros.

O general Von Felseneck, já um pouco avinhado, sorriu com ar de sabido.

– Deixe de falsa modéstia, almirante. Os seus homens são uns sabidões (estava de excelente humor). Infelizmente eu não lhe posso contar o caso, Stülpnagel. Prometi guardar segredo. Pode, entretanto, acreditar no que digo, o nosso Canaris não tem o cérebro oco.

Beberam.

Os generais Von Kleist e Reicherian aproximaram-se do grupo e levaram com eles o seu colega Stülpnagel.

Canaris examinou o general Von Felseneck com súbito interesse. Ofereceu-lhe um charuto.

– A que estava o senhor aludindo, Von Felseneck? – perguntou o almirante, em tom muito natural.

– Ora, sr. Canaris – disse Felseneck com uma risadinha. – Jurei manter segredo. Não me arrancará uma única palavra.

– Mas quem impôs silêncio tão absoluto? – perguntou Canaris.

– Um dos seus homens. Um sujeito verdadeiramente incrível. O máximo. – Canaris sorriu, mas o seu olhar era sério.

– Vamos, conte-me. Estou curioso por saber qual dos nossos pequenos passes de mágica o deixou tão impressionado.

– Está bem. É verdade que seria uma idiotice não contar *ao senhor*. Basta que eu lhe diga duas palavras: a pasta preta.

– Ah. Sim, sim. – Canaris sacudiu a cabeça num gesto amável. – Certamente, a pasta preta.

– Sim, senhor, que tipo, almirante! A maneira de apresentar-se como diplomata americano! Que sangue-frio! Aquela calma absoluta quando um dos meus homens o prendeu! (Von Felseneck ria alegre.) Um sujeito que nos traz dois espiões franceses e mais todos os documentos do Deuxième Bureau e que ainda tem tempo para me explicar como se prepara um *goulasch* com batatas. Estou sempre pensando nesse camarada. Gostaria de ter um como ele no meu estado-maior.

– Em verdade – disse o almirante –, temos alguns rapazes muito espertos em nossa organização. Lembro-me desta história... (É claro que não tinha a menor ideia desta história. Seu instinto lhe dizia que algo de monstruoso havia acontecido. Mantendo um ar quase indiferente, ele fingiu refletir.) Espere um momento, como se chamava mesmo o rapaz?

– Lieven, Thomas Lieven. Circunscrição de Colônia. Ele acabou mostrando seu documento. Thomas Lieven. Aí está um nome que nunca esquecerei.

– Ah. Certamente, Lieven. O senhor tem razão, é um nome que é preciso não esquecer.

Canaris fez um sinal a um ordenança e apanhou duas taças de champanhe da pesada salva de prata.

– Venha, general, bebamos mais uma taça e sentemo-‑nos neste canto. Quero que me conte, com detalhes, o seu encontro com nosso amigo Lieven. Fico sempre feliz quando tenho ocasião de orgulhar-me de meus homens...

A campainha do telefone soou sem piedade.

Banhado em suor, o comandante Fritz Loos deu um pulo na cama. Raio de profissão.

Às apalpadelas encontrou o interruptor da lâmpada de cabeceira e apanhou o fone, dizendo com voz rouca:

– Aqui fala Loos.

A linha estalava e zumbia:

– Uma comunicação urgente de Paris. O almirante Canaris vai falar.

Ao ouvir a última palavra uma dor violenta atravessou o corpo do comandante. É a vesícula, pensou ele, desanimado. Puxa. Só me faltava isso.

– Comandante Loos? – perguntou uma voz conhecida.

– Almirante?

– Ouça. Houve aqui uma trapalhada dos diabos.

– Trapalhada, almirante?

– Você conhece um tal Thomas Lieven?

O fone escapou da mão do comandante e caiu sobre a cama. O fone coaxava. Loos apanhou-o novamente e levou-o ao ouvido.

– Sim, almirante – gaguejou ele. – Conheço o... o nome.

– Portanto conhece o indivíduo. Foi você quem lhe forneceu uma carteira da Abwehr?

– Sim, almirante.

– Por quê?

– Eu o... Eu recrutei esse Lieven para trabalhar conosco. Mas... mas não deu certo. Ele desapareceu. Tenho-me preocupado com isso.

– Com toda a razão, comandante, com toda a razão. Tome o primeiro trem ou o primeiro avião. Estou à sua espera no Hotel Lutecia. Quanto mais depressa melhor, entendeu?

O Hotel Lutecia, no Boulevard Raspail, era o quartel--general da Abwehr em Paris.

– Às suas ordens, almirante – disse o comandante Loos com resignação. – Tomarei a primeira condução. Posso saber o que fez esse homem?

Canaris contou-lhe o que o homem havia feito. Loos empalidecia à medida que ouvia. Finalmente, fechando os olhos, pensou: Não, não e não, é impossível! E tudo por culpa minha...

A voz que lhe chegava de Paris soava como trombeta de Jericó... ele tem as listas com os nomes, os endereços e as senhas de reconhecimento de todos os agentes franceses! Sabe o que isto significa? Esse homem está na posse de documentos que podem ser vitais ou mortais para nós. Precisamos alcançá-lo a qualquer preço!

– Certamente, almirante. Levarei comigo os meus melhores homens. (Deitado na cama o comandante Loos tentou assumir uma atitude marcial, mas o efeito foi estragado pela camisola que vestia.) Nós pegaremos essas listas. Faremos com que esse energúmeno não nos possa mais prejudicar. Eu o matarei com as minhas mãos...

– Você ficou maluco, ou coisa que o valha, comandante? – falou suavemente a voz que vinha de Paris. – Eu o quero vivo. Ele é demasiado precioso para ser fuzilado.

20 de Agosto 1940, 2h45.

– Atenção assunto interessante serviços segurança – urgência um romano – expedidor chefe Abwehr – destinatários todos serviços polícia militar na França – procuramos cidadão alemão Thomas Lieven – 30 anos – magro – rosto fino – olhos escuros – cabelos castanho-escuros, curtos – traje civil elegante – fala correntemente alemão, francês, inglês – possui carteira autêntica Abwehr, assinada comandante Loos, centro recrutamento Colônia – passaporte autêntico alemão número 543231 1 série C – falso passaporte diplomático americano nome William S. Murphy – pessoa procurada deixou Paris 15 junho 1940 num Chrysler preto com escudos e bandeira americana na capota – possuía salvo-conduto expedido general Erich von Felseneck – viajava companhia jovem francesa e um francês – pessoa procurada tem seu poder documentos inimigos maior importância – dirigir imediatamente informações e relatórios negativos ao comandante Fritz Loos, chefe grupo especial – quartel-general polícia militar Paris – em caso de prisão só usar armas caso necessidade absoluta – fim –

Thomas Lieven ignorava que a Wehrmacht e a Abwehr do Grande Reich estavam encarniçadamente à sua procura. Assim sendo, estava bastante satisfeito quando Walter Lindner, vermelho e sem fôlego, precipitou-se dois dias mais tarde na cozinha de Jeanne. Thomas estava ocupado no preparo de uma sopa de cebola.

Lindner deixou-se cair num banco, derrubando um frasco de *cornichons*, e gritou:

– Minha mulher... minha mulher... Encontrei minha mulher.

– Onde? Como?

– Aqui, em Toulouse. (Lindner ria e chorava ao mesmo tempo. Parecia que o casal era feliz.) Vamos depressa ao consulado – exclamou ele. – Agora podemos partir, sr. Lieven. Uma nova vida nos espera. Se soubesse como estou feliz!

E eu, então, pensava Thomas.

Os futuros sócios de um futuro banco sul-americano atiraram-se, com entusiasmo, aos preparativos de viagem. Nessa época, nenhum dos países limítrofes da França concedia vistos de entrada. Um visto de trânsito era o melhor que se podia conseguir. Mas, para isso, era preciso ter um visto de imigração de um país de além-mar.

Quando Walter Lindner provou ao Cônsul da Argentina que tinha depositado, no Banco do Rio da Prata, um milhão de dólares, obteve sem dificuldade o visto para ele e sua mulher. Lindner declarou a sua intenção de levar consigo para Buenos Aires, como seu sócio, o sr. Jean Leblanc. Em vista disto recebeu o visto de imigração autêntico o passaporte falso que esse sr. Jean Leblanc recebera das mãos de um certo Júpiter, na escola de espionagem de Nancy. No dia 26 de agosto todos os três obtinham o visto de trânsito português. Nada mais impedia a sua partida.

Thomas Lieven preparou um horário rigoroso para o seu plano. Esse horário tinha que ser respeitado, pois muitas coisas dele dependiam, inclusive a sua vida. Após uma última conversa telefônica com o comandante Débras, que se achava em Milandes, o itinerário ficou organizado da seguinte forma:

28 de agosto: partida de Thomas Lieven e do casal Lindner para Marselha.

29 de agosto: partida para Lisboa, pela estrada de ferro, do comandante Débras que passaria por Perpignan, Barcelona e Madri.

30 de agosto: partida de Thomas Lieven e do casal Lindner, pelo avião de Marselha para Lisboa.

10 de setembro: partida de Thomas Lieven e do casal Lindner de Lisboa para Buenos Aires pelo navio português general *Carmona*.

A partir de 3 de setembro, o comandante Débras e Thomas Lieven combinaram encontros permanentes, todas as noites às dez horas, no Cassino do Estoril, para a entrega da fatal pasta preta. Entre 30 de agosto e 3 de setembro Thomas Lieven esperava ter o vagar para proceder a algumas modificações no conteúdo da pasta.

Na manhã de 29 de agosto um homem, jovem e elegantemente vestido, entrou na loja da companhia americana de aviação Rainbow Airways à Rue de Rome, em Marselha. Erguendo o seu chapéu preto e com um sorriso comunicativo, aproximou-se do guichê das reservas e disse, em francês impecável:

– Bom dia, cavalheiro, chamo-me Leblanc. Venho buscar a minha passagem para Lisboa e também as do sr. e sra. Lindner.

– Um momento, por favor. (O empregado percorreu as suas listas.) Perfeitamente, amanhã às 15h45 (começou a preencher os bilhetes).

Um pequeno carro parou à porta da agência. Dois pilotos e uma aeromoça saltaram e entraram na agência. Pelo que diziam, Thomas percebeu que acabavam de aterrar e que partiriam, novamente, no dia seguinte às 15h45.

A inspiração veio imediatamente.

A aeromoça, que teria, no máximo, seus 25 anos, ocupava-se em retocar a maquilagem. Tinha as linhas de um iate de corrida, olhos amendoados, maçãs salientes e uma tez de ouro bronzeado. Uma mecha ondulada de soberbos cabelos castanhos caía-lhe sobre a testa. Tinha um ar distante e reservado. Uma gazela...

Thomas conhecia o tipo. Sabia perfeitamente com quem teria que se haver. Quando esse tipo de *iceberg* começava a derreter, não parava mais. Durante alguns segundos Thomas pensou nas despedidas emocionadas de Mimi, Siméon e Jeanne e das senhoras da Rue des Bergères. Todas o tinham beijado como também o coronel que exclamara: "Viva a liberdade, meu caro camarada". Quando o táxi partia Jeanne começou a soluçar. Ah, o lindo e comovente quadro de família!

Os poucos segundos se escoaram. As circunstâncias não permitiam maiores divagações.

A gazela continuava a refazer a maquilagem. A gazela deixou cair o seu batom.

Os meus objetivos são os mais nobres, pensou Thomas, que desejava basear suas intenções em princípios morais. Em seguida, apanhou o batom e devolveu-o à gazela tímida e de olhos marrons onde brilhavam palhetas douradas.

– Muito obrigada – disse a gazela.

– Podemos partir, agora? – perguntou Thomas.

– Não compreendo.

– Se ainda tem algo a fazer aqui, não me importa esperar. Pensava que poderíamos, primeiro, tomar um aperitivo no Grand Hotel, onde estou. Para almoçar seria melhor irmos ao Guido, na Rue de la Paix. Depois do almoço poderíamos ir nadar.

– Escute...

– Não quer tomar banho? Muito bem, iremos descansar no hotel.

– Nunca me aconteceu nada parecido.

– Senhorita, farei todo o possível para que diga a mesma coisa amanhã! (Thomas tirou do bolso do colete o relógio de repetição e fê-lo soar.) Onze e meia. Vejo que a minha presença a faz nervosa. Bem sei a que ponto as mulheres se impressionam comigo. Bem, espero-a no bar do Grand Hotel. Digamos, ao meio-dia?

A gazela fez um movimento altivo com a cabeça e afastou-se com dignidade.

Thomas foi para o Grand Hotel, sentou-se no bar e pediu um uísque. A gazela chegou ao meio-dia e três minutos. Tinha trazido uma roupa de banho.

Ao lado do gorducho casal Lindner, Thomas Lieven – roupa de flanela cinza, camisa branca, gravata azul, sapatos pretos, chapéu preto de aba levantada e guarda-chuva – atravessava a pista, ao lado dos outros passageiros em direção ao avião que os esperava.

Ao alto da escada, à entrada da cabina, estava Mabel Hastings, a aeromoça. O seu aspecto, apesar de um certo cansaço, exprimia satisfação.

– Alô – disse Thomas subindo a escada.

– Alô – disse Mabel. (As palhetas douradas brilhavam nos seus olhos.)

Aconteceu que ela realmente não havia conhecido nada parecido com Thomas Lieven. Depois do almoço, no Guido, eles acabaram por desistir do banho e foram repousar no hotel. Por coincidência ambos estavam no mesmo.

Na manhã de 30 de agosto, quando ajudava Mabel Hastings a arrumar a valise ela lhe prestou – sem o saber, é bem verdade – um novo favor, intimamente relacionado com uma certa pasta preta...

O aparelho rolou para a pista de decolagem, passando em frente ao edifício do aeroporto. Pela janela, Thomas via o gramado bem tratado onde pastava um rebanho de carneiros. Carneiros, pensou ele, dão sorte. Depois ele viu um carro parar junto ao edifício. Um homem vestindo capa impermeável amarrotada e roupa azul, também amarrotada, desceu do carro. O suor escorria em seu rosto. Ele agitava os braços.

Que falta de sorte, pensou Thomas. O avião vai partir e esse pobre diabo vai perdê-lo.

O piloto acelerava os motores, fazendo o último controle antes de decolar.

Subitamente, Thomas sentiu um gelo na espinha. Aquele homem que gesticulava... ele conhecia aquela cara, já a tinha visto...

De repente Thomas lembrou-se de onde tinha visto aquela cara: no quartel-general da Gestapo, em Colônia. O homem era um oficial do Serviço de Informações da Alemanha e chamava-se comandante Loos!

Dir-se-ia que eles estão no meu encalço, pensou Thomas. Mas evidentemente existe um bom Deus. Vou escapar, mais uma vez, do comandante Loos. O avião vai partir dentro de cinco segundos e então...

O avião não partiu. O ronco dos motores diminuiu e cessou. A porta da cabina de comando foi aberta e apareceu Mabel Hastings com seu ar distante, dizendo com voz aveludada:

– Senhoras e senhores, não há nada para se inquietar. O rádio acaba de informar que um passageiro está atrasado mas não pode perder o avião, sob nenhum pretexto. Vamos esperá-lo e partiremos dentro de alguns minutos.

O comandante Fritz Loos entrou no avião, alguns minutos depois, e pediu desculpas, em mau inglês, aos outros passageiros, pelo inconveniente que lhes causara. Ao passar por Thomas Lieven inclinou-se, mas este prestou-lhe tanta atenção como se fosse de vidro transparente.

Lisboa! Estreito promontório de liberdade e de paz, numa Europa devastada, cada vez mais, pela guerra e pela barbárie.

Lisboa!

Paraíso fantasmagórico da riqueza, da abundância, da beleza e da elegância no meio de um mundo cheio de desespero e miséria.

Lisboa!

Eldorado dos Serviços Secretos, teatro de intrigas tão monstruosas quanto monstruosamente ridículas.

Desde a aterragem, Thomas Lieven viu-se metido em complicações. Perseguido pelo comandante Loos, que estava quase exausto – ele chegara a dormir durante o voo, com a boca aberta e estertorando –, Thomas Lieven foi submetido a uma inspeção alfandegária surpreendentemente severa. Despiram-no completamente, viraram a sua bagagem de pernas para o ar e examinaram todos os seus bolsos. O Serviço de Segurança português aparentemente recebera alguma informação.

Estranhamente não encontraram em seu poder nem a quantidade considerável de dólares que possuía nem uma certa pasta preta. Os inspetores deixaram-no livre depois de algumas palavras corteses. Os Lindner, há muito, tinham ido para o hotel.

Thomas dirigiu-se para o guichê dos passaportes. O comandante Loos vinha logo atrás. Thomas encaminhou-se para o ponto de táxis do aeroporto. O comandante Loos vinha atrás. Nem uma palavra foi trocada entre os dois.

Agora, meu velho, disse Thomas para si mesmo, vou te proporcionar um pouco de movimento. Tomou um táxi. Loos pulou noutro. Os dois táxis partiram vertiginosamente em direção ao centro da cidade das sete colinas. Umas férias maravilhosas, de seis semanas gozadas anteriormente, haviam familiarizado Thomas com a imponente capital de Portugal.

Na praça Dom Pedro ele fez parar o táxi e desceu. O táxi do comandante Loos também parou. Os terraços dos cafés que circundam a grande praça estavam repletos de portugueses e de imigrados, todos discutindo animadamente. De passagem, Thomas ouviu falar quase todos os idiomas europeus.

Misturou-se com a multidão, seguido do comandante Loos, que fazia esforços desesperados para não perdê-lo de vista.

Agora, meu velho, pensou Thomas, vamos fazer uma caminhada a pé. É ótimo para a saúde.

Com passo rápido, Thomas desceu as ruas estreitas e angulosas próximas do mar, subiu novamente as íngremes artérias principais, entrou em passagens e arcadas, quebrou várias esquinas mas teve sempre o cuidado de não obrigar o comandante a um esforço sobre-humano. Queria que o comandante lhe rogasse pragas mas não que o perdesse de vista.

Thomas prolongou a brincadeira de ladrões e policiais por mais de uma hora e depois tomou um táxi, sempre seguido pelo comandante, e rumou para o porto de pesca de Cascais, perto da luxuosa estação balneária do Estoril. Ali ele conhecia um elegante restaurante com terraço.

Um sol avermelhado preparava-se para mergulhar no mar. Uma brisa cálida anunciava o anoitecer. A pequena aldeia de pescadores, situada numa enseada da embocadura do Tejo, era o lugar mais pitoresco dos arredores de Lisboa. Thomas Lieven se encantava com o espetáculo da volta da flotilha de barcos de pesca. Ele, agora, poderia ver tal espetáculo todas as noites.

Desceu do táxi à porta do restaurante. O antiquado carro do comandante Loos também parou. O oficial saltou, ainda ofegante e com o aspecto de quem não está bem de saúde.

Thomas decidiu acabar com a brincadeira cruel. Dirigiu-se para Loos, ergueu o chapéu e falou-lhe gentilmente, como quem fala a uma criança perdida:

– Vamos descansar um pouco, aqui. Estes últimos dias devem ter sido muito fatigantes para o senhor.

– O senhor é quem o diz. (O comandante fazia esforços para manter a fama da sua profissão.) Não me escapará, Lieven – disse ele em tom cortante –, mesmo que vá ao fim do mundo.

– Mas não, velhinho, absolutamente não. Isto aqui não é Colônia. Aqui, um comandante alemão não vale muita coisa.

O oficial à paisana engoliu em seco.

– Faça o favor de chamar-me por Lehmann, sr. Leblanc.

– Agora sim. Prefiro este tom. Queira sentar-se, sr. Lehmann. Olhe: não é magnífico?

Lá embaixo um formigueiro de barcos com velas latinas, parecendo um enorme bando de borboletas, retornava à embocadura do Tejo. Como já o faziam mil anos antes, os pescadores alçavam seus barcos para a praia, sobre rolos de madeira. Mulheres e crianças ajudavam e fogos se acendiam por toda parte nos pequenos fogões de barro na praia já escura.

– Como conseguiu encontrar-me? – perguntou Thomas fixando a praia.

– Seguimos a sua pista até Toulouse. Tiro-lhe o chapéu. As moças da casa da Mme. Jeanne foram impecáveis. Nem promessas nem ameaças arrancaram uma só palavra.

– Quem me traiu?

– Um cafajeste... Chama-se Alphonse... O senhor certamente lhe fez alguma.

– Sim, sim. Por causa dessa pobre Bebé (Thomas sonhou um instante com suas lembranças. Depois olhou fixamente o comandante.) Portugal é um país neutro, sr. Lehmann. Saberá defender-me. Fica avisado.

– Mas, meu caro sr. Liev..., perdão, sr. Leblanc, o senhor está completamente enganado com respeito à situação. Estou encarregado, pelo almirante Canaris, de garantir-lhe a mais absoluta impunidade caso volte para a Alemanha. Além do mais, tenho ordens para comprar-lhe a pasta preta.

– Ah!

– Quanto quer? (O comandante debruçou-se sobre a mesa.) Eu s*ei* que o senhor ainda tem as listas.

Thomas baixou o olhar. Depois levantou-se pedindo desculpas e dizendo que precisava telefonar.

Não falou do aparelho do restaurante. Em vista das circunstâncias, isto lhe parecia pouco prudente. Desceu alguns passos pela rua e foi até uma cabina de telefone público. Chamou o Hotel Palácio do Estoril-Parque. Pediu que chamassem Miss Hastings. A aeromoça atendeu, sem demora.

– Jean, que estás fazendo? Estou ansiosa por vê-lo.

– Creio que chegarei bastante atrasado. Um encontro de negócios. Escuta, Mabel, esta manhã, em Marselha, eu coloquei, por engano, uma pasta preta na tua mala. Por favor, entregue-a ao porteiro. Mande guardá-la no cofre.

– Certamente, querido... e não chegues muito tarde. Sigo para Dacar, amanhã.

Enquanto falava, Thomas teve a intuição de que alguém estava de ouvido grudado à porta da cabina. Empurrou a porta, violentamente, e um homem muito magro soltou um grito e recuou trôpego, levando as mãos à testa machucada.

– Oh!, perdão – disse Thomas Lieven.

Depois, sorrindo resignadamente ergueu as sobrancelhas. Conhecia aquele homem que se poderia tomar por um parente próximo do comandante Loos. Ele o tinha encontrado no aeroporto de Londres, em maio de 1939, no dia em que fora expulso da Inglaterra por esse mesmo homem.

3

Não há mais dúvidas, pensou Thomas Lieven, perdi definitivamente a razão.

Este homem, em cuja testa acabei de bater com a porta da cabina telefônica, parece-me ser um tal sr. Lovejoy, do Serviço Secreto britânico. Trata-se, evidentemente, de uma cisma de maluco. É claro que esse homem não pode ser Lovejoy. Por que cargas d'água Lovejoy sairia de Londres para vir passear nos arrabaldes de Lisboa? Quem faria semelhante coisa?

Thomas decidiu fazer uma experiência, como último recurso. Vou chamar a esse fantasma, disse consigo mesmo, de "Lovejoy". Assim ficarei sabendo, de uma vez por todas, se estou realmente louco.

– Como vai, sr. Lovejoy? – disse Thomas Lieven erguendo as sobrancelhas.

– Não tão bem quanto o senhor, Mister Lieven – respondeu prontamente o personagem macilento. – O senhor acha que foi um prazer andar correndo atrás do senhor por toda Lisboa? E agora, esta porta para coroar tudo! – Lovejoy enxugou com o lenço o suor que lhe banhava a nuca. O galo que tinha na testa crescia lentamente, mas crescia sempre.

Então não sou eu que estou louco, pensou Thomas Lieven. É o mundo em que vivo. E a loucura continua. Até parece que ela se está organizando cada vez melhor.

Respirou profundamente, encostou-se à cabina telefônica e disse:

– Que o traz a Lisboa, sr. Lovejoy?

O representante dos interesses britânicos fez uma careta e disse:

– Ficaria grato se o senhor me chamasse de Ellington. É o meu nome em Portugal.

– Uma mão lava a outra. Portanto, o senhor me chamará de Leblanc. É o nome que uso em Portugal. Mas tudo isso não responde a minha pergunta.

– O senhor continua a julgar que nós do Serviço Secreto somos uns imbecis? – perguntou irritado o homem que, no momento, chamava-se Ellington.

– Peço dispensar-me de responder a esta pergunta puramente retórica – replicou delicadamente o homem que momentaneamente se chamava Leblanc.

O agente britânico chegou bem perto de Thomas.

– Pensa que não sabemos que o próprio almirante Canaris está no seu encalço? Pensa que em Londres não são ouvidas as mensagens do rádio alemão?

– Pensei que elas fossem enviadas em código.

– Nós conhecemos o código deles.

– E os alemães conhecem o seu – disse Thomas começando, de súbito, a rir alegremente. – Vocês deveriam juntar-se todos e brincar juntos... de chicote queimado ou de pique.

– Bem sei – disse o inglês ferozmente – que o senhor é um cínico sem coração. Sei que para o senhor não há nada sagrado. Formei a minha opinião há tempos, no aeroporto de Londres. O senhor é um indivíduo sem honra, sem moral, sem pátria, sem escrúpulos.

– Lisonjeiro.

– Foi por isso que eu disse: Deixem-me negociar com esse tipo. Ele só compreende uma linguagem: esta. – Lovejoy esfregou o polegar contra o indicador.

– Um instante, por favor. Cada assunto em seu devido tempo. Diga-me, afinal, o que veio fazer aqui.

Lovejoy disse. A acreditar nele – e forçoso era acreditar –, o Serviço de Informações britânico captara todas as mensagens expedidas pelo comandante Loos para encontrar Thomas Lieven. A última mensagem trouxera a boa notícia de que Loos estava a pique de partir para Lisboa, em perseguição à caça.

– ...para Lisboa – concluiu Lovejoy. – Tomei imediatamente um avião especial. Cheguei duas horas antes do senhor. Do aeroporto segui-os – o senhor e o cavalheiro que lá está sentado no terraço do restaurante. Suponho que seja o comandante Loos.

– Que perspicácia! O senhor ainda não conhece o comandante?

– Não.

– Neste caso venha comigo. Eu os apresentarei. Jantaremos juntos. É claro que comeremos mexilhões; em Cascais é preciso comer mexilhões...

– Pare com as suas besteiras. Nós sabemos que o senhor joga um jogo duplo.

– Ah!

– O senhor tem uma pasta contendo as listas dos principais agentes franceses na França e na Alemanha. Eu não permitirei que o senhor venda esses documentos ao tal Loos. Ele vai propor pagar bem, certamente oferecerá muito dinheiro...

– Que os céus o ouçam!

– ...mas eu ofereço o mesmo, ofereço até mais. (Lovejoy riu com desprezo.) Isso porque sei que o senhor só se interessa pelo dinheiro. Não conhece nem rei nem lei, nem consciência nem remorso; nenhum ideal, nenhuma decência...

– Muito bem – disse Thomas, com calma. – Agora chega disto. Feche imediatamente a boca. Quem me impediu de voltar à Inglaterra e viver como um pacato cidadão? Quem contribuiu para arruinar a minha vida? Vocês e os seus miseráveis Serviços Secretos, que os diabos os levem. Acredita que eu tenha alguma simpatia pelo senhor?

Agora vocês vão realmente ter trabalho comigo, bando de macacos, disse para si próprio. Todos vocês.

– Queira desculpar a interrupção – disse Thomas Lieven quando, três minutos depois, voltou para onde estava o comandante Fritz Loos que, realmente, poderia ser tomado como parente próximo do seu homólogo anglo-saxão.

– Encontrou um amigo, hein? Vi quando conversava com ele perto da cabina telefônica.

– Sim, um velho conhecido e um concorrente seu, sr. Lehmann.

Agora, dezenas de lampiões iluminavam o terraço do restaurante. Lá embaixo, na praia, soava o cântico rouco e solene dos pescadores. Uma leve brisa de sudoeste soprava da foz do Tejo. O crepúsculo dava ao rio tons de nácar esfumaçado.

– Um concorrente? – repetiu Loos, nervosamente.

– O cavalheiro trabalha para o Secret Service.

O comandante, perdendo o sangue-frio, deu um murro na mesa.

– Seu safado – gritou ele.

– Vejamos, Lehmann, vejamos! – disse Thomas em tom reprobatório. – Se não pode ter boas maneiras eu o deixo.

O comandante fez um esforço para se dominar.

– O senhor é alemão – disse ele. – Apelo para o seu patriotismo...

– Lehmann, pela última vez, veja como se porta.

– Volte comigo para a Alemanha. Dou-lhe a minha palavra de oficial que nada lhe acontecerá. Não se tem o direito de duvidar da palavra de um oficial...

– Portanto, é melhor nela não acreditar de todo – disse Thomas serenamente.

O comandante engoliu em seco.

– Então, entregue-me a pasta preta. Ofereço-lhe três mil dólares por ela.

– O cavalheiro de Londres já me ofereceu o dobro.

– E quanto o senhor quer?

– Pergunta ridícula. O máximo possível.

– O senhor é um bandido sem escrúpulos.

– Sim, o seu confrade fez, há pouco, a mesma constatação.

A expressão do rosto do comandante mudou.

– É realmente uma pena – murmurou com admiração – que não queira trabalhar para nós...

– Vamos, Lehmann, quanto oferece?

– Eu não... É preciso que eu fale com Berlim, pedindo novas instruções.

– Peça, Lehmann. Peça e ande depressa. O meu navio parte dentro de poucos dias.

– Diga-me somente uma coisa: como conseguiu fazer passar a pasta apesar de os funcionários da alfândega portuguesa o terem revistado até deixá-lo em pelo?

– Recorri a uma ajuda exterior (Thomas pensava, reconhecido, em sua gazela tímida). Sabe, Lehmann, esse tipo de manobra é muito simples. Por outro lado, ele não está ao seu alcance nem dos seus semelhantes.

– Como é isso?

– Um certo charme.

– O senhor me detesta, não?

– Sr. Lehmann, eu levava uma vida feliz, tinha tudo que desejava. Se hoje estou aqui é por sua culpa e por culpa de seus colegas ingleses e franceses. Ainda julga que devo gostar do senhor? Não fui eu que quis ter negócios com gente como vocês. Agora, arranje-se como puder. Onde está hospedado?

– Casa Senhora de Fátima.

– Eu estou no Palácio Estoril-Parque. O cavalheiro de Londres também. Pergunte ao seu patrão quanto a pasta preta vale para ele. O seu colega telegrafará a mesma pergunta esta noite... Bem... Eu gostaria, afinal, de poder comer!

A noite foi quente.

Thomas Lieven voltou a Lisboa num táxi descoberto. À luz do luar ele viu as ondas espumantes quebrarem nas areias; viu as residências luxuosas ao longo da autoestrada, os escuros pinheirais e as palmeiras. Nas colinas de suave declive, viu as tavernas românticas. Percebeu o riso das mulheres e os sons de música.

O táxi atravessou o Estoril, balneário da moda, passou pelo cassino brilhantemente iluminado e pelos dois grandes hotéis.

A Europa tombava em ruínas e em cinzas mas aqui ainda se vivia num paraíso: Paraíso envenenado, pensava Thomas, éden mortal onde se tocaiavam, para se devorarem uns aos outros, os répteis de todas as nações. A capital portuguesa era o ponto de convergência. Era lá que se reuniam em massa, para bancar os importantes e para urdir as suas tramas os cavalheiros das quintas-colunas, esses fantoches do demônio...

Thomas fez parar o táxi no coração de Lisboa, na magnífica praça Dom Pedro, calçada de mosaico branco e preto. Os jardins-terraços dos cafés em torno da imensa praça continuavam cheios de portugueses e de estrangeiros.

Os sinos das igrejas, nos arredores, batiam onze horas da noite. Os sinos ainda ecoavam quando Thomas viu, estupefato, levantarem-se e correrem para o lado mais baixo da praça centenas de portugueses e de refugiados austríacos, alemães, poloneses, franceses, belgas, dinamarqueses, tcheco-eslovacos e holandeses. Thomas foi com a multidão.

Num extremo da praça erguia-se o grande edifício de um jornal. Logo abaixo do telhado um cartaz luminoso dava as últimas noticias. Milhares de olhares fascinados fixavam as telas brilhantes cujas mensagens significavam, para muitos, sentença de vida, ou de morte.

Thomas leu:

...(DNB) no Castelo de Belvedere, em Viena, Von Ribentrop e Ciano, Ministros das Relações Exteriores da Alemanha e da Itália, resolveram definitivamente o problema da nova fronteira húngaro-romena por meio de uma arbitragem germano-italiana.

(UP) A Luftwaffe prosseguiu em seus ataques em massa sobre as Ilhas Britânicas. Houve grandes perdas materiais e de vidas humanas em Liverpool, Londres, Weybridge e Felixtown.

(INS) Ataque maciço de bombardeiros italianos sobre Malta. Ataque de depósitos britânicos na África do Norte.

Thomas Lieven correu o olhar sobre as fisionomias na multidão. Viu poucos indiferentes. A maioria espelhava tortura de alma, angústia, obsessão da morte a desesperança total.

A caminho do hotel, Thomas foi quatro vezes abordado por mulheres jovens e bonitas, sendo uma vienense, outra de Praga e outra parisiense. À mais jovem, quase uma criança, com ar de madona, ele ofereceu dinheiro e disse palavras de encorajamento. Ela contou que fugira da Espanha de Franco.

As flores dos jardins do Estoril-Parque exalavam delicioso perfume. O *hall* também parecia um mar de flores exóticas. Thomas o atravessou sob dezenas de olhares, atentos, dissimulados, desconfiados ou assustados.

Como na grande praça, ele ouviu falar todas as línguas da Europa.

Os indivíduos que aqui estavam, entretanto, não eram os torturados, os ansiosos e os desesperados. Aqui estava a multidão dos agentes e das agentes exercendo a sua baixa e inepta profissão, no luxo e na opulência, em nome de seus respectivos países.

Quando Thomas entrou em seu apartamento dois braços carinhosos enlaçaram o seu pescoço e ele sentiu o perfume de Mabel Hastings. A jovem aeromoça tinha um colar de pérolas no pescoço, sandálias de salto alto e... mais nada.

– Jean! Até que enfim! Esperei tanto...

Ele a beijou carinhosamente e perguntou, em tom calmo.

– Onde está a pasta preta?

– No cofre do hotel como pediste.

– Muito bem, querida – disse Thomas Lieven. – Então só nos resta falar de amor.

Cerca de oito e meia da manhã seguinte Mabel Hastings, fatigada, mas de excelente humor, levantava voo para Dacar. Às dez horas, Thomas Lieven, de excelente humor e nada fatigado, preparava-se, depois de um reforçado café, para acertar suas contas, antes de deixar a Europa, com os seus verdugos dos serviços secretos alemão, francês e inglês.

Na maior livraria da cidade, na avenida da Índia, na manhã de 31 de agosto, um homem elegantemente vestido procurava plantas de cidades alemãs e francesas. Teve a felicidade de encontrá-las, bem como um *Baedeker* do ano de 1935. A seguir, Thomas Lieven foi ao Correio Geral. Uma funcionária, de certa idade, não resistiu à sua amabilidade e à sua força de persuasão. Listas telefônicas de cinco cidades alemãs e 14 cidades francesas foram postas à sua disposição durante uma hora. Os correios de Lisboa tinham uma coleção completa de todas as listas telefônicas da Europa.

Thomas recolheu um total de 120 nomes e endereços. Na rua Augusta ele comprou uma máquina de escrever e papel. Em seguida voltou ao hotel, retirou a pasta preta do cofre e foi para o seu apartamento. A temperatura era fresca e agradável. Diante das janelas estendia-se um parque com plantas e árvores de contos de fada, fontes e papagaios multicores.

Para esclarecer o espírito, bebeu um coquetel de tomate que pedira a um empregado solícito e depois começou a trabalhar.

Abriu a pasta preta. Ela continha toda a sua fortuna em dinheiro. Continha, também, seis listas datilografadas em espaço um, bem como planos recentes relativos à construção de tanques pesados, de lança-chamas e de caças-bombardeiros.

O melhor, pensou Thomas, seria jogar toda essa porcaria na latrina. Mas era fora de dúvida que Débras sabia da existência dos desenhos e que notaria a sua falta. Os srs. Lovejoy e Loos, em compensação, nada sabem e só se interessam pelas listas.

E listas eles vão receber.

Examinou as seis páginas escritas a máquina. Elas mencionavam os nomes dos oficiais e agentes civis do Deuxième Bureau, os dos agentes franceses na Alemanha e os dos *contatos* na Alemanha e na França. Ao todo, 117 nomes.

Depois de cada nome havia o endereço. Depois do endereço havia duas frases. A primeira servia de apresentação ao agente. A segunda era a sua resposta. Só depois dessa troca de senha é que poderia haver a certeza de não se estar tratando com pessoa errada.

Thomas Lieven leu, por exemplo: Willibald Lohr, Düsseldorf, Sedanstrasse 34; 1. "O senhor teria visto um caniche miniatura cinzento e uma coleira vermelha?" 2. "Não, mas em Lichtenbroich ainda vendem mel."

Adolf Meier-Wilke, Berlin-Grunewald, Bismarckalle 145; 1. "Aqueles pombos, sobre o telhado de cobre do quiosque, são seus?" 2. "Não desvie a conversa. A sua braguilha está aberta."

E assim por diante.

Thomas sacudiu a cabeça e suspirou. Depois introduziu uma folha de papel na máquina nova e desdobrou o mapa de Frankfurt am Main. Na lista telefônica de Munique ele escolhera, entre outros, o nome de Friedrich Kesselhuth.

Escreveu esse nome e, depois, olhou para o mapa.

Tomemos a rua Erlenstrasse, disse para si mesmo. Era uma rua próxima da estrada de Mainz. Rua curta. Thomas verificou a escala da planta 1:16.000.

Quantas casas poderá ela ter? Trinta. Quarenta. Certamente menos de sessenta. De qualquer forma é melhor tomar todas as precauções.

Escreveu: Friedrich Kesselhuth, Frankfurt am Main. Erlenstrasse 77. Depois: 1. "A pequena vendedora da casa Fechenheim é loura ou morena?" 2. "Acabe depressa de comer esse queijo Livarot, ele está empestando o ambiente."

Pronto. Passemos ao seguinte.

Thomas escreveu o nome de um tal Paul Giggenheimer, de Hamburg-Altona, em Düsseldorf no número 51 da muito curta Rubensstrasse. 1. "John Galsworthy completou 66 anos". 2. "Precisamos reaver nossas colônias."

Já tenho dois, pensou Thomas. Só me faltam 115. E será preciso que eu bata essas cretinices três vezes. Para Lovejoy, para Loos e para Débras. Que trabalheira. Mas será bem paga.

Continuou a bater na máquina. Ao fim de meia hora sentiu uma grande depressão se apoderar dele. Foi até a janela e olhou para o parque.

Com mil raios, pensou ele, não conseguirei o que pretendo, se continuar assim. Resolvi fazer desaparecer as verdadeiras listas porque elas só podem causar novas desgraças. Por outro lado, quero vingar-me de todos esses cretinos que escangalharam a minha vida. Mas estarei realmente me vingando? Impedirei realmente que novas desgraças venham a ocorrer?

Quando os franceses e os ingleses quiserem utilizar as minhas listas falsas constatarão simplesmente que tudo é falso. Até aí está certo.

Imaginemos, entretanto, que Friedrich Kesselhuth, de Munique, tenha um homônimo em Frankfurt mas que esse último não tenha telefone. Imaginemos que a Erlenstrasse tenha sido prolongada e que exista, atualmente, o número 77! A Gestapo prenderá todos que se chamem Kesselhuth. Serão torturados, mortos...

E tudo isto a respeito de um só nome, um só endereço. Há mais de cem outros nas listas.

É possível que os homens dos três serviços secretos descubram que os enganei e que joguem fora as listas. É possível que sejam bastante inteligentes para agir dessa forma. Mas, depois de tudo que já passei e já vi não me posso fiar nisso.

Acontece que Débras chega no dia 3 de setembro e quererá a pasta. Que posso fazer?

Como é simples trair e matar pessoas, mas como é difícil evitar desgraças, perseguições e mortes.

A campainha do telefone soou.

Sobressaltado, Thomas interrompeu as más reflexões e pegou o fone. Ouvindo uma voz bem conhecida, cerrou os olhos.

– Aqui fala Lehmann. Entrei em contato com a pessoa em questão. Vamos a seis mil dólares.

– Não – disse Thomas.

– Como, não? (Percebia-se um início de pânico na voz do homem de Colônia.) O senhor já vendeu?

– Não.

– E então?

Thomas olhou tristemente para o papel na máquina de escrever.

– Estou prosseguindo minhas negociações – disse ele. – Vou anotar a sua oferta. Telefone amanhã. – Desligou sem mais uma palavra.

Fritz Loos, disse a si mesmo, encolerizado, aí está um nome que eu deveria pôr nas minhas listas. A seguir,

Thomas recolocou os papéis na pasta e levou-a à portaria, onde a fecharam no cofre.

Thomas tencionava fazer um pequeno passeio para pensar melhor. *Devia* haver uma solução para o seu problema.

Lovejoy estava sentado no *hall*. Um enorme galo ainda ornava a sua testa. Ele saltou da cadeira e aproximou-se, com um olhar de cobiça.

– A pasta, hein? Eu a vi perfeitamente. Então?

– Estou prosseguindo minhas negociações. Vê-lo-ei amanhã.

– Escute. Eu ofereço mais que o seu nazista. Em qualquer hipótese.

– Perfeitamente, perfeitamente – disse Thomas prosseguindo a caminhar. Mergulhado em seus pensamentos chegou à rua ensolarada. Mergulhado em seus pensamentos caminhou ao acaso pela cidade. Na avenida da Liberdade foi obrigado a parar. Um cortejo fúnebre passava, sob as palmeiras, e a polícia bloqueava o trânsito. O português falecido fora, aparentemente, personagem conhecido porquanto centenas de homens e mulheres, vestidos de preto, o seguiam emocionados ao cemitério. Muitos choravam. Os transeuntes descobriam as cabeças. Rezavam alto e o ar estava impregnado de incenso.

Subitamente umas vozes irritadas fizeram-se ouvir, dominando o triste murmurar das orações. Uma imperdoável falta de educação fora cometida por um homem jovem e bem-vestido que, distraído, não tirara o chapéu.

– Estrangeiro porco – disse uma velha cuspindo no chão.

– Tem razão, vovó, tem razão – disse Thomas Lieven.

Com o guarda-chuva ao ombro ele dirigiu-se à estação da estrada de ferro que ficava bem próxima.

No *hall* havia um grande balcão de jornaleiro onde se vendiam jornais e revistas de toda parte. Churchill, Hitler, Goering e Roosevelt estavam pacificamente lado a lado, acompanhados de mulheres seminuas, de rapazes musculosos e de grandes cabeçalhos marciais, em muitas línguas diferentes.

– Quero jornais, por favor – disse Thomas ofegante, ao velho vendedor de rosto enrugado. – Todos os jornais franceses e todos os jornais alemães.

– Mas eles são de anteontem.

– Isso não tem a menor importância. Dê-me o que tiver. Mesmo os da semana passada ou da anterior.

– O senhor estará bêbado?

– Estou perfeito, vovô. Vamos, ande.

O velho deu de ombros e depois começou a apanhar todos os encalhes que havia na banca.

Thomas voltou ao hotel, com um grande maço de velhos jornais sob o braço, e trancou-se em seu apartamento. Começou a estudar os velhos jornais empoeirados mas somente as últimas páginas onde apareciam os convites para enterros e missas. Muita gente morria, diariamente, em Paris, em Colônia, em Toulouse, em Berlim, no Havre e em Munique. A Gestapo nada podia fazer contra os mortos.

Thomas Lieven começou a escrever à máquina. Agora, podia utilizar endereços verdadeiros sem o menor remorso.

No dia 2 de setembro, Thomas Lieven comprou duas pastas pretas numa casa especializada da avenida Duarte Pacheco. Com uma dessas pastas na mão ele entrou, logo ao início da tarde, nos elegantes salões do sr. Gomes dos Santos.

O sr. Santos, um dos melhores alfaiates de Lisboa, o acolheu pessoalmente, com um sorriso amável. O sorriso lhe dava um ar de opulência pois exibia muitos dentes de ouro.

Em uma das cabinas de prova, com paredes forradas de seda rosa-pálido, Thomas encontrou o comandante Loos, que trajava elegante roupa nova, de flanela escura.

– Graças a Deus – disse Loos com alívio, logo que viu Thomas.

Havia três dias que esse Lieven escangalhava os seus nervos. Encontrava-o constantemente, nos bares, no *hall* do hotel ou na praia. E cada vez o sujeito o fazia esperar: "Ainda não posso decidir em definitivo, tenho que falar novamente com o inglês".

Thomas Lieven procedera da mesma forma com Lovejoy. Tapeara-o sempre, observando que o seu concorrente oferecia mais, cada vez mais. Dessa forma, conseguiu que os dois cavalheiros chegassem a ofertas de dez mil dólares, cada um. Thomas decidiu que era o bastante.

– Até o dia de sua partida – dissera ele, em tom muito sério, a cada um dos dois homens – é preciso esconder, a todo preço, que foi *ao senhor* que eu vendi a pasta. A sua vida corre perigo se o segredo transpirar. Por conseguinte, a transação tem que ser feita em local muito discreto.

Loos escolheu uma cabina de provas no estabelecimento do sr. Santos.

– Formidável esse alfaiate – disse ele a Thomas. – Ele faz uma roupa em três dias e com a melhor fazenda inglesa. (Bateu na manga do casaco.) Toque só nisto!

– É verdade, material excelente.

– Todos nós fazemos roupas aqui.

– Todos? Que "todos"?

– Todos os agentes que estão em Lisboa.

– E é um lugar destes que o senhor chama de "discreto"?

– Mas é justamente por isso – disse Loos entusiasmado com a própria astúcia. – Não compreende? Nenhum dos meus queridos colegas teria a ideia de que eu vim aqui para tratar de negócios.

– Ah!

– Além do mais, dei cem escudos ao José.

– Quem é o José?

– O cortador. Ninguém nos incomodará aqui.

– Trouxe o dinheiro?

– Certamente. Aqui está o envelope. E as listas?

– Aqui na pasta.

O comandante examinou seis listas contendo 117 endereços e Thomas, por seu lado, um envelope com duzentas notas de cinquenta dólares. Um e outro pareciam satisfeitos.

– O meu avião parte dentro de uma hora – disse o comandante, apertando a mão de Thomas. – Felicidades, seu bandido. Confesso que acabei simpatizando com o senhor. Talvez venhamos a nos reencontrar.

– Espero, sinceramente, que não.

– Tanto pior. Bem, então Heil Schiki – disse Loos levantando o braço direito.

– Como foi isso?

– É a fórmula usada pelos tipos da nossa missão militar em Portugal. Parece que esse Adolf tinha o sobrenome de Schickelgruber... São todos bons rapazes os que estão aqui. O senhor gostaria de conhecê-los.

– Não, não, muito obrigado.

– Eles não são nada nazistas.

– É claro que não – disse Thomas Lieven. – Boa viagem, sr. Lehmann. Queira transmitir meus cumprimentos ao almirante, embora eu não tenha tido a honra de conhecê-lo pessoalmente.

Tendo em vista a posição especial de Portugal na política mundial, não exibiremos filmes de atualidades.

Era o que informava um cartaz na sala de espera do Cinema Odeon, em Lisboa.

Em compensação o Odeon exibia o filme alemão *Batismo de Fogo*.

No decorrer da sessão das quatro horas Thomas Lieven encontrou o agente inglês Lovejoy num camarote. Enquanto, na tela, os Stukas alemães se encarniçavam sobre Varsóvia, uma pasta preta e dez mil dólares trocavam, mais uma vez, de mãos. Enquanto explodiam bombas, casas voavam pelos ares e retumbava uma marcha militar,

Lovejoy inclinou-se até o ouvido de Thomas, para poder dominar o alarido da batalha.

– Escolhi propositadamente este cinema – gritou ele. – Podemos falar sem receio. Ninguém nos poderá ouvir. Astuto, hein?

– Muito astuto.

– O seu nazista vai estourar de raiva.

– Quando volta para Londres?

– Esta noite.

– Neste caso, boa viagem.

– Como?

– Boa viagem – berrou Thomas.

As listas autênticas, não é necessário esclarecer, já haviam desaparecido, há muito tempo, feitas em pedacinhos, no vaso sanitário do apartamento de Thomas. Na verdadeira pasta preta, que estava no cofre do hotel, a terceira série de listas falsas, com os nomes de 117 agentes, esperava pelo comandante Débras.

Débras estava em Madri e deveria chegar a Lisboa no dia 3 de setembro. Conforme já combinado, a partir de 3 de setembro, todas as noites, um deveria esperar pelo outro, das dez da noite em diante, na sala de jogo do cassino do Estoril.

Na noite de 3 de setembro, Thomas tomou uma automotriz para o Estoril. Ainda falta esse comandante, pensava ele. Depois iremos para uma pequena pensão familiar, até o dia 10 de setembro.

Era a data da partida do seu navio, o general *Carmona*. Seria mais prudente tornar-se invisível até então. As suas trapaças, era de presumir, seriam rapidamente descobertas, pelo menos em Berlim.

Era pouco provável que Débras percebesse qualquer coisa. Ele deveria seguir, sem demora, para Dacar. Mais dia, menos dia, ele também terá uma enorme decepção comigo. Coitado, gosto dele mas, honestamente, que poderia eu fazer? Na minha situação ele teria tido, é fora de dúvida, a mesma ideia. Quanto a Josephine, ela é mulher. Compreenderá.

– *Mesdames, Messieurs, faites vos jeux!*

A roleta girava lentamente. Com um gesto elegante o crupiê fez a bolinha de marfim girar, veloz, em sentido contrário.

Como que fascinada, a senhora de vestido vermelho seguia o giro da bolinha. Estava sentada bem ao lado do crupiê. Suas mãos tremiam segurando pequena pilha de fichas. Ela era muito pálida e muito bonita. Deveria ter seus trinta anos. Partidos ao meio, seus cabelos escuros aderiam à cabeça como se fossem um gorro. A senhora tinha uma boca com curvas sensuais e olhos negros, brilhantes. Tinha um ar reservado e aristocrático. Mas a roleta a tinha escravizado.

Havia uma hora que Thomas Lieven a observava. Tomava o seu uísque sentado no magnífico bar do imenso salão de jogo. A luz dos lustres batia sobre preciosos quadros pendentes das paredes, espelhos monumentais com molduras branco e ouro, macios tapetes, empregados calçando *escarpins*, os homens trajando *smoking*, as espáduas nuas das mulheres, as roletas girando e as bolinhas em movimento.

Clic.

– Zero – gritou o crupiê ao lado da dama de vermelho. Ela perdera. Há uma hora que perdia. Thomas a vira perder uma fortuna. Começava, também, a perder, cada vez mais, a calma. Com a mão trêmula acendeu um cigarro. Suas pálpebras batiam. Abriu uma pequena bolsa, bordada a ouro, retirou algumas notas que atirou ao crupiê. Este trocou-as por fichas e a senhora continuou a jogar.

Havia muitas mesas de roleta. Jogava-se também o *chemin de fer*. A sala estava cheia de mulheres bonitas. Thomas Lieven, porém, só tinha olhos para uma: a senhora de vermelho. Aquele misto de reserva e de exaltação, de boas maneiras e de paixão, o interessava e o excitava. Essa combinação sempre o exaltara.

– Vermelho, 27 – anunciou o crupiê.

A dama de vermelho perdera mais uma vez. Thomas viu que o *barman* sacudia a cabeça. Ele, também, observava a senhora.

– Que azar – disse ele, penalizado.

– Quem é ela?

– Uma escrava da roleta. O senhor não calcula quanto ela já perdeu!

– Como se chama ela?

– Estrella Rodrigues.

– Casada?

– Viúva. O marido era advogado. Ela é conhecida como a "consulesa".

– Por quê?

– Porque ela é consulesa. De uma republiqueta qualquer.

– Ah.

– Vermelho, cinco.

A consulesa perdera novamente e só restavam, à sua frente, sete pequenas fichas.

Thomas percebeu, de repente, que alguém lhe falava em voz baixa:

– Sr. Leblanc?

Virou-se lentamente. Um homem baixo e gordo estava diante dele. Estava vermelho e suando de nervosismo.

– O senhor é mesmo o sr. Leblanc, não é? – perguntou o homem, em francês.

– Sim.

– Venha encontrar-me no lavatório.

– Por quê?

– Porque é necessário que eu lhe fale.

Com mil bombas, as minhas listas. Alguém descobriu a trapaça. Mas quem? Lovejoy ou Loos? Thomas fez um gesto de recusa.

– O senhor pode falar aqui.

– O comandante Débras – sussurrou o homenzinho – está em dificuldades, em Madri. Tomaram-lhe o passaporte. Ele não pode sair da Espanha. Mandou pedir-lhe que envie um passaporte falso, o mais rapidamente possível.

– E onde irei buscar tal passaporte?

– O senhor tinha muitos, em Paris.

– E os dei todos.

O gorducho parecia não entender.

– Acabei de colocar um envelope em seu bolso – disse em tom apressado. – Encontrará fotografias de Débras e o meu endereço em Lisboa. É onde o senhor me entregará o passaporte.

– Se eu conseguir arranjar um.

O gordote espiou nervosamente para os lados.

– Preciso ir-me embora. Faça o que puder. Telefone-me. – E saiu às pressas.

– Escute aqui, espere... – chamou Thomas. O gorducho já tinha desaparecido. Pronto. As encrencas continuavam.

Que fazer agora? O Débras é um sujeito decente. Os meus princípios obrigam-me a fazer-lhe uma falseta mas quanto a deixá-lo em má situação, isso nunca. Como conseguir que ele saia da Espanha? Como arranjar rapidamente um passaporte?

O olhar de Thomas percebeu a dama de vermelho. Ela deixava a roleta, pálida e agitada. Aparentemente perdera tudo que tinha.

Uma ideia súbita ocorreu a Thomas.

Dez minutos mais tarde, ele ocupava, em companhia da sra. consulesa Estrella Rodrigues, a melhor mesa do elegante restaurante do cassino. Uma pequena orquestra feminina seguia laboriosamente o seu caminho através de uma partitura de Verdi. Três garçons executavam um verdadeiro *ballet* em torno da mesa. Estavam ocupados em servir o prato principal: fígado de vitela à portuguesa.

– Excelente este molho de pimentão – disse Thomas em tom de aprovação. – Verdadeiramente excelente, não acha?

– Está muito bom.

– Graças ao suco, minha senhora. O suco de tomate... Há algo errado?

– Por quê?

– A senhora acaba de olhar-me de madeira tão bizarra... tão severa.

– Cavalheiro, não quero que o senhor se equivoque de nenhuma maneira. Não estou acostumada a aceitar convites de estranhos.

– Toda a explicação é supérflua. Um homem bem educado sabe reconhecer uma senhora da sociedade. Não esqueçamos que fui eu que praticamente a forcei a aceitar esta pequena ceia.

A consulesa suspirou e o seu olhar severo tornou-se, subitamente, sentimental. Há quanto tempo terá morrido esse sr. Rodrigues?, perguntou Thomas a si próprio e logo continuou:

– Nos momentos de grande tensão nervosa e depressão psíquica é preciso sempre aumentar as reservas de calorias. A senhora... ah... perdeu muito?

– Muito. Realmente muito.

– A senhora não deveria jogar. Mais algumas azeitonas? Uma mulher com a sua beleza só pode perder. É apenas justiça.

– Oh (o belo decote da consulesa traiu a sua agitação íntima). O senhor não joga?

– Na roleta, não.

– Feliz mortal.

– Sou banqueiro. Todo jogo que não depende da inteligência me aborrece.

Com uma rapidez fulminante a morena Estrella retomou seu ar de feroz severidade.

– Detesto a roleta – disse ela. – Detesto-a e detesto a mim mesma quando estou jogando.

MENU

3 de setembro de 1940

Depois dessa refeição a bela consulesa tornou-se mais acessível.

TORRADAS COM SARDINHAS
FÍGADO DE VITELA À PORTUGUESA
MELÃO AO CHAMPANHE

TORRADAS COM SARDINHAS – Empregue sardinha em azeite, da melhor qualidade, sem pele e sem espinhas. Frite-as, rapidamente, no próprio azeite. Coloque sobre torradas quentes cercadas de rodelas de limão. No momento de servir molhe com limão e salpique com pimenta-do-reino.
Como se trata de um hors-d'oeuvre, não sirva mais de duas torradas por pessoa, pois este prato é para abrir o apetite e não para satisfazê-lo.

FÍGADO DE VITELA À PORTUGUESA – Para cada pessoa use uma fatia de fígado, que se polvilha com farinha de trigo. Não esqueça que o fígado só deve ser salgado depois de ser cozinhado. Descasque e descaroce meio quilo de pimentões e corte em pedaços finos e curtos. Amasse meio quilo de tomates descascados e esprema o suco. Pique duas cebolas grandes. Refogue as cebolas em meia xícara de azeite até que fiquem alouradas. Junte o pimentão e, depois, os tomates esmagados. Quando o pimentão já estiver cozido, junte o suco dos tomates e deixe ferver mais cinco minutos.

Passe a massa obtida por uma peneira fina, junte um pouco de creme fresco e reaqueça. Adicione sal e pimenta-do-reino. Frite as fatias de fígado, cubra-as com o molho já feito e guarneça o prato com azeitonas sem caroço. Sirva com arroz branco.

MELÃO AO CHAMPANHE – Corte a parte superior de um bom melão, de forma que se possa retirar a polpa da parte maior. Retire a polpa, deixando uma camada de cerca de um centímetro. Corte a polpa em cubos e recoloque dentro do melão. Adicione champanhe seco até cobrir os cubos, mas sem que eles flutuem. Cubra com a tampa, que foi inicialmente cortada, e leve ao refrigerador. Sirva muito frio.

Os gourmets preferem esse modo de preparar o melão ao champanhe pois consideram ser o que melhor ressalta o aroma natural do fruto.

Thomas Lieven começava a sentir que esta mulher mexia com os seus sentidos. Esta mulher que da doçura de um cordeiro se transformava, subitamente, em tigre feroz... Preparemo-nos para algo inesperado, disse a si mesmo. Mas vai ser formidável.

– Há duas coisas no mundo que eu detesto.

– Quais são?

– A roleta e os alemães – disse Estrella com tal raiva que parecia cuspir as palavras.

– Ah.

– O senhor é francês, cavalheiro. Sei que me compreende, pelo menos no que diz respeito aos alemães.

– Perfeitamente, senhora, perfeitamente. Ah... por que o ódio pelos alemães?

– Meu primeiro marido era alemão.

– Eu compreendo.

– E ainda por cima era diretor de cassino. Preciso explicar melhor?

A conversa está-se desviando completamente, pensou Thomas Lieven. Por isso, foi dizendo:

– Certamente, não. Entretanto eu gostaria de que a senhora me proporcionasse um grande prazer...

– Qual?

– Gostaria de ser o comandatário do seu jogo esta noite.

– Cavalheiro!

– Se a senhora ganhar, dividiremos.

– É impossível... absolutamente impossível... além do mais eu nem o conheço. (Foram esses os argumentos iniciais da consulesa.)

Pequeno intervalo.

Dez minutos mais tarde:

– Bem – disse ela –, já que o senhor insiste... Mas com a condição de dividirmos meio a meio se eu ganhar.

Os olhos de Estrella começaram a brilhar, sua respiração ofegava, suas faces ficavam rosadas.

– Por que demoram com a sobremesa? Estou tão nervosa. Sinto que vou ganhar, ganhar o que quiser...

Uma hora mais tarde a dama impetuosa, que detestava os alemães e a roleta, tinha perdido vinte mil escudos. Abatida e parecendo uma Madalena veio ao encontro de Thomas no bar.

– Meu Deus, como tenho vergonha.

– E por que motivo, faz favor.

– Como poderei devolver-lhe o dinheiro? Eu... eu estou um pouco atrapalhada neste momento.

– Considere isto como um presente.

– Nem pense nisso (retomou o seu aspecto de anjo vingador, talhado no mármore). Por quem me toma o senhor? Tenho a impressão de que errou o endereço, cavalheiro.

O quarto estava na penumbra. Somente duas pequenas lâmpadas brilhavam em um abajur cor-de-rosa. A fotografia de um senhor de óculos e com nariz avantajado estava sobre uma cômoda. Em formato reduzido e enquadrado em prata, o sr. Pedro Rodrigues, defunto há mais de um ano, olhava para a sua viúva Estrella.

– Oh! Jean, Jean, como sou feliz...

– Eu também, Estrella, eu também. Cigarro?

– Dê-me uma baforada do teu.

Ele entregou-lhe o cigarro e olhou pensativo para a noite. Reinava silêncio na grande casa da consulesa. Os empregados dormiam.

Ela aninhou-se junto a ele e o acariciou.

– Estrella, minha querida.

– Sim, meu coração?

– Tens muitas dívidas?

– Muitíssimas... A casa está hipotecada... botei parte de minhas joias no prego... É que espero sempre ter sorte e recuperar tudo.

Thomas olhou para a fotografia.

– Ele te deixou muito dinheiro?

– Uma fortuna modesta... Como eu detesto aquela infame roleta!

– E os alemães?

– Os alemães também.

– Diga-me, querida. Tu és cônsul de que país?

– De Costa Rica. Por quê?

– Já expediste algum passaporte costarriquenho?

– Não, nunca.

– Mas o teu marido, certamente?

– Ele, sim. Mas, queres saber, ninguém mais apareceu aqui desde o início da guerra. Acredito, mesmo, que não haja nenhum costarriquenho em Portugal.

– Mas, meu anjo, tu ainda deves ter vários passaportes em branco, não?

– Não tenho a mínima ideia... Depois da morte de Pedro eu mandei colocar toda a papelada e os carimbos numa mala que fiz levar para o sótão... Isso pode interessar para alguma coisa?

– Eu queria um passaporte, minha gatinha.

– Um passaporte?

– Ou vários – disse ele, em voz açucarada e pensando na triste situação financeira da senhora.

– Jean! (Ela estava apavorada.) Isto é uma brincadeira?

– Falo muito seriamente.

– Mas que espécie de homem és tu?

– O fundo é bom.

– Mas... que faríamos nós com esses passaportes?

– Poderíamos vendê-los, minha beleza. Não faltam compradores por aqui. Eles pagariam bom preço. E com esse dinheiro tu poderias... Preciso continuar?

– Oh.

Estrella respirou profundamente. Respirar profundamente tornava-a ainda mais atraente. Estrella calou-se. Estrella refletiu longamente. Depois, ela saltou da cama e correu para o banheiro. Quando voltou trazia nas mãos um roupão.

– Veste isto.

– Onde queres ir, meu tesouro?

– Ao sótão, evidentemente – gritou ela. Meio tropeçando com os saltos de suas sandálias de seda ela já corria para a porta.

O sótão era grande e estava atravancado. Havia um cheiro de serragem e naftalina. Estrella segurava uma lâmpada elétrica enquanto Thomas fazia esforços para retirar uma velha mala que estava por baixo de um grande tapete enrolado. Bateu com a cabeça numa viga e soltou um palavrão. Estrella ajoelhou-se a seu lado. Com esforço, os dois juntos conseguiram levantar a tampa, que rangia. Na mala, formulários, livros e passaportes. Dúzias de passaportes.

Com os dedos febris Estrella começou a folhear os documentos. Examinou um, dois, cinco, 14 passaportes. Todos eram velhos e maculados. Tinham fotografias de desconhecidos; inúmeros carimbos cobriam as páginas. Só havia passaportes com prazo esgotado e sem valor.

Vencidos... esgotados... sem valor.

Estrella levantou-se profundamente decepcionada.

– Nem um só passaporte novo. Tudo velho. Sem qualquer utilidade.

– Ao contrário – disse Thomas Lieven baixinho e beijando-a. – Os velhos passaportes, com prazo vencido, são os melhores.

– Eu não entendo.

– Vais entender num instante – prometeu alegremente Thomas Lieven, aliás, Jean Leblanc. Ele não sentiu, naquele momento, o sopro glacial do destino que, por trás dele, tal o gênio da garrafa do conto oriental, estava prestes a lançá-lo, novamente, num turbilhão de aventuras e perigos.

Com passo calmo, uma grande sacola de couro na mão, um homem jovem e de muito boa aparência caminhava, no dia 4 de setembro, cerca de meio-dia, pelos labirintos de Alfama, o velho bairro de Lisboa.

Nos meandros das pequenas ruas, com seus palácios do século XVIII, com rachaduras nas fachadas e com suas casas burguesas com janelas e portas coloridas brincavam crianças descalças, discutiam homens de pele bronzeada e circulavam mulheres que iam ao mercado, levando à cabeça cestos de frutas ou de peixes.

Roupa lavada, branca como neve, pendia de inúmeras cordas. Grades escuras, de ferro, reluziam diante das janelas mouriscas. Árvores curiosamente retorcidas cresciam das fendas das escadas de pedra. Portões nos muros davam para o rio muito próximo.

O jovem elegante entrou num açougue onde comprou um filé de vitela, de bom tamanho. Na loja vizinha comprou uma garrafa de vinho Madeira, várias garrafas de vinho tinto, azeite, farinha de trigo, ovos, açúcar e diversos temperos. Finalmente, na praça do mercado, que brilhava multicor, comprou meio quilo de cebolas e dois belos pés de alface.

Despediu-se da vendedora erguendo o chapéu e inclinando-se com um sorriso amável.

Depois dirigiu-se para a estreita e sombria rua do Poço dos Negros e entrou no pátio de uma casa quase em ruínas.

Viu, logo, as instalações sanitárias do prédio, que consistiam em guaritas de madeira alinhadas numa estreita varanda. Um emaranhado de canos proveniente das guaritas prendia-se à parede. Dir-se-ia, pensou Thomas, as ramificações genealógicas de um certificado de arianismo.

Um velho cego estava sentado num canto ensolarado do pátio. Dedilhando uma guitarra ele cantava em voz fina e fraca:

O destino me persegue,
nunca me deixa em paz.

Não conheço senão o luto
pois foi criado para mim,
e eu para ele.

Thomas Lieven botou uma moeda no chapéu do cantor e falou-lhe, em português:

– Diga-me, por favor, onde mora Reinaldo, o pintor.

– Vá pela segunda porta. Reinaldo mora lá em cima, na mansarda.

– Muito obrigado – disse Thomas Lieven, erguendo novamente o chapéu, se bem que o ceguinho não o pudesse ver.

A escada da segunda porta estava escura. Mas, de andar em andar, aumentava a claridade. Thomas percebia o rumor de muitas vozes. Aquilo cheirava a azeite e a miséria. No último andar só havia duas portas. Uma delas dava para o sótão. Na outra estava escrito, em grandes letras vermelhas.

REINALDO PEREIRA

Thomas bateu. Nada. Bateu mais fortemente. Nada ouviu. Girou a maçaneta e a porta se abriu, rangendo.

Atravessando um vestíbulo sombrio, Thomas entrou em um grande *atelier* de pintor. Havia muita luz. A luz intensa do sol entrava por uma imensa janela e iluminava dúzias de telas, um tanto incoerentes, uma mesa sobrecarregada de tubos de tinta, de pincéis e de frascos, cinzeiros supercheios e, finalmente, um homem de seus cinquenta anos que dormia, completamente vestido, em um sofá.

O homem tinha uma espessa cabeleira castanho-escura. Sua face, magra e pálida, não estava barbeada. Ele roncava sonora e ritmadamente. Uma garrafa de conhaque, vazia, estava no chão, perto do sofá.

– Pereira! – gritou Thomas. (O barbudo não se mexeu.) – Hei! Pereira! (O barbudo resfolegou forte e virou para o lado.) Bem – murmurou Thomas Lieven –, neste caso vamos tratar do almoço.

O pintor Reinaldo Pereira acordou uma hora mais tarde. Havia três motivos para isso: o sol batia-lhe diretamente no rosto; havia barulho de panelas na cozinha; um forte aroma de sopa de cebolas se espalhara no *atelier*.

– Juanita? – chamou ele, com voz pastosa (ainda meio tonto, levantou-se, ergueu as calças, enfiando as fraldas da camisa, e dirigiu-se titubeante para a cozinha). – Juanita, meu coração, minha vida, tu voltaste?

Abriu a porta da cozinha. Protegido por um velho avental, um homem que ele nunca vira estava atarefado junto ao fogão.

– Bom dia – disse o desconhecido com um largo sorriso. – Dormiu bem?

O pintor foi subitamente acometido por tremores convulsivos. Às apalpadelas, encontrou uma cadeira e nela deixou-se cair.

– Porcaria de álcool... – gemeu ele. – Agora pronto. Chegamos ao fim.

Thomas Lieven encheu um copo com vinho tinto e ofereceu-o ao homem desanimado, colocando-lhe a mão no ombro.

– Acalme-se, Reinaldo, ainda não é o delírio. Sou de carne e osso. Meu nome é Jean Leblanc. Beba um gole, que lhe fará bem. Depois vamos almoçar.

O pintor bebeu e enxugou os lábios.

– Que faz o senhor na minha cozinha? – perguntou em voz que mal se ouvia.

– Uma sopa de cebolas, *médaillons* de vitela ao molho madeira...

– O senhor é louco...

– ...e para a sobremesa pensei numas panquecas. Sei que deve estar com fome. Será preciso que tenha a mão firme.

– Para fazer o quê?

– Para fazer-me um passaporte, depois do almoço – disse Thomas com sua voz suave.

Reinaldo levantou-se e agarrou uma grande frigideira.

– Fora daqui, seu espião da polícia, ou eu racho-lhe o crânio.

– Calma, calma. Tenho uma carta para o senhor. – Thomas limpou as mãos no avental e tirou do bolso do casaco um envelope. Entregou-o a Reinaldo, que dele retirou um papel que leu com atenção. Depois de um momento ergueu os olhos.

– Como é que conhece Luís Tamiro?

– Nossos caminhos se cruzaram ontem, no Cassino. O gordote, quero dizer Luís, informou-me que um dos meus amigos estava em dificuldades em Madri. Tiraram-lhe o passaporte. Portanto, ele precisa de um novo. E com a maior rapidez. Tamiro pensa que o senhor é o homem de que precisamos. Um verdadeiro artista. Superiormente dotado, experimentado e com todos os demais requisitos.

– Sinto muito – disse Reinaldo sacudindo a cabeça –, não é mais possível. Foi o que disse a Juanita. Juanita é a minha mulher, sabe...

– ...e ela o abandonou porque você está sem vintém. Luís contou-me tudo. Você não deve lamentar o que aconteceu. Uma mulher que abandona um homem sob o pretexto de que ele está quebrado não vale realmente nada. Você vai ver como ela voltará, correndo, quando você tiver novamente dinheiro.

– Que dinheiro?

– O meu, para principiar.

Reinaldo passou a mão na face barbuda e, novamente, sacudiu a cabeça. Começou a falar como um professor que se dirige a um menino atrasado.

– Escute aqui. Há uma guerra. É impossível imitar um passaporte sem ter papel especial filigranado. E esse papel tem que ser do tipo exato empregado pelo país donde supostamente provém o passaporte...

MENU

4 de setembro de 1940

Esse menu fez com que um falsário atingisse o ápice de sua habilidade.

SOPA DE CEBOLAS GRATINADA
MEDAILLON DE VITELA AO MADEIRA
PANQUECAS FLAMBÉES

SOPA DE CEBOLAS GRATINADA – Refogue uma grande quantidade de cebolas em rodelas finas (não deve picá-las) em manteiga ou azeite. Adicione água quente um pouco mais que o necessário para a sopa, cozinhe durante 15 minutos e salgue. Pode-se usar caldo de carne em vez de água. Enquanto cozinha a sopa corte fatias de pão de forma ou pão com bastante miolo e coloque-as (fora do fogo) sobre a sopa. Polvilhe com uma camada espessa de queijo tipo gruyère bem ralado. Leve ao forno quente, para gratinar. A apresentação desta sopa em terrinas individuais, de barro, é mais agradável.

MEDAILLON DE VITELA AO MADEIRA – Corte fatias espessas de vitela (de preferência o filé) e bata para que se afinem um pouco. Frite ligeiramente dos dois lados de forma a que o interior fique rosado. Salgue somente depois de fritar.
Antes de fritar a vitela faça um refogado em manteiga ou azeite com meia cebola cortada em fatias finas, cinco ou seis amêndoas e um punhado de cogumelos. Adicione um grande copo de vinho madeira e leve ao fogo, em panela coberta, durante 15 minutos. Salgue e adicione pimenta-do-reino.
Derrame esse molho sobre os médaillons de vitela e sirva com batatas fritas e uma salada verde.

PANQUECAS FLAMBÉES – Prepare panquecas comuns, mas não muito finas, e do tamanho dos pratos em que serão servidas. Polvilhe-as com açúcar. Na hora de servir ponha uma boa porção de rum de boa qualidade sobre cada panqueca, acenda e enrole-a enquanto flamba. Molhe com suco de limão.

– Você não está dizendo nenhuma novidade.

– Então, deve saber que esse tipo de papel não se encontra em tempo de guerra. Por conseguinte, não se podem mais imitar passaportes. Assim sendo, só se poderiam alterar passaportes já existentes. E como fazer isto?

– De um modo geral – disse Thomas saboreando o molho ao madeira – suponho que embebedando sujeitos, dando-lhes uma cacetada na cabeça para deixá-los indefesos e tirando-lhes o passaporte para, então, alterá-lo.

– Exatamente. Eu não gosto desse sistema. Nada disso, para mim. Se não posso trabalhar honestamente, nada feito. Sou um pacifista entende?

– Justamente como eu. Veja o que há na sacada da janela. É um presente para você. – Reinaldo, ainda meio bambo das pernas caminhou para a janela.

– Que é?

– Quatro passaportes com prazo esgotado. De Costa Rica. Três serão seus se você modificar o quarto, para mim.

O falsificador segurou um dos passaportes, respirou fundo e olhou para Thomas com um misto de receio e admiração.

– Donde saíram estes passaportes?

– Eu os achei. A noite passada.

– O senhor achou quatro passaportes de Costa Rica a noite passada?

– Não.

– Ah!

– A noite passada não encontrei quatro passaportes de Costa Rica, mas sim 47 – disse Thomas Lieven ao tempo que retirava a sopa gratinada do forno. – O almoço está pronto, Reinaldo.

Que sorte ter a minha bela consulesa conservado tantos belos passaportes velhos.

E agora, pensou ele, vim aterrar em casa de um sr. Pereira, na rua do Poço dos Negros. Preparo-me para aprender a maneira profissional de falsificar passaportes.

Eu, eu que já fui o mais jovem banqueiro de Londres. Ah, meus antepassados. E pensar que não posso contar nada disso lá no clube!

Os quatro passaportes estavam abertos sobre a grande mesa de trabalho, perto da janela. Tinham as fotografias de quatro diferentes cidadãos costarriquenhos: um era velho e gordo, o outro jovem e magro, o terceiro usava óculos e o quarto tinha um bigode.

Ao lado dos quatro passaportes estavam arrumadas quatro fotografias do comandante Débras, oficial do serviço francês de informações e que, em Madri, ansiosamente esperava por socorro. As fotografias tinham sido entregues a Thomas pelo baixote Luís Tamiro, no cassino do Estoril.

O almoço havia terminado.

Com o seu avental branco de trabalho, Reinaldo Pereira adquirira o jeito de um cirurgião célebre, de um Ambroise Paré da falsificação, que se preparasse, com concentração e sobriedade, para começar uma operação difícil.

– O senhor conhece, pessoalmente, o homem de Madri – disse ele com voz sóbria. – Sabe qual o seu aspecto. Leia as descrições e diga-me qual a que mais se aproxima do seu amigo. Eu prefiro, evidentemente, escolher o passaporte que necessite o menor número de modificações.

– Parece-me que é este aqui – disse Thomas apontando para o segundo, a partir da esquerda. O documento trazia o nome de um tal Rafaelo Puntareras.

Expedido em 8 de fevereiro de 1934, esse passaporte perdera a validade em 7 de fevereiro de 1939. Continha um grande número de selos e de vistos de entrada e saída. Restavam poucas páginas em branco. Por esse motivo, sem dúvida, é que o negociante preferira tirar um novo, por intermédio do falecido cônsul Rodrigues.

– A descrição se aproxima do meu amigo, exceto que ele tem cabelos castanhos e olhos azuis.

– Então será preciso corrigir a cor dos cabelos e dos olhos, trocar as fotografias, reproduzir o carimbo sobre a fotografia do seu amigo, modificar as datas de validade bem como as datas dos vistos anteriores a este período.

– E o nome Puntareras?

– O seu amigo pretende ficar em Lisboa?

– Não, ele tomará, imediatamente, o avião para Dacar.

– Então podemos deixar o mesmo nome.

– Mas ele precisará de um visto de trânsito para Lisboa e um visto de entrada para Dacar.

– E daí? Tenho um armário cheio de carimbos. Provavelmente a maior coleção da Europa. Não, não, esta parte será uma canja.

– Então, que viria a ser um caso difícil?

– Um passaporte onde tudo tenha que ser alterado e no qual, para cúmulo, a fotografia tenha um carimbo em relevo. Para um trabalho desse tipo eu precisaria de dois dias.

– E para o sr. Puntareras?

– Levando em conta o meu estado psíquico, a minha perturbação moral, as minhas infelicidades conjugais, o senhor terá a sua muamba... apesar de tudo isto... dentro de sete horas, no máximo.

Calmo, cantarolando, Reinaldo começou a trabalhar. Segurou uma ferramenta com ponta cônica, de metal e cabo de madeira, uma espécie de sovela de sapateiro, e a introduziu no primeiro ilhós que prendia a fotografia, de sorte a ficar bem firme. Depois com um pequeno canivete, começou a levantar as bordas viradas do ilhós.

O mestre explicou, é necessário começar, sempre, pela fotografia para não danificar os sinais do carimbo com um movimento em falso durante o trabalho. (Ele arrotou discretamente.) Notável a sua sopa de cebolas.

Thomas estava imóvel junto à janela. Não respondeu, temendo perturbar a concentração do mestre.

A fotografia de Rafaelo Puntareras estava segura por dois ilhoses. Decorridos três quartos de hora, o mestre tinha levantado completamente as bordas. Com cuidado, ele retirou os pequenos tubos de metal, usando a ponta da sovela.

A seguir, ligou um fogareiro elétrico, cobriu-o com uma velha capa de livro e sobre ela colocou o passaporte.

Disse o mestre:

– Dez minutos de aquecimento. Chamamos a isso "fazer reviver o passaporte". O papel fica mais macio, mais elástico, mais próprio para receber os líquidos e melhor para todas as outras fases do trabalho.

Depois de ter fumado um cigarro, Pereira pegou novamente o passaporte. Com uma pequena pinça segurou a borda da fotografia do sr. Puntareras, tendo o cuidado de escolher um ponto não atingido pelo carimbo, e levantou-a cerca de um milímetro. A seguir molhou um pequeno pincel num líquido de cheiro forte que estava num pequeno frasco.

Disse o mestre:

– Só se devem usar pincéis com cerdas de *blaireau*, como os pincéis de barba, ou de marta, da melhor qualidade e de tamanho O.

Com cuidado, foi introduzindo o líquido entre a fotografia e o papel e levantando, devagar, com a pinça. A cola dissolvia-se. Cinco minutos depois, o mestre retirou a fotografia e foi colocá-la numa prateleira afastada, para evitar acidentes.

Voltando para perto da mesa, ele cerrou os olhos, flexionou os dedos e ficou pensativo e recolhido.

Disse o mestre:

– Para conhecer bem o meu passaporte eu começo por uma alteração insignificante: faço desaparecer um ponto.

Colocou o documento sob uma lente grande e fixa. Tomou um outro pincel muito fino e molhou-o num líquido transparente. Ao molhar um ponto no passaporte ele apertou o botão de um cronômetro.

Esperou que o ponto estivesse quase completamente apagado e, com a rapidez de um raio, retirou o resto do líquido com a ponta de um papel mata-borrão.

– Três segundos. Agora temos uma indicação certa. Tendo como referência o tempo necessário para um ponto podemos atacar as partes finas, os traços delgados das letras.

Fez desaparecer todos os traços finos das letras de uma página, aplicando o líquido, como se fossem pontos. Depois atacou os traços mais cheios e grossos, pincelando-os com o líquido misterioso, de um lado e de outro, sempre em direção ao eixo.

– Em nosso ramo – disse ele – chamamos a isto "trabalhar em direção ao núcleo".

Depois de duas horas de "trabalho em direção ao núcleo", seguindo o mesmo processo que fora usado para o ponto, tudo que era preciso inutilizar havia desaparecido, bem como as datas demasiado antigas dos vistos e dos prazos de validade.

O mestre, depois dessa tarefa, descansou durante meia hora. Dançou um pouco para relaxar os músculos.

Thomas fez um café. Antes de tomá-lo, Pereira quebrou um ovo e colocou a clara num prato de mesa.

– É necessário que haja uma grande superfície em contato com o ar – disse ele. – Nós dizemos "deixar em repouso".

Dez minutos mais tarde e com enorme cuidado, ele encheu as pequenas ranhuras e depressões – causadas pelo mordente, apesar de todas as precauções – com a clara de ovo que colava e secava rapidamente. A superfície do papel estava de novo perfeitamente lisa. Ele agora vaporizou o papel com um fixador incolor e sem brilho.

Apanhou a fotografia do negociante Puntareras e envolveu-a em papel de seda diáfano que colou à fotografia para que não escorregasse. Com um instrumento com ponta de ágata ele traçou sobre o papel os contornos do carimbo da fotografia.

A seguir, cortou uma das quatro fotografias do comandante Débras de sorte que ficasse uma fração de milímetro maior que a de Puntareras. Colocou-a sobre um papel carbono com a cor exata da tinta do carimbo. Destacou da velha fotografia o papel de seda, colocou-o sobre o carbono e o colou novamente ao verso da fotografia de Débras. Uma vez mais, retraçou os contornos com a ponta de ágata.

Cuidadosamente retirou o papel e o carbono. A fotografia de Débras tinha, agora, o carimbo.

O mestre, rapidamente, aplicou um fixador à sua obra que, de outra forma, corria o risco de se apagar.

Com um furador de ponta fina perfurou a fotografia de Débras em dois pontos exatamente calculados e a fixou ao passaporte com goma arábica e dois ilhoses de sapateiro. Com uma pinça fixou, com perfeição, os rebordos dos ilhoses.

Depois ele escreveu, com nanquim, sobre toda a superfície rasurada. Instruções do mestre:

– Devemos transformar, se possível, os antigos algarismos por outros que se aproximem quanto à forma, quer dizer, o 3 em 8, o 1 em 4...

Depois de seis horas e meia de trabalho, Pereira colocou no passaporte um visto de trânsito português e um visto de entrada em Dacar. Preencheu, à mão, os espaços adequados dos carimbos.

– Acabado.

Thomas aplaudiu com entusiasmo. O mestre inclinou-se com ar digno.

– Sempre à sua disposição.

Thomas apertou-lhe a mão.

– Eu não ficarei aqui para aproveitar o seu talento excepcional. Mas isso não faz mal Reinaldo. Vou mandar-lhe uma bela cliente com a qual, estou certo, você vai entender-se às mil maravilhas.

Praça Dom Pedro IV. As últimas notícias corriam, em letras luminosas, no alto da fachada do grande edifício do jornal. Com atenção e angústia mil pares de olhos acompanhavam as letras cintilantes.

(UP) MADRI – Há rumores persistentes a respeito de pretensas negociações secretas franco-espanholas. – A Wehrmacht estaria exigindo passagem livre para atacar Gibraltar e fechar o Mediterrâneo – Franco decidido a permanecer neutro – Advertência severa à Espanha por parte do embaixador britânico – Demonstrações antibritânicas em Barcelona e Sevilha.

Diante de seus copos de Pernod, dois homens estavam sentados à mesa de um café, numa das calçadas da praça. O baixote Tamiro folheava o passaporte fabricado aquela tarde.

– Realmente um belo trabalho – murmurou ele com admiração.

– Quando sai o seu avião?

– Dentro de duas horas.

– Cumprimente Débras por mim. Diga-lhe que venha depressa. O meu navio parte daqui a cinco dias.

– Espero que ele consiga.

– Que quer dizer?

Luís Tamiro aspirou preocupado a fumaça de um pequeno charuto brasileiro.

– Na aparência, os espanhóis são neutros. Isso não os impede de dar cobertura ao trabalho dos agentes alemães. Em Madri três *turistas* alemães seguem passo a passo o comandante Débras, dia e noite. Cada um o vigia durante oito horas. Ele o sabe mas nada pode fazer para se desembaraçar. Eles se chamam Loffer, Weise e Hart. Estão no mesmo hotel que o comandante, o Palace Hotel.

– Que pretendem eles?

– Depois que lhe confiscaram o passaporte, o comandante não tem o direito de sair de Madri. Os três alemães sabem quem ele é mas não podem provar. Querem saber, também, o que ele está tramando em Madri. Por outro lado, se ele sair da cidade a polícia espanhola terá um pretexto para engajá-lo. Uma vez na prisão poderão dar um jeito para transportá-lo para a Alemanha sem que isso cause muita complicação.

– Por conseguinte é preciso que ele se veja livre dos três tipos.

– Sim, mas como? Eles o espreitam sem cessar para avisar à polícia a primeira tentativa de fuga.

Thomas Lieven fixou o baixote com curiosidade.

– Qual é a sua profissão, Tamiro?

O gorducho suspirou e fez uma careta.

– Criado para todo serviço, para tudo que é proibido. Contrabando de armas, de homens e de mercadorias proibidas. Por dinheiro. Já fui joalheiro em Madri.

– E então?

– Fiquei arruinado com a guerra civil. Meu estabelecimento foi bombardeado, saqueado. Ainda por cima tive aborrecimentos políticos. Não, não, para mim chegou. Para mim, hoje em dia, cada coisa tem seu preço. Eles que se lixem com seu idealismo.

– Você conhece outras pessoas, em Madri, que pensem da mesma forma?

– Muitos.

– E você afirmou que cada coisa tem o seu preço?

– Exatamente.

Thomas relanceou um olhar para o jornal luminoso e sorriu.

– Diga-me, Luís, qual seria o preço, de amigo, de um pequeno levante popular espontâneo?

– Em que está pensando?

Thomas disse-lhe em que estava pensando.

Madri, 5 de setembro de 1940.

Relatório confidencial do comissário Felippo Aliados, da polícia secreta do Estado, ao seu superior:

"Hoje às 14h03 recebi um chamado telefônico do responsável pelo 14º setor da polícia urbana. Avisa-me que umas cinquenta pessoas estavam reunidas à frente do edifício da embaixada da Grã-Bretanha, na rua Fernando el Santo, e promoviam uma manifestação anti-inglesa.

Acompanhado de cinco homens fui imediatamente à embaixada, onde constatei que os manifestantes pertenciam à classe menos favorecida da população. Essas pessoas invectivavam a Inglaterra. Quatro vidraças foram quebradas e três vasos de flores foram arrancados da entrada do edifício. Obedecendo ordem de S. Excia. o embaixador da Grã-Bretanha, o adido comercial descera à rua para acalmar os manifestantes.

Quando cheguei o senhor adido comercial britânico, que estava muito agitado, disse-me o seguinte: Estes homens admitiram que a manifestação foi paga pelos alemães.

Enquanto a maioria dos manifestantes fugia, graças à rápida intervenção da polícia, conseguimos prender três homens: os denominados Luís Tamiro, Juan Moreira e Manuel Passos.

Os indivíduos em questão repetiram, na minha presença, que haviam sido pagos por agentes alemães. Eles deram os nomes desses agentes: 1. Helmuth Laffler. 2. Thomas Weise. 3. Jakob Hart, residentes, todos os três, no Palace Hotel.

O senhor adido comercial britânico insistiu para que fosse aberto um inquérito imediatamente e anunciou que o seu Governo apresentaria um protesto diplomático.

Tendo recebido repetidas instruções superiores para zelar pela neutralidade de nosso país, dirigi-me, incontinenti, ao Palace Hotel, onde efetuei a prisão dos mencionados turistas alemães. Tendo os três indivíduos tentado resistir, foi necessário algemá-los para conduzi-los à prisão.

No decorrer do interrogatório os três cidadãos alemães negaram peremptoriamente haver subvencionado a manifestação. Uma acareação com os três manifestantes presos em nada resultou. Em vista disto mandei soltar os manifestantes contra os quais foi instaurado processo por distúrbios na via pública.

O nosso serviço conhece os três alemães. São agentes da Abwehr e é evidentemente muito possível que tenham instigado a manifestação.

Os três alemães estão presos, com sentinela à vista, em minha repartição. Peço instruções, sem demora, pois o adido comercial tem telefonado de hora em hora para saber que medidas irei tomar.

Assinado: Felippo Aliados
Comissário."

Um punho alemão bateu com estrondo sobre uma mesa de carvalho alemão. A mesa estava numa sala de um edifício situado à margem do Tirpitz, em Berlim. O punho pertencia ao almirante Canaris, que estava de pé atrás da mesa. Diante dela estava o ictérico comandante Fritz Loos, de Colônia.

O rosto do comandante estava lívido. O rosto do almirante estava vermelho. O comandante estava em absoluto silêncio. O almirante estava muito barulhento.

– O nosso serviço já é motivo de chacota, comandante. Três dos nossos homens expulsos da Espanha. Protestos do governo britânico. A imprensa inimiga está-se babando de gozo. Enquanto isto o seu Lieven, esse sujeitinho, está morrendo de tanto rir, em Lisboa.

– Almirante, eu não vejo o que uma coisa tenha com a outra.

– Enquanto os nossos homens ficavam detidos várias horas em Madri – disse Canaris com azedume –, o comandante Débras saiu do país. Evidentemente com o passaporte falso. Ele chegou sem empecilhos a Lisboa. E sabe a quem ele beijou publicamente nas duas faces, no cassino do Estoril?

O seu amigo Lieven. E sabe com quem ele comeu, depois, um grande jantar? Com seu amigo Lieven.

– Não... Meu Deus! Não... É impossível.

– Não só é possível como é verdade. Nossos homens assistiram a esse comovente reencontro. Que podiam eles fazer? Nada!

O comandante sentia as vísceras em chamas e a se retorcerem de uma maneira terrível. A minha vesícula, pensou ele, desesperado. Esse canalha de Lieven. Por que diabo o fiz sair de uma prisão da Gestapo?

– Sabe qual é o seu apelido, comandante? "Loos sem medula".

– Peço desculpas, almirante, mas acho isto injusto.

– Injusto! O senhor paga dez mil dólares a esse indivíduo por listas com os nomes dos principais agentes franceses e, em troca, tivemos o direito de verificar que só se tratava de cadáveres! O senhor tinha ordens para trazê-lo de volta.

– Mas Portugal é um país neutro, almirante.

– E eu com isto! Já estou mais que cheio. Quero ver esse sr. Lieven. Aqui, nesta sala! E vivo. Compreende?

– Às suas ordens, almirante.

6 de setembro de 1940, 22h30.

Uma conferência tem lugar na Casa Senhora de Fátima, a confortável residência do chefe do serviço de informações da Embaixada da Alemanha. O dono da casa mandara embora a sua encantadora amiga Dolores, uma dançarina de pernas admiráveis e com a tez morena. Saboreando uma garrafa de champanhe ele estava em companhia do adido naval e do adido da Aeronáutica da embaixada. Eles também haviam dispensado, essa noite, as respectivas amiguinhas.

– Cavalheiros – disse o chefe do serviço de informações –, não há tempo a perder. Berlim reclama Lieven, e com pressa. Aguardo as suas sugestões.

– Eu sugiro dopá-lo – disse o adido da Aeronáutica – e mandá-lo de avião para Madri. De lá para Berlim usaremos um avião especial.

– Sou contra – disse o adido naval. – Acabamos de ter aborrecimentos em Madri. Sabemos que o aeroporto é um formigueiro de agentes ingleses e americanos. Não podemos correr o risco de novas complicações diplomáticas em Madri.

– Estou inteiramente de acordo – disse o chefe do serviço de informações.

– Assim sendo – disse o adido naval –, proponho raptá-lo e levá-lo em um submarino. Entremos em contato, pelo rádio, com o contrabloqueio *Werner*. O *Werner* tem contato permanente com o comandante da frota de submarinos e pode saber, com facilidade, a localização de cada unidade. Ele poderá requisitar a qualquer momento, e pelo meio mais rápido, um submarino para uma área determinada, fora das águas territoriais portuguesas.

– E como levaremos Lieven até o submarino?

– Nós fretaremos um barco de pesca.

– E como o levaremos até o barco?

– Tenho uma ideia.

O adido naval explicou a sua ideia.

Um velho andava pelo restaurante do aeroporto, tentando vender bonecas em trajes típicos. Estava sem sorte. Era quase meia-noite de 11 de setembro de 1940 e apenas uma dúzia de passageiros sonolentos aguardava a partida de seus aviões.

O velho aproximou-se de uma mesa perto de uma janela. Dois homens estavam sentados, bebendo uísque.

– Bonecas típicas: ciganas, espanholas, portuguesas...

– Não, obrigado – disse Thomas Lieven.

– É mercadoria de antes da guerra.

– Ainda assim, muito obrigado – disse o comandante Débras, que se chamava, no momento, Rafaelo Puntareras.

O velho seguiu o seu caminho. Lá fora, o aparelho que iria transportar Débras de Lisboa a Dacar estava sendo abastecido de gasolina.

– Nunca esquecerei o que fez por mim – disse o comandante a Thomas Lieven, com olhar emocionado.

– Não falemos mais nisso – disse Thomas.

Quando te aperceberes, pensou ele, que eu falsifiquei as tuas listas, certamente nunca esquecerás.

– E onde estão as listas?

O comandante piscou um olho e disse:

– Aprendi com o senhor e fiz camaradagem com a aeromoça; as listas estão em sua mala.

– Atenção, por favor – gritou o alto-falante –, pedimos aos passageiros do voo nº 324, com destino a Dacar que se apresentem para o controle de passaportes e bagagens. Senhoras e senhores, desejamos boa viagem.

Débras esvaziou o copo e levantou-se.

– Chegou a hora, meu amigo. Mais uma vez, obrigado! E até breve.

– Queira transmitir meus respeitos à sra. Josephine Baker – disse Thomas. – Passe muito bem, comandante. Nunca mais nos veremos.

– Quem sabe.

– Meu navio parte depois de amanhã para a América do Sul. Jamais voltarei à Europa – disse ele. Não se opôs aos abraços repetidos do comandante.

Momentos mais tarde ele o viu atravessar a pista em direção ao aparelho. Thomas acenou com a mão. Débras fez o mesmo e desapareceu no interior do avião.

Thomas pediu outro uísque. Quando o aparelho rodou para a pista de decolagem ele se sentiu muito só. Momentos depois pagava a conta e partia.

Havia pouca iluminação na esplanada do aeroporto. Eram poucas as lâmpadas acesas. Um grande carro alcançou Thomas e parou.

– Táxi, senhor? – perguntou o motorista pela janela.

O local era deserto.

– Sim – disse Thomas, imerso em seus pensamentos.

O motorista desceu e abriu a porta, inclinando-se.

Neste momento Thomas percebeu que o táxi tinha um aspecto muito esquisito. Fez meia-volta, mas já era tarde.

O motorista atingiu-o com um pontapé nas pernas. Thomas foi precipitado ao interior do carro. Quatro mãos musculosas o seguraram e atiraram ao chão. A porta foi fechada. O motorista pulou para o volante e partiu velozmente.

Um chumaço de pano úmido, impregnado de um líquido adocicado e nauseante, foi apertado contra o rosto de Thomas. Clorofórmio, pensou ele, sufocando.

Com uma nitidez anormal ouviu uma voz que dizia: “Tudo perfeito. Agora vamos para o porto”.

Depois o sangue começou a zumbir-lhe nas têmporas. Sinos soavam em seus ouvidos e ele mergulhou na inconsciência, cada vez mais profunda, como se fosse num poço de veludo.

Pouco a pouco Thomas voltou a si. Sua cabeça parecia querer estourar. Tinha náuseas e tinha frio. Os mortos, pensou ele, não se sentem mal nem têm frio. Por conseguinte, ainda estou vivo. Thomas abriu, prudentemente, o olho direito. Estava deitado na proa de um barco de um só mastro e que cheirava mal. Ouvia o toque-toque nervoso do motor.

Um português com blusão de couro, boné à cabeça, um cachimbo apagado nos dentes, segurava o timão. As luzes do porto dançavam às costas do piloto. O mar estava bravio. Jogando e sacudindo, o barco dirigia-se para o largo. Com um suspiro, Thomas abriu o olho esquerdo.

Perto dele, dois gorilas estavam sentados num banco. Ambos vestiam capa de couro preto e tinham aspecto feroz. Ambos tinham pesados e feios revólveres em suas grandes e feias mãos.

Thomas Lieven soergueu-se.

– Bom dia, senhores – disse ele com grande esforço, mas de forma inteligível. – Ainda há pouco, no aeroporto, não tive a oportunidade de cumprimentá-los. Em parte a culpa é dos senhores. Não deveriam ter tido tanta pressa em me agredir e cloroformizar.

Disse o primeiro gorila, com sotaque hamburguês:

– Fica prevenido, Thomas Lieven, ao primeiro gesto de reação nós o matamos.

Disse o segundo gorila, com sotaque da Saxônia:

– As férias acabaram, Lieven. Agora vamos voltar para casa.

– Você é de Dresden? – perguntou Thomas, interessado.

– Não, de Leipzig. Por quê?

– Simples curiosidade. Nada tenho contra esse barco de pesca, cavalheiros, mas o caminho marítimo para a mãe pátria é bastante longo, por mar. Chegaremos até lá?

– Sempre um grande tagarela, hein? – disse o homem de Hamburgo. – Não se preocupe, Lieven. Este troço só serve para sairmos das águas territoriais.

– Até o quadrilátero 135 – acrescentou o homem de Leipzig.

Thomas verificou que o barco navegava sem qualquer espécie de luz. Nem mesmo tinha os fogos de navegação. O mar estava cada vez mais agitado. Thomas também. Procurava dissimular seu nervosismo.

– E que acontecerá no quadrilátero 135, senhores?

– Um submarino virá à superfície dentro de um quarto de hora. Tudo vai funcionar perfeitamente, verá. Zás-trás.

– Organização alemã – opinou Thomas, delicadamente.

– Já saímos das águas territoriais – disse o pequeno piloto, em português. – Onde está meu dinheiro?

O homem de Leipzig levantou-se e meio cambaleante aproximou-se do piloto, entregando-lhe um envelope. O pescador amarrou o timão com um cabo e contou as notas. O resto foi muito rápido.

Thomas foi o primeiro a perceber a grande sombra pois só ele olhava em direção à popa. Sem qualquer advertência a escura aparição surgiu da noite, dirigindo-se, velozmente, sobre o barco sacudido pelas ondas. Thomas teve ímpetos de gritar mas, no último instante, cerrou a boca, trincando a língua. Não, disse ele para si mesmo, nada de gritos agora. Silêncio, silêncio... Projetores riscaram a escuridão. Uma sirena urrou, uma, duas, três vezes. A sombra se havia transformado em um iate de corridas que estava perto, muito perto, mortalmente perto. O piloto português soltou um brado e virou o leme. Tarde demais. Com um ruído de fazer parar o coração, o iate abalroou a pequena embarcação em ângulo agudo, a bombordo. O cavalheiro de Hamburgo perdeu seu revólver. O cavalheiro de Leipzig estatelou-se.

Seguiu-se um pandemônio enquanto o barco de pesca virava e a proa do iate rasgava-lhe o costado. Como que atingido pelo punho de um gigante invisível, Thomas sentiu-se projetado no mar e depois mergulhou nas águas negras e glaciais.

Percebeu um alarido de vozes: gritos, imprecações e ordens. A sirena do iate urrou sem cessar.

Thomas engoliu água do mar, afundou, voltou à tona tentando respirar e viu, voando era sua direção, um salva-vidas preso a um cabo.

O anel branco bateu na água. Thomas segurou-o. Ao mesmo tempo o cabo estirou e ele foi puxado para o iate.

Piscando, conseguiu ler a inscrição no salva-vidas, que indicava o nome da embarcação: BABY RUTH, leu Thomas.

Puxa, pensou ele, se eu contar esta história no clube vão dizer que estou mentindo.

– Uísque ou rum?

– Uísque, por favor.

– Com gelo e soda?

– Só com gelo, por favor – disse Thomas Lieven. – Pode encher metade do copo. Eu me resfrio com facilidade.

Um quarto de hora tinha decorrido, um quarto de hora dos mais movimentados.

Quinze minutos antes, prisioneiro da Abwehr, depois, náufrago no meio do Atlântico, e agora, envolto em quentes cobertores e sentado numa cama admiravelmente macia de uma admirável cabina de luxo. Um homem que nunca vira antes estava atarefado diante de um pequeno bar, preparando-lhe uma bebida. São os caprichos da sorte, disse Thomas a si mesmo, e ainda um tanto estonteado.

O homem trouxe o *scotch* para Thomas. Ele também se tinha servido, com dose bem avantajada. Ergueu seu copo sorrindo:

– *Cheerio*.

– *Cheerio* – disse Thomas e sorveu um grande trago. Isto vai tirar o infame gosto de clorofórmio que tenho na boca, pensou.

Um berreiro tremendo começou, do lado de fora.

– Que é isto?

– O nosso piloto e o seu; uma conversa de peritos em relação ao problema das responsabilidades – disse o desconhecido, que trajava impecável roupa azul e usava óculos de intelectual com aro de tartaruga. – É claro que é o seu piloto o culpado. Onde se viu navegar sem uma luz. Quer mais gelo?

– Não, obrigado. Onde estão meus dois companheiros?

– No porão. Suponho que isto esteja de acordo com seus desejos.

Nada feito, pensou Thomas. Parece que o melhor é pegar o touro a unha. Portanto:

– Eu agradeço. O senhor salvou-me da morte. E não é à morte por afogamento que me estou referindo.

– À sua saúde, Negociante Jonas!

– Como é isso?

– Para nós o senhor é "Negociante Jonas". Ignoramos, ainda, sua verdadeira identidade. (Graças a Deus, pensou Thomas.) Além do mais o senhor certamente não a revelará...

– Certamente não. – (Que sorte não ter deixado todos os meus documentos no cofre da consulesa. Eu tinha um pressentimento constante que algo parecido poderia acontecer.)

– Eu compreendo muito bem. É claro que não poderá falar senão a superiores! Um homem como o senhor! Um V.I.P.!

– Um quê, faz favor?

– Um *Very Important Person*.

– Eu? Eu sou uma pessoa importante?

– Mas vejamos, Negociante Jonas, um homem para quem a Abwehr mobiliza um submarino? Não calcula a trabalheira que houve, por sua causa, nas últimas 48 horas. Os preparativos! Monstruosos. Abwehr Berlim! Abwehr Lisboa! Submarino no quadrilátero 135 Z. Os alemães pareciam loucos, o rádio não parava. Há meses que tal coisa não acontecia. Negociante Jonas... Trazer a qualquer preço o Negociante Jonas para Berlim... E agora o senhor pergunta por que é um V.I.P.? Essa é muito boa. Que está acontecendo, Negociante Jonas?

– Posso... posso tomar outro uísque?

Mais um uísque foi servido a Thomas. Uma dose das grandes. O homem de óculos de tartaruga também encheu o seu copo, dizendo:

– Por cinco mil dólares Baby Ruth pode muito bem nos oferecer uma garrafa de *scotch*.

– Que Baby Ruth? Que cinco mil dólares?

– Negociante Jonas – disse o homem de óculos sorrindo –, o senhor já compreendeu, suponho, que eu faço parte do Secret Service?

– Já o compreendi, sim.

– Trate-me por Roger. Não é o meu nome, evidentemente. Mas um nome falso serve como qualquer outro, não acha?

Com mil raios, vai recomeçar tudo outra vez, disse Thomas para si mesmo. Prudência, prudência. Escapei dos alemães, agora preciso livrar-me dos ingleses. Ganhemos tempo. Pensemos. Tenhamos cuidado onde vamos pisar

– O senhor tem toda a razão, sr. Roger. – disse ele. – Repito a minha pergunta: que cinco mil dólares? Que Baby Ruth?

– Logo que percebemos a histeria telegráfica dos alemães – quando digo *nós* refiro-me ao serviço britânico de contraespionagem em Lisboa – avisamos imediatamente a MI5, em Londres...

– Quem é MI5?

– O chefe da contraespionagem.

– Ah! – disse Thomas e bebeu um gole. Este jardim da infância europeu, pensou ele, é uma instituição mortífera. Como ficarei feliz quando abandonar este continente grotesco e mortal.

– E MI5 telegrafou: sinal verde.

– Eu compreendo...

– Nós reagimos sem demora.

– Certamente.

– Seria inadmissível que esse Negociante Jonas caísse nas garras dos alemães. Ah, ah, ah! Tome outro *scotch*, bebamos à saúde de Baby Ruth?

– Afinal de contas, o senhor não me quer dizer quem é Baby Ruth?

– Mrs. Ruth Woodhouse. Sessenta e cinco anos. Quase surda. Sobreviveu a duas apoplexias e a cinco maridos.

– Meus parabéns.

– Então nunca ouviu falar nos aços Woodhouse? Nos carros blindados Woodhouse? Nas metralhadoras Woodhouse? Uma das mais antigas dinastias americanas de vendedores de canhões! Nunca ouviu falar?

– Para dizer a verdade, não.

– Mas olhe aqui, isto é uma lacuna em sua educação.

– O senhor acaba de preencher a lacuna. Obrigado.

– De nada. Acontece que essa senhora é a proprietária do iate. Atualmente ela está vivendo em Lisboa. Quando nós descobrimos a história do submarino, fomos procurá-la. Ela pôs imediatamente o iate à nossa disposição, mediante cinco mil dólares. (O homem que se dizia Roger voltou ao bar.) Tudo funcionou às mil maravilhas, Negociante Jonas. Zás-trás.

Eu já ouvi isto esta noite mesmo, pensou Thomas Lieven.

– Organização britânica – disse ele, cortesmente.

Roger atirou-se à reserva de bebidas alcoólicas da rainha americana do aço qual um lobo sanguinário sobre um rebanho de carneiros. O que não o impedia de continuar a sua alegre narrativa.

– Nós o seguimos passo a passo, Negociante Jonas; o senhor está sob constante observação. Eu fiquei navegando no quadrilátero 135 Z. Fui avisado, pelo rádio, que o senhor tinha sido atacado e raptado pelos alemães, no aeroporto, e depois que o barco de pesca tinha partido. Ah, ah, ah!

– E agora?

– Tudo azul. É claro que vamos dar queixa contra o piloto do pesqueiro. Negligência perfeitamente caracterizada. Não há a menor dúvida de que ele foi o responsável pelo acidente, já informamos às autoridades pelo rádio. Um guarda-costas deverá aparecer a qualquer instante e tomará conta do piloto e dos seus dois amigos.

– Que acontecerá a eles?

– Nada. Já explicaram que estavam simplesmente fazendo um passeio.

– E eu?

– Tenho ordens de protegê-lo, mesmo com o risco da minha carcaça, se necessário for, e levá-lo à residência do chefe do Serviço de Informações britânico em Portugal. A não ser que prefira seguir em companhia dos seus amigos alemães?

– Absolutamente não, sr. Roger, absolutamente não – disse Thomas fazendo uma careta que pretendia ser um sorriso.

Durante todo esse tempo ele se perguntava: o que escorre da minha testa é água do mar ou suor frio?

Os alemães haviam levado Thomas Lieven de Lisboa em uma arcaica limusine; os ingleses o trouxeram de volta numa Rolls-Royce novinha. *Noblesse oblige.*

Envolto num roupão de seda azul, com dragões bordados a ouro e calçando chinelos combinando com o roupão, Thomas Lieven estava sentado no banco traseiro do carro. Foi a indumentária que puderam encontrar no *Baby Ruth.* O terno e a roupa de baixo de Thomas, completamente molhados, estavam ao lado do chofer. Ao lado dele estava Roger, com uma metralhadora portátil sobre os joelhos.

– Não tenha receio, Negociante Jonas – disse ele entre os dentes. – Nada lhe acontecerá. As chapas do carro são blindadas e os vidros à prova de balas. Ninguém nos pode atingir aqui dentro.

– E em caso de necessidade – perguntou Thomas –, como poderia o senhor atirar *para fora?* – O agente britânico não deu a resposta.

Atravessando as ruas adormecidas do Estoril, o carro dirigia-se para leste, onde começava a raiar o sol em toda sua glória. Céu e mar tinham tons iridescentes de nácar. Muitos navios estavam ancorados no porto. Hoje é dia 9 de setembro, pensou Thomas Lieven, amanhã o general *Carmona* parte para a América do Sul. Chegarei a tempo para pegar o navio?

A confortável casa do chefe do Serviço de Informações britânico era cercada de palmeiras. A casa era em estilo mourisco e pertencia a um dono de casa de penhores, chamado Álvares, que possuía duas outras semelhantes. Uma alugada ao chefe do Serviço de Informações da Embaixada alemã e a outra a seu homólogo da Embaixada americana. No frontispício da casa britânica havia uma inscrição em letras douradas "Casa do Sul". Um mordomo trajando calça listrada e colete de veludo verde abriu a pesada porta de ferro forjado. Ergueu as sobrancelhas brancas e inclinou-se diante de Thomas, sem proferir palavra. Em seguida, trancou a porta e precedeu os dois visitantes através de um grande *hall* onde havia uma lareira, uma grande escadaria e os retratos de família do sr. Álvares. Conduziu-os, em seguida, à biblioteca.

Ali, diante de estantes coloridas, esperava-os um *gentleman* de meia-idade, de maneiras magnificamente britânicas como só se pode ver nas revistas inglesas de modas masculinas. Sua elegância, seu porte militar, sua impecável roupa de flanela cinza e o seu cuidado bigode de oficial colonial provocaram sincera admiração em Thomas Lieven.

– Missão cumprida, senhor – disse Roger.

– Bravos, Jack – disse o cavalheiro de cinzento, apertando a mão de Thomas. – Seja bem-vindo ao solo inglês. Eu o esperava com impaciência. Aceita um uísque para se refazer?

– Eu nunca bebo antes do almoço, cavalheiro.

– Eu compreendo. Um homem de princípios. Isso me agrada. Agrada muito. (O cavalheiro de cinzento dirigiu-se a Roger.) Vá ver Charley lá em cima. Ele deve entrar em contato com M 15. Código Cícero. Mensagem: O sol levanta-se no oeste.

– Muito bem, senhor. – Roger saiu.

O cavalheiro de cinzento disse a Thomas:

– Chame-me de Shakespeare, Negociante Jonas.

– Com prazer, sr. Shakespeare.

Por que não? Na França tive que chamar um dos seus colegas de "Júpiter", pensava Thomas. Se isso o diverte...

– O senhor é francês, não é, Negociante Jonas?

– Ah, oh... sim.

– Foi o que pensei imediatamente. O olho profissional, sabe? Não há nada como a experiência. Viva a França, cavalheiro.

– O senhor é muito amável, sr. Shakespeare.

– Sr. Jonas, qual é o seu verdadeiro nome?

Se eu te digo, adeus meu navio, pensou Thomas.

– Lamento – respondeu ele –, mas a minha situação é demasiado perigosa. Sou obrigado a calar sobre a minha verdadeira identidade.

– Cavalheiro, garanto sob a minha honra que nós o encaminharemos a Londres, com absoluta segurança, se consentir em trabalhar para o meu país. Não esqueça que nós o tiramos das garras dos nazistas.

Que vida, pensou Thomas.

– Estou literalmente esgotado, sr. Shakespeare. Eu... eu não resisto mais. É preciso que durma um pouco antes de tomar qualquer decisão.

– De acordo, cavalheiro. Um quarto de amigo está à sua disposição. Considere-se como nosso hóspede.

Meia hora mais tarde, Thomas Lieven estava deitado numa cama macia e confortável num quarto agradável e tranquilo. O sol tinha-se levantado, pássaros cantavam no parque. Raios de luz atravessavam as venezianas das janelas. A porta estava trancada, pelo lado de fora. A hospitalidade inglesa é famosa no mundo inteiro, pensava Thomas. Ela não tem rival.

"Vamos dar a hora certa: Ao soar o gongo serão oito horas! Bom dia, senhores, bom dia, senhoras, Rádio Lisboa apresenta o seu segundo boletim informativo. Londres: Como todas as noites, fortes concentrações da Luftwaffe prosseguiram em seus ataques maciços contra a capital britânica..."

Torcendo as mãos agitadamente, Estrella Rodrigues, a morena e bela consulesa, andava, rapidamente, de um lado para outro em seu quarto. Parecia esgotada. Sua boca sensual tremia. Estrella estava quase tendo uma crise de nervos. Não dormira a noite toda. Vivera horas terríveis. Jean, o seu querido Jean, não voltara para casa. Ela sabia que ele havia acompanhado ao aeroporto um misterioso amigo, aquele comandante francês. Telefonara ao aeroporto. Nada sabiam sobre um certo sr. Leblanc.

Em pensamento, Estrella via o seu amante raptado, prisioneiro e torturado pelos alemães. Seu colo arfava ao ritmo de suas emoções violentas. Ela pensou que ia morrer...

Subitamente percebeu que o rádio continuava a falar. Parou para ouvir a voz do locutor.

"...do iate americano *Baby Ruth*, que esta madrugada abalroou e fez virar um barco de pesca português, nos limites das águas territoriais. A tripulação do iate recolheu vários náufragos. A mesma hora as nossas unidades guarda-costas descobriram um submarino que logo mergulhou e desapareceu. O capitão Edward Marks, comandante do *Baby Ruth*, apresentou queixa contra o piloto do barco de pesca, por negligência grave. Os três passageiros do pesqueiro, dois alemães e um francês..."

Estrella deu um grito.

"...recusaram-se a dar qualquer explicação. Há suspeita de que esse fato esteja ligado a uma fracassada tentativa de rapto, na qual estariam implicados, pelo menos, dois serviços secretos estrangeiros. Um inquérito está sendo procedido. O *Baby Ruth* foi colocado sob sequestro até mais amplas informações. O iate pertence à milionária americana Ruth Woodhouse, que reside, há algum tempo, no Hotel Aviz. Acabaram de ouvir as últimas notícias. Para os dias de hoje e amanhã, as previsões meteorológicas..."

A consulesa saiu do seu estado de estupor. Desligou o rádio. Jean... seus pressentimentos não a haviam enganado. Algo de odioso, algo de terrível havia acontecido. Como era o nome daquela milionária?

Woodhouse. Ruth Woodhouse. *Hotel Aviz*.

Erguendo as espessas sobrancelhas brancas o mordomo entrou na biblioteca da luxuosa Casa do Sul.

– A sra. Rodrigues chegou, senhor – anunciou com voz sonora ao chefe do Serviço Secreto britânico em Portugal.

O homem que se fazia chamar Shakespeare levantou--se. Com passo elástico caminhou em direção à bela consulesa, cujas formas, ao mesmo tempo esbeltas e cheias, estavam moldadas por um vestido de linho branco com pássaros e flores, em cores vivas e pintadas à mão. Ela estava um pouco exageradamente maquilada e tinha o aspecto de uma corça perseguida.

Shakespeare beijou-lhe a mão. O mordomo retirou-se.

O chefe do Serviço Secreto inglês ofereceu uma cadeira. Sem fôlego, os seios palpitantes, ela deixou-se cair sobre uma cadeira de alto preço. A agitação a emudecia, o que, nela, era coisa muito rara.

– Há meia hora – disse a ela, em tom apiedado, o homem que usava o nome do maior poeta inglês – falei com a sra. Woodhouse. Sei, minha senhora, que a foi procurar.

Ainda incapaz de dizer uma palavra, Estrella sacudiu a cabeça...

– ...A sra. Woodhouse é ah, ah, ah... uma das nossas boas amigas. Ela me disse que a senhora estava preocupada com o que estava acontecendo a um dos seus... ah... ah... bons amigos.

– Sim, sim, é Jean, meu pobre Jean!

– Jean?

– Jean Leblanc. Um francês. Ele desapareceu desde ontem. Estou quase louca de preocupação. O senhor pode ajudar-me? Sabe de alguma coisa? Diga a verdade, pelo amor de Deus.

Shakespeare sacudiu a cabeça de modo significativo.

– O senhor está ocultando alguma coisa – gritou a consulesa. – Eu o sinto. Eu o sei. Fale, senhor, por piedade! O meu pobre Jean terá caído nas mãos dos boches? Está morto?

Shakespeare ergueu a mão fina, branca e aristocrática:

– Nada disso, cara senhora, nada disso. Creio que tenho boas notícias para a senhora...

– Será verdade, minha santa Virgem de Bilbas?

– O acaso, hum... faz muitas coisas. Um cavalheiro veio até nós, há algumas horas, que pode muito bem ser quem a senhora procura.

– Meu Deus, meu Deus, meu Deus!

– O mordomo foi acordá-lo. De um momento para outro (bateram à porta), ei-lo. Entre.

A porta foi aberta. O arrogante mordomo apareceu. Passando por ele, Thomas Lieven entrou na biblioteca. Calçava chinelos e vestia o roupão oriental encontrado a bordo do *Baby Ruth*.

– Jean!

O grito de Estrella cortou o ar. Ela precipitou-se para o amante, imobilizado pela surpresa, e atirou-se para ele, abraçando-o, acariciando-o e beijando-o.

– Oh Jean, Jean – disse ela com voz entrecortada –, meu querido, meu tesouro... Tu estás vivo! Estou louca de alegria.

Shakespeare, com um sorriso compreensivo, inclinou-se.

– Eu o deixo com madame – disse ele discretamente. – Até breve, sr. Leblanc.

Thomas Lieven fechou os olhos. Tudo acabado, pensou ele desesperado, enquanto Estrella o cobria de beijos. Tudo terminado. Estou frito. Adeus, liberdade. Adeus, general *Carmona*. Adeus, bela América do Sul.

Charley, o telegrafista, estava instalado numa sala da Casa do Sul. Diante da janela as palmeiras agitavam suas folhas ao toque da brisa matinal. Charley estava cortando as unhas quando Shakespeare embarafustou-se pela sala.

– Rápido. Uma mensagem urgente para MI5: Verdadeiro nome do Negociante Jonas é Jean Leblanc. Ponto. Pedimos instruções.

Charley passou a mensagem para código, ligou o seu aparelho e começou a transmitir.

Entrementes, Shakespeare sentara-se junto a um grande alto-falante. Apertou um botão correspondente a uma placa com a inscrição:

O alto-falante deu alguns estalos e, depois, Shakespeare ouviu o seguinte diálogo, entre Thomas e Estrella:

– ...mas como foi que te coloquei em perigo, meu querido? Por quê?

– Nunca deverias ter vindo aqui.

– Mas eu estava enlouquecendo de preocupações e nervoso. Pensei que ia morrer...

– Nunca deverias ter pronunciado o meu nome! (Os finos lábios de Shakespeare esboçaram um sorriso.)

– Mas por que não? Por que razão?

– Porque ninguém deve saber o meu nome.

– Mas tu és francês! Amigo dos ingleses... um aliado.

– Apesar de tudo. Cala-te, agora. (Som de passos.) Certamente há um desses negócios aqui. Ah, aqui está ele, por baixo da mesa.

O alto-falante emitiu um assobio agudo, seguido de estalos sinistros. A comunicação estava interrompida.

– Espertinho, aquele camarada – disse Shakespeare, com admiração. – Encontrou o microfone e o arrancou!

Minutos depois ele viu que o radioperador recebia, com rapidez, uma mensagem. Seria a resposta de MI5? Tão depressa?

Charley acenou com a cabeça. Decifrou a mensagem de Londres. Seu rosto sadio de adolescente mudou de cor.

– Com mil diabos – disse ele empalidecendo.

– Que é? – Shakespeare arrancou-lhe o papel das mãos e leu:

MI5 para Shakespeare Lisboa pretenso Jean Leblanc chama-se realmente Thomas Lieven e é agente da Abwehr – acaba de nos tapear com lista falsa do Serviço Secreto francês – retenha esse homem a qualquer preço – agente especial segue por avião – siga as suas instruções – terminado – terminado.

Com um palavrão enfático, Shakespeare precipitou-se da mansarda, descendo quatro a quatro a escada, em direção da biblioteca.

No *hall*, deparou com um espetáculo aterrador. A pesada porta de entrada estava aberta. Aberta, também, a porta da biblioteca. Entre as duas portas estava estendida, com a cara num magnífico tapete oriental, a forma imóvel do mordomo impecável.

Shakespeare correu até a biblioteca. Estava vazia. Um leve perfume pairava no ar. Shakespeare correu até o parque. Um táxi vermelho arrancava violentamente na rua, com o motor rugindo. Sempre correndo Shakespeare voltou para o *hall*. O elegante mordomo havia voltado a si. Sentado no tapete, ele gemia, esfregando o pescoço.

– Como aconteceu isto?

– Esse homem é um mestre de judô, senhor. Eu o vi saindo da biblioteca com a senhora. Procurei impedir. Depois tudo aconteceu muito rapidamente. Caí e perdi os sentidos, senhor...

A campainha do telefone soou, soou, soou.

Sempre de chinelos e roupão, Thomas Lieven correu para o quarto de Estrella. No decorrer do último quarto de hora o chofer do táxi, numerosos transeuntes e a empregada de Estrella ficaram surpresos com o seu estranho vestuário. Mas Thomas Lieven, que toda a vida se vestira com apuro, pouco estava se incomodando! Sabia que a própria cabeça estava em jogo.

– Alô! – disse, mal tirava o fone do gancho.

Depois sorriu, aliviado, pois reconheceu a voz que lhe respondia. Pertencia a um amigo, o último amigo que lhe restava.

– Leblanc? Lindner falando...

– Graças a Deus, Lindner, eu ia chamá-lo. Onde está você?

– No hotel. Escute, Leblanc, há horas que estou tentando falar com você.

– Sim, sim, eu sei. Tive uma aventura desagradável, várias aventuras desagradáveis. Lindner, preciso de seu auxílio. É preciso que eu me esconda até a partida do navio...

– Leblanc!

– ...é preciso que não me vejam, eu...

– Leblanc. Deixe-me falar, afinal.

– Faça o favor.

– O navio não vai partir.

Thomas deixou-se cair dobre a cama da consulesa que, por trás dele, apertava a mão fechada contra a boca sensual.

– Que está você dizendo? – gemeu Thomas.

– O navio não vai partir.

Gotas de suor apareceram na testa de Thomas.

– Que aconteceu?

A voz do banqueiro vienense tinha algo de histérica.

– Há vários dia eu comecei a desconfiar. Na companhia de navegação havia um ambiente estranho. Não disse nada a você para não inquietá-lo. Hoje de manhã soube...

– Soube, o quê?

– O navio foi aprisionado pelos alemães.

Thomas fechou os olhos.

– Que está... que está acontecendo? – gritou trêmula, a pobre consulesa.

– E... e um outro navio? – gemeu Thomas.

– Completamente impossível. Tudo tomado. E por vários meses. Não nos iludamos, Leblanc, estamos bloqueados em Lisboa... alô... você ouviu Leblanc?

– Ouvi tudo – disse Thomas. – Eu o chamarei depois. Passe bem, se as circunstâncias o permitirem.

Desligou e segurou a cabeça entre as mãos. Sentiu, novamente, o cheiro de clorofórmio. Novamente sentiu náuseas. A cabeça girava. Era o fim.

Que fazer agora?

A armadilha se fechara sobre ele. Seria impossível escapar a todos que havia ludibriado: alemães, franceses, ingleses.

– Jean! Jean! (a voz da consulesa finalmente chegou a seus ouvidos. Ergueu a cabeça. Tremendo e soluçando, ela estava ajoelhada junto a ele.) Fala. Diz alguma coisa. Conta à tua pobre Estrella o que aconteceu.

Ele fitou-a, algum tempo. Depois sua fisionomia se desanuviou.

– Dispensa a empregada por hoje, querida – disse com doçura.

– A empregada...

– Quero ficar só contigo.

– Mas o almoço...

– Cozinharei eu mesmo – disse Thomas. (Levantou-se como se levanta para o *round* seguinte um boxeador rudemente castigado mas que está longe do K.O.) – Preciso pensar em tudo isso. As melhores ideias sempre me ocorrem quando estou cozinhando.

Preparou *lecso* húngaro. Pensativo, cortou em finas fatias 125 gramas de cebolas. Com ar modesto, e em silêncio, limpou um quilo de pimentões verdes.

A consulesa não tirava os olhos de cima dele. Nervosamente, apertava com os dedos a pulseira, joia de ouro, pesada e valiosa, onde havia engastados brilhantes da melhor água.

– Tu tens uma calma – exclamou a consulesa sacudindo a cabeça. – Como podes cozinhar num momento como este?

Ele sorriu levemente. Seu olhar fixou a larga pulseira cujas pedras cintilavam sob a luz, brancas, azuis, verdes, amarelas e vermelhas.

Ele cortou os pimentões em tiras.

– Por que não me dizes nada, Jean?

– Porque estou pensando, meu bem.

MENU

9 de setembro de 1940

A cozinha húngara é boa conselheira.

TORRADAS COM COGUMELOS
LECSO HÚNGARO
PERAS COM QUEIJO

TORRADAS COM COGUMELOS – Corte em fatias finas cogumelos frescos e que devem ser pequenos e de consistência firme. Coloque-os com manteiga em uma panela e cubra com a tampa. Em poucos minutos estarão cozidos. Salgue, adicione um pouco de pimenta-do--reino e coloque sobre torradas de pão de forma (sem casca) que se fritam dos dois lados em manteiga. Molhe com suco de limão e salpique com salsa, bem picadinha. Sirva em pratos aquecidos.

Uma excelente variante pode ser feita, refogando os cogumelos com cebolinhas picadas e adicionando, em seguida, creme fresco. Polvilham-se as torradas com queijo ralado e leva-se ao forno para gratinar rapidamente.

NB – Thomas Lieven escolheu o primeiro método de preparação porque, sendo o prato principal bastante consistente, ele não quis servir mais que um aperitivo.

LECSO HÚNGARO – Corte em fatias finas 250 gramas de cebolas. Corte em forma de cubos cem gramas de toucinho magro (quanto menos gordura melhor), cem gramas de paio e, em pedaços maiores, meio quilo de carne de carneiro. Limpe um quilo de pimentões verdes, corte-os em tiras do tamanho e da largura de um dedo e descasque meio quilo de tomates.
Junte em uma panela a cebola, o toucinho e o paio e cozinhe-os somente até dourar. Acrescente agora a carne até que comece a assar de todos os lados. Junte os pimentões e, um pouco mais tarde, os tomates.
Com a panela coberta, deixe em fogo brando até que tudo esteja bem cozido.
Meia hora antes de servir, acrescente meia xícara de arroz, apenas para ligar melhor o molho. Não bote arroz em demasia pois isso engrossaria demais o molho.
Tempere com sal e pimenta-do-reino.

PERAS COM QUEIJO – Descasque peras de consistência firme e sirva-as acompanhadas de queijo pouco fermentado do gênero Port-Salut ou Gervais.
Depois de uma refeição pesada e condimentada, a mistura de fruta fresca e queijo é uma sobremesa agradável e de fácil digestão.

– Jean, nunca vais confiar em mim? Não queres dizer a verdade? Por que está ameaçado de todos os lados? Por que tens medo, até dos ingleses?

Ele começou a descascar os tomates.

– A verdade é tão terrível, meu amor, que não a posso confiar a ninguém, nem mesmo a ti.

– Oh! (Ela fazia girar a pulseira que cintilava e lançava faíscas.) Mas eu quero te ajudar, proteger! Tem confiança em mim, Jean. Faria qualquer coisa por ti.

– Qualquer coisa? De verdade?

– Absolutamente qualquer coisa, meu amor.

Ele deixou cair o tomate que tinha na mão, sua fisionomia tomou uma expressão de profunda ternura e de tranquila confiança.

– Meu bem – disse Thomas Lieven em tom amistoso. – Nesse caso faremos uma pequena sesta, depois do almoço e, em seguida, tu me denunciarás.

Quem duvidará do efeito tremendo dessas palavras?

Estrella, a bela mulher, ficou sem voz. Com os olhos arregalados e a boca aberta ela olhava fixamente para Thomas Lieven.

– Que foi que disseste? – balbuciou ela, quando recuperou o uso da palavra. – Que devo fazer? Denunciar-te? Onde? A quem?

– À polícia, minha querida.

– Mas, em nome do céu, por quê?

– Porque eu te furtei, querida – respondeu Thomas Lieven. – Mas onde está aquele paio com alho?

LIVRO SEGUNDO

1

9 DE SETEMBRO DE 1940.

Extrato de registro de ocorrências do comissariado de polícia, 17º setor, avenida E. Duarte Pacheco, Lisboa:

15h22: Chamado telefônico proveniente de uma casa na rua Marquês da Fronteira, 45. Uma voz feminina pedia socorro contra um ladrão. Os sargentos Alcântara e Branco seguiram imediatamente para o local, na viatura do porto.

16h07: Volta dos sargentos Alcântara e Branco em companhia de:

a) Estrella Rodrigues, religião católica romana, viúva, nascida a 27 de março de 1905, nacionalidade portuguesa, consulesa de Costa Rica, domiciliada na rua Marquês da Fronteira, número 45.

b) Jean Leblanc, religião protestante, nascido a 2 de janeiro de 1910, nacionalidade francesa, banqueiro, sem domicílio fixo (refugiado, com visto de trânsito português).

No seu depoimento, Estrella Rodrigues declarou o seguinte: "Fui roubada por Jean Leblanc e peço a sua prisão. Conheço Jean Leblanc há duas semanas e ele visitou-me, várias vezes, em minha casa. Há cinco dias notei a falta de uma pesada pulseira de ouro (18 quilates, articulações de acabamento esmerado, 150 gramas, com pequenos e grandes brilhantes), fabricada pelo ourives Miguel da Foz, rua Alexandre Herculano. Valor comercial: cerca de 180 mil escudos. Acusei Leblanc do furto e ele o admitiu. Dei-lhe um prazo para devolver a joia, marcando o dia de hoje, às doze horas, como último limite para a devolução do objeto que me pertence. Ele não o fez".

Interrogatório do estrangeiro Jean Leblanc.

"Eu não roubei a pulseira. Ela me foi confiada pela sra. Rodrigues para ser vendida. Não encontrando comprador, devolvi, há bastante tempo, a pulseira à referida senhora."

Pergunta: "A sra. Rodrigues declara que o objeto não está mais em seu poder. Pode mostrar o objeto ou dizer onde está?".

Resposta: "Não porque a sra. Rodrigues o escondeu com a intenção de prejudicar-me. Ela quer que eu seja preso".

Pergunta: "Por que razão?".

Resposta: "Por ciúmes".

Observação: No decorrer do interrogatório o estrangeiro Leblanc causou uma impressão pouco favorável. Seu procedimento é impertinente e arrogante. De vez em quando faz ameaças veladas. Suas palavras ofendem a honra feminina da acusadora e ele insulta, grosseiramente, o comissário que o interroga. Para terminar, ele simula alienação mental, ri, pronuncia palavras sem nexo e canta canções satíricas francesas.

Declaração dos sargentos Alcântara e Branco.

O estrangeiro resistiu à prisão fisicamente. Foi necessário algemá-lo. Durante sua transferência para o comissariado, notamos a presença de vários tipos suspeitos diante da casa da acusadora e que observavam atentamente os nossos atos.

Observação: É de presumir que o estrangeiro Leblanc mantenha relações com os meios do crime de Lisboa. Ele está preso e passará a noite no comissariado. Amanhã será transferido para a Chefatura de Polícia e posto à disposição da delegacia de roubos.

Eram quase seis horas da tarde quando a muito bela, se não muito inteligente, Estrella Rodrigues, consulesa e germanófoba convicta, voltou à rua Marquês da Fronteira. Fatigadíssima e enervada, ela tomara um táxi. Ofegante, com os olhos brilhantes e as faces febris, ela estava meio encolhida no fundo do carro. Tudo correra como Jean desejava e previra. Mas santo Deus, em que situação se mete este homem imprevisível, maravilhoso e misterioso.

Eles o detiveram. Na prisão ele está ao abrigo dos seus perseguidores. Mas por que o perseguem? Ele não me disse. Beijou-me e pediu que tivesse confiança nele.

Que outra coisa poderia eu ter feito? Eu o amo tanto. É um francês cheio de bravura. Certamente está encarregado de uma missão ultrassecreta. Sim, quero confiar nele e seguir todas as suas instruções: deixar a pulseira na adega, ir ao porto todos os dias e tentar conseguir-lhe uma passagem para a América do Sul, não falar a ninguém sobre ele. Se eu conseguir a passagem deverei ir correndo comunicar ao juiz criminal que encontrei a pulseira, mostrando-a e declarando que retiro a queixa. Ah... quantos dias e quantas noites irei passar sem ele, sem Jean, o meu amante querido.

O táxi parou. A consulesa desceu e pagou a corrida. Quando ela se aproximou da casa, um homem pálido e preocupado, vestindo roupa sal e pimenta, surgiu de trás de uma palmeira. O indivíduo cumprimentou Estrella erguendo o seu surrado chapéu e dirigiu-lhe a palavra, em mau português:

– Sra. Rodrigues, peço que me conceda, com a máxima urgência, uma entrevista.

– Não, não – exclamou a voluptuosa consulesa, recuando.

– Sim, sim – insistiu ele, seguindo-a. – Trata-se de Jean Leblanc – disse ele baixando a voz.

– Quem é o senhor?

– Chamo-me Walter Lewis. Acabo de chegar de Londres. – (Era certo que ele chegara de Londres.) Seu avião aterrara uma hora antes. Mas seu nome não era Walter Lewis. Chamava-se Peter Lovejoy, enviado de Londres por MI5, seu chefe, para acabar com as diabruras do denominado Thomas Lieven...

– Que quer de mim, sr. Lewis?

– Quero saber onde está Jean Leblanc.

– E de que forma isto pode interessá-lo?

O homem que no momento se dizia Lewis tentou hipnotizar Estrella com um olhar sem brilho e melancolicamente embaciado por anos e anos de falta de dinheiro e de má alimentação.

– Ele me furtou, ele furtou o meu país. É um patife...

– Cale-se!

– ...um indivíduo sem moral, senhora, sem escrúpulos...

– Suma daqui, ou eu grito por socorro!

– Como pode a senhora ajudar a um alemão? Quer que Hitler ganhe a guerra?

– Hit... (a palavra ficou presa à garganta da apaixonada, mas infeliz, jogadora de roleta).

– Que disse o senhor?

– Como pode ajudar a um alemão?

– Um alemão? Não! Não! (A consulesa segurou a cabeça com as mãos.) O senhor mente.

– Não minto, não, senhora! Esse miserável fascista chama-se Thomas Lieven!

Completamente tonta, Estrella tentou raciocinar. Jean, um alemão? Impossível. Inadmissível. Depois de tudo que passamos juntos. Aquele encanto. Aquela ternura. Aque... Não, ele só pode ser francês!

– É impossível! – gemeu Estrella.

– Senhora, ele lhe mentiu, como mentiu a mim, como mentiu a todos. O seu Jean Leblanc é um agente alemão.

– Isto é horrível!

– É preciso esmagar essa serpente.

A consulesa ergueu a sua bela cabeça. O seu belo corpo se empertigou.

– Acompanhe-me, sr. Lewis. Mostre-me as suas provas. Quero os fatos, somente os fatos indispensáveis. Se o senhor tiver tais provas, então...

– Então, senhora?

– Então eu me vingarei. Nenhum alemão zombará de mim! Jamais!

Amanhã, esta a palavra que Thomas Lieven ouviu com mais frequência, durante as semanas em que esteve preso. "*Amanhã*", prometiam os guardas, "amanhã", prometia o juiz criminal. "*Amanhã*" era a palavra que consolava os outros presos que aguardavam uma medida qualquer que os interessava.

Nada acontecia. Talvez amanhã algo viesse a acontecer. Guardas, juiz criminal e presos erguiam os ombros com fatalismo, sorriam com ar significativo e mencionavam um provérbio que poderia servir de axioma a todo profissional penal dos países meridionais: Eh, eh, *até amanhã!* O que se pode interpretar como: Amanhã é amanhã e amanhã pode acontecer alguma surpresa agradável.

Quando foi preso, Thomas foi primeiramente levado à prisão criminal situada no Torrel, uma das sete colinas sobre as quais está construída Lisboa. A prisão estava com excesso de presos.

Por esse motivo, depois de alguns dias, Thomas foi transferido para o Aljube, um palácio medieval de cinco andares situado na mais antiga parte da cidade. As armas do arcebispo dom Miguel de Castro encimavam o portal. Tendo permanecido neste vale de lágrimas – como o sabem todas as pessoas instruídas – de 1568 a 1625, ele decretara que o velho e feiíssimo casarão serviria de prisão para os eclesiásticos culpados de ações repreensivas.

Durante as formalidades de seu registro, Thomas refletiu que o clero português do século XVI deveria ter um elevado número de ovelhas desgarradas porque o Aljube era uma prisão monumental.

Era nessa prisão que a polícia detinha os indiciados, dentre eles um grande número de estrangeiros. Ali estava, também, um bom número de cavalheiros que tinham violado artigos inteiramente apolíticos do código português. Tanto os detidos preventivamente como os já condenados ocupavam seja celas comuns, seja celas individuais ou então celas destinadas a "pessoas com meios".

Estas últimas estavam situadas nos últimos andares e tinham instalações mais confortáveis. Todas as janelas davam para o pátio. No prédio vizinho, um tal Teodoro dos Repos dedicava-se ao fabrico de malas e valises, ocupação indissoluvelmente associada a certos cheiros desagradáveis, que, especialmente nos dias quentes, incomodavam muito os detentos "sem meios" que ocupavam os andares inferiores.

Em cima, os "com meios" levavam vida muito melhor! Pagavam, semanalmente, o aluguel de suas celas, como se estivessem num hotel. O montante do aluguel era calculado tomando por base a caução fixada pelo juiz criminal. O aluguel era caro. Mas, tal como num hotel, os detentos endinheirados tinham o melhor tratamento possível. Os guardas procuravam satisfazer todos os seus desejos. É claro que havia cigarros e jornais, é claro que os detentos tinham de encomendar refeições nos restaurantes vizinhos, recomendados pelos guardas.

Thomas, que depositara com a administração certa quantidade de dinheiro – pois já previa esses costumes camaradas –, organizou o problema de sua alimentação da seguinte maneira: pela manhã, chamava o gordo cozinheiro Francisco e com ele discutia em detalhe o cardápio do dia. Depois disso, Francisco mandava seu ajudante ao mercado.

O cozinheiro estava entusiasmado com o “Senhor Jean”: o cavalheiro da cela 519 era uma mina de novas receitas e de truques culinários.

Thomas Lieven passava muito bem. Considerava a sua permanência na prisão como uma cura de repouso, bem merecida, antes da sua partida para a América do Sul.

O fato de Estrella não dar notícias não o preocupava absolutamente. A doce criatura certamente estaria passando todo o tempo tentando conseguir passagem num navio...

Uma semana depois de seu encarceramento, Thomas ganhou um companheiro de cela. Foi o amável guarda Julião, que Thomas enchia de gorjetas, que trouxe o novato no dia 21 de setembro.

Thomas deu um pulo no catre. Em toda a sua vida nunca vira um homem mais feio.

O novato era o retrato de Quasímodo, o sineiro de Notre Dame. Era pequeno. Tinha uma corcunda. Era coxo. Completamente calvo. Seu rosto tinha palidez cadavérica, mas com as bochechas bem cheias de um *hamster*. Um tique nervoso retorcia-lhe os lábios.

– Bom dia – disse o corcunda fazendo uma careta à guisa de sorriso.

– Bom dia – disse Thomas, em voz surda.

– Chamo-me Alcoba. Lázaro Alcoba. – O novato estendeu para Thomas garra peluda.

Thomas a apertou com pavor e nojo. Mal poderia ele supor que em Lázaro Alcoba entrava em sua vida um verdadeiro amigo – um coração de ouro. Enquanto arrumava suas coisas no segundo catre, Lázaro Alcoba disse, com voz rouca e rascante:

– Fui encanado por contrabando por esses porcos – mas desta vez eles nada podem provar. Terão que soltar-me mais dias, menos dias. Não tenho pressa... *Eh, eh... até amanhã!* – Sorriu novamente, fazendo uma careta.

– Eu também sou inocente – começou Thomas, mas Lázaro o interrompeu com um gesto delicado:

– Sim, sim, acusam-te de haver afanado uma pulseira de brilhantes. Pura calúnia, bem? Ah, ah, como há gente maldosa.

– Como sabe?

– Estou a par de tudo a teu respeito, menino. Podes tratar-me por tu. (O corcunda coçou-se todo.) Tu és francês. És banqueiro. A pequena que te fez prender é consulesa e se chama Estrella Rodrigues. Tu gostas de cozinhar...

– Como sabes tudo isto?

– Porque eu te escolhi, garoto.

– Escolheu?

– Claro! – Lázaro estava radiante. (A sua horrível cara parecia ter dobrado de largura.) – O único homem interessante nesta joça: Mesmo entre as grades a gente gosta de cultivar o espírito, não é? (Inclinou-se para Thomas e tocou-lhe o joelho com o dedo.) Pequena informação para o futuro, Jean: a próxima vez que te meterem em cana a primeira coisa a fazer é apresentar-se ao chefe dos guardas. Eu o faço todas as vezes.

– Por quê?

– Ofereço-me para manter os seus registros em dia. Eles são sempre preguiçosos. Dessa forma vejo todos os processos e, ao fim de alguns dias, sei de cor a ficha de todos os detentos. Isto me facilita escolher um bom companheiro de cela.

Thomas começava a achar interessante a companhia do corcunda. Ofereceu-lhe um cigarro.

– E por que escolheste a mim?

– Tu, tu és um tipo da alta. Um grã-fino, infelizmente, mas sabes te comportar. Um banqueiro. Talvez me dês alguns palpites para a bolsa. Gostas muito de cozinhar. Aí, também posso aprender alguma coisa. Sabes, tudo que se aprende na vida pode ter utilidade...

– Sim – disse Thomas pensativo –, é exato. Quanta coisa já aprendi depois que o destino arrancou-me à minha vida pacata. Quem sabe o que ainda me espera. Onde estão a minha segurança, a minha vida burguesa, meu clube em Londres e o meu belo apartamento em Mayfair? Desapareceram num mar de nuvens longínquas...

– Quero fazer-te uma proposta – disse Lázaro. – Vamos dividir irmãmente. Tu me ensinas tudo que sabes e eu faço o mesmo. Topas?

– Topo, e com prazer – disse Thomas, entusiasmado. – Que gostarias de comer no almoço?

– Tenho uma ideia, mas não sei se conheces a receita. Aquele cretino do cozinheiro certamente não conhece.

– Mas que é?

– Eu tenho trabalhado em quase todos os países da Europa. Confesso que gosto de comer. O que prefiro é a cozinha francesa, mas nada tenho contra a alemã. Certa vez, estive em Münster, onde aliviei os bolsos de alguns cavalheiros. Foi lá que comi um *carré* de porco recheado. Um *carré* de porco que só de pensar fico com a boca cheia d'água. Ainda sonho com ele! – Rolou os olhos e estalou os lábios.

– Só isso? – disse Thomas calmamente.

– Tu conheces?

– Eu também trabalhei na Alemanha – disse Thomas, tocando na madeira da porta. – Portanto, *carré* de porco recheado. Muito bem. Vamos ter um dia de cozinha alemã. Talvez uma sopa de *quenelles* de fígado, para começar, e depois – hum – castanhas com creme de Chantilly.

Julião, o guarda camarada, espiou pela porta entreaberta.

– Diga ao cozinheiro para vir falar comigo – disse Thomas, metendo-lhe na mão uma nota de cem escudos. – Preciso dele para combinar o *menu* do dia.

– Então, estava bom? – perguntou Thomas Lieven quatro horas mais tarde.

MENU

12 de setembro de 1940

A cozinha burguesa dá forças para o aprendizado do crime.

SOPA DA SUÁBIA COM QUENELLES DE FÍGADO

CARRÉ DE PORCO RECHEADO À MODA DA WESTPHALIA

CASTANHAS À MODA DE BADEN COM CREME DE CHANTILLY

SOPA DA SUÁBIA COM QUENELLES DE FÍGADO – Aqueça, ligeiramente, sessenta gramas de manteiga e bata até ficar quase líquida, junte duzentos gramas de fígado moído de boi (ou de vitela), três ovos, um pequeno pão molhado e depois espremido, cinquenta gramas de farinha de rosca, cinco gramas de orégano, sal e pimenta-do-reino. Misture bem até formar uma pasta. Passe em peneira e forme pequenos bolinhos ou, se preferir, rolinhos alongados com a forma de macarrão.

Ponha em água a ferver, durante dez a 15 minutos, até que as quenelles *venham à tona. Retire com uma escumadeira e sirva dentro de um bom* consommé.

CARRÉ DE PORCO RECHEADO À MODA DA WESTPHALIA – *Use um bom carré de porco desossado. Corte maçãs em pequenas fatias, misture com ameixas já ligeiramente cozidas, adicione casca de limão ralada, um cálice de rum e um pouco de farinha de rosca.*

Coloque esse recheio no carré desossado, salgado e ligeiramente polvilhado com pimenta-do-reino. Com uma agulha apropriada, cosa em toda a volta.

Numa panela, ou frigideira, leve ao fogo até que a carne comece a assar de todos os lados. Quando a carne adquirir alguma cor, leve ao forno para terminar de assar. Sirva com pirão de batatas.

CASTANHAS À MODA DE BADEN COM CREME DE CHANTILLY – *Use castanhas grandes e de consistência firme. Faça um corte, em cruz, na parte arredondada e leve ao forno apenas o tempo necessário para que a casca se destaque facilmente. Uma vez descascadas, ponha-as em água fervendo até que a pele interior saia com facilidade.*

Agora, cozinhe as castanhas em leite com açúcar ao qual adicione um pedaço de fava de baunilha. As castanhas devem ficar amolecidas, mas não demais. Passe no moedor (fino) diretamente para o prato de servir, a fim de conservar a consistência leve.

Cubra o creme de castanhas com creme de Chantilly e enfeite com cerejas cristalizadas perfumadas com conhaque.

O corcunda e ele estavam na cela, sentados face a face, diante de uma mesa farta. O corcunda limpou a boca e fez ouvir gemidos de entusiasmo.

– Pra lá de bom menino, pra lá de bom. Depois de um *carré* de porco como este eu seria capaz de punguear a carteira do venerável presidente Salazar em pessoa.

– O cozinheiro deveria ter posto um pouco mais de rum.

– Esses sujeitos preferem bebê-lo – disse Lázaro. – Para agradecer a boa gororoba eu vou te dar uma primeira informação.

– É muito amável de tua parte, Lázaro. Mais um pouco de purê de castanhas?

– Com prazer. Tu sabes, nós somos ricos e temos grana. Assim não há problema para ter o prato cheio. Mas que podes fazer se vais em cana e não tens arame? A coisa mais importante quando se está nas grades é comer bem. E serás bem alimentado se tiveres diabete.

– Mas como é que se fica diabético?

– É justamente o que vou explicar – disse Lázaro estufando as suas bochechas de *hamster*. – Para começar, tu vais sempre à "visita médica". Estás sempre sentindo um troço. No bom momento surrupias uma seringa do médico. Depois, procuras fazer camaradagem com o cozinheiro. Tu por exemplo terias facilidade nisso. Arranjas com ele um pouco de vinagre, dizendo que é para temperar a boia. Depois pedes um pouco de açúcar para o café.

– Estou compreendendo – disse Thomas (bateu na porta e o guarda apareceu). – Podes tirar os pratos e trazer a sobremesa, por favor – disse Thomas Lieven.

Lázaro esperou que Julião saísse com a louça.

– Tu misturas uma parte de vinagre com duas de água e saturas a solução com açúcar. Depois espetas dois centímetros cúbicos na coxa.

– Intramuscular?

– Sim, mas devagar, muito devagar, senão arranjas um abscesso de primeira.

– Compreendi.

– Espetas hora e meia antes de ir à visita médica. Não mijes até então. Morou?

– Morei.

Julião trouxe a sobremesa, recebeu a sua parte e retirou-se, satisfeito.

– No consultório do médico – concluiu Lázaro, comendo as castanhas com creme batido – tu te queixas de uma terrível sede todas as noites. Ele te manda mijar num frasco. Tu mijas. A análise mostra tudo cheio de açúcar. Ordenam uma dieta: grelhados, manteiga, leite, pão branco. É a recompensa da tua pequena manobra.

Foi isso que Thomas aprendeu no seu primeiro dia em companhia de Lázaro, o corcunda. No decorrer dos dias e das semanas que se seguiram, aprendeu mais. Recebeu um verdadeiro curso sobre o crime e a vida na prisão. Com grande precisão o seu cérebro ia registrando cada ensinamento e cada informação que recebia.

Por exemplo: como conseguir uma febre alta, rapidamente, para ser transferido para a enfermaria, de onde a evasão é mais fácil?

Resposta: raspe miúdo um pouco de sabão tipo Marselha. Uma hora antes da visita médica engula três colheres, das de café. O resultado será uma forte dor de cabeça e a temperatura elevar-se-á a 41 graus durante a hora que se segue. É verdade que o acesso dura apenas uma hora. Se quiser febre mais prolongada engula alguns pedacinhos de sabão.

Ou como simular uma icterícia?

Junte uma colher, das de café, de fuligem e duas colheres de açúcar. Misture e junte água. Deixe-a repousar durante uma noite e beba, de manhã. Os sintomas de icterícia aparecem dois ou três dias depois.

– Sabes, Thomas, estamos vivendo numa época desgraçada. Talvez precises ou queiras, algum dia, evitar a morte no campo de batalha. Moras?

– Moro – disse Thomas.

Foram semanas felizes. Lázaro tornou-se um perfeito cozinheiro. Thomas, um perfeito simulador de moléstias. Aprendeu, também, a gíria do crime e uma infinidade de *golpes* interessantes e chamados pelos nomes pitorescos de: "colete branco", "empréstimo", "golpe do carro", "rasgão do guarda-chuva", e muitos outros.

Ele sentia, santo Deus, que decadência, que todos esses conhecimentos científicos lhe seriam, algum dia, muito úteis. Esse sentimento provou mais tarde ser absolutamente verdadeiro.

Ao mesmo tempo professores e alunos, Thomas e Lázaro viveram em paz e entenderam-se multo bem até a manhã do pavoroso, do terrível dia 5 de novembro de 1940.

Na manhã de 5 de novembro de 1940, Thomas Lieven – pela primeira vez depois de muito tempo – foi à presença do juiz criminal. O magistrado chamava-se Eduardo Baixa. Sempre vestido de preto, dos pés à cabeça, usava pincenê preso a uma fita negra. O juiz Baixa era um homem culto. Conversava sempre em francês com Thomas. Nesta manhã também o fez.

– Então, cavalheiro, está finalmente resolvido a confessar?

– Nada tenho a confessar. Sou inocente.

– Neste caso – disse Baixa limpando o pincenê com o lenço – o senhor provavelmente ficará muito, muito tempo no Aljube. Transmitimos sua ficha com fotografias e sinais digitais a todos os postos de polícia de Portugal. Agora terá que esperar.

– Esperar por quê?

– Ora, ora, pelas respostas. Ignoramos os outros crimes que tenha cometido no país.

– Não cometi crime algum! Sou inocente.

– Sim, sim, certamente... Apesar de tudo, sr. Leblanc, teremos que esperar. Acontece que o senhor é estrangeiro...

(Baixa folheou o processo.) Uma estranha pessoa, hum! devo dizê-lo.

– Mas quem?

– A acusadora, sra. Rodrigues.

Um formigamento de mau presságio correu pela espinha de Thomas.

– Por que estranha, sr. Juiz? – perguntou ele, com a boca seca.

– Ela não comparece.

– Não estou entendendo.

– Eu a convoquei. Ela, entretanto, não comparece.

– Meu Deus – disse Thomas –, espero que nada lhe tenha acontecido.

Só faltaria isso, pensou ele.

Voltando à sua cela, mandou logo chamar o Francisco, o gordo cozinheiro.

Este chegou, com fisionomia alegre.

– Que iremos preparar para hoje, sr. Jean?

Thomas sacudiu a cabeça.

– Não se trata de comida. Preciso de um favor teu. Podes sair durante uma hora?

– Posso, sim.

– Leva este dinheiro. Compra umas vinte rosas vermelhas, toma um táxi e vai ao endereço que anotei. Lá reside a sra. Estrella Rodrigues. Estou preocupado por causa dela. Talvez esteja doente. Pede notícias e pergunta se podes ser útil em alguma coisa.

– Tudo entendido, sr. Jean. – O gordo saiu.

Francisco voltou ao fim de uma hora. Tinha um ar aborrecido, quando entrou na cela com um magnífico ramo de rosas cor de sangue. Thomas ficou logo sabendo que algo de terrível tinha acontecido.

– A sra. Rodrigues viajou – disse o cozinheiro.

Thomas caiu sentado sobre o catre.

– Partiu? Partiu como?

– Partiu porque partiu, bolas – respondeu o cozinheiro. – Viajou. Desapareceu. Não está mais lá.

– Quando partiu? – perguntou Thomas.

– Há cinco dias, sr. Jean. (O mestre-cuca olhou para Thomas com o ar penalizado.) A senhora parece que não pretende voltar. Pelo menos, tão cedo.

– Por que dizes isto?

– Porque ela levou todos os vestidos, todas as joias, o dinheiro...

– Ela não tinha dinheiro!

– O cofre estava aberto.

– O cofre? (Thomas sentiu que cambaleava.) Como pudeste chegar perto do cofre?

– A empregada deixou-me visitar toda a casa. Uma mestiça. Muito jeitosa, por sinal. Que olhos! – O cozinheiro fez sobre o peito um gesto indicando curvas.

– É Carmem – murmurou Thomas.

– Isso mesmo, chama-se Carmem. Vou levá-la ao cinema esta noite. Ela mostrou-me tudo. O guarda-roupa, os armários, tudo vazio, o quarto de dormir, o cofre aberto e vazio.

– Completamente vazio? – gemeu Thomas.

– Completamente. A única coisa que vi foi uma calcinha de seda preta, pendurada na porta. Que há, sr. Jean, não se sente bem? Água... beba um pouco d'água.

– Deita-te de costas, e fica parado – aconselhou Lázaro,

Thomas deixou-se cair sobre a cama.

– Todo o meu dinheiro estava naquele cofre – balbuciou ele. – Tudo que tinha. Toda a minha fortuna...

– As mulheres – rosnou Lázaro com raiva. – A única coisa que sabem fazer é encrencar a nossa vida. E com essa história ficamos sem almoço.

– Mas por quê? – balbuciou Thomas. – Por quê? Eu nada lhe fiz... Que disse Carmem? Sabe onde está sua patroa?

– Carmem disse que ela havia tomado o avião para Costa Rica.

– Santo Deus! – gemeu Thomas.

– Carmem disse que a casa está à venda.

– Para de sacudir estas porcarias de rosas perto do meu nariz – berrou Thomas, num súbito e terrível furor. (Dominou-se.) – Desculpa, Francisco. São os nervos. E... nenhum recado para mim? Nenhuma carta? Nada?

– Sim, senhor. – O cozinheiro tirou dois envelopes do bolso. O primeiro era de seu amigo vienense, o banqueiro Walter Lindner:

Lisboa, 29 de outubro de 1940

Caro sr. Leblanc,
Escrevo estas linhas, às pressas e muito inquieto. São onze horas e é preciso que eu vá para bordo, pois o meu navio parte dentro de duas horas. Até agora nenhum sinal seu. Onde está o senhor, meu Deus? Ainda estará vivo?
Nada sei, a não ser o que me contou a sua infeliz amiga, a senhora consulesa, isto é: que o senhor saiu depois da nossa conversa telefônica do dia 9 de setembro, e que nunca mais voltou.
Pobre Estrella Rodrigues. Aí está uma pessoa que o ama de verdade. A tristeza, a angústia dessa mulher! Eu a vi, diariamente, desde que consegui reservar para nós três passagens para a América do Sul. Dia após dia, esperávamos, em vão, por uma notícia sua. Estou escrevendo de casa de sua bela e desesperada amiga. Ela está a meu lado, em prantos. Mesmo hoje, o último dia – nada de notícias.
Escrevo na esperança de que ainda esteja vivo e que um dia voltará a esta casa, para perto dessa mulher que tanto o quer. Se o céu permitir, encontrará, então, a minha carta.

Vou rezar pelo senhor e esperar que, apesar de tudo e de todos, um dia nos reencontremos.
Muito cordialmente seu

WALTER LINDNER

Assim era a primeira carta.

Thomas a deixou cair. Sufocava. Sua cabeça parecia querer estourar.

Por que Estrella não disse ao meu amigo onde eu me encontro? Por que não me veio retirar daqui conforme combinado? Por que fez ela isto? Por quê?

A segunda carta esclarecia tudo:

Moleque sujo!
Agora o teu amigo Lindner deixou o país. Agora não há mais ninguém que te possa ajudar. Agora vou terminar a minha vingança.
Nunca mais me tornarás a ver. Dentro de poucas horas um avião me levará para Costa Rica.
Teu amigo escreveu uma carta. A minha vai junto. Um dia qualquer o juiz criminal mandará procurar-me. Receberás, então, as duas cartas.
Admitindo que o juiz leia as cartas, o que é provável, declaro mais uma vez:
Tu me roubaste, canalha.
E digo-te também (isto lhe interessará sem dúvida, senhor juiz) que eu te abandono para sempre porque soube que és um alemão, um agente secreto alemão, um sujo moleque alemão, sem escrúpulo, cínico e cúpido. Ah, como te odeio, miserável.

E.

– Ah, como eu ainda te amo, canalha! – gemeu a apaixonada Estrella Rodrigues, de formas de deusa Juno.

No momento em que Thomas Lieven lia, na cela do Aljube, a sua carta de despedida, com uma sensação de frio glacial no estômago, do outro lado da terra, a morena e bela consulesa estava sentada na sala do mais caro apartamento do mais caro hotel de San José, capital da República de Costa Rica.

Estrella tinha os olhos vermelhos. Abanava-se com um leque. Seu coração batia forte, sua respiração era angustiada.

– Jean, Jean, não paro de pensar em ti, que te chamas Thomas Lieven, canalha. Tu mentiste, salafrário... Meu Deus, como eu te amo.

Diante de tão trágicas circunstâncias a consulesa atacou, com a coragem do desespero, uma dose dupla do conhaque costarriquenho. Trêmula, fechou os olhos. Trêmula, relembrou o passado recente.

Uma vez mais reviu, em pensamento, o agente britânico que lhe havia contado a verdade sobre Thomas Lieven. E Estrella viu a ela própria quando o inglês se foi: uma mulher prostrada, quebrada, aniquilada...

Foi nesse estado de abatimento que Estrella se arrastou, na noite de 9 de setembro de 1940, até o grande cofre do quarto de dormir. Chorando, conseguiu acertar a combinação. Tremendo, abriu a pesada porta. A fortuna daquele canalha está diante de seus olhos. Marcos, escudos, dólares. Desesperada e quase cega pelas lágrimas, a mulher traída fez um inventário.

Nessa noite, os frequentadores do cassino do Estoril tiveram ocasião de assistir a um espetáculo sensacional.

Mais bela que nunca, mais pálida que nunca, mais decotada que nunca, Estrella Rodrigues chegou dispondo de um capital de vinte mil dólares. Ela, a eterna perdedora, de quem os próprios empregados e crupiês tinham pena, ganhou, naquela noite. Ela ganhou, ganhou e ganhou.

Como em transe, ela jogava com o dinheiro de Thomas Lieven. Jogava, sempre, a parada máxima. Jogou no 11, o 11 deu três vezes a seguir. Jogou no 29 e deu o 29. Jogou no 23, no vermelho, no ímpar e na segunda dúzia, sempre o máximo. Deu o 23.

Estrella jogava e onde jogava ganhava.

Seus belos olhos estavam marejados de lágrimas. Os cavalheiros de *smoking* e as senhoras com suas preciosas estolas de *vison* observavam, com curiosidade, aquela estranha favorita da sorte que soluçava cada vez que ganhava.

Os jogadores abandonavam as outras mesas do salão, vinham de todos os lados e aglomeravam-se para olhar fixamente a mulher de vestido vermelho que ganhava, ganhava sem cessar e ao mesmo tempo demonstrava estar desesperada.

"A senhora é bela demais. A senhora é muito feliz no amor. Seria injusto que também tivesse sorte no jogo." Estas palavras ditas por Thomas Lieven na noite em que se conheceram queimavam a memória de Estrella como uma brasa candente. Muita sorte no amor, por isso sempre perdera, e agora, e agora...

"Vermelho, 27." Houve uma exclamação da multidão.

Estrella soluçou. Havia ganho, uma vez mais, o máximo que se pode ganhar de uma só vez no cassino do Estoril, quando dá o "vermelho 27".

– Eu... eu não posso mais – gemeu a bela mulher. Dois empregados, solícitos, e calçando *escarpins*, ampararam-na até o bar. Foi preciso o auxílio de dois empregados munidos de caixas de madeira para levar até o guichê do trocador a montanha de fichas que ela havia ganho. O montante do seu lucro ascendia a US$ 83,734.26. Quem disse que a fortuna mal adquirida nunca traz sorte?

Estrella pediu que lhe pagassem com cheque, o que, minutos depois, foi feito. No fundo da bolsa, bordada de ouro, ela encontrou uma ficha de dez mil escudos. Do bar atirou-a por cima das cabeças dos jogadores, sobre o pano verde. A ficha caiu no vermelho. "Em homenagem aos amores traídos", gritou soluçante.

Deu vermelho.

Deu o vermelho, lembrou-se Estrella, no dia 5 de novembro de 1940, com os olhos cheios de lágrimas, na sala do apartamento mais caro do hotel mais caro de San José. Em San José eram nove e meia da manhã segundo o fuso horário costarriquenho. Em Lisboa era meio-dia, segundo o fuso horário português. Em Lisboa, Thomas Lieven tomava o seu primeiro conhaque duplo para se refazer das terríveis emoções. Em San José, a consulesa já estava no segundo conhaque duplo do dia. O primeiro ela tomara logo após o café da manhã.

Havia já dias que ela bebia cada vez mais cedo e cada vez com mais vontade. Sentia terríveis palpitações. Precisava beber.

Quando não bebia, a lembrança de Jean, do seu querido amor, Jean, seu tesouro maravilhoso, Jean, aquele bandido, tornava-se insuportável. Só o conhaque lhe dava algum alívio.

Com os dedos trêmulos, Estrella tirou um frasco da bolsa de crocodilo e destampou-o. Com os dedos trêmulos, tornou a encher o copo. E, enquanto as lágrimas corriam-lhe pela face ela gritou, na luxuosa sala deserta:

– Nunca esquecerei este homem.

– Nunca – disse Thomas Lieven –, nunca esquecerei esta mulher.

O cair da tarde envolvia Lisboa em um crepúsculo nacarado. Thomas Lieven andava de um lado para o outro, em sua cela, como um tigre furioso.

Ele havia contado toda a verdade a Lázaro. Este sabia, agora, o verdadeiro nome de Thomas e estava a par das suas estripulias. Sabia o que lhe aconteceria se caísse nas mãos dos serviços secretos alemão, inglês ou francês.

Fumando um cigarro, o corcunda, com ar preocupado, olhava para seu amigo.

– Não há nada pior que uma mulher histérica – disse ele. – Nunca se pode saber o que lhe passa na cabeça.

Thomas interrompeu a sua maratona.

– Justamente – disse ele. – Nada impede que essa senhora escreva amanhã ao chefe de polícia acusando-me de um assassinato ainda não esclarecido.

– Ou vários.

– Como?

– Ou vários assassinatos.

– Ah, sim... De qualquer forma a minha situação é desesperadora. É evidente que ela levou consigo aquela desgraçada pulseira. Nunca acharão. Só me resta ficar mofando aqui.

– Tens razão – disse Lázaro. – E por isso que deves ir embora o mais depressa possível.

– Sair daqui?

– Antes que ela arranje novas encrencas.

– Mas, Lázaro, isto aqui é uma prisão!

– E daí?

– Com muralhas, grades e portas blindadas. Com juízes, guardas e cães policiais.

– É exato. Será mais difícil saíres do que foi para entrares.

– Mas ainda assim há um meio? – perguntou Thomas, sentando-se na cama.

– Certamente. Será simplesmente preciso dar tratos à bola. Não me disseste que tinhas aprendido a fabricar passaportes falsos?

– Aprendi, sim.

– Hum! Há uma tipografia no subsolo da prisão. É lá que imprimem todos os formulários para os tribunais. Havemos de dar um jeito para conseguir o carimbo de que precisamos. Na verdade, garoto, tudo depende unicamente de ti.

– De mim? Por quê?

– Será preciso que te transformes.

– Em que sentido?

– No meu sentido – disse Lázaro com um sorriso melancólico. – Tens que diminuir. Tens que mancar. Tens que ter uma corcunda, bochechas caídas e um tique nervoso.

E, está claro, uma cabeça calva como uma bola de bilhar. Estou-te assustando, garoto?

– Ah! Absolutamente – mentiu corajosamente Thomas. – Que não se faria para ganhar a liberdade.

– É o nosso bem mais precioso – declarou Lázaro. – Agora abre bem os ouvidos e escuta o que te vou dizer.

Ele disse.

E Thomas Lieven abriu os ouvidos.

– Evidentemente – disse o corcunda – é mais fácil aterrar na prisão que decolar. Mas é possível sair.

– Folgo em sabê-lo.

– Temos sorte de estar em cana em Portugal e não no teu país. Lá não haveria jeito. É tudo bem organizado.

– Ora, ora. Se eu estou compreendendo bem, queres dizer que as prisões alemãs são as melhores do mundo?

– Quem te fala já esteve duas vezes na Moabit. (Lázaro bateu com a mão no joelho.) Posso afirmar: os portugueses não são do mesmo time. Eles deixam a vida correr. Falta-lhes o sentido prussiano do dever, a disciplina alemã.

– É verdade.

O corcunda bateu na porta da cela e o guarda Julião, cheio de gorjetas, apareceu logo, como se fosse garçom de um bom hotel.

– Diz ao cozinheiro para vir até cá, meu velho – disse Lázaro. (Julião inclinou-se e desapareceu.)

– Isto é porque toda a evasão começa pela cozinha...

– Escuta – disse um pouco mais tarde o corcunda a Francisco, o gorducho cozinheiro –, existe mesmo uma tipografia no subsolo, não é?

– Existe, sim. Imprime todos os formulários para a administração judiciária.

– Mesmo os alvarás de soltura da magistratura?

– Certamente.

– Conheces algum preso que lá trabalhe?

– Não. Por quê?

– Temos necessidade de uma ordem de liberação.

– Vou arranjar as informações – disse o cozinheiro.

– Arranja as informações. Para quem nos prestar este serviço – disse Thomas Lieven – haverá oito dias de boa comida, de graça.

O cozinheiro voltou dois dias mais tarde.

– Encontrei o sujeito de que precisamos, mas ele quer comida de graça durante um mês.

– Não é possível – disse Lázaro, com frieza. – Duas semanas será o máximo.

– Então falarei novamente com o tipo – disse o cozinheiro.

Quando ele saiu, Thomas disse ao corcunda:

– Não sejas tão duro. Afinal o dinheiro é meu.

– É uma questão de princípio – replicou o corcunda. – Não quero que estragues os preços. E outra coisa: espero que seja mesmo verdade que sabes imitar um carimbo.

– O carimbo, com ou sem relevo, que eu não possa reproduzir, não existe – disse Thomas. – Fiz a minha aprendizagem com o melhor falsário do país. – Que coisa monstruosa, pensou ele, a decadência de um homem, agora sinto orgulho de tal coisa.

No dia seguinte o cozinheiro voltou:

– O sujeito concorda – disse ele.

– Onde está o formulário?

– Ele diz que quer primeiro os seus 15 dias de boa boia.

– Tome lá, dá cá – resmungou Lázaro. – Ou ele nos entrega o formulário imediatamente ou pode esquecer o negócio.

Uma hora mais tarde recebiam o formulário.

Desde que fora preso, Lázaro ia diariamente à sala do chefe dos guardas, para manter os registros em dia e dar conta do expediente diário. Batia dúzias de cartas à máquina enquanto o chefe dos guardas lia tranquilamente o seu jornal.

Dessa forma, o corcunda não tem dificuldade em bater à máquina uma ordem de soltura em seu nome. Escreveu o seu nome, a data do nascimento e o número do seu processo. Datou o documento de 15 de novembro de 1940 embora estivessem no dia 8. Lázaro e Thomas precisavam de uma semana para os preparativos. Mais um dia seria necessário para que o documento transitasse pelas diversas seções da prisão. Portanto, se tudo corresse bem, Thomas poderia estar livre no dia 16 de novembro. O dia 16 caía num sábado e o sábado era o dia de descanso do bom guarda Julião e... mas sigamos as coisas pela ordem.

Para terminar, Lázaro acrescentou à ordem de libertação a assinatura do procurador-geral da República, que ele copiou facilmente de uma circular colada à parede da sala.

– Tens feito o teu trabalho? – perguntou a Thomas quando voltou.

– Estive ensaiando toda a tarde.

Estava combinado que Thomas se apresentaria em vez de Lázaro, logo que a ordem de livramento chegasse à secretaria da prisão e chamassem o "detento Alcoba". Para isso era necessário que Thomas ficasse parecendo, o máximo possível, com Lázaro, tarefa difícil levando em conta o aspecto físico do corcunda. Assim sendo, Lázaro exigia ensaios diários.

Thomas colocou bolinhas de pão entre as gengivas e as bochechas, o que lhe deu a aparência de ter o aspecto de um *hamster*. Depois ensaiou o tique de torcer a boca. Atrapalhado pelo pão, tentava imitar a voz do corcunda.

– Para de balbuciar, menino! E que espécie de tique é esse? Estás levantando demais os cantos da boca. (Lázaro apontou para a sua própria boca.) O meu tique é assim. Não levanto tanto os lábios!

– É impossível. (Thomas tentava imitar o tique retorcendo a boca.) Estes raios de bolinhas de pão estão atrapalhando!

– Sem pão não há bochechas caídas. Faz um esforço e conseguirás o tique certo.

Thomas enxugou o suor da testa.

– Não tenho sorte com essa tua papa dentro da boca.

– É preciso um pouco de paciência, estás apenas começando a tentar! Agora vamos flambar os teus cabelos.

– Flambar?

– Pensas que vão nos emprestar tesoura e navalha, aqui na prisão?

– Mas eu não aguentarei isso – gemeu Thomas.

– Não fales bobagens. Vamos, ensaie. Faz-te menor. Veste a minha capa para ver quanto deves curvar os joelhos. Pega este travesseiro. Fabrica uma corcunda razoável. E não me incomodes mais, preciso obter informações.

– Para quê?

– Para saber quem tem uma carta do procurador da República, a fim de que possa imitar o carimbo.

Enquanto Thomas vestia a velha capa do corcunda e tentava aprender a coxear, com os joelhos dobrados, andando de um lado para outro da cela, Lázaro começou a bater na parede com um sapato. Usava o mais simples dos códigos: a = três pancadas, b = duas pancadas, c = uma pancada, depois d = seis pancadas, e = cinco pancadas, f = quatro pancadas, depois g = nove pancadas, h = oito pancadas, i = sete pancadas, e assim por diante.

Lázaro bateu a sua pergunta e depois esperou a resposta enquanto olhava para Thomas, que ensaiava a voz, o tique e o andar com os joelhos dobrados.

Uma hora depois o detento da cela vizinha começou a bater na parede. Lázaro ouviu a mensagem e sacudiu a cabeça.

– No terceiro andar há um sujeito chamado Maravilha. Tem uma carta do procurador negando um pedido de liberdade provisória. Ele a guarda como lembrança. A carta tem um carimbo.

– Ótimo. Oferece-lhe uma semana de boa comida – balbuciou Thomas, torcendo a boca para aprender o tique.

O mês de novembro de 1940 foi muito quente. Podia-se tomar banho de mar no Atlântico e bronzear a pele no Estoril – contanto que vestido com a decência prescrita pelas autoridades portuguesas. Para os homens a polícia exigia calção e camisa, para as mulheres as exigências eram ainda mais severas.

No dia 9 de novembro de 1940, cerca de meio-dia, um cavalheiro de aspecto taciturno e pernas curvas como sabres turcos alugou, na praia, um aparelho chamado *gaivota* e que consistia em dois flutuadores ligados levando no meio um assento e dois pedais, que acionam uma roda de pás. Fazendo força com as pernas, o homem pedalou para o largo.

Esse cavalheiro, que andava pelos cinquenta, vestia uma roupa de banho escura e usava chapéu de palha. Depois de pedalar durante um quarto de hora, avistou uma outra *gaivota* que as ondas do Atlântico faziam balançar, ao longe. Rumou para ela. Mais um quarto de hora fazendo força nos pedais e já se aproximara o suficiente para reconhecer o tripulante da segunda *gaivota*, que se parecia com ele como se fosse um parente próximo. Era, também, um cansado e azedo.

– Até que enfim – disse o outro cavalheiro, que vestia roupa de banho preta. – Pensei que não viria mais.

O cavalheiro de castanho escuro encostou a sua *gaivota* à outra.

– Pelo telefone o senhor disse que se tratava de uma questão de vida ou de morte. Foi por isso que vim.

– Não tenha receio, comandante Loos – disse o homem de preto –, ninguém pode ouvir a nossa conversa. Aqui não há microfones. Ideia genial a minha, hein?

O cavalheiro de castanho o olhou friamente.

– Genial. Que quer de mim, sr. Lovejoy?

– Fazer-lhe uma proposta – disse suspirando o agente do Secret Service. – Trata-se desse Thomas Lieven...

– Foi exatamente o que pensei! – O oficial da Abwehr sacudiu, com raiva, a cabeça.

– O senhor o persegue – disse Lovejoy. – Ele o embrulhou. Eu também fui embrulhado... Somos inimigos, é verdade. Supostamente devemo-nos detestar um ao outro. Apesar disso, comandante, proponho que cooperemos neste caso particular.

– Cooperemos?

– Comandante, exercemos a mesma profissão. Faço um apelo à nossa solidariedade profissional. O senhor não concorda que é o cúmulo quando aparece um amador, sem experiência, um impertinente que prejudica os preços, nos torna ridículos e age como se fôssemos zeros à esquerda.

– Estou arriscado a ser demitido por causa desse tipo – disse o comandante, com ar sombrio.

– E eu? – disse Lovejoy com raiva. – Se eu não o levar para Londres, serei transferido para a guarda territorial. O senhor sabe o que isto significa? Tenho mulher e filhos, comandante. O senhor também, certamente.

– Minha mulher divorciou-se.

– É verdade que não ganhamos grande coisa, mas devemos deixar que esse indivíduo estrague as nossas carreiras?

– Se ao menos eu o tivesse deixado nas garras da Gestapo, naquela ocasião! Agora ele desapareceu.

– Ele não desapareceu.

– Quê?

– Ele está na prisão.

– Mas...

– Eu explicarei. Ele não ficará preso eternamente. Dei uma gorjeta a um funcionário da administração para que ele me previna logo que ele seja solto. (Lovejoy ergueu os braços para o ar.) Mas que acontecerá então? Será a eterna história que recomeçará, entre o senhor e eu. São os iates, os submarinos, o clorofórmio e os revólveres! Comandante, comandante, vou ser absolutamente franco com o senhor: eu não aguento mais este gênero de vida.

– E acredita que ela seja boa para o meu fígado?

– Daí a minha proposta: colaboremos. Logo que ele sair da cadeia sofrerá um acidente. Tenho um homem à espera para – o senhor bem sabe – este serviço sujo. Dessa forma eu poderei dizer em meu país que foram os alemães responsáveis e o senhor dirá ao seu almirante que os ingleses é que fizeram a limpeza. O senhor não será chamado para o *front* e eu para a guarda territorial. Que pensa o senhor?

– Está bom demais para ser verdade... (O comandante suspirou profundo. Subitamente:)

– Tubarões! – disse ele, quase sem voz.

– Não!

– Lá adiante. – Loos ficou estático. Cortando as águas azuis, duas nadadeiras dirigiam-se rapidamente para eles. Depois três. Depois cinco.

– Estamos perdidos – disse Lovejoy.

– Tenha calma – ordenou o comandante. – Fique imóvel.

O primeiro peixe os alcançou, passando sob as *gaivotas* e levantando-as como que brincando. As *gaivotas* saltaram para o ar e caíram na água, os flutuantes estalando e jogando violentamente. Um outro animal aproximou-se e os ergueu novamente.

O comandante, atirado ao ar, fez um belo voo. Ele afundou, voltou à superfície e tratou de flutuar de costas. Com a boca escancarada, um grande peixe passou perto dele sem prestar atenção. Versado em zoologia, o comandante fez uma constatação tranquilizadora.

Depois, ouviu um grande berro e viu o seu colega britânico voar pelos ares e amerrissar ao seu lado.

– Escute aqui, Lovejoy, não são tubarões, são golfinhos.

– Gol... Gol... Gol...

– Sim. Estamos no meio de um cardume... Os golfinhos não atacam os homens, só querem é brincar.

Foi realmente o que fizeram. Com enorme rapidez traçavam círculos em volta dos dois homens, saltando por cima deles e fazendo jorrar jatos de água e espuma.

Os agentes inimigos agarraram-se a um dos flutuadores da *gaivota* virada de Lovejoy e tentavam dirigir-se para a praia.

– Não posso respirar – arquejou Lovejoy. – Que me estava dizendo, Loos?

Um enorme golfinho ergueu-se, por detrás do comandante, e saltou elegantemente por cima dele, mergulhando-o num pequeno dilúvio. O comandante cuspiu uma boa quantidade de água salgada.

– Eu dizia – gritou ele ao ouvido de Lovejoy – que eu tenho grande vontade de liquidar pessoalmente aquele sujo quando ele sair.

Em Portugal come-se pouca batata. Entretanto, Francisco arranjou algumas magníficas para os ricos detentos Leblanc e Alcoba, que queriam batatas *en robe de chambre* para o almoço do dia 15 de novembro.

De acordo com as ordens recebidas, Francisco cozinhou as batatas com casca, até que estivessem meio cozidas. Levou-as, bem quentes, ao quinto andar, onde as serviu aos senhores Leblanc e Alcoba, juntamente com sardinhas portuguesas com azeite e vinagre. Seguindo as instruções dos detentos, cortou as batatas ao meio com uma afiada faca.

Uma vez sós, os dois homens não prestaram atenção à comida. Thomas tinha trabalho a fazer. Sobre uma pequena mesa junto à janela ele colocou, lado a lado, a ordem de livramento batida à máquina por Lázaro e a carta dirigida ao detento Maravilha. Esta última tinha o carimbo do procurador da República.

Sob os olhares interessados do corcunda, Thomas começou a trabalhar, lembrando-se das lições preciosas de Reinaldo Pereira, pintor e falsário.

Thomas pegou uma metade da batata, ainda quente, e colocou-a sobre o carimbo da justiça. Depois de um quarto de hora retirou a batata que tinha, ao inverso, a cópia exata do carimbo.

– O mais difícil ainda está por fazer. – Pela força do hábito ele disse isto meio balbuciante e com os cantos da boca repuxados por um tique nervoso. Havia dois dias que ele não controlava os seus reflexos. Não se pode balbuciar e torcer a boca impunemente durante uma semana. – Dá-me a vela, Lázaro.

De sua enxerga o corcunda retirou uma vela e uma caixa de fósforos que roubara do escritório do chefe dos guardas. Vela e fósforo ainda serviriam para fazer desaparecer os cabelos de Thomas.

Lázaro acendeu a vela. Com os dentes, Thomas cortou, com grande cuidado, a parte inferior da batata. Depois passou a batata sobre a chama para reaquecê-la.

– É o que os especialistas chamam "fazer o molde" – explicou Thomas a Lázaro, que estava cheio de admiração. – Macacos me mordam! Terei algum dia a ocasião de contar isto no meu clube? A batata está reaquecendo. Podes ver que a marca do carimbo está novamente úmida. Diz-se que "ela retorna a viver". Mais alguns segundos e agora... – Com gesto hábil Thomas colocou o lado da batata que continha o "molde" sobre a ordem de livramento, no local exato destinado ao carimbo. Mantendo uma ligeira pressão com os dedos, ele deixou que a batata esfriasse, durante um quarto de hora. Depois, retirou-a. O documento ostentava uma réplica exata do carimbo.

– Fantástico – disse Lázaro.

– Agora vamos comer, depressa – disse Thomas. – Depois nos ocuparemos do resto.

O resto foi o seguinte: trabalhando na sala dos chefes dos guardas, Lázaro, no decorrer da manhã, abrira vários envelopes provenientes de diversos departamentos judiciários. Era o que ele fazia todos os dias. Nessa manhã ele abrira, com a maior cautela, um envelope que não estava bem colado; conseguira, assim, um envelope em perfeito estado. Levou consigo o envelope e um tubo de cola.

Depois do almoço, Thomas dobrou, cuidadosamente, a ordem de livramento de Lázaro Alcoba, colocou-a no envelope verde, que tinha o carimbo dos correios com a data da véspera, e colou novamente o envelope. Durante a tarde Lázaro enfiou o envelope entre os outros que chegaram com a entrega vespertina de correspondência destinada ao chefe dos guardas.

– O negócio começou a correr, meu garoto – disse o corcunda a Thomas, quando regressou à cela. – O chefe dos guardas já mandou a minha ordem de livramento ao encarregado dos registros. Amanhã eles prepararão o boletim competente e, segundo a minha velha experiência, virão procurar-me por volta de onze horas. Isto significa que é preciso fazer, esta noite, a operação nos teus cabelos.

A operação de queima dos cabelos durou apenas meia hora – é verdade que foi a pior meia hora da vida de Thomas Lieven. Com a cabeça abaixada ele estava sentado diante de Lázaro, que lhe flambava o crânio como quem sapeca uma ave depenada. Com a mão direita Lázaro segurava a vela cuja chama destruía os cabelos até perto das raízes. Com a mão esquerda ele empunhava um pano molhado. Com a rapidez de um raio ele aplicava o pano à pele, para evitar queimaduras. Muitas vezes, porém, a própria velocidade do raio foi pequena...

Thomas gemia de dor.

– Tem cuidado, seu imbecil.

– Quem quer a liberdade deve fazer por merecê-la – replicou Lázaro, aludindo a um velho ditado português.

Afinal a sessão de tortura acabou.

– Agora estou com cara de quê? – perguntou Thomas exausto.

– Com pão nas bochechas e um bom tique, pareces ser meu irmão – disse Lázaro, cheio de orgulho.

Na manhã seguinte foi um guarda desconhecido que trouxe o café. Era sábado, dia 16, e, como já o dissemos, o sábado era o dia de folga do bom Julião.

O corcunda apanhou, perto da porta, a bandeja com o café. Thomas roncava, com a cabeça coberta.

Depois do café, Lázaro engoliu três comprimidos brancos e foi deitar-se na cama de Thomas. Thomas vestiu a capa do corcunda e, das oito às dez, procedeu a um ensaio geral privado. Depois disto ele conservou definitivamente os pedaços de pão na boca e o travesseiro entre as costas e a camisa. O travesseiro estava bem amarrado para impedir que escorregasse. Enquanto esperava ia treinando o tique dos lábios...

O guarda desconhecido voltou às onze horas. Lázaro dormia, com a cabeça debaixo da coberta. O guarda desconhecido tinha na mão um boletim de livramento.

– Lázaro Alcoba!

Thomas levantou-se, mantendo os joelhos vergados, piscou e retorceu a boca.

– Presente – balbuciou ele.

O guarda examinou-o, com atenção. Thomas sentia o suor escorrer.

– Lázaro Alcoba é você?

– Sim.

– Por que é que seu companheiro está roncando tanto?

– Ele passou mal a noite – disse Thomas com voz pouco inteligível. – De que se trata, chefe?

– Você está solto.

Thomas levou a mão ao coração, gemeu e caiu sentado sobre o catre. Parecia estonteado.

– Eu sempre soube que a justiça acabaria vencendo – balbuciou ele.

– Não comece a fazer cenas e acompanhe-me. Vamos.

O guarda puxou-o para que se erguesse. Quase que Thomas se ergueu demais. Rapidamente, curvou os joelhos. Puxa, como isto dói e é incômodo. Felizmente não vai durar muito. Ao longo dos compridos corredores ele seguiu o guarda até a ala da prisão onde estava a administração. Antes e depois de sua passagem abriam-se e fechavam-se pesadas grades de ferro. O tique vai bem, virou automático, mas os joelhos dobrados... Deus queira que eu não tenha uma câimbra e que não caia de cara no chão.

Subir escadas, descer escadas, eu não aguento mais.

Mais corredores. O guarda fitou-o.

– Você está com calor, Alcoba? Está suando. Tire essa capa, homem.

– Não, não, obrigado. É... é o nervoso. Eu estou é com frio.

Chegaram, finalmente, à sala de registro das entradas e saídas da prisão. Uma balaustrada de madeira dividia a sala em duas partes. Atrás da balaustrada estavam três funcionários. Diante da balaustrada estavam dois outros presos que estavam para sair. Thomas fez duas constatações: os funcionários eram indolentes e do outro lado da balaustrada não havia onde sentar. Isto está prometendo, pensou ele, angustiado. Um relógio, na parede, indicava a hora: onze e dez.

Faltavam cinco minutos para o meio-dia e os funcionários ainda não tinham terminado com os outros dois detentos. Thomas sentia como se rodas de fogo girassem diante de seus olhos. Sentia que poderia desmaiar, a qualquer momento, tal as dores que sentia nos joelhos. E não eram somente os joelhos que doíam: as pernas, as coxas, os tornozelos e os quadris doíam terrivelmente. Discretamente, apoiou um cotovelo sobre a balaustrada, depois o outro. Deus, que alívio, que volúpia.

– Hei! – gritou o mais baixo dos funcionários.

– Você aí. Tire os braços da balaustrada. Não pode ficar numa posição decente, por alguns minutos? Súcia de vagabundos.

– Peço perdão, cavalheiro – disse Thomas humildemente. Retirou os braços do balaústre. De repente caiu no chão. Não percas os sentidos, pensou ele desesperado, não percas os sentidos. Se isso acontecer eles te retirarão a capa e descobrem tudo: as pernas, a corcova.

Não perdeu os sentidos. Como julgassem que a fraqueza súbita do pobre detento tivesse sido causada pelo seu estado de nervos, deram-lhe mesmo uma cadeira. Sentou-se, pensando: poderia ter tido esse negócio antes. Sou um cretino.

Ao meio-dia e meia, dois dos funcionários foram almoçar. O terceiro ocupou-se, finalmente, com Thomas. Meteu um formulário na máquina de escrever.

– Uma simples formalidade – disse ele delicadamente. – Sou obrigado a anotar os seus sinais característicos. Para evitar confusões.

Presta muita atenção, pensava Thomas. Depois que se sentara, sentia-se melhor e mentalmente alerta. Declarou tudo sobre o seu amigo, conforme decorara: Alcoba, Lázaro, solteiro, católico, nascido em Lisboa no dia 12 de abril de 1905...

– Último domicílio?

– Rua da Pampulha, 51.

O funcionário comparou esses dados com os que figuravam num outro impresso e continuou a escrever: cabelos grisalhos, muito ralos.

– Você ficou calvo muito moço.

– Tenho tido muitos aborrecimentos.

– Hum. Olhos castanho-escuros. Altura? Levante-se.

Thomas ergueu-se, mantendo os joelhos dobrados. O funcionário o examinou.

– Sinais especiais?

– A corcunda e, além disso, no rosto...

– Sim, sim, está bem. Hum. Pode sentar-se.

O funcionário escreveu. Depois levou-o a uma sala anexa e entregou-o ao encarregado dos objetos pessoais.

Como um simples indiciado, havia permitido que ele conservasse a roupa que vestia e seu querido relógio de repetição. Agora, entregaram-lhe o passaporte e os documentos de identidade do seu amigo, bem como o dinheiro, o canivete e a maleta de Lázaro...

– Assine o recibo – disse o encarregado. Com mão desajeitada Thomas assinou: "Alcoba Lázaro".

Agora, todo o meu dinheiro e o meu belo passaporte falso, com o nome de Jean Leblanc, foram para o inferno, pensou ele, com tristeza. É preciso que o meu amigo, o pintor, fabrique um novo passaporte.

Às 14h15 Thomas se felicitava de haver, finalmente, terminado com os seus tremendos esforços, mas estava enganado. Através de infindáveis corredores, levaram-no ao capelão da prisão. O velho padre falou-lhe com muito sentimento e ficou emocionado quando o preso liberado pediu – visivelmente transtornado – para ouvi-lo ajoelhado. Mais morto que vivo, Thomas Lieven arrastou-se, às três menos dez, hora portuguesa, e cambaleante atravessou o pátio da prisão onde se espalhava o fétido do curtume vizinho. Na porta, teve que mostrar, mais uma vez, os seus documentos. O seu tique nervoso era assustador. Sua corcunda desenhava um ângulo agudo sob a capa surrada.

– Felicidades, meu velho – disse o homem que abriu a pesada porta de ferro. Thomas passou por ela e tomou cambaleante o caminho de uma liberdade mais que incerta. Teve forças para dobrar a primeira esquina. Depois, caiu novamente no chão e, engatinhando, alcançou um portão e sentou-se numa degrau de escada. A raiva e o esgotamento fizeram-no chorar desabaladamente. Não tinha mais passaporte. Não tinha mais dinheiro. Não tinha mais fortuna. O navio já partira.

A evasão do detento Jean Leblanc foi descoberta na mesma noite. Na cela, o guarda só encontrou o detento Lázaro Alcoba, que dormia sono de chumbo.

Um médico, chamado às pressas, verificou que Alcoba não estava fingindo dormir, mas que lhe haviam dado um forte soporífico. O diagnóstico estava certo, apenas o próprio Lázaro é que havia tornado, voluntariamente, três comprimidos que tirara quando visitou a enfermaria...

Com algumas injeções e xícaras de café forte conseguiram despertá-lo, até certo ponto, e interrogá-lo. Que se tratava de Alcoba e não de qualquer outro, ficou patenteado quando despiram o homenzinho: a corcunda era a prova cabal.

– Esse canalha de Leblanc – disse Alcoba – botou alguma droga no meu café. Senti um gosto meio amargo. Senti dores de cabeça, tive vertigens e depois não sei mais nada. Eu lhe tinha contado que seria liberado hoje. Foi o chefe dos guardas, para quem trabalho, que me deu a notícia.

– Mas eu falei com você – gritou o guarda de dia quando acareado com Alcoba – quando trouxe o café da manhã. E, mais tarde, foi você que eu vim buscar.

– Se você me tivesse vindo buscar esta manhã – disse Alcoba, com um raciocínio que impressionou aos que o inquiriam – eu não estaria aqui esta noite.

Tornou-se evidente que Jean Leblanc se evadira sob a identidade de Alcoba. Este último, que ainda bocejava violentamente com o efeito da droga ingerida, prosseguiu no seu raciocínio com uma lógica implacável.

– A ordem de livramento é para mim. Quero ser solto imediatamente.

– Sim, hum! Certamente, mas enquanto durar o inquérito...

– Escutem aqui – gritou Alcoba – ou me soltam amanhã de manhã ou vou queixar-me ao Procurador sobre o que se passa aqui.

MENU

16 de novembro de 1940

Pratos frios para ânimo esquentado.

PÃO MOSAICO
TOMATES RECHEADOS

PÃO MOSAICO – Use um pão de forma, misto ou branco. Corte-o ao meio, no sentido longitudinal, e retire todo o miolo, usando para isso um garfo e tendo todo o cuidado de não estragar a casca ou côdea.

Para o recheio empregue: 125 gramas de manteiga, cem gramas de presunto, dez gramas de língua de boi (já cozida), uma gema de ovo duro, 75 gramas de queijo, meia colher das de café de alcaparras, 25 gramas de pistache, algumas enchovas, mostarda, sal e pimenta-do-reino.

Bata a manteiga, esmague a gema, pique os pistaches e as alcaparras, corte o resto em pequenos cubos, junte os temperos e misture tudo. Ponha a massa dentro do pão cortado, apertando bem. Leve o pão recheado ao refrigerador, durante várias horas e depois corte em fatias finas e arranje sobre um prato enfeitado com tomates recheados a fim de realçar, ainda mais, o colorido.

TOMATES RECHEADOS – Retire a polpa de bons tomates, polvilhe o interior com queijo ralado e coloque, em cada um, meio ovo duro. Junte sal, pimentão doce e cubra com salsa e cebolinha bem picadinhas.

– Pereira! Hei, Pereira! – gritava Thomas, batendo à porta do *atelier* de seu amigo, o falsário. Nada de resposta.

Ou ele está bêbado ou não está em casa, pensou Thomas, que já estava quase restabelecido do seu ataque de fraqueza. Lembrou-se de que o pintor boêmio nunca fechava a porta a chave. Girou a maçaneta e a porta se abriu. Entrou no *atelier* onde a enorme janela deixava entrar os últimos raios de sol do dia. As mesmas horríveis telas estavam espalhadas por toda a parte. Ninguém havia feito uma limpeza no local. Cinzeiros cheios, tubos de tinta, pincéis, penas e palhetas feriam os olhos pela multiplicidade de cores.

Thomas foi até a cozinha. O barbudo também lá não estava. Logo, não estava em casa e deveria estar bêbado em qualquer lugar.

Era um transtorno. Durante quanto tempo Pereira ficava bêbado? Uma noite? Dois, três dias? Pelo que Thomas sabia do pintor, devia esperar o pior. Um bom porre costuma durar muito.

Sou obrigado a esperar pelo Pereira, raciocinou Thomas. Talvez já tenham descoberto a minha fuga, não posso aparecer na rua. Subitamente levou a mão ao estômago. Estava com fome. A fase pior da sua depressão parecia haver passado. Riu de sua própria sorte. Ao fazer isso notou que o tique de torcer os lábios ainda continuava. Seus joelhos ainda doíam. Não pensemos mais nessas coisas, é preciso não pensar mais.

Vejamos o que há na cozinha do Pereira. Pão, tomates, ovos, presunto, língua, pistaches, alcaparras, pimentões, pimenta-do-reino e enchovas.

As cores dos comestíveis estimularam a imaginação de Thomas. Vou fazer um pão mosaico e tomates recheados. Haverá bastante para o Pereira. Quando ele voltar, terá necessidade de comer...

Thomas começou a trabalhar. Quando picava pistaches e alcaparras, teve um gesto violento batendo, com toda a força, com a faca sobre a tábua. Subitamente ele pensara em Estrella. Essa brutal. Essa feiticeira. Essa diaba. Thomas decapitando pistaches estava, em pensamento, decapitando Estrella.

O avermelhado da pimenta-do-reino aumentou-lhe a cólera. O mundo inteiro está coligado contra mim. Só tenho inimigos. Que fiz eu para isso? Eu era um homem honesto, um bom cidadão. E agora...

Botemos pimenta-do-reino, muita pimenta. Quero que fique queimando como o ódio que está dentro de mim.

Ah, senhores agentes secretos, súcia de cafajestes! A que me reduziram vocês? Fui para a cadeia. Fugi da cadeia. Sei falsificar documentos. Sei usar veneno, revólver, tinta invisível. Sei atirar, ler o Código Morse, sei judô, boxe, luta, aprendi a correr, saltar, camuflar microfones, simular a icterícia, a febre, o diabetes. Serão estes os conhecimentos de que se possa orgulhar um banqueiro?

Nada de piedade por pessoas nem por coisa nenhuma. Agora terminou. Agora estou cheio. Agora vocês vão ver. Todos. O mundo inteiro.

Cairei sobre vocês como um lobo esfaimado e com a minha ciência de criminoso. Agora eu é que farei as falsificações, que enviarei mensagens pelo rádio, que ocultarei microfones. Eu é que os ameaçarei, eu é que abusarei de vocês como vocês abusaram de mim e me ameaçaram. É a minha guerra pessoal. A guerra de um homem contra todos. Não haverá tréguas, nem tratados, nem alianças... com ninguém.

Mais pimenta-do-reino, mais pimentão. Um pouco mais de sal. E agora vou amassar tudo como gostaria de fazer com vocês todos, seus sujos...

A porta do *atelier* bateu.

Chegou o Pereira, disse Thomas a si mesmo, saindo das suas divagações.

– Venha até cá – gritou ele. – Estou na cozinha.

Uma pessoa apareceu à porta. Não era o pintor barbudo e beberrão. Não era nem mesmo um homem. Era uma mulher.

Ela vestia um casaco de couro vermelho, tinha sapatos vermelhos e um gorro vermelho do qual saíam cabelos escuros, com reflexos azulados. A boca da jovem mulher era grande e vermelha, os olhos grandes e negros. A cor do rosto era muito clara. Com as mãos metidas nos bolsos ela examinou Thomas com atenção. Sua voz tinha um timbre metálico e um pouquinho de vulgaridade:

– Boa noite, Pereira. Não me conhece?

– Eu... – começou Thomas, mas ela o interrompeu com um movimento autoritário de cabeça que fez sacudir seus lindos cabelos.

– Fique tranquilo. Não sou tira. Ao contrário.

Ela está pensando que sou o Pereira, disse Thomas para si mesmo.

– Quem... – gaguejou ele – lhe deu o endereço?

– Que há com você? Nervos? Cocaína? Bebida?

– Por que diz isto, por favor?

– Você tem um focinho que dança *shimmy*!

– Isto vai passar. Acon... acontece algumas vezes, à noite. Perguntei quem lhe deu o endereço.

A mulher de vermelho veio para muito perto dele. O seu perfume era muito bom. E ela era muito bonita.

– O endereço – disse ela em voz baixa – foi um certo sr. Débras que me deu.

O comandante Maurice Débras, do Deuxième Bureau, pensou Thomas, apavorado. Só faltava isso. Minha terceira vítima. Evidentemente isso teria que acontecer. Agora são três a me perseguir: francês, inglês e alemão. Sou um homem liquidado. É uma questão de horas...

Thomas teve, subitamente, a impressão de que a voz da mulher de vermelho vinha de muito longe. Seus olhos viam apenas uma silhueta indistinta. E a pergunta seguinte confirmou os seus piores temores.

– Conhece um certo Jean Leblanc?

Thomas fez uma barulheira com frigideiras e talheres. Depois, murmurou de forma quase inteligível:

– Jean Leblanc? Não conheço.

– Não me venha contar histórias, Pereira. É evidente que conhece. (A bela morena sentou-se num banco da cozinha e cruzou suas pernas longas e finas.) Você não se vai sujar de medo, não é?

Como esta mulher está me tratando, pensou Thomas. Minha situação é humilhante, terrivelmente humilhante. Terei eu merecido isto? Eu, o mais jovem banqueiro de Londres? Eu, sócio de um dos mais seletos clubes ingleses? Eu, um homem honrado, bem-educado e de boas maneiras... Aqui estou, numa suja cozinha portuguesa, permitindo que uma moça muito bonita diga que eu não devo sujar as calças. Você não perde por esperar.

– Para com essa matraca, boneca – disse o homem de boas maneiras –, e trata de cair fora se não quiser ter encrencas!

Segundos depois a cena mudou completamente. Soaram passos e um homem barbudo, vestindo calça de veludo coberta de manchas e suéter preto todo deformado, apareceu na cozinha. O homem estava completamente embriagado. Mas logo que viu Thomas a sua grande cara de bêbado iluminou-se num sorriso.

– Que seja bem-vindo à minha modesta casa! Mas, meu amigo, que fizeram com os teus cabelos?

Reinaldo, o pintor, tinha voltado para casa.

Subitamente, havia três pessoas falando ao mesmo tempo na cozinha. A mulher de vermelho levantou-se, com um salto, e olhou fixamente para Thomas.

– Como? – gritou ela. – Então você não é o Pereira?

– Claro que ele não é o Pereira – exclamou, por sua vez, o artista beberrão. – Você está de pileque ou coisa parecida? Pereira sou eu! Ele é...

– Fecha o bico.

– ...meu velho amigo Leblanc.

– Ah.

– E você, hic – bela mulher, quem é?

– Chamo-me Chantal Tessier – disse a mulher, sem tirar os olhos de Thomas. (Seu olhar felino tinha uma expressão de grande interesse.) – O sr. Jean Leblanc, em pessoa? – disse ela lentamente. – Que feliz coincidência.

– Que quer você de mim?

– Certa vez você arranjou um passaporte falso para o seu amigo Débras. Foi ele que me disse: "Se algum dia precisares de um passaporte falso, procura o Reinaldo Pereira, rua do Poço dos Negros e diz que vens da parte de Jean Leblanc..."

– Foi isso que disse o seu amigo Débras?

– Foi o que disse o meu amigo Débras.

– E foi apenas isso que ele disse?

– Disse mais: que você era um sujeito formidável e que lhe tinha salvo a vida.

Bom, pensou Thomas, as coisas não estão tão más quanto eu pensava.

– Quer jantar conosco, srta. Tessier? – perguntou ele, amavelmente. – Permita que eu tire a sua capa.

– Para você o nome é Chantal! – O rosto felino sorria, deixando ver uma bela dentadura de animal carnívoro. Chantal Tessier tinha altivez, astúcia e cabeça fria. Mas, visivelmente, não estava acostumada a que um homem a ajudasse a tirar a capa.

O animal carnívoro vestia uma saia preta, muito justa, e uma blusa branca. Oba, oba, pensava Thomas, que silhueta! Aí está uma que não molha os pés quando chove.

O momento de perigo havia passado. Thomas voltava a ser ele mesmo. Quer dizer: bem-educado e cavalheiresco com as mulheres. Com qualquer tipo de mulher.

Sentaram-se ao lado do beberrão, que já havia começado a comer com as mãos e falava com a boca cheia.

– Se eu soubesse pintar como você sabe cozinhar o Goya não seria, em comparação, mais que um simples borrador de telas (arrotou). Você botou pis... pistaches nesse negócio?

– Botei. E também alcaparras. Você poderia pôr a mão diante da boca! Então você precisa de um passaporte, Chantal?

– Não. (Neste momento os seus olhos pareciam ligeiramente embaciados e a narina esquerda tinha um leve tremor. Este fenômeno lhe sucedia habitualmente.) Não é de um passaporte que eu preciso, mas de sete passaportes.

– Posso fazer uma observação? – perguntou o pintor barbudo, falando com a boca cheia.

– Engula antes de falar – disse Thomas, severamente. – E acabe com essas interrupções a toda hora. Trate de melhorar, um pouco, da bebedeira. E para quem – perguntou à bela gata – precisa você de sete passaportes, Chantal?

– Para dois alemães, dois franceses e três húngaros.

– Você parece ter relações muito cosmopolitas.

– Não é nada de admirar – disse Chantal, sorrindo – porque a minha profissão é servir de guia a estrangeiros.

– E para onde leva os seus passageiros?

– Da França para Portugal, passando pela Espanha. É um trabalho que rende.

– Quantas viagens faz?

– Uma por mês. Viajamos em grupos. Eles têm passaporte ou não têm, depende...

– Por falar em passaporte... – disse o pintor. Mas Thomas fez sinal com a cabeça para que se calasse.

– Só aceito clientes ricos – explicou Chantal. – Cobro caro. Em compensação ninguém que viajou em minha companhia foi preso. Conheço a fronteira palmo a palmo. Conheço todos os guardas das alfândegas. Bem. Na última fornada trouxe sete tipos que precisam de passaportes. (Ela empurrou o pintor com o cotovelo.) É a ocasião de ganhar uma boa erva, papai.

– Eu também preciso de um passaporte – disse Thomas.

– Santa Virgem – exclamou o pintor. – Justamente quando não os tenho.

– Dos 37 que eu trouxe... – disse Thomas encolerizado.

– Trouxe? Trouxe, quando? Há seis semanas. Que está pensando. Ao fim de 15 dias não tinha mais nenhum. Sinto muito, mas não tenho nem um pedacinho de passaporte. Nem um único. É o que estava tentando explicar, ainda há pouco.

As Pastelarias Marques tinham várias pequenas casas de chá, muito frequentadas pelas senhoras, no Largo do Chiado. Uma praça agradável bordada de árvores centenárias. Os seus doces eram muito afamados. Na tarde de 11 de novembro de 1940 dois homens estavam sentados num recanto da confeitaria Caravela. Um bebia um uísque, o outro saboreava um sorvete com creme de *chantilly*. O bebedor de uísque era o agente britânico Peter Lovejoy. O que tomava o sorvete, um gigante, gordo e com uma cara rosada de criança, chamava-se Luís Gusmão.

Peter Lovejoy e Luís Gusmão já se conheciam há dois anos. Várias vezes tinham cooperado com bom êxito.

– Chegou o momento – disse Lovejoy. – Soube que ele conseguiu evadir-se, hoje.

– Então temos que andar depressa se quisermos pegá-lo ainda em Lisboa – disse Gusmão.

Levou uma colherada à boca e estalou os lábios. Ele adorava sorvete com creme de *chantilly* e nunca tomava tanto quanto gostaria.

– Justamente – disse Lovejoy, em voz baixa –, como pretende agir?

– Um revólver com um silenciador, creio eu. E o dinheiro? Trouxe-o com você?

– Sim. O senhor receberá cinco mil escudos agora e outros cinco mil quando... isto é, depois.

Lovejoy sorveu um grande gole de uísque. Ele me deu cinco mil escudos. Participa de parte do negócio, esse Loos, esse belo oficial. Mas quando chegou a hora de falar com o Gusmão, refugou. Para isso ele é demasiado importante.

Lovejoy fez diminuir a raiva que tinha do alemão, metido a escrupuloso, sorvendo mais um bom gole de uísque.

– Preste atenção, Gusmão – disse ele a seguir. – Para fugir da prisão Leblanc disfarçou-se para parecer com um tal Lázaro Alcoba. O Alcoba é corcunda, pequeno e quase completamente calvo.

Lovejoy fez uma detalhada descrição do aspecto de Alcoba, tal como lhe havia transmitido o seu homem de confiança da prisão.

– Leblanc sabe que os ingleses e os alemães estão no seu encalço. É evidente que tentará achar um esconderijo.

– E onde poderá ser?

– Ele tem um amigo, uma espécie de pintor beberrão, que mora na rua do Poço dos Negros, 16, no Velho Bairro. Aposto que ele irá para lá. Ou ele continuará disfarçado em corcunda – porque tem medo de nós – ou então volta a transformar-se em Jean Leblanc – com medo da polícia.

– E qual é o aspecto de Jean Leblanc?

Lovejoy descreveu o aspecto de Jean Leblanc, com a máxima exatidão.

– E o verdadeiro corcunda?

– Não se preocupe com ele, continua nas grades. Se você encontrar na rua Poço dos Negros um corcunda quase sem cabelos e que tenha qualquer reação ao ouvir o nome de Leblanc, não será necessário fazer qualquer pergunta mais...

No dia 17 de novembro de 1940, poucos minutos depois das oito da manhã, Lázaro Alcoba, 11 condenações, solteiro e nascido em Lisboa, no dia 12 de abril de 1905, foi levado à presença do diretor da prisão do Aljube.

– Alcoba – disse o diretor, um homem alto e magro –, segundo ouvi, você ontem à noite pronunciou algumas ameaças.

Enquanto respondia, a boca do pequeno corcunda era repuxada pelo tique nervoso.

– Eu apenas reclamei os meus direitos, senhor diretor, quando me disseram que eu não seria solto, sob a alegação de que eu teria tido alguma culpa na evasão desse Jean Leblanc.

– Eu tenho a convicção de que você realmente tem alguma culpa. Segundo ouvi, você pretenderia dirigir-se ao Procurador da República?

– Somente no caso de não me soltarem, senhor diretor. Afinal de contas, não foi por minha culpa que esse Leblanc evadiu-se usando meu nome!

– Escute aqui, Alcoba, você será posto em liberdade hoje...

– Então, está tudo bem.

– ...não porque tenhamos medo do que possa fazer, mas porque existe, de fato, uma ordem de livramento. Você terá que se apresentar, diariamente, ao comissário do distrito onde estiver morando e não poderá sair de Lisboa.

– Perfeitamente, senhor diretor.

– E pare de rir como um idiota, Alcoba. Você é um caso perdido. Estou certo de que muito breve estará aqui de volta. Seria bem melhor que não saísse da prisão. O lugar de um homem como você é atrás das grades.

A hora da sesta tornava silenciosas as vielas emaranhadas da cidade velha.

Pela grande janela do *atelier*, Thomas Lieven contemplava o panorama do rio. Chantal Tessier estava a seu lado. Ela voltara à rua do Poço dos Negros para se despedir. Tinha que voltar para Marselha. Insistia para que Thomas fosse com ela.

Chantal demonstrava uma estranha agitação e a sua narina esquerda voltara a tremer. Ela colocou a mão no braço de Thomas Lieven.

– Venha comigo, seremos sócios. Tenho várias coisas que você pode fazer: não se trata do negócio de *turistas*. Aqui você está frito. Mas em Marselha... Poderemos trabalhar em grande escala.

Thomas sacudiu a cabeça, sem tirar os olhos das águas do Tejo. Lenta e preguiçosamente, elas iam em direção ao Atlântico. Ao longe, perto da foz, estavam ancorados muitos navios prestes a zarpar para portos longínquos, prontos para levar os perseguidos, os humilhados, os angustiados, para países livres e distantes. Esses navios eram para os que tinham passaporte, vistos e dinheiro.

Thomas não tinha mais passaporte. Não tinha nenhum visto consular. Não tinha dinheiro. Tinha a roupa que estava sobre o corpo. Nem mais, nem menos.

Sentia-se, subitamente, cansado, infinitamente cansado. Sua existência estava confinada em um círculo infernal e sem saída.

– Sinto-me honrado com a sua oferta, Chantal. Você é bela. Você é, sem dúvida, uma maravilhosa amiga. – Olhou-a, sorrindo, e a mulher que, pelos seus gestos, parecia um gato selvagem, corou como uma menina apaixonada. Ela bateu com o pé, mal-humorada.

– Para com essa conversa chocha – murmurou ela.

– Você tem um grande coração – ainda insistiu Thomas. – Mas veja, houve tempo em que fui um banqueiro. Gostaria de tornar a ser banqueiro.

Reinaldo Pereira estava sentado junto à mesa coberta de bisnagas de tinta, de pincéis, de cinzeiro e de garrafas. Estava, no momento, inteiramente sóbrio e trabalhava pintando um de seus péssimos quadros.

– Jean – disse ele –, a oferta de Chantal tem muitos aspectos bons. Com ela, você tem a certeza de chegar são e salvo a Marselha. Em Marselha será mais fácil conseguir um passaporte falso que aqui onde a polícia o procura. Sem falar nos seus outros amigos.

– Mas que poderei eu conseguir em Marselha, meu Deus, teriam sido completamente inúteis todos os esforços que tenho feito?

– Se você não quer ver as coisas como elas são – disse Chantal, com brutalidade agressiva – é porque não passa de um boboca sentimental. Você teve uma maré de azar. E então, isso acontece a todo mundo. Não existem duas maneiras: antes de mais nada é preciso arranjar grana e depois fortificar a carcaça.

Thomas pensou: se eu não tivesse tido as lições particulares de Alcoba, em nossa cela, não entenderia o que esta senhora está dizendo.

– Com a ajuda de Pereira – disse ele com ar triste – conseguirei um passaporte mesmo aqui em Lisboa. Quanto ao dinheiro, tenho um amigo na América do Sul. Vou escrever-lhe. Não, não, deixem-me agir, acabarei por...

Não concluiu a frase porque dois estampidos surdos perturbaram o silêncio da hora da sesta.

Chantal conteve um grito. Pereira teve um sobressalto e derrubou um pote de tinta. Entreolharam-se assustados. Passaram três segundos...

Depois, ouviram-se vozes assustadas de homens. Mulheres começaram a gritar estridentemente. Crianças berravam.

Thomas precipitou-se para a cozinha e abriu a janela. Debruçou-se e olhou para o velho pátio. Embaixo, homens, mulheres e crianças corriam para formar um círculo em volta de uma forma estendida sobre as pedras sujas, uma forma pequena, retorcida pela dor, uma forma corcunda.

– Lázaro. Lázaro, estás-me ouvindo?

Thomas estava ajoelhado perto do homenzinho estendido no chão. Atrás, comprimia-se uma multidão de desconhecidos. O sangue escorria, sem parar, dos ferimentos de Alcoba. Várias balas o haviam atingido, no peito, no ventre. Estava imóvel e de olhos fechados. O ricto da boca havia desaparecido.

– Lázaro... – gemeu Thomas Lieven.

O pequeno corcunda abriu os olhos. As pupilas já estavam meio opacas, mas Lázaro reconheceu o homem que se debruçava sobre ele.

– Dá o fora – disse com esforço. – Dá o fora imediatamente, Jean. Era a ti que queriam pegar... – Uma golfada de sangue saiu-lhe da boca.

– Não fales, Lázaro – suplicou Thomas. Mas o corcunda balbuciou:

– O sujeito gritou “Leblanc” antes de... tomou-me por ti...

Thomas estava com os olhos cheios de lágrimas, lágrimas de raiva e de tristeza.

– Não deves falar, Lázaro... O médico já vai chegar... Eles te operarão...

– É tarde demais... (O corcunda olhou para Thomas. Subitamente, sorriu com ar zombeteiro.) É pena, garoto... nós dois teríamos arranjado uns planos da pontinha. (O sorriso apagou-se. Os olhos ficaram vidrados.)

Quando Thomas levantou-se para voltar ao *atelier*, as pessoas que estavam em volta afastaram-se e ficaram em silêncio. Todos viam que ele chorava.

Através da cortina de lágrimas, Thomas distinguiu Chantal e Pereira, que se mantinham afastados da multidão excitada. Cambaleando, aproximou-se deles. Se o pintor não o tivesse amparado, teria caído ao chão.

Vindo da rua, dois policiais e um médico entraram correndo no pátio. Enquanto o médico examinava o corpo, os dois policiais eram literalmente submersos pela algazarra de muita gente querendo falar ao mesmo tempo. A multidão de curiosos crescia a cada instante. O som das vozes e dos gritos aumentava e enchia todo o pátio.

Thomas enxugou os olhos e olhou para Chantal. Sabia que se perdesse um minuto seria tarde demais. Numa fração de segundo, num piscar de olhos, ele decidiu a sua sorte..

Dois minutos mais tarde os agentes chegaram à conclusão, pelas explicações agitadas das testemunhas, que um desconhecido se havia preocupado com o moribundo e teria sido a última pessoa a falar com ele.

– Onde está ele?

– Foi para lá – gritou uma velha. Apontando com o dedo ossudo, ela indicava a segunda entrada. Pereira lá estava. Agora, estava só.

– Hei, você aí, gritou um dos policiais. Onde está o homem que falou com a vítima?

– Não tenho a menor ideia – disse Pereira.

O médico fechou os olhos do morto. O feio rosto do defunto Lázaro Alcoba apresentava um ar de grande dignidade.

Nos Pireneus fazia frio. Um vento leste, glacial varria as serras de terras vermelhas e ingratas que separam o Aragon espanhol do Meio-Dia, da França.

Ao clarear do dia 23 de novembro, dois viajantes solitários, uma mulher e um homem, ambos jovens, caminhavam em direção ao norte, para o desfiladeiro de Rocenvaux. Ambos calçavam botinas de montanha, usavam chapéu de feltro e casaco acolchoado. Cada um carregava às costas um pesado saco. A mulher caminhava na frente. Atravessando capoeirões e matas espessas o homem seguia, sempre subindo, a sua companheira.

Jamais, em toda a sua vida, Thomas Lieven tinha usado botinas com pregos na sola nem casacos acolchoados. Jamais havia subido atalhos de montanha, íngremes e perigosos. Essa hora da madrugada em que seguia, com dificuldade, os passos de Chantal Tessier em direção à fronteira francesa, com os calcanhares e as plantas dos pés cobertos de bolhas d'água, parecia-lhe tão envolta na mesma irrealidade, com seu nevoeiro e suas sombras cinzentas, que os acontecimentos dos últimos cinco dias.

Chantal Tessier era uma personalidade. Uma incomparável companheira de viagem. Isto ele pudera verificar no decorrer desses cinco dias. Ela conhecia Portugal e Espanha, palmo a palmo, ela conhecia os agentes aduaneiros, as patrulhas policiais que fiscalizavam os trens, ela conhecia os campônios que abrigavam e alimentavam um estrangeiro sem fazer perguntas.

As calças, o casaco, as botinas e o chapéu que usava fora Chantal que comprara para ele. O dinheiro que tinha no bolso era dela. Ela lhe dera o dinheiro... "adiantara", como dizia.

Tinham ido de Lisboa até Valência, de trem. Houve dois controles. Com o auxílio de Chantal, Thomas conseguira escapar. Durante a noite atravessaram a fronteira espanhola, seguiram caminho passando por Vigo, Leon e Burgos. Na Espanha havia mais controles e muito mais polícia. Graças a Chantal, tudo correra bem.

Faltava uma última fronteira e, depois, estariam na França. As correias do saco feriam as costas de Thomas Lieven, doíam-lhe todos os ossos. Estava meio morto de fadiga. Enquanto seguia os passos de Chantal os seus pensamentos, meio confusos e incertos, erravam à solta.

Pobre Lázaro Alcoba... Quem o matou? Quem mandou matá-lo? Os ingleses? Os alemães? O assassino será encontrado, algum dia? Um outro assassino irá encontrar-me? Quanto tempo ainda me resta de vida? Eu que caminho através desta sombria floresta, como um contrabandista, como um criminoso... Tudo isto é loucura, pura loucura. É um delírio, um pesadelo extravagante, insensato e grotesco e, entretanto, é a realidade com tudo que tem de horrível.

O atalho tornou-se plano, a floresta era menos densa, chegavam a uma clareira. Havia um celeiro em muito mau estado de conservação. Seguindo a infatigável Chantal, Thomas chegava, trôpego, perto do celeiro quando três tiros em rápida sucessão soaram, muito próximos.

Com a rapidez de um raio Chantal fez meia-volta e chegou perto de Thomas. A sua respiração soprava-lhe o rosto.

– Entra aí.

Ela empurrou-o, com violência, para dentro do celeiro onde se atiraram sobre o feno. Olharam-se, ofegantes.

Um novo tiro soou e, logo depois, mais outro. O vento fez chegar até eles os sons de uma voz masculina, mas não podiam entender as palavras.

– Silêncio! – sussurrou Chantal. – Não façamos nenhum movimento. Talvez sejam os guardas da alfândega.

Talvez sejam outras pessoas, pensou Thomas com pessimismo. É bem provável. Não seria preciso muito tempo para aqueles cavalheiros de Lisboa verificarem que cometeram um erro. Um erro que pode ser reparado...

Thomas sentia a presença de Chantal a seu lado. Ela não se movia, mas Thomas podia sentir a tensão nervosa que lhe provocava o esforço de ficar imóvel.

Tomou, imediatamente, uma decisão. Ele não tinha o direito de pôr em perigo uma outra vida humana. Sabia que a morte do pobre Lázaro pesaria, para sempre, na sua consciência.

Terminemos com isto. Não estou mais brincando. Mais vale uma morte horrível que um horror sem fim. Parem de me perseguir, assassinos imbecis. Eu me entrego, mas não arrastem outros inocentes para o seu jogo infecto...

Desvencilhou-se, rapidamente, das correias que sustentavam o saco e levantou-se. Chantal deu um salto. No seu rosto pálido os olhos chispeavam.

– Fica deitado – sibilou ela –, estás louco.

Com todas as suas forças tentou retê-lo.

– Sinto muito, Chantal – murmurou Thomas aplicando-lhe um golpe de judô que sabia ser o bastante para fazê-la perder os sentidos durante alguns minutos. Ela soltou um gemido e caiu, de costas.

Thomas saiu do celeiro.

Eles vinham sobre ele. Dois homens com espingarda. Chegavam pela clareira, pisando a erva morta e através do nevoeiro. Eles chegavam.

Dirigiu-se para eles. Com um grotesco sentimento de triunfo ele disse a si mesmo: dessa forma não poderão atingir-me pelas costas "quando tentava fugir".

Os dois homens o avistaram e levantaram as armas. Aproximaram-se, abaixando o cano das armas. Thomas nunca os vira antes. Tal como ele, vestiam calças de veludo cotelê, chapéus, casacos impermeáveis e botinas de montanha. Ambos eram fortes e baixos. Um deles usava bigodes. O outro usava óculos. Estavam bem perto. Pararam. O homem de óculos ergueu o chapéu.

– Bom dia – disse ele amavelmente, em espanhol.

– O senhor o viu? – perguntou o homem de bigodes.

Tudo pareceu girar em torno de Thomas: os homens, a clareira, os campos, as árvores, tudo.

– Quem? – perguntou ele, quase sem voz.

– O veado – disse o homem de óculos.

– Eu o atingi – disse o de bigodes. – Estou certo de que acertei: eu o vi cair. Depois conseguiu levantar-se.

– Não pode estar longe – disse o outro.

– Eu nada vi – disse Thomas em seu mau espanhol.

– Ah, um estrangeiro! Um refugiado lá de longe, sem dúvida – disse o homem de óculos.

Thomas só teve força para acenar com a cabeça.

Os dois espanhóis trocaram olhares.

– Nós esqueceremos que o vimos – disse o homem de bigodes. – Até a vista e boa viagem. – Ambos ergueram os chapéus. Thomas também se descobriu. Os caçadores seguiram seu caminho e desapareceram na floresta.

Por alguns momentos Thomas ficou respirando profundamente. Depois voltou ao celeiro. Chantal estava sentada sobre o feno e gemia, esfregando o pescoço. A pele estava vermelha e machucada. Thomas sentou-se a seu lado.

– Peço desculpas pelo que aconteceu há pouco – disse ele –, mas eu não queria... Eu não queria que você (começou a gaguejar e terminou encabulado): eram apenas caçadores.

Subitamente, ela o apertou violentamente em seus braços. Rolaram sobre o feno.

– Tu querias me proteger – sussurrou ela debruçada sobre ele. – Não querias que eu corresse perigo. Pensaste em mim. (Suas mãos acariciavam, com ternura, o rosto de Thomas.) Nenhum homem já fez isto... em toda a minha vida.

– Fez o quê?

– Pensou em mim – sussurrou Chantal.

Na doçura e na violência dos seus beijos, Thomas perdeu toda a noção de todas as misérias, de todas as angústias do passado, do sombrio porvir.

Em 1942, seis mil soldados alemães cercaram o velho bairro do porto de Marselha e obrigaram os habitantes – cerca de vinte mil pessoas – a abandonar as suas casas dentro de duas horas. Cada pessoa poderia levar no máximo trinta quilos de bagagem. Mais de três mil delinquentes foram presos. Todo o velho bairro foi minado e destruído. Assim desapareceu o quartel-general do vício, um dos mais pitorescos da Europa e a mais perigosa sementeira de organizações criminosas.

No decorrer dos anos de 1940 a 1941, entretanto, o velho bairro do porto viveu o período de maior movimento. Nas sombrias casas por trás do edifício da Prefeitura habitavam homens oriundos de todos os países: refugiados, traficantes do mercado negro, assassinos procurados pela polícia, falsários, conspiradores políticos e uma legião de mulheres de vida airada.

A polícia era impotente e evitava, o mais possível, aparecer no Vieux Quartier. Os potentados desse sombrio reino eram os chefes de várias quadrilhas que combatiam umas às outras numa guerra sem quartel. Entre os membros dessas *gangs* havia franceses, africanos do norte, armênios e um grande número de corsos e espanhóis.

Os chefes das quadrilhas eram personagens conhecidas. Não andavam pelas estreitas e coloridas vielas sem os seus capangas. Em fila indiana, dois ou três cavalheiros iam à direita do patrão, dois ou três iam à esquerda, todos com a mão no bolso e dedo no gatilho.

O Estado, um Serviço de Controle Econômico cujos funcionários tinham a missão de combater o mercado negro que estava muito florescente. A maioria dos funcionários designados para tal serviço revelou-se venal. Outros eram simplesmente covardes. Chegada a noite, não ousavam aparecer na rua. A estas horas é que começavam a rodar de uma casa para outra os grandes queijos e que os quartos de boi, provenientes de matadouros clandestinos, eram entregues aos restaurantes.

O soberbo pernil de cordeiro, a manteiga, as vagens e os demais ingredientes usados por Thomas para preparar uma excelente refeição na cozinha de Chantal Tessier, na noite de 23 de novembro, provinham todos dessas fontes obscuras.

Chantal morava na rua Chevalier-Rose. Das janelas podiam-se ver as águas sujas do Velho Porto quadrangular e as inúmeras luzes dos cafés em torno.

Thomas ficara surpreendido com o tamanho e a decoração do apartamento de Chantal. Várias coisas o chocaram. Os lustres modernos e caros, por exemplo, nada tinham a ver com os móveis antigos autênticos. Era evidente que Chantal crescera, como uma flor selvagem, sem receber, sequer, um verniz de cultura.

Nessa noite, ela tinha um vestido elegante, quase sem decote, de seda da China bordada, e muito colante. Mas, de forma muito singular, ela havia completado a indumentária com um cinto de couro, muito largo. Curiosamente, tinha ela uma predileção pelo couro cru e até pelo seu cheiro.

Delicadamente, Thomas não fazia qualquer crítica às extravagâncias de Chantal em matéria de bom gosto. Ele próprio vestia pela primeira vez em sua vida uma roupa que não tinha sido feita sob medida, mas que, apesar disso, caía-lhe muito bem.

Logo que chegaram ao apartamento, Chantal abrira um grande armário cheio de camisas de homem, de roupas íntimas de homem, de gravatas e de ternos.

– Pega o que quiseres, Pierre era do teu tamanho.

Muito contra a vontade, Thomas escolheu o de que precisava. Na realidade, precisava de tudo, pois não tinha nada. Quando procurou saber mais alguma coisa sobre Pierre, Chantal respondeu secamente: "Não faças perguntas. Era meu amigo. Estamos separados há um ano. Ele não voltará mais..."

Curiosamente, Chantal estava agindo muito friamente com ele no decorrer das últimas horas. Parecia que os momentos de loucura, perto da fronteira, nunca tinham existido. Mesmo agora, durante o jantar, ela estava em silêncio, perdida em divagações sombrias. Enquanto comia os mexilhões, olhava para Thomas. Quando chegaram ao pernil de carneiro, a sua narina esquerda começou a tremer. Quando chegaram à sobremesa, um relógio de parede soou as dez horas.

Subitamente, Chantal cobriu o rosto com as mãos e balbuciou palavras ininteligíveis.

– Que há, querida? – perguntou Thomas, que estava ultimando o preparo das frutas ao caramelo.

Ela ergueu o rosto. A narina tremia, mas o resto do belo rosto era uma máscara imóvel.

– Dez horas – disse ela. Sua voz estava clara e calma.

– E então?

– Eles estão perto da porta. Logo que eu faça funcionar o fonógrafo e toque *J'ai deux amours*, eles subirão.

– Quem vai subir? – perguntou ele.

– O coronel Siméon e os seus homens.

– O coronel Siméon? – repetiu ele, quase sem voz.

– O Deuxième Bureau, sim. (A narina tremia.) Eu te vendi. Sou a rainha da sujeira.

Houve um silêncio.

– Queres mais um pêssego? – disse afinal Thomas.

MENU

25 de novembro de 1940

Com um pernil, Thomas Lieven consegue destravar uma língua de mulher.

MEXILHÕES MARINIÈRE

PERNIL DE CORDEIRO ASSADO COM VAGENS E BATATAS DAUPHINE

FRUTAS AO CARAMELO

MEXILHÕES MARINIÈRE – Depois de limpar os mexilhões, coloque-os numa panela onde já deve estar fervendo uma mistura (em partes iguais) de água e vinho branco. Cubra a panela e deixe ferver, sacudindo de quando em vez, até que os mariscos se abram. Despeje numa passadeira e retire os mariscos das cascas, guardando o caldo.

Enquanto cozinham os mariscos, prepare um roux branco, farinha e manteiga (use trezentos gramas de farinha de trigo e 250 gramas de manteiga pura que se levam ao fogo durante cinco minutos, mexendo constantemente com uma espátula) e junte ao caldo da cozedura dos mariscos. Faça ferver um pouco. Acrescente mais um pouco de vinho branco e tempere com sal, pimenta-do-reino e sumo de limão. Junte uma gema para ligar. Misture, agora, os mariscos e a salsa picada bem fina ao molho já preparado. Conserve quente – sem deixar ferver até o momento de servir.

PERNIL DE CORDEIRO ASSADO COM VAGENS E BATATAS DAUPHINE – Use um pernil de cordeiro bem macio. Faça um corte junto ao osso e enfie um dente de alho entre o osso e a carne. Coloque o pernil num panelão com bastante manteiga, virando-o sempre até que comece a assar. Salgue e salpique pimenta-do-reino. Leve agora o pernil ao forno, para acabar de assar, tendo o cuidado de molhá-lo rapidamente com o próprio suco e a manteiga que já estava no panelão. Prepare as vagens, que devem ser bem frescas, limpando-as e cozinhando-as em pouca água. Depois de escorrer bem, aqueça em manteiga derretida. Salgue na hora de servir. Esprema as batatas cozidas e amasse juntando ovos (clara e gema) e temperando com um pouco de noz moscada. Faça pequenas bolas e frite em gordura muito quente até que elas cresçam e tomem cor.

FRUTAS AO CARAMELO – Leve ao fogo uma panela com açúcar. Mexa constantemente até que a calda (caramelo) tome uma cor amarelo-claro. Adicione água e deixe cozinhar. Descasque peras e maçãs, corte em quatro e junte ao caramelo acrescentando algumas uvas. Cubra a panela e deixe algum tempo. Uma vez a compota fria sirva em taças com um pouco de creme batido e amêndoas picadas.

– Jean! Não fiques assim! Não posso suportar. Grita. Quebra-me a cara. Faz alguma coisa!

– Chantal – disse ele invadido pelo desânimo e pela fadiga –, por que fizeste isso?

– Estou nas mãos da polícia. É uma história suja dos tempos de Pierre. Escroqueria etc. Apareceu o coronel Siméon e disse: "Se você nos entregar o Leblanc poderemos conseguir o arquivamento do processo." Que farias tu em meu lugar, Jean? Eu mal te conhecia então. E assim é a vida, pensou Thomas. A mesma história se repete e continua. Um caça o outro. Um trai o outro. Um mata o outro, para não ser ele mesmo morto.

– Que quer Siméon comigo? – perguntou em voz suave.

– Ele recebeu ordens... Parece que tu os tapeaste com uma história de listas. É verdade?

– Sim, é verdade.

Ela levantou-se, aproximou-se dele e colocou a mão no seu ombro.

– Eu queria chorar, mas não tenho lágrimas. Bate em mim. Mata-me. Faz alguma coisa, Jean. Não me olhes assim.

Imóvel, Thomas pensava.

– Diz, novamente, o nome do disco que deves tocar? – perguntou ele em voz baixa.

– *J'ai deux amours* – respondeu ela.

Subitamente um estranho sorriso iluminou a palidez do rosto de Thomas. Levantou-se. Chantal fez um movimento de recuo. Mas ele não a tocou. Foi à sala contígua, onde estava o fonógrafo. Vendo a etiqueta do disco, sorriu novamente. Fez andar o aparelho e colocou a agulha sobre o disco. A música soou e a voz de Josephine Baker cantou *J'ai deux amours*.

Ouviram-se passos, do lado de fora. Cada vez mais próximos. Muito próximos. Chantal estava em pé diante de

Thomas. Uma respiração rouca saía-lhe dos lábios abertos. O seu peito arfava sob a fina seda da túnica chinesa.

– Foge – disse ela com voz sibilante. – Ainda há tempo... a janela do quarto de dormir dá para um telhado plano...

Thomas fez não, com a cabeça, e sorriu.

Ela teve um acesso de raiva.

– Imbecil. Eles vão fazer-te virar escumadeira! Daqui a dez minutos serás um cadáver boiando no velho porto.

– Teria sido amável de tua parte se tivesses pensado nisto um pouco antes, meu coração.

Com um gesto frenético ela levantou o braço como se fosse bater.

– Para com o deboche – gritou ela, sem fôlego. – Logo agora. – Ela começou a soluçar.

Bateram na porta.

– Abre – disse ele com aspereza. Chantal apertava o punho contra a boca, mas não se mexeu.

Bateram novamente, com mais força. Josephine Baker continuava cantando.

– Abram ou atiramos na fechadura! – gritou uma voz masculina conhecida de Thomas.

– Esse bom Siméon – murmurou Thomas. – Sempre o mesmo simplório.

Deixou Chantal, que tremia dos pés à cabeça, e dirigiu-se para a entrada. A porta da entrada estremecia com os golpes. A corrente de segurança estava colocada. Thomas fez girar a maçaneta. A porta foi aberta com brutalidade, mas só até onde o permitia a corrente de aço. Um sapato foi enfiado pela abertura. Um revólver também. Thomas pisou, com toda a força sobre o sapato e desviou o cano da arma.

– Faça o favor de retirar esses dois objetos, coronel – disse ele.

– Só faltava isso – gritou Siméon do outro lado da porta. – Abra imediatamente ou as coisas vão esquentar.

– Neste caso, terão que esquentar – disse Thomas calmamente. – Enquanto o senhor tiver a mão e o pé na porta eu não poderei retirar a corrente.

Depois de uma pequena hesitação, o coronel se submeteu ao que mandava Thomas. O sapato e o revólver desapareceram. Thomas abriu. Um instante depois, o cano do revólver comprimia seu estômago e ele estava frente a frente com o heroico Jules Siméon, com o bigode eriçado e a nobre cabeça com o nariz romano, erguida impavidamente.

Coitado, pensou Thomas, não fez fortuna nos últimos meses, ainda usa a velha e surrada gabardina.

– Que prazer, coronel – disse Thomas Lieven. – Como vai de saúde? E como vai a nossa bela Mimi?

– Acabou-se a brincadeira, seu vendido – disse o coronel, com desprezo.

– Seria incômodo apoiar o cano do seu revólver em algum outro lugar, no meu peito, por exemplo? Eu acabo de comer, compreende.

– Dentro de meia hora você não terá mais problemas de digestão, seu sujo – respondeu Siméon com violência.

Um outro homem entrou no saguão. Era alto, elegante, tinha as têmporas grisalhas, olhos inteligentes, a gola do sobretudo levantada, as mãos nos bolsos e um cigarro no canto da boca. Maurice Débras.

– Boa noite – disse Thomas –, eu pensei que o senhor não estaria longe logo que Chantal me disse o nome do disco. Como vai o senhor, comandante Débras?

– Coronel Débras – disse Siméon com voz sibilante.

Débras não respondeu. Com a cabeça fez um ligeiro, mas autoritário sinal em direção à porta.

Neste momento ouviu-se um grito de raiva. Os três homens viraram-se. Como uma fera prestes a dar o bote, Chantal apareceu na porta da sala, com um grande punhal recurvado na mão.

– Fora – rosnou ela furiosa – senão eu rasgo a barriga de vocês dois. Deixem-no em paz.

Assustado, Siméon recuou dois passos.

Meu Deus, pensou Thomas, já não és mais o herói amalucado da época da tomada de Paris.

– Para com estas tolices, Chantal – disse ele a seguir, em tom peremptório. – Afinal de contas tinhas prometido ao coronel que me trairias.

– Pode ser que sim – disse ela com voz rouca. – Eu procedi como uma miserável, mas ainda posso consertar tudo...

– Podes é uma ova – disse Thomas. – A única coisa que podes conseguir é ir para o xadrez.

– Pois que me prendam. Para mim nada importa... eu nunca traí ninguém. Vem para trás de mim, Jean. Depressa, vamos para o quarto.

Ela estava, agora, perto dele. Thomas suspirou e sacudiu a cabeça. Subitamente seu pé direito voou e atingiu Chantal no pulso. Com um grito de dor ela soltou o punhal, que voou e foi ficar cravado no alizar da porta.

Thomas apanhou o seu chapéu e o seu sobretudo, arrancou o punhal da porta e o entregou a Débras.

– Os senhores não podem calcular como me repugna atacar uma mulher. Mas com a srta. Tessier a brutalidade parece ser a única maneira... Vamos indo?

Sem dizer palavra, Débras fez que sim com a cabeça. Siméon empurrou Thomas para o patamar.

A fechadura da porta estalou. Chantal estava só. Sacudida por câimbras, rolou no tapete, soluçando e gritando. Afinal conseguiu arrastar-se até a sala. O disco havia terminado e a agulha fazia um barulho ritmado. Levantando o fonógrafo, Chantal o atirou contra a parede, quebrando-o com estrondo.

Nesta noite, a pior de sua vida, não conseguiu dormir. Agitada e com terrível sentimento de culpa, virava de um lado para outro, na cama. Tinha traído o seu amante. A sua morte era um peso na consciência. Ela bem sabia que Siméon e Débras iam matá-lo.

Só de madrugada mergulhou num sono agitado.

Uma voz cantando alto e desafinada arrancou-a do sono. Deu um salto na cama. Tinha dor de cabeça e suas pernas e seus braços pareciam ser de chumbo. A voz do homem podia ser ouvida claramente: *"J'ai deux amours..."*

Loucura, pensou ela, fiquei louca. Estou ouvindo a sua voz, a voz de um morto. Meu Deus, perdi a razão...

– Jean – gritou ela.

Nenhuma resposta.

Levantou-se, cambaleante. De camisola de dormir ela correu do quarto. Fugir... é preciso fugir...

Subitamente ela ficou imóvel. A porta do banheiro estava aberta. Thomas Lieven estava sentado na banheira.

Chantal fechou os olhos. Chantal abriu os olhos. Thomas continuava sentado na banheira.

– Jean – gemeu ela.

– Bom dia, sujeira – disse ele.

Mais morta que viva, ela arrastou-se até perto dele e caiu sentada na borda da banheira.

– Como? Que fazes aí? – balbuciou ela.

– Estou tentando ensaboar as costas. Seria um favor se te encarregasses desse serviço.

– Mas, mas, mas...

– Que foi?

– Mas eles te liquidaram... Estás morto...

– Se eu estivesse morto – disse ele em tom de reprovação –, não estaria mais tentando ensaboar as costas. Que bobagem. Deverias agir mais calmamente. Não estás numa casa de loucos nem na selva. Pelo menos agora não estás mais.

Ele entregou-lhe um pedaço de sabonete.

Ela segurou-o e, depois, o atirou n'água.

– Diga-me, imediatamente, o que aconteceu – gritou ela com voz estridente.

– Apanha o sabão – respondeu Thomas em voz baixa, como que tendo dificuldade em conter-se. – Imediatamente. Daqui a pouco levarás uma sova. Juro que nunca bati em uma mulher. Mas, contigo, vou abandonar os meus mais sagrados princípios. Vamos, esfrega-me as costas e é para já.

Chantal mergulhou o braço na água, encontrou o sabão e fez o que ele pedia. Contemplava-o com um misto de admiração e receio.

– Estou começando a compreender como deves ser tratada – disse ele, com ar feroz.

– Mas que aconteceu Jean? – perguntou ela com voz rouca. – Conta...

– A maneira de dizer é: conta, faz favor...

– Faz favor, Jean, faz favor.

– Assim vai indo melhor – resmungou ele, espichando-se voluptuosamente. – Mais para cima. Mais para a direita. Com mais força. Bem: uma vez chegados à rua, aqueles dois levaram-me ao porto...

Siméon e Débras levavam Thomas para o porto. Um vento glacial assoviava nas ruas estreitas do Vieux Quartier. Cães ladravam para a lua. Estava tudo deserto.

Débras dirigia o velho Ford. Siméon, sempre com o revólver na mão, estava no banco de trás, ao lado de Thomas. Ninguém abria a boca.

O carro chegou ao Velho Porto. Nos bistrôs do mercado negro, à beira do cais, ainda havia luzes. Chegando à altura do Departamento Sanitário, Débras virou à direita pelo cais da Tourette, passou velozmente pela velha catedral e dirigiu-se para o norte, até a Place de la Joliete. Passando pelo Boulevard de Dunkerque, contornou a massa gigantesca e negra da estação marítima. Depois, chegaram novamente à beira d'água, perto do ancoradouro da estação marítima. Aos pinotes o Ford atravessou os trilhos da estrada de ferro e finalmente parou à entrada do sombrio molhe A.

– Fora – disse Siméon.

Thomas Lieven obedeceu. O sopro gelado do mistral bateu-lhe no rosto, como uma chicotada. O lugar cheirava terrivelmente a maresia. Os raros lampiões do molhe dançavam furiosamente na tempestade. Em algum lugar urrava a sirena de um navio. Débras também tinha, agora, na mão um revólver de calibre grosso. Com o queixo, ele fez um gesto significativo.

Resignado, Thomas começou a caminhar pelo molhe deserto. O sorriso que tinha nos lábios começava a ficar fixo, como que congelado.

A água refletia a pálida luz da lua. Sobre as pequenas ondas dançavam coroas de espuma. O cheiro de maresia era cada vez mais forte. Thomas continuava andando. Atrás dele ouviu Siméon tropeçar e praguejar. Que horror, pensou Thomas, ele certamente está com o dedo no gatilho. Espero que não tropece outra vez. Uma desgraça pode acontecer.

O coronel Débras ainda não havia pronunciado uma só palavra. Eles agora estavam longe, longe da vida, longe dos homens.

Quem cair na água neste lugar, só muito mais tarde será encontrado. Principalmente se tiver algumas balas na barriga.

O fim do molhe apareceu, subitamente: uma lista de cimento e depois a água. A água negra.

– Alto – disse Siméon.

A voz de Débras soou, pela primeira vez.

– Vire-se.

Thomas virou-se. Face a face com Débras e Siméon ele ouviu o som fraco e longínquo de relógios marselheses que marcavam três quartos de hora. Logo depois, ouviu a voz de Siméon que em tom inquieto dizia:

– Já são quinze para as onze, chefe. É preciso andar depressa. Temos que levá-lo à casa de madame às 11 horas.

Thomas respirou novamente. O seu sorriso congelado descontraiu-se e ele tossiu discretamente ao ouvir um coronel dizer ao outro: Grande imbecil.

– Não lhe queira mal – disse Thomas a Débras. – Ele estragou a sua cena? A mim, também, ele colocou em situação muito embaraçosa na presença de um tenente alemão. Mas é um homem decente. – Bateu no ombro de Siméon, que estava morrendo de vergonha.

Débras botou o revólver no bolso e virou o rosto. Não queria que Siméon ou Thomas o vissem sorrir.

– Além do mais, cavalheiros – prosseguiu Thomas –, eu pensei imediatamente que o que desejavam, principalmente, era dar-me um grande susto e, sem dúvida, convencer-me a trabalhar para os senhores.

– Como é que podia saber isto? – gaguejou Siméon.

– Ao ouvir o disco de Josephine Baker, adivinhei que o sr. Débras não estaria longe. Disse, para mim mesmo, se o comandante – perdão, o coronel; minhas sinceras felicitações – logo, que se o senhor saiu de Casablanca não seria com o único fito de assistir à minha morte inglória. Estarei enganado?

Débras fez meia-volta e acenou com a cabeça.

– Boche danado! – disse ele.

– Neste caso, deixemos este local pouco hospitaleiro. Este cheiro está-me incomodando. Além do mais, não temos o direito de fazer madame esperar. E eu gostaria de passar pela estação.

– Por que a estação? – perguntou Siméon com os olhos esbugalhados.

– Porque lá há uma casa de flores que fica aberta à noite – explicou-lhe Thomas amavelmente. – Preciso comprar algumas orquídeas...

Josephine Baker pareceu a Thomas estar mais bela que nunca. Ela o recebeu na sala do seu apartamento no Hotel de Noailles, na Carnebière.

Seus cabelos negros azulados formavam uma coroa brilhante sobre a cabeça. Enormes brincos brancos em forma de anel ornavam-lhe as orelhas. Sua pele escura tinha tons de veludo. Quando beijou a mão dessa mulher que ele admirava, seus olhos foram ofuscados pelo brilho iridescente de um grande anel com uma rosácea de brilhantes.

Com ar sério ela recebeu a caixa de celofane com três orquídeas cor-de-rosa. Com ar sério, disse:

– Obrigada, sr. Lieven. Queira sentar-se. Queres abrir o champanhe, Maurice?

Eles eram três porque, num acesso de impaciência, Débras tinha mandado Siméon para casa.

Thomas Lieven examinou o salão com um olhar. Havia um grande espelho e também um piano coberto de partituras. Thomas viu também um cartaz:

ÓPERA DE MARSELHA
JOSEPHINE BAKER

em

LA CRÉOLE

Opereta em Três Atos

de JACQUES OFFENBACH

Primeira Récita
24 de dezembro de 1940

O coronel Débras encheu as taças de cristal.

– Bebamos em homenagem à mulher a quem o senhor deve a vida, sr. Lieven.

Thomas inclinou-se profundamente diante de Josephine.

– E sempre tive a esperança, minha senhora, de que compreenderia o meu temperamento. A senhora é mulher. Certamente detesta a violência e a guerra, o sangue e o assassinato ainda mais do que eu o faço.

– Sem dúvida – disse a bela mulher –, mas também amo a minha pátria. O senhor nos causou um grande prejuízo destruindo as listas verdadeiras.

– Madame – respondeu Thomas –, o prejuízo não teria sido muito maior se eu, em vez de destruir as listas, as tivesse entregue aos alemães?

– É exato – disse Débras. – Não falemos mais nisso. Além do mais foi o senhor quem me tirou de Madri. O senhor é um caso especial, chega ao limite. Posso, entretanto, jurar-lhe o seguinte: na próxima vez que o senhor nos embrulhar não haverá mais champanhe, qualquer que seja a capacidade de Josephine para compreender o seu comportamento. Na próxima vez o senhor não voltará do molhe.

– Escute, Débras. Eu gosto muito do senhor. Sinceramente, também gosto da França. Mas eu também vou jurar uma coisa: se vocês me obrigarem a trabalhar para vocês, eu os embrulharei mais uma vez porque não quero fazer mal a nenhum país, nem mesmo ao meu.

– E a Gestapo? – perguntou Josephine, em voz baixa.

– Perdão?

– Teria também escrúpulos em prejudicar a Gestapo?

– Ao contrário, minha senhora, seria para mim um prazer.

O coronel Débras levantou a mão.

– O senhor sabe que em colaboração com os ingleses estamos preparando tanto na zona ocupada quanto na zona não ocupada um novo serviço de informações e uma organização de resistência.

– Eu sei.

– Dos seus novos chefes, em Paris, o coronel Siméon recebeu ordens para atraí-lo a Marselha e liquidá-lo. Mas ele falou sobre o assunto com Josephine e ela pediu-me que interviesse...

– Madame – disse Thomas –, permita que eu sirva ainda um pouco de champanhe.

– Lieven, eu preciso voltar a Casablanca. Josephine irá daqui a poucas semanas. Recebemos instruções de Londres, Siméon ficará sozinho aqui. Que pensa o senhor de Siméon?

– Não me force a mentir – disse Thomas delicadamente.

– É um coração de ouro – disse Débras suspirando. – Um patriota fervoroso.

– Um soldado heroico – acrescentou Thomas.

– Um impetuoso – completou Josephine.

– Sim, sim – disse Débras. – Infelizmente falta-lhe algo. Todos nós sabemos o que é, não é necessário dizê-lo.

Thomas Lieven sacudiu a cabeça aquiescendo.

– Não se demonstra coragem unicamente com os punhos. É preciso, também, uma cabeça. O sr. Lieven e o coronel Siméon, a cabeça e os punhos, formariam uma magnífica equipe.

– Por si só, ele não estaria à altura da tarefa.

– Que tarefa?

– A situação é séria, Lieven – disse Débras, mordendo os lábios. – Nem todos os meus compatriotas merecem elogios. Entre nós também há sujeitos ordinários.

– Há em toda a parte – disse Thomas.

– Esses franceses safados colaboram com os nazistas nas duas zonas. Atraiçoam os nossos homens. Vendem o seu país. São franceses miseráveis, pagos pela Gestapo. Eu disse *Gestapo*, sr. Lieven.

– Eu entendi – disse Thomas.

– O senhor é alemão. Conhece os métodos alemães. Ao mesmo tempo, pode passar por um francês nato.

– Vai recomeçar tudo!

– Esses homens não se contentam em trair a pátria. Eles a saqueiam, também. Veja só, há poucos dias aqui chegaram, vindos de Paris, dois traficantes de ouro e de divisas.

– Franceses?

– Franceses que trabalham por conta da Gestapo.

– Como se chamam eles?

– Jacques Bauvier e Paul de Lentier.

Thomas refletiu demoradamente, em silêncio.

– Concordo, Débras – disse por fim. – Eu o ajudarei a achar os seus traidores. Mas o senhor promete que me deixará livre, depois?

– Onde quer ir?

– Para a América do Sul, o senhor bem o sabe. Um amigo está à minha espera, o banqueiro Lindner. Eu não tenho mais dinheiro, mas ele tem...

– Lieven...

– ...um milhão de dólares. Se o senhor me der um passaporte eu conseguirei um visto com a garantia dele...

– Lieven, escute-me..

– Se eu tiver um visto arranjarei um navio... (Thomas parou de falar): que há?

– Acredite que estou desolado, Lieven, mas receio que nunca mais verá o seu amigo Lindner.

– Que quer dizer isto? Conte-me tudo, sem ocultar coisa alguma. De qualquer forma eu me assemelho, cada vez mais, com o falecido Job. Que aconteceu ao meu amigo Lindner?

– Ele morreu.

– Morreu? – repetiu Thomas. (Mudou de cor e ficou lívido.) Walter Lindner morreu. A minha última esperança. Meu último amigo. Minha última chance de deixar este continente enlouquecido...

– O senhor não poderia sabê-lo – disse Débras –, estava na prisão. No dia 3 de novembro de 1940, o navio de Lindner bateu numa mina flutuante perto das Bermudas. Afundou em vinte minutos. Não houve quase sobreviventes. De qualquer forma, Lindner e sua esposa não estavam entre eles.

Meio encolhido, Thomas Lieven fazia girar a taça de champanhe entre os dedos.

– Se o senhor tivesse tomado aquele navio – observou Débras – estaria, sem dúvida, morto também.

– Sim – disse Thomas –, aí está um pensamento bastante confortador.

Foi um Thomas Lieven silencioso e meditativo que deixou, às primeiras horas da madrugada de 26 de novembro de 1940, o Hotel de Noailles, para voltar ao velho bairro, ou mais exatamente a um apartamento no segundo andar do prédio da rua Chevalier-Rose. Ele tinha bebido muito, em companhia de Josephine e de Débras, enquanto discutiam as medidas a serem tomadas no futuro imediato.

Durante alguns segundos, teve a tentação de acordar Chantal, que dormia, a cama desfeita, aplicando-lhe um bom corretivo. Decidiu que primeiramente tomaria um banho quente. Foi na banheira que o descobriu, a sua bela amiga, despertada pelos seus exercícios vocais.

Enquanto Chantal o ensaboava e esfregava, ele contou-lhe algumas circunstâncias do seu misterioso salvamento, mas apenas o estritamente necessário, porque a confiança que nela depositava estava, agora, bastante diminuída.

– Eles me soltaram porque precisam de mim. Têm uma missão para mim. Para essa missão eu, por minha vez, preciso de ti. Nessas condições será, talvez, possível uma reconciliação.

Os olhos de Chantal, até então cheios de humildade, começaram a brilhar:

– Tu me perdoas?

– Sou forçado a isto, porquanto preciso de ti...

– Pouco importa o motivo, contanto que me perdoe – disse ela, abraçando-o. – Farei tudo que quiseres. Que precisas?

– Alguns lingotes de ouro.

– Lin... lingotes... de ouro? Quantos?

– Aproximadamente entre cinco e dez milhões de francos.

– De ouro verdadeiro?

– Claro que não: com a parte interna de chumbo.

– Se é só isso que te dará prazer.

– Mulher, ordinária – disse ele. – Sua suja. Por tua causa estou novamente metido em encrencas. Para de esfregar com tanta força!

Ela esfregou com mais força.

– Estou tão contente que não te tenham liquidado.

– Para de esfregar, já disse!

Rindo, ela começou a fazer-lhe cócegas.

– Para, ou cuidado com as tuas calças.

– Não há perigo, eu estou sem elas.

– Espera um pouco.

Segurou-a. Ela gritou e a água espirrou. Estava deitada sobre ele, na água morna e cheia de espuma da banheira, gritando, rindo, cuspindo e, por fim, silenciosa em seus braços.

Na quarta-feira, 4 de dezembro de 1940, um almoço vegetariano reunia três cavalheiros numa sala particular do Hotel Bristol, na Canebière. Um dos três organizara o *menu* com o cuidado de um verdadeiro *gourmet*. Além disso, ele próprio tinha fiscalizado, na cozinha do hotel, a preparação dos pratos.

Os três cavalheiros chamavam-se Jacques Bauvier, Paul de Lentier e Pierre Hunebelle.

Magro, reservado e de traços agudos, Paul de Lentier poderia ter uns 37 anos.

Jacques Bauvier era mais velho, mais rosado e mais gordo. Vestido um tanto exageradamente, seus gestos eram afetados, sua voz fina e seu andar algo ondulante. Vestia roupa azul-marinho e usava colete de veludo vermelho--escuro. Usava perfume pouco discreto.

Quanto a Pierre Hunebelle, o homem que organizara o almoço, parecia-se com Thomas Lieven como se fosse seu irmão... Não havia nenhum milagre nisso, a não ser que ele agora se chamava Hunebelle e não Leblanc. O amável leitor perceberá logo o motivo desta troca de identidade: Thomas tinha no bolso um novo passaporte falso do S. R. francês.

Era a primeira vez que os senhores Bauvier e de Lentier encontravam o sr. Hunebelle, e Bauvier, especialmente, parecia ter cada vez mais prazer em contemplar o simpático jovem. Seus olhares langorosos não o deixavam. Thomas convidara os dois para almoçar depois de se ter apresentado ao sr. Bauvier, advogado, mencionando uma possibilidade de negócio em comum.

– Almocemos juntos para falar de nossos negócios – sugeriu ele, ao telefone.

– Com prazer, sr. Hunebelle – respondeu, com sua voz de falsete, o eclético Bauvier –, mas nada de carne, se faz favor.

– O senhor é vegetariano?

– Cem por cento. Também não fumo nem bebo.

Quanto às mulheres, pensou Thomas, também não lhes deves dar muita importância, meu engraçadinho. Mas trabalhar para a Gestapo isso, homem, juro, isso pode ser, pode ser.

Durante o *hors-d'oeuvre* – salsão à moda de Genève – os homens começaram a falar.

– Uma maravilha, sr. Hunebelle – disse o janota Bauvier –, uma verdadeira maravilha! Os pedaços derretem na boca.

– Deve ficar assim – disse Thomas com ar sério. – Escolha sempre salsões muito bons, mas não muito grandes.

– Ah, não muito grandes – disse Bauvier, devorando Thomas com os olhos.

– Lave-os bem e esfregue com uma escova; cozinhe em água com sal, mas não ponha muito sal.

– Mas não muito sal – repetiu o advogado cujo perfume chegava às narinas de Thomas. – Gostaria que me desse a receita, cavalheiro. – Suas mãos bem cuidadas exibiam quatro anéis com pedras de cor. Lançava sobre Thomas olhares emocionados.

Este sujeito será fácil de lidar, não me dará muito trabalho. Mas esse Lentier deve ser mais duro de roer.

– E de que maneira lhe poderemos ser úteis? – perguntou justamente Lentier, interrompendo a conversa culinária.

– Marselha é uma pequena cidade, cavalheiros; sabe-se que os senhores aqui estão para concluir certos negócios.

Um velho garçom trouxe o prato principal e Thomas parou de falar. O advogado examinou o prato.

– Mas eu havia dito claramente: nada de carne – lamentou ele.

Lentier cortou-lhe a palavra.

– Que negócios, sr. Hunebelle?

– Bem! hum... de divisas e de ouro. Dizem que esses artigos interessam aos senhores.

Lentier e Bauvier trocaram olhares. Durante alguns instantes reinou silêncio na sala. Por fim Lentier – acusado de colaboração pelo Governo francês, ele foi condenado em 1947 – disse, em tom frio.

– É o que dizem, hein?

– É o que dizem, sim. Sirva-se de um pouco de molho de soja, sr. Bauvier.

– Meu amigo – disse o advogado olhando para os olhos de Thomas –, estou sensibilizado. Este prato que eu pensei que fosse carne e não é carne tem um sabor delicioso. De que é feito?

– Sr. Hunebelle – disse Lentier, secamente –, nós falávamos de ouro e divisas. E se o assunto verdadeiramente nos interessasse?

– São escalopes de cogumelos – disse Thomas a Bauvier. – Excelentes, não? (Virou-se para Lentier): Eu teria ouro para vender.

– O senhor tem ouro? – perguntou Lentier em tom incrédulo.

– Sim, tenho.

– Qual a proveniência.

– Que importância tem isto – disse Thomas com altivez. – Eu perguntei por conta de quem os senhores estão trabalhando?

Lentier fitava-o com olhos de tubarão.

– Que quantidade pode entregar?

– Depende da quantidade que os senhores quiserem.

MENU

4 de dezembro de 1940

Um escalope insólito faz lucrar milhões.

SALSÃO-RÁBANO À MODA DE GENÈVE
ESCALOPES DE COGUMELOS
PERAS BELLE HÉLÈNE

SALSÃO-RÁBANO À MODA DE GENÈVE – (Nota: Este prato não é fácil de preparar no Brasil. Somente em São Paulo e, raramente, no Rio poder-se-ia encontrar o tipo de salsão com tubérculo comestível, chamado Salsão-Rábano, ou Salsão de Cabeça. Na Europa é bastante comum). Eis a receita: Use as batatas de salsão, de tamanho médio. Lave-as escovando energicamente. Cozinhe em água e sal. Descasque e corte em fatias finas. Coloque em prato de ir ao forno untado, com manteiga, camada por camada, sobre as quais se colocam pedaços de manteiga e polvilha-se com queijo ralado. Uma vez cheio o prato e polvilhada a última camada com queijo ralado, leve a banho-maria durante uma hora.

ESCALOPES DE COGUMELOS – Lave meio quilo de cogumelos frescos, limpe-os e corte em quatro partes. Corte em fatias finas duas grandes cebolas, pique uma boa porção de salsa. Leve tudo ao fogo até que os cogumelos comecem a frigir. Junte miolo de pão, molhado e espremido, e deixe ao fogo até que o pão comece a tomar cor. Passe a massa obtida por um moedor acrescentando-lhe, ao final da moagem, uma batata seca. Misture bem a massa e, quando ela esfriar, acrescente um ovo. Se a consistência estiver mole, junte um pouco de farinha de rosca. O tempero deve ser bastante forte: um pouco de pasta de enchova, algumas gotas de molho picante de soja ou de algum extrato à base de levedo. Não empregue qualquer molho à base de carne.

Somente ao final da preparação é que se deve salgar e juntar pimenta-do-reino.

Faça os escalopes de espessura média e cubra com farinha de trigo, ovo e farinha de rosca e frite em manteiga.

Como guarnição use rodelas de limão e alcaparras.

PERAS BELLE HÉLÈNE – Coloque uma generosa porção de sorvete de creme, ou de nata com baunilha, em taças de tamanho grande. Sobre o sorvete coloque duas metades de pera em conserva. Cubra com uma calda de chocolate, bem quente, e sirva imediatamente.

Como preparar a calda: Use cem gramas de chocolate em barra, amargo, que se deixa derreter, com um pouco d'água, em banho-maria. Nunca rale ou esfarinhe o chocolate. Junte o leite, ou o creme, suficiente para obter uma calda espessa.

– Tenho as minhas dúvidas de que o senhor possa ter reservas de tal monta.

– Isto porque – disse o advogado mimoso sorrindo – somos compradores até um total de duzentos milhões.

– Puxa – disse Thomas para si mesmo –, é uma história de dinheiro à beça.

– Puxa – disse de si para si, o velho garçom que tinha a orelha grudada à porta da sala particular –, é uma história de dinheiro à beça! – Estalando a língua, dirigiu-se para o pequeno bar do hotel, quase deserto àquela hora. Um tipo grande e espadaúdo, com os cabelos cortados como uma escova, bebia um Pernod no balcão.

– Hé, Bastien – disse o garçom.

O homem levantou a cabeça. Tinha olhinhos de elefante e as grandes mãos de um trabalhador em mudanças.

– De que estão eles falando? – perguntou ele.

O garçom contou-lhe a conversa que ouvira na sala particular. O homem, que se chamava Bastien Fabre, assoviou entre os dentes.

– Duzentos milhões! Minha mãe do céu! (Ele enfiou uma nota na mão do garçom.) Presta muita atenção. Guarda cada palavra. Eu voltarei.

– Está certo, Bastien – disse o velho garçom.

Bastien (ele usava uma jaqueta de couro, uma boina basca e calças cinzentas) saiu do bar, montou numa velha bicicleta e pedalou ao longo do Velho Porto até o Cais des Belges. Aí estavam os dois cafés mais afamados da cidade: o Cintra e o Brûleur de Loups. Nestes dois estabelecimentos eram decididas toda sorte de transações ilegais. O Cintra era mais moderno e reunia uma clientela mais abastada, de ricos negociantes gregos, turcos, holandeses e egípcios.

Bastien entrou no Brûleur de Loups, mais velho e menor. A sala com escuros lambris tinha espelhos embaciados que mal refletiam a luz acinzentada que vinha da rua. Era frequentado por uma clientela local cuja maioria bebia a essa hora o seu *pastis* que custava naquela época dez francos em vez de dois como em 1939. Este encarecimento era causa de uma permanente indignação por parte de todos os patriotas marselheses.

Ali estavam negociantes de vinho, falsários, imigrados e traficantes. Bastien conhecia um grande número deles. Cumprimentou e foi cumprimentado. No fim da sala havia uma porta; uma tabuleta "Reservado" estava pendurada na maçaneta.

O gigante bateu quatro vezes, espaçadas, e depois duas vezes seguidas. A porta foi aberta e Bastien entrou na sala.

A luz estava acesa porque não havia janelas. Um denso nevoeiro de fumaça de cigarros saturava o ar. Quinze homens e uma mulher estavam sentados em torno de uma longa mesa. Os homens tinham modos audaciosos; alguns usavam barba e outros tinham nariz partido e cicatrizes. Entre eles havia africanos, armênios e corsos.

A mulher estava sentada ao fim da mesa. Usava uma boina vermelha da qual jorrava a cabeleira negro-azulada. Tinha calça e jaqueta de couro cru. Um observador imparcial teria verificado, com um só golpe de vista, que Chantal Tessier era o chefe absoluto desse estranho ajuntamento de criminosos: uma loba solitária, uma rainha sem piedade.

– Por que estás atrasado? – gritou ela a Bastien, que a fitava com olhos de culpado. – Há meia hora que estamos esperando.

– Aqueles três é que me atrasaram... O advogado chegou atrasado.

– Quando é que decides comprar outra boina? – interrompeu Chantal com voz peremptória. – Vocês estão mesmo é me chateando. Parece que todos querem mostrar que saíram do esgoto!

– Peço desculpas, Chantal – disse Bastien, bonachão e procurando esconder a boina. Depois contou o que ouvira do garçom do Bristol. Quando ele falou nos duzentos milhões uma onda de agitação invadiu a sala. Alguns dos cavalheiros assoviaram, um deu um murro na mesa e todos falaram ao mesmo tempo.

– Calem-se! (A voz glacial de Chantal dominou a balbúrdia. Fez-se o silêncio.) Vocês falarão quando eu fizer perguntas. Compreenderam? (Chantal encostou-se à cadeira.) Cigarro – ordenou ela.

Dois homens apressaram-se em atendê-la. Chantal soltou uma baforada.

– Escutem bem, todos vocês. Vou explicar o que é preciso fazer.

Chantal Tessier, chefe da *gang* e amadora de couro cru, explicou. E todos a ouviram com atenção.

Chegara o dia 5 de dezembro de 1940, uma quinta-feira. O frio tornara-se forte em Marselha. Dois homens estavam junto ao balcão de uma casa de ferragem da Rue de Rome.

– Eu quero quatro formas, das compridas, para bolo, faz favor, bela menina.

O primeiro homem, um gigante musculoso com curtos cabelos avermelhados, chamava-se Bastien Fabre, o que era seu verdadeiro nome.

O outro homem, bem vestido, tinha maneiras distintas. Momentaneamente chamava-se Pierre Hunebelle, o que não era seu verdadeiro nome. Antes chamava-se Jean Leblanc, mas seu nome verdadeiro era Thomas Lieven.

Pagando o preço exagerado dos tempos de guerra os dois homens compraram sete formas de folha de ferro. Parecia, entretanto, que não tinham a intenção de fazer doces. Isso porque, em vez de manteiga, de açúcar, de açafrão e de farinha de trigo, compraram, numa pequena loja da rua Mazagran, nove quilos de chumbo, uma grande placa de *chamote* (argila cozida e empregada pelos ceramistas) e um botijão de gás liquefeito.

Dirigiram-se, depois, para o Vieux Quartier. Quase não se falaram, pois se conheciam há poucos momentos.

Aqui estou eu, pensou Thomas Lieven, pronto para, em companhia deste orangotango, fabricar lingotes de ouro falso. Ideia monstruosa. O pior é que estou verdadeiramente curioso para conhecer o verdadeiro processo profissional.

Com relação ao comportamento de Chantal ele absolutamente nada compreendia. Isto porque, quando ele falou nos dois compradores, ela foi logo dizendo:

– Formidável, querido. A minha organização está ao teu dispor. Quinze especialistas de primeira ordem. Vamos embrulhar esses dois sujos da Gestapo e também o teu coronel Siméon. Venderemos as listas a quem der mais.

– Não, o coronel não. Prometi ajudá-lo.

– Tu estás bom da cabeça? É esse o idealismo alemão? Vais me fazer chorar. Então faz o negócio sozinho. Fabrica a tua muamba sozinho. Não terás a ajuda de nenhum dos meus homens.

Tal era a situação três dias antes. Mas, depois, Chantal pareceu ter mudado completamente de opinião. Estava mais carinhosa e apaixonada que nunca.

– Tens razão – dissera ela na noite anterior, nos braços de Thomas durante um dos poucos minutos de calmaria. – Deves manter a tua promessa... (um beijo.) Anote ainda mais por seres honesto... (dois beijos.) Eu te dou Bastien... Dou todos os meus homens.

Ao lado do gigantesco Bastien Fabre, que empurrava um carrinho de mão com os artigos que tinham comprado, Thomas caminhou pelas vielas sujas do velho bairro.

– Poderei confiar nessa canalha de Chantal? – perguntava-se ele. – Ela já me mentiu e me enganou. Ela tem algum plano na cabeça. Mas que plano será?

Bastien poderia dar uma resposta completa a esta pergunta. Enquanto empurrava o carrinho, ao lado da fina e elegante silhueta de Thomas Lieven, ele pensava: Não gosto desse janota. Mora com Chantal. Nem é preciso perguntar. Não é o primeiro que mora com ela. Mas esse Pierre Hunebelle, parece que a patroa está completamente caída por ele. Ela obedece a ele, raios o partam.

Bastien lembrava-se das palavras de Chantal sobre o janota durante uma reunião no Brûleur de Loups.

– Um cérebro genial. Nenhum de vocês chega aos calcanhares dele.

– Ora, ora – ousara intervir Bastien.

Chantal tinha explodido como uma bomba:

– Fecha esta porcaria de boca! A partir de hoje farás tudo que ele mandar!

– Um momento, Chantal.

– Fecha essa boca, já disse. É uma ordem, entendeu? Irás com ele à casa do Boule para fabricar os lingotes falsos. E vocês outros quero que se revezem para vigiá-lo, dia e noite.

– Quanto às noites tu é que sabes o que ele faz.

– Mais uma besteira assim e eu te sapeco um bofetão. É o meu homem, pronto. Só tem um defeito: é honesto demais. Neste negócio *nós* é que temos que pensar por ele. Ele não sabe o que é bom para si próprio.

Isto é o que pensava o Bastien. Mas nada dizia.

– Chegamos ao lugar – disse ele. Parou diante da casa número 16 da Rue d'Aubagne. À direita da porta uma placa de esmalte, muito descascada, tinha a inscrição:

RENÉ BOULE

CIRURGIÃO-DENTISTA

Das 9 às 12 e das 15 às 18

Entraram na casa e tocaram a campainha. A porta foi aberta.

– Enfim chegaram – disse o dr. René Boule. Era o homem menor e o mais gracioso que Thomas Lieven vira em toda a sua vida. Usava um avental branco, um pincenê com aro de ouro e tinha uma dentadura postiça tão alva que chegava a cintilar. – Entrem, meus filhos.

O doutor pendurou na porta um pequeno cartaz que dizia:

Depois fechou a porta e levou-os, através da sala de consultas com as cadeiras giratórias e instrumentos brilhantes a um laboratório que dava para uma pequena cozinha. Bastien fez rapidamente a apresentação.

– O doutor – esclareceu ele a Thomas – trabalha sempre para nós. Ele tem um contrato de exclusividade com a patroa.

– Mas somente para os lingotes falsos – resmungou o homenzinho. – Quando têm dor de dentes procuram outro. (Olhou para Thomas.) Como se explica que nunca nos tenhamos visto? Você é novo na turma?

Thomas assentiu, com a cabeça.

– Ele acaba de sair da prisão – disse Bastien. – A patroa está caída por ele. Este negócio é por conta dele.

– Nada tenho contra isto. Trouxeram as formas? Muito bem, muito bem. Assim poderei fundir sete lingotes de uma vez sem ter que esperar que essa porcaria esfrie. (O doutor desembrulhou as sete formas para bolo e as colocou uma ao lado das outras.) Para o comprimento serve – disse ele. – Vocês querem barras de um quilo, suponho eu? Se isto o interessa pode ficar vendo, rapaz. Nunca se sabe se algum dia não terá utilidade.

– O senhor tem razão – disse Thomas, levantando para o céu um olhar de autoacusação.

– Eu já vi isto cem vezes – resmungou Bastien. – Ao invés de ficar aqui vou arranjar alguma coisa para comer.

– Algo fortificante – disse o dentista. – Este trabalho de fundição é exaustivo.

– Quem paga é a patroa. Que quer comer?

– O Henry, no andar térreo, recebeu alguns patos de uma granja. Ele os vende no mercado negro enquanto os sujeitos do Controle Econômico não lhe caem em cima. São uns patinhos lindos – disse o dentista, estalando a língua. – Pouca gordura e ossos muitos macios. Quilo e meio no máximo.

– Muito bem – disse Bastien. – Vou arranjar dois para nós.

– Na fabricação de lingotes falsos – disse o dr. René Boule –, a dificuldade consiste em que o ouro e o chumbo têm ponto de fusão e peso específico muito diferentes. O chumbo começa a fundir a 327 graus. O ouro somente aos 1.063. A forma de bolo não suportaria uma tal temperatura. É necessário revesti-la com *chamote*.

O homenzinho mediu as formas com exatidão, depois riscou os contornos dos fundos e dos lados sobre a placa de *chamote*. Limou um sulco sobre as linhas e quebrou a chapa em pedaços exatamente como os desenhos. Continuando a trabalhar prosseguiu dando a aula:

– Agora vamos fabricar formas de gesso, parecidas com tijolos e que terão as dimensões exatas para entrar na forma de bolo guarnecida de *chamote*, deixando um espaço de três milímetros de cada lado. Antes que o gesso endureça colocaremos quatro pequenos pés, espetando fósforos na massa... não quer tomar notas?

– Tenho boa memória

– Sim? Tanto melhor... Quando o tijolo de gesso estiver colocado na forma nós fundiremos o ouro num cadinho.

– Como consegue temperatura tão elevada?

– Com um maçarico e o botijão de propano que vocês trouxeram, meu rapaz.

– E que tipo de ouro emprega?

– De 22 quilates, é claro.

– E onde o obtém?

– De várias refinarias. Acumulo reservas de fragmentos de ouro que troco por metal de 22 quilates. Quando o ouro está fundido, nós enchemos o espaço entre as placas de *chamote* e o gesso e deixamos esfriar naturalmente. Sobretudo nunca use água fria. – Você deveria tomar notas. – Em seguida, retiro o tijolo de gesso e, desde logo, tenho uma cuba de ouro, fina, com as dimensões exatas do lingote. Esta cuba, ou molde, eu a encho com chumbo.

– Um momento – disse Thomas. O chumbo pesa menos que o ouro.

– Rapaz, um quilo é um quilo. O peso é exato. Somente o volume varia. E eu me permito pequenas variações na largura. Para lingotes de refinaria isso não tem nada de extraordinário.

Bastien voltou. Trazia dois pequenos patos e um quilo de castanhas Dirigiu-se para a cozinha.

Por alguns momentos, Thomas observou o talentoso dentista, que fazia tijolos de gesso. Depois foi ver o que estava acontecendo na cozinha. A revolta fê-lo ficar imóvel. Nada entendia de falsificação de lingotes de ouro. Quanto a patos ele sabia muita coisa. E o que estavam fazendo a um dos patos era um insulto à sua dignidade de *gourmet*. Sacudindo a cabeça, aproximou-se de Bastien que, de mangas arregaçadas, estava perto da janela. Ele já tinha limpado o pato e estava salgando a carne, por fora e por dentro.

– Que está fazendo? – perguntou Thomas Lieven, com severidade.

– Está na cara, não é? – rosnou Bastien irritado. – Vou assar um pato. O cavalheiro esta incomodado com alguma coisa?

– Destruidor.

– Que foi que disse? – o gigante engoliu em seco.

– Eu disse: destruidor. Suponho que você pretende grelhar este pato.

– Exatamente.

– Pois é isto que eu chamo um massacre.

– Veja só isto! – Bastien pôs as mãos nas cadeiras, esqueceu-se das ordens de Chantal, ficou rubro de cólera e começou a berrar.

– Que entende o senhor de cozinha, seu sabe-tudo?

– Entendo um pouco – disse Thomas, com dignidade. O bastante, em todo o caso, para saber que você está se preparando para cometer um crime.

– Já fui cozinheiro de bordo durante muito tempo. Toda a minha vida preparei patos. Grelhados.

– Pois então você passou a vida cometendo crimes.

No último instante, Bastien lembrou-se das ordens de Chantal e fez um enorme esforço para se conter. Levou as enormes mãos às costas, para evitar que elas, contra a sua vontade, praticassem algo irreparável.

– E qual seria, sr. Hunebelle, a sua maneira especial de preparar um pato – disse ele meio estrangulado de raiva.

– A maneira chinesa, é claro.

– Ah.

– ...porque só a preparação com abacaxi e temperos conserva, ou antes, faz realçar o sabor especial da carne.

– Simplesmente grotesco – disse o gigante. – A grelha. Só a grelha é que presta.

– Porque você desconhece a verdadeira arte de cozinhar – disse Thomas. – As pessoas de bom gosto preferem o pato à chinesa.

– Escute aqui, seu pequenote de uma figa, se pretende insinuar que... – começou Bastien, mas foi interrompido pelo pequeno dentista, que o puxou pela manga.

– Que há, Bastien? Para que brigar? Temos dois patos. Experimentem as duas maneiras, grelhado e à chinesa. Ainda tenho algumas horas de trabalho.

– Um concurso? – rosnou Bastien.

– Exatamente – disse o homenzinho, estalando novamente os lábios. – Eu serei o árbitro.

A fisionomia de Bastien desanuviou-se.

– Está de acordo? – perguntou ele a Thomas.

– Certamente. Mas eu preciso de ingredientes: cogumelos, abacaxi, tomates, arroz...

– Desça até o Henry – disse o dentista rindo. – O Henry tem de tudo. (Bateu alegremente as mãos.) Estou começando a gostar desta história. Eu lhes ensinarei alguma coisa! Vocês vão me ensinar outras coisas! Avante, pessoal.

Depois dessa decisão, teve início uma atividade febril tanto na cozinha quanto no laboratório do dr. René Boule.

Enquanto Bastien esfregava alho no seu pato, salpicava-o com temperos aromáticos e o colocava, de peito para baixo, sobre a grelha do forno, Thomas desossava o seu pato, picava os ossos e os miúdos para fazer um caldo. Enquanto esperava que o caldo evaporasse o suficiente para chegar à quantidade que desejava, foi ao laboratório para apreciar o trabalho do pequeno artista.

Entrementes, usando as sete formas de bolo, o dr. Boule tinha fabricado sete finas cubas de ouro. Ele encheu a primeira com chumbo derretido e explicou:

– Espere que o chumbo esfrie. Agora só falta completar um lado do lingote de ouro. Coloque sobre o chumbo uma placa de *chamote* para evitar que o chumbo derreta ao contato com a última camada de ouro fundido. Só assim se podem evitar variações da cor do ouro que qualquer entendido consideraria suspeitas.

Thomas voltou à cozinha para cuidar do seu *consomé*. Cortou a carne do pato em pedaços e voltou ao laboratório para observar os lingotes.

O dr. Boule fundira o ouro num cadinho e o derramou na forma, sobre a placa de *chamote*.

– Espere que a espuma desapareça. O ouro, por si mesmo, baixa um pouco no centro e fica com um ligeiro rebordo mais elevado nos lados. O mesmo acontece com o sabão escuro, quando esfria. E agora – rapidamente, antes que o metal esfrie – vem o mais importante: o punção.

– Quê?

– O punção. O estampado de controle que garante a autenticidade e a pureza do ouro. (O dr. Boule elevou a voz:) Que punção vamos usar, Bastien?

– Refinaria de Lyon! – gritou o gigante da cozinha. (Ele esfregava o seu pato com a gordura que dele escorria.)

MENU

5 de dezembro de 1940

Thomas Lieven inicia uma amizade legendária.

PATO COM ARROZ À CHINESA
PATO GRELHADO COM CASTANHAS
DELÍCIAS DOS DEUSES

PATO À CHINESA – Limpe e desosse um pato que não seja muito gordo. Quebre bem os ossos, misture com os miúdos e faça um caldo bem concentrado. Corte a carne em pedaços, polvilhe com farinha de trigo e cozinhe levemente em uma caçarola, até que comece a tomar cor. Junte o caldo e acrescente um tomate descascado, alguns cogumelos picados e quatro gramas de glutamato (que se encontra nas mercearias sob o nome de Aji-no-moto e que serve para realçar o paladar de carnes e peixes). Deixe, em fogo brando, durante meia hora. Junte pedaços de abacaxi e deixe cozinhar mais um quarto de hora. Sirva com arroz bem solto.

PATO GRELHADO COM CASTANHAS – Limpe e prepare um pato novo e não muito gordo. Esfregue sal

na parte externa. Se assim desejar, pode esfregar a parte interna com alho e introduzir ervas aromáticas. Coloque o pato, com o peito para baixo, na grelha do fogão, tendo por baixo um tabuleiro de assar com um pouco d'água. Grelhe a fogo médio e molhe, seguidamente, com a gordura que escorre para o tabuleiro com a água. O tempo para grelhar varia de uma hora a hora e meia, conforme o tamanho da ave. Quando faltarem vinte minutos para terminar o grelhado, vire o pato de peito para cima. Quando o pato estiver assado, passe água fria na pele e grelhe por mais cinco minutos, a fogo forte. A pele fica ainda mais gostosa e crocante.
Sirva com uma guarnição de castanhas cozidas (em água e sal), que devem ficar inteiras e que se cobrem com manteiga fresca.

DELÍCIA DOS DEUSES – Esfarinhe pão preto e com ele cubra o fundo de uma compoteira de vidro. Umedeça com conhaque ou Kirsch. Coloque, por cima, uma camada de cerejas em conserva previamente secas. Cubra com creme de chantilly. Nova camada de pão, de cerejas e de creme, de sorte que a última camada seja de creme. Polvilhe com chocolate ralado e enfeite com cerejas. Leve ao refrigerador para esfriar e macerar.

– Muito bem – disse o dr. Boule. – Devo dizer que tenho os punções de muitas refinarias e bancos. (Ele os mostrou a Thomas.) Eu os recortei em linóleo e colei sobre pedaços de madeira. Olhe com atenção.

Apanhou o punção desejado e molhou-o em azeite de oliveira. Em seguida, apoiou o punção sobre a superfície, ainda mole, do primeiro lingote. A camada de azeite queimou-se, chiando. O dr. Boule retirou rapidamente o punção antes que o calor do metal destruísse o linóleo. O breve contato fora suficiente. O lingote tinha a marca de punção tal como se tivesse sido martelado sobre o metal sólido.

– As asperezas, as cinzas e os pequenos rebordos devem ser deixados. Os lingotes verdadeiros também não sofrem limpeza.

– E as probabilidades de ser descoberta a falsificação.

– São praticamente inexistentes – disse o dr. Boule sacudindo a cabeça. – O núcleo de chumbo está recoberto por todos os lados por uma camada de três milímetros de ouro. O comprador faz o seu controle com uma pedra de toque e ácido clorídrico. Com a pedra, ele arranha um pouco o bordo do lingote. Obtém, assim, um traço de ouro sobre a pedra. Passa sobre esse traço diversas concentrações de ácidos correspondentes ao teor, em quilates, do ouro. Se o traço não desaparece é que se trata de ouro de 22 quilates. E, no nosso caso, o ouro é, realmente de 22 quilates. (O dentista, subitamente, começou a aspirar o ar.) Nossa Senhora, que aroma delicioso. É o *seu* pato ou o *dele*?

A refeição foi servida uma hora depois. Os três homens comeram sem falar. Começaram pelo pato grelhado e, depois, passaram para o pato à chinesa. Na sala ao lado esfriavam os três primeiros lingotes. Reinava um silêncio quase religioso na pequena sala de jantar do dr. René Boule.

Por fim, Bastien limpou a boca, semicerrou os olhos e olhou para o dentista.

– Então, René, qual dos dois estava melhor?

Com ar infeliz o dr. Boule deixou errar o olhar de um cozinheiro para outro: de Thomas para Bastien, de Bastien para Thomas. As enormes mãos de Bastien abriam-se e fechavam-se, nervosamente.

– Meu caro Bastien – balbuciou o pequeno doutor –, é difícil dizer em poucas palavras... De um lado, o teu pato... mas de outro lado, sem dúvida...

– Sim, sim, sim – disse Bastien. – Tens medo de que eu te chute as nádegas, hein? Então serei eu o árbitro. O chinês estava melhor. (Bastien sorriu e bateu nas costas de Thomas com tal força que este se engasgou.) Eu sou o mais velho, acho eu. Podes me tratar por tu, depois deste pato. O meu nome é Bastien.

– Trate-me por Pierre.

– Fui um cretino, toda a minha vida, com o meu pato grelhado. Pierre, meu rapaz, gostaria de tê-lo encontrado antes. Sabes outras receitas?

– Algumas – disse Thomas com modéstia.

Bastien estava radiante. Subitamente passara a ter respeito e simpatia por Thomas. A gulodice vencera o ciúme.

– Sabes uma coisa, Pierre, creio que vamos ser bons camaradas.

Bastien estava com a razão. Em 1957, na casa da Cecilien-Allee, em Düsseldorf, esta amizade ainda tinha a mesma força e a mesma sinceridade que tivera no primeiro dia. Durante o decorrer desses 17 anos muitos poderosos da Terra aprenderam a temer essa amizade...

– O teu pato também não estava mau – disse Thomas. – Sinceramente. Agora me lembro: preparei uma *Délice des Dieux* para a sobremesa. Sirvam-se. Eu não aguento mais. Se comer mais uma garfada caio morto...

A propósito de morte...

“Colônia, 4 de dezembro de 1940

EXP: ABWEHR COLÔNIA
DEST: CHEFE ABWEHR BERLIM
CONFIDENCIAL 135892/VC/LU

De regresso de Lisboa informo a V. S. que morreu o traidor e agente duplo Thomas Lieven, chamado também Jean Leblanc.

O supracitado foi morto a bala, no dia 17 de novembro de 1940 às 9h35 (hora local) no pátio do prédio sito à rua Poço dos Negros número 16.

No momento de sua morte, Thomas Lieven vestia a roupa e semelhava a aparência exterior de um certo Lázaro Alcoba, seu ex-companheiro de cela na prisão.

Embora as autoridades portuguesas tenham feito, como é fácil de entender, todo o possível para abafar o incidente e para camuflar as circunstâncias como ocorreu, consegui averiguar, sem qualquer possibilidade de dúvida, que Lieven foi liquidado por um assassino pago, por ordem do Serviço Secreto britânico. O senhor não ignora, almirante, que Lieven também vendeu aos ingleses suas listas falsas com os nomes e endereços dos agentes franceses.

Lamentei imensamente ter ficado na impossibilidade de executar as suas instruções de trazer de volta, e vivo, Thomas Lieven. Em compensação, o seu merecido fim representa uma preocupação a menos para os nossos serviços.

Heil Hitler
FRITZ LOOS
Comandante e chefe de Comando.”

2

NA TARDE DE 6 DE DEZEMBRO DE 1940, os srs. Hunebelle e Fabre foram ao Hotel Bristol encontrar o rosado e gordo advogado Bauvier, que os recebeu na sala do seu apartamento. O comprador francês da Gestapo vestia um roupão de seda azul, tinha um lenço de seda no bolso e exalava o perfume de uma refrescante água de toalete.

Ele começou por protestar contra a presença de Bastien.

– Como, sr. Hunebelle? Eu não conheço este cavalheiro. Só quero tratar do assunto com o senhor.

– Este cavalheiro é um amigo. Carrego uma mercadoria algo valiosa. Prefiro sentir-me em segurança.

O advogado cedeu. Contemplou a elegante silhueta de Thomas com o olhar de uma solteirona ofendida.

– O meu amigo Lentier – declarou a seguir o vegetariano, não fumante e misógino – infelizmente não está aqui. Que falta de sorte.

Que sorte – disse Thomas a si mesmo.

– E onde está ele?

– Em Bandol. (Bauvier espremeu os lábios como se fosse assoviar.) Foi buscar um lote importante na região. O senhor compreende: ouro e divisas.

– Compreendo. – Thomas fez sinal a Bastien. Este ergueu uma maleta, colocou-a sobre a mesa e abriu a fechadura. No interior havia sete lingotes de ouro.

Bauvier examinou atentamente os lingotes. Decifrou a marca da punção. Hum, hum, refinaria de Lyon. Muito bem.

Disfarçadamente Thomas fez outro sinal a Bastien.

– Posso ir lavar as mãos? – perguntou Bastien.

– O banheiro é ali.

Bastien foi ao banheiro onde havia uma quantidade de vidros e potes. Que homem bem cuidado, esse advogado Bauvier. Bastien abriu uma torneira, saiu silenciosamente para o corredor, retirou a chave da porta do quarto, abriu uma velha caixinha de ferro cheia de cera que estava em seu bolso, apertou os dois lados da chave de encontro à cera, recolocou a caixa no bolso e a chave na porta.

No salão, o advogado examinava ainda cuidadosamente os lingotes. Procedeu exatamente como havia previsto o pequeno dentista, empregando uma pedra de toque e diversas concentrações de ácido clorídrico.

– Tudo em ordem depois de controlar os sete lingotes. (Depois olhou para Thomas com ar pensativo.) Que vou fazer com o senhor?

– Perdão? – Thomas respirou porque Bastien voltava à sala.

– O senhor compreende, devo explicar aos meus superiores todas as circunstâncias de cada compra. Nós... nós temos listas dos nossos correspondentes...

Listas! Thomas sentiu o coração saltar. Eram justamente listas que ele procurava. Listas com os nomes e endereços de colaboradores na zona não ocupada, pessoas que vendiam a sua pátria à Gestapo e, algumas vezes, os seus compatriotas também.

– É claro – disse Bauvier muito calmamente – que não obrigamos ninguém a nos dar indicações. Como poderíamos nós? (Ele riu.) Mas se deseja continuar a fazer negócios conosco seria, sem dúvida, útil que eu tomasse algumas notas... notas estritamente confidenciais, é claro...

Estritamente confidenciais para a Gestapo, pensava Thomas Lieven.

– Como quiser – disse ele. – Espero ter a oportunidade de lhe fornecer outros lotes de mercadoria. Divisas, também.

Com modos afeminados ele entrou no quarto de dormir.

– Tens o molde da chave? – perguntou Thomas.

– Claro. (Bastien sacudiu a cabeça.) Diz uma coisa, este sujeitinho não será um...

– Não se pode esconder nada de ti.

Bauvier voltou, trazendo uma pasta que tinha quatro fechos e que ele abriu com dificuldade. Retirou várias listas que tinham muitos nomes e endereços. Pegou uma caneta de ouro. Thomas Lieven deu o seu falso nome e um endereço falso. Bauvier os anotou.

– Agora o dinheiro – disse Thomas.

– Não tenha receio, vem já. Posso pedir que me acompanhe até o quarto...

No quarto de dormir havia três enormes malas-armário. Numa delas o advogado abriu uma gaveta que estava cheia, até em cima, de notas de mil e de cinco mil francos. Thomas bem compreendia que os srs. Bauvier e Lentier fossem obrigados a transportar grandes quantias em dinheiro. Sem dúvida as outras gavetas das malas também continham dinheiro. Thomas prestou a maior atenção ao lugar onde Bauvier colocou a pasta com as listas...

Bauvier pagou 360 mil francos por lingote, ou 2.520.000 pelos sete.

Enquanto colocava os pacotes de notas diante de Thomas, Bauvier tentava captar o seu olhar com um sorriso adulativo e cheio de promessas. Mas Thomas contava os francos...

– Quando o reverei, caro amigo? – perguntou, por fim, Bauvier.

– Por quê? – perguntou surpreso Thomas. – O senhor não está de volta para Paris?

– Eu não. Somente Lentier. Ele passará por Marselha amanhã à tarde, pelo rápido das quinze horas e trinta.

– De passagem, somente?

– Sim. Ele leva a mercadoria de Bandol para Paris. Eu lhe entregarei o seu ouro na estação. Mas depois poderíamos jantar juntos, que acha, meu caro amigo?

– Quinze horas e trinta, estação St. Charles – disse Thomas, uma hora mais tarde, num antigo e espaçoso apartamento do Boulevard de la Corderie. O apartamento pertencia a um sr. Jacques Cousteau, que muitos anos mais tarde tornar-se-ia famoso como explorador submarino e como autor do livro e do filme *O mundo do silêncio*. Em 1940 esse antigo comandante de artilharia da Marinha era um elemento importante dos serviços secretos franceses, um serviço que renascia: um jovem cheio de energia, cabelos e olhos castanhos, em plena forma e com aspecto esportivo.

Cousteau estava sentado numa velha cadeira diante da biblioteca e fumava um cachimbo abastecido com um pouco do fumo que lhe restava.

O coronel Siméon estava sentado perto dele. Sua roupa surrada brilhava nos cotovelos e nos joelhos. Quando ele cruzava as pernas via-se que o sapato esquerdo tinha um furo na sola.

Pobre, ridículo e lamentável Serviço Secreto francês, pensava Thomas. Eu, um simples amador, obrigado a trabalhar como agente, sou, neste momento, mais rico que todo o Deuxième Bureau.

Elegante e bem cuidado, tinha a seu lado a maleta que servira para transportar os lingotes de ouro para Bauvier. Agora ela continha 2.520.000 francos.

– Será preciso ter a maior atenção à chegada do trem – disse Thomas. – Verificarei o horário: a parada é de apenas oito minutos.

– Estaremos atentos – disse Cousteau. – Não se preocupe, sr. Hunebelle.

Siméon puxava o seu bigode à Menjou.

– O senhor acredita que Lentier leva consigo uma grande quantidade de mercadoria? – disse ele com um olhar de cobiça.

– Segundo Bauvier, uma enorme quantidade de ouro, divisas e outros valores. Ele está comprando há vários dias. Deve ter reunido muita coisa, senão não iria a Paris. Bauvier vai entregar-lhe os meus sete lingotes. Penso que o melhor seria prender os dois nessa ocasião...

– Está tudo organizado. Demos a informação a alguns amigos da polícia.

– Mas como conseguirá apoderar-se das listas? – perguntou Siméon.

– Não se preocupe com isto, Siméon – disse Thomas sorrindo. – Preciso de um favor seu: tenho necessidade de três empregados com o uniforme do Hotel Bristol.

Siméon arregalou os olhos e abriu a boca. Via-se que ele pensava com concentração.

– É possível – disse Cousteau, antes que as reflexões de Siméon chegassem a termo. – Toda a roupa do Bristol vai para a lavanderia Salomon. Eles também se encarregam da limpeza dos uniformes. O vice-diretor da lavanderia é um dos nossos.

– Perfeito – disse Thomas.

Olhou para o magro Siméon com sua roupa surrada e seu sapato furado. Olhou para Cousteau que fumava parcimoniosamente o seu velho cachimbo para economizar o pouco tabaco que lhe restava. Olhou para a sua maleta e, depois, teve um gesto que provava o seu bom coração e também que ele não se acomodara às regras egoístas do mundo egoísta onde a sorte o precipitara...

Meia hora mais tarde, quando deixou a casa do Boulevard de la Corderie, ele viu uma sombra que saía de um desvão num muro e que o seguira nas frígidas trevas. Thomas virou uma esquina e parou bruscamente. O homem que o seguia não pôde evitar esbarrar nele.

– Oh, queira desculpar – disse o homem delicadamente, erguendo o velho e sujo chapéu. Thomas o reconheceu. Era um dos homens de Chantal. Ele engrolou umas palavras ininteligíveis e afastou-se, arrastando os pés.

A gata morena da rua Chevalier-Rose recebeu o seu amante com carícias e beijos impetuosos. Ela se tinha enfeitado toda para recebê-lo. Havia velas na mesa e o champanhe estava gelando no balde.

– Até que enfim chegaste, querido! Esperei tanto.

– Eu fui...

– Já sei, à casa do teu coronel, Bastien contou-me.

– Onde está o Bastien?

– Sua mãe caiu doente, ele teve que ir. Estará de volta amanhã.

– Ah, amanhã – disse Thomas, sem desconfiança. Abriu a maleta ainda cheia, mas não tão cheia como quando Bauvier a enchera. Chantal assoviou alegremente, entre os dentes.

– Não assovies antes do tempo, querida – disse ele. – Está faltando meio milhão.

– Como?

– Eu fiz presente a Cousteau e a Siméon. Eles estão quebrados, coitados. Era de fazer pena, sabes... Admitamos que esse meio milhão fosse a minha parte. Aí estão dois milhões e vinte mil francos para ti e os teus colaboradores...

Chantal beijou-lhe a ponta do nariz. Realmente ela perdoava aquele acesso de filantropia com uma facilidade suspeita.

– Meu fidalgo! És um amor... Agora não ganharás nada com o negócio.

– Em compensação tenho-te a ti – disse com cortesia. (Depois, sem transição:) Chantal, por que me fazes seguir?

– Te seguir? Eu? Tu? (Ela arregalou os olhos de gata.) Que estás dizendo, meu bem?

– Um dos teus sujeitos chegou a esbarrar em mim.

– Só pode ter sido um acaso... Meu Deus, por que és tão desconfiado? Que posso fazer para que acredites, afinal, que eu te amo?

– Dizer a verdade, minha vagabundinha. Mas bem sei que isto é pedir demais.

No dia 7 de dezembro de 1940, quando o rápido de Paris entrava, pontualmente, pela linha nº 3, na estação de Saint-Charles, um homem de aproximadamente 37 anos passou a cabeça por uma janela aberta de uma cabina de primeira classe.

Paul de Lentier inspecionava a plataforma. Reconheceu a silhueta gorda e vistosa de Bauvier, que estava parado junto a uma pequena valise.

Paul de Lentier ergueu a mão.

Jacques Bauvier ergueu a mão.

O trem parou. Bauvier correu em direção ao vagão de seu amigo. A partir deste instante, tudo se passou muito rapidamente. Antes que um só passageiro pudesse descer, trinta policiais à paisana surgiram da multidão e ergueram cordas que estavam colocadas dos dois lados dos trilhos. Estas cordas impediam o acesso às portas dos vagões.

Um comissário de policia interpelou Bauvier e prendeu o advogado, lívido de susto, como suspeito de tráfico de divisas e de ouro. Bauvier tinha na mão a maleta com os sete lingotes.

Ao mesmo tempo, dois agentes, entrando pelas duas extremidades do vagão, prendiam Paul de Lentier na sua cabina.

À mesma hora, três homens vestindo o uniforme do Hotel Bristol andavam no corredor do quarto andar. Dois deles pareciam com homens da quadrilha de Chantal, o terceiro parecia-se com Thomas Lieven. Os uniformes não assentavam muito bem.

Sem dificuldade, o empregado parecido com Thomas Lieven abriu a porta de um apartamento. Com uma rapidez pouco comum em empregados de hotel os homens retiraram três enormes malas do quarto de dormir do apartamento, arrastaram-nas até o elevador de serviço, descendo até o pátio interno, e as colocaram numa camioneta da lavanderia Salomon e partiram, sem encontrar obstáculos. É verdade que não se dirigiram para a lavanderia, mas sim em direção a uma casa da Rue Chevalier-Rose...

Uma hora mais tarde foi um Thomas Lieven, vestido normalmente e com o semblante contentíssimo, que entrou no apartamento de Jacques Cousteau, no Boulevard de la Corderie. Cousteau e Siméon o esperavam.

Da pasta de documentos do delicado advogado Bauvier, Thomas retirou as listas onde figuravam os nomes e endereços dos espiões, colaboradores e delatores. Com ar triunfante ele sacudiu as folhas de papel. Mas, curiosamente, Cousteau e Siméon ficaram impassíveis.

– Que aconteceu? – perguntou Thomas, inquieto. – Os senhores pegaram os homens?

Cousteau acenou com a cabeça.

– Eles estão na chefatura.

– Os sete lingotes?

– Nós os temos.

– E então?

– Mas é tudo que temos. sr. Hunebelle – disse Cousteau, lentamente. Seus olhos fitavam Thomas fixamente. O coronel Siméon também não tirava os olhos dele.

– Como é tudo que têm! Lentier devia transportar uma verdadeira fortuna em ouro, divisas e outros valores.

– Era exatamente o que pensávamos. – Cousteau mordia os lábios.

– Não havia *nada?*

– Nem um só grama de ouro, sr. Hunebelle. Nem um dólar. Nenhum objeto de valor. Engraçado, não acha?

– Mas... mas... ele certamente escondeu tudo. No vagão ou em qualquer parte do trem. Ele deve ter empregados da estrada de ferro trabalhando para ele. É preciso vasculhar o trem. Revistar todos os passageiros.

– Foi isto que fizemos. Fizemos retirar até o carvão do tênder. Nada.

– Onde está o trem agora?

– Já partiu. Não o poderíamos reter por mais tempo. – Sob os olhares de Siméon e Cousteau, Thomas começou a sorrir ferozmente, sacudindo a cabeça e mexendo com os lábios em silêncio. Se Siméon e Cousteau soubessem ler pelos lábios teriam compreendido as palavras esboçadas por Thomas, isto é: “a vagabunda”.

Mas Siméon não entendera. Empertigou-se, estufou o peito e, em tom irônico e ameaçador, perguntou:

– E então, o senhor tem alguma ideia de onde esse ouro poderá estar?

– Sim – disse Thomas Lieven lentamente. – Creio que tenho uma ideia.

Com os maxilares cerrados, os ombros caldos e fulo de raiva, Thomas Lieven lutava contra o Mistral gelado, ao crepúsculo deste dia 7 de dezembro de 1940, ao entrar na rua Paradis.

Essa suja Chantal.

Esse esterco de Bastien.

A tempestade aumentava de intensidade. O vento soprava, assoviava, gemia e mugia pelas ruas. O tempo estava tal qual o estado de alma de Thomas Lieven.

Ao lado do antigo edifício da Bolsa havia um prédio sujo, de vários andares. No primeiro andar havia um estabelecimento chamado Chez Papa.

Chez Papa pertencia a um sujeito cujo sobrenome ninguém sabia, que toda a cidade conhecia por *Olive*. Olive era rosado e gordo como os porcos que ele abatia clandestinamente.

Espessas nuvens de fumaça enchiam o ambiente de Chez Papa, iluminado por lâmpadas fluorescentes. A essa hora, os clientes de Olive tomam seus aperitivos, como um preparo psicológico para o jantar que se seguiria e durante o qual discutiriam assuntos do mercado negro.

Quando Thomas entrou, Olive, com uma ponta de cigarro ao canto da boca, estava apoiado ao úmido balcão. Seus olhos miúdos piscaram com bonomia.

– Boa noite, cavalheiro. Que vai tomar? Um cálice de *pastis*. – Tinha chegado aos ouvidos de Thomas que Olive fabricava, ele mesmo, o seu aperitivo, usando para isto um produto algo sinistro: álcool que lhe vinha do instituto de anatomia. Não havia nada a dizer contra o álcool. Mas parece que ele usava um álcool que, antes de ser roubado, tinha sido usado para conservar cadáveres. Diziam que o *pastis* do Olive já provocara alguns casos de loucura entre os consumidores.

– Dê-me um conhaque duplo – disse ele, por via das dúvidas. – Mas um verdadeiro.

Foi servido.

– Escuta aqui, Olive, preciso falar com o Bastien.

– Bastien? Não conheço.

– É claro que o conhece. Ele mora nos fundos da sua casa. Sei que é preciso passar pelo seu bistrô para chegar à casa dele. Sei, também, que é você quem o avisa de qualquer visita.

Olive encheu as bochechas. Seu olhar tomou uma expressão dura.

– Um merdinha da casa dos *tiras*, hein? Dá o fora já, rapaz. Tenho uma dúzia de amigos aqui; é só assoviar e eles terão grande prazer em te estragar a fachada.

– Eu não sou *tira* – disse Thomas. Bebeu um trago. Depois puxou o seu querido relógio de repetição. Ele o tinha salvo de todos os perigos, mesmo das garras da senhora consulesa de Costa Rica. São e salvo ele o havia levado de Portugal a Marselha, atravessando toda a Espanha. Ele o fez soar.

O dono do bistrô olhava surpreso.

– Como sabes que ele mora aqui? – perguntou.

– Porque ele me disse. Vá dizer que o seu caro amigo Pierre precisa falar-lhe. Se ele não receber dentro de cinco minutos o seu caro amigo Pierre, a coisa vai engrossar aqui...

Com os lábios abertos, a fisionomia radiante, Bastien veio ao encontro de Thomas Lieven. Os dois homens se encontraram no estreito corredor que dava da cozinha do bistrô para os aposentos de Bastien. Suas enormes mãos apertavam os ombros de Thomas.

– Como estou contente, menino. Eu ia te procurar.

– Tire as patas de cima de mim, seu porco! – disse Thomas encolerizado. Empurrou Bastien e entrou no apartamento.

A sala de entrada era uma enorme confusão. Estava literalmente juncada de pneumáticos, de latões de gasolina e de pacotes de cigarros. Na sala seguinte havia uma grande mesa e, sobre ela, uma estrada de ferro elétrica, em miniatura, estava montada. Nada faltava: trilhos, curvas, passagens de nível, colinas, vales, túneis e pontes.

– Tu diriges um jardim de infância? – perguntou Thomas com sarcasmo.

– É a minha distração – disse Bastien meio encabulado. – Não te encostes aí, por favor; vais quebrar o transformador... Podes dizer por que estás tão irritado?

– Ainda perguntas? Ontem desapareceste. Hoje foi Chantal que desapareceu. Há duas horas a polícia prendeu os compradores da Gestapo, Bauvier e Lentier. Lentier partira de Bandol com ouro, joias, moedas de ouro e divisas. Mas chegou a Marselha sem divisas, sem moedas de ouro, sem joias e sem ouro em barras. Os *tiras* procuraram em todo o trem, de cabo a rabo, e nada encontraram.

– Ora essa, não é possível! – riu com escárnio e um trem começou a rodar e penetrou, com velocidade, num túnel.

Com um safanão Thomas arrancou a tomada. O trem parou. Ainda se podiam ver os dois últimos vagões à entrada do túnel.

Bastien ergueu-se, com jeito de orangotango irritado.

– Vais levar um bofetão na cara, garoto! Afinal de contas o que queres comigo?

– Quero saber onde está Chantal. Quero saber onde está o ouro.

– Aqui ao lado, é claro. No meu quarto.

– Quê? – Thomas engoliu em seco.

– Que é que estavas imaginando, boboca? Que ela tivesse dado o fora com a muamba? Ela queria simplesmente arranjar tudo como manda o figurino, com velas e tudo, para te dar mais prazer. (Bastien elevou a voz:) Estás pronta, Chantal?

A porta se abriu. Mais bela que nunca, Chantal apareceu à porta. Vestia calças apertadas de couro verde, blusa *chemisier* e um cinto preto. Um sorriso radioso deixava ver o brilho dos seus dentes de felina.

– Bom dia – disse ela, segurando a mão de Thomas. – Vem comigo. Papai Noel chegou.

Meio tonto, Thomas deixou-se levar à outra peça. Cinco pedaços de vela, colocados sobre pires por ordem de Chantal, estavam acesos. A sua luz trêmula iluminava o velho quarto e a enorme cama de casal.

Quando examinou a cama de mais perto Thomas ficou com a garganta presa e foi a custo que pôde engolir saliva. Havia motivo para tal emoção. Sobre a cama cintilavam mais de duas dúzias de barras de ouro, um número incalculável de moedas e anéis, colares e pulseiras antigos e modernos, um antigo crucifixo cravejado de pedras, um pequeno ícone incrustado de ouro e maços de dólares e libras esterlinas.

Thomas teve a impressão de que suas pernas se tinham transformado em gelatina. Caiu sentado sobre uma velha cadeira de balanço que logo começou a oscilar.

Bastien se aproximara da patroa. Esfregava as mãos e empurrava-a com o cotovelo.

– Ele está fora de combate – rosnou ele, alegremente. – Olhe só. O garoto está branco como algodão.

– Foi um belo dia, para todos nós – disse Chantal.

Para Thomas, meio bestificado, os dois rostos pareciam duas bolas brancas flutuando n'água. Firmou os pés no chão. A cadeira parou de balançar. Agora distinguia perfeitamente os dois rostos alegres de Chantal e Bastien, que pareciam crianças felizes, sem artifícios, sem malícia e sem mentira.

– Então eu tinha razão – gemeu ele. – Vocês é que furtaram tudo.

– Para ti e para nós – relinchou Bastien, batendo com a mão na barriga. – Ganhamos para o inverno. Que boa redada, meus amigos.

Chantal precipitou-se sobre Thomas e o cobriu de beijos apaixonados.

– Se soubesses como tens um ar gentil – exclamou ela. – Poderia comer-te. Estou louca por ti. – Sentou-se sobre os seus joelhos, a cadeira tornou a balançar e Thomas sentiu, novamente, uma onda de fraqueza que o dominava. A voz de Chantal chegou até ele como se tivesse atravessado massas de algodão.

– Eu disse aos meus rapazes: este golpe nós o temos que executar sozinhos. O meu querido tesouro tem moralidade e escrúpulos demais. Não o incomodaremos com isto. Quando ele vir toda a erva, bem junto ao nariz, ficará tão contente quanto nós!

Ainda sentindo vertigens, Thomas sacudiu a cabeça.

– Como é que vocês conseguiram botar a mão em tudo?

– Ontem, aquele sujo do Bauvier disse que seu companheiro Lentier estava em Bandol com um bruto carregamento. Assim, três companheiros e eu fomos chispados para Bandol. Tenho amigos por lá, compreendes! Soube que Lentier se entendia muito bem com alguns empregados da estrada de ferro. Ele tem cagaço de ser revistado ou controlado. Teve a ideia de esconder o troço todo debaixo do carvão da locomotiva que o levaria a Paris. No tênder, é claro.

Bastien fez um esforço para conter o riso.

– Nós deixamos que ele fizesse o que queria. E para a noite arranjamos-lhe uma garota da pontinha – felizmente o tipo não é parecido com o seu colega Bauvier. A garota tinha recebido ordens e ela as cumpriu, agindo como manda o figurino. Cumpriu tão bem que quando ele tomou o trem na manhã seguinte ainda estava moloide e batia castanhola com os joelhos.

– Hum – fez Chantal metendo as suas unhas vermelhas na cabeça de Thomas.

– Vocês dois me dão dor de barriga – disse Bastien tristemente. (Ele sentou-se.) – Bem, enquanto o sr. Lentier tinha outras ocupações, os meus colegas e eu brincamos de estrada de ferro que, como eu já te disse, é o meu divertimento. Há vários tênderes numa estação. E todos são iguais.

– Mas o Lentier não tinha ninguém vigiando o seu?

– Tinha, sim. Dois ferroviários. (Bastien ergueu e deixou cair as mãos.) Ele tinha dado um lingote a cada um. Nós lhes demos mais dois por cabeça – o negócio valia isto – e ficou tudo resolvido...

– O poder do ouro – disse Chantal, mordendo a orelha de Thomas.

– Chantal.

– Sim, meu amor.

– Levanta-te, por favor – pediu Thomas. Perturbada, ela levantou-se e foi para perto de Bastien, que colocou a mão em seu ombro. Assim ficaram, sem se mexer, duas crianças alegres um instante antes e agora assustadas.

Os lingotes cintilavam, as moedas rutilavam, colares, pulseiras e anéis fulgiam.

Thomas também levantou-se. Sentiu uma imensa tristeza.

– Lamento enormemente desmanchar o seu prazer e estragar a surpresa que me prepararam. Infelizmente, porém, é impossível concordar.

– Não é possível concordar com quê? – perguntou Bastien. (Sua voz era seca e sem sonoridade.)

– Não é possível ficarmos com todas essas coisas. Devemos entregá-las a Cousteau e Siméon.

– Este... este biruta. (Estava de boca aberta e parecia um cão São Bernardo mergulhado na mais absoluta perplexidade.) Ele ficou doido varrido.

Chantal ficara imóvel. Somente a sua narina esquerda tremia...

– Eu acabo de estar com Siméon e Cousteau – disse Thomas, calmamente. – Concluí, com eles, um acordo perfeitamente claro. Eles recebem as listas dos espiões e colaboradores e ainda tudo que Lentier e Bauvier tenham pilhado e roubado nesta região. Quanto a nós, ficaremos com as três malas que tiramos do quarto do Bauvier. Afinal de contas, perto de 68 milhões.

– Sessenta e oito milhões de francos! – gritou Bastien torcendo as mãos. – Francos. Francos vagabundos, que baixam cada dia!

– E é o que trocas por isto? (Chantal falava muito baixo, quase murmurante, e apontava para a cama.) Aqui estão, pelo menos, 150 milhões, imbecil!

Thomas encolerizou-se:

– São bens franceses. Valores que pertencem à França, que foram roubados à França. O dinheiro das malas é dinheiro da Gestapo, nós o podemos guardar. Mas isto, as joias, o crucifixo, o ouro do Banco de França... Mas, santo Deus, sou eu, um boche, que tenho que lembrar-lhes os seus deveres de franceses?

– Tudo é nosso – disse Bastien com voz rouca. – *Nós* é que pegamos tudo. A Gestapo levou na cabeça. Acho que fizemos o bastante pela pátria!

Bastien e Thomas continuavam a discutir. Estavam cada vez mais irritados. Chantal, porém, estava cada vez mais calma. De uma calma assustadora.

Com as mãos nas cadeiras, os polegares enfiados no cinto, ela sacudia o pé direito e a sua narina tremia.

– Não fiques irritado – interveio ela afinal, em voz baixa. – Estás em tua casa, Bastien. Seria preciso primeiro que este sujeitinho pudesse sair. Quanto a Cousteau e Siméon, seria preciso que eles pudessem entrar.

Thomas levantou os ombros e dirigiu-se para a porta. De um salto, Bastien ficou à sua frente. Tinha na mão um grande revólver.

– Onde vais?

– Ao Papa, para telefonar.

– Mais um passo e eu te chumbo. – Bastien arfava. O cão da arma fez *clic*.

Thomas avançou dois passos. O cano do revólver roçava, agora, em seu peito. Avançou mais dois passos.

Bastien soltou um gemido e recuou dois passos:

– Seja sensato, menino... Eu... eu vou atirar de verdade.

– Deixa-me passar, Bastien. – Thomas avançou mais um passo. Bastien estava, agora, encostado à porta. Thomas segurou a maçaneta.

– Espera – disse ele, ofegante. – Que é que eles farão com a nossa linda muamba, esses sujeitos que não prestam para nada? Negociar, esbanjar é o que eles vão fazer. Polícia – Estado – Serviço de Informações, a Pátria. É uma ova. Todos eles são uns vagabundos.

Thomas torceu a maçaneta. Nas costas de Bastien, a porta começou a abrir. Bastien estava lívido. Fixou Chantal com olhos implorantes:

– Faz alguma coisa, Chantal, ajuda-me... eu... eu... não posso meter-lhe uma bala na barriga...

Thomas ouviu um barulho e virou-se. Chantal havia caído sobre a beira da cama. Com as mãos serradas, dava socos nos lingotes, no crucifixo, nas moedas de ouro.

– Deixe-o sair, este sujeito – disse ela em voz alta e hesitante –, deixe-o passar. (As lágrimas inundavam o seu belo rosto felino. Olhou para Thomas, soluçando:) Vai... chama o teu Siméon... Ele pode vir buscar tudo... Salafrário, por que é que te fui encontrar? Eu estava tão contente...

– Chantal!

– ...eu queria acabar... ir embora contigo – para longe, para a Suíça. Só estava pensando em *ti*... E agora...

– Chantal, querida.

– Não me chames de querida, seu safado! – gritou ela. Aniquilada, caiu para a frente. Com um ruído surdo e arrepiante, sua testa bateu nas moedas de ouro, amontoadas. Chantal não se movia. Chorava como se nunca mais pudesse parar.

– Dispam-se – dizia naquela hora o jovem e belo *brigadier* Louis Dupont. Acabavam de trazer-lhe dois presos ao xadrez da chefatura de polícia de Marselha: Jacques Bauvier, rosado, cuidado e perfumado, e Paul de Lentier, mais jovem e mais magro.

– O senhor mandou que fizéssemos o *quê*? – perguntou Lentier, com voz ameaçadora. Seus olhos frios de tubarão pareciam duas estreitas fendas, seus lábios eram dois traços esbranquiçados.

– É preciso que se dispam – disse Dupont. – Preciso examinar as suas roupas e verificar tudo que têm em seu poder.

Bauvier deu uma risadinha.

– Que pensa que temos em nosso poder, meu jovem amigo. (Avançou e abriu o colete.) Venha, pode revistar-me. Procure minhas armas. – Tirou a gravata e desabotoou a camisa. Dupont ajudou-o.

– Não, não, não meu jovem amigo – gritou Bauvier –, eu sinto muitas cócegas.

– Vamos parar com isto – disse Paul de Lentier.

– Quê? – Dupont virou-se.

– Para mim chega. Chame o comissário. Imediatamente.

– Escute aqui, esta espécie de tom...

A voz de Paul de Lentier não era mais que um sussurro.

– Bolas. Sabe ler? Aqui está. Apresentou um cartão ao jovem policial. Era um *Ausweis* que certificava, em alemão e em francês, que o sr. Paul Lentier trabalhava para os serviços de segurança alemães.

– A propósito – disse Bauvier, retirando do bolso de trás uma carteira de couro, cor de malva e cheirando a couro da Rússia. Com um gesto afetado tirou da carteira um *Ausweis*. Ambos os documentos estavam assinados por um tal Walter Eicher, Sturmbannführer, S.D. – Paris.

– Avise imediatamente ao Sturmbannführer da nossa prisão – disse Lentier, com arrogância. – Eu disse imediatamente, senão o senhor é que sofrerá as consequências...

– Eu... eu vou informar aos meus superiores – gaguejou Louis Dupont. Depois que vira os *Ausweis* tinha ainda mais repugnância pelos dois indivíduos. Marselha estava na zona não ocupada. Mas, apesar disto... S.D.... Gestapo. Dupont não queria complicações. Pegou o telefone.

– Sete de dezembro 1940 – 17h39 – chefatura polícia Marselha para polícia judicial Paris – prendemos hoje 15h30 estação Saint-Charles: 1) Paul de Lentier e 2) Jacques Bauvier – motivo tráfico ouro e divisas. 1) Possuem *Ausweis* S.D. números 456832 série vermelha; e 2) *Ausweis* número S.D. 11165 série azul – expedidos pelo S.D. Sturmbannführer Walter Eicher – favor verificar urgentemente se pessoas presas são realmente funcionários S.D. – terminado – terminado.

– De Lentier? Bauvier? (O Sturmbannführer afundou na cadeira e ficou vermelho como uma lagosta.) Sim, eu os conheço – berrou ele, com raiva, ao telefone. – Sim, eles trabalham para nós. Peça a Marselha que retenha esses senhores. Iremos buscá-los.

Na outra extremidade da linha, o funcionário francês agradeceu, delicadamente.

– De nada, Heil Hitler. – Eicher desligou com violência. – Winter! – berrou ele.

Seu ajudante de ordens saiu, apressadamente, da sala contígua. Esses cavalheiros exerciam as suas sinistras atividades no quarto andar de um suntuoso edifício da avenida Foch.

– Sim, Sturmbannführer? – disse Walter, com voz marcial.

– De Lentier e aquele velho afeminado Bauvier foram encanados em Marselha – disse Eicher, exasperado.

– Meu Deus! E por quê?

– Por enquanto nada sei. Isso é para desesperar. Parece que só empregamos cretinos! Imagine se esse negócio chegar aos ouvidos de Canaris! Ele ficaria babado de gozo. O S.D. fazendo pilhagem na zona não ocupada!

Os serviços de segurança alemães e a contraespionagem do almirante Canaris odiavam-se como cão e gato. Os receios do Sturmbannführer eram perfeitamente justificados.

– Mande verificar a Mercedes preta, Winter – rosnou ele. – Vamos a Marselha.

– Hoje?

– Como, "hoje"? Quero partir dentro de uma hora, compreendeu? Chegaremos a Marselha amanhã pela manhã. E preciso tirar esses dois cretinos da cadeia antes que façam alguma besteira.

– Às suas ordens, Sturmbannführer – latiu Winter. Bateu com a porta ao sair. Sempre a mesma história. Que profissão de merda. Será preciso desmarcar o encontro com Zouzou, mais uma vez. Doze horas de carro com aquele macaco. Uma noite perdida. Dava vontade de mandar tudo àquela parte.

Vinte e quatro horas mais tarde, na sala dos fundos do Brûleur de Loups, em Marselha, Chantal presidia a uma reunião de sua quadrilha que se desenrolava – para não exagerar – numa atmosfera tempestuosa.

Os traficantes marselheses, os falsários espanhóis, as mulheres fáceis de toda a parte, os conspiradores e assassinos marroquinos que tratavam dos seus negócios na grande sala do café lançavam frequentes olhares de reprovação para a porta do fundo onde estava pendurada a tabuleta:

RESERVADO

Reservado, mas barulhento! Finalmente a porta foi aberta e os frequentadores (se fosse feito um cálculo eles passariam de quinhentos anos de trabalhos forçados) viram Bastien Fabre, que era conhecido de todos, entrar na cabina telefônica, perto do balcão. Tinha um ar preocupado...

Bastien discou o número do Chez Papa. Olive atendeu, Bastien esfregou o lenço na testa suada e chupou, nervosamente, no seu charuto escuro.

– Bastien falando – disse ele, rapidamente. – O tipo que me veio procurar ontem à tarde está aí? – Ele havia pedido a Thomas que esperasse no Chez Papa o resultado da reunião.

– Está aqui, sim – respondeu Olive, com voz soturna. – Está jogando pôquer com os meus fregueses habituais. Não para de ganhar.

– Chama-o, sim? – Bastien aspirou outra baforada e abriu a porta da cabina para fazer sair a fumaça. – Esse safado de Pierre. Não merecia toda a trabalheira que estava causando.

Na véspera, aquele tipo tinha chamado os bonecos do serviço de informações e toda aquela maravilhosa muamba tinha desaparecido. Não *tudo*, felizmente, pensou Bastien. Enquanto Thomas telefonava, Chantal e ele tinham surrupiado algumas joiazinhas e um bom montinho de moedas de ouro... Mas, que representava aquilo comparado aos milhões que o resto valia? Era melhor nem pensar...

– Alô, Bastien? As coisas estão correndo bem, meu velho?

Foi com raiva que Bastien percebeu o desembaraço no tom de voz daquele safado.

– Pierre – disse ele –, sou teu camarada... apesar de tudo. Toma um conselho: desaparece. Desaparece já. Sem perder um minuto.

– Ora, ora, por quê?

– A reunião vai mal. Chantal pediu demissão.

– Meu Deus!...

– Ela chorou...

– Se soubesses, Bastien, quanto sinto tudo isso...

– Não me interrompas, biruta. Ela disse que te ama, que compreende as tuas razões... diante disso uma boa parte dos camaradas amoleceu.

– Viva o amor. Viva a França.

– ...Mas não todos. Há o grupo do François, o coxo, tu o conheces, é chamado de *Pé de Cabra*...

Thomas não o conhecia, mas ouvira falar dele. *Pé de Cabra* era o mais antigo membro da quadrilha. O apelido provinha não só do fato de ser coxo, mas também à sua brutalidade e aos métodos que empregava para conquistar mulheres.

– ...*Pé de Cabra* acha que deves ser liquidado...

– Muito agradável.

– ...segundo o que diz, nada tem contra ti, mas acha que a tua influência sobre Chantal é desastrosa. Estás fazendo dela um João Ninguém...

– Ora, ora...

– Tu representas o fim da nossa quadrilha. Para a própria proteção de Chantal, é preciso que sejas liquidado – disse ele. – Dá o fora, Pierre. Dá o fora.

– Ao contrário.

– Quê?

– Escuta bem, Bastien – disse Thomas Lieven. O seu amigo ouviu. Primeiramente com repugnância, depois com dúvidas e, finalmente, com aprovação.

– Muito bem – rosnou ele. – Se pensas que és capaz. Então, dentro de uma hora. Mas a responsabilidade é toda tua.

Desligou o telefone e voltou à sala dos fundos, cheia de fumaça, onde François, o coxo, alcunhado *Pé de Cabra*, pronunciava uma arenga inflamada visando mandar para um mundo melhor este Jean Leblanc, ou Pierre Hunebelle,... qualquer que fosse o seu nome.

– ...no interesse de todos – dizia ele, enfiando na mesa a afiada ponta de uma faca de mola, muito delgada e muito afiada. (Depois dirigiu-se em tom violento a Bastien:) – Onde estavas tu?

– Acabo de telefonar a Pierre – disse Bastien, sem temor. – Ele nos convida a todos para jantar. Em minha casa, daqui a duas horas. Diz ele que poderemos conversar com tranquilidade.

Chantal deixou escapar um grito. Todos falavam ao mesmo tempo. "Silêncio", berrou François, o coxo. Todos calaram.

– Ele tem dois... esse sujeito – disse François, impressionado. (Depois sorriu ameaçadoramente.) – Muito bem, amigos, nós iremos...

– Sejam bem-vindos, cavalheiros – disse Thomas Lieven, beijando a mão da Egéria da quadrilha, que estava lívida e com os nervos em frangalhos.

Os 15 patifes se amontoaram na sala de Bastien, alguns alegres, outros taciturnos e ameaçadores. Viram uma mesa posta para uma festa. Com a ajuda de Olive, Thomas a tinha preparado... sobre a grande mesa do trem elétrico de Bastien. As colinas, os vales, as pontes, os rios e as estações tinham desaparecido, mas havia uma linha única que ia de uma extremidade à outra da toalha branca, entre os pratos e os copos.

– Muito bem – disse Thomas, esfregando as mãos. – Queiram todos sentar-se, Chantal na cabeceira. Certas razões obrigam-me a ficar na outra extremidade. Estejam à vontade, senhores. Esqueçam, por alguns momentos, os seus desígnios homicidas.

Os homens sentaram-se, sussurrando uns para os outros. Estavam alertas. Diante do lugar de Chantal havia um vaso cheio de rosas de estufa. Thomas tinha pensado em tudo.

Olive e dois dos seus garçons serviram o primeiro prato: uma sopa de queijo. Thomas a havia preparado na cozinha do Chez Papa. A louça e os talheres também eram do bistrô.

– Bom apetite – disse Thomas. Perto dele havia alguns objetos que não era possível identificar porque estavam cobertos por guardanapos. Os trilhos mergulhavam sob os guardanapos.

Os cavalheiros tomaram a sopa em silêncio. Como bons franceses, sabiam honrar um prato de categoria.

Chantal não tirava os olhos de Thomas. Nos seus olhares havia toda uma gama de sentimentos diversos. *Pé de Cabra* comia com a cabeça baixa, mau como a sarna e absolutamente silencioso.

Depois veio o *civet* de coelho. Em seguida Olive e os dois garçons trouxeram, com grande cuidado e esforço, um prato que parecia uma torta gigantesca. Colocaram o prato ao lado de Thomas Lieven, sobre uma mesinha. Thomas apanhou uma grande faca.

– Cavalheiros – disse ele, enquanto amolava a faca. – Vou servir-lhes uma novidade. Uma invenção minha. Conheço bem a diversidade dos seus temperamentos. Alguns têm uma natureza conciliadora que os leva a perdoar-me; outros são rancorosos e querem suprimir-me. (Ergueu a mão.) Por favor. Não se discute sobre cores e gostos. Justamente por isto é que fiz um prato que pode agradar a todos. (Mostrou a torta.) Aqui está: é um *pâté* surpresa.

Dirigindo-se a Chantal:

– Que preferes tu, querida? – perguntou ele. – Filé de vaca, de porco ou de vitela?

MENU

8 de dezembro de 1940

Um jantar burlesco salva a vida de Thomas Lieven.

SOPA DE QUEIJO
CIVET DE COELHO COM MACARRÃO
PÂTÉ SURPRESA COM MOLHO DE COGUMELOS

SOPA DE QUEIJO – Raspe uma boa quantidade de queijo parmesão. Junte leite e bata bastante. Derrame, com cuidado, essa mistura – ela tende a coagular – a um caldo de carne em ebulição. Retire do fogo e junte uma gema, para ligar.

CIVET DE COELHO – Corte um coelho novo e de bom tamanho em pedaços médios. Em uma caçarola coloque 150 gramas de toucinho magro, cortado em cubos, junte a carne do coelho à qual acrescente o fígado do animal. Deixe a carne dourar por igual. Acrescente agora cebolinha, cebolas desfiadas e um dente de alho esmagado. Quando a carne tiver adquirido cor, junte um pouco de farinha de trigo, misture bem e junte, pouco a pouco, meio litro de água fervendo ou de caldo de carne. Tempere com sal, pimenta-do-reino, especiarias, bagas de genevre, raspa de casca de limão e acrescente a quarta parte de uma garrafa de vinho tinto. Deixe em fogo brando até que a carne esteja bem cozida e acrescente mais uma quarta parte de garrafa de vinho tinto. Deixe cozinhar mais um pouco. Sirva com macarrão grosso, cozido em água e sal e passado na manteiga.

PÂTÉ SURPRESA COM MOLHO DE COGUMELOS – Segundo o número de pessoas a servir, empregue pedaços maiores ou menores de filé de vitela, de porco e de vaca. Esses pedaços devem ter comprimento igual ao raio de uma grande forma para tortas. Frite ligeiramente os pedaços de filé e, depois, salgue e salpique com pimenta-do-reino. Forre o fundo e os lados da forma com massa folhada e arrume os pedaços de fígado de forma a que as extremidades mais finas fiquem no centro. Procure fazer com que cada tipo de filé ocupe um terço do fundo da forma. Marque a colocação de cada tipo e repita tais marcas na massa que recobrirá tudo. A partir dessas marcas faça um ornamento de massa que vá até o centro de sorte a delimitar cada uma das terças partes do pâté. Recorte, em massa, um porco, uma vitela e um boi para decorar o terço que lhe corresponde. Pincele o pâté com gema de ovo e leve ao forno (médio) para dourar.
Sirva com um molho de cogumelos que se prepara assim: refogam-se, na manteiga, alguns alhos picados (sendo possível use echalotas) e junta-se uma boa quantidade de cogumelos desfiados. Acrescenta-se um pouco de farinha de trigo e junta-se caldo de carne. Deixa-se, com a panela tampada e em fogo brando até que os cogumelos estejam cozidos. O molho deve ficar claro.
Acrescenta-se creme fresco e tempera-se com sal, pimenta-do-reino e um pouco de suco de limão. Junta-se, agora, uma gema, para ligar.
Se for desejado, pode-se acrescentar um pouco de vinho branco.

– Fi... filé de vitela – disse Chantal com voz rouca. (Pigarreou para recobrar a voz e repetiu, alto:) Filé de vitela.

– Certamente. É para já. – Thomas examinou a torta, girou-a um pouco e cortou em certo ponto uma bela fatia de filé de vitela, recoberta de massa, e colocou-a num prato. Passou a descobrir os objetos a seu lado e cobertos por guardanapos: a locomotiva elétrica de Bastien, com o seu tênder e um grande vagão de carga e mais os aparelhos de comando do trem.

Thomas colocou o prato com o filé de vitela sobre o vagão e ligou o contato. A locomotiva partiu zumbindo e puxou o tênder, o vagão e o prato ao longo da mesa, sob os olhares espantados dos 15 patifes. O trem parou em frente a Chantal. Ela retirou o prato do vagão. A surpresa provocou algumas risadas. Um dos homens bateu palmas.

Thomas fez voltar a locomotiva com o vagão vazio.

– O cavalheiro à esquerda de Chantal – indicou ele, calmamente. A boca do cavalheiro em questão, que tinha um pano preto sobre um dos olhos, fez uma careta misturada com um largo sorriso.

– Eu quero porco – gritou ele.

– Porco, aqui está. – Examinou novamente o *pâté*, fê-lo girar e cortou, em outro ponto, uma fatia de filé de porco que despachou pelo trem. Os homens estavam animados. Achavam graça na ideia. Todos falavam ao mesmo tempo.

– Eu quero filé de vaca – gritou um deles.

– Com prazer – disse Thomas.

O homem foi servido pelo mesmo processo. Vários outros começaram a aplaudir.

Thomas olhou para Chantal e piscou um olho. Ela sorriu, mesmo sem querer. A alegria contagiava a todos e tornava-se cada vez mais barulhenta. Os pedidos vinham de todos os lados. A pequena locomotiva não tinha descanso.

Finalmente só havia um prato vazio, o de François, o *Pé de Cabra*.

– E o senhor, cavalheiro? – perguntou Thomas afiando novamente a faca.

François o fitou demoradamente, com ar meditativo. Levantou-se vagarosamente e meteu a mão no bolso. Chantal soltou um grito de pavor; Bastien puxou, às escondidas, o seu revólver, quando viu aparecer a faca na mão de *Pé de Cabra*. A uma pressão do dedo do coxo, a lâmina apareceu brilhando. Capengando, *Pé de Cabra* deu um passo em direção a Thomas. Depois outro e mais outro. Os dois homens estavam agora frente a frente. Um silêncio de morte reinava na sala. Thomas ficou imperturbável. François fitou-o, fixamente, o tempo necessário para contar até dez. Subitamente o seu semblante mudou por completo.

– Toma a minha faca – disse ele. – Ela corta melhor. E eu quero porco, seu porcalhão.

No dia 8 de dezembro de 1940 o Sturmbannführer e seu ajudante de ordens, Winter, chegaram a Marselha – em trajes civis, é claro – para soltar os srs. de Lentier e Bauvier. Trouxeram os dois imediatamente para Paris, onde os compradores foram submetidos a rigoroso interrogatório.

No dia 10 de dezembro de 1940 a S.D.-Paris expediu um mandado de prisão cujo objetivo foi comunicado a todos os serviços.

As coisas se desencadearam no dia 13 de dezembro, num quarto do Lutecia, hotel parisiense requisitado para os serviços da Abwehr.

O capitão Brenner, da Divisão III, leu o mandado emitido pelo serviço rival. Primeiro leu rapidamente, mas parou em certa frase e releu tudo com mais atenção.

Procuravam um certo Pierre Hunebelle e o motivo era vagamente explicado como: "Denúncia de agentes da S.D. às autoridades francesas". O capitão Brenner leu ainda uma vez: Pierre Hunebelle. Rosto fino. Olhos castanhos. Cabelos castanhos. Aproximadamente um metro e 75. Magro.

Possui um relógio de repetição, de ouro, com o qual tem o hábito de brincar. Sinais especiais: gosta de cozinhar.

– Hum! Gosta de cozinhar. Hum!!!

O capitão Brenner coçou a cabeça. Não havia? Não seria? Não havia o caso de um general que fora tapeado por um indivíduo que gostava de cozinhar? Isto acontecera por ocasião da tomada de Paris. Havia um dossiê.

Um dossiê... um dossiê...

Uma hora mais tarde, o capitão Brenner encontrara, nos arquivos, o que estava procurando. A pasta era fina mas a memória não o tinha enganado. Eis aí: Thomas Lieven, também chamado Jean Leblanc. Aproximadamente um metro e 75. Olhos castanhos. Cabelos castanhos. Possui um relógio de repetição, de ouro. Sinais particulares: é um apaixonado pela cozinha.

O capitão Brenner começou a sentir a febre do caçador. Tinha contatos pessoais no S.D. Passou três dias tentando descobrir tudo e ficou sabendo, afinal, o que o Sturmbannführer Eicher tinha contra o chamado Hunebelle, aliás Leblanc, aliás Lieven. Com um sorriso sarcástico, Brenner redigiu um relatório para o grande chefão dos seus serviços...

No seu gabinete em Berlim, à margem do Tirpitz, o almirante Canaris leu o relatório do seu subordinado e à medida que lia mais difícil era dissimular o prazer. A mesma alegria que se apoderara do seu homem em Paris agora o invadia. Vejam só. A S.D. saqueando a França não ocupada. Aqui está algo que servirá para esfregar o nariz do sr. Himmler no seu próprio excremento.

E o sujeito que os embrulhou é um tal Hunebelle, aliás Leblanc, aliás...

O almirante ficou novamente sério. Releu as últimas linhas e leu pela terceira vez. Depois chamou sua secretária:

– Senhorita, traga-me o dossiê Lieven.

Um quarto de hora depois, o dossiê estava sobre sua mesa. A capa da pasta tinha, como enfeite, uma grande cruz negra. Canaris a abriu e leu a primeira página...

Colônia, 4 de dezembro de 1940

EXP: ABWEHR-COLÔNIA
DEST: CHEFE ABWEHR-BERLIM
CONFIDENCIAL 135892/VC/LU

De regresso de Lisboa informo a V. S. que morreu o traidor e agente duplo Thomas Lieven, chamado também Jean Leblanc..."

Canaris ficou imóvel por muito tempo. Depois pegou o telefone. Sua voz estava baixa, como se ele estivesse prestes a explodir de cólera:

– Ligue para a Abwehr em Colônia, por favor, senhorita. O comandante Fritz Loos...

Na noite tempestuosa de 28 de dezembro, Thomas Lieven ouvia o boletim informativo em francês da BBC, de Londres. Thomas ouvia Londres todas as noites porque um homem em sua situação tinha necessidade de estar bem informado.

Estava no quarto de Chantal. A sua bela amiga já estava deitada. Tinha os cabelos penteados para cima e estava sem nenhuma maquilagem. Era assim que Thomas a achava mais bela.

Estava sentado na cama e Chantal acariciava-lhe a mão enquanto ouviam a voz do locutor:

"...na França a resistência está cada vez mais ativa contra os nazistas. Ontem à tarde, perto de Varades, um trem transportando tropas foi dinamitado, na linha que vai de Nantes a Angers. A locomotiva e três vagões ficaram completamente destruídos. Pelo menos 25 soldados alemães morreram e cerca de cem ficaram feridos, muitos em estado grave".

Os dedos de Chantal continuavam sobre a mão de Thomas.

"...como represália, os alemães fuzilaram, imediatamente, trinta reféns franceses..."

Os dedos de Chantal ficaram imóveis.

"...mas a luta continua: ela está apenas começando. Uma organização clandestina ataca e atrapalha, sem piedade, os alemães. Segundo fontes seguras, o grupo marselhês da Resistência conseguiu apoderar-se de grande quantidade de ouro, de divisas e de objetos de valor provenientes da pilhagem nazista. Esses recursos servirão para aumentar o ritmo dos combates... A explosão de Varades não será a única..."

Thomas estava lívido. A voz, no rádio, tornou-se insuportável e ele o desligou. Deitada, de costas, Chantal olhava-o, sem se mexer. Subitamente esse olhar, também, tornou-se-lhe insuportável.

Com um gemido de sofrimento, ele apoiou a cabeça nas mãos. O seu crânio parecia estalar. Vinte e cinco alemães. Trinta franceses. Mais de cem feridos. E era apenas um começo. O combate continua. Financiado pela grande quantidade de ouro e divisas nazistas, recuperadas em Marselha... Desgraças, sangue e lágrimas... Financiados por quem? Com a ajuda de quem?

Thomas Lieven ergueu a cabeça. Chantal continuava a olhá-lo, imóvel.

– Vocês é que tinham razão – disse ele em voz baixa. – Bastien e tu. Deveríamos ter ficado com toda a muamba. O teu instinto estava mais certo que o meu. Enganar o Siméon e os Serviços de Informações teria sido um mal menor...

– Nenhuma das *nossas* tramoias custou, até hoje, a vida de um inocente.

Thomas sacudiu a cabeça.

– Agora está bem claro. Terei que mudar a minha maneira de agir... As minhas ideias são ultrapassadas e as minhas concepções sobre a honra e a palavra empenhada são falsas e perigosas. Lembras-te, Chantal, da proposta que me fizeste, em Lisboa?

– Para ser meu sócio? – disse ela, sentando-se na cama.

– Exatamente. Negócio fechado. De agora em diante sou teu sócio. Sem piedade nem fraquezas. Para mim basta. Agora só quero é a boa grana.

– Mas estás falando como eu, querido.

Enlaçou-lhe o pescoço com os braços e beijou-o ardentemente.

Esse beijo selou uma estranha aliança, um tratado de cooperação, que até hoje é comentado em Marselha, com toda a razão. Isto porque, entre janeiro de 1941 e agosto de 1942, o sul da França foi teatro de uma avalancha de crimes que, por uma espécie de milagre, tinham, todos, uma característica comum: nenhuma das vítimas merecia a simpatia ou a compaixão do público.

A primeira vítima foi Marius Pissaladière, joalheiro marselhês. Se não houvesse chovido em Marselha, no dia 14 de janeiro de 1941, é possível que esse homem não tivesse sofrido a trágica perda de mais de oito milhões de francos. Mas acontece que choveu a cântaros, de manhã à noite, e a fatalidade seguiu o seu curso.

A elegante loja de Marius Pissaladière estava localizada na Canebière. O sr. Pissaladière, riquíssimo quinquagenário, tinha tendência à obesidade mas vestia-se, sempre, pela última moda.

Anteriormente, Pissaladière fazia negócios nos meios internacionais da Côte d'Azur. Recentemente tinha outra clientela, também cosmopolita: refugiados dos países invadidos pelas tropas de Hitler. Pissaladière comprava suas joias. Eles precisavam de dinheiro para fugir para mais longe, para subornar funcionários, para obter vistos de entrada, para conseguir passaportes falsos.

Para pagar o mínimo possível aos refugiados, o joalheiro tinha um sistema extremamente simples: regateava com os vendedores, durante dias e semanas, até que ficassem desesperados e se sentissem encurralados. Para Pissaladière, a guerra poderia durar dez anos mais.

Não, o sr. Marius não se podia queixar; seus negócios estavam numa fase brilhante. E tudo teria continuado assim, ótimo, se não tivesse chovido em Marselha no dia 14 de janeiro de 1941...

No dia 14 de janeiro de 1941, cerca de onze horas da manhã, um homem de aproximadamente 45 anos entrou na joalheria de Marius Pissaladière. Usava chapéu preto, de abas viradas, um caro sobretudo de pele, calças listradas de cinzento e preto e polainas. Tudo de acordo com a melhor etiqueta. Tinha também, é claro, um guarda-chuva.

Na opinião de Pissaladière, aquele rosto fino, pálido e aristocrático indicava alta nobreza. Velha fortuna. Fim de raça. Era esse o tipo de cliente preferido pelo joalheiro...

Pissaladière estava só em sua loja. Esfregando as mãos, inclinou-se, com deferência, diante do comprador em perspectiva.

O elegante cavalheiro respondeu à acolhida de Pissaladière com um leve movimento de cabeça e pendurou o seu guarda-chuva (com cabo de âmbar) na beira do balcão. Modos aristocráticos, disse Pissaladière a si mesmo. Sociabilidade. Pessoas como tu e eu. Formidável.

– Gostaria de comprar algumas joias. Disseram-me no Bristol que o senhor tinha uma grande variedade.

– As mais belas pedras de Marselha, cavalheiro. O senhor já tem ideia do que deseja?

– Bem, espere um pouco... uma... ah... uma pulseira com brilhantes ou algo parecido.

– Temos para todos os preços. Quanto pretende gastar?

– Entre... ah... dois e... ah... três milhões – respondeu o cavalheiro bocejando.

Nossa Senhora, pensava Pissaladière. Que linda manhã. Dirigiu-se rapidamente para o cofre e manipulou a combinação.

– Em redor desse preço há, evidentemente, algumas belas peças.

A pesada porta de aço se abriu. Pissaladière escolheu nove pulseiras cravejadas de brilhantes e colocou-as sobre uma bandeja forrada de veludo que apresentou ao cliente.

As pulseiras brilhavam e cintilavam com todas as cores do arco-íris. O cavalheiro as contemplou demoradamente e em silêncio. Depois, escolheu uma com sua mão fina e tratada. Era uma pulseira de grande beleza com brilhantes alongados, talhados em *baguette* e seis pedras de dois quilates.

– Quanto custa... hum... esta aqui?

– Três milhões, cavalheiro.

A pulseira pertencera à esposa de um banqueiro israelita, de Paris. Com os seus métodos habituais de chantagem, Pissaladière a comprara por quatrocentos mil francos.

– Três milhões é demais – disse o cavalheiro.

Pissaladière reconheceu logo que estava tratando com um amador que entendia do negócio. Somente os ignorantes aceitam o primeiro preço mencionado por um joalheiro. Foi o começo de um regatear tremendo, de um vaivém teimoso, de parte a parte.

A porta da loja foi aberta. Pissaladière levantou a cabeça. Um segundo cavalheiro entrara. Não estava tão bem vestido como o primeiro mas, apesar disso, apesar disso... Discreto. Sobretudo debruado. Luvas, polainas, chapéu e guarda-chuva.

Pissaladière ia pedir ao novo freguês que esperasse um pouco, mas este foi logo declarando:

– Preciso apenas de uma nova pulseira para o meu relógio.

Pendurou o seu guarda-chuva ao lado do do cavalheiro com a peliça e não deu a mínima demonstração de conhecê-lo.

A partir desse momento Marius Pissaladière poderia ser considerado como vendido, traído, embrulhado...

Em verdade, os dois cavalheiros que fingiam não se conhecer eram velhos amigos. Mas no decorrer das duas últimas semanas tinham sofrido uma transformação radical, por dentro e por fora.

Há apenas duas semanas esses dois cavalheiros usavam linguagem de carroceiro, com todos os palavrões, cuspiam no chão, usavam sapatos e casacos amarelo-canário com ombros enormemente alargados pelo enchimento. Até duas semanas antes, as suas unhas eram negras e os cabelos compridos demais. Na vida real pertenciam, ambos, a essa casta social misteriosa que os bons cidadãos chamam, de maneira genérica, de *bas-fond*.

A quem cabia, então, o mérito de haver transformado, em tão pouco tempo – é verdade que num regime acelerado e bastante penoso – dois cafajestes, por vocação, em verdadeiros homens de sociedade?

A quem? A Pierre Hunebelle, aliás Jean Leblanc, aliás Thomas Lieven.

Como início dos preparativos para o golpe contra o joalheiro Pissaladière, Thomas Lieven organizara um almoço, 15 dias antes.

O almoço foi servido numa sala nos fundos do Chez Papa. Além de Thomas Lieven e de sua bela amante, só havia os dois cafajestes em questão e que lá estavam usando os seus verdadeiros nomes: Fred Meyer e Paul de la Rue.

Há muito que eles pertenciam à quadrilha de Chantal mas o seu campo de ação era em Toulouse. A organização de Chantal tinha filiais. Era uma empresa alicerçada em bases sólidas.

Paul de la Rue, descendente de uma família huguenote, era alto e magro. A sua profissão era falsificar quadros. Falava com o sotaque do Sul da França. Malgrado o seu aspecto pouco cuidado, sua cabeça fina tinha algumas características aristocráticas.

Quanto a Paul Meyer, a profissão que aprendera fora a de arrombador de cofres. Tivera, entretanto, outras atividades como roubo com arrombamentos, furtos em quartos de hotel e contrabando. Ele, também, tinha sotaque do Sul.

Paul e Fred reviram Chantal e Thomas com prazer, esfregavam as mãos e tinham sorrisos nos lábios.

– Um pequeno *pastis* antes de entrarmos na boia, hein? – arrotou o descendente dos huguenotes.

– Antes de comer – disse Thomas, em tom glacial – os cavalheiros não beberão cálices de *pastis* mas, ao invés disso, irão ao barbeiro, cortarão os cabelos, farão a barba e lavarão o pescoço e as mãos. Ninguém se senta à mesa num estado semelhante.

– Cala a boca, tu – rosnou Fred que, tal como Paul, mal conhecia esse tal Pierre Hunebelle. – Vá pentear macacos. A patroa é Chantal.

– Façam o que ele diz – interveio Chantal, com os lábios cerrados. – Vocês têm que ir ao barbeiro. Como estão parecem dois porcos.

Os dois saíram, resmungando. Ficando só com Thomas, Chantal demonstrou que, embora tendo desistido, para lhe ser agradável, de algumas esquisitices na maneira de vestir, ainda era fiel a si mesma. Desandou-lhe uma descompostura com a fúria de um gato selvagem.

– Eu não queria dar a impressão de que não te apoiava. Se começassem a dizer que nós nos descompomos, a minha autoridade sobre esses sujeitos estaria acabada. Mas quero que saibas que a quadrilha é *minha*, entendeu?

– Lamento muito. Neste caso é melhor desistir deste negócio.

– Que queres dizer com isto?

– Não sou teu empregado. Ou eu sou teu sócio com direitos iguais ou não somos mais coisa alguma.

Ela olhou-o, com as pálpebras semicerradas e murmurando coisas ininteligíveis. Depois bateu-lhe no ombro, com o punho.

– Muito bem, meu safado! – rosnou ela, a um só tempo irritada e achando graça. – Mas – acrescentou ela, rapidamente – não imagines que és indispensável. Acontece simplesmente que eu sinto falta de um homem perto de mim, entendes?

– Entendi – disse Thomas, piscando um olho. Para comemorar a reconciliação, beberam um conhaque de idade canônica.

Paul e Fred voltaram três quartos de hora depois. Estavam com aspecto mais civilizado. Logo ao início da refeição, Chantal fez uma proclamação:

– Escutem bem. Quem tentar desobedecer a Pierre terá que se haver comigo, compreenderam?

– Mas o que há, Chantal? É a primeira vez que tu...

– Chega. Pierre é meu sócio.

– Que azar desgraçado! – observou o arrombador de cofres. – Creio que tu estás muito doente. Pobre mulher.

Em vez de uma resposta recebeu uma bofetada de estalar.

– Trata de cuidar da tua bunda – disse Chantal raivosa.

– Se nem se pode conversar, então!

– Podes conversar sobre titica! (Malgrado a sua natureza recalcitrante e independente, Chantal já tinha aprendido várias coisas com Thomas.) Seria melhor se comesses decentemente, seu porco. Estás vendo? Este tipo está cortando o espaguete com a faca.

– Mas esse negócio escorrega pelo garfo.

– Permita que eu lhe dê um conselho – disse Thomas amavelmente. – Se não consegue enrolar o espaguete no garfo, espete a quantidade que dá para uma garfada, segure a colher com a mão esquerda e apoie nela os dentes do garfo: assim. (Thomas fez a demonstração.) Agora gire o garfo. Funciona muito bem, não é?

Fred o imitou. A coisa funcionava.

– Por falar nisto, senhores – disse Thomas –, precisamos ter uma longa conversa sobre boas maneiras pois elas são a própria base de toda a escroqueria que se respeita. Os senhores acaso encontraram, alguma vez, um banqueiro que não tivesse boas maneiras?

– Um *banqueiro*. Quanto menos eu pensar neles, melhor.

– Boas maneiras, perfeitamente – disse Chantal em tom que não admitia resposta. – Além do mais, nós mudamos os métodos aqui. Tratem de compreender isto de uma vez para sempre. O meu sócio e eu chegamos a um acordo. A partir de agora não vamos mais procurar a grana... as nossas operações não serão com qualquer João Ninguém...

– Mas com quem, então?

– Com os salafrários que assim merecem: nazistas, colaboradores, agentes secretos e outros parecidos. O primeiro nome da lista é esse Pissaladière... (Chantal parou de falar porque Olive, o dono do bistrô, trazia, ele mesmo, o prato principal.)

Thomas serviu as costeletas e, logo a seguir, ergueu as sobrancelhas.

– O senhor está usando o garfo de sobremesa, sr. de la Rue!

– São tantos talheres que a gente mete os pés pelas mãos.

– Quanto aos talheres, senhores – disse Thomas –, caminha-se de fora para dentro. Os talheres mais próximos do prato são os que se usam por último.

– Estou curiosa por saber em que buraco de ratos vocês foram educados – disse Chantal com dignidade. (Dirigiu-se depois a Thomas com a maior distinção.) – Peço-te a fineza de continuar, querido.

MENU

3 de janeiro de 1941

Thomas Lieven troca joias e platina por boas maneiras.

ESPAGUETE À BOLONHESA

COSTELETAS ROBERT

TORTA SACHER

ESPAGUETE À BOLONHESA – Para meio quilo de espaguete empregue meio quilo de carne, de preferência uma mistura de vaca, porco e vitela. Corte em fatias finas meio quilo de cebolas e refogue em manteiga ou azeite e junte à carne, cortada em pequenos cubos, um dente de alho esmagado e salsa bem picada. Quando tudo estiver bem cozido, junte tomates descascados e sem sementes (ou uma boa massa de tomates) e deixe em fogo brando até obter um molho bastante espesso.
Cozinhe o espaguete – não muito tempo – em água e sal. Passe em água fria e faça escorrer.
Junte o espaguete ao molho, que deve antes ser salgado a seu gosto.
Sirva com queijo parmesão ralado.

COSTELETAS ROBERT – Use costeletas de porco, de tamanho médio. Faça alguns cortes na gordura em volta das costeletas. Bata para achatá-las e, em seguida coloque-as em frigideira muito quente sem juntar qualquer gordura.

Frite aproximadamente três minutos de cada lado, ponha sal, pimenta-do-reino e uma boa porção de manteiga. Deixe fritar mais um minuto de cada lado, retire da frigideira e coloque sobre um prato quente.

Misture, em partes iguais, vinho tinto e creme azedo e adicione uma colher de mostarda clara. Ponha essa mistura na frigideira (onde está o caldo que ficou das costeletas), mexa bem e, em seguida, derrame esse molho sobre as costeletas procurando cobri-las dos dois lados. Sirva imediatamente com uma guarnição de batatas fritas.

TORTA SACHER – Amasse 125 gramas de manteiga, junte 150 gramas de açúcar, 150 gramas de farinha de trigo peneirada, cinco gemas, um pouco de baunilha e, por fim, 150 gramas de chocolate derretido em banho-maria. Misture tudo bem e acrescente cinco claras batidas em neve e ponha em forma de torta que levará ao forno médio, durante meia hora. Para o glacê da torta use noventa gramas de chocolate derretido, 125 gramas de açúcar peneirado (quanto mais fino, melhor) e duas colheres, das de sopa, de água quente. Leve ao fogo e bata vigorosamente.

Quando a torta estiver pronta cubra-a com doce de abricó e derrame o glacê por cima. Leve ao forno quente, durante um minuto, para secar.

Deixe esfriar antes de servir.

– Em consequência da modificação dos nossos estatutos, senhores, temos em vista, primeiramente, esse joalheiro de quem já falei. É um sujeito sórdido – sr. Meyer, não é admissível segurar a costeleta com a mão para roer o osso! Onde estava eu?

– Pissaladière – soprou Chantal. Ela observava Thomas com muito carinho, ela o amava e o detestava, alternadamente. Os seus sentimentos estavam sujeitos a bruscas alternativas; ela própria não os compreendia bem. Uma só coisa era certa: ela não podia viver sem aquele canalha.

– Tem razão, Pissaladière.

Thomas explicou por que o joalheiro era um tipo sórdido.

– Eu detesto a violência – continuou ele – e não quero, absolutamente, ver correr sangue. Por conseguinte fica eliminada qualquer ideia de furar o teto da loja, de organizar um assalto a mão armada, ou qualquer coisa parecida. Acreditem-me, senhores, para tempos novos, métodos novos. Só os que têm imaginação poderão sobreviver. A concorrência é muito forte. Sr. de la Rue, as batatas não se comem com as mãos e sim com o garfo.

– E como vamos *operar* esse Pissaladière? – perguntou Fred Meyer.

– Com a utilização de dois guarda-chuvas.

Olive trouxe a sobremesa.

– Quero explicar logo, senhores, que a torta é comida com o pequeno garfo e não com a colher.

– Vocês terão que trabalhar muito, vocês dois, nos próximos dias – disse Chantal. – Nada de bebidas, de jogar cartas e andar atrás das meninas, entenderam?

– Pelo amor de Deus, Chantal, é tão raro virmos a Marselha...

– Primeiro temos que ter êxito no golpe; as diversões virão depois, meus amigos. Terão que aprender a se vestir como homens de sociedade, a andar e a falar como eles. Sem sotaque, se for possível. Será necessário, também, aprender a fazer desaparecer objetos sem chamar a atenção.

– Não vai ser sopa, estou avisando! – exclamou Chantal. – Vocês estarão à disposição do meu sócio, da manhã à noite...

– Mas não durante a noite – disse Thomas, beijando-lhe a mão.

Num relance, ela ficou rubra e raivosa e tentou bater-lhe.

– Não faças isto – explodiu ela. – Diante de outros, seu... seu... É indecente essa lambedeira de mão.

Seus olhos lançavam chispas. Era a gata selvagem que, novamente, mostrava as garras.

Numa extremidade do balcão, o joalheiro mostrava um sortimento de pulseiras de ouro a Fred Meyer. Na outra extremidade Paul de la Rue examinava as nove joias cravejadas de brilhantes. Os dois guarda-chuvas estavam um junto ao outro.

Tal como aprendera, durante horas e horas de trabalho sob a supervisão de Thomas Lieven, ele pegou silenciosamente a pulseira de três milhões e a fez escorregar, também silenciosamente, no guarda-chuva entreaberto do seu amigo Meyer. Para garantir o silêncio da operação a armação de aço do guarda-chuva estava coberta de algodão. Duas outras pulseiras seguiram o mesmo caminho.

Afastando-se dos guarda-chuvas ele foi até o outro lado da loja, para admirar algumas correntes de ouro. Enquanto fazia isso ele passou a mão direita nos cabelos, agora bem tratados e cortados.

Obedecendo a este sinal combinado, Fred Meyer escolheu, rapidamente, uma pulseira de couro que custava 240 francos. Pagou a sua compra com uma nota de cinco mil francos.

Pissaladière dirigiu-se para a caixa. Registrou a venda e abriu a gaveta. Dirigiu-se a Paul de la Rue e disse:

– Estarei à sua disposição imediatamente, cavalheiro.

Pissaladière entregou o troco ao comprador da pulseira de couro que, embora chovesse copiosamente, não abrira o guarda-chuva. Pelo menos não o fizera ao sair da loja...

Com andar ligeiro, Pissaladière voltou ao seu aristocrático cliente.

– E agora, cavalheiro... – ia dizendo ele mas parou subitamente. Num relancear de olhos verificara que três das suas mais valiosas pulseiras não estavam mais na bandeja aveludada.

A primeira ideia que ocorreu ao joalheiro é que se tratava de uma brincadeira. Um aristocrata degenerado pode ter ideias macabras em matéria de brincadeiras. Sorriu de maneira constrangida.

– Ah – disse ele –, o cavalheiro assustou-me.

Admiravelmente treinado por Thomas Lieven, Paul levantou as sobrancelhas de forma inimitável.

– Que diz o senhor? – perguntou ele. – O senhor está sentindo alguma coisa?

– Por favor, cavalheiro, pare de brincadeira. Peço que ponha as três pulseiras sobre a bandeja.

– O senhor estará bêbado? O senhor quer dizer que eu... Mas puxa! Onde estão as três belas pulseiras?

O rosto de Pissaladière ficou meio azulado. Sua voz tornou-se estridente.

– Cavalheiro, se não colocar imediatamente as três joias em cima do balcão, eu chamarei a polícia!

Neste ponto, Paul de la Rue afastou-se um pouco do seu papel. Ele começou a rir.

Tal hilaridade fez o joalheiro perder os últimos vestígios de sangue-frio. Nervosamente enfiou a mão por baixo do balcão e apertou o botão do sistema de alarme. Pesadas portas de aço desceram sobre as vitrinas, a porta de entrada e a saída dos fundos.

Um grande revólver apareceu na mão de Marius Pissaladière:

– Mãos ao alto! – guinchou ele. – Nem um passo... nem um movimento.

– Pobre louco – disse Paul de la Rue, com absoluta calma e levantando os braços. – O senhor vai se arrepender.

A polícia chegou pouco depois.

Com a mais absoluta calma, Paul de la Rue apresentou um passaporte francês, com o nome de Visconde René de Toussant, Paris, Bois de Boulogne. Esse passaporte era uma admirável falsificação, produto da ciência dos melhores especialistas do Vieux Quartier. Apesar disso, os policiais despiram-no inteiramente, revistaram toda a sua roupa e chegaram, até, a desfazer as costuras do seu sobretudo.

Depois exigiram que o falso visconde provasse que poderia pagar três milhões.

Com um sorriso nos lábios, o suspeito pediu que telefonassem ao diretor do Hotel Bristol. O diretor do Bristol confirmou que o visconde havia depositado a quantia de seis milhões no cofre do hotel. E tinha que ser assim. Paul de la Rue estava hospedado no hotel e havia entregue, para ser guardada no cofre, a quantia de seis milhões retirada do capital da quadrilha!

Os policiais tornaram-se muito mais corteses.

Finalmente, quando a polícia parisiense respondeu que realmente morava, perto do Bois de Boulogne, um visconde René de Toussant, grande fortuna, boas relações com os nazistas e com o governo de Vicky e que no momento estava viajando pelo Sul do país, os inspetores soltaram Paul de la Rue, apresentando muitas desculpas.

Aniquilado, branco como cera, Marius Pissaladière balbuciou suas desculpas.

Quanto ao comprador da pulseira de couro para relógio, personagem que Pissaladière não podia descrever de forma útil, havia desaparecido.

Quando escolheu Paul de la Rue, por causa de sua aparência, e mandou fabricar o passaporte falso com o nome do visconde, Thomas Lieven tinha previsto, com exatidão, o curso dos acontecimentos. É verdade que o *Courrier de Perpignan* de 2 de janeiro de 1941 tinha contribuído para o êxito da operação. Na crônica social, Thomas vira uma fotografia do aristocrata pró-nazistas e a seguinte informação:

"O visconde René de Toussant, industrial parisiense, chegou a Font-Romeu para um repouso de algumas semanas..."

Não seria possível, é claro, repetir o golpe do guarda-chuva em Marselha. Esse gênero de mágica só se faz uma vez. Em compensação Bordeaux, Toulouse, Montpelier, Avignon e Béziers tiveram dias de grande animação. Nas semanas seguintes, certos joalheiros e antiquários dessas cidades passaram por coisas desagradáveis e altamente prejudiciais com fregueses que usavam guarda-chuvas. Mas, fato estranho, todas as vítimas eram, sem exceção, do mesmo tipo sórdido e mesquinho de Marius Pissaladière.

Tal semelhança entre as vítimas contribuiu para que ninguém tivesse pena delas. Muito pelo contrário! Começou-se a espalhar que tais roubos no Sul da França eram feitos por um grupo de clandestinos, dirigido por uma espécie de Robin Hood.

Um encadeamento de circunstâncias fez com que a polícia seguisse uma pista falsa. Thomas Lieven tinha uma responsabilidade sobre o equívoco da polícia. A polícia suspeitava de que os responsáveis pelos audaciosos furtos de joias fossem os membros da quadrilha do *Careca*.

Uma das mais antigas quadrilhas de Marselha era chefiada por um tal Dante Villaforte, um corso que recebera, por motivos evidentes, a alcunha de *Careca*.

Quando surgiu o negócio de transportar refugiados para Portugal, Villaforte e seus asseclas também se dedicaram ao assunto. Acontece que, repentinamente, Chantal ativara enormemente os seus negócios. Mas a maneira como ela estava agindo era contra todas as praxes da confraria. Ela adotou o método, nem sempre seguido, de: preços baixos, grande volume de negócios, bom rendimento. Ou mesmo: fuja agora, pague mais tarde.

É fácil de compreender que o *Careca* estivesse indignado porque Chantal estava estragando os seus negócios. Quase toda a clientela procurava Chantal e ninguém, ou quase ninguém, se dirigia a ele.

Certo dia, veio a saber que todas essas inovações eram devidas à visão e à inteligência do amante de Chantal, um homem em quem ela confiava cegamente. Um homem que era o cérebro da quadrilha e um cérebro, diziam, da mais alta qualidade.

O *Careca* resolveu ocupar-se, pessoalmente, com esse homem.

No mês de julho de 1942, Dante Villaforte convocou uma assembleia-geral de sua quadrilha, em seu apartamento da rua Mazenod.

– Senhores – declarou ele –, Chantal Tessier sozinha já era uma calamidade pública. Ela sempre nos prejudicou. Sempre nos fez mal. Mas agora ela tem esse desgraçado de Pierre, ou qualquer que seja o seu nome... já passou da conta.

Murmúrios de aprovação.

– Eu repito: com Chantal nós apenas ganhávamos o suficiente para viver. Ela é uma parada dura. Mas parece que está enrabichada por esse sujeito. Nestas condições, qual será a melhor maneira de lhe dar um golpe de arrasar?

– Basta liquidar o seu amiguinho – disse alguém.

– Como? – retrucou Villaforte com rancor. – Liquidar, abrir a barriga! É a única solução que podem imaginar! Não serve para nada? Verifiquei que o tal tipo usa, entre outros, o nome de Hunebelle. E a Gestapo anda à procura de um Hunebelle. Há uma boa recompensa, se nós... Será preciso dizer mais?

Não foi preciso.

Na noite de 17 de setembro de 1942 houve um temporal. Chantal e Thomas tinham pensado em ir ao cinema mas desistiram, resolvendo ficar em casa.

Beberam *calvados*, ouviram discos e Chantal estava muito carinhosa, sentimental e langorosa.

– Que fizeste de mim... – murmurou ela. – Por vezes nem me reconheço.

– Chantal – disse Thomas –, precisamos sair daqui. As notícias são péssimas. Marselha pode ser ocupada pelos alemães a qualquer momento.

– Iremos para a Suíça – disse ela. – Temos bastante dinheiro. Poderemos viver como reis.

– Sim, minha querida – disse ele beijando-a.

– Ah, meu amor – suspirou ela, com lágrimas nos olhos –, nunca fui tão feliz. Isto não durará para sempre, nada dura, mas espero que dure um momento mais, só um momento...

Mais tarde Chantal teve vontade de comer uvas.

– As lojas estão fechadas – pensou Thomas, falando alto sem perceber. – Mas na estação eu talvez encontre.

Levantou-se e vestiu-se.

– Estás louco – protestou ela. – Com um tempo destes!

– Não, não, terás as tuas uvas. Porque gostas de uvas e eu gosto de ti.

Subitamente seus olhos ficaram, outra vez, cheios de lágrimas. Blasfemando, ela bateu com o pequeno punho sobre o joelho.

– Como eu sou idiota. Que merda, agora estou chorando porque te amo demais...

– Voltarei rapidamente – disse Thomas ao sair.

Ele estava enganado.

Porque, vinte minutos depois de sair da casa da rua do Chevalier-Rose, Thomas Lieven, aliás Jean Leblanc, aliás Pierre Hunebelle, estava nas mãos da Gestapo.

É curioso verificar até que ponto eu estou habituado a Chantal, pensou Thomas. Não posso sequer imaginar a vida sem ela. Suas loucuras, seus modos de animal feroz, a sua maneira de parecer que me vai comer vivo, tudo isto me encanta, cada vez mais. Admiro, também, a sua coragem e a sua intuição. E ela não mente, pelo menos quase nunca...

Atravessando a praça Jules-Guesde, deserta e com o asfalto brilhando sob a chuva, Thomas entrou na pequena rua Bernard-du-Bois, onde havia um pequeno e velho cinema que ele frequentara, muitas vezes, em companhia de Chantal.

Um carro Peugeot, preto, estava parado diante do cinema. Thomas nada notou e continuou em seu caminho. Duas sombras começaram a segui-lo. Passando junto ao Peugeot preto, uma das sombras bateu no vidro da porta. Imediatamente, os faróis do carro foram acesos e apagados, rapidamente. Na outra extremidade da rua, duas sombras começaram a andar.

Thomas não os percebeu. Não viu nem os homens que vinham ao seu encontro, nem os que o seguiam. Estava absorto em seus pensamentos... É preciso que eu fale calmamente com Chantal. Sei de fonte limpa: tropas americanas desembarcarão na África do Norte antes do fim do ano. A Resistência francesa assedia os alemães, cada vez mais. Suas bases mais importantes estão no Sul do país. É evidente que os alemães acabarão por ocupar, também, a zona livre. Chantal e eu devemos partir, o mais rapidamente possível, para a Suíça. Na Suíça não há nazistas, não há guerra. Poderemos viver em paz.

As duas sombras à sua frente aproximaram-se. As duas sombras que vinham atrás também se aproximaram. O motor do Peugeot foi posto em movimento. Agora, o carro andava muito lentamente, sem uma luz. E Thomas Lieven continuava sem nada perceber.

Pobre Thomas! Ele era inteligente, leal, sedutor e serviçal. Mas não era um Zorro, nem Napoleão, nem um

Mata-Hari masculino, muito menos seria um super-homem. Ele não se parecia com nenhum dos heróis que se encontram nos livros, esses arqui-heróis, sempre calmos, sempre vencedores. Era apenas um homem perseguido, sem um momento de paz, e obrigado, para poder sobreviver, a tirar o melhor partido possível de uma odiosa situação.

Aí está porque nada percebeu do perigo que o ameaçava. Nada pensou de mal quando dois homens apareceram, subitamente, diante dele. Vestiam capas impermeáveis. Eram franceses.

– Boa noite, cavalheiro, poderia, por favor, dizer-nos que horas são?

– Pois não – respondeu Thomas. Numa das mãos segurava o guarda-chuva. Com a outra tirou do bolso do colete o seu relógio de repetição. Apertou o botão que abria a tampa. Neste momento as duas sombras que vinham atrás também se aproximaram.

– São exatamente oito horas... – começou Thomas. Nesse instante recebeu uma terrível pancada na nuca.

O guarda-chuva voou. O relógio – felizmente preso a uma corrente – escapou-lhe das mãos. Ele caiu ajoelhado. Abriu a boca para gritar. Imediatamente uma mão surgiu, empunhando um grande chumaço de algodão. Sentindo o cheiro adocicado e repugnante, teve náuseas. Ele conhecia tudo isto: o mesmo lhe acontecera em Lisboa. Naquela ocasião tudo terminara bem. Quando já perdia os sentidos um relâmpago de intuição lhe dizia que desta vez não teria a mesma sorte.

Depois, mergulhou na inconsciência completa e os seus raptores não tiveram problemas para atirá-lo no banco traseiro do Peugeot.

3

A PRISÃO CENTRAL DE FRESNES estava a 18 quilômetros de Paris. Altas muralhas circundavam o velho edifício que era dividido em três partes principais e flanqueado por numerosas alas complementares. Solitária e pesada, a prisão estava numa planície melancólica onde havia árvores estioladas, pastos estéreis e campos incultos.

No primeiro corpo do edifício estavam os alemães: detidos políticos e desertores. No segundo estavam os membros da Resistência, franceses e alguns alemães. No terceiro só havia franceses.

A prisão de Fresnes era dirigida por um alemão, capitão da reserva. O pessoal era misto. Havia guardas franceses e guardas alemães, estes últimos, geralmente, suboficiais de certa idade, oriundos da Baviera, do Saxe e da Turíngia.

Na ala C do corpo I todos os guardas eram alemães. Esta ala era reservada para a S.D.-Paris. Lâmpadas elétricas ficavam acesas, noite e dia, nas celas individuais. Os prisioneiros nunca eram levados ao pátio para passeio. A Gestapo tinha encontrado um método muito simples para que os outros serviços, por mais poderosos que fossem, ignorassem a existência dos ocupantes da ala C: eles não constavam dos registros. Eram almas mortas. Praticamente não existiam mais.

Na manhã de 12 de novembro, um homem moço, de rosto fino e olhos castanhos inteligentes, estava sentado, imóvel, no catre da cela 67 da ala C. Thomas Lieven tinha mau aspecto. Com a cor acinzentada, as faces cavadas, vestia um uniforme de detento muito grande para ele. Thomas sentia frio. As celas não eram aquecidas.

Havia sete semanas que ele estava nessa abominável e fedorenta cela. Na noite de 17 para 18 de setembro, seus raptores o haviam entregue, perto de Chalons-sur-Sâone, a dois agentes da Gestapo. Estes o levaram para Fresnes. Depois, veio a espera de um interrogatório. Esperava em vão. Essa espera já o estava esgotando, moral e psicologicamente.

Thomas havia tentado, em vão, entrar em contato com os guardas alemães. Usando o seu charme e tentando a corrupção, tentara conseguir melhor alimentação, em vão. Dia após dia, davam-lhe sopa feita com água e nabos amarelos (*nutabagas*). Tinha tentado enviar um bilhete a Chantal. Em vão.

Por que não vinham eles logo para encostá-lo ao muro? Todas as madrugadas, às quatro horas, vinham tirar alguns homens de suas celas. Depois, ouviam-se ruídos de botas, ordens, gritos desesperados e os gemidos dos que eram arrastados pelos corredores. E os tiros quando fuzilavam prisioneiros. Não se ouvia quando os enforcavam. Geralmente nada se ouvia.

Thomas teve um sobressalto. Soaram passos do lado de fora. A porta foi aberta. No corredor estava um sargento alemão, em companhia de dois enormes indivíduos que vestiam o uniforme da S.D..

– Hunebelle?

– Sim.

– Interrogatório.

Agora o negócio vai começar, disse Thomas a si mesmo, agora vai mesmo começar.

Algemado, foi levado para o pátio onde estava parado um enorme ônibus sem janelas. Um agente da S.D. fez Thomas entrar no estreito corredor central do ônibus onde havia numerosas portas. Atrás de cada porta havia uma cela minúscula onde um homem poderia ficar sentado, ou melhor, enroscado.

Thomas foi empurrado para dentro de uma dessas celas. A porta foi trancada. Pelos barulhos que se ouviam todas as outras celas estavam, também, ocupadas. Sentia-se um cheiro de suor e de angústia.

O ônibus partiu e tomou uma estrada esburacada pela artilharia. O percurso durou meia hora. Depois o veículo parou. Thomas ouviu vozes, passos e pragas. A porta de sua cela foi aberta. "Fora."

Cambaleando de fadiga, Thomas seguiu o agente da S.D. para o ar livre. Verificou, imediatamente, onde se encontrava: avenida Foch. Thomas não ignorava que a S.D. havia requisitado edifícios.

Atravessando o *hall* do prédio nº 84 o agente da S.D. o levou a uma peça que fora antes uma biblioteca e agora servia como escritório.

Dois homens, uniformizados, estavam sentados. Um era robusto, jovial e vermelho, o outro tinha a tez pálida, o aspecto doentio. O primeiro era o Sturmbannführer Walter Eicher e o segundo o ajudante de ordens Eritz Winter.

Thomas ficou em silêncio diante deles.

– Então, Hunebelle – berrou o Sturmbannführer, num horrível francês –, um pouco de conhaque?

Thomas tinha o coração na boca.

– Não, obrigado – disse ele, apesar do seu estado. – Meu estômago está, infelizmente, muito vazio para suportá-lo.

Eicher teve dificuldade em entender o francês de Thomas. O ajudante de ordens serviu de intérprete. Eicher soltou uma gargalhada.

– Creio – disse Winter com os lábios cerrados – que poderemos falar em alemão com este senhor, não é?

Logo que entrara Thomas vira, sobre um móvel, uma pasta com o título HUNEBELLE. Toda negativa seria inútil.

– Sim, eu também falo alemão.

– Ótimo, perfeito. Talvez mesmo o senhor seja um compatriota nosso, hein? (Com ar malicioso, o Sturmbannführer ameaçou Thomas com o dedo.) Então, seu espertalhão? Vamos, diga logo!

Soprou uma nuvem de fumaça do seu charuto no rosto de Thomas. Thomas ficou quieto. O Sturmbannführer retomou seu ar sério.

– Veja bem, sr. Hunebelle – o seu nome pouco importa –, o senhor talvez pense que seja divertido, para nós, prendê-lo e interrogá-lo. Com toda essa série de bobagens que contam a nosso respeito. O nosso dever é penoso e eu asseguro que o cumprimos contra a vontade. Um alemão, sr. Hunebelle, não é talhado para esse tipo de coisas. (Eicher sacudiu a cabeça com jeito melancólico.) Mas o serviço da pátria exige. Nós prestamos juramento ao Führer. Após a vitória final o nosso povo deverá ter a responsabilidade de dirigir todos os outros povos da terra. Precisamos estar preparados. Cada um, sem exceção, deverá contribuir.

– O senhor também – interveio Winter.

– Perdão?

– O senhor nos embrulhou como uns trouxas, Hunebelle. Em Marselha. Com aquela história do ouro, das joias e das divisas. (O Sturmbannführer sorriu, bem-humorado.) É inútil negar, estamos a par de tudo. Devo confessar que o seu golpe foi bem urdido. Um rapaz astucioso.

– E sendo o senhor um rapaz tão astucioso – disse Winter em voz baixa – vai nos contar agora qual é o seu verdadeiro nome e onde foi parar a mercadoria de Lentier e Bauvier.

– E também, é claro, com quem o senhor trabalhava. Já ocupamos Marselha e não teremos dificuldade em reunir os seus colegas.

Thomas ficou calado.

– E então? – disse Eicher.

Thomas sacudiu a cabeça. As coisas estavam acontecendo tal como havia imaginado.

– Não vai falar?

– Não.

– Conosco, todos acabam por falar. (A mesura de bonomia sorridente desapareceu subitamente do rosto de Eicher.) Seu vagabundo de merda – disse ele com voz rouca. – Já perdi tempo demais conversando com você. (Levantou-se, flexionou os joelhos e atirou o charuto na lareira.) – Tome conta dele – disse a Winter.

Winter levou Thomas para um subsolo onde a temperatura era muito elevada. Chamou dois homens em trajes civis. Eles amarraram Thomas à caldeira do aquecimento central. Depois começaram a se ocupar com ele.

A coisa durou três dias. Trajeto no veículo com as celas, de Fresnes a Paris. Interrogatório. Sessão no subsolo. Volta à cela não aquecida.

Na primeira vez, eles evitaram tal erro. Na terceira também. Depois da segunda sessão Thomas tinha menos dois dentes e seu corpo estava coberto de contusões. Depois da terceira sessão, ele foi levado para a enfermaria de Fresnes onde ficou durante 15 dias.

Depois, tudo recomeçou novamente.

No dia 12 de dezembro, quando o ônibus sem janelas o trouxe, uma vez mais, a Paris, Thomas estava na última lona. A ideia de que seria novamente supliciado era insuportável. Vou pular pela janela, disse ele para si próprio. Agora Eicher me interroga sempre no terceiro andar. É isso, vou saltar pela janela. Com um pouco de sorte morrerei. Ah, Chantal! Ah, Bastien! Como gostaria de revê-los...

Nesse dia 12 de dezembro de 1942, Chantal foi levada, cerca das dez horas, ao escritório de Eicher. O Sturmbannführer estava em companhia de um homem que Thomas nunca vira: alto, magro e com cabelos brancos. Esse homem vestia o uniforme de coronel da Wehrmacht e tinha o peito coberto por condecorações. Tinha embaixo do braço uma volumosa pasta na qual Thomas pôde decifrar a palavra GEKADOS.

Eicher parecia estar de mau humor.

– Eis aí o seu homem – disse ele, meio contrafeito. Tossiu.

– Eu o levarei agora mesmo – disse o coronel condecorado.

– Como se trata de um *Gekados*, não posso objetar, coronel. Queira assinar os documentos de entrega do detido.

Thomas Lieven teve a impressão de que a sala, que os homens, que tudo girava em torno dele. Tinha grande dificuldade em permanecer em pé, dentro do seu miserável uniforme de prisioneiro. Cambaleava, mal podia respirar, engolia saliva e lembrava-se de algo que havia lido, antigamente, num livro do filósofo Bertrand Russell: "Em nosso século, somente o imprevisto acontece..."

Com os pulsos algemados, Thomas estava sentado ao lado do coronel de cabelos brancos, numa limusine da Werhmacht. O coronel ficou calado até que chegaram perto de Saint-Cloud.

– Ouvi dizer que gosta muito de cozinhar, sr. Lieven – disse então.

Thomas ficou estático quando ouviu chamarem-no pelo verdadeiro nome. Nervosíssimo, com a desconfiança de quem passara semanas de tortura, ele procurava pensar. Que significava aquilo? Uma nova armadilha? Lançou um olhar para o perfil do seu companheiro. Uma cabeça interessante. Inteligente e de um céptico. Sobrancelhas cerradas. Nariz como o bico de uma águia. Boca denotando sensibilidade. E daí? Em minha pátria vários assassinos tocam Bach.

– Não sei de que o senhor está falando – disse Thomas Lieven.

– Mas sim, mas sim – disse o oficial –, o senhor sabe muito bem. Eu sou o coronel Werthe, da Abwehr-Paris. Tenho o poder de salvar a sua vida ou de não salvá-la. Tudo depende unicamente do senhor.

O carro parou diante de um alto muro que circundava uma grande propriedade. O chofer fez soar a buzina três vezes. Um grande portão se abriu sem que se visse alguém. O carro entrou na propriedade e parou junto a uma rampa coberta de cascalho fino e que ia até uma casa com portas-janelas, paredes da cor de ocre e janelas verdes.

– Levante as mãos – disse o coronel, que se apresentara com o nome de Werthe.

– Para quê?

– Para que eu possa retirar-lhe as algemas. Não vejo como o senhor poderia cozinhar com elas nos pulsos. Gostaria, se o senhor concordar, de comer escalopes *cordon-bleu*. E crepes Suzette. Vou mostrar-lhe a cozinha. Nanette, a empregada, o ajudará.

– Escalopes *cordon-bleu* – disse Thomas, com voz fraca. O mundo recomeçou a girar em torno dele enquanto o coronel abria as algemas.

Ainda estou vivo, pensou Thomas. Ainda respiro. Quem sabe o que poderá sair disto tudo.

Meia hora mais tarde Thomas explicava a Nanette como se preparam berinjelas. Nanette era uma moça morena extremamente apetecível que tinha um avental branco sobre um vestido de lã preta, muito justo. Thomas estava sentado ao lado de Nanette junto à mesa da cozinha. O coronel Werthe tinha-se retirado. É bem verdade que a janela da cozinha era guarnecida de grades...

MENU

Paris, 12 de dezembro de 1942

Thomas Lieven assina um pacto com o almirante diabólico.

BERINJELAS RECHEADAS
ESCALOPES CORDON-BLEU COM ERVILHAS
CREPES SUZETTE

BERINJELAS RECHEADAS – Use berinjelas grandes e de consistência firme. Depois de limpá-las, corte ao meio no sentido longitudinal. Retire, com cuidado, toda a polpa. Junte à polpa carne de porco, de vaca, miolo de pão umedecido e uma cebola. Passe tudo no moedor. Misture a massa que sair do moedor com um ovo, junte sal, pimenta-do-reino, páprica e um pouco de pasta de enchovas. Encha com essa pasta as cascas das berinjelas. Derrame um pouco de caldo de carne numa assadeira (porcelana ou pirex), arrume as berinjelas depois de cobri-las com queijo ralado e pedacinhos de manteiga e leve ao forno médio durante meia hora.

ESCALOPES CORDON-BLEU – Use bifes de vitela, bem macios. Bata-os para afinar bastante. Cubra a metade de cada escalope com uma fatia de presunto sobre a qual coloque uma fatia de queijo Gruyère de maneira que sobre uma borda da largura de um dedo. Passe clara de ovo ao redor do escalope, vire a parte livre sobre a parte guarnecida e aperte bem para que as bordas fiquem aderentes. Cubra os escalopes com farinha de rosca e coloque numa frigideira, com bastante manteiga para dourar dos dois lados. Sirva com ervilhas (das menores) com sal e salsa picada.

CREPES SUZETTE – Prepare as panquecas da maneira usual. Aqueça manteiga (geralmente isso se faz à mesa e usando fogareiro de álcool) evitando que escureça. Junte o suco de uma laranja (de preferência da terra) e parte da casca raspada. Acrescente, conforme o gosto, um pouco de licor marrasquino, de Curaçao, ou de Cointreau, bem como o açúcar que desejar. Nessa mistura aqueça uma panqueca de cada vez, enrole e sirva em prato quente.

Por várias vezes Nanette tinha-se aproximado muito de Thomas. De uma feita, seu braço roçou-lhe o rosto. Outra vez, sua anca arredondada tocara-lhe o braço.

Como mulher experimentada, Nanette sabia com quem estava lidando. A despeito dos maus tratos e das privações ainda parecia o que realmente era: um homem, um homem de verdade.

– Ah! Nanette – suspirou ele, por fim.

– Sim, cavalheiro?

– Devo pedir-lhe desculpas. Você é tão bonita, tão jovem. Acredite que noutras circunstâncias eu não estaria aqui parado, como se fosse um pedaço de pau. Mas eu estou estrompado. Moído...

– Pobre senhor – murmurou Nanette. Deu-lhe um beijo, rápido, e ficou ruborizada.

A refeição foi servida em uma grande sala, com escuros lambris e cujas janelas davam para o parque. O coronel estava, agora, à paisana vestindo uma roupa de flanela cinzenta, muito bem cortada.

Nanette servia a mesa. Seus olhares caíam, sem cessar e com compaixão, sobre o homem vestido com o uniforme velho e sujo de prisioneiro e que, entretanto, tinha os modos de um lorde inglês. Ele comia com a mão esquerda, porque dois dos dedos da direita estavam enfaixados...

O coronel Werthe esperou que Nanette servisse as berinjelas e depois:

– Suculentas, sr. Lieven – disse ele. – Verdadeiramente deliciosas. Como consegue o gratinado, se é que não sou indiscreto?

– Com queijo ralado, coronel. Que quer o senhor de mim? – Thomas pouco comia. Depois das semanas de fome que passara, não queria fazer mal ao estômago. O coronel, em compensação, comia com apetite.

– Disseram-me que o senhor é um homem de princípios. O senhor prefere ser morto a revelar o que quer que seja à S.D. ou a trabalhar para esses sa... para essa organização.

– Sim.

– E para a organização Canaris? (O coronel serviu-se de outra berinjela.)

– Como conseguiu tirar-me das garras de Eicher? – perguntou Thomas, em voz baixa.

– Foi bastante simples. Nós temos aqui na Abwehr um ótimo elemento, o capitão Brenner. Há muito tempo ele acompanha com interesse a sua carreira. O senhor já não é nenhum principiante, sr. Lieven. (Thomas baixou a cabeça.) Nada de falsa modéstia, por favor. Quando Brenner descobriu que a S.D. o tinha preso e encarcerado em Fresnes nós preparamos um pequeno caso fictício...

– Um pequeno caso fictício?

Werthe indicou com um gesto da mão a pasta marcada GEKADOS, que ele havia colocado sobre uma mesinha, perto da janela.

– É um método que inventamos para recuperar certos prisioneiros da S.D. Usamos antigos casos de espionagem para com eles fabricar, sem que falte uma só peça, um novo caso inexistente. Fazemos datilografar depoimentos recentes, colocando todas as assinaturas e carimbos possíveis. Isto sempre causa certa impressão. Nesses novos depoimentos, pessoas afirmam, por exemplo, que um certo Pierre Hunebelle está implicado numa série de sabotagens, com dinamite, na região de Nantes.

Nanette trouxe os escalopes.

Ela olhou carinhosamente para Thomas e, antes de sair, cortou a carne no seu prato. O coronel Werthe sorriu:

– O senhor fez uma conquista. Onde estava eu? Ah, sim. O caso fictício. Quando o nosso processo falso ficou pronto, fui visitar Eicher e perguntei se, por acaso, a S.D. não teria preso um tal Pierre Hunebelle. Banquei o inocente, compreende? Sim, respondeu ele imediatamente, ele está em Fresnes. Só então lhe pus sob o nariz o meu dossiê Gekados, código para "assunto secreto subordinado ao comando militar". Com isso – e fazendo soar os nomes de Canaris, de Himmler etc – fiz que ele jurasse manter segredo e depois permiti que lesse o processo. O resto, isto é, a transferência de Hunebelle, espião de interesse capital para a causa alemã, foi coisa fácil...

– Mas por que tudo isso, coronel? Que pretende de mim?

– É o melhor escalope *cordon-bleu* que comi em toda a vida! Bem, vamos aos fatos. Precisamos do senhor. Verdadeiramente. Temos um problema que só um homem como o senhor poderá resolver.

– Tenho horror aos serviços secretos – disse Thomas Lieven. (Pensou em Chantal, em Bastien, em todos os seus amigos e o seu coração foi invadido pela tristeza.) Tenho ódio a todos eles. E os desprezo.

– São duas horas e meia – disse o coronel Werthe. – Às quatro tenho um encontro com o almirante Canaris, no Hotel Lutecia. Ele quer falar com o senhor. Pode vir comigo. Se concordar em trabalhar conosco a Gekados nos dá os meios necessários para tirá-lo das patas da S.D. Se recusar, nada mais poderei fazer pelo senhor. Serei forçado a devolvê-lo ao Eicher...

Thomas olhou-o fixamente. Passaram-se cinco segundos.

– E então? – perguntou o coronel Werthe.

– Para a frente, rolem! – gritou o sargento Adolf Bieselang, na enorme sala de ginástica.

Arquejando, Thomas Lieven virou uma cambalhota para a frente.

– Para trás, rolem! – gritou o sargento Adolf Bieselang.

Arquejando. Thomas Lieven virou uma cambalhota para trás.

Mais 11 cavalheiros arquejavam tal como ele: seis alemães, um norueguês, um italiano, um ucraniano e dois hindus.

O sargento Bieselang vestia o uniforme da Luftwaffe. Tinha 45 anos, era magro, pálido e sempre pronto a estourar de raiva. Sua boca, muito aberta, permitia ver inúmeras obturações e fazia medo ver. Acontecia que a boca do sargento Bieselang estava quase sempre escancarada: durante o dia para gritar, à noite para roncar.

O campo de atividade do sargento Bieselang – viúvo há dois anos e pai de uma menina púbere e excepcionalmente bonita – estava situado 95 quilômetros a noroeste de Berlim, perto da localidade de Wittstock, à margem do rio Dosse.

O sargento Bieselang era instrutor de paraquedistas, mas não – o que provocava a sua raiva – de paraquedistas em uniformes, mas de paraquedistas civis: energúmenos suspeitos, com funções ainda mais suspeitas. Alemães e estrangeiros. Uma corja infecta. Uns reles paisanos.

– Para a frente, rooleeem!

Thomas Lieven, aliás Jean Leblanc, aliás Pierre Hunebelle, cambalhotou para a frente.

Era o dia 3 de fevereiro de 1943.

Fazia frio e o céu escuro cobria a Província de Brademburgo como um manto cinzento.

Thomas Lieven, o pacifista, o *gourmet*, o admirador do belo sexo, o que desprezava a profissão militar, o homem que odiava os serviços secretos, tinha resolvido trabalhar, mais uma vez, para um serviço secreto.

Na companhia do coronel Werthe tinha ido ao Hotel Lutecia. Lá encontrara o almirante Canaris, o homem-mistério da contraespionagem alemã.

Thomas bem o sabia. Se fosse entregue novamente à Gestapo, estaria morto dentro de um mês, no máximo. Já haviam encontrado sangue em sua urina.

A vida, por pior que seja, é, apesar de tudo, preferível à mais gloriosa das mortes. Embora isso, quando na presença do almirante de cabeleira branca, ele não renegou seus princípios.

– Sr. Canaris, vou trabalhar para o senhor porque não tenho escolha. Mas tomo a liberdade de declarar que me recuso a matar, a ameaçar de torturar ou de raptar quem quer que seja. Se são essas as incumbências que pretendia me dar, prefiro voltar para a avenida Foch.

O almirante sacudiu a cabeça com um olhar melancólico.

– Sr. Lieven, a missão que eu gostaria de lhe confiar tem o objetivo de evitar o derrame de sangue e de salvar vidas humanas, na medida em que isto ainda estiver em nosso poder. (Canaris levantou a voz.) Vidas alemães e vidas francesas. A missão é de seu agrado?

– Salvar vidas humanas sempre será de meu agrado. Sem distinção de nacionalidade ou religião.

– Trata-se de lutar contra um perigoso agrupamento de *partisans* franceses. Um dos nossos homens informou que um forte grupo de resistência, recentemente formado, está tentando entrar em contato com Londres. O senhor não ignora que o War Office ajuda a Resistência francesa e mesmo dirige vários de seus grupos. O grupo que nos preocupa ainda não tem um transmissor de rádio nem dispõe de um código. O senhor é que lhes levará ambas as coisas, sr. Lieven.

– Ah – disse Thomas.

– O senhor fala fluentemente o inglês e o francês. O senhor viveu na Inglaterra durante anos. O senhor saltará de paraquedas como um oficial britânico e levará consigo um transmissor. Um transmissor especial.

– Ah – disse Thomas, pela segunda vez.

– Um avião inglês o levará à região. Temos alguns aparelhos capturados à RAF que utilizamos para esses casos. Antes, é claro, o senhor deverá fazer um estágio de paraquedismo.

– Ah – disse Thomas, pela terceira vez.

Os alemães tinham ocupado Marselha. Que teria acontecido a Chantal? Estaria viva? Teria sido presa? Torturada, como ele, talvez?

Quando um pesadelo como esse o acordava, em sobressalto, Thomas ficava deitado, com os olhos abertos no horrível quarto de caserna onde roncavam e gemiam seis homens. Chantal! Nós queríamos ir para a Suíça para viver em paz, em paz, miséria de vida!

Havia semanas que Thomas tentava conseguir que uma carta chegasse às mãos de Chantal. Ainda em Paris, o coronel Werthe prometera fazer o possível para que tal carta chegasse ao seu destino. Na escola de línguas Thomas entregou outra carta a um intérprete que seguiria para Marselha. Mas Thomas mudara várias vezes de endereço no decorrer das últimas semanas. Como poderia uma resposta de Chantal chegar às suas mãos?

O frenético sargento Bieselang continuava a exercitar os seus homens impiedosamente. Depois dos exercícios em ginásio começaram os exercícios nos campos endurecidos pelo frio e cobertos de geada. Prendiam o aluno a um paraquedas aberto. Faziam funcionar um motor de avião chumbado a uma pequena coluna. Ao impulso violento dos turbilhões de ar o paraquedas se enfunava e arrastava, impiedosamente, o pobre aprendiz pelo chão afora. Era preciso aprender como diminuir a velocidade e a saltar sobre o paraquedas para fazer sair o ar.

Houve galos, feridas, joelhos inchados e articulações luxadas. O sargento Bieselang massacrava os seus 12 alunos das seis da manhã às seis da tarde. Depois ele os fez saltar da porta de uma reconstituição de um Junker 52. Fazia-os saltar de grande altura sobre lonas seguras por quatro companheiros.

– Não dobre os joelhos, cretino. Não dobre os joelhos – berrava ele.

Se não se conservassem os joelhos rígidos havia o risco de cair de cara no chão ou de rebentar algum músculo. O sargento Bieselang ensinava tudo que os seus alunos deviam aprender, mas ensinava de maneira cruel.

Na véspera do primeiro salto real, obrigou, todos, a fazerem seus testamentos, que foram colocados em envelopes e lacrados. Antes de dormir foram obrigados a arrumar todos os seus pertences, em malas.

– É para mandar às suas famílias caso vocês caiam de cara no chão, amanhã, e passem desta para a melhor.

Bieselang pensava estar armando uma ratoeira psicológica: vejamos quantos desses tipos vão ficar impressionados! Ficaram todos impressionados salvo uma única exceção:

– Onde está o seu testamento, nº 7? – berrou Bieselang.

– Eu não tenho necessidade – respondeu Thomas, doce como um cordeiro. – Um homem que aprendeu com o senhor, sargento, pode saltar sem qualquer temor.

No dia seguinte o sargento Bieselang foi muito além das suas atribuições. Com os 12 homens do seu grupo ele entrou, cerca das nove da manhã, num antigo e dilapidado Junker 52. A duzentos metros de altura o aparelho passou sobre o campo de paraquedismo. Em fila indiana e presos às cordas e tiras dos paraquedas os homens esperavam. O sinal do piloto soou.

– Preparem-se para saltar – urrou Bieselang, que afrontava o vento que entrava pela porta aberta. Todos já tinham colocado os capacetes. Os hindus tinham os capacetes por baixo dos turbantes. Todos carregavam pesadas metralhadoras.

O italiano era o primeiro. Ele avançou. Bieselang bateu-lhe no ombro e o homem, abrindo os braços, saltou no espaço, em direção à asa esquerda. A corda presa a um trilho de aço esticou-se e arrancou a capa de proteção do paraquedas. No ar, o italiano desapareceu, para baixo e para trás.

O número dois saltou. Depois o número três. Como a minha boca está seca, pensou Thomas. Desmaiarei no ar? Irei cair e morrer? Coisa estranha: estou com uma terrível vontade de comer *foie gras*. Ah, por que não foi possível ficar perto de Chantal! Nós éramos tão felizes...

Depois foi a vez do número seis, o ucraniano. O ucraniano afastou-se subitamente de Bieselang e esbarrou em Thomas.

– Não, não, não... – gritou com voz estridente, tomado por súbito acesso de pânico.

Crise de fobia. Caso típico. Perfeitamente compreensível, registrou o cérebro de Thomas. Segundo o regulamento ninguém podia ser obrigado a saltar. Os que se recusavam em dois voos consecutivos eram dispensados do curso.

Mas o sargento Bieselang achava que o regulamento só servia para limpar o...

– Vagabundo – berrou ele –, seu borrador de calças, tu vais...

Segurou o homem, que tremia dos pés à cabeça, puxou-o e desferiu-lhe um brutal pontapé no traseiro. O ucraniano saiu berrando e voando pela porta do avião.

Antes que Thomas pudesse controlar a sua indignação sentiu-se, também, agarrado. A bota do sargento o atingiu da mesma forma e ele caiu no vazio, caiu, caiu, caiu...

Quando Thomas voltava para o seu alojamento, na noite de 27 de fevereiro, passou diante de uma alta cerca de arame farpado, que separava os agentes secretos das tropas do exército do ar. Por detrás da cerca um paraquedista o chamou.

– Hei!

– Que há?

– Tu pareces com um sujeito que o Bastien me descreveu.

– Bastien? – disse Thomas com um sobressalto.

– Tu te chamas Pierre Hunebelle?

– Sim, sou eu... Tu... tu não terás, por acaso, notícias de uma tal Chantal Tessier?

– Tessier? Não... só conheço esse Bastien Fabre... Ele me deu três moedas de ouro para eu entregar a carta... Preciso ir embora, meu velho, aí vem a chata da sentinela...

Thomas Lieven sentiu um envelope na mão. Sentou-se em um marco da estrada. A noite caía. Fazia frio. Mas Thomas não sentia frio. Abriu o envelope, retirou a carta e começou a lê-la enquanto o seu coração batia, batia como um martelo sobre a bigorna...

"Marselha, 5 de fevereiro de 1943

Meu caro e velho Pierre,
Nem sei como começar esta carta. É possível mesmo que enquanto eu esteja escrevendo tu já estejas comendo flores pelas raízes.
Durante as últimas semanas escarafunchando por toda a parte acabei encontrando um tipo que atraca dos dois lados: ele trabalha para a Resistência e para os alemães. Ele soube, em Paris, tudo que te aconteceu. Se eu pego um desses miseráveis da S.D. eu o estrangulo. Segundo o tal sujeito, tu agora mudaste de corporação. Eu me pergunto como o fizeste. Parece que te transformaram em paraquedista, em algum lugar perto de Berlim. Eu não ligo muito a certas coisas. O meu amigo Pierre um paraquedista alemão! Seria para rir se não desse mais vontade é de chorar. Em Montpellier, conheci um boche camarada. Eu lhe passei uns cobres. Ele está de partida para Berlim. Entreguei-lhe a carta.
Chantal recebeu duas cartas tuas, mas não foi possível encontrar quem pudesse levar as respostas.
Meu caro Pierre, bem sabes que gosto de ti e é por isso que sofro muito ao escrever sobre o que se passou aqui. No dia 24 de janeiro a Kommandantur declarou que o Vieux Quartier tinha que ser evacuado.
No mesmo dia eles prenderam perto de seis mil colegas – muitos deles teus conhecidos –, fecharam mil bistrôs e casas de mulheres. As mulheres lutaram como feras. Foi uma luta livre como nunca viste.

Os boches só nos deram quatro horas para sair, depois vieram os sapadores. Chantal, o velho François (Pé de Cabra, não te lembras?) e eu ficamos juntos até o fim. Chantal parecia bêbada ou como se tivesse cheirado cocaína. Ela tinha uma ideia fixa: matar o Careca Dante Villaforte, sabes? Foi esse miserável que te entregou à Gestapo.
Por causa disso fomos esperá-lo, escondidos atrás dum portão, na rua Mazenod, em frente à casa onde ele vivia. Sabíamos que ele estava escondido na adega. Chantal disse: "Agora que os boches vão dinamitar as casas ele terá que sair". Esperamos durante horas. Nossa Senhora, que noite. O ar estava cheio de fumaça e de poeira, as casas voavam por todos os lados, homens berravam, mulheres choravam, crianças urravam..."

O ar estava cheio de fumaça e de poeira. Ouvia-se o trovejar das explosões. Os homens berravam, as mulheres choravam, as crianças urravam...

A noite caíra. O clarão sinistro das casas em chamas era a única iluminação do Vieux Quartier. Chantal estava imóvel junto a uma porta. Usava calças apertadas, jaqueta de couro e um pano vermelho para prender os cabelos. Debaixo da jaqueta, escondia uma metralhadora portátil. Seu rosto branco e felino não tinha uma contração.

Mais uma casa voou pelos ares. Caiu uma chuva de destroços. Ouviram-se gritos, blasfêmias em alemão, e o barulho de tacões de botas.

– Puxa, diabo, Chantal, é preciso fugir daqui! – disse Bastien em tom insistente. – Os boches vão chegar a qualquer momento! Se eles nos pegam com as nossas metralhadoras...

Chantal sacudiu a cabeça.

– Podes ir, eu fico. (Sua voz estava rouca. Ela tossiu.) O *Careca* está aí na adega. Esse sujo terá que sair. E quando ele sair eu o mato. Jurei que o mataria. Mesmo que seja a última coisa que eu faça na vida.

Gritos estridentes chegaram aos seus ouvidos. Olharam para o alto da rua. Soldados enxotavam um bando de mulheres. Muitas das moças só tinham um *peignoir* em cima da pele. Elas batiam, mordiam, unhavam, davam pontapés e resistiam, como feras, à ordem de evacuação.

– São as garotas da casa de Yvonne – disse o *Pé de Cabra*.

Palavrões e gritos vinham de todos os lados.

– Atenção – gritou Bastien, subitamente.

Acompanhado por mais três homens, Dante Villaforte apareceu à porta da casa em frente. O *Careca* vestia uma jaqueta de pele de carneiro. Os seus capangas usavam grossos pulôveres. Coronhas de revólveres saíam dos bolsos das calças.

Bastien levantou a sua arma, mas Chantal abaixou o cano, com a mão.

– Não. Vais ferir a moça.

Diante deles, as mulheres continuavam lutando com os soldados.

Todo curvado, Dante Villaforte correu em direção a um dos militares, um suboficial, tendo sempre o cuidado de estar protegido atrás de um alemão ou de uma das mulheres.

Mostrou ao suboficial um cartão assinado por um certo Sturmbannführer Eicher, da SR-Paris. O *Careca* falou rapidamente e apontou para a porta onde estavam Chantal, Bastien e François.

No mesmo instante Chantal sacou a metralhadora de debaixo da jaqueta e preparou-se para atirar. Mas hesitou porque ainda havia moças na sua linha de tiro.

Essa hesitação custou a vida a Chantal. Com um riso sardônico, Villaforte, encoberto por uma das moças, ergueu a sua arma e descarregou-a.

Sem emitir um som, Chantal caiu no chão sujo. Um jato de sangue tingiu a jaqueta de vermelho. Ela não fazia um movimento. Seus belos olhos perderam o brilho.

– Vá – gritou François. – Pelo pátio. O muro.

Bastien sabia que, agora, cada segundo valia muito. Ele girou, fez fogo contra Villaforte e viu o *gangster* estremecer e segurar o braço esquerdo, guinchando como porco sangrado.

Depois, Bastien e François correram como alucinados. Eles conheciam cada pedra e cada passagem do Vieux Quartier.

Atrás do muro havia uma entrada para o esgoto, protegida por uma grade. Passando por ela, era possível sair do Quartier voltando à superfície por uma outra saída...

"... Nós conseguimos chegar ao velho canal e escapamos", escrevia Bastien Fabre.

Thomas tirou os olhos da carta, fixou o olhar no crepúsculo e a bruma violácea que subia do chão com o cair da noite e enxugou as lágrimas.

> *"Eu estou vivendo em Montpellier. Se algum dia passares por aqui, procura a srta. Duval, 12 Boulevard Napoléon: é a minha nova mulher.*
> *Pierre, que miséria, que golpe para nós. A nossa querida Chantal está morta. Vocês se amavam, eu o sei. Ela contou-me que vocês talvez se casassem. Sabes que sou teu amigo e que, como tu, tenho o coração desesperado. A vida não passa de uma merda. Algum dia nos tornaremos a ver? Quando? Cuida da tua saúde, meu velho. Tenho vontade de chorar. Não posso continuar a escrever.*
>
> *Bastien."*

Escurecera. Thomas estava sentado sobre o marco e não se apercebia do frio. Lágrimas corriam pela sua face.

No dia 4 de abril de 1913, pouco depois da meia-noite, um avião britânico do tipo Blenheim sobrevoou uma região deserta e arborizada, entre Limoges e Clermont-Ferrand, a uma altura de 250 metros. Descreveu uma grande curva e sobrevoou a região uma segunda vez. Duas luzes se acenderam, no solo, depois três pontos luminosos, vermelhos; finalmente o sinal branco de uma lanterna elétrica.

Na carlinga do aparelho, que tinha o emblema azul-branco-vermelho da RAF, havia dois pilotos e um radioperador da Luftwaffe. Atrás deles estava um homem com uma roupa marrom *made in England*, equipado com um paraquedas de fabricação inglesa.

Esse homem tinha documentos falsos britânicos, admiravelmente bem imitados com o nome de Robert Almond Everett, bem como uma caderneta militar que certificava o seu posto de capitão. O seu rosto era ornado por bigodes caídos, tipo foca, e por grandes e espessas costeletas. Além disso, tinha cigarros ingleses, conservas inglesas e medicamentos ingleses.

O piloto virou-se e fez um sinal com a cabeça. Thomas Lieven consultou o seu relógio de repetição: 0h28.

O radioperador ajudou-o a lançar no espaço um grande volume preso a um paraquedas. Depois ele se aproximou da porta. O radioperador apertou-lhe a mão.

Encolhendo o corpo, tal como aprendera, Thomas fez um juramento: se eu escapar e algum dia tiver a oportunidade de encontrar Dante Villaforte, eu te vingarei, Chantal, juro que te vingarei. E sem querer pronunciou estas palavras absurdas: "Como eu te amo".

Em seguida, abriu os braços e saltou, em direção à asa esquerda e na escuridão da noite...

Durante os primeiros dez segundos da queda, Thomas pensou: É preciso que eu caia dentro do triângulo formado pelas luzes vermelhas. Ali há uma clareira livre de árvores. Se eu errar o triângulo tenho grande probabilidade de bater com o rabo na cerca, ou melhor, num galho de carvalho. E pensar que este mês completo apenas 34 anos. Vamos *remar* um pouco com os braços. Ótimo. Estou novamente em cima do triângulo. Lá embaixo sou esperado por bravos da Resistência francesa. Pensam que vim mandado pelo coronel Buckmaster, de Londres. Se soubessem que foi o almirante Canaris, de Berlim...

Durante os últimos dez segundos de sua descida, Thomas pensou: Não há nada mais infecto que este bigode de foca. Que ideia. A toda hora estou com a boca cheia de pelos. E, ainda por cima, as costeletas. É bem a mentalidade do Serviço de Informações. Para que eu tivesse a aparência de um capitão. Como se um verdadeiro capitão inglês, prestes a executar uma missão secreta na França ocupada, não tivesse o cuidado elementar de raspar as suas costeletas e o seu bigode, justamente para parecer menos inglês. Cambada de imbecis. Podem é...

O contato de Thomas Lieven, aliás capitão Everett, com o solo foi brutal e doloroso. Bateu com o rosto no chão, engoliu vários pelos do seu bigode e lembrou-se, felizmente, de dizer palavrões em inglês.

Levantou-se lentamente. Iluminadas por dois braseiros, quatro pessoas estavam à sua frente: três homens e uma mulher. Todos vestiam jaquetas de caça.

A mulher era jovem e bonita. Cabelos louros, sobriamente puxados para trás. Maçãs salientes e olhos amendoados. Uma bela boca.

Um dos três homens era baixo e gordo, o segundo alto e magro e o terceiro cabeludo como um homem das cavernas.

O baixo e gordo dirigiu-se a Thomas em inglês:

– Quantos coelhos brincam no jardim de minha sogra?

– Dois brancos, 11 pretos e um malhado – respondeu Thomas com um impecável sotaque de Oxford. – Não demore em visitar o Fernandel. O barbeiro esta à sua espera.

– Gosta de Tchaikovsky? – perguntou a mulher bonita e severa, em francês. Seus olhos brilhavam, seus dentes refletiam os clarões de fogo e sua mão empunhava, apontado para ele, um revólver de grosso calibre.

Ele apressou-se em dizer, com sotaque inglês, a frase francesa que o coronel Werthe lhe ensinara, antes de sua partida de Paris: “Eu prefiro Chopin”. A loura pareceu satisfeita, pois botou no coldre o seu mortífero instrumento.

– Podemos ver os seus documentos? – perguntou o baixo e gordo.

Thomas mostrou os seus documentos falsos.

– Isto é o bastante – disse o alto e magro, com timbre de voz que denotava o hábito de comando. – Seja bem-vindo, capitão Everett.

Todos apertaram-lhe a mão, com certa formalidade.

Então a coisa não é tão complicada assim, pensou Thomas. Se tivesse, uma só vez, agido com tanta infantilidade na Bolsa de Londres, estaria falido, no mesmo dia. E como!

A operação realmente não apresentara grandes dificuldades. Segundo a Abwehr tinha apurado, na região romântica e selvagem semeada de pequenas florestas que domina o vale do Creuze, havia-se organizado um novo e importante grupo da Resistência, denominado maquis de Crozant, por causa da pequena localidade de Crozant, ao sul de Gargilesse.

Os maquis de Crozant desejavam ardentemente entrar em contato com Londres e combater os alemães em cooperação com os ingleses. O grupo era considerado muito perigoso devido ao fato de agir num setor praticamente incontrolável, percorrido por importantes vias férreas e estradas de rodagem e onde havia usinas hidrelétricas. Os vales escarpados e as colinas rochosas impediriam qualquer iniciativa alemã com unidades blindadas ou motorizadas.

Esse novo grupo tinha contato com o grupo de Limoges, que tinha um rádio transmissor e tinha comunicação com Londres. É verdade que o radioperador era um agente duplo que trabalhava também para os alemães. Foi assim que a Abwehr-Paris foi informada de que os maquis de Crozant desejavam ter o seu próprio transmissor.

O telegrafista traidor comunicou tal desejo aos alemães e não aos ingleses e recebeu, depois, mensagens que eram, supostamente, de Londres, mas na realidade vinham da Abwehr-Paris. Dessa forma, foi solicitado aos maquis de Limoges que informassem aos maquis de Crozant que o capitão Robert Almond Everett saltaria de paraquedas, pouco depois da meia-noite, sobre uma clareira no bosque de Crozant...

– Onde está o paraquedas com o transmissor? – perguntou, a seguir, Thomas Lieven, aliás o capitão Everett. Estava inquieto pelo que podia ter acontecido ao aparelho, com a queda. Os técnicos alemães tinham-se esmerado na sua construção.

– Em segurança – disse a bela e severa moça, sem tirar os olhos de Thomas. – Permita que eu apresente nossos amigos.

Falava rapidamente e com segurança. Dominava os seus homens como Chantal dominara a sua quadrilha. A diferença era que a loura, em vez de entusiasmo e temperamento, agia com uma frieza toda intelectual.

Thomas ficou sabendo que o gordinho era o *maire* de Crozant. O homem magro e silencioso, de ar inteligente, era um ex-tenente chamado Bellecourt. A estranha loura apresentou o terceiro homem como sendo Émile Rouff, oleiro em Gargilesse.

Esta grã-fina de calças está-me olhando de uma maneira curiosa, pensou Thomas Lieven. Eu me pergunto por quê. Esse olhar terá uma significação mais sensual que hostil? Essa mulher me provoca arrepios nas costas.

– Há nove meses – disse o oleiro, que usava longas barbas e uma cabeleira que esvoaçava ao vento – eu jurei que não cortaria os cabelos até a destruição da máquina hitlerista.

– Não sejamos exageradamente otimistas, sr. Rouff. As suas probabilidades de ver um cabeleireiro, antes de um ou dois anos, são poucas. (Thomas dirigiu-se à jovem.) E a senhora, quem é?

– Yvonne Deschamps. Sou a assistente do professor Débouché.

– Débouché. (Thomas ergueu os olhos.) O célebre físico?

– Vejo que ele também é conhecido na Inglaterra – disse a loura Yvonne, com orgulho.

Ele também é conhecido na Alemanha, pensou. Mas isso não se diz.

– Eu julgava que o professor ensinava na Universidade de Estrasburgo.

O magro Bellecourt fitou-o.

– A Universidade de Estrasburgo foi mudada para Clermont-Ferrand. Ignoram isto em Londres, capitão?

Cretino, pensou Thomas. Isto me ensina a não tagarelar.

– Estou certo de que não – respondeu friamente. – Eu é que o ignorava. *Sorry*, não estava bem informado.

Houve um pesado silêncio. Vamos ter muito cuidado. É o único jeito. Olhou para o tenente com altivez.

– Dispomos de pouco tempo – disse ele secamente. – Para onde vamos?

O tenente olhou-o calmamente.

– Ver o Professor Débouché – disse lentamente. – Ele está à nossa espera no moinho de Gargilesse.

– Todos os locais habitados estão cheios de milicianos de Vicky – explicou Yvonne. Trocou um olhar com o tenente, que nada agradou a Thomas. O *maire* e o oleiro são inofensivos, pensou ele. O tenente e Yvonne são perigosos. Mortalmente perigosos.

– Quem é o radioperador do seu grupo? – perguntou.

– Eu – respondeu a loura, quase sem descerrar os lábios.

Bem, bem. Só faltava isto.

O professor Débouché parecia-se com Albert Einstein: um homem baixo e troncudo com uma enorme cabeça de sábio. Tinha um olhar triste e doce e o occipital saliente. Olhou longamente para Thomas Lieven, sem dizer uma palavra. Thomas fazia um esforço para suportar com sangue-frio aquele olhar calmo e penetrante. Sentiu calor e frio, alternadamente. Cinco pessoas estavam silenciosas em volta dele.

Subitamente, o professor colocou as duas mãos sobre os ombros de Thomas Lieven.

– Seja bem-vindo – disse ele. (Depois, voltando-se para os outros.) Tudo vai bem, meus amigos. Eu sei reconhecer um homem de bem.

A atitude dos quatro *resistentes* mudou imediatamente. Um momento antes tinham atitude reservada e silenciosa; agora falavam todos ao mesmo tempo, batiam no ombro de Thomas e o tratavam como um velho amigo.

Yvonne dirigiu-se para Thomas, seus olhos brilhantes estavam verdes como o mar e muito belos. Ela enlaçou o pescoço de Thomas e beijou-lhe a boca. O sangue subiu-lhe à cabeça porque Yvonne beijava com o ardor de uma patriota que exprime com seu beijo os agradecimentos da nação. Depois:

– O professor Débouché – disse ela radiante – nunca se engana quando se trata de apreciar o valor de um homem. Depositamos absoluta confiança nele. Ele é o nosso Bom Deus particular.

O professor ergueu as mãos, em sinal de protesto.

Yvonne continuava perto de Thomas.

– O senhor arriscou a vida por nossa causa – disse ela com voz rouca e excitante. – E nós desconfiamos do senhor. Tem toda a razão de estar magoado. Perdoe-nos, por favor.

Thomas contemplou o bom sábio de cabelos brancos, o homem das cavernas, o tenente que pouco falava, o gordo e engraçado *maire*: todos homens que amavam a sua pátria. Vocês é que deveriam perdoar-me, pensou ele. Tenho vergonha. Que deveria eu fazer? Que poderia eu fazer? Eu queria – e ainda quero – salvar-lhes as vidas. E a minha também.

Thomas trouxera verdadeiras conservas do Exército inglês, autênticos cigarros ingleses, fumo para cachimbo e uísque escocês com a etiqueta “For Members of His Majesty’s Royal Air Force Only”. Todos esses excelentes artigos haviam sido capturados pelo Exército alemão.

Os maquis abriram uma garrafa e o saudaram como um herói. Ele sentia-se cada vez mais envergonhado.

Para parecer mais inglês, ele fumou um cachimbo pela primeira vez em sua vida. A fumaça irritava-lhe a garganta. O uísque pareceu-lhe ter gosto de óleo. Ser considerado por todos como um amigo, um camarada, dava-lhe náuseas. Todos o tratavam com admiração e respeito. E aquela maneira como Yvonne o olhava! Aquela intelectual fria que agora tinha os olhos brilhantes e úmidos e os lábios entreabertos...

– O que precisamos com urgência – disse o oleiro hirsuto – é de dinamite e de munição para as nossas armas.

O tenente Bellecourt informou que os membros do Maqui de Crozant, que eram aproximadamente 65, tinham pilhado dois depósitos franceses de armas e um depósito alemão.

– Temos – disse ele com certo orgulho – 350 carabinas Lebel, 68 metralhadoras portáteis inglesas da marca Stern, trinta lança-granadas alemães de cinquenta milímetros, cinquenta fuzis-metralhadoras modelo FN e mais 24 do Exército francês.

Puxa, que apetite, pensava Thomas Lieven.

– Sem contar 19 metralhadoras Hothkiss, de tripé.

– Mas não temos munição – disse o *maire* de Crozant.

Isto já é bem melhor, pensava Thomas.

– Daremos informações detalhadas a Londres – disse o velho professor. – Tenha a bondade, capitão, de explicar o código e como funciona o transmissor.

Thomas começou a explicar. Yvonne compreendeu imediatamente o sistema de cifragem baseado na intervenção múltipla das letras e a introdução de grupos de várias palavras no lugar de uma só. Thomas ficava cada vez mais triste. Eu é que engendrei toda essa porcaria. E está funcionando. Eu esperava que não desse certo. E agora...

Ligou o aparelho.

– Faltam cinco minutos para as duas – disse ele. – Às duas horas, exatamente, Londres aguarda a nossa primeira mensagem. Na frequência de 773 kilohertz. (Era a regulagem feita pelos técnicos alemães.) Os senhores se farão anunciar como "Rouxinol 17". Chamarão o posto 231 no Ministério da Guerra, Londres. É o gabinete do coronel Buckmaster, do Special Operation Branch. (Ele levantou-se.)

O ponteiro dos segundos fazia a última volta antes de chegar às duas horas da manhã. Faltavam 15 segundos. Dez. Cinco. Mais um...

Pronto.

Yvonne começou a transmitir. Os homens se aproximaram dela: o gordo *maire*, o magro tenente, o velho professor, o hirsuto oleiro.

Thomas ficara ligeiramente afastado do grupo.

Começou, pensava ele. Irremediavelmente. Que os céus os protejam a todos. E a mim também...

– Olá – disse o cabo Schlumberger, natural de Viena – aqui estão eles. – Com os fones nos ouvidos ele estava sentado diante do receptor. Numa outra mesa, o cabo Raddatz examinava, com a atenção de um conhecedor, as fotografias de uma revista *artística* francesa.

Schlumberger chamou-o, com um gesto.

– Deixa de lado as garotas. Vem até cá.

Suspirando, o cabo Raddatz, de Berlim-Neukölln, tirou os olhos de uma beleza de pele de ébano e foi sentar-se junto ao colega.

– Mais algumas patifarias como esta – resmungou ele colocando os fones nos ouvidos – e a vitória final está garantida.

Ambos anotaram a mensagem que chegava sob a forma de sinais longos e curtos, através da noite, do nevoeiro e de centenas de quilômetros, transmitidos pela mão de uma mulher que estava num velho moinho, na margem do Creuse.

O texto correspondia, exatamente, ao que Schlumberger tinha sob os olhos e que lhe fora entregue por Thomas Lieven, seu novo e esquisito chefe, ao deixar Paris oito horas antes.

"gr 1834512 etkgo nspon crags" dizia o princípio do texto que estava sobre a mesa do cabo vienense. E era exatamente "gr 1834512 etkgo nspon crags" que ele recebia, na frequência de 773.

– Está funcionando que é uma beleza – rosnou o vienense.

– E se os tipos de Londres também estiverem escutando? – perguntou o cabo de Neukölln.

– Nesta frequência, eu duvido muito – disse Schlumberger.

Eles estavam numa mansarda do Hotel Lutecia. Schlumberger anotava os sinais. Raddatz bocejava.

– Escuta aqui, Karl – perguntou ele –, você já... esteve com uma negra?

– Você vai ou não calar a boca?

– Se nós, os alemães – disse tristemente Raddatz –, nos interessássemos mais pelas mulheres, não estaríamos sempre nos metendo em guerras.

Schlumberger continuava escrevendo.

– Tudo isso é uma porcaria – disse Raddatz. – O maior imbecil sabe que não podemos ganhar esta guerra. Por que esses generais de merda não querem parar?

No fones de Schlumberger cessaram os sinais. Ele inclinou-se para trás e depois transmitiu, conforme as instruções: "Fiquem na escuta".

– Eu te perguntei – rosnou Raddatz – por que esses salafrários não acabam com isso.

– Impossível. Hitler mandava-os logo para o paredão de fuzilamentos.

– Hitler. Hitler. Só ouço isto! Hitler somos nós todos. Nós é que o elegemos. Nós é que berramos "Heil". Como fomos uns cretinos. Deveríamos ter pensado, em vez de engolir tudo que diziam.

Continuaram, por algum tempo, esta conversa pouco marcial, e depois Schlumberger começou a transmitir a mensagem cifrada que lhe havia deixado o Sonderführer Lieven. Decifrada, a mensagem era a seguinte: "Posto 231

Ministério da Guerra Londres para rouxinol 17 – recepção sua mensagem boa – cumprimentos novos membros nosso Special Operation Branch – entrem em contato diariamente à hora combinada – daremos sempre instruções – iremos buscar capitão Everett hoje 4 de abril 1943...

...cerca das 18h na clareira por avião Lysandre. – Viva a França, viva a liberdade – Buckmaster – terminado – decifraram cinco homens e uma jovem mulher, em um moinho na margem do Creuse. Eles deram pulos de alegria, abraçaram-se e dançaram de tão contentes.

Já eram quase três horas da madrugada quando todos foram dormir.

Yvonne pedira a Thomas que fosse ao seu quarto dar maiores explicações sobre o transmissor-receptor. Com o folheto de instruções, em inglês, na mão ele bateu à porta. Estava cansado e triste. Só pensava em Chantal.

– Um momento – disse a voz de Yvonne, do outro lado da porta. Ela acaba de se despir, pensou ele, e está enfiando um *peignoir*. Esperou. Depois ouviu: "Entre, capitão!".

Ele abriu a porta.

Estava enganado. Se Yvonne estivesse com um *peignoir* no momento em que ele batera, ela já não o tinha mais. No pequeno quarto rústico e muito aquecido ela estava tal como nascera.

Oh, não, disse Thomas a si mesmo, isto não. A princípio ela desconfiou de mim. Agora quer provar que tem muita confiança... Não, não posso fazer isto. Chantal, minha pobre querida...

Colocou o folheto sobre uma cômoda, corou como um colegial e disse, rapidamente:

– Peço muitas desculpas.

Depois, saiu do quarto.

Yvonne ficou imóvel. Seus lábios tremiam. Mas ela não chorou. Cerrou os punhos. Seus sentimentos mudaram, bruscamente. O safado. Esse inglês frígido. Ele me pagará bem caro.

MENU

4 de abril de 1943

A cozinha de Thomas Lieven
domestica até os recalcitrantes...

ROAST BEEF COM GUARNIÇÃO DE
LEGUMES E DRIPPING-CAKE
PUDIM DE MAÇÃ À INGLESA

ROAST BEEF – Coloque numa grande frigideira um bom pedaço de carne de costela de boi, sem osso e que se deixa descansar bastante tempo fora do refrigerador. Molhe abundantemente com manteiga fervendo com um pouco de gordura de rim. Leve ao fogo apenas o tempo necessário para a carne começar a tomar cor, de todos os lados. Salgue e polvilhe levemente com pimenta-do-reino.
Na própria frigideira leve a carne ao forno pré-aquecido, durante 45 minutos, primeiro a alta temperatura e depois a fogo médio. Molhe seguidamente com o próprio caldo mas evite, tanto quanto possível, acrescentar água. Pode virar o assado frequentemente mas, durante o período final, a parte gordurosa do assado deverá ficar para cima. Não corte a carne logo que ela for retirada do forno, do contrário ela perderá o suco e adquirirá uma cor acinzentada. Deixe o assado repousar durante alguns minutos. Pode-se, também, assar o rosbife na grelha do forno e assim recolher a gordura que escorre para fazer o dripping-cake.

DRIPPING-CAKE – Bata cinco ou seis ovos com 125 gramas de farinha de trigo, meio litro de leite e um pouco de sal. Despeje tudo sobre a gordura quente que ficou do rosbife. Leve ao forno quente durante dez minutos. Nesse momento, o fundo da mistura já estará solidificado e a parte de cima ligeiramente consistente. Corte o dripping-cake em pedaços e coloque-os em torno das fatias cortadas do rosbife.

Pode-se, também, fazer este prato sem o rosbife. Nesse caso usa-se toucinho derretido, em vez da gordura da carne, e apresenta-se com o nome de Yorkshire Pudding.

PUDIM DE MAÇÃ – Use meio quilo de farinha de trigo peneirada e meio quilo de gordura de rim (na Inglaterra usa-se a gordura branca de rim de carneiro para diversos pratos), que se deixam n'água durante toda uma noite, depois de cortar a gordura em pedaços muito finos. Adicione uma boa colherada de gengibre em pó e um pouco de sal e misture bem. Acrescente água fria e misture até formar uma massa que não pegue nos dedos. Abra a massa com um rolo.

Coloque um guardanapo em uma vasilha funda e polvilhe com farinha de trigo. Ponha a massa sobre o guardanapo espalhando-o bem. Coloque, sobre a massa, pedaços grandes de maçãs ácidas (descascadas) e cubra tudo com a massa, tendo o cuidado de fazer com que o recheio fique perfeitamente coberto.

Amarre as pontas do guardanapo (com tudo dentro, é claro) e faça cozinhar durante duas horas, sem interrupção, em água com duas colheres, das de sopa, de sal.

Sirva sem qualquer calda mas simplesmente com açúcar.

Pode-se melhorar este pudim fazendo ferver, durante minutos, os pedaços de maçã, antes de colocá-los na massa, e adicionando ao recheio manteiga, passas, corintos, açúcar e um pouco de rum.

Foi o tempo necessário para abrir e fechar uma porta. Uma mulher ansiosa por amor transformara-se em inimiga mortal.

De manhã, Yvonne havia desaparecido. Ninguém sabia para onde teria ido. Em seu quarto encontraram um bilhete que dizia:

"Fui antes que vocês para Clermont-Ferrand – Yvonne."

– Que ideia – comentou aborrecido, o gordo *maire*. – Agora quem vai cozinhar? Nós queríamos oferecer-lhe um almoço de despedida, capitão.

– Se os senhores deixarem o fogão à minha disposição...

– Não! O senhor sabe cozinhar?

– Um pouco – disse modestamente Thomas. E ele preparou a refeição. Como não poderia deixar de ser, foi uma refeição muito, muito inglesa. Ele não ignorava que o que ia preparar poderia diminuir a sua reputação entre os franceses que iriam comer.

Mas o seu rosbife foi unanimemente aprovado. Somente os legumes que acompanhavam a carne suscitaram críticas do *maire*:

– Diga-me, tudo isso é cozido simplesmente em água e sal?

– Sim – respondeu Thomas, retirando alguns fios do bigode de dentro da boca. – É assim que nós, ingleses, gostamos dos legumes.

Prosseguiu numa conversa dupla, porque, ao mesmo tempo, o professor Débouché falava sobre as dificuldades que a Resistência encontrava em Clermont-Ferrand com os falsos documentos de identidade:

– De algum tempo para cá, as patrulhas exigem a carteira de identidade e o cartão para alimentação. Na sua opinião, capitão, qual seria o melhor método para nos proteger?

– De que é feita a guarnição do rosbife? – perguntou o guloso *maire*.

– Um assunto depois do outro – respondeu Thomas Lieven. – A massa é feita com leite, ovos e farinha de trigo, tudo batido junto. Sem o rosbife, chamamos este prato de *Yorkshire pudding*; com o rosbife são chamados de *dripping-cake*.

Depois voltou novamente a atenção para o professor. Os momentos que se seguiram fizeram dele o fundador de uma superoficina de documentos falsos.

– Os documentos falsos não devem ter uma só falha, sr. Professor – disse ele. – Os senhores certamente têm homens de confiança em todas as repartições, não é? Tudo deve coincidir exatamente: carteira de identidade, carteira militar, boletim de recenseamento, cartões de alimentação e de fumo. Um único nome falso para tudo e o mesmo registro em todas as repartições.

A sugestão de Thomas Lieven foi aceita e logo posta em prática de uma forma tal que os alemães tiveram muita dor de cabeça! Uma verdadeira avalancha de "verdadeiros documentos falsos" inundou a França e salvou muitas vidas humanas.

No dia 4 de abril de 1943, ao escurecer, um avião Lysander, da RAF, desceu na pequena clareira sobre a qual Thomas Lieven havia saltado 18 horas antes. Um piloto, vestindo uniforme britânico dirigia o aparelho. Esse piloto nascera em Leipzig. Fora escolhido pela Abwehr porque falava inglês, infelizmente com um sotaque saxônico.

Nessas condições o piloto falava pouco e contentava-se em fazer continências... à moda alemã, o que fez gelar o sangue nas veias de Thomas Lieven.

Com um gesto marcial o piloto levava a mão à pala do boné com a palma em ângulo reto com o rosto, e não inclinada para frente como faziam os ingleses.

Nenhum dos novos amigos franceses de Thomas Lieven pareceu notar a continência. Houve abraços, fortes apertos de mão e troca de votos de felicidade.

– Felicidades – gritaram os homens. (Thomas entrou no avião, descompondo o piloto, em voz baixa.)

– Grande cretino.

Depois ele ergueu os olhos. Longe, na orla do bosque estava Yvonne, com as mãos enfiadas nos bolsos da jaqueta. Ele agitou o braço. Ela não se mexeu. Ele repetiu o gesto. Ela ficou parada, como se fosse de mármore.

Ao sentar-se no banco do avião ele sentiu nitidamente que entre ele e aquela mulher não estava tudo acabado. Longe disso.

A operação rouxinol 17 corria normalmente, tal como Thomas tinha esperado.

Todas as noites, cerca das 21 horas, os maquis de Crozant chamavam, e os cabos Schlumberger e Raddatz, no Hotel Lutecia, recebiam a mensagem. Os maquis esperavam que a comunicação fosse decifrada e, depois, recebiam a resposta apropriada do "coronel Buckmaster, posto 231, Ministério da Guerra, Londres".

Dois outros homens assistiam a esse ritual: o coronel Werthe e esse capitão Brenner, que há tanto tempo e tão interessadamente seguia a carreira de Thomas Lieven.

Na pessoa do capitão Brenner conheceu o protótipo do soldado profissional: frio, limitado, pedante, nem desonesto nem nazista, mas um verdadeiro boneco mecânico que trabalhava como uma máquina, sem sentimentos, sem ideias críticas e praticamente sem coração.

O capitão Brenner, baixo, empertigado e com óculos de aro de ouro e gestos enérgicos, não compreendia nada do que chamava: "esse cinema rouxinol 17".

No princípio, Thomas enviava aos maquis de Crozant instruções protelatórias. Entretanto *Rouxinol 17* pedia para agir. Queriam tomar a ofensiva. Reclamavam munições para as suas armas.

Em vista disso, a equipagem alemã de um avião inglês capturado deixou cair, numa tépida noite de maio, quatro caixas de munições, presas a paraquedas, sobre a floresta entre Limoges e Clermont-Ferrand. Essas munições só tinham um defeito: nem o seu tipo nem o seu calibre correspondiam aos das armas dos maquis de Crozant.

O resultado foi uma interminável troca de mensagens pelo rádio. Mais dias passaram. *Londres* lamentava o engano cometido. O engano seria reparado logo que tivessem conseguido as munições adequadas e que provinham de depósitos alemães e franceses.

Londres encarregou os maquis de Crozant de estabelecer depósitos de víveres. Era um fato conhecido que a população daquela região, de difícil acesso, passava fome. E os homens famintos podem se transformar em perigosos fanáticos...

Novos aviões ingleses, pilotados por alemães, sobrevoaram a região. Desta feita soltaram paraquedas com conservas capturadas aos ingleses, medicamentos ingleses, uísque, cigarros e café.

O capitão Brenner não entendia mais nada.

– Nós bebemos Pernod falsificado e os senhores da Resistência bebem uísque escocês. Eu fumo caporal francês, os terroristas fumam provavelmente Henry Clay. Estamos paparicando esses sujeitos para que eles engordem. Isto é uma loucura, senhores, uma pura demência.

– Não é demência – replicou o coronel Werthe. – Lieven tem razão. É a única maneira de impedir que esses homens se tornem perigosos. Eles podem sabotar vias férreas e fazer ir pelos ares as usinas elétricas e depois esconderem-se em vários lugares sem que apanhemos um só deles.

Em junho de 1943 *Rouxinol 17* mostrou tal agitação e impaciência que Thomas mudou de tática: os aparelhos ingleses com tripulações alemães deixaram cair sobre a região caixas com munição que realmente serviam para as armas que os maquis já tinham.

Mas, pouco tempo depois, os maquis de Crozant receberam as seguintes instruções:

"Os maquis de Marselha foram incumbidos de operações de sabotagem e de guerrilha, de grande envergadura. É indispensável que, temporariamente, vocês ponham suas armas e munições à disposição dos seus camaradas".

O transmissor de Crozant lançou seus veementes protestos.

Mas *Londres* ficou inflexível. Os maquis de Crozant foram informados, com precisão, sobre a hora e o local para a entrega das armas.

Numa noite tempestuosa, no bosque à beira da estrada que vai de Bellac a Montemar, as armas mudaram de proprietário. Os novos proprietários, que tinham modos muito franceses, afastaram-se em seus caminhões. Quando se afastaram dos maquis, voltaram a falar, como do costume, na gíria dos soldados alemães.

No princípio de julho, o coronel Werthe veio a saber, pelo telegrafista traidor dos maquis de Limoges, que os maquis de Crozant estavam indignados com Londres. Uma tal Yvonne Deschamps excitava os homens. Estariam eles realmente em contato com Londres? Um tal capitão Everett parecera suspeito a Yvonne e ainda mais o piloto da RAF que o viera buscar e fizera continência como um boche.

– Mas que merda – disse Thomas quando soube desses fatos. – Eu sabia que isto aconteceria algum dia. Só nos resta uma solução, coronel.

– Qual é?

– É preciso darmos a *Rouxinol 17* as ordens e a possibilidade de executar um ato de sabotagem sério e autêntico. Precisamos sacrificar uma ponte, uma linha de estrada de ferro ou uma usina elétrica para podermos salvar, em contrapartida, muitas usinas, pontes e estradas de ferro.

O capitão Brenner, que ouvia a conversa, fechou os olhos.

– Ele perdeu a tramontana – gemeu ele. – O Sonderführer Lieven está completamente biruta.

O coronel Werthe também manifestou uma certa agitação.

– Há um limite para tudo, Lieven. Realmente. Mas isso que o senhor pede é demais.

– Eu lhe peço uma ponte, coronel! – começou a berrar Thomas. – Falando sério, é impossível que não exista uma ponte na França que não nos seja indispensável.

LIVRO TERCEIRO

1

O ELEVADOR PAROU NO TERCEIRO ANDAR do Hotel Lutecia, requisitado para os serviços da Abwehr. Um homem de 34 anos saltou. Era magro, de estatura média e tinha um bigode de foca.

O franzino cabo Raddatz, berlinense, enfiou no bolso o último número da revista de nus *Regal* e levantou-se, de um salto, estalando os calcanhares.

– Heil Hitler, chefe!

– Os cabos Raddatz e Schlumberger, dos serviços de rádio às suas ordens, chefe – berrou o vienense, em atitude exageradamente marcial.

– Heil Hitler! Seus vagabundos de uma figa – respondeu sorrindo o mais bizarro dos chefes de operações especiais, jamais saído do Terceiro Reich – Vocês já ouviram Londres?

– Sim, chefe – respondeu o vienense mantendo a posição de sentido. – Ainda há pouco.

Os três homens encontravam-se todas as noites havia três semanas e, todas as noites, antes que outros chegassem, usavam ilegalmente as excelentes instalações de rádio do Exército alemão. Ouviam Londres diariamente.

– Churchill fez um discurso – disse o gordo Schlumbeger. – Se os italianos continuarem ao nosso lado, agora que Mussolini está encrencado, certamente merecerão ser castigados.

No dia 15 de julho, cinco dias antes, Victorio-Emanuelle, rei da Itália, mandara prender Mussolini. Na mesma data começaram os bombardeios, à luz do dia, de Cassel, Remscheid, Kiel e Bremen.

– Com mil raios – suspirou Raddatz –, as coisas estão andando depressa. Na Rússia, estamos apanhando de criar bicho, no Lago Ladoga e em Orel. Os italianos estão levando uma surra na Sicília.

– E aqueles cavalheiros em Berlim continuam a bancar os importantes, disse Thomas sentando-se. – Não se pensa em parar. Não se admite tal hipótese.

Schlumberger e Raddatz, ambos servindo desde o principio da guerra e conhecedores de todos os truques, sacudiram a cabeça, com ar triste. Eles tinham obtido algumas informações sobre Thomas Lieven. Sabiam que ele fora torturado pela Gestapo antes que o coronel Werthe o tirasse das adegas da S.D., na avenida Foch.

Thomas se havia refeito, bastante bem, das consequências de sua prisão e das horríveis sessões de interrogatório. Seu corpo ainda tinha, em vários lugares, terríveis cicatrizes, mas as roupas impecáveis que ele novamente usava cobriam-nas completamente.

– O coronel Werthe e o capitão Brenner não tardarão a chegar. Antes disso, peço a fineza de cifrar esta mensagem.

Colocou uma folha de papel sobre a mesa do berlinense. Raddatz leu, com estupefação:

– Com mil raios – disse ele. – Cada vez mais incrível! Dessa forma parece evidente que, apesar de tudo, ainda vamos ganhar esta guerra. Olha para isto, Karl.

O vienense leu e coçou a cabeça.

– Não entendo nada – foi o seu breve comentário.

– Calma, calma – disse Thomas. – Codifiquem a mensagem.

O texto era o seguinte:

"Para Rouxinol 17 – bombardeiro RAF deixará cair no dia 1º de agosto entre 23h e 23h15 invólucro de explosivo plástico sobre quadrado 167 – no dia 4 de agosto exatamente às 00h00 façam saltar ponte preta entre Gargilesse e Eguzon – sejam pontuais – boa sorte – Buckmaster".

– Muito bem, senhores. Por que esses olhares atônitos?

– Isto é uma das brincadeiras do chefe, George – disse o vienense. – Deve ser uma pontezinha de cacaracá, entendes?

– Essa ponte, senhores, atravessa o rio Creuse e leva à estrada nacional número 20. É uma das mais importantes do planalto central. Ela domina a localidade de Eguzon onde está a barragem da usina elétrica que abastece a maior parte do centro da França.

– E é justamente essa ponte que vai ser destruída.

– Tomara Deus que sim – disse Thomas. – Eu tive muito trabalho para achar essa ponte.

Desde o dia 4 de julho de 1943, Thomas procurava uma ponte. Como primeira fonte de informações ele escolheu o Q.G. do general Von Rundstedt, comandante em chefe no oeste. Nesse Q.G. ele falou com três coronéis aos quais exigiu solenes juramentos de manter segredo e pediu que submetessem a sua modesta solicitação às patentes superiores.

O primeiro coronel mandou que falasse ao segundo que, por sua vez, mandou-o ao terceiro. O terceiro botou-o pela porta afora e apresentou um relatório ao seu general. O general mandou o relatório ao Hotel Lutecia, acompanhado de suas próprias observações sobre a inadmissível ingerência da Abwehr em assuntos de ordem militar como o era, evidentemente, a destruição de uma ponte.

Entrementes, os pés ágeis de Thomas já o tinham levado ao departamento técnico do Estado-Maior, onde ele explicou o que desejava a um certo coronel Ledebur. Isso às 11h18.

Às 11h19 a campainha do telefone do pedante e ambicioso capitão Brenner, no Hotel Lutecia, começou a soar. O miúdo e empertigado oficial de carreira, com a impecável risca nos cabelos e os seus óculos de aro de ouro, pegou o fone e disse quem era. Depois, inclinou-se, com rigidez, ao saber que falava com um certo coronel Ledebur.

As palavras do seu superior hierárquico fizeram o capitão ficar com o rosto vermelho.

– É exatamente o que sempre pensei, coronel – gritou ele. – É precisamente a minha opinião. Mas eu estou de mãos atadas. Lamento muito, coronel, mas o que posso fazer é pô-lo em contato com o coronel Werthe.

Werthe ouviu o outro coronel. Ao contrário do capitão, o coronel empalideceu quando ouviu o que tinha a dizer o seu colega.

– Obrigado por me ter avisado, coronel – disse ele por fim e com dificuldade. – Posso assegurar, entretanto, que o Sonderführer Lieven não está maluco. De maneira alguma. Irei pessoalmente buscá-lo.

Desligou. O capitão Brenner se aproximara. Os vidros dos seus óculos lançavam chispas.

– Coronel, peço respeitosamente permissão para lembrar que eu chamei a atenção, por várias vezes, sobre esse homem. Ele *realmente* não é normal.

– Ele é tão normal como o senhor ou eu. Além disso, Canaris tem absoluta confiança nele. Aqui entre nós: a sua ideia de lutar contra a Resistência por métodos pacíficos não tem provado ser a melhor de todas? Abra os olhos, Brenner. Somente durante os últimos meses os maquis assassinaram 243 pessoas, atacaram 391 trens e praticaram 825 atos de sabotagem nas indústrias. Apenas um setor ficou absolutamente calmo. O *setor de Lieven*.

No dia 11 de julho Thomas Lieven chegou, de avião, ao quartel-general da Organização Todt. Devia procurar um engenheiro chamado Heinze. O nome escrito na porta que ele abriu, às 11 da manhã, era *Heinze*.

Na sala em que entrou havia duas grandes mesas de desenho e, diante delas, dois homens de elevada estatura discutiam. Discutiam com tal violência que nem se aperceberam da entrada de Thomas Lieven. Ambos vestiam aventais brancos sobre os uniformes, gesticulavam e gritavam.

– Eu não assumo qualquer responsabilidade. O primeiro tanque que passar pode provocar o desmoronamento!

– Muito bem. Então será preciso ir até Argenton para encontrar outra ponte sobre o Creuse.

– E eu com isto? O Exército terá que utilizar outra ponte, mesmo que tenha que andar mais. Eu repito: a ponte preta de Gargilesse é um perigo público. A sustentação do tabuleiro apresenta grandes fissuras. O meu inspetor quase desmaiou quando verificou a situação.

– Reforce a construção com estacas de aço.

– Que ideia! Você sabe muito bem que isso não adiantaria nada.

A ponte de Gargilesse, pensava Thomas. Fantástico. Absolutamente fantástico. Poder-se-ia dizer que os fatos vieram ao encontro dos meus desejos e dos meus sonhos. Os fatos vieram ao meu encontro...

Pense na usina elétrica. Na barragem. Se a ponte ruir haverá uma interrupção no fornecimento de energia.

– Nada disso acontecerá se *nós* a fizermos ir pelos ares. Nada impede que improvisemos um desvio na linha de transmissão antes de a ponte cair. Mas se amanhã aquela joça ruir por si mesma *então* haverá uma longa interrupção. Eu... que deseja o senhor?

Finalmente a presença de Thomas Lieven fora notada. Ele inclinou-se:

– Gostaria de conversar com o sr. Heinze – disse ele em tom calmo.

– Sou eu. De que se trata?

– Cavalheiro – disse Thomas –, creio que a nossa futura colaboração será iniciada sob os melhores auspícios.

Tal colaboração se desenvolveu, realmente, de maneira perfeita. A partir de 15 de julho os planos da Organização Todt e os da Organização Canaris relativos à ponte preta, ao sul de Gargilesse, estavam perfeitamente coordenados. Foi quando Thomas, aliás "coronel Buckmaster, Ministério da Guerra, Londres", transmitiu aos maquis de Crozant as seguintes instruções:

– Preparem imediatamente uma lista das pontes importantes em seu setor – anotem tipo e frequência dos movimentos de tropas.

Durante vários dias e várias noites os da resistência ficaram alerta, escondidos sob os arcos das pontes ou camuflados entre os galhos de árvores, no topo de moinhos e celeiros. Com seus binóculos contavam os tanques, os caminhões e as motocicletas e anotavam tudo com lápis e papel. Todas as noites, às 21 horas, transmitiam a *Londres* os resultados das suas observações. Havia a ponte de Feurs, a ponte de Macon. A ponte de Dompierre. A ponte de Nevers. E a grande ponte Preta, ao sul de Gargilesse, em frente à barragem da usina elétrica de Eguzon.

No dia 30 de julho, cerca das 21 horas, Yvonne Deschamps, o Professor Débouché, o *maire* Cassier, o tenente Bellecourt e o oleiro Émile Rouff estavam reunidos na sala do velho moinho de Gargilesse. Uma espessa fumaça de cigarros flutuava no ar.

Yvonne tinha os fones nos ouvidos e captava a mensagem cifrada que lhe transmitia de Paris o gordo cabo Schlumberger:

"sv 54621 lhvhi rhwea ctbgs twoce..."

Os homens, em torno de Yvonne Deschamps, respiravam nervosamente. O professor limpava as lentes dos óculos. O tenente Bellecourt umedecia constantemente, com a língua, os lábios ressequidos.

"sntae siane Krodi lvgap", transmitia Schlumberger, do último andar do Hotel Lutecia, em Paris. Os homens em volta dele. Thomas Lieven, o baixo capitão Brenner e o coronel Werthe respiravam nervosamente. Brenner tirou seus óculos de aro de ouro e começou a limpar as lentes com o maior cuidado.

Às 21h20, *Londres* parou de transmitir. No velho e pitoresco moinho à beira do Creuse os chefes do Maqui de Crozant decifraram a mensagem que começava assim:

"Para Rouxinol 17 – bombardeiro da RAF deixará cair no dia 1º de agosto entre 23h e 23h30 volume com explosivo plástico sobre o quadrado 167 – no dia 4 de agosto precisamente às 00h00 façam saltar a ponte Preta entre Cargilesse e Eguzon..."

Logo que o radiograma foi decifrado, todos começaram a falar ao mesmo tempo. Somente Yvonne ficou calada. Com as mãos cruzadas no colo, continuou sentada frente ao receptor. Pensava naquele estranho capitão Everett que tantas suspeitas lhe causara.

O professor falava com os homens. Yvonne mal o ouvia. Seus pensamentos e seus pressentimentos eram pouco razoáveis e mesmo insensatos. Tinha uma dolorosa certeza de que algum dia – só Deus saberia onde e quando – ela tornaria a ver o capitão Everett...

Em torno dela elevava-se o tom das vozes. Yvonne teve um sobressalto. Compreendeu que uma discussão se estabelecera entre o *maire*, o oleiro e o professor.

– Isto aqui é a *minha* terra! – disse o ambicioso Cassier, batendo na mesa. – Conheço-a palmo a palmo. *Eu* é que vou dirigir a colocação do plástico!

– Aqui não se bate na mesa, meu amigo – disse calmamente o sábio. – O tenente Bellecourt é quem dirigirá as operações. Trata-se de um especialista. O senhor obedecerá às suas ordens.

– Sempre Bellecourt – exclamou o *maire*. – Isto é para desanimar. Quem organizou o Maqui de Crozant? Rouff, eu e mais alguns agricultores.

– É exato, foi gente daqui – gritou o oleiro. – Vocês só vieram depois.

Yvonne fez um esforço para não pensar mais no capitão Everett.

– Acabem com essa discussão – disse ela, em tom frio. – Faremos o que o professor disse. É verdade que nós só nos juntamos ao grupo mais tarde, mas nós é que lhe demos uma organização eficiente. Foi graças a nós que vocês conseguiram o aparelho transmissor-receptor. E fui *eu* que lhes ensinei como trabalhar com ele.

O *maire* e o oleiro calaram-se. Sem que Yvonne percebesse, entretanto, trocaram olhares maliciosos e espertos, de velhos camponeses...

No dia 1º de agosto, às 23h10, um bombardeiro britânico, recuperado pelo Exército alemão, deixou cair sobre o quadrado 167 um grande invólucro especial, cheio de explosivo plástico *made in England*.

No dia 2 de agosto de 1943, um certo Heinze, da seção parisiense da Organização Todt, apareceu na usina de Eguzon e combinou com os engenheiros todas as medidas a tomar em caso de destruição da ponte vizinha à barragem.

No dia 3 de agosto, o mesmo Heinze apresentou-se ao comandante de um batalhão alemão e combinou, fazendo-o jurar segredo, que todos os pontos de guarda e patrulhas se afastariam da Ponte Preta entre às 23h30 e 00h30 do dia 4 de agosto.

No dia 4 de agosto às 00h08, a ponte foi pelos ares com terrível estrondo. Não houve um só ferido.

No dia 5 de julho às 21 horas, os cabos Schlumberger e Raddatz, banhados em suor, estavam sentados diante dos seus aparelhos. Atrás deles estavam Thomas Lieven, o coronel Werthe e o capitão Brenner.

Rouxinol 17 começou a ser recebido pontualmente.

– Hoje – murmurou Schlumberger continuando a escrever – não é a moça que está transmitindo. Deve ser um dos outros sujeitos...

A mensagem de *Rouxinol 17* foi longa, mais longa que qualquer anterior. A mensagem parecia não acabar mais. Enquanto Schlumberger continuava a transcrever os sinais, Raddatz começou a decifrar. A primeira parte da mensagem correspondia ao que Thomas esperava:

"Missão ponte Preta executada conforme instruções – explosão destruiu totalmente a ponte – vinte homens participaram diretamente operação – tenente Bellecourt quebrou perna início operação – está sendo tratado amigos em Eguzon – esta mensagem é transmitida por Émile Rouff – Professor Débouché e Yvonne Deschamps estão em Clermont-Ferrand.

Werthe, Brenner e Thomas olhavam por cima dos ombros de Raddatz, que continuava decifrando.

Esse incrível cretino, lá longe, pensava Thomas empalidecendo, porque está mencionando nomes?

Antes que ele pudesse intervir de qualquer forma sentiu que Raddatz pisava-lhe o pé. Olhou para o cabo. Os olhos do berlinense refletiam uma expressão de espanto e terror. No mesmo momento Schlumberger entregou uma nova folha. Raddatz pigarreou, desesperado.

– Que há? – perguntou Brenner, aproximando-se rapidamente.

– Eu... eu... nada – declarou o berlinense.

– Entregue-me isto!

Brenner arrancou-lhe o papel das mãos e levantou-o. Seus óculos lançavam faíscas.

– Escute bem, coronel.

Com o coração gelado e oprimido Thomas ouviu Brenner ler, em voz alta, a mensagem decifrada por Raddatz:

"Pedimos fineza informar general De Gaulle sobre nossa ação e fazer-lhe conhecer os nomes dos mais bravos camaradas – elogios e distinções teriam influência magnífica sobre moral dos combatentes...”

Deus do céu, pensava Thomas, isto não pode ser verdade!

“... depois do acidente do tenente Bellecourt o mérito principal é de Cassier, *maire* de Crozant – também a Émile Rouff de Gargilesse – também participaram...”

Estupefato, o cabo Schlumberger tirou os olhos do seu bloco de taquigrafia.

– Continue a anotar – berrou Brenner.

Depois, o capitão virou-se para Thomas.

– O senhor dizia que seria impossível prender esses canalhas porque não sabíamos seus verdadeiros nomes e endereços, hein? – disse Brenner, com uma gargalhada metálica e de zombaria. – Pois muito bem, agora vamos mostrar-lhes que é possível.

Thomas tinha vertigens. Aqueles idiotas. Aqueles pobres imbecis vaidosos. Eu sempre pensei que somente *nós* agíamos assim. Os franceses não são melhores. Tudo fora em vão. Em vão.

A boca do coronel Werthe, de tão cerrada, parecia um fio.

– Queira sair da sala do rádio, sr. Lieven – disse ele com voz sumida.

– Coronel – começou Thomas –, peço que considere...

Em vão. Tudo fora em vão, por culpa de alguns imbecis loucos de desejo de poder, depois da guerra, ostentar ao peito alguns pedaços de metal...

De acordo com o rodízio do pessoal, os cabos Schlumberger e Raddatz foram substituídos cinco minutos mais tarde. Desceram para o *hall* do hotel onde Thomas os esperava.

Schlumberger tinha cara de enterro.

– Aquele cretino não para de transmitir – disse ele –, já mencionou 27 nomes.

– Desses 27 eles arrancarão os nomes de todos os demais – disse Raddatz.

Como o faziam frequentemente, durante os últimos meses, foram ao Henri, um bistrô que Thomas descobrira na rua Clément Marot. O patrão veio pessoalmente à mesa onde se sentaram, para dar-lhes as boas-vindas. Cada vez que ele via Thomas os seus olhos ficavam cheios de lágrimas.

Henri tinha uma cunhada judia alemã. Utilizando documentos falsos, ela estava escondida no interior. Thomas conseguira os documentos. No Hotel Lutecia havia excelentes oportunidades para encontrar documentos falsos. Thomas, de vez em quando, aproveitava tais oportunidades. O coronel Werthe bem o sabia, mas ficava calado.

– Qualquer coisa leve, Henri – disse Thomas.

Já era tarde e ele precisava acalmar os nervos. Escolheram o *menu*. Schlumberger manifestou um desejo:

– Peça-lhe, por favor, que nos prepare umas panquecas.

Thomas traduziu. Henri afastou-se. Fez-se silêncio na mesa dos três amigos. Um silêncio plúmbeo. Só com a chegada dos canapés de rim de carneiro é que o vienense murmurou:

– Brenner chamou Berlim. Vão proceder a uma caçada, lá onde estão os nossos maquis. Será para amanhã de manhã, o mais tardar. É claro como água que aqueles tipos estão fritos.

O professor Débouché, pensava Thomas. A bela Yvonne e tantos e tantos mais. No momento ainda estão vivos. Ainda respiram. Breve estarão presos. Breve estarão mortos.

– Bolas – disse Raddatz –, há quatro anos que sou soldado. Nunca matei ninguém. É horrível ter que dizer a si mesmo que por nossa culpa...

– A culpa não é nossa – disse Thomas.

Não é de vocês, pelo menos, pensava ele. E quanto a mim? Eu que estou irremediavelmente emaranhado numa teia de aranha, feita de mentiras, de falsidades, de má-fé e de artifícios. Serei ainda inocente?

MENU

Paris, 5 de agosto de 1943

Ao saborear o peixe surgiu a ideia que salvou 67 vidas humanas.

CANAPÉS DE RIM DE CARNEIRO
LINGUADO À MODA DE GRENOBLE
PANQUECAS COM GELEIA DE CEREJAS

CANAPÉS DE RIM DE CARNEIRO – Tome pequenos rins de carneiro, retire a gordura e as peles. Corte-os ao meio no sentido longitudinal.
Corte fatias de pão de forma, do tamanho dos rins, passe manteiga, em ambos os lados, e cubra cada uma com a metade de um rim.
Prepare uma emulsão com mostarda forte, creme azedo, um pouco de manteiga, sal e pimenta-caiena e com ela cubra os rins.
Asse a forno médio durante cerca de dez minutos. Espete os rins com um garfo de pontas finas. Se não sair sangue, já estão prontos. Sirva quente.

LINGUADO À MODA DE GRENOBLE – Embora o linguado brasileiro não seja exatamente a Sole da Europa, pode ser preparado das mesmas maneiras indicadas em dezenas de receitas excelentes.

Peça ao seu fornecedor que destaque os filés do linguado. Deixe-os marinar, durante pelo menos meia hora, em suco de limão com sal e pimenta-do-reino. Dessa forma a pele ficará firme e clara. Seque bem e frite, rapidamente, em manteiga muito quente.

Sirva em pratos aquecidos.

Na manteiga usada para fritar os filés, aqueça rapidamente pedaços de limão e algumas alcaparras. Derrame esse molho sobre os filés e sirva com batatas cozidas salpicadas de salsa.

PANQUECAS COM GELEIA DE CEREJAS – Preparam-se panquecas finas e de tamanho médio. Passe geleia de cerejas de um só lado, enrole e leve ao fogo em frigideira com manteiga quente. Sirva imediatamente, polvilhando, se quiser, amêndoas moídas.

Para fazer boas panquecas deixa-se a massa repousar durante uma hora, pelo menos.

– Escute, sr. Lieven – disse Schlumberger –, não é possível que possamos ajudar esses maquis que matam nossos camaradas.

– Não – disse Thomas –, não é possível.

Que restava fazer?, perguntava ele a si próprio, com desespero. Que é *preciso* fazer? Como se deve agir para ser um homem digno de ser um ente humano?

– Karl tem razão – disse o berlinense. – Eu também não sou nazista. Mas aqui entre nós: imagine que esses maquis me pegassem. Eles acreditariam se eu dissesse que não era nazista?

– Eles nem dariam bola. Estavas é liquidado. Para eles um alemão é um alemão.

Pensativo, Thomas mexia com o garfo no prato. Subitamente ele se levantou.

– Ainda existe *uma* possibilidade. Uma única.

– Que possibilidade?

– De fazer alguma coisa e permanecer um homem decente – disse Thomas.

Foi à cabina telefônica, ligou para o Hotel Lutecia e mandou chamar o coronel Werthe. O coronel respondeu demonstrando nervosismo.

Thomas ouvia barulho de vozes. Aparentemente o coronel estava numa conferência. O suor escorria pelo rosto de Thomas. Manter a integridade, pensava ele. Contra homens íntegros do meu país. Contra homens íntegros deste outro país. Não cair nas armadilhas da traição, da quimera, do sentimentalismo. A única coisa que importa é salvar vidas humanas... salvar vidas humanas...

– Lieven falando, coronel – disse ele com voz rouca. – Quero fazer-lhe uma proposta da maior importância. O senhor não poderá agir por si só. Assim, peço que me escute e informe, imediatamente, ao almirante Canaris.

– Que significa este palavrório incompreensível?

– Para quando está fixado o início da operação onde o senhor sabe?

– Para amanhã de manhã. Por quê?

– Eu suplico que me confie a direção dessa operação.

– Lieven, não estou com disposição para brincadeiras. A minha paciência está esgotada.

– Escute, coronel. Escute o que tenho a propor...

Às 4h45 da madrugada de 6 de agosto de 1943, um Lysander britânico rumava para Clermont-Ferrand quando o sol emergia do nevoeiro.

O piloto que estava separado do seu passageiro por uma divisão pegou o telefone do aparelho.

– Aterragem daqui a vinte minutos, Sonderführer – disse ele.

– Obrigado – respondeu Thomas Lieven.

Pendurou o fone. Imóvel na minúscula cabina do avião, ele contemplava o céu puro e a gaze do nevoeiro branco e cinzento que, no momento, dissimulava ainda essa terra suja, cheia de lutas e intrigas, de baixezas e de tolices.

Thomas Lieven tinha má aparência. Em seu rosto pálido, os olhos eram duas cavernas sombrias. Ele acabara de viver a pior noite de sua vida e preparava-se para o mais doloroso dos dias.

Dez minutos mais tarde o piloto inclinou o pequeno avião, que começou a perder altura e atravessou a camada de bruma matinal. Embaixo, viam-se as ruas de Clermont-Ferrand adormecida.

Às 5h15 Thomas Lieven tomava café escaldante na sala do capitão Oelliger, enquanto este, um tirolês troncudo que comandava uma unidade de caçadores de montanha, com sede em Clermont-Ferrand, examinava com cuidado os papéis que Thomas apresentara.

– Recebi um longo telegrama do coronel Werthe – disse ele. – Além disso ele telefonou-me há uma hora. Os meus homens e eu estamos à sua disposição, Sonderführer.

– Antes de mais nada, peço um carro para levar-me até a cidade.

– Eu lhe darei uma escolta de dez homens.

– Não, muito obrigado. O que eu devo fazer tenho que fazer sozinho.

– Mas...

– Aqui está um envelope lacrado. Se dentro de oito horas não tiver notícias minhas, abra-o. Ele contém as instruções do coronel Werthe sobre o que deverá fazer, nesse caso. Adeus.

– Ou melhor, até a vista...

– Sim – disse Thomas –, esperemos que assim seja. – Tocou na madeira.

Um Citroën, requisitado – mas sem placas alemães –, atravessou, aos trancos, a praça Blaise Pascal, que estava deserta. Thomas estava sentado ao lado do chofer, que ainda tinha sono e não falava. Ele tinha uma capa impermeável sobre a sua roupa de flanela cinzenta e usava chapéu branco.

O seu objetivo, àquela hora matinal, era encontrar o professor Débouché, chefe espiritual da resistência francesa na região central. O professor tinha seus aposentos na grande cidade universitária. Thomas saltou do carro antes da entrada principal, na avenida Carnot.

– Vire a esquina e espere por mim – disse ele.

Depois dirigiu-se para o portão. Agora, pensou ele, que os céus me ajudem. Que ajudem a todos nós.

Tocou a campainha e esperou. Tocou novamente, com insistência. Finalmente apareceu o velho porteiro, resmungando, de chinelos e com uma capa sobre a camisa de dormir.

– O senhor está louco, c'os diabos? Que deseja?

– Quero falar ao professor Débouché.

– A essa hora? Escute aqui...

O porteiro calou a boca. Uma nota de cinco mil francos acabara de mudar de dono.

– Bem, bem. Se é urgente... A quem devo anunciar?

– O senhor tem telefone em casa?

– Sim, senhor.

– Então eu mesmo falarei com ele.

Thomas suava no subsolo atravancado onde morava o porteiro. Com o fone no ouvido ele percebeu o som da campainha em casa de Débouché.

A mulher do porteiro tinha-se levantado. Muito próxima ao marido, ela sussurrava ao seu ouvido. O casal examinava Thomas, com ar apavorado. Subitamente ouviu uma voz conhecida:

– Aqui fala Débouché. Que está acontecendo?

– Everett falando – disse Thomas com voz rouca. Ouviu a respiração espantada do professor.

– Everett? Onde? Onde está?

– Na Universidade. No apartamento do porteiro.

– Diga-lhe que o traga até aqui, imediatamente. Eu... eu... estou à sua espera.

Thomas desligou.

– Venha, senhor – disse o porteiro.

Ao sair Thomas viu que ele fazia um sinal com a cabeça, para a mulher. Mas não viu quando ela, uma mulher grisalha e envelhecida, pegava no telefone.

– Por Deus, capitão Everett, por que motivo está cometendo este ato de loucura?

O célebre físico, parecido com Albert Einstein, estava diante de Thomas no salão do seu apartamento, diante da grande biblioteca que cobria, completamente, uma das paredes.

– Sr. professor, o Maqui de Crozant fez ir pelos ares a ponte de Gargilesse.

– Sim, de acordo com as instruções recebidas.

– O senhor já viu os seus homens depois disso?

– Não. A minha assistente e eu estamos aqui há uma semana. Eu tinha que fazer algumas conferências.

– Mas o senhor sabe que Cassier e Rouff substituíram o tenente Bellecourt na direção da operação?

– São homens de bem.

– São homens que não prestam. Uns tolos, cheios de vaidade, senhor professor. Uns irresponsáveis.

– Mas afinal de contas, capitão...

– Sabe o que esses malditos imbecis fizeram ontem à noite? Pegaram o transmissor e deram os nomes e os endereços de todos os membros do Maqui de Crozant! Cassier, Rouff, o professor Débouché, Yvonne Deschamps, o tenente Bellecourt. Mais de trinta nomes e endereços...

– Mas por que, Santo Deus?

O velho senhor empalidecera.

– Por gabolice. Para que o general De Gaulle saiba, com segurança, quais os maiores heróis, os que merecem as maiores condecorações. Aqueles homens, professor, não passam de uns cretinos.

O velho professor olhou longamente para Thomas, sem dizer palavra.

– Evidentemente foi um erro indicar os nomes. Mas será isso um crime? A situação de Londres ficará prejudicada? Isto me parece pouco provável... Portanto não é isto que o traz aqui, com risco da própria vida.

O professor acercou-se de Thomas até quase encostar nele. Os olhos do sábio, muito abertos, eram uma interrogação.

– Por que está arriscando sua vida, capitão Everett? – murmurou ele, com voz rouca.

Thomas respirou profundamente. Mesmo que ele me mate, pensou ele. Mesmo que o meu destino seja o de não chegar ao fim do dia de hoje. Pelo menos, nos dias sujos em que vivemos, terei morrido tentando agir como um indivíduo decente.

Repentinamente, uma grande calma o invadiu, tal como no dia em que decidira escapar aos interrogatórios da Gestapo.

– Porque – disse ele tranquilamente – eu não sou o capitão Everett. O meu nome é Thomas Lieven.

O velho fechou os olhos.

– Porque não trabalho para Londres e sim para a Abwehr.

O velho reabriu os olhos e fitou Thomas com expressão de infinita tristeza.

– E porque, há vários meses, o Maqui de Crozant não está em contato com Londres, e sim com os alemães.

Um profundo silêncio reinou na sala. Os dois homens se olharam fixamente.

– Isto seria horrível – murmurou, finalmente, Débouché. – Não posso nem quero acreditar.

Bruscamente a porta foi aberta. Arfante, sem maquilagem e quase sem roupas por baixo da capa impermeável azul, Yvonne Deschamps, a assistente do professor, estava na soleira. Seus bastos cabelos louros caiam-lhe sobre os ombros. Seus olhos verde-esmeralda estavam esbugalhados pelo pavor. Sua linda boca tremia:

– Então é verdade... capitão Everett... é realmente o senhor.

Andando rapidamente, ela aproximou-se de Thomas. Débouché fez um gesto convulso. Ela tinha os olhos fixos em Thomas.

– A mulher do porteiro me preveniu – disse ela precipitadamente. – Eu também moro aqui... Que aconteceu, capitão? Que houve, afinal?

Thomas cerrou os lábios e ficou calado. Subitamente, ela pegou-lhe a mão e a apertou entre as suas. Foi só então que observou a atitude desanimada, senil e desesperada do professor.

– Mas que está acontecendo, senhor? – gritou ela num súbito acesso de pânico.

– Minha menina, o homem cuja mão você aperta é um agente alemão.

Lentamente, muito lentamente, Yvonne Deschamps afastou-se de Thomas. Cambaleando, como se estivesse bêbada, ela caiu sobre uma cadeira. Com voz rouca, Débouché contou o que Thomas tinha revelado.

Yvonne o ouviu, sem tirar os olhos de Thomas. Seus olhos verdes escureceram e pareciam carregados de ódio e desprezo. Quando falou, seus lábios quase não se mexiam.

– Acho que o senhor representa o máximo da indignidade e da baixeza, sr... Lieven. Creio que o senhor é o maior e o mais desprezível dos crápulas.

– O que pensa de mim é-me indiferente – respondeu Thomas. – Não sou culpado da existência entre vocês – e não somente entre nós – de imbecis tão vaidosos e convencidos como esse Rouff, ou esse Cassier. Durante meses tudo correu bem...

– Que entende por "correr bem", seu miserável?

– Sim – disse Thomas. (Sentia-se cada vez mais calmo.) – Exatamente. Há vários meses que não havia mortes nesta região. Nem franceses nem alemães morreram. As coisas poderiam ter continuado assim, até o fim desta estúpida guerra. Eu os teria protegido...

Yvonne, subitamente, soltou um grito histérico que mais parecia um grito de criança. Levantou-se, de um salto, vacilou e cuspiu no rosto de Thomas. O professor puxou-a, violentamente, para trás.

Thomas passou o lenço no rosto. Olhou para Yvonne, em silêncio. Ela tem razão, pensou ele. Do seu ponto de vista, tem razão. Todos têm razão, cada um com o seu ponto de vista. Eu também. O que me importa é a segurança de todos...

Yvonne fez um movimento para sair da sala. Thomas puxou-a violentamente para trás, fazendo-a bater, com força, contra a parede. Arquejante, ela mostrava os dentes.

– Você não se mexerá daqui – disse Thomas ficando entre ela e a porta. – Ontem à noite, logo após a transmissão de todos esses nomes, a Abwehr informou imediatamente a Berlim. Decidiram empregar uma unidade de caçadores estacionada aqui perto. Diante disso, tive outra entrevista com o chefe da Abwehr-Paris...

– Para quê? – perguntou o professor.

– Isto é assunto meu – disse Thomas sacudindo a cabeça.

– Não tinha a intenção de ofendê-lo – disse o professor... com um olhar estranho.

Este homem que aqui está, este homem admirável começa a me compreender, a seguir a minha ideia... se eu tiver sorte... se todos nós tivermos sorte...

– Fiz notar ao coronel Werthe que a intervenção dos soldados iria fazer vítimas, dos dois lados. Nossos homens agirão com energia. Os vossos irão defender-se com a energia do desespero. Correrá sangue. Haverá mortos. Alemães e franceses. A Gestapo irá torturar os prisioneiros. Eles denunciarão os seus camaradas.

– Isso nunca! – gritou Yvonne.

Thomas virou-se.

– Cale-se.

– Há torturas horríveis – disse o velho professor.

Subitamente ele levantou o olhar para Thomas, sábio e triste como um profeta do Velho Testamento.

– O senhor bem sabe disso, não é, sr. Lieven? Creio que começo a compreender as coisas. Sinto que a minha intuição estava certa. Lembra-se? Certa vez eu disse que o considerava um homem de bem...

Thomas ficou em silêncio. A respiração de Yvonne sibilava.

– Que mais disse ao seu coronel, sr. Lieven? – perguntou o professor.

– Fiz-lhe uma proposta. Essa proposta foi, depois, aprovada pelo almirante Canaris.

– Qual é a proposta?

– O senhor é o chefe espiritual do Maqui da região. Os homens fazem o que o senhor manda. O senhor convocará o grupo ao moinho de Gargilesse e explicará o caráter inelutável da situação. Isso permitirá aos soldados aprisioná-los sem disparar um tiro.

– E depois?

– Nesse caso, o almirante Canaris empenha a sua palavra de honra que ninguém será entregue à S.D. e que todos serão tratados como internados num campo militar, tal como se fossem prisioneiros de guerra normais.

– Não é uma perspectiva agradável.

– Dentro das circunstâncias, é a melhor de todas as eventualidades possíveis. A guerra não será eterna.

O professor não respondeu. Com a cabeça baixa, ficou diante de seus livros. Por fim, perguntou:

– De que maneira poderei ir a Gargilesse?

– Comigo, de carro. O tempo está correndo, professor. Se o senhor recusar esta proposta a ação das tropas começará às oito horas.

– E... e Yvonne? É a única mulher do grupo. Uma mulher, sr. Lieven...

Thomas sorriu, tristemente.

– No que concerne a srta. Yvonne, penso prendê-la como minha prisioneira particular... Permita que eu conclua, por favor... numa cela da chefatura de polícia. Ela ficará até que a operação esteja terminada. Isto para evitar que o seu ardor patriótico motive uma desgraça. Depois disso, irei buscá-la para a conduzir a Paris. No caminho ela iludirá a minha vigilância e escapará.

– Que? – disse Yvonne, olhando-o fixamente.

– A senhora conseguirá fugir – disse Thomas em voz baixa. – Foi o segundo favor que consegui obter do coronel Werthe. Trata-se, por assim dizer, de uma fuga autorizada pela Abwehr.

Ofegante de emoção, Yvonne aproximou-se de Thomas.

– Se existe um Deus, ele o castigará... Morrerá lenta e miseravelmente. Eu não fugirei. O professor não vai aceitar a sua proposta, nunca, ouviu? Vamos lutar e morrer, todos.

– Sim, está bem – disse Thomas, já cansado. – Agora sente-se e cale a boca, sua heroína de fancaria.

"Confidencial – 14h35 – 9 de agosto – Abwer-Paris para chefe Abwehr-Berlim – no dia 7 cerca das 22h o batalhão de caçadores do setor de Clermont-Ferrand sob comando Sonderführer Lieven aprisionou maquis de Crozant perto do moinho de Gargilesse – membros do Maqui dirigido pelo professor Débouché não ofereceram nenhuma resistência – 67 (sessenta e sete) homens aprisionados. Conforme instruções prisioneiros foram encaminhados ao campo de prisioneiros militares 343 – terminado."

No dia 27 de setembro de 1945, o professor Débouché declarava textualmente, perante uma comissão de inquérito aliada, em Paris:

"Todos os membros do Maqui de Crozant foram tratados com humanidade no campo de concentração nº 343. Todos sobreviveram e voltaram a seus lares. É provável, devo acentuar, que todos nós devamos as nossas vidas à coragem e aos sentimentos humanitários de um alemão que primeiro nos enganou, passando por um capitão inglês e que, no dia 6 de agosto de 1943, procurou-me, em Clermont-Ferrand. Nessa ocasião declarou ser o Sonderführer Thomas Lieven..."

Em vista dessas declarações, a comissão aliada de inquérito fez procurar esse Sonderführer Lieven. Não o conseguiram encontrar. Nessa ocasião, organizações de natureza muito diferente de uma comissão de inquérito andavam caçando Thomas Lieven. Acabava ele de... Mas não antecipemos as coisas. Ainda estamos em agosto de 1943.

– Senhores – disse o coronel Werthe –, acabo de receber ordens de Berlim. Capitão Brenner, considerando a participação que teve na liquidação do Maqui de Crozant, o senhor foi promovido a major, com efeito retroativo ao dia 1º de agosto. Além disso, em nome do nosso Führer e comandante em chefe, eu o condecoro com a medalha de primeira classe do Mérito Militar.

Para o pequeno capitão era esse o grande momento da sua vida! Por trás dos vidros dos óculos, seus olhos brilhavam como os de um menino que ganha tudo que sonhara na noite de Natal. Ele estava em posição de sentido, encolhendo a barriga e estufando o peito.

– Bravos – disse o civil Thomas Lieven, que neste dia vestia uma roupa de verão, azul, muito bem feita, camisa branca e gravata discretamente listrada de cinza e rosa. – Meus sinceros cumprimentos, major.

– É claro – disse meio confuso o major, recém-promovido – que devo tudo isso ao senhor.

– Tolice.

– Não é tolice alguma. Apenas ao senhor. Devo confessar, também, que durante esta operação eu estava quase sempre contra o senhor e que tudo me parecia uma loucura. Eu não tinha confiança no senhor...

– Se o senhor confiar em mim, daqui por diante tudo estará bem – disse Thomas, em tom conciliador.

Na verdade, a partir daquele instante, Thomas teria no major Brenner um admirador dedicado. que não mais se espantaria com os planos – mesmo os mais loucos e temerários – de seu chefe de operações especiais.

O coronel Werthe recebeu as palmas da Cruz de Ferro de primeira classe.

– A cruz eu recebi na guerra de 14-18 – explicou ele.

– Veja só – disse Thomas a Brenner. – Nós iniciamos duas guerras mundiais com tão poucos anos de intervalo que todo homem robusto e de boa saúde pôde ter o prazer de conhecer a uma e outra em todas as suas heroicas grandezas.

– Basta de tolices – disse o coronel. – E que iremos fazer do senhor, seu fenômeno bizarro? O senhor é um civil.

– E assim espero continuar.

– Mas Berlim me fez uma pergunta. Que espécie de distinção gostaria o senhor de receber?

– Não seria uma condecoração que me faria feliz, coronel – respondeu Thomas. – Mas, se eu pudesse manifestar um desejo...

– Diga.

– ...Gostaria de mudar de atividade. Não me agrada continuar a lutar contra a Resistência, senhores. Eu gosto é de rir e viver alegremente. Estas últimas semanas tiraram-me todo o gosto pela vida alegre. Desde que sou obrigado a trabalhar para os senhores, preferiria um serviço mais agradável e mais distraído.

– Creio que tenho exatamente o que precisa, Sonderführer Lieven.

– Que será, coronel?

– O mercado negro francês – disse Werthe. – Nunca houve, desde que o mundo existe, um mercado negro tão louco e perigoso como o que funciona hoje em Paris.

Foi com surpresa que Thomas soube o que se passava por trás da agradável fachada da Cidade Luz, às margens do Sena.

– Aqui todo mundo compra: a Organização Todt, a Marinha, a Luftwaffe, o Exército, os Transportes Militares e, agora, também a S.D. entrou na brincadeira.

O marechal Goering, disse Werthe, recomendava que se lutasse contra o mercado negro. Mas, com tantos compradores alemães e cada qual oferecendo mais, os preços subiam astronomicamente. Passando por cinco ou seis intermediários o preço de uma máquina operatriz comum, que normalmente valia quarenta mil francos, subiu até um milhão!

Em vista disso a S.D. instalou, à Rue de Saussaies, um serviço de repressão ao mercado negro, sob a direção de um Untersturmbannführer das SS. Vieram, de todas as regiões da França, agentes da S.D. para serem treinados em Paris para as suas novas funções. Mas a S.D. não teve sorte com o seu novo departamento. Isso porque, uma vez preparados para as suas novas funções, logo se apercebiam que era mais negócio estar do outro lado. Passaram a colaborar com os franceses. O volume das operações tomou proporções monstruosas.

Basta mencionar, como exemplo, o caos dos cinquenta mil pulôveres que num só dia foram vendidos não uma vez, mas quatro. Três dos compradores foram assassinados. O quarto era do grupo dos traficantes. Dessa forma, os pulôveres estavam novamente à venda no dia seguinte. O valor já fora recebido três vezes.

Pessoas desapareciam. Locomotivas desapareciam. Centenas de milhares de quilos de papel para cigarros, da melhor qualidade, desapareciam. A confusão desencadeada pelos serviços *antimercado negro*, da S.D., era cada vez mais louca. Agentes prendiam outros agentes. Agentes liquidavam colegas. Funcionários da Gestapo faziam-se passar por franceses, franceses passavam por homens da Gestapo.

Isso é o que contava o coronel Werthe a Thomas Lieven, que ouvia assombrado.

– Este assunto se enquadra em suas possibilidades, Lieven? – perguntou ele, por fim.

– Creio que sim, coronel, perfeitamente.

– Não é perigoso demais?

– Para ser franco, tive uma preparação das melhores durante a minha permanência em Marselha. Além disso tenho os elementos básicos a meu dispor. Ainda tenho uma casa no Bois de Boulogne e, além disso, possuo uma participação, desde antes da guerra, num pequeno banco parisiense. Com tais elementos, poderei inspirar muita confiança...

Isso dizia Thomas. O que pensava era: poderei, finalmente, ter uma vida privada, afastar-me um pouco de vocês, meus caros. Quem sabe? Poderei mesmo, com um pouco de sorte, fugir para a Suíça...

Thomas Lieven voltou a seu banco como aquele homem da fábula que voltou a sua aldeia, depois de um sono mágico, e que descobre que sete anos haviam passado. No caso de Thomas Lieven, apenas três anos eram decorridos. O sócio principal e a maioria dos empregados mais idosos estavam em seus postos. Havia menos empregados jovens.

Thomas foi ao Bois de Boulogne. Uma grande nostalgia se apoderou dele ao ver a pequena *villa* onde passara tantas horas agradáveis em companhia da encantadora Mimi Chambert.

Uma empregada, jovem e bonitinha, abriu-lhe a porta. Ele pediu para falar ao dono da casa. A empregada levou-o à sala de visitas.

– O capitão virá num instante.

Thomas examinou a sala. Aí estavam seus móveis, seus quadros e seus tapetes. Tudo usado e mal cuidado, mas eram os seus...

Um tesoureiro do Estado-Maior entrou na sala. Repleto de enxúndia e de pose.

– Meu nome é Hôpfuer. Heil Hitler. Em que lhe posso ser útil?

– Thomas Lieven. Mudando-se imediatamente daqui.

O rosto do tesoureiro ficou quase roxo.

– Está bêbado ou coisa parecida?

– Absolutamente, não.

– Então é uma brincadeira idiota?

– Não. Simplesmente acontece que esta casa é minha.

– Bobagem. A casa é minha. Há um ano moro aqui.

– Isso é fácil de ver pela sujeira que o senhor acumulou.

– Olhe aqui, sr. Lieven, ou quem quer que seja: O senhor vai sair daqui ou eu chamo a polícia.

– Vou sair – disse Thomas levantando-se. – Acho que o senhor deveria abotoar a braguilha.

Thomas foi procurar o coronel Werthe. Duas horas mais tarde o tesoureiro de Estado-Maior Hôpfuer recebia do seu superior hierárquico a ordem para deixar, imediatamente, a *villa* do Bois de Boulogne. Foi dormir num hotel. Para ele, o mundo se transformara num enigma.

MENU

Paris, 10 de setembro de 1943

Com um presunto, Thomas Lieven inaugura o grande circo do mercado negro.

PRESUNTO MARINADO AO VINHO TINTO

SALADA DE SALSÃO COM BATATAS À INGLESA

SAVARIM DE FRUTAS

PRESUNTO MARINADO – Use um presunto inteiro, fresco, retire o couro e parte da gordura. Prepare uma pasta com cebolas raladas, pimenta-do-reino moída, gengibre, grão de zimbro e folhas de louro. Esfregue essa pasta, com as mãos, sobre o presunto até que ele adquira um tom castanho-escuro.

Coloque o presunto em vasilha grande e onde deverá ficar de cinco a oito dias e regue com uma garrafa de vinho tinto e meia garrafa de vinagre. Vire o presunto de vez em quando.

Antes de começar a cozinhar esfregue fortemente com sal. Coloque em panelão com a metade do líquido da marinada. Depois que boa parte do líquido se tenha evaporado leve o presunto ao forno e acrescente, pouco a pouco, o resto da marinada. Deixe assar até obter uma bela cor castanha. Com a gordura que restar no fundo da assadeira, faça um molho, usando qualquer dos métodos usuais a seu gosto e use o tempero que desejar.

Dependendo do seu tamanho, o presunto levará de três a cinco horas para cozinhar.

SALADA DE SALSÃO COM BATATAS – Prepare esta salada da forma usual. Pode-se adicionar salsa picada às batatas cozidas.

SAVARIM DE FRUTAS – Use 225 gramas de farinha de trigo, 125 gramas de leite, 15 gramas de fermento, 125 gramas de manteiga, três ovos e um pouco de sal. Misture uma quarta parte da farinha com o fermento (evidentemente a receita refere-se ao antigo fermento natural, que é quase impossível encontrar hoje em dia) e espere que comece a crescer.

Misture com a manteiga (derretida) e os outros ingredientes e bata até que comecem a aparecer bolhas de ar. Unte uma forma para fazer bolos, com orifício, ou pudins com manteiga e encha-a de massa até dois terços da altura e deixe crescer, até que a forma esteja cheia. Deixe cozinhar durante trinta minutos.

Entrementes, aqueça metades de pêssegos em conserva (pode-se, também, empregar outras frutas) e sessenta gramas de geleia de abricós.

Prepare, agora, a seguinte mistura: 125 gramas da calda de fruta, duas colheres, das de sopa, de vinho branco, uma colher de Kirsch, uma de marrasquino e uma de suco de limão. Junte mais meia colher, das de café, de rum e um pouco de baunilha pilada.

Logo que o savarim saia do forno coloque-o sobre um prato aquecido, regue-o com a calda quente e aplique a geleia, também aquecida, e polvilhe com pistaches em pedacinhos e coloque as frutas, quentes, no orifício central. O savarim pode ser preparado de véspera mas, neste caso, será necessário aquecê-lo antes de molhá-lo e decorá-lo.

Ao mesmo tempo que o capitão-tesoureiro perdia a sua *villa* o coronel Werthe perdia uma magnífica empregada: a bela Nanette – que conhecera Thomas no dia 12 de dezembro de 1942, quando ele saíra das masmorras da Gestapo – pediu, repentinamente, as suas contas. Alguns dias mais tarde o coronel a encontrou em casa de Thomas.

– Não fique zangado, coronel – sussurrou ela com voz melodiosa. – Sempre foi o meu sonho conseguir um emprego no Bois de Boulogne...

No princípio de setembro de 1943, Thomas já estava instalado como gostava. Sua adega tinha vinhos e bebidas do mercado negro e a sua despensa alimentos da mesma procedência. A luta contra o mercado negro poderia ser iniciada.

O homem-chave – uma figura bastante misteriosa – que o coronel Werthe indicou como primeiro e principal objetivo era um certo Jean-Pierre Ferroud, um gigante de cabelos brancos que era, tal como Thomas, proprietário de um banco privado em Paris. Presumia-se que as operações mais importantes e audaciosas eram levadas a cabo por seu intermédio.

Thomas convidou o banqueiro para jantar.

Em 1943, havia duas coisas que os franceses só faziam em casos excepcionais: visitar alemães ou convidá-los para vir às suas casas. Havia encontros em restaurantes, em bares ou num teatro, mas não em casa. Para agir de outra forma era preciso que houvesse boas e fortes razões...

Em tais condições, o caso Perroud começou por uma surpresa: o banqueiro aceitou o convite de Thomas.

Durante cinco dias Thomas Lieven, ajudado por Nanette, dedicou-se aos preparativos desse jantar. Ferroud chegou às oito e meia. Os dois homens trajavam *smoking*.

Tomaram os martínis extra-secos na sala de visitas. Depois foram para a sala de jantar.

Nanette serviu o presunto à luz das velas.

Ferroud comia como um verdadeiro apreciador.

– Absolutamente perfeito, cavalheiro – disse ele lambendo discretamente os lábios. – Marinado em vinho tinto, não?

– Sim, durante cinco dias. Mas o essencial é o preparo: zimbro, gengibre, louro, pimenta-do-reino em grão e cebolas. Deve-se esfregar o presunto com os condimentos, até que ele fique quase negro.

– E o senhor só usa vinho tinto?

Ferroud tinha um ar muito distinto: era o que em linguagem teatral se chama um *père-noble*.

– Acrescento meia garrafa de vinagre. Sinto-me feliz por ter aceito o meu convite.

– Mas, por favor – disse Ferroud, provando a salada de salsão –, convenhamos que não é todos os dias que se recebe um convite de um agente da Abwehr.

Thomas continuava comendo, calmamente.

– Procurei obter informações sobre o senhor. As poucas indicações que consegui sobre a sua verdadeira personalidade só indicam que se deve desconfiar. Uma coisa, entretanto, parece evidente: disseram-me que fui apontado ao senhor como sendo um dos elementos mais importantes do mercado negro. Não é verdade?

– É exato – disse Thomas. – Aceite mais um pouco de presunto! Há, entretanto, algo que não estou entendendo.

– E que é, por favor?

– Que o senhor tenha vindo a minha casa, a despeito de sua desconfiança e das informações sobre os meus verdadeiros objetivos. Haverá, certamente, uma razão para isso.

– Certamente há uma razão. Queria conhecer pessoalmente o homem que – eventualmente – será meu inimigo. Além disso, queria saber qual o seu preço, cavalheiro, porque poderíamos, talvez, chegar a um entendimento.

Thomas ergueu as sobrancelhas.

– Evidentemente as suas informações são falhas – disse ele, com arrogância. – É pena, cavalheiro. Esperava encontrar um adversário digno de mim.

O banqueiro corou e parou de comer.

– Portanto, não há possibilidade de nos entendermos? Agora digo eu: é pena. Receio que não avalie realmente os perigos que passa a correr, desde agora, cavalheiro. O senhor deve compreender que eu não posso mostrar todos os meus trunfos a quem quer que seja. Muito menos a um incorruptível...

Thomas Lieven preparava-se para a sua sesta quando o telefone tocou. Eram 13h46 do dia 13 de setembro de 1943 – um momento histórico. Porque como consequência desse chamado telefônico se desencadeariam acontecimentos, uma avalancha de acontecimentos que, se Thomas os pudesse prever, deixaria que a campainha soasse até o dia do Julgamento Final. Entretanto, como ele não previa nada de parecido, levou o fone ao ouvido.

– Sim?

– Sr. Lieven?

Thomas reconheceu a voz do banqueiro Jean-Pierre Ferroud e amavelmente indagou pela sua saúde. Ferroud respondeu que estava passando bem.

– E a sra. Ferroud?

– Também está muito bem, obrigado. Escute, sr. Lieven, eu queria dizer que lamento o comportamento frio e agressivo que tive em sua casa...

– Mas, vejamos...

– Sim, sim. E tudo isso apesar daquele maravilhoso presunto... Teria muito prazer se pudesse reparar a minha estranha conduta.

Veja só, pensou Thomas.

– O senhor poderá nos dar, a minha mulher e a mim, o grande prazer de vir jantar conosco, esta noite?

C'os diabos, disse Thomas a si mesmo.

– Suponho – disse o banqueiro, com delicada ironia – que, como agente da Abwehr, o senhor conhece perfeitamente o meu endereço, não é?

Há muito tempo que esses dardos de ironia não faziam Thomas perder a calma.

– Mas certamente – respondeu ele no mesmo tom. – O senhor mora na avenida Nalakoff número 24, bem perto de mim. Sua esposa é uma mulher muito bonita que se chama Marie-Louise. Seu nome de solteira era Kleber. Ela tem as mais belas joias de Paris. O senhor tem um empregado chinês, chamado Shen T'ai, uma cozinheira que se chama Thérèse, uma arrumadeira chamada Suzette e dois buldogues chamados *Cícero* e *César*.

– Então às oito horas, está bem? – perguntou, rindo, o banqueiro.

– Perfeitamente, cavalheiro, às oito horas.

Thomas desligou.

Antes que ele tivesse tempo para refletir sobre o aspecto insólito do convite, bateram à porta. Ofegante, a bela Nanette entrou correndo na sala.

– Senhor, senhor!... O rádio acaba de anunciar que Mussolini foi libertado... Eles disseram: o Duce está a caminho de Berlim, onde vai encontrar Hitler, para combater a seu lado...

– O Benito deve estar alegre – disse Thomas.

Nanette soltou uma gargalhada e chegou-se muito perto dele.

– Ah, o senhor é tão delicado... Estou tão feliz em sua casa...

– Vamos, vamos, Nanette, pense no seu Pierre.

– Ora, o Pierre – disse ela fazendo um beicinho. – Eu me caceteio quando estou com ele.

– É um rapaz simpático – disse Thomas, em tom pedagógico.

Levantou-se para evitar a excessiva aproximação física.

– Vamos, já para a cozinha, beleza – disse ele aplicando-lhe uma palmada nas nádegas.

Ela riu como uma mulher que sente cócegas e retirou--se, decepcionada.

Que quererá de mim esse banqueiro?, pensou Thomas.

A casa da avenida Malakoff apresentava um requintado ambiente de cultura. Havia preciosos objetos de arte tanto europeus quanto orientais. Esse Ferroud devia ser um milionário.

O pequeno empregado chinês o recebeu com o estereotipado sorriso de sua raça, mas sua voz e os seus modos eram arrogantes e frios. Arrogante e fria também foi a empregada a quem Thomas entregou a caixa de celofane contendo três orquídeas cor-de-rosa, destinadas à dona da casa.

O dono da casa também mostrou ser arrogante e frio. Fez Thomas esperar bastante – sete minutos pelo seu relógio de repetição – na sala de visitas. Finalmente apareceu, sempre muito elegante, apertou a mão de Thomas e começou a preparar martínis.

– Minha mulher virá dentro de poucos minutos.

Estranho, pensou Thomas, muito estranho. Correu os olhos pelo Buda, pelos móveis maquetados, pelos tapetes e pelo lustre de quatro braços. Este Jean-Pierre Ferroud, continuou ele pensando, tem uma situação absolutamente independente. Não pode dar a menor importância a um tipo como eu. Mas, se não precisa de mim, por que me convidou? E já que me convidou por que estará agindo de forma a me irritar?

O banqueiro de cabelos brancos deixou cair, subitamente, dois cubos de gelo. Ele estava diante de um bar cujos espelhos estavam cobertos por pinturas modernas e enchia uma coqueteleira de prata. Pigarreou:

– Estou ficando desajeitado – disse ele com um riso meio encabulado. – A bebida faz envelhecer.

Subitamente percebeu só uma coisa. Esse homem não era arrogante. Estava nervoso, terrivelmente nervoso. O mesmo acontecia ao chinês e à empregada... Ele é que se enganara. Todos estavam com os nervos em petição de miséria, como se angustiadamente aguardassem algo terrível. Mas que esperavam eles?

A dona da casa entrou na sala. Marie-Louise Kleber era alta, esguia e de uma beleza sem jaça. Seus olhos azuis brilhavam sob os longos cílios. Seus cabelos louros estavam artisticamente penteados. Tinha um vestido preto, decotado. Suas maravilhosas joias cintilavam em seu pescoço e nos seus pulsos. Nada de parecido, pensou Thomas sem o querer, com as bugigangas que tiramos daquele joalheiro marselhês, o Pissaladière. Puxa, parece que fiquei mesmo com a mentalidade de um larápio.

– Senhora...

Inclinou-se, beijou-lhe a mão e constatou que aquela mão elegante, branca e perfumada, estava trêmula.

Erguendo o corpo, ele notou nos belos e frios olhos azuis sinais de pânico e um enorme esforço para aparentar calma. Por quê?

A senhora agradeceu as orquídeas. A senhora estava feliz por conhecer Thomas. A senhora aceitou o martíni que lhe oferecera o marido. A senhora subitamente colocou o seu cálice sobre uma mesinha de bronze, levou a mão cerrada à boca e começou a chorar, soluçando.

Com um salto, Ferroud foi até ela.

– Mas, Marie-Louise, meu Deus, que há? Você precisa dominar-se! Que irá pensar o sr. Lieven?

– Ah! – soluçou Mme. Ferroud –, peço desculpas, Jean-Pierre, peço desculpas...

– São os nervos, querida.

– Não, não são os nervos... Não é por causa *daquilo*. Há outra coisa.

O rosto de Ferroud tomou uma expressão dura.

– Mas que outra coisa? Que aconteceu?

– O jantar... o jantar está estragado.

Chorando, cada vez mais, a dona da casa levou o lenço ao nariz.

– Thérèse deixou cair o peixe – gritou ela.

Ferroud perdeu a paciência.

– Marie-Louise, por favor. Você sabe que importância tem esta noite. Você sabe de que se trata e desanda a chorar por causa de um peixe? Você está procedendo como...

– Sr. Ferroud – interrompeu Thomas.

– Que quer o senhor? O assunto não lhe interessa.

– O senhor permite que eu faça algumas perguntas à madame?

– Eu... ah... bem, certamente.

– Obrigado. A senhora diz que Thérèse deixou cair o peixe...

– Foi o que ela fez. Ela está bastante velha e a sua vista não é boa. O peixe caiu sobre a chapa do fogão quando ela o tirou da água. O peixe partiu-se – ah! que coisa horrível – ficou em pedaços!

– Só há um pecado na vida: é perder a coragem. Afinal a senhora teve a coragem de convidar um agente alemão para jantar e agora considera-se derrotada por um peixe francês?

– Isto é demais – exclamou Ferroud levando as mãos à cabeça.

– Mas não – disse Thomas. – Permita-me uma pergunta indiscreta – disse ele, dirigindo-se à dona da casa. – Qual o prato que deveria preceder o peixe?

– Presunto ao molho Cumberland.

O rosto de Thomas parecia o de Arquimedes antes da descoberta do parafuso sem fim.

– Hum! E depois?

– Um creme de chocolate.

– Bem, as coisas parece que vão muito bem.

– Que é que vai muito bem? – murmurou a senhora com os setenta quilates de brilhantes.

– Quer me parecer, senhora, que duas preocupações a atormentam. Eu poderei, pelo menos, livrá-la de uma delas, contanto que me permita entrar em sua cozinha.

– O senhor... acha que pode fazer alguma coisa com um peixe que está em pedaços?

O olhar de Marie-Louise exprimia uma admiração quase religiosa.

– Certamente, minha senhora – disse Thomas Lieven. – Acho que devemos levar os cálices e a coqueteleira. Um golezinho facilita os trabalhos culinários. Excelente este martíni. Autêntico gim Gordon inglês. Como conseguiu encontrar isto depois de quatro anos de guerra, sr. Ferroud?

Que havia de errado naquela casa? Thomas não conseguiu descobrir o mistério na enorme cozinha ladrilhada. Vestindo um avental sobre o *smoking* ele está ocupado em remediar a desgraça do peixe vitimado pelo acidente, sob os olhares de um público que admirava: a velha cozinheira míope e culpada e os donos da casa, pálidos de emoção. Naquele momento, pelo menos, o estranho casal havia esquecido o extremo nervosismo. Eu não tenho pressa, pensava Thomas. No que me diz respeito a função pode continuar até amanhã de manhã. Vocês acabarão contando tudo.

Ele retirou a pele e as espinhas do infeliz peixe e cortou os filés. Depois parou um instante para beber um pouco do martíni.

– Os anos difíceis que já vivi, minhas senhoras – disse ele –, ensinaram-me que a vida nos oferece, geralmente, uma última oportunidade. Um peixe em pedaços é melhor que peixe nenhum. Agora, vamos preparar um excelente molho. Você tem parmesão, Thérèse?

– Temos quanto queira – disse, pressurosa, a velha cozinheira. – Pensar que tal desgraça poderia me acontecer! Estou desolada.

– Acalme-se. Beba um gole para tomar coragem.

O dono da casa encheu um cálice para a cozinheira.

– Agora eu preciso de vinho branco, creme fresco e manteiga, por obséquio – disse Thomas.

MENU

Paris, 13 de setembro de 1943

Thomas Lieven salva um peixe e também uma jovem loura.

PRESUNTO COZIDO AO MOLHO CUMBERLAND

PEIXE GRATINADO

CREME DE CHOCOLATE

MOLHO CUMBERLAND – Misture um quarto de litro de geleia de groselha, 125 centímetros cúbicos de vinho tinto, o suco de duas laranjas, uma colher das de café de mostarda inglesa em pó e a casca de uma laranja cortada em tiras bem finas. Conserve no refrigerador. Este molho vai muito bem com todas as carnes frias e, especialmente, em caça.

PEIXE AO GRATIN – Cozinhe o peixe inteiro em court bouillon *(que pode ser preparado de inúmeras maneiras) de água e sal, se for desejado, especiarias. Retire a pele, as espinhas e corte em pedaços. Prepare um roux claro (veja o menu que preparou no dia 25 de novembro de 1940) ao qual junte creme azedo, vinho branco e queijo parmesão ralado e um pouco de água e sal (ou um caldo claro). Leve ao fogo para reduzir a quantidade, até obter um molho branco e espesso. Salgue, salpique com pimenta-do-reino e junte os cogumelos ligeiramente passados numa frigideira com manteiga e acrescente algumas alcaparras. Coloque os pedaços de peixe em uma forma para suflê, bem untada de manteiga, derrame o molho por cima e recubra tudo com bastante queijo parmesão ralado, farinha de rosca e bolinhas de manteiga. Leve ao forno para dourar. Como requinte, antes de servir, coloque por cima meias-luas ou flores de massa folhada já assada. Todos os peixes de carne firme servem para este prato.*

CREME DE CHOCOLATE – Em um litro de leite faça ferver 150 gramas de chocolate em pó e um pouco de açúcar.

Numa vasilha funda, bata três gemas com uma colher das de café (rasa) de fécula de batata ou maisena. Despeje o leite fervendo sobre as gemas, mexendo sem cessar. Ponha tudo numa panela em fogo brando para engrossar, mas com cuidado para não deixar ferver.

Retire do fogo, junte uma colher das de sopa de café moído (o café em pó não serve) e claras batidas em neve. Coloque o creme no refrigerador.

Entregaram-lhe o que pedia. Todos olhavam enquanto ele preparava o molho. Subitamente ouviu-se uma barulheira. Uma voz feminina e uma voz masculina discutiam em altos brados. A dona da casa ficou ainda mais pálida. O dono da casa precipitou-se para a porta onde esbarrou no empregado chinês que entrava. Este falava rapidamente, em chinês.

Ao mesmo tempo, apontava para o interior da casa. A senhora, que evidentemente compreendia o chinês, soltou um grito. O dono da casa repreendeu-a, severamente, em chinês. Ela deixou-se cair sobre um banco de cozinha. Sem uma explicação, o dono da casa saiu, seguido de Shen T'ai. A porta bateu atrás deles.

Eis aí, pensou Thomas, como se age na alta sociedade. Que poderei fazer?

Decidiu ficar alheio aos acontecimentos.

– Você tem alcaparras, Thérèse?

– Santa Virgem. Pobre senhora.

– *Thérèse.*

– Alcaparras, sim, senhor.

– E cogumelos?

– Tam... também. Posso fazer alguma coisa, senhora?

A dona da casa conseguiu controlar-se.

– Peço-lhe desculpas, sr. Lieven – disse ela, erguendo a cabeça. – Shen T'ai está conosco há dez anos. Não temos segredos para ele. Está conosco desde a época em que vivemos em Xangai...

O barulho de uma nova altercação soou na casa. Alguma coisa caiu no chão com estrondo. Como diria o meu amigo Schlumberger, pensava Thomas: deixemos mijar os carneiros.

– Ponha isso no forno, Thérèse.

– A minha prima está me causando grandes inquietações, senhor.

– Lamento muito sabê-lo, madame. Deixe gratinar o prato em forno médio.

– Estava combinado que ela jantaria conosco. Mas ela acaba de tentar fugir de casa. Shen T'ai conseguiu retê-la, no último instante.

– Uma noite realmente agitada. Mas por que quis fugir a sua prima?

– Por sua causa.

– Hein? Por minha causa?

– Sim, ela queria evitar encontrá-lo.

Marie-Louise Ferroud levantou-se.

– Ela está na sala com meu marido. Venha comigo, por favor. Thérèse fará o resto.

– Pulverize generosamente com parmesão e farinha de rosca. Coloque por cima pedaços de manteiga, Thérèse – disse Thomas.

Ele apanhou o seu cálice e a coqueteleira.

– Estou curioso por conhecer a sua parente – uma senhora que quer fugir de mim antes de me conhecer. Não deixa de ser envaidecedor.

Ele acompanhou a dona da casa. Quando entrou na sala, aconteceu-lhe uma coisa que nunca lhe sucedera na vida: deixou cair o seu cálice de martíni. O líquido foi absorvido pelo espesso tapete.

Thomas estava como que paralisado, com os olhos sobre a jovem e esbelta mulher sentada em uma cadeira antiga. A seu lado, Ferroud estava vigilante. Mas Thomas só tinha olhos para a mulher pálida, de lábios comprimidos, com maçãs salientes e cuja cabeleira estava puxada para trás.

– Boa noite, sr. Sonderführer – disse ela com voz rouca.

– Boa noite, srta. Deschamps – disse ele com dificuldade.

Depois, inclinou-se diante da ex-assistente do professor Débouché, ex-membro do Maqui de Crozant, essa germanófoba fanática que lhe havia cuspido no rosto, em Clermont-Ferrand, ao mesmo tempo que lhe desejava a morte, uma morte lenta e dolorosa.

Jean-Pierre Ferroud apanhou o cálice que Thomas deixara cair.

– Yvonne – disse ele – não sabia o nome do nosso convidado desta noite. Quando fomos à cozinha ela reconheceu a sua voz. Quis fugir... O senhor adivinha por quê.

– Adivinho.

– Muito bem, sr. Lieven, estamos em seu poder. Yvonne corre perigo de vida. A Gestapo está em seu encalço. Se ninguém puder ajudá-la, estará perdida.

Os olhos verdes de Yvonne estavam tão cerrados que pareciam duas riscas, pelas quais olhava para Thomas. No seu belo rosto podia-se ver a cólera, a vergonha, a confusão, o ódio, o medo e a revolta.

Eu traí esta mulher por duas vezes. Uma vez como alemão, outra vez como homem. É esta segunda vez que ela não me pode perdoar. Daí o seu ódio. Se tivesse ficado em seu quarto, aquela noite em Gargilesse...

Ferroud interrompeu as suas reflexões.

– O senhor é banqueiro, tal como eu sou. Falemos de negócios. O senhor quer informações sobre o mercado negro. Eu quero salvar a prima de minha mulher. Está bem claro?

– Perfeitamente – disse Thomas.

Seus lábios estavam secos como se fossem de pergaminho.

– Por que motivo a Gestapo a persegue? – perguntou ele a Yvonne.

Ela ergueu a cabeça e olhou noutra direção.

– Yvonne! – exclamou irritada Mme. Ferroud.

– A sua prima e eu somos velhos e bons inimigos – disse Thomas erguendo os ombros. – Ela não me perdoa tê-la deixado fugir, em Clermont-Ferrand. Eu lhe dei o endereço de um amigo, Bastien Fabre, que a teria escondido. Parece que, infelizmente, ela não o foi procurar.

– Ela entrou em contato com os chefes do Maqui de Limoges – disse Ferroud – para continuar a trabalhar para a Resistência.

– Nossa pequena e heroica patriota – disse Thomas, suspirando.

Yvonne lançou-lhe um olhar calmo, franco e, pela primeira vez, sem ódio.

– É a minha pátria, sr. Lieven – disse ela com simplicidade. – Queria continuar a combater pelo meu país. Que teria o senhor feito, em meu lugar?

– Não sei bem. Provavelmente a mesma coisa. Que aconteceu?

Yvonne baixou a cabeça.

– Havia um traidor no grupo – disse Ferroud. – O rádio-operador. A Gestapo prendeu 55 membros do Maqui. Continua procurando seis outros e, dentre eles, Yvonne.

– Ela tem parentes em Lisboa – disse Mme. Ferroud. – Se conseguir chegar até lá, estará salva.

Os dois homens se entreolharam, em silêncio. Thomas sabia que estava a pique de iniciar uma colaboração útil. Mas, perguntava ele a si mesmo, como poderei convencer o meu coronel a aceitar esta complicação?

O empregado chinês apareceu e fez algumas mesuras.

– Vamos jantar – disse Mme. Ferroud.

Ela os precedeu a caminho da sala. Os outros seguiram. Sem querer, a mão de Thomas Lieven roçou no braço de Yvonne. Ela estremeceu como se recebesse um choque elétrico. Ele olhou-a. Seus olhos tinham-se tornado escuros. O sangue subira-lhe ao rosto.

– A senhora precisa, o quanto antes, perder este hábito.

– Que... que hábito?

– De estremecer. De corar. Uma agente da Abwehr deve saber dominar-se.

– Uma quê? – murmurou ela.

– Uma agente da Abwehr – respondeu Thomas. – A senhora pensa, por acaso, que eu a poderei mandar para Lisboa com o rótulo da Resistência francesa?

O noturno Paris–Marselha, que partia da estação de Lyon às 21h50, tinha três carros-dormitórios. Na noite de 17 de setembro de 1943, duas das cabinas centrais foram reservadas para membros da Abwehr.

Dez minutos antes da partida do trem, um homem elegantemente vestido em traje civil e acompanhado por uma jovem senhora apareceu no corredor do vagão e fez um sinal para o encarregado. A mulher tinha um casaco de pelo de camelo, com a gola levantada, e usava chapéu masculino, de abas largas, como era a moda naquela época. Era difícil ver o seu rosto.

O homem mostrou as passagens ao empregado e, ao mesmo tempo, deu-lhe uma nota de valor considerável.

– Obrigado, cavalheiro, vou buscar os copos.

O funcionário abriu as portas das duas cabinas reservadas para a Abwehr. Numa delas havia um balde com gelo e uma garrafa de Veuve Clicquot. Um vaso com vinte cravos vermelhos estava sobre a mesinha junto à janela. A porta de comunicação entre as duas cabinas estava aberta.

Thomas Lieven fechou a porta do corredor. Yvonne Deschamps tirou o seu grande chapéu. Mais uma vez, o rubor subiu-lhe às faces.

– Já não a proibi de corar? – disse Thomas.

Levantou a cortina da janela e olhou para a plataforma onde passavam, naquele momento, dois suboficiais alemães do controle militar das estradas de ferro.

– Hum! – fez ele, baixando a cortina preta. – Que há? Por que me olha dessa maneira? Terei traído a França, mais uma vez?

– O champanhe... as flores... Para que tudo isto?

– Para acalmá-la. Você parece só ter nervos. Qualquer ruído a faz sobressaltar. Vira-se a cada instante para ver se a estão seguindo. A senhora não corre nenhum perigo. Chama-se Madeleine Noël e trabalha para a Abwehr. Tem um salvo-conduto da Abwehr!

Para conseguir aquele documento, Thomas empregara toda a sua lábia, durante um dia inteiro, no Hotel Lutecia.

– Lieven – dissera por fim o coronel Werthe, suspirando e sacudindo a cabeça –, você acabará sendo o coveiro da Abwehr-Paris. Só nos faltava um louco como você.

Depois da primeira garrafa de Veuve Clicquot, Yvonne já não estava mais apreensiva. Sua tensão nervosa diminuíra. A conversa tornara-se quase alegre. Os dois começaram a rir, mas, subitamente, Yvonne afastou-se de Thomas e olhou para outro lado.

Thomas bem compreendia o que significava essa atitude. Uma vez ele desdenhara o seu amor. É uma coisa que nenhuma mulher esquece e nenhuma mulher quer ver repetida.

Pelas onze e meia disseram boa noite, um ao outro. É melhor assim, pensava Thomas... Ou será realmente melhor assim? Ele estava ligeiramente bêbado e Yvonne lhe parecia muito bonita. Quando ele beijou-lhe a mão, como despedida, ela fez um movimento de recuo e o seu sorriso crispou-se. Thomas entrou em sua cabina, despiu-se e fez a toalete. Acabara de enfiar as calças do pijama quando o trem freou bruscamente ao entrar numa curva apertada. Thomas perdeu o equilíbrio, dançou sem querer e acabou batendo, violentamente, de encontro à porta entre as cabinas, que se abriu com o choque. Evitando uma queda, Thomas entrou na cabina de Yvonne, que já estava deitada. Apavorada, ela sentou-se na cama.

– Meu Deus!

– Peço desculpas, não foi proposital. Realmente não... eu... boa noite.

Voltou-se para a porta.

– Espere – disse ela, nervosamente.

Ele virou-se. Os olhos semicerrados de Yvonne tinham agora um tom muito escuro. A sua boca estava meio aberta:

– Essas cicatrizes...

Seu olhar se fixara no tronco nu de Thomas onde, do lado esquerdo, havia três feias cicatrizes empoladas como as produzidas por um instrumento muito especial: uma forte mola espiral recoberta de borracha.

– Isso me aconteceu em... Foi um acidente. – Maquinalmente ergueu o braço, tentando encobrir a cicatriz.

– Está mentindo.

– Como?

– Eu tinha um irmão. Foi preso duas vezes pela Gestapo. Na segunda vez ele foi enforcado. Na primeira vez foi torturado. Quando ele... – sua voz quase sumiu – quando ele voltou do hospital, ele tinha... tinha as mesmas cicatrizes. E *você* é o homem que eu insultei, suspeitei... *você*...

– Yvonne.

Aproximou-se dela. Os lábios de uma bela mulher beijaram as cicatrizes dos ferimentos feitos por homens brutais. Depois eles sentiram a presença um do outro. Uma onda de ternura varreu suspeitas e lembranças tristes. A locomotiva silvou estridentemente. As rodas batiam o ritmo incessante da carreira. O vaso com os cravos vermelhos tinia, baixinho, com o movimento do trem.

O bimotor especial, com as insígnias alemãs, ganhava velocidade na pista do aeródromo de Marselha. A manhã estava feia. Caía uma chuva fina.

Numa das janelas do edifício do aeroporto estava um homem que tinha vários documentos de identidade falsos. Seu verdadeiro nome era Thomas Lieven. Com as mãos nos bolsos de seu macio sobretudo de lã do Tirol, apertava, fortemente, os polegares.

No aparelho estava Yvonne Deschamps, a caminho de Madri e de Lisboa.

Só se tinham amado uma única noite mas, quando o avião desapareceu nas nuvens, Thomas sentiu-se abandonado e só. Tinha a impressão de ter cem anos.

Sentiu um arrepio ao pensar: adeus, Yvonne. Nos teus braços, pela primeira vez, deixei de pensar em Chantal. Mas estava escrito que não ficaríamos juntos. Os tempos que correm não favorecem os amores. O tempo em que vivemos separa os amantes, quando não os mata. Desejo-te felicidade, Yvonne. Não creio que venhamos sequer a ouvir falar um do outro.

Nisto ele estava enganado.

No dia 22 de setembro de 1943 Thomas voltou a Paris.

– O sr. Ferroud telefonou quatro vezes – informou Nanette. – Precisa falar com o senhor, com a maior urgência.

– Venha a minha casa às quatro horas – insistiu Ferroud quando Thomas o chamou, do banco.

O elegante banqueiro de cabelos brancos recebeu Thomas com um abraço. Tinha lágrimas nos olhos.

– Cavalheiro – disse Thomas –, Yvonne está em segurança. O mesmo não posso dizer quanto ao senhor. Antes pelo contrário.

– Perdão?

– Antes de falar em nossos negócios, eu cumpri meus compromissos e agora é a sua vez. Vou resumir, em poucas palavras, os resultados de minhas investigações sobre as suas transações.

Thomas viera a saber que Jean-Pierre Ferroud era um delinquente de tipo muito especial. Tal como os tubarões do mercado negro ele negociava com grandes quantidades de produtos chamados *estratégicos*, mas não para vendê-los aos alemães e sim para retirá-los do mercado. Ele era exatamente o oposto dos traficantes comuns que pouco se importavam em prejudicar a sua pátria. Ele procurava *salvar* materiais franceses. Com esse objetivo, Ferroud havia falsificado balanços, fornecido indicações falsas sobre a produção das empresas administradas pelo seu banco e feito lançamentos sobre vendas fictícias aos alemães representando uma enorme quantidade de mercadorias.

Thomas disse-lhe tudo, sem rebuços. Ferroud empalideceu. Tentou protestar, mas calou-se e virou as costas.

– ...O que o senhor fez – concluiu Thomas – é simplesmente grotesco, senhor. As suas empresas serão confiscadas. A sua situação não pode ser pior. É claro que, se me colocar no lugar de um francês, posso compreendê-lo muito bem. Nessas condições, vou dar um conselho de amigo, antes que descubram as suas manobras: peça, imediatamente, administradores alemães. Depois disso, ninguém se preocupará mais com as suas indústrias. Quanto aos administradores, eu suponho que o senhor saberá como se arranjar com eles, não é?

Ferroud voltou-se e sacudiu a cabeça indicando que concordava.

– Obrigado – disse ele.

– De nada. Agora passemos aos nossos negócios. Mas eu o previno, Ferroud: se as suas informações não valerem nada, o senhor estará perdido. Eu não posso agir *unicamente* a favor dos franceses. Pesando bem as coisas, Yvonne foi salva graças à ajuda alemã.

– Eu bem o sei e reconheço – disse Ferroud aproximando-se. – O que vou revelar pode ajudá-lo a esmagar uma das maiores organizações de mercado negro de todos os tempos. Uma organização que já causou enormes prejuízos tanto ao seu país quanto ao meu. Durante os últimos meses uma enorme quantidade de bônus do Tesouro alemão foi lançada na França. O senhor conhece esses bônus?

Thomas sabia de que se tratava. Era uma espécie de moeda de ocupação que existia em todos os países ocupados pela Alemanha. Eram destinados a evitar uma exportação excessiva de moeda alemã.

– Esses bônus – disse Ferroud – são numerados em séries corridas. Dois dos algarismos da série, que estão colocados sempre no mesmo lugar, determinam a que país os bônus são destinados e permitem aos especialistas uma rápida verificação. Ora, caro amigo, durante o último semestre uma quantidade de produtos franceses, no valor aproximado de dois bilhões de francos, foi adquirida por meio de tais bônus. E mais de um bilhão desses bônus apresentam os algarismos-chave romenos e não franceses.

Thomas deu um salto na cadeira.

– *Romenos?* Como poderia uma tal quantidade de bônus romenos ter chegado à França?

– Isso eu não sei.

De uma gaveta de sua secretária, Ferroud tirou dois maços de bônus, valendo dez mil marcos cada um.

– Tudo que sei é que eles aí estão. Queira verificar os números-chave romenos. Eu não acredito que *franceses* poderiam fazer vir para o seu próprio país este dilúvio de bônus destinados à Romênia.

– ...Ferroud não sabe de que maneira os bônus romenos chegaram à França – declarava, duas horas mais tarde, Thomas, no gabinete do coronel Werthe.

Falava rapidamente. Era presa da exaltação do caçador. Não reparava que os seus dois ouvintes, o coronel Werthe e o ambicioso major Brenner, trocavam de vez em quando olhares estranhos. Ele estava entusiasmado demais para perceber.

– Por outro lado, Ferroud está convencido de que somente os alemães poderiam importar os bônus e que, por consequência, os chefes da organização só podem ser alemães.

– O senhor acha que o sr. Ferroud está convencido.

Olhando para Brenner, o coronel Werthe falava com certa insistência. Só nesse momento é que Thomas percebeu que havia algo errado.

– Mas que está acontecendo? Que significam esses olhares?

– Conte-lhe tudo – disse o coronel, suspirando.

– O seu amigo Ferroud deve esperar grandes aborrecimentos. Há meia hora, os homens da S.D. estão na casa dele. Ele está preso em casa. Se o senhor tivesse ficado mais algum tempo com ele, teria tido o prazer de cumprimentar seus velhos amigos, o Sturmbannführer Eicher e seu ajudante de ordens Winter.

Thomas estremeceu.

– Que aconteceu?

– Há dois dias um tal Erick Petersen, Untersturmführer, foi assassinado em Toulouse. Deram-lhe um tiro no hotel onde morava. O culpado evadiu-se. A S.D. está convencida de que se trata de um atentado político, uma espécie de demonstração. O Führer já ordenou funerais nacionais.

– Himmler exige represálias impiedosas – disse o coronel Werthe.

– A S.D.-Toulouse dirigiu-se à Polícia francesa – continuou Brenner –, que lhe entregou uma lista de cinquenta comunistas e cem judeus. Essa lista servirá para escolher os reféns que serão fuzilados para vingar o assassinato de Petersen.

– A polícia francesa – disse com amargura o coronel Werthe – é de um servilismo notável, não é? Quando se trata de agradar a Gestapo ela não hesita, nem mesmo em sacrificar a vida de seus compatriotas.

– Um momento, um momento – disse Thomas. – Não estou compreendendo bem. Preciso fazer duas perguntas. Primeiro: Por que tanto barulho por causa da morte de Petersen?

– Porque – respondeu Brenner – esse Petersen era dignitário da Ordem do Sangue. O Ministério da Segurança está de pernas para o ar. Bormann foi pessoalmente visitar Himmler para reclamar represálias sangrentas.

– Bom – disse Thomas –, até aqui eu entendi. Segunda pergunta: que ligação existe entre o meu banqueiro Ferroud e os incidentes de Toulouse?

– A S.D.-Toulouse ouviu várias testemunhas. Entre elas um homem de confiança da Gestapo: um pequeno emprestador sob penhores, chamado Victor Robinson. Esse

Robinson deu informações tendentes a provar que o seu Jean-Pierre Ferroud foi o instigador moral do assassinato de Petersen.

O cérebro de Thomas trabalhava a toda velocidade: Petersen, dignitário da Ordem do Sangue, foi assassinado. Suspeitam de Ferroud. Eu sei muitas coisas sobre Ferroud. Mas ele, igualmente, sabe muito a meu respeito. Terá ele agido de má-fé comigo? Terá dito a verdade? Que vai acontecer? A ele, a mim, aos cinquenta comunistas e aos cem judeus?

Antes de falar, Thomas pigarreou para limpar a garganta.

– Coronel, Ferroud está convencido de que são alemães os organizadores de um vasto plano de escroqueria baseado no tráfico de bônus do Tesouro.

Hesitou, escolhendo as palavras.

– Não é estranho que a S.D. prenda Ferroud justamente quando ele começa a ser interessante para nós?

– Não entendo uma palavra do que está dizendo – observou o bravo major Brenner.

– Eu não esperava que entendesse – disse Thomas sem maldade. – Coronel, eu não posso provar nada do que estou antecipando, mas tenho a convicção de que não devemos abandonar Ferroud agora. Acho que a Abwehr deve permanecer e participar desse assunto.

– Quais são as suas sugestões?

– O senhor sabe que eu vivi em Marselha. Naquela ocasião conheci dois homens que moram em Toulouse: Paul de la Rue e Fred Meyer...

Tratava-se de dois cavalheiros de indústria que Thomas, num curso acelerado e penoso, havia transformado em verdadeiros cavalheiros, e graças a essa metamorfose haviam podido aliviar o joalheiro Marius Pissaladière de certas joias, no valor aproximado de oito milhões de francos.

Thomas disfarçou, com elegância, as suas verdadeiras relações com os dois criminosos.

– Por conseguinte, irei a Toulouse.

– A Toulouse?

– Sim, é claro. Nenhum crime é cometido em Toulouse sem que esses senhores saibam quem, como e quando, E a *mim* eles contarão o que sabem.

– E a S.D.?

– É indispensável que vá ver Eicher, coronel. É preciso explicar-lhe que damos grande importância a Ferroud, no momento, e oferecer-lhe a cooperação da Abwehr para esclarecer o assassinato do Untersturmführer Petersen.

O pequeno major Brenner retirou os óculos e começou a limpar cuidadosamente as lentes. Quando daquele incrível caso dos maquis, pensou ele, mordendo os lábios, eu fiz papel de bobo. Fui contra Lieven. Cheguei a fazer escândalo. Resultado? O major Brenner olhou para a dragona no ombro esquerdo.

– Depois de refletir profundamente, concordo com a sugestão do sr. Lieven. Não devemos permitir que nos joguem para o lado. É necessário que continuemos a tratar do assunto. Esse negócio dos bônus é demasiado importante...

Thomas virou-se, para dissimular um sorriso.

O coronel ficou agitado.

– Vocês pretendem que eu visite aqueles porcos, bancando o importante?

– Não se trata de bancar o importante, coronel! – exclamou Brenner. – Empreguemos o velho método. O senhor se apresentará em uniforme de gala, com um processo ultrassecreto debaixo do braço.

– Vocês estão ambos loucos. Bastará que me veja para que Eicher tenha uma apoplexia.

– Coronel, nós salvamos o sr. Lieven graças a um *falso Gekados*. Seria incrível que não pudéssemos participar do assunto Pertersen com um *verdadeiro*.

– Esse Lieven de merda! – disse o Sturmbannführer Walter Eicher.

Jovial, vermelhão e espadaúdo, ele estava sentado em seu gabinete na avenida Foch nº 84. Com ele estavam Winter, seu ajudante de ordens, e o Obersturmführer Ernst Redecker, um louro esteta que tinha predileção por Rilke e pelo poeta Stefan George.

Eram cerca de 19 horas do dia 23 de setembro de 1943. Eicher terminara o seu trabalho. Depois das fadigas do dia ele gostava de palestrar durante uma hora com o seu ajudante de ordens, enquanto bebiam um trago. Nessas reuniões íntimas, ele gostava de receber o Obersturmführer Redecker porque esse homem de bem tinha uma qualidade excepcional: era o próprio cunhado do Reichesführer das SS e Chefe de Polícia alemã, Heinrich Himmler. De vez em quando recebia cartas pessoais de Reichsheini, redigidas em tom cordial e que ele exibia, por toda a parte, com legítimo orgulho. Na opinião de Eicher tal homem devia ser bem *cultivado*. E era isto que ele fazia.

Nesse dia, entretanto, o ambiente não era o de uma conversa ao pé do fogo.

– Todos os dias uma nova amolação – resmungou Eicher. – O coronel Werthe, da Abwehr, acaba de sair daqui.

O Sturmbannführer voltou a soltar palavrões.

– Esse Lieven de merda.

– É aquele que estava em nossas mãos? – perguntou Winter com um olhar venenoso.

– Nas mãos, sim, mas não bastante seguro, infelizmente. Peço desculpas, Obersturmführer, não tenho o hábito de falar assim, mas esse patife não faz outra coisa senão causar aborrecimentos.

– De que se trata, desta vez?

– Do assassinato de Petersen.

O cunhado de Reichsheini bateu bruscamente com o seu copo de conhaque sobre a mesa. Seu rosto se crispou e ele mudou de cor. Era público e notório que Redecker fora amigo íntimo do falecido Petersen. Sua emoção era, pois, perfeitamente compreensível.

Eicher contou que o coronel Werthe viera procurá-lo para dizer que a Abwehr tinha grande interesse por um dos suspeitos do caso, o banqueiro Ferroud, que parecia ser o personagem principal de um gigantesco tráfico de divisas, no qual parecia evidente estarem também implicados alguns alemães.

Redecker bebeu. Seu súbito nervosismo era tal que derramou parte do conhaque.

– E depois – perguntou ele com voz rouca –, que ligação pode haver entre a morte de Petersen e esse tráfico de divisas.

– Nenhuma, é claro. Mas Werthe pediu-me que deixasse a sua organização participar do inquérito sobre o infame assassinato do nosso colega.

– E o senhor recusou, é claro – disse Redecker, agitado.

– Evidentemente a princípio recusei. Diante disso ele mostrou-me *Gekados* e coisas parecidas. Insistiu para falar com Canaris, do meu próprio escritório. Canaris, aparentemente, falou com o seu cunhado porque, há meia hora, recebemos um telegrama do Ministério ordenando que procedêssemos o inquérito em colaboração com a Abwehr.

Gotas de suor apareceram na testa de Redecker. Ninguém percebeu, e ele virou as costas aos outros, para enxugá-las.

– Werthe já partiu para Toulouse – continuou Eicher, raivoso. – E sabe quem o acompanhou? Lieven! Aquele safado de agente duplo. Um sujo que tapeou os nossos homens. Um sujeito que já deveríamos ter atirado, há muito tempo, numa vala comum.

Eicher, agitado, esvaziou o seu copo.

– Se algum dia puser as mãos naquele tipo... Que há?

Um subordinado acabara de entrar na sala.

2

Thomas reviu a rua de Bergère com um sentimento de nostalgia. Ele já tinha sido informado que sua antiga hospedeira, de cabeleira leonina, não estava mais em Toulouse. Teria tido prazer em revê-la e às suas pensionistas. Apenas para falar sobre velhas lembranças, é claro...

Parou diante de um prédio delapidado, passou por uma entrada, também em péssimo estado, e subiu ao terceiro andar.

Na porta, um letreiro dizia:

Paul de la RUE – Fred MEYER

Corretores de Imóveis

Thomas fez soar a campainha contendo a vontade de rir. Corretores de imóveis, pensou ele. Quando os conheci eram falsários, ratos de hotel e arrombadores de cofres. Que carreira fizeram!

Ouviu-se barulho de passos e a porta foi aberta. Paul de la Rue, descendente de huguenotes, apareceu na entrada.

Estava vestido com bom gosto e tinha os cabelos impecavelmente penteados. Um certo ar aristocrático emanava de sua alta estatura e de seu rosto magro.

– Bom dia, cavalheiro – disse ele com ar distinto –, queira fazer a fineza de...

Subitamente soltou um grito:

– Com mil raios, é o Pierre!

Bateu com a mão no ombro de Thomas, que conhecera como Pierre Hunebelle. Por alguns segundos esqueceu completamente seus modos distintos:

– Puxa, quero ser mico de... Tu estás vivo. Contaram que a Gestapo te arranjara uma roupa permanente de pinho.

Thomas mal conseguiu escapar aos abraços de Paul e entrar no apartamento.

– A sua casa é bem bonita. Vejo que as minhas lições foram aproveitadas. Você precisa se desfazer, é claro, daquelas peças feias que ali estão: o veadinho, o duende e a dançarina.

– Mas onde diabo estavas tu? – perguntou Paul olhando-o fixamente. – Como vieste aterrar aqui?

Thomas explicou a sua situação. Paul o escutou em silêncio e sacudindo a cabeça algumas vezes.

– ...Assim – disse Thomas para concluir –, desembarquei em Toulouse, com o meu coronel, na esperança de que você me pudesse ajudar. Mas agora que você está com os marginais...

– Marginais é uma ova. "Corretores de Imóveis". A tabuleta na porta dá um ar de seriedade. Além disso, fazemos os nossos negocinhos, como todo mundo. Mas nós dois somos mais espertos – graças a ti, meu irmão. As tuas lições foram um grande favor.

– Sim – disse Thomas –, e agora chegou a vez de vocês me retribuírem. É preciso que eu saiba quem liquidou esse Petersen. É preciso que eu saiba se foi um atentado da Resistência.

– Certamente não foi um assassinato político.

– Dê-me as provas. Diga quem matou Petersen. De que maneira e por quê.

– Mas, Pierre, tu não me podes pedir que denuncie um compatriota que matou um nazista!

– Escuta bem, Paul. Os nazistas prenderam cento e cinquenta pessoas: teus compatriotas. Vão fuzilar reféns. Vários. A única maneira de evitar isto seria provando que não se tratava de um crime político e que esse Petersen tinha as mãos sujas. Compreendes, cretino?

– Para de desaforos. Estou disposto a ir à cata de informações...

Três dias mais tarde, a 27 de setembro de 1943, três almoçaram no apartamento de Paul de la Rue: o dono da casa, Thomas Lieven e Fred Meyer.

Pierre havia chamado Thomas no hotel:

– Acho que tenho alguma coisa que te interessa. Vem até cá. Fred também virá. Não poderias fazer um bom prato para nós? Os camaradas de Marselha disseram que um dia tu lhes preparaste um banquete de truz.

– Negócio fechado – disse Thomas.

Nesta manhã ele trabalhara durante três horas na cozinha de Paul. Agora estavam sentados à mesa. Para festejar o reencontro, os larápios vestiam roupas escuras, camisas brancas e gravatas com tom prateado. Os seus modos eram tão elegantes que eles se animaram a comer *hors-d'oeuvre* – salsão recheado – com garfo e faca, o que era bastante difícil.

– Ao contrário do que sucede com outros pratos, é permitido, e mesmo conveniente, comer estas hastes com os dedos.

– Louvado seja Deus – disse Fred. – Que queijo é este?

– Roquefort – respondeu Thomas. – Então? Quem liquidou o Petersen?

– Um certo Louis Reveur. Um corso. Chamam-no de Louis Reveur.

– E quem é esse Reveur? Da Resistência?

– Claro que não. Um verdadeiro criminoso. Já cumpriu pena de quatro anos, por assassinato.

– E por que matou ele Petersen?

– Segundo o que apuramos – e as nossas informações são o que há de mais exato –, esse Petersen era um sujo da pior espécie. Ordem do Sangue, bolas! S.D., bolas. Se me fizeres cócegas eu poderei rir. Petersen veio para cá como civil. Sabes o que ele fazia? Comprava ouro.

– Veja só!

– Qualquer quantidade. Ele pagava bem. Devia tratar-se de uma grande organização. O Reveur fez vários negócios com ele. Sempre em pequenos lotes.

O sr. Petersen, da S.D., um traficante de ouro, pensou Thomas. E o Führer mandou que se fizessem funerais nacionais, solenes. E querem fuzilar reféns. A Alemanha perdeu um herói. Heil!

– Pouco a pouco Petersen inspirou confiança ao Reveur, até que um dia ele veio ao hotel de Petersen com um *grande* lote de muamba.

No Hotel Victoria um homem moço e fraco colocou duas pesadas maletas, cheias de moedas e lingotes de ouro, sobre a mesa Luís XI do apartamento 203. Louis Monico ofegava com o esforço despendido. Sua respiração era arquejante, seus olhos brilhavam de febre.

Diante do Reveur estava um homem baixo vestido de flanela cinza. Tinha olhos úmidos, uma boca quase sem lábios e uma risca geométrica repartia seus cabelos louros e curtos. Louis sabia que o homem se chamava Petersen e que comprava ouro. Era tudo que sabia. Mas, para ele, isto era suficiente.

– Quanto tem hoje? – perguntou Petersen.

– Trezentos Napoleões e 35 lingotes.

O Reveur abriu as maletas. O ouro cintilava sob a luz do candelabro.

– Onde está o dinheiro?

Petersen levou a mão direita ao bolso interno do casaco. Quando a retirou, segurava um cartão.

– Eu sou o Untersturmführer Petersen, da S.D. – disse Petersen com voz glacial. – O senhor está preso.

Enquanto Petersen falava, Louis Monico conservara a mão direita no bolso. Não a retirou. Atirou através do bolso. O dignitário da Ordem do Sangue Erich Petersen foi atingido por três balas em pleno peito. Morreu instantaneamente. Seus olhos fixavam o teto.

– Era a mim que tu querias embrulhar, pobre imbecil? – perguntou o Reveur ao morto.

Passou por cima do cadáver e foi abrir a porta dupla do apartamento. O corredor estava deserto. O Reveur apanhou as duas malas e saiu. No *hall*, ninguém prestou atenção nele.

– ...No *hall* ninguém prestou atenção nele – disse Fred Meyer.

– Onde obteve você essas informações? – perguntou Thomas.

– Com o irmão de Reveur.

– E ele contou isso sem qualquer dificuldade.

– Sim. Porque agora isso não tem mais importância. Eu te disse que o Reveur era tuberculoso. Há três dias teve uma hemoptise. Está no hospital e não tem mais de uma semana de vida.

– Podes trazer o teu coronel, ele está pronto a prestar um depoimento.

27 de setembro de 1943, às 16h15.

O telefone soou no escritório do pequeno major Brenner. Ele pegou o fone e reconheceu a voz do seu chefe:

– Aqui fala Werthe. Estou chamando de Toulouse. Preste toda a atenção. O que vou dizer é de importância capital.

– Às suas ordens, coronel.

MENU

Toulouse, 27 de setembro de 1943

Um almoço bem picante faz estourar
o grande plano.

SALSÃO INTEIRO RECHEADO
RAGOUT DE CARNE À ESPANHOLA
PÊSSEGOS FLAMBÉES

SALSÃO RECHEADO – Use salsão branco sem retirar as folhas. Prepare uma mistura de manteiga e queijo Roquefort, em partes iguais, amassando bem até ficar uma pasta homogênea.
Faça alguns talhos (ao comprido) na parte interna do salsão. Coloque um pouco da massa já preparada em cada salsão entalhado e aperte um pouco para aderir. Leve ao refrigerador.
Sirva os salsões, de pé, com as folhas para cima em um recipiente com gelo picado.

RAGOUT DE CARNE À ESPANHOLA – Corte pequenos bifes de filé e bata-os. Passe mostarda, salgue e polvilhe com pimenta-do-reino. Corte batatas, sem casca, em fatias finas. Refogue, em manteiga, uma boa porção de cebolas picadas.

Tome uma forma de pudim, unte com manteiga e polvilhe com farinha de rosca. Agora arrume uma camada de fatias de batata e sobre ela coloque pequenos blocos de manteiga. Em seguida ponha uma camada de carne recoberta com as cebolas refogadas. Continue repetindo a ordem até terminar com uma camada de batatas e manteiga.

Misture meia xícara de vinho tinto, meia xícara de creme fresco e meia xícara de caldo de carne e derrame tudo sobre o que está na forma.

Cubra bem a forma e leve a banho-maria durante hora e meia.

Sem mexer, vire a forma sobre uma travessa.

PÊSSEGOS FLAMBÉES – Prepare uma calda de açúcar (clara) com um pouco de manteiga e amêndoas picadas. Junte suco de laranja, ou de limão, na proporção de um para dois (uma parte de suco para duas de calda). Adicione um pouquinho de Cointreau, de marrasquino e de conhaque.

Coloque nessa mistura metades (bem escorridas) de pêssegos em conserva, molhando constantemente os pêssegos, para que se aqueçam. Ponha mais conhaque e flambe.

Arrume os pêssegos quentes sobre sorvete de creme em pratos individuais. Molhe com a calda e junte um pouco de creme de chantilly.

Este prato é geralmente preparado na mesa com fogareiro de álcool.

Werthe contou a história de Louis Monico, de sua moléstia e de sua confissão.

– Lieven, dois agentes da S.D. e eu próprio estávamos à sua cabeceira.

– Formidável, meu coronel! – exclamou Brenner.

Seu coração saltava. Esse Lieven. Esse diabo de Lieven. Graças a Deus eu apoiei a sua ideia desde o início.

– Mas esse Victor Robinson? – lembrou Brenner. – Esse que empresta dinheiro sob penhor, que acusou Ferroud.

– Nós esclarecemos esse caso. Robinson era cúmplice de Petersen. É um antigo empregado de Ferroud que foi despedido. Robinson queria vingar-se. Mas isso não é tudo, Brenner. Fizemos uma descoberta sensacional: segundo as investigações de Lieven, Petersen e o seu ouro estavam implicados num monstruoso tráfico de bônus do Tesouro... Alô, Brenner, está ouvindo?

Brenner umedecia seus lábios ressecados. Meu Deus, os bônus do Tesouro! Que trapalhada... que... e eu estou metido nisso.

– Estou ouvindo, coronel – gritou com voz marcial.

– Não sabemos ainda os nomes e as ramificações mas não há um segundo a perder, Brenner. Se Petersen estiver realmente envolvido no negócio dos bônus teremos um escândalo dos maiores. A S.D., é claro, fará o possível para abafar o negócio. Nós temos uma vantagem sobre eles, mas é uma vantagem de algumas horas, no máximo. Reúna cinco homens de sua absoluta confiança, major...

– Sim...

– O apartamento de Petersen é na avenida Wagram. Dê uma busca completa.

– Bem, meu coronel.

– Lieven descobriu que Petersen tinha um apartamento secreto no número 28 da avenida Mozart. Parece que a S.D. desconhece este fato. Vá até lá, também.

– Sim, meu coronel.

– Vire os dois apartamentos de pernas para o ar. Faça como julgar melhor. Lieven irá ao seu encontro, ele já está de regresso. Apreenda tudo que for suspeito, antes que a S.D. faça desaparecer.

– Sim, senhor, coronel.

Foi assim que o pequeno major foi precipitado num caso que iria fazer corar de vergonha a sua cara honesta e rubicunda; uma aventura escandalosa e tipicamente parisiense. Procuraremos relatá-la com tato.

Com os pneumáticos guinchando, a Mercedes da Wehrmacht parou diante do número 3 da avenida Wagram. O major Brenner saltou do carro, estufou o peito e levantou, com gesto enérgico, seus óculos de aro de ouro.

Um caminhão militar parou atrás da Mercedes. Cinco homens uniformizados desceram a rua banhada pelos últimos raios de sol de um belo dia de outono. Isto se passava às 16h46 do dia 27 de setembro de 1943.

– Sigam-me – disse o pequeno major, preparando o seu revólver.

Seguido dos seus cinco homens de elite ele entrou correndo no apartamento do falecido Petersen, mas este estava vazio. As portas estavam abertas. Tapetes, móveis, tudo havia desaparecido.

– Vieram buscar tudo esta manhã – declarou o gordo porteiro erguendo os ombros.

– Quem veio?

– Ora, homens de uma empresa de mudanças e um oficial alemão, amigo do sr. Petersen. Ele vinha muitas vezes aqui... Redecker é o seu nome.

– Redecker?

O major Brenner tinha relações na S.D. Ele conhecia o Obersturmführer cunhado do Reichsführer das SS e chefe da Polícia alemã, Heinrich Himmler.

Brenner teve um pressentimento sinistro. Seria Redecker cúmplice de Petersen? Se assim fosse só lhe restavam alguns segundos. A S.D., segundo o coronel, não conhecia o apartamento da avenida Mozart. Era preciso ir para lá a toda pressa.

Os cinco homens de elite precipitaram-se pelas escadas e foram ao encontro do seu chefe, na rua. Com os motores rugindo, os carros arrancaram. Com o coração disparado Brenner tinha o espírito cheio de imagens do gênero: *Sou eu, Zorro, aqui estou.*

Alguns minutos depois, na elegante avenida Mozart, Brenner tentava recordar o francês que aprendera no colégio para explicar ao porteiro do número 28 que ele tinha autorização para revistar o apartamento do sr. Petersen.

– Mas, cavalheiros, as senhoras estão lá em cima.

– As senhoras? Que senhoras?

– A sra. Page e a sua empregada.

– Quem é a sra. Page?

– A amiga do sr. Petersen, é claro. Ele partiu há alguns dias.

A inteligência de Brenner concluiu, com rapidez, que ali se ignorava o triste fim do traficante de ouro e dignitário da Ordem do Sangue. Mais uma vez ele se precipitou, à frente dos seus homens, e parou no segundo andar.

Uma empregadinha, muito jeitosa, atendeu ao seu toque de campainha. Brenner explicou a razão de sua visita sem, entretanto, dizer palavra (sejamos espertos) sobre a morte de Petersen. A bonita empregada ficou sem jeito e chamou a patroa.

Lily Page apareceu com algo parecido com um vestido, mas tão transparente que, mesmo na penumbra da antessala, perturbava os espectadores. Seu corpo era cheio de atrativos algo opulentos Era, em resumo, uma pessoa bastante interessante, com olhos do feitio de amêndoas e uma pele branca como a neve.

O major verificou que os olhos dos seus cinco homens de elite pareciam querer saltar das órbitas. Havia uma categoria de mulheres com as quais Brenner jamais lidara em toda a sua vida. Mme. Page era dessa categoria. Ele pigarreou, para clarear a voz, e explicou o fim da sua visita, com cortesia e firmeza.

A seguir, verdadeira personificação do dever, ele foi o primeiro a entrar na sala de visitas cujo arranjo era elegante e caro. Nas paredes havia vários quadros representando cenas escabrosas. Logicamente, Brenner não os olhou.

Entrementes, Lily Page, com passos graciosos, foi até a janela e baixou a cortina, embora isso fosse absolutamente desnecessário àquela hora do dia.

Acha ela que eu sou um imbecil?, perguntou Brenner a si mesmo; isso deve ser um sinal combinado com alguém que está na rua. Ele aproximou-se da capitosa Lily e ergueu novamente a cortina.

– Prefiro – disse ele, com a graciosidade de um pequeno elefante – admirar a sua beleza à luz do dia.

– O senhor é muito amável, major – disse Lily sentando-se numa macia poltrona. – Pode começar a sua busca.

Ela cruzou as pernas.

Os cinco homens de Brenner, aparentemente, já tinham começado o serviço. O comandante os ouvia arrastar objetos na sala contígua, ao mesmo tempo que gracejavam com a empregada, Que tipos! Nenhuma seriedade, nenhuma noção do dever. Uma concepção muito estranha das obrigações militares.

De muito mau humor e perturbado pela presença de Lily, Brenner abriu uma grande caixa de acaju. O que viu fê-lo corar de vergonha. Sufocou. Na sua poltrona Lily ria ironicamente. O major bateu com a tampa da caixa. Cada vez estava mais atrapalhado.

Evidentemente, o major Brenner já ouvira dizer que havia livros, desenhos, fotografias e objetos de tal natureza que não podiam ser mostrados em público. Mas ele não tinha a menor ideia do que fossem tais livros, desenhos, fotos e objetos. Agora, que ele abrira a caixa e seus olhares sem malícia viram coisas de tal sorte, todo o seu ser se revoltava diante de tanta perversão e monstruosidade! Não é de admirar, disse a si mesmo, que tal nação tenha perdido a guerra.

Gritos de triunfo, que mais pareciam relinchos, fizeram estremecer o major.

– Parece – disse a mulher com olhos de amêndoa – que os seus homens descobriram a biblioteca.

Brenner precipitou-se para a sala vizinha. Quatro dos seus homens de elite estavam entretidos em explorar o armário-estante. O major estremeceu ao ver o motivo de sua alegria. Procurou, com os olhos, o quinto homem de elite. Ele estava no quarto da empregadinha.

Brenner proibiu a exploração da biblioteca aos quatro homens, ao quinto, quando o encontrou, proibiu a exploração da empregadinha. Os acontecimentos estavam acima de sua capacidade. O apartamento era um verdadeiro museu do inominável.

O rosto do major ficou da cor de um tomate maduro demais. Sua testa estava banhada de suor. Tomando uma decisão desesperada, ele chamou Toulouse, através de uma mesa de ligações da Wehrmacht, pedindo a máxima urgência.

Graças a Deus, Werthe ainda lá estava. Brenner suspirou de alivio ao ouvir-lhe a voz. Com voz entrecortada relatou o atoleiro em que estava metido. Do outro lado, o coronel suspirou.

– E nenhuma prova? – perguntou Werthe. – Nenhum bônus? Você não encontrou nada?

– Nada, coronel.

– Ouça, Brenner: Lieven chegará sem demora a Paris. Não saia de onde está. E não fale a ninguém sobre os incidentes de Toulouse...

– Muito bem, coronel. Ficarei aqui e não abrirei a boca.

– Chame o Lutecia e o apartamento de Lieven. Deixe recado para que ele vá a seu encontro logo que chegue.

Brenner desligou. Lieven. Thomas Lieven. O chefe de operações especiais era a sua única esperança. Contanto que ele venha, que venha depressa...

Vindo de algum ponto do apartamento, ouviu-se um grito da empregada, como se lhe estivessem fazendo cócegas. Colérico, o major foi procurar o culpado. Meu Deus, que situação detestável.

Tudo que o major Brenner havia encontrado, até o momento, no apartamento do dignitário da Ordem do Sangue, eram – com exclusão das coleções inomináveis – joias de valor, grande quantidade de moedas de ouro, gravuras e esculturas orientais, mas nada tendente a provar a participação de Petersen no tráfico de bônus do Tesouro.

Por várias vezes Mme. Page procurou mexer na cortina de uma janela, até que Brenner a proibiu formalmente de fazer tal coisa.

Eram decorridas uma hora e meia do início da busca. Subitamente, soou a campainha da porta de entrada. Lily ficou lívida. Brenner empunhou o seu revólver.

– Nem uma palavra – ordenou ele.

Atravessou a antessala, de costas, fez meia-volta, abriu subitamente a porta e pegou pela gola o homem que esperava na entrada.

O homem era moço, tinha traços bonitos e cor morena. Seus cabelos eram castanhos e lisos, tinha um pequeno bigode, longas pestanas e, na face direita, duas cicatrizes que pareciam cortes de faca. Ele estava lívido.

– Imbecil – exclamou a excitante Lily. – Por que subiste?

– Por que não deveria subir? – gritou ele. – A cortina não estava baixada.

– Ah! – triunfou Brenner.

Revistou o homem para ver se estava armado. Não estava. Segundo o seu passaporte chamava-se Prosper Longtemps. Profissão: artista dramático. Idade: 28 anos.

Brenner interrogou-o. O homem manteve um silêncio obstinado. Lily desatou a chorar.

– Eu vou contar tudo, major – disse ela aos soluços. – Prosper é... o meu grande amor. Há muito tempo eu engano Petersen com ele... Acredita?

– Não – disse Brenner em tom glacial.

Lieven, pensou ele, reagiria com o mesmo rigor. Mandou trancar Prosper Longtemps no banheiro.

Já eram sete horas e meia e a noite chegara. O major chamou o Lutecia e, depois, o apartamento de Lieven. Ele ainda não havia voltado.

Brenner não ousava mandar à estação um só dos seus homens de elite para o trazer diretamente ao apartamento de Lily. Ele receava uma incursão da S.D. Precisaria, nesse caso, de todos os seus homens para defender o apartamento e resistir ao assédio.

Que outra coisa poderia fazer? O major dava tratos à bola. A operação havia começado com tanto entusiasmo e o êxito parecia quase certo. E agora? Agora ele estava fechado na atmosfera sufocante de um apartamento cheio de coisas inomináveis, mas vazio de provas. Era verdade que ele havia feito um prisioneiro. Mas quem era ele? Como saberia, algum dia, a verdade?

Para complicar as coisas ainda havia essa perturbadora Mme. Page... a linda empregadinha e cinco homens que só se interessavam pelas coisas inomináveis e pela empregada. Por que não tinha ficado em seu escritório do Hotel Lutecia? O seu forte eram as teorias do estado-maior, e não a estratégia e a tática da linha de frente...

Brenner teve um sobressalto: a senhora sugeriu mandar fazer uns sanduíches para os homens esfaimados.

Brenner hesitou. Poderia ele permitir tal coisa?

Afinal, a madame e a empregada eram os inimigos. Entretanto, os homens tinham fome e ele, como o superior, queria mostrar-se compreensivo. Por conseguinte, ele permitiu que a empregadinha fosse à cozinha e destacou um dos homens para acompanhá-la, advertindo-o de que procedesse com correção *total*.

Pouco depois, os homens comiam com apetite e bebiam champanhe que encontraram no refrigerador. A princípio Brenner não quis tocar em nada, mas finalmente deixou-se convencer e comeu um pedacinho e bebeu um pequeno gole.

Nove horas da noite, depois dez horas e nem sinal de Thomas Lieven. As duas mulheres disseram que queriam dormir.

Brenner concordou com o que pediam. Organizou a vigilância: um homem à porta do quarto da empregada, um homem vigiando a porta da patroa, um outro à porta do banheiro. Dois homens ficariam na entrada do prédio. Ele próprio ficaria na sala, perto do telefone.

Decidiu que não dormiria. Considerava-se como um rochedo em plena tempestade. Inamovível, incorruptível. In...

Quando acordou sentiu que mãos suaves percorriam o seu corpo...

– Psiu – murmurou Lily. – Todos estão dormindo... Farei tudo que quiser, mas solte o Prosper...

– Madame – respondeu Brenner com firmeza e segurou os braços de Lily com a força de tenazes –, largue, imediatamente, o meu revólver.

– Ah! – suspirou Lily na escuridão. – Não é o teu revólver que eu quero, seu boboca...

Neste momento soou a campainha da porta de entrada.

Thomas Lieven regressara a Paris às 22h10. No Lutecia informaram-no de que o major Brenner o esperava, com urgência, na avenida Mozart, 28, e que há duas horas não parava de telefonar. Disseram, também, que o major fora para o endereço indicado, à frente de um comando.

– Hum! – fez Thomas.

Que diabo, perguntava a si mesmo, o que pode o major estar fazendo há duas horas no apartamento clandestino do Petersen?

No *hall* do hotel ele esbarrou com seus dois velhos amigos Raddatz e Schlumberger, cabos radialistas e eméritos especialistas em farras. O berlinense e o vienense o acolheram alegremente. Tinham terminado o seu turno de trabalho.

– Quer vir conosco, chefe? – perguntou o vienense. – Vamos dar uma volta em Pigalle e procurar umas boas pequenas.

– Escutem aqui, companheiros. Peço que retardem um pouco os seus excelentes projetos e venham comigo. Acho que vou precisar de vocês.

Dessa forma, os três homens chegaram à porta do apartamento da avenida Mozart, 28, cerca de 23 horas. Thomas fez soar a campainha. Ouviram-se vozes no interior. Depois vários barulhos e, finalmente, a porta foi aberta pelo major Brenner, vermelho como um pimentão, ofegante, despenteado e com marcas de batom no pescoço. Atrás dele, Thomas e seus amigos viram uma senhora cuja única vestimenta era uma camisola de dormir, feita de teia de aranha.

Como homem educado, Thomas beijou a mão da senhora de camisola.

A seguir, o major Brenner explicou a situação contando o que felizmente encontrara no apartamento e o que infelizmente não encontrara. Finalmente, falou sobre o seu prisioneiro.

– Prosper é o meu amante – disse Lily Page, que agora já vestia um *peignoir*. – Ele ignora completamente tudo que concerne aos negócios de Petersen.

– *Concernia* – retificou Thomas. – Devo avisá-la de que Erich Petersen foi morto, em Toulouse, por um dos homens com quem negociava.

Os belos lábios de Lily entreabriram-se num lindo sorriso.

– Afinal acertaram as contas com esse grande safado.

– Madame – suplicou Thomas –, não permita que a dor a torne incoerente.

O pequeno major não entendia mais nada.

– Mas – disse ele –, mas eu acreditava que...

– Oba, oba – interrompeu a voz sonora do cabo Raddatz. – Aqui há algo de formidável...

– Quem lhe deu licença para me interromper? – gritou Brenner.

O cabo Raddatz também abrira a caixa de acaju mas não a fechara imediatamente, tal como o major, com repugnância pelo que encontrara. Com as duas mãos retirou o que havia nas gavetas da caixa e examinou tudo, com surpresa e bom humor. Finalmente, retirou todas as gavetas e despejou o conteúdo no chão. Ele continuava a rir... Subitamente, sua hilaridade transformou-se em espanto.

– Com mil raios – disse ele. – Que lugar engraçado para guardar bônus do Tesouro!

Houve um silêncio absoluto na sala.

– Muito bem, até que enfim – disse Thomas em voz baixa.

Inclinou-se diante de Lily Page.

– A senhora permite que recomecemos as buscas? – perguntou ele.

– Com todo o prazer – disse a bela mulher, com um sorriso fatigado. – Direi até onde devem procurar: lugares que o major proibiu os seus homens de remexer...

Encontraram cinco milhões de marcos em bônus do Tesouro, emitidos na Romênia: em caixinhas de madeira preciosas e odoríferas, que continham estranhos objetos orientais, atrás dos livros proibidos da biblioteca, escondidos debaixo de várias coleções e atrás dos escabrosos quadros da sala de visitas.

Thomas mandou que a dona da casa fosse para o seu quarto e foi conversar com o rapaz, pálido e apavorado, que se chamava Prosper Longtemps. Dez minutos mais tarde, ele foi ao encontro da senhora em seu quarto de dormir.

Ela estava deitada. Thomas sentou-se na cama.

– Estou dizendo a verdade – balbuciou ela. – Prosper é o meu único amor. Foi unicamente por causa dele que eu vim morar aqui com Erich, com aquele porco... Mas o senhor não acredita em mim...

– Acredito, sim. Acabo de conversar com Prosper. Ele me contou que a conhecia há dois anos. Há um ano a S.D. veio prendê-lo...

Prosper Longtemps, esse patife que tinha o dom de fazer mulheres muito felizes, tinha um passado com vários deslizes. Quando o prenderam foi interrogado por um certo Untersturmführer Petersen. Lily Palmer foi procurar Petersen para interceder a favor de Prosper. Lily agradou a Petersen, que prometeu ser clemente com Prosper, contanto que... Obrigada pelas circunstâncias, Lily tornou-se amante de Petersen e este mandou soltar Prosper.

– Ouça, madame, estou disposto a proteger Prosper – disse Thomas. – Mas sob uma condição.

– Eu compreendo – disse ela, olhando de lado e com um gesto lânguido.

– Creio que a senhora não está entendendo – disse Thomas, em tom cordial. – Petersen estava implicado no tráfico de bônus do Tesouro. Quero saber como esses bônus entraram na França. Se a senhora me ajudar eu me ocuparei de Prosper.

Lily ergueu-se, lentamente, na cama. Ela é muito bonita. E ela ama esse cafajeste e fará qualquer coisa por ele. Como a vida é estranha.

– O senhor está vendo aquele quadro – disse Lily. – O que representa Leda e o Cisne. Tire-o da parede.

Thomas seguiu as instruções. Atrás do quadro havia um pequeno cofre embutido, com uma fechadura de segredo.

– Gire a combinação até chegar ao número 47132 – disse a mulher deitada na cama.

Ele levou a combinação até o número 47132, a porta do cofre se abriu. O cofre continha unicamente um livro encadernado em couro negro.

– Erich Petersen era um sujeito repugnante e pedante. Tomava nota de tudo: homens, mulheres, dinheiro... Aí está o seu diário. Leia e saberá tudo.

Thomas Lieven teve pouco tempo para dormir naquela noite. Ele leu o diário do Untersturmführer Erich Petersen. Quando chegou a madrugada ele sabia como funcionava uma das maiores escroquerias dos tempos de guerra.

Moído de cansaço ele relatou tudo ao coronel Werthe, que chegara a Paris durante a manhã.

– Todos os serviços estão implicados neste caso – disse ele. – Altos funcionários do Ministério da Segurança, em Berlim. Agentes graduados da S.D. na Romênia. Provavelmente o próprio Embaixador da Alemanha em Bucareste, Manfred von Killinger. E, aqui em Paris, o Obersturmführer Redecker, cunhado de Heinrich Himmler.

– Deus do Céu! – disse, com voz débil, o coronel, enquanto Brenner, em sua cadeira, aguardava com paciência a continuação do relato.

– Redecker é que iniciou tudo – continuou Thomas. – Em 1942 ele pertencia à S.D. de Bucareste...

Naquela época os romenos eram forçados a aceitar bônus do Tesouro como meio de pagamento, mas, se aparecia alguém que lhes trocasse os bônus por dólares, libras ou ouro, eles ficavam contentíssimos. A taxa pouco importava. O importante era verem-se livres daquela porcaria de papéis.

Redecker foi transferido para Paris, onde veio a conhecer Petersen. Breve verificaram que tinham muita coisa em comum. Redecker contou as suas negociatas na Romênia. Juntos organizaram o negócio em grande escala.

Petersen começou a viajar por toda a França. Comprava, extorquia, roubava e requisitava ouro. O ouro seguia para Berlim em avião especial da S.D., onde havia "associados fiéis" no Ministério da Segurança. Outros aviões da S.D. levavam para Bucareste o ouro francês, que era recebido por outros fiéis *associados*.

Homens da S.D. de Bucareste trocavam, em seguida, o ouro francês por bônus do Tesouro alemão, da emissão romena. Claro está que operavam essa troca pelas taxas mais escorchantes. Os bônus embrulhados e camuflados como "processos altamente confidenciais" vinham para Paris, via Berlim.

– ... As coisas se passam – concluiu Thomas – exatamente como Ferroud suspeitava. Somente alemães poderiam organizar uma combinação em escala tão grande. Redecker e Petersen roubavam tranquilamente os bens dos franceses. Mas Petersen nunca teve plena confiança em Redecker. Foi Lily Page que me disse. Por este motivo, ele tinha um apartamento clandestino. Pelo mesmo motivo ele escrevia um diário no qual mencionava todos os negócios em que Redecker tomava parte. Queria ter um trunfo contra ele. (Thomas apanhou o livro negro.) O nome de Redecker não é o único que figura nestas páginas. Há muitos outros. Este livro, senhores, permitirá que façam inutilizar e destruir toda a maquinação.

– Ouça aqui, Lieven – rosnou Werthe, irritado –, você faz ideia de quem iremos acusar? Ao cunhado de Himmler! A um embaixador! A altos funcionários da S.D. Foi você mesmo que os mencionou.

– Assim sendo, coronel, as medidas a serem tomadas exigem profunda meditação. E onde se pode refletir melhor que diante de uma boa refeição. Já dei as ordens em minha casa. Espero-os dentro de uma hora.

Quando o coronel Werthe e o major Brenner chegaram, sessenta minutos depois, à casa do Bois de Boulogne, estavam pálidos e nervosos. O major Brenner parecia prestes a chorar. O coronel, por seu lado, fixava o olhar na toalha, enquanto Nanette servia os *hors-d'oeuvre*. Thomas esperou que ela saísse da sala.

– Que preocupação os atormenta, cavalheiros – perguntou ele então. – Estarão os senhores preocupados com as ameaças que pesam sobre o cunhado do Reichsführer das SS?

– Se fosse somente ele – disse Werthe em tom soturno.

– Quem mais? – perguntou Thomas comendo melão.

– Você – disse Werthe.

Como não se deve falar com a boca cheia, Thomas engoliu, primeiro, um pedaço de melão.

– Trata-se de alguma brincadeira? – perguntou a seguir.

– Infelizmente não, Lieven. A S.D. quer a sua pele. Você não ignora que Brenner tem conhecidos na S.D., não é? Depois da sua partida ele foi à avenida Foch. Afinal de contas fomos nós que esclarecemos o caso Petersen em Toulouse. Ele falou com Winter e fez uma constatação tranquilizadora: a S.D.-Paris não tem a menor suspeita sobre a história dos bônus do Tesouro. Mas, logo a seguir, Winter começou a falar de você, Lieven.

– Ora, veja só. E que disse ele?

– Ele disse... hum... ele disse: "Afinal o pegamos."

A porta abriu-se.

– Ah! – exclamou Thomas, esfregando as mãos. – Eis aqui a adorável Nanette com as costeletas de porco ao parmesão.

Nanette corou até a raiz dos cabelos.

– Senhor, é preciso que não diga "adorável Nanette" quando estou servindo um prato. Do contrário eu deixo tudo cair e quebro a sua louça.

Ela serviu o prato.

– Não tem pimenta-do-reino demais? – perguntou Thomas. – Não? Muito bom. Então eles me pegaram? E por que, por favor?

MENU

Paris, 28 de setembro de 1943

À sobremesa, Thomas Lieven tenta convencer ao Reichsführer das SS.

FATIAS DE MELÃO
COSTELETAS DE PORCO AO PARMESÃO
PANQUECAS COM CHOCOLATE

FATIAS DE MELÃO – Sirva fatias, bem geladas, de um belo melão. Cada convidado poderá usar temperos a seu gosto.

COSTELETAS DE PORCO AO PARMESÃO – Use costeletas de tamanho médio e com alguma gordura. Bata para achatar, salgue e salpique pimenta-do-reino. Arrume-as em prato de bordas pequenas e que possa ir ao fogo. Polvilhe abundantemente com parmesão ralado e adicione (sem cobri-las totalmente) creme azedo espesso. Leve ao forno durante vinte a trinta minutos e sirva, no próprio prato em que assaram, acompanhadas de batatas cozidas e uma salada verde.

PANQUECAS COM CHOCOLATE – Prepare panquecas leves e finas, depois de deixar a massa repousar pelo menos uma hora. Bata duas gemas com duas colheres das de sopa de açúcar. Derreta, ao fogo, três barras de chocolate com um copo de leite. Misture tudo e acrescente um pouco de essência de baunilha e uma pitada de sal. Leve ao fogo, mexendo constantemente, até obter um creme espesso. Derrame esse creme sobre as panquecas, enrole-as e pulverize com açúcar cristalizado e amêndoas ou pistaches pilados. Sirva bem quentes.

– Você conhece uma certa Stabshauptführer Mielke? – perguntou Brenner, em tom apiedado.

Thomas engoliu sem querer.

Na época em que ele procurava uma ponte para entregar ao Maqui de Crozant ele tivera, realmente, ocasião de conhecer essa senhora, alta funcionária do Ministério do Trabalho alemão e nazista fanática. Ela o tratara com tal arrogância que ele foi forçado a dizer-lhe que estava sob as ordens do almirante Canaris, e não sob as suas. Essa senhora, aparentemente, não o esquecera. Por uma coincidência infeliz ela o vira no expresso de Marselha, em companhia de Yvonne Deschamps. Através da polícia militar da estação de Lyon, ela soube que a moça tinha documentos da Abwehr-Paris, com o nome de Madeleine Noël.

Com essas informações, que ela julgava muito suspeitas, ela procurou o Sturmbannführer Eicher, a quem pediu que aprofundasse as sindicâncias...

Eicher, que odiava Thomas, atendeu-a, com prazer. Veio a saber que Madeleine Noël vivia agora em Lisboa, sob o nome de Yvonne Deschamps.

Yvonne Deschamps... O nome parecia-lhe conhecido. Eicher percorreu as listas das pessoas procuradas. Um sorriso de triunfo aflorou-lhe aos lábios. Yvonne Deschamps, terrorista perigosa e assistente do professor Débouché. E Thomas Lieven é que impedira que a Gestapo a pegasse, usando documentos da Abwehr.

– Winter contou-me – disse Brenner cortando uma batata com a faca (coisa que não se faz) – que Eicher já entrou em contato com Berlim. Com Himmler.

– O cunhado do sr. Redecker! – disse o coronel. – E Himmler falou com Canaris. E Canaris chamou-me há meia hora. Ele está fulo de raiva. Você sabe como as nossas relações com a S.D. estão estremecidas. Foi a gota que fez transbordar a taça. Eu lamento muito, Lieven, você é um rapaz de bem. Mas as minhas possibilidades têm limites. A

S.D. apresentou queixa contra você. Será julgado por uma corte marcial. Não há nada a fazer. E...

– Há, sim – disse Thomas.

– Como?

– Creio que há muito a fazer. Não coma carne demais, major. Temos panquecas com chocolate para a sobremesa.

– Você parece estar decidido a fazer-me enlouquecer, Lieven! – gritou Werthe. – Pare de falar em comida. Na sua opinião, que poderemos fazer?

– Segundo o senhor, a S.D. quer a minha caveira? Muito bem, neste caso nós é que teremos a caveira do sr. Redecker. Que dia é hoje? Terça-feira? Ótimo. Vou avisar a Eicher que o visitarei amanhã à tarde e pôr essa história em pratos limpos: refiro-me aos documentos falsos de Yvonne.

– Você... você pretende ir ver Eicher?

– Claro que sim. Lamento muito ter causado tantos aborrecimentos ao almirante Canaris.

– Mas por quê? Por que se meter na boca do lobo?

– Porque amanhã é quarta-feira, senhores – explicou Thomas amavelmente. – E, segundo o meu livrinho preto, é às quartas-feiras que remetem os bônus do Tesouro de Bucareste para Berlim. Depois do almoço combinaremos um horário exato. Não pode haver atraso ou falha...

Com um sorriso que espelhava a sua adoração, Nanette ajudou ao patrão querido a vestir o sobretudo de pelo de camelo. Thomas Lieven olhou para o seu relógio de repetição. Eram 16h30 do dia 29 de setembro de 1943. Thomas olhou pela janela.

– Acha que vamos ter nevoeiro hoje, bela menina?

– Não, senhor, creio que não.

– Esperemos que o tempo não piore – disse Thomas. – Se ele continuar bom, vários cavalheiros irão dormir, hoje, na cadeia.

– Perdão, senhor?

– Não é nada, Nanette. Estou organizando uma corrida contra o relógio e gostaria muito de ganhá-la.

Era realmente uma corrida, e Thomas era um dos participantes. Ele havia provocado uma avalanche mas precisava ter o maior cuidado para não ser arrastado por ela. Thomas pensava nessas coisas ao preparar-se para visitar o Sturmbannführer Eicher na sede da S.D., na avenida Foch.

A operação que Thomas esperava ver terminada com o seu triunfo começara 24 horas antes. Desejando com empenho salvar a vida do seu incrível chefe de Operações Especiais, o coronel Werthe enviara um longo telegrama ao almirante Canaris.

Canaris pediu, imediatamente, uma entrevista a Himmler, com quem conferenciou durante uma hora. Ele trazia más notícias para o Reichsführer das SS e chefe da Polícia alemã...

– Não terei a menor contemplação – gritou Heinrich Himmler.

No dia 28 de setembro, às 18h30, uma comissão especial de oficiais partiu de avião para Bucareste, naquela mesma noite.

No dia 29 de setembro, às 7h15, eles prenderam, no aeroporto de Bucareste, um certo Unterscharführer Anton Linser, que se preparava para partir para Berlim. A sua volumosa bagagem continha vários processos "altamente confidenciais" que foram abertos. Encontraram dois milhões e meio de marcos em bônus do Tesouro, da emissão destinada à Romênia.

Às 8h30 os três oficiais entraram nos escritórios da S.D.-Bucareste. Apreenderam grande quantidade de moedas francesas, de ouro, e somas enormes em bônus do Tesouro. Duas pessoas foram imediatamente presas.

Às 13h30 o avião especial, vindo de Bucareste, descia no aeródromo Berlim-Staaken. Membros da comissão prenderam um tal Untersturmführer Walter Hansmann, que, muito inquieto, pedia notícias do especial de Bucareste. Após um curto interrogatório, Hansmann, apavorado, confessou a sua cumplicidade no tráfico de bônus. Ele indicou os nomes de quatro altos funcionários da S.D., em Berlim, que também estavam implicados no negócio.

Às 14 horas os quatro homens estavam por trás das grades...

– Nesse caso, podemos almoçar tranquilamente – disse, em Paris, Thomas Lieven ao coronel Werthe.

Eles estavam diante de um teletipo através do qual o almirante informava ao coronel, hora a hora, a marcha dos acontecimentos.

– Pode-se dizer que você tem sorte, seu porcalhão – disse rindo o coronel.

Thomas tocou na madeira.

– Quando partiram os nossos amigos justiceiros e vingadores?

– Há meia hora. Um juiz da SS e dois conselheiros da corte marcial. Deverão aterrar aqui entre as 16h30 e 17 horas.

Às 16h30, com a ajuda de Nanette, Thomas vestiu o seu sobretudo de pelo de camelo. Queiram os céus que não haja nevoeiro. Se houver, o avião com os três juízes não poderá aterrar e a minha vingança contra esses carniceiros da avenida Foch, que quase me mataram de pancadas, ficaria incompleta.

Na avenida Foch, os chefes da S.D. receberam Thomas com ares graves e severos. Ele percebeu, imediatamente, que eles não sabiam o que estava sendo tramado. Reichsheini não os avisara.

Eicher e Winter pronunciaram palavras marciais e graves. Agiram como alguns generais, juízes militares e oficiais que adquiriram o hábito, nos últimos anos da guerra, de condenar à morte soldados alemães, frequentemente por motivos fúteis e que, antes da execução de suas vítimas, explicavam aos condenados, com palavras marciais e graves, por que era indispensável que fossem fuzilados.

Os srs. Eicher e Winter usaram as mesmas palavras com Thomas Lieven, que estava sentado defronte deles, com as pernas cruzadas e vestindo roupa de alpaca cinza (camisa branca, gravata preta, meias e sapatos pretos).

Eicher – Compreenda, Lieven, pessoalmente nada temos contra o senhor. Ao contrário. Alegro-me que tenha tido a coragem de vir até aqui. Mas trata-se do Reich, da salvação da nossa comunidade.

Winter – O senhor pode sorrir, Lieven. A corte marcial breve lhe tirará a vontade de rir.

Eicher – O bem é tudo que é útil ao povo alemão. O mal é tudo que lhe é prejudicial. O senhor prejudicou a seu povo. Quero que se capacite...

– Posso fazer uma pergunta? – pediu Thomas inclinando-se graciosamente. – São realmente 17h10 ou o meu relógio está atrasado?

Eicher olhou-o com ódio e admiração.

– Por que motivo, em vez de praticar o mal, o senhor não veio trabalhar conosco? Hoje seria um Sturmbannführer! Seu relógio está certo.

Thomas levantou-se, aproximou-se da janela, com calma, contemplou o jardim e depois ergueu o olhar para o céu outonal. Nem vestígio de nevoeiro.

– Contem-me, por favor, cavalheiros, como conseguiram desmascarar-me.

Eicher e o seu ajudante de ordens contaram, com vaidade, como haviam descoberto a fuga para Lisboa, ajudada por Thomas Lieven e acobertada pela Abwehr, de uma perigosa terrorista francesa, Yvonne Deschamps.

Thomas ouviu-os, delicadamente, e depois olhou novamente para o relógio.

– Mantendo a coragem até o fim, hein? – resmungou Eicher. – Admiro isso, meu caro, admiro muito.

Winter – As provas reunidas contra o senhor já foram apresentadas ao Reichsführer das SS. A corte marcial se reunirá dentro de poucos dias.

Eicher – Agora ninguém mais poderá ajudá-lo. Nem o coronel Werthe. Nem o almirante Canaris. Ninguém.

Thomas olhou novamente para o relógio.

Ouviu-se um barulho na escada: vozes, ordens, o pisar de botas. Thomas sentiu que o coração batia mais rápido.

– Espero que os cavalheiros me deem a honra de sua presença quando eu for executado.

Eicher prestou atenção.

– Que está acontecendo aí fora?

A porta abriu-se bruscamente e uma ordenança entrou, com ar apavorado.

– Três cavalheiros de Berlim, Sturmbannführer – disse o soldado com voz rouca. – É muito urgente... Uma comissão especial do Ministério da Segurança.

Enfim, disse Thomas a si mesmo. Pela última vez nesse dia ele olhou pela janela, para o céu. Obrigado, meu Deus.

Eicher e Winter pareciam atacados de paralisia.

– Com... com... – gaguejou Eicher – comissão especial?

Eles já haviam entrado na sala. O juiz da SS vestia uniforme preto e calçava botas. Tinha um aspecto sinistro. Os dois conselheiros de corte marcial eram mais baixos e usavam óculos. Os militares fizeram continência enquanto o juiz da SS levantava a mão na saudação alemã. Sua voz era glacial.

– Heil Hitler! Sturmbannführer Eicher? Muito prazer. Darei todas as explicações necessárias, dentro em pouco. Seu nome?

– Untersturmführer Winter.

– E o senhor?

Eicher recobrou o raciocínio.

– É apenas um visitante. O senhor pode ir agora, sr. Lieven.

– O Sonderführer Thomas Lieven? – perguntou o juiz da SS.

– Sim, senhor – respondeu Thomas.

– Faça o favor de ficar.

– Mas por quê? – perguntou Eicher, com voz angustiada.

– Sturmbannführer, mande chamar o Obersturmführer Redecker a seu gabinete. Mas nem uma só palavra sobre o motivo, compreendeu?

O cunhado de Heinrich Himmler entrou, pouco depois, com sorriso nos lábios. Mas o sorriso desapareceu quando viu os visitantes.

– Reviste este homem – disse o juiz da SS a Winter.

Winter obedeceu, sem compreender.

Redecker ficou sufocado, titubeou e caiu pesadamente numa cadeira. O juiz da SS olhou-o com desprezo.

– Obersturmführer – disse ele –, eu o prendo.

O cunhado de Himmler desatou a soluçar, enquanto Winter, cada vez mais pálido, engolia saliva.

– Mas por quê? – exclamou subitamente Eicher, com voz de falsete.

– O Obersturmführer – respondeu em tom glacial o gigante de preto – está envolvido num desvio de bônus do Tesouro que alcança milhões. Ele e o Untersturmführer Petersen, que foi morto em Toulouse, roubaram a sua pátria da maneira mais vil e ignominiosa. O inquérito nos dirá se *outros* membros da S.D.-Paris estão envolvidos nesse tráfico.

Com os olhos esbugalhados, Eicher olhou para os juízes.

– Não compreendo nada... Quem fez esta monstruosa acusação?

O juiz de preto disse quem.

O queixo de Eicher caiu. Ele fixou um olhar vidrado sobre Thomas.

– Você... você... você... – balbuciou ele.

Algo aconteceu, logo depois, que quase fez enlouquecer o Sturmbannführer Eicher: o juiz da SS aproximou-se de Thomas e apertou-lhe a mão.

– Sonderführer, permita que eu exprima o apreço e os agradecimentos do Reichsführer das SS.

– Não há necessidade disso – disse Thomas com modéstia. – Todo o prazer foi meu.

– O Reichsführer das SS comunica-lhe que já entrou em contato com Canaris. O caso que o senhor sabe não terá prosseguimento.

– O sr. Himmler é muito amável.

Ao todo, 23 prisões foram efetuadas por causa do negócio dos bônus do Tesouro. Entre os culpados havia apenas dois franceses e três romenos.

O processo foi sigiloso. Dois franceses, um romeno e o Untersturmführer Hansmann foram condenados à morte. Os outros receberam severas penas de trabalhos forçados.

Redecker foi condenado a oito anos. Himmler provou, logo que possível, que sabia ajudar a família: Redecker só ficou seis meses atrás das grades. Depois, foi liberado por ordem pessoal do Reichsführer das SS e transferido para Berlim, onde ocupou um cargo subalterno até o fim das hostilidades.

Ele soube arranjar a sua vida. Hoje é membro preeminente de um partido nacionalista, no norte do país.

No decorrer do ano de 1944, Thomas desempenhou diversas missões em Marselha, onde pôde acertar suas contas com Dante Villaforte, o assassino de Chantal, fazendo com que ele fosse, finalmente, entregue a uma comissão de inquérito aliada como espião e colaborador da S.D..

Na manhã do dia 28 de agosto, Thomas deixou o seu hotel e depositou sua mala na estação Saint-Charles. Havia algumas lutas nos arrabaldes de Marselha, mas não passavam de escaramuças. Na tarde do dia 29, Marselha foi liberada.

Depois de rasgar todos os seus documentos alemães, Thomas muniu-se de toda uma série de documentos que lhe foram de grande utilidade quando de suas encrencas com o Maqui de Crozant.

Na noite de 29 de agosto de 1944, um certo capitão Robert Almond Everett, agente de informações britânico, apresentou-se aos americanos. Explicou que saltara de paraquedas sobre a França e pedia ser enviado para Londres, por avião, o mais rapidamente possível. Os americanos presentearam o bravo aliado – que se parecia com Thomas Lieven como um irmão gêmeo – com uísque e rações K.

Tropas francesas também tinham participado da liberação de Marselha tal como organizações da Resistência que convergiram de vários pontos do sul. Dois dias após a vitória, houve uma grande festa no hotel de Noailles, ocupado pelos americanos. De pé, todos os assistentes entoaram o hino nacional francês. Entre eles o capitão Robert Almond Everett.

Ele estava entoando "le jour de gloire est arrivé" quando sentiu uma pesada mão sobre o ombro. Fez meia volta. Atrás dele estavam dois gigantes da polícia militar americana. Ao lado deles, um homem que parecia um Adolphe Menjou em tamanho maior.

– Prendam este homem – disse o coronel Jules Siméon, que vestia magnífico uniforme. – É um dos mais perigosos agentes alemães de toda a guerra. Mãos ao alto, Lieven. Você abusou demais. Agora está frito.

O general De Gaulle e os americanos entraram em Paris no dia 25 de agosto. No dia 15 de setembro Thomas Lieven aterrava, pela segunda vez, na prisão de Fresnes. A primeira vez fora a Gestapo que o trancafiara. Agora eram os franceses.

Thomas Lieven ficou uma semana em sua cela. Depois duas. Nada aconteceu. Ele suportava este novo cativeiro com filosofia. Pensava nas ocorrências dos anos passados, nas trapalhadas em que estivera envolvido mas também nos amigos que conquistara na França, nas pessoas que ajudara e nas vidas que salvara.

Qual será a minha pena?, perguntava ele a si mesmo. Seis meses? Poderei sobreviver e ser enfim livre e voltar para a Inglaterra. Depois de tantos anos viverei, finalmente, em paz. Nada de aventuras. Nunca mais. Levarei uma vida normal, como antes. Com o dinheiro que depositei na Suíça, durante a minha primeira permanência em Marselha...

Um barulho de passos se aproximou. A chave girou na fechadura e a porta da cela foi aberta. Dois militares franceses estavam no corredor.

– Prepare-se – disse o primeiro.

– Até que enfim – disse Thomas, vestindo o casaco. – Levaram bastante tempo para resolver interrogar-me.

– Quem falou em interrogatório? – disse o segundo militar. – Prepare-se para ser fuzilado.

LIVRO QUARTO

1

NEM UMA NUVEM MACULAVA o azul do céu de verão. Fazia calor, muito calor, em Baden-Baden nesse dia 7 de julho de 1945. Pálidos e malvestidos, os habitantes da cidade arrastavam-se, sem esperança, pelas ruas.

Cerca do meio-dia um carro do estado-maior, verde oliva, atravessou a Leopoldplatz. No banco de trás estava sentado um general de duas estrelas. Um policial francês dirigia o trânsito – trânsito francês, é bem de ver – pois não havia automóveis alemães. Havia, sim, abundância de carros franceses. Baden-Baden era a sede do governo francês. Habitantes alemães: trinta mil. Militares e funcionários franceses, com suas famílias: 32 mil.

– Pare – disse o general.

O chofer parou o carro perto do guarda. Este fez uma continência com uma desenvoltura que teria feito um general alemão dar pulos de raiva. Mas, naquela época, os generais alemães tinham – ao menos provisoriamente – cessado de dar pulos de raiva.

O homem das duas estrelas baixou o vidro.

– Eu não sou daqui – disse ele. – Em que regimento se come melhor?

– Se eu fosse o senhor, general, não comeria em nenhum regimento. Procure o capitão Clairmont, do serviço de busca aos criminosos de guerra.

O policial explicou o caminho.

– Então vamos – disse o general, que estava com muita fome.

O carro tornou a andar, passando diante dos hotéis Atlantic, Kurlans e Cassino. Era difícil descrever a desolação desses lugares, outrora frequentados pelos homens mais ricos do mundo, pelas mais elegantes mulheres e pelas *cocottes* mais caras. A concha acústica fora queimada, os gramados, destruídos. Os preciosos móveis do Kurlans e da sala de jogos estavam atirados ao tempo.

O carro do estado-maior parou diante de uma grande *villa* que fora sede da Gestapo durante o *Império de Mil Anos*. No momento, era ocupada pelo serviço de busca aos criminosos de guerra.

O general entrou e disse que queria falar com o capitão Clairmont.

O homem que, provisoriamente, tinha o nome de René Clairmont apareceu: esbelto; estatura mediana, rosto fino, cabelos castanhos e olhos inteligentes. Teria, aproximadamente, 35 anos e vestia um uniforme bem talhado mas que, forçoso é dizer, tinha aspecto mais civil que militar.

O capitão – que de fato se chamava Thomas Lieven e tinha feito há muito, muito tempo uma brilhante carreira de banqueiro em Londres – apertou a mão do general de duas estrelas.

– O senhor quer nos dar a honra de almoçar conosco, general? – disse ele.

– Fuzilado? – disse Thomas apavorado, para si mesmo enquanto o levavam para o sombrio pátio da prisão. – Mas isso é incrível. Eu acreditava que me condenariam a alguns meses.

Os soldados o empurraram para o mesmo carro fedorento e sem janelas no qual soldados alemães o tinham forçado a subir.

O mesmo cheiro de suor e angústia. Thomas sentou-se, emagrecido, pálido, com a barba por fazer, vestindo uma roupa amarrotada, sem suspensórios, sem gravata e sem cordões nos sapatos. Uma espécie de náusea se apoderou dele e não o deixou mais.

Quando o carro parou em Paris – novamente num pátio sombrio – ele não poderia dizer onde estava. Sem reagir, foi brutalmente empurrado pelos soldados para uma sala de um grande edifício.

A porta da sala abriu-se. A seguir tudo pareceu girar em torno de Thomas e ele quase sufocou. Ouviu vozes e palavras, sem entender o sentido. Viu o homem, com o uniforme de coronel do Exército francês, e que estava sentado atrás de uma secretária: um homem de alta estatura, bronzeado, com as têmporas grisalhas e olhos expressivos. O coração de Thomas batia aceleradamente e ele percebeu que estava salvo. Tinha reconhecido o amigo de Josephine Baker, o homem cuja vida ele salvara em Lisboa: o coronel Débras, do Deuxième Bureau.

Débras não teve um gesto, não pronunciou uma só palavra que pudesse indicar que ele conhecia Thomas Lieven.

– Sente-se ali – gritou ele brutalmente. – Sente-se e cale a boca.

Thomas sentou onde mandaram. Thomas ficou calado. Com muita dificuldade os soldados retiraram-lhe as algemas. Tomando um tempo enorme, eles acabaram recebendo um documento provando a entrega do prisioneiro. Só saíram da sala ao fim de uma eternidade. Finalmente Thomas ficou a sós com Débras.

– Seu salafrário – disse Débras sorrindo. – Josephine mandou-lhe lembranças.

– Muito amável. Onde... onde está ela?

– Em Casablanca. Eu era governador da cidade.

– Não diga!

– Tive assuntos a tratar em Paris. Por acaso vim a saber da sua prisão.

Pouco a pouco, Thomas recobrava a lucidez.

– Sim – disse ele –, por instigação do seu colega, o coronel Siméon. Eu estava cantando a Marselhesa numa festa patriótica. Teria feito muito melhor se não cantasse e se tivesse ficado no hotel. Já poderia estar em Londres há muito tempo. Os hinos nacionais dão azar.

– Eu sei muita coisa sobre você – disse Débras. – Sei o que fez contra nós, mas também sei tudo que fez *por* nós. Eu não estou mais no Deuxième Bureau mas sim na Busca aos Criminosos de Guerra. A única maneira de entrar em contato com você era incluí-lo na minha lista de criminosos de guerra e declarar que iríamos fuzilá-lo. Foi assim que consegui tirá-lo de Fresnes. Um bom truque, não acha?

Thomas enxugou a testa.

– Sim – disse ele –, um bom truque. Talvez um pouco rude para os nervos.

– Hoje em dia é a regra geral – disse Débras erguendo os ombros. – Espero que você não tenha ilusões. Você já compreendeu, estou certo, o que significa a sua saída de Fresnes.

– Receio que sim – disse Thomas com ar resignado. – Terei que trabalhar para o senhor, não é, coronel?

– Exatamente.

– Uma pergunta, se me permite: quem lhe disse que eu estava preso?

– Ferroud, o banqueiro.

Honesto e bom Ferroud, disse Thomas a si mesmo. Obrigado, muito obrigado.

– Quais são os seus planos a meu respeito?

O coronel fixou Thomas com simpatia.

– Você é alemão, Lieven. Precisamos de você na Alemanha. Melhor que qualquer outro, você saberá distinguir entre os grandes, os verdadeiros bandidos e os pequenos militantes sem qualquer importância. Está de acordo?

– Estou – disse Thomas.

– Devo avisá-lo de que, na Alemanha, você será obrigado a vestir um uniforme.

– *Não!!!*

– Lamento, mas é o regulamento. Vamos arranjar-lhe um nome francês e um posto militar: capitão, diria eu.

– Meu Deus, mas que uniforme?

– Isto é com você. Escolha o que quiser.

Thomas foi ao melhor alfaiate militar de Paris e escolheu o que queria: calças de aviador de um cinza pomba, uma túnica bege com grandes bolsos, uma prega nas costas e bem ajustada na cintura e um cinturão. Acrescentou um talabarte e na manga uma carlinga de avião e três divisas.

O uniforme inventado por Thomas Lieven ficou tão popular que foi adotado, um mês depois, como traje oficial do Serviço de Busca aos Criminosos de Guerra.

Como consequência do avanço das tropas aliadas, Thomas Lieven, aliás capitão René Clairmont, regressou à sua pátria. Ao findarem as hostilidades, ele estava em Baden-Baden, onde instalou seus escritórios no antigo quartel-general da Gestapo, na Kaiser-Wilhelmstrasse.

Ao todo, 17 homens trabalhavam no número 1 da Kaiser-Wilhelmstrasse. Residiam em uma casa que ficava em frente. A sua tarefa era penosa e cheia de desilusões. Além disso, por motivos de ordem política ou de concepções, não reinava bom entendimento entre todos. Logo no início dos trabalhos, por exemplo, Thomas Lieven teve uma divergência com o tenente Pierre Valentine, um bonito rapaz com olhos frios e lábios finos, que se poderia muito bem imaginar envergando o uniforme da SS.

Valentine requisitava e mandava prender a torto e a direito. Enquanto os oficiais eficientes e equilibrados do Serviço Francês de Busca aos Criminosos de Guerra – da mesma forma que os seus equilibrados colegas dos serviços similares americanos e ingleses – limitavam-se às "listas de pessoas procuradas", elaboradas pelo governo militar,

Valentine usava o seu poder sem qualquer escrúpulo, de forma arbitrária.

Quando Thomas chamou sua atenção ele limitou-se a erguer os ombros, desdenhosamente.

– Odeio todos os alemães – disse ele.

Thomas protestou contra essa estúpida generalização.

– Eu me limitarei a citar algarismos – disse Valentine, calmamente. – Somente no nosso setor recebemos, durante o último mês, mais de seis mil denúncias de alemães acusando outros alemães. Eles são assim. Quando invadem um pequeno país são da raça superior, são os senhores. Quando perdem a partida tocam Beethoven e se denunciam uns aos outros. E o senhor acha que eu devo respeitar tal povo?

O tenente Valentine era uma pessoa antipática, mas nesse ponto ele tinha razão: uma onda de baixeza, de delação e de mesquinha maldade varreu a Alemanha depois do fim da guerra.

No dia 2 de agosto Thomas participou de um fato que o emocionou profundamente. Um homem, debilitado e de cabelos brancos, apareceu em seu escritório. Evidentemente subalimentado, o homem vestia uma roupa velha e amarrotada. O homem tirou o chapéu e disse:

– Bom dia, senhor. O meu nome é Werner Hellbricht. O senhor está à minha procura. Eu era chefe de um distrito agrícola. (Disse onde habitava, em plena Floresta Negra.) Estava escondido mas hoje vim vê-lo.

– Por quê? – perguntou Thomas estupefato e fitando o homem.

– Porque compreendi – respondeu Hellbricht – que horríveis crimes foram cometidos em meu país. Estou pronto a pagar a minha dívida, a trabalhar na construção de estradas, a quebrar pedras: tudo que queiram. Lamento sinceramente ter servido a um regime criminoso. Eu acreditei. Estava enganado. Deveria ter acreditado menos e refletido mais.

– Sr. Hellbricht – disse Thomas, levantando-se. – Já é uma hora. Antes de continuarmos a nossa conversa, quero fazer-lhe uma pergunta: quer almoçar comigo?

– Almoçar? Com o senhor? Mas acabo de dizer que eu era um nazista.

– Mas o senhor o disse com muita honestidade.

– Neste caso eu lhe peço um favor: venha comigo até a fazenda – disse o ex-chefe de distrito agrícola. – Quero mostrar-lhe uma coisa. Por trás da minha propriedade, na mata.

A miserável sopa que a sra. Hellbricht preparara para o almoço era feita com azedinha, cerefólio, dente de leão e ervas silvestres. A mulher era tão pálida e tão magra quanto o marido. A fazenda estava ao abandono: vidros quebrados, fechaduras rebentadas a bala, estábulos vazios e tudo pilhado pelos trabalhadores estrangeiros dos serviços forçados.

– Não podemos nos queixar deles – disse Hellbricht com um meio sorriso. – Nós é que fomos primeiro roubá-los em seus países.

– Depois da sopa – disse a mulher do ex-chefe de distrito agrícola ao mesmo tempo que se ocupava junto ao forno da cozinha vazia – temos pirão de batatas e a ração de frutas secas que acaba de ser distribuída. Lamento, mas é tudo que temos.

Thomas foi até o pátio e abriu a mala do seu carro. Voltou com meia libra de manteiga, uma lata de leite condensado, uma lata de extrato de carne e uma de *corned beef*.

– Deixe que eu prepare isto, sra. Hellbricht.

Thomas reforçou a magra sopa com extrato de carne, abriu a lata de *corned beef* e esmigalhou o conteúdo. Depois ele viu uma tigela com queijo desnatado.

– Passe o queijo pela peneira, por favor. Nós dois vamos preparar um excelente almoço.

A mulher começou a chorar.

– Meu Deus! – disse ela. – *Corned beef*! Já sonhei com isto, mas é a primeira vez que vejo.

– E há pessoas que riem quando nos veem jejuar – disse Hellbricht. – Pessoas que são responsáveis pela nossa miséria. Sr. capitão, eu não sou um delator, mas é preciso que eu diga: um enorme depósito de víveres está enterrado sob a relva do mato.

– Quem enterrou e quando?

– Foi no outono de 1944. O ajudante de ordens do ministro da Agricultura, Darré, veio procurar-me. Estava com Zimmermann, o chefe da Gestapo em Karlshue. Disseram-me que tinham recebido ordens para preparar um depósito clandestino de víveres para... para a reserva do Führer... para as pessoas altamente colocadas...

Cansada, cheia de tristeza, a sra. Hellbricht passava na peneira o seu queijo desnatado.

– Foi por isso que pedimos que o senhor viesse até aqui. É preciso desenterrar as provisões. Há tanta gente com fome... Nós temos, pelo menos, um teto para nos abrigar. Nós conseguiremos sobreviver. Mas os feridos, os refugiados, as crianças...

Esse dia 2 de agosto de 1945 teve uma dupla consequência. Sem alarde, foram desenterradas milhares e milhares de latas de conserva, contendo gorduras, carne, doces, mel sintético, café, chá, chocolate, glucose, farinha de trigo, legumes e frutas. Esses tesouros foram entregues a associações de assistência que os distribuíram aos velhos, aos doentes e às crianças.

Tão rapidamente quanto possível os buracos foram tapados e recobertos com relva de tal sorte que não ficou vestígio das escavações. Depois disso, um destacamento especialmente selecionado do Serviço de Busca aos Criminosos de Guerra passou a vigiar, noite e dia, a mata por trás da fazenda de Hellbricht.

Ao anoitecer do dia 11 de agosto – Thomas estava de serviço nesse dia –, um homem apareceu furtivamente numa picada na mata. Ele olhava para todos os lados e se assustava a qualquer ruído. Tinha, às costas, um saco de montanha, vazio, e carregava uma pequena pá. A coleção de fotografias do Serviço de Busca havia familiarizado Thomas com a fisionomia pálida e feroz daquele homem.

O homem começou a cavar com grande energia. Era tarde demais quando percebeu os três homens atrás dele. Virou-se, levantou-se com dificuldade e recuou, cambaleando. O pavor deformava o seu rosto.

– Zimmermann, da Gestapo – disse Thomas apontando um revólver. – Está preso.

Vieram todos os importantes que sabiam da existência do depósito enterrado. Todos foram seguros.

– É preciso que vocês saibam – tinha explicado Thomas Lieven aos guardas – que todos que aqui vierem são tubarões nazistas. Não deixem escapar nenhum.

Graças a esse método simples, 17 altos funcionários nazistas foram capturados entre agosto e outubro de 1945.

Graças à intervenção de Thomas, Hellbricht foi classificado como simples simpatizante. Pagou uma multa e pôde conservar sua fazenda.

No dia 3 de dezembro, Thomas foi chamado ao quartel-general do general Koenig, onde recebeu muitos cumprimentos e manifestações de gratidão.

No dia 7 de dezembro, ele recebeu uma carta, com o cabeçalho do Ministério da Defesa Nacional, nos seguintes termos:

Paris, 5 de dezembro

Capitão René Clairmont
Matrícula S 324213
Serviço de Busca aos Criminosos de Guerra
Baden-Baden
Ref. CS Hr. Zt. 324/1945

Por motivos de................................ etc. pedimos ao Deuxième Bureau a sua ficha pessoal completa.

MENU

Baden-Baden, 2 de agosto de 1945

Mesmo atualmente este menu seria passável. Naquela ocasião ele facilitou a captura de vários tubarões.

SOPA DE ERVAS
PICADINHO DE CORNED BEEF
SOBREMESA DE QUEIJO BRANCO

SOPA DE ERVAS – Use ervas tal como azeda (azedinha), folhas novas de urtiga, cebolinha, salsa, cerefólio, funcho, salsão e alho-poró. Pique muito fino, depois de lavá-los. Junte uma pequena parte das ervas a um roux claro (vide receitas anteriores), acrescente água ou caldo de carne e deixe ferver. Tempere com pimenta-do-reino, sal e um pouco de noz-moscada. Só misture o resto das ervas antes de servir.
Pode-se ligar esta sopa com uma gema de ovo ou com creme bem como colocar, em cada prato, um ovo poché e pedacinhos de pão torrado com manteiga.

PICADINHO DE CORNED BEEF – Faça um refogado, na manteiga, com uma boa quantidade de cebolas cortadas em fatias finas. Junte o conteúdo de uma lata de corned beef bem picado. Deixe cozinhar alguns minutos mas sem deixar que tome cor.
Misture bem com um pirão de batatas de consistência meio mole, tempere e reaqueça a fogo bem brando.

SOBREMESA DE QUEIJO BRANCO – Use queijo tipo minas ou ricota. Passe em peneira e junte açúcar e creme fresco até chegar a uma consistência macia mas não muito líquida. Junte passas e algumas gotas de suco de limão. Enfeite com creme de chantilly e faça resfriar.

Ficou evidenciado pelo seu dossiê sobre o qual tivemos, ainda, os comentários pessoais de um dos dirigentes do Deuxième Bureau que o senhor era um agente da Abwehr, em Paris, durante a guerra. O senhor compreenderá que nos é totalmente impossível utilizar um homem, com um passado como o seu, nos quadros do nosso Serviço de Busca aos Criminosos de Guerra. O coronel Maurice Débras, que naquela época o nomeou para tal organização, não mais pertence a este Serviço.

Pela presente, solicitamos que evacue seus escritórios em Baden-Baden antes das 13 horas do dia 15 de dezembro de 1945 e que entregue ao seu superior todos os documentos, dossiês, carimbos e tudo mais que estiver em seu poder, bem como os seus documentos militares e salvo-conduto. A partir deste momento, o senhor está suspenso de suas funções. Novas instruções serão enviadas.

A assinatura, ilegível, tinha a seguir a menção datilografada: general de brigada.

Sentado junto à sua mesa Thomas Lieven começou a cantarolar. Releu a carta e novamente cantarolou.

Mais uma vez, disse para si mesmo, as coisas recomeçam. Em minha vida os acontecimentos se repetem com uma monotonia verdadeiramente incrível. Organizo um negócio pouco sério e todo o mundo me adora: recebo distinções, dinheiro e beijos e sou o querido de várias pátrias. Faço algo de bom – e zás! Caio novamente na merda.

Um dirigente do Deuxième Bureau fez comentários a meu respeito aos cavalheiros do Ministério. Um dirigente! Por conseguinte o coronel Jules Siméon continua vivo. E continua a detestar-me...

Uma hora mais tarde, o homem que ainda se chamava capitão Clairmont entregou os escritórios e todos os documentos em seu poder a seu chefe de serviço. No mesmo dia, às 12 horas, o capitão Clairmont desapareceu. Desapareceu sem deixar qualquer vestígio.

No dia 22 de fevereiro de 1946, dois senhores dirigiram-se à portaria do Hotel Crillon, na praça de la Concorde, e pediram para falar com um certo sr. Hauser.

Pelo sorriso do porteiro, era fácil perceber que esse sr. Hauser era um dos hóspedes mais populares do hotel.

– Dois cavalheiros desejam vê-lo, senhor – disse o porteiro ao telefone: o sr. Fabre e o barão Koutousov.

– Peça a esses senhores que subam.

Um *boy* levou os dois homens ao segundo andar. A crina vermelha de Bastien estava cada vez mais rija e de pé. Seu companheiro, cujo nome era o de um célebre general russo, teria seus 45 anos. Seus ombros eram largos e sua roupa de corte burguês.

Na sala do apartamento 213, o sr. Hauser, trajando roupa de corte impecável, cumprimentou amavelmente os visitantes. Bastien esperou que o *boy* saísse do apartamento e atirou-se nos braços do seu velho amigo.

– Como estou contente de ver a tua cara, companheiro!

– E eu, Bastien – disse Thomas Lieven –, e eu!

Saiu do abraço do amigo e apertou a mão do russo.

– Muito prazer em conhecê-lo, barão Koutousov. É bem verdade que, a partir de agora, tomarei a liberdade de chamá-lo "camarada comissário" e não mais "barão". "Comissário Koutousov".

– Mas por quê? – perguntou o russo, piscando nervosamente.

– Um pouco de paciência. Vamos por etapas. Tenho muita coisa a contar-lhes, rapazes. Encomendei o almoço que será servido aqui, no apartamento. Comeremos dentro de dez minutos. Entre outras coisas teremos *borscht*, camarada comissário. Sentem-se, por favor...

A calma e o sangue-frio de Thomas eram surpreendentes, especialmente quando se soubesse que as autoridades francesas estavam à sua procura, havia semanas, e que, vindo a Paris, ele estava, por assim dizer, na boca do lobo. Mas ele se tranquilizava pensando que não é dentro da própria boca que o lobo costuma procurar suas vítimas.

Depois de sua fuga de Baden-Baden, um especialista, que anteriormente fabricava passaportes falsos para a contraespionagem alemã, confeccionou-lhe um perfeito passaporte francês, com o nome de Michel Hauser. Depois escreveu uma carta a Bastien Fabre, em Montpellier, dizendo-lhe que ele, Thomas, estava sem vintém.

A resposta chegou pela volta do correio:

> *"Bem vês, Pierre, como agimos bem guardando parte da erva em Lentier. Está à tua disposição, agora. Fiz um bom amigo aqui. Ele se chama Koutousov. O seu velho dirigia um táxi em Paris. O velho morreu e agora é o filho que dirige o carro. Ele tem um Pontiac..."*

Thomas telegrafou imediatamente:

"Espero-te juntamente com o barão dia 22 fevereiro Hotel Crillon".

Nesse famoso hotel, Thomas estabelecera, provisoriamente, seu quartel-general.

– Onde está o carro? – perguntou ele a seus convidados.

– Em frente ao hotel.

– Muito bem. Quero que o carro seja visto. Mas, durante algum tempo, é necessário que tu sejas o chofer, meu caro Bastien. O camarada comissário Koutousov irá no banco de trás. Trouxeste os napoleões?

– Estão na mala do carro.

Três garçons entraram para preparar a mesa. Depois, Thomas, Bastien e Koutousov sentaram-se e começaram a pôr creme fresco no *borscht*. O descendente da aristocracia dos táxis estava estupefato.

– Mas isso é como em minha terra. Creme na mesa.

MENU

Paris, 22 de fevereiro de 1946

Depois da guerra, o primeiro grande negócio de Thomas foi feito à la russa.

BORSCHT

STROGONOFF

SUFLÊ DE LIMÃO

BORSCHT – Junte meio quilo de carne de vaca, meio quilo de carne de porco e 225 gramas de toucinho defumado meio gordo. Cozinhe tudo junto até ficar concentrado. Retire as carnes cozidas e corte em pedaços pequenos.

Em duas panelas separadas faça refogar, com o toucinho, o seguinte: 1ª panela – um quilo de repolho branco desfiado com sal, pimenta-do-reino, uma folha de louro e as especiarias que desejar; 2ª panela – também com toucinho, refogue beterrabas vermelhas em fatias finas, alho-poró, pimenta-do-reino, sal, uma folha de louro e um pimentão vermelho. Adicione um pouco de vinagre às beterrabas para que conservem a cor.

Uma vez os legumes cozidos, junte-os ao cozido com os pedaços de carne e deixe cozinhar mais algum tempo. Antes de servir jogue beterraba raspada sobre a sopa e, já à mesa, ponha uma boa colherada de creme azedo e espesso sobre cada prato cheio.

STROGONOFF – Use filé bem descansado (retirado do refrigerador horas antes), corte em fatias e depois em pedaços achatados.
Refogue, em manteiga, cebolas picadas mas sem deixar que fiquem escuras. Junte a carne, cozinhando-a ligeiramente dos dois lados. Salgue, polvilhe com pimenta-do-reino e acrescente creme azedo bem espesso.
Aqueça novamente e sirva.

SUFLÊ DE LIMÃO – Bata três gemas e três colheres, das de sopa, de açúcar. Junte o suco de meio limão e também a casca ralada, meia colher de fécula (ou de maisena) e, finalmente, três claras batidas em neve firme.
Coloque tudo numa forma para suflê untada com manteiga e leve ao forno até que o suflê cresça e que a sua superfície fique ligeiramente escurecida. Sirva quente e com biscoitos.

– Posso pedir-lhe, camarada comissário, que coma de uma maneira mais popular? O cotovelo na mesa, por exemplo. Peço também que, durante algum tempo, não se preocupe com a limpeza das unhas.

– Mas por quê? Por que tudo isto?

– Cavalheiros, vou lhes propor um negócio importante. Nesse negócio o senhor, barão, representará o papel de um comissário do povo. Bastien será um chofer, e eu, um atacadista de espíritos.

– Espí... quê? – perguntou Bastien, bestificado.

– Engole o que tens na boca antes de falar. Um negociante de álcool! O Exército francês, senhores, decepcionou-me e desiludiu-me da maneira mais cruel. Tenho a intenção, por causa disto, de fazer o Exército francês pagar uma multa.

– Com álcool?

– Sim, com álcool.

– Mas não há álcool, cavalheiro, tudo está racionado.

– Mas haverá – disse Thomas –, e em quantidades surpreendentes, contanto que Bastien seja um bom chofer e tu um bom comissário. Agora sirvam-se novamente. Depois do almoço iremos fazer compras.

– Que pretendes comprar?

– Os acessórios indispensáveis: capas de couro preto, boinas de pele, sapatões grosseiros. (Thomas baixou a voz.) Desde o fim da guerra uma delegação soviética está hospedada aqui, no Crillon. Tem a missão de zelar pelos cidadãos soviéticos residentes em Paris. Sabem quantos são?

– Não tenho a menor ideia.

– Mais de cinco mil. E todos têm o mesmo problema...

Enquanto seus dois convidados tomavam o *borscht*, a melhor sopa do mundo, e escutavam com grande atenção, Thomas explicou qual era o problema de todos os cidadãos soviéticos residentes na França...

Dois dias mais tarde, um Pontiac preto parou diante do Ministério do Abastecimento, onde funcionava o monopólio francês das bebidas alcoólicas. Um chofer, com casaco de couro preto e uma boina de pele sobre a cabeleira ruiva, abriu a porta. Um homem com casaco de couro preto e boina de pele saltou do carro e entrou no grande edifício cinzento e tomou o elevador até o terceiro andar, onde dirigiu-se ao escritório de um tal Hyppolite Lassandre, que o recebeu de braços abertos.

– Caro sr. Koutousov, foi comigo que o senhor falou ontem ao telefone. Tire o sobretudo, por favor, e sente-se.

O sr. Koutousov, que vestia uma roupa feita e já surrada sob o casaco de couro e usava pesados sapatos, manifestou, imediatamente, o seu mau humor.

– A atitude do seu ministério equivale a um ato inamistoso que eu comunicarei a Moscou...

– Caro senhor... caro comissário, eu suplico que não faça isso. Eu teria os maiores aborrecimentos com o comitê central!

– Que comitê?

– O comitê central do Partido Comunista. Sou um membro do partido, camarada comissário! Posso assegurar que não foi mais que uma simples negligência.

– Excluir, há meses, cinco mil cidadãos soviéticos de rações de álcool – disse o falso comissário com um riso sardônico. – Uma negligência? É estranho. Os ingleses e os americanos residentes na França receberam as suas rações de álcool. Mas os valentes nascidos em meu país, ao qual cabe a maior parte do mérito da vitória sobre o fascismo...

– Por favor, camarada comissário, não falemos mais nisso. O senhor tem toda a razão. É imperdoável. Mas o erro será rapidamente corrigido.

– Em nome da União Soviética eu reclamo, é claro, todas as rações correspondentes aos meses passados.

– É claro, camarada comissário, é claro.

Foi Zizi quem informou a Thomas que os cidadãos soviéticos, residentes na França, não recebiam rações de álcool. Zizi era uma bonita mulher, de cabelos ruivos, que trabalhava numa casa muito próspera de Paris. Thomas a conhecia desde o início da guerra e Zizi gostava muito de Thomas. Ele havia evitado a deportação do seu amiguinho. Zizi contara a Thomas como os seus negócios prosperavam. Principalmente depois que esses russos chegaram a Paris. São os melhores clientes da casa...

– Que russos? – perguntou Thomas.

– Os da comissão que está no hotel Crillon. Cinco sujeitos. Fortes como ursos. Esses, sim, são homens.

Zizi contou que os cinco cidadãos soviéticos tinham tomado gosto pelos sintomas de decadência do Ocidente. É verdade que estavam negligenciando muito os seus deveres. Tinham por missão zelar pelos cinco mil compatriotas e convencê-los a que voltassem à mãe pátria. Não exerciam a sua tarefa com nenhum empenho. Preferiam a companhia de Zizi e... de outras.

– Imagina só – disse Zizi a Thomas – que eles nem sequer se ocupam com as rações de álcool!

– Que rações de álcool?

Zizi explicou de que se tratava. Imediatamente um projeto ocorreu a Thomas: um excelente projeto.

Credenciado, com documentos falsos, como funcionário soviético, o comissário Koutousov recebeu as rações atrasadas. Três mil hectolitros de álcool foram transportados para uma velha cervejaria, meio arruinada, perto do aeroporto de Orly.

A cervejaria pertencia a um colaboracionista que se evadira. Não esqueçamos que em fevereiro de 1946 a situação na maioria dos países da Europa ainda era bastante confusa. E a França não era uma exceção à regra.

Oito homens começaram a trabalhar na cervejaria. Trabalhava-se noite e dia. Sob a direção do sr. Hauser fabricavam *pastis* por uma fórmula que fora gentilmente ensinada a Thomas por uma mulher de cor, que também trabalhava no estabelecimento de Zizi:

Para um litro de álcool quimicamente puro, a noventa por cento, empregue:

oito gramas de sementes de funcho
12 gramas de folhas de erva-cidreira
cinco gramas de anis estrelados (erva-doce)
dois gramas de coriandro
oito gramas de sementes de anis verde.

Deixar macerar, na escuridão, durante oito dias. Antes de filtrar, acrescente dez gotas de essência de anis. Junte água até chegar a 44º.

Koutousov pagou o álcool com o produto da venda das moedas de ouro trazidas por Bastien. Uma vez cheias as garrafas recebiam as etiquetas que Thomas encomendara a uma pequena tipografia.

Uma vez organizada a produção em grande escala, o sr. Hauser visitou, na rua Latour-Maubourg, um intendente do estado-maior ao qual propôs um negócio *oficioso*.

– Tenho as matérias-primas em quantidade suficiente e posso produzir *pastis*. Eu sei que há falta de bebidas alcoólicas nos quartéis Os meus preços são muito vantajosos.

Vantajosos? Sim, como consequência de um período ainda com muita desorganização e com escassez de álcool. Nos dias de hoje, os preços pedidos por Thomas Lieven, aliás sr. Hauser, seriam um tanto exagerados. Ele pediu – tomando por base os preços de hoje – sessenta francos por garrafa de *pastis*.

O intendente do estado-maior aceitou a proposta, considerando-a um dos melhores negócios de sua vida. É verdade que o preço corrente naquela época – sempre com base nos valores atuais – era de cerca de cem francos e o *pastis* só podia ser encontrado no mercado negro.

Os negócios prosperaram.

O volume de vendas subiu com a rapidez de um raio. Depois de adquirir o que necessitava, o intendente militar passou a boa informação a seus amigos. Dentro em pouco, caminhões militares carregados de Pastis Hauser dirigiam-se para todas as casernas da França.

Pode-se dizer que Thomas Lieven era o fornecedor oficial do Exército francês. E o Exército francês pagava à vista. Tudo correu às mil maravilhas até o dia 7 de maio de 1946. Nesse dia houve um pequeno incidente...

No dia 7 de maio de 1946, cerca das 19 horas, o sr. Andrei S. Chenkov, o robusto chefe da delegação soviética, apareceu no apartamento do falso comissário Koutousov, no Hotel Crillon e, apoplético, exigiu explicações.

Tendo decidido levar os seus deveres um pouco mais a sério, o sr. Chenkov resolvera, alguns dias antes, tratar das rações de álcool dos seus cinco mil compatriotas. No Ministério do Abastecimento informaram-no que o álcool relativo às rações de vários meses anteriores tinha sido entregue, há bastante tempo, a um certo comissário Koutousov, residente no Hotel Crillon.

– Quero explicações – berrou Chenkov, em francês, com forte sotaque russo. – Quem é o senhor? Eu não o conheço. Nunca o vi. Vou mandar prendê-lo. Eu...

– Silêncio – exclamou Koutousov, no mais puro russo.

A seguir, ele conversou com o camarada Chenkov, durante meia hora, seguindo, ao pé da letra, as instruções de Thomas Lieven. Thomas havia previsto, é claro, desde o princípio do negócio, a possibilidade de uma tal contingência.

Depois dessa meia hora, o camarada Andrei S. Chenkov voltou ao seu quarto, pálido, agitado e suando em bicas. Seus amigos Touchine, Bolkonski, Balachev e Apalyitch o esperavam.

– Camaradas – gemeu Chenkov, deixando-se cair numa cadeira –, estamos perdidos.

– Perdidos?

– Praticamente já estamos na Sibéria. Terrível! Espantoso! Sabem quem é Koutousov? É o comissário que eles mandaram para nos vigiar. Tem plenos poderes. Ele está a par de tudo que temos feito.

– Tudo!? – exclamou Bolkonski, apavorado.

– Tudo – disse tristemente Chenkov. – Nossa maneira de trabalhar, nossas... ocupações, tudo. A nossa única possibilidade de escapar, camaradas, será fazer dele um amigo e trabalhar como mouros, dia e noite. Nada de Zizi! Nada de meias de *nylon*, nem conservas, nem cigarros americanos! Só assim *seria possível* que Koutousov fechasse os olhos, desta vez...

Dessa forma, graças ao gênio e à previsão de Thomas Lieven, o pequeno incidente não teve consequências e o grande negócio de *pastis* foi concluído sem qualquer tropeço.

No dia 29 de maio, Koutousov, ex-camarada comissário e aristocrata dos táxis de Marselha, agora um homem feliz e financeiramente à vontade, levou os seus dois amigos até Estrasburgo, em seu velho Pontiac. Desde a época calma e feliz do Serviço de Busca aos Criminosos de Guerra, Thomas tinha bons amigos entre os guardas das fronteiras, tanto franceses quanto alemães. Com a ajuda desses amigos, as malas dos senhores Lieven e Fabre passaram de um país para outro sem qualquer dificuldade. As duas malas continham os lucros de seus negócios alcoólicos.

Um belo dia de julho de 1946, um homem vestindo calça e camisa esporte passeava no gramado inglês de uma confortável residência situada em Grünwald, arrabalde próximo a Munique. A seu lado, também com roupa leve, estava um gigante com ar satisfeito. Uma basta cabeleira ruiva coroava sua cabeça.

– Então, meu velho Bastien? – disse Thomas Lieven. – Foi uma bela casinha que compramos aqui.

– E o Exército francês pagou tudo – resmungou o ex-marginal marselhês que agora exercia as funções de criado de Thomas.

Dirigiram-se para a casa.

– Esta noite eu calculei o que devemos ao fisco francês sobre o volume dos nossos negócios.

– A quanto monta?

– Aproximadamente trinta milhões de francos – disse Thomas, com naturalidade.

– Viva o grande Exército – disse Bastien, estourando de rir.

Alguns meses mais tarde, Thomas e Bastien estavam comodamente sentados diante da lareira de sua *villa*, em Grünwald.

– Estou enferrujando – disse Bastien. – Esta vida de vagabundo não me faz bem.

– Fica sossegado – respondeu Thomas. – Eu ouvi contar uma bela história e tive umas ideias.

– Deus seja louvado. De que se trata?

– De urânio.

– Uma mina? – perguntou Bastien, espantado.

– Não. Trata-se de cubos de urânio. Foram vistos, pela última vez, num trem de evacuação que se dirigia para o sul, há dois anos.

Pelos fins do mês de abril de 1945, os trens em questão dirigiam-se para a fronteira austríaca. Estavam repletos de altos dignitários das SA, das SS, de diplomatas, de chefes de departamentos dos ministérios. Os viajantes levavam ouro, joias, planos de novas armas e uma enorme quantidade de morfina, cocaína e outros entorpecentes dos estoques do exército e, finalmente, cubos de urânio provenientes do Kaiser-Wilhelm-Institut, em Berlim.

Pouco antes de ser atingida a fronteira austríaca, os chefões nazistas começaram a se preocupar, especialmente por causa dos cubos de urânio. Atiraram-nos pelas janelas do trem.

– Nunca foram encontrados – concluiu Thomas. – Como também não o foram os planos das armas secretas e miraculosas.

Segundo os falsos documentos que ele mesmo fabricara, com perfeição, Thomas Lieven era, agora, Peter Scheuner, e Bastien era Jean Lecoy.

A pequena cidade da fronteira austríaca, onde iniciaram suas buscas, estava cheia de militares aliados, de refugiados e de deslocados de guerra. Não havia um quarto para alugar. Hotéis e albergues estavam ultracheios.

Numa aldeia muito próxima, Thomas e Bastien conseguiram dois quartos tranquilos na casa de um camponês. Ali se instalaram, sob suas falsas identidades, ao anoitecer de 20 de fevereiro de 1947. Ficariam durante três meses: um longo período de atividade intensa.

Para começar, dedicaram vários dias e várias noites a frequentar o Hotel Bristol. A qualquer hora o movimento era intenso: danças, bebidas, namoro, traficâncias, murmúrios, negociações e telefonemas não paravam. No Bristol havia legiões de moças de vida fácil, militares gastando o seu soldo, poloneses misteriosos, tchecos assustadores, alguns russos do Exército de Vlassov e, evidentemente, alemães.

Depois de observar, durante uma semana, as condições reinantes na pequena cidade, Thomas e Bastien reuniram-se, em conselho de guerra, num pequeno albergue coberto de neve e fora da cidade.

– Meu velho – disse Thomas –, por aqui há mulheres, soldadesca e pessoas deslocadas. Mas o que se encontra mais são nazistas. Nazistas locais e nazistas importados. Eu sei disso. Os americanos parecem nada saber. Mas tu e eu não poderemos esquecer isto, por um instante. O nosso objetivo é o urânio e os planos das armas secretas.

– Se a muamba ainda estiver por aqui.

– Segundo todas as probabilidades, ainda está. Creio que imaginei um método excelente para adquirir a certeza.

– Vamos logo. Conta como é.

Thomas contou. Seu plano era tão simples quanto genial. No dia 28 de fevereiro ele o explicou, pela primeira vez. No dia 19 de abril ele tinha em seu poder:

• vinte e oito cubos de urânio 238, de cinco centímetros, pesando dois quilos e duzentos gramas e todos com a marcada função do Kaiser-Wilhelm-Institut, de Berlim;

• um modelo do mecanismo secreto de pontaria MKO, e mais,

• os planos detalhados para a fabricação do mecanismo que os alemães só tiveram tempo de produzir alguns exemplares, sem chegar a utilizá-los. Era destinado aos aviões de caça e permitia atingir o adversário logo que este aparecia na luneta do visor, sem que o piloto, ou artilheiro, tivessem necessidade de fazer os cálculos habituais...

Como tinha agido Thomas Lieven?

Como tinha agido o pretenso Peter Scheuner? Foi esta a pergunta que se fizeram, com justa razão, nos meados de abril de 1947, os numerosos agentes franceses, americanos, ingleses e outros que então vasculhavam o sul da Alemanha tentando, também, descobrir a pista do dispositivo desaparecido e os planos de fabricação.

A notícia de que os tesouros em questão estavam nas mãos de Peter Scheuner espalhou-se rapidamente. Agentes de vários países vieram fazer-lhe ofertas, primeiramente, pelos cubos de urânio.

A escolha de Thomas recaiu sobre um homem de negócios argentino, confidente de Juan Domingo Perón, que fora eleito Presidente da República Argentina no ano anterior.

– Este é o nosso homem, meu irmão – disse Thomas a Bastien. – Que saia da Europa esse raio de muamba. Que vá para mais longe que for possível. Que vá para um país onde não a utilizarão para fazer bombas.

O argentino pagou 3.200 dólares por cubo, o que deu um total de 89.600 dólares. O urânio seguiu para a Argentina pela mala diplomática.

A seguir, os agentes interessaram-se pelo dispositivo de pontaria MKO. Como bom pacifista, Thomas Lieven havia feito algumas modificações nos planos, de sorte que mesmo os melhores técnicos perderiam o seu latim. Como bom negociante que era, ele tinha tirado várias fotocópias, visto que tinha uma ligeira ideia de vender os planos a vários clientes, e não a um só.

Quando as negociações estavam em franco progresso, apareceu o sr. Gregor Marek, originário da Boêmia. Thomas o vira diversas vezes no Bristol. O sr. Marek parecia próspero. Sempre bem vestido ele era baixo, forte, tinha maçãs salientes e os olhos repuxados que caracterizam os eslavos.

– Por favor – disse ele –, poderei conversar um pouco com os senhores? Parece que têm algo para vender.

Como Thomas e Bastien não demonstrassem compreendê-lo, o sr. Marek falou mais claramente.

– Conheço pessoas na Tchecoslováquia, bons amigos e bons pagadores. Mostrem-me a bugiganga e os planos. Mas é incrível! Fiz um enorme esforço, durante um ano, para encontrar estes negócios. Que fez para conseguir êxito?

– Foi bastante simples, meu caro senhor – respondeu Thomas. – Levei em consideração as ideias políticas da população. Esta região está cheia de nazistas. Meu amigo e eu, durante semanas, fomos de um nazista a outro nazista. Deixamos perceber que pertencíamos a uma organização *Lobisomem*...

– Jesus, Maria e José, os senhores perderam a cabeça?

– Nada disso, meu caro. O senhor pode ver que tudo correu bem. Nós simplesmente conversamos entre nazistas. Onde estava o urânio? Onde estavam os planos? Nossa organização tinha necessidade de dinheiro. Tomara-se necessário vender o urânio e os planos. Esses senhores compreenderam muito bem. Um nos mandou falar com outro e... aí está.

– E o senhor nada pagou? É simplesmente incrível.

– Nem um centavo. Eram todos idealistas. Bem. Vejamos agora a oferta dos nossos amigos do leste.

– Será necessário que eu vá obter informações.

O agente tcheco desapareceu durante três dias. Depois, reapareceu, de excelente humor.

– Os meus superiores gostariam de falar com um dos senhores. Tudo está arranjado. Um guarda-fronteira deixará passar. É claro que os planos não serão levados. E eu ficarei aqui com aquele que permanecer.

Thomas e Bastien tiveram uma rápida conversa.

– Eu é que irei – disse Bastien. – Enquanto eu lá estiver, tu ficarás de olho nesse Marek. Se algo andar errado tu o entregas aos americanos. Espero que eles lá falem francês.

– Correntemente, senhores, correntemente – respondeu Marek quando interrogado a esse respeito.

No dia 9 de maio de 1947, Bastien Fabre partiu para a Tchecoslováquia. Esperava regressar por volta do dia 15. Não regressou. Nem no dia 15 nem nos dias que se seguiram.

O sr. Marek ficou ainda mais inquieto que Thomas:

– Alguma coisa sucedeu... isto nunca aconteceu antes... os meus patrões são homens corretos.

– Marek, se acontecer qualquer coisa ao meu amigo, o senhor pode fazer as suas últimas orações.

No dia 22 de maio, Marek recebeu a visita de um compatriota que se retirou, rapidamente, depois de entregar-lhe uma carta. Marek ia empalidecendo à medida que lia a carta. Thomas olhava-o, atentamente.

– Que aconteceu? – perguntou com impaciência.

Marek estava tão agitado que mal podia falar.

– Meu Deus, meu Deus – disse ele.

– Que houve? Vamos, fale!

– Os russos prenderam o seu amigo.

– Os russos!

– Eles descobriram que os tchecos queriam comprar o dispositivo de pontaria. Eles proibiram que o fizessem e prenderam o seu amigo. Dizem que eles mesmos querem comprar. Meu Deus, meu Deus.

– E onde os russos têm o meu amigo preso?

– Em Zwickau. Parece que ele penetrou na zona soviética.

– Sr. Marek – disse Thomas –, arrume a sua mala.

– O senhor... o senhor quer ir a Zwickau?

– Evidentemente – disse Thomas.

Thomas consultava um mapa estendido na relva. Na orla do bosque havia um campo florido. Um riacho gorgolhava alegremente no meio do prado.

De um lado desse riacho acabava uma Alemanha, do outro lado começava uma outra. O tracejado, em listas pardas do mapa, indicava claramente essa separação. Esperemos, disse Thomas a si mesmo, que a cor desses traços tenha sido escolhida para lembrar quem tem a responsabilidade pelo fato de existirem, hoje, duas Alemanhas...

Dia 27 de maio, meio-dia: era a hora combinada. O local estabelecido era junto às três árvores à beira do riacho. Um soldado do Exército russo lá deveria estar para receber Thomas. Mas não havia ninguém...

Com mil raios, pensou Thomas, que barafunda. Tenho comigo os falsos planos do dispositivo de pontaria. Estou pronto a ir *desencanar* o meu amigo Bastien, em Zwickau. Tenho um encontro combinado com um soldado russo que me deve levar à zona soviética. E o sujeito não aparece. Na vida as coisas nunca são simples.

Esperou na orla do bosque até as 12h28. Seu estômago começava a reclamar quando um soldado soviético apareceu na outra margem do riacho. Tinha na mão uma metralhadora portátil. Parou entre as três árvores e olhou em volta. Enfim, pensou Thomas. Levantou-se e começou a caminhar em direção ao russo. Quando o jovem soldado o viu, seu rosto demonstrou estupefação.

Thomas caminhava tranquilamente: “Hei”, gritou ele, acenando amistosamente com o braço. À beira do riacho ele parou para retirar os sapatos e as meias e para arregaçar as calças. Depois começou a atravessar as águas geladas. Quando chegou ao meio da corrente, ouviu um grito rouco e, surpreso, levantou os olhos.

– *Stoi!* – gritou o soldado, proferindo, também, outras exclamações ininteligíveis.

Thomas não entendeu nada, sacudiu a cabeça amavelmente e continuou a caminhar até a outra margem. O jovem soldado precipitou-se em direção a ele. Thomas, finalmente, compreendeu. Com mil raios, não é o soldado que deveria vir buscar-me. É um outro que nada sabe sobre o encontro combinado.

O soldado continuava gritando nervosamente.

– Escute, meu jovem amigo – começou Thomas.

No mesmo instante sentiu o cano da metralhadora bater-lhe nas costelas. Deixou cair sapatos, meias e a pasta e levantou os braços. Que horror, pensou ele. Só me faltava mesmo o Exército russo...

Lembrando-se das excelentes lições de judô que recebera outrora ele aplicou o golpe conhecido como "a prancha japonesa". Uma fração de segundos depois o soldado rodava no ar, aos berros, e foi, com metralhadora e tudo, cair no riacho. Thomas apanhou os sapatos, as meias e a pasta e preparou-se para correr em direção à zona soviética.

Subitamente um barulho de galope fez estremecer o chão. Assustado, ergueu os olhos. No lado soviético do prado umas cinquenta pessoas – no mínimo – homens, mulheres e crianças surgiram do bosque. Correndo como alucinados, atravessaram o riacho e desapareceram na zona americana.

Assombrado, Thomas seguiu-os, com o olhar. Ele havia ajudado toda aquela gente a fugir para o oeste. Eles estavam à espreita, a leste, como ele próprio estivera, a oeste. Não pôde conter um riso nervoso. Depois, viu o russo surgir das águas e, com esforço, recobrar a respiração. Desandou a correr. Atrás dele, ouvia os gritos do soldado. Balas começaram a silvar nos ouvidos de Thomas que, mentalmente, tomou nota que as metralhadoras russas funcionam mesmo molhadas.

Um jipe russo apareceu na estrada. Um capitão estava sentado ao lado do chofer. O capitão ergueu-se num salto e, agarrando-se ao para-brisa, começou a berrar ordens, em russo, para o soldado que atirava como um louco. Os tiros cessaram. O jipe freou junto a Thomas.

– *Gospodine* Scheuner, não é? – disse o capitão num alemão gutural. – Desculpe atraso. Pneus não bons, rebentaram. Mas agora: seja bem-vindo, *gospodine*, muito bem-vindo!

O Palast-Kaffee de Zwickau tinha o mesmo aspecto triste de todo o resto daquela cidade de 120 mil habitantes. Seis horas após haver provocado uma grande fuga coletiva, Thomas estava sentado a um canto do estabelecimento, bebendo uma limonada sintética.

Ele nada mais tinha a fazer nesse dia 27 de maio. O capitão que o fora buscar na fronteira deixara-o no quartel-general russo de Zwickau. O comandante militar da cidade, um certo coronel Melanine, mandara pedir desculpas, por um intérprete, e marcar um encontro com Thomas para o dia seguinte às nove horas.

Dessa forma, Thomas fora primeiro a um hotel (sinistro) e agora estava no café. Examinou a melancólica gente que o rodeava: os homens com seus ternos velhos e suas camisas puídas; as mulheres sem maquilagem, com suas meias de lã, seus sapatos com sola de cortiça, seus cabelos lisos e sem vida. E dizer que de onde eu venho as coisas já melhoraram muito. Negocia-se, trabalha-se duro e há açambarcadores. Mas vocês, pobres infelizes, parece verdadeiramente que foram os únicos a perder a guerra.

Numa mesa em frente à sua havia um casal de bela aparência: na realidade o único casal bem-vestido que Thomas vira, até o momento, em Zwickau. A mulher, uma beleza de formas opulentas e firmes, uma magnífica cabeleira cor de trigo, traços eslavos e sensuais, e olhos de um azul resplandecente. Trazia um vestido leve, de cor verde e muito justo. Um casaco de pele de leopardo estava na cadeira a seu lado.

Seu companheiro era um gigante musculoso com cabelos grisalhos cortados muito curtos. Usava o terno azul, típico dos russos, com calças muito largas. Estava de costas para Thomas e conversava com a senhora. Sem dúvida alguma tratava-se de cidadãos soviéticos.

Subitamente Thomas estremeceu. A mulher de cabelos como espigas de trigo estava olhando para ele. Sorria, mostrando seus pequenos dentes, batia as pálpebras e piscava o olho...

Hein? Eu não sou louco, pensou Thomas. Virou o rosto e pediu outra garrafa de limonada sintética. Depois de beber alguns goles, arriscou um olhar.

A senhora sorriu. Ele, então, também sorriu. Depois as coisas se passaram com grande rapidez. O companheiro da dama parecia um Tarzan *made in URSS.* Levantou-se num salto. Quatro passos o fizeram chegar a Thomas, a quem segurou pela gola. A clientela do bar começou a gritar. Thomas ficou irritado e a irritação aumentou quando percebeu que, por trás do gigante ciumento, a loura levantara-se e parecia estar gostando muito da cena. Sua vagabunda, disse Thomas a si mesmo, deve ser um joguinho seu. Sou capaz de apostar que sentes sensações quando...

Não teve mais tempo de pensar porque um soco do gigante atingiu o seu ventre. Ele mergulhou por baixo do Tarzan russo e agarrou-lhe as pernas. Mais um golpe de judô, o segundo do dia.

O Otelo das estepes, que estava junto ao vestiário, voou pelos ares e foi cair por trás do biombo. Com o rabo do olho, Thomas viu um suboficial russo que sacava o revólver.

Coragem é uma questão de inteligência. É preciso saber agir. Agachando-se, Thomas correu para a saída. Não havia nenhum militar por perto. Quanto aos alemães, esses não se preocuparam com Thomas. Todo o alemão que corria tinha, imediatamente, a sua simpatia.

Thomas correu até o lago dos Cisnes. Arquejante, sentou-se num banco do velho e belo jardim. Quando recuperou o fôlego, regressou ao hotel, evitando as ruas principais.

No dia seguinte, às nove horas em ponto, Thomas Lieven, elegante, bem barbeado e seguro de si mesmo, foi levado por um intérprete à sala do comandante da praça. É verdade que um segundo depois ele quase teve uma apoplexia. Isto porque o comandante de Zwickau, que se levantava para cumprimentá-lo, era o Tarzan ciumento que, na véspera, ele atirara dentro do vestiário do Palast-Kaffee.

O gigante estava uniformizado. Seu peito ostentava muitas medalhas. Olhou para Thomas, em silêncio.

Sala no terceiro andar, pensava Thomas. A janela? Não adianta. Adeus, Europa. Há quem diga que a Sibéria tem certos encantos...

– *Gospodine* Scheuner – disse por fim o coronel Vassili S. Melanine, com voz gutural –, peço desculpar conduta ontem.

Thomas mirava-o com olhar sem expressão.

– Lamento. Culpa de Dounya (subitamente berrou como um possesso), aquela diaba.

– Coronel, o senhor está-se referindo à senhora, sua esposa?

– Aquela cadela – disse o coronel entre os dentes. – Eu já seria general de brigada. Duas vezes fui rebaixado por causa dela... porque provoquei brigas.

– Acalme-se, coronel – disse Thomas, em tom conciliatório.

Melanine deu um murro na mesa.

– Apesar de tudo amo Dounya. Mas chega disto. Falemos de negócio. Mas antes, sr. Scheuner, bebamos alguma coisa.

Acabaram com uma garrafa de vodca. Ao fim de uma hora, Thomas estava completamente bêbado, e o coronel, perfeitamente lúcido. Falaram sobre o negócio com eloquência e espírito, mas não chegaram a um acordo.

O ponto de vista do coronel era o seguinte:

MENU

Zwickau, 28 de maio de 1947

Com uma perna de frango, a russa Dounya entra na vida de Lieven.

BLINIS DE CAVIAR

COSTELETAS MARECHAL COM ERVILHAS E BATATAS FRITAS

CREME RENVERSÉ AO CARAMELO

BLINIS DE CAVIAR – Para cada pessoa prepare duas pequenas panquecas. Coloque uma sobre um prato quente. Espalhe uma camada de caviar sobre ela e cubra com a segunda. Derrame sobre as panquecas manteiga derretida quente e creme azedo espesso. (Os verdadeiros blinis são feitos com farinha de trigo mourisco.)

COSTELETAS MARECHAL – Sem estragar a pele, desosse as pernas de frangos gordos e tenros. Prepare um recheio com carne branca do frango, uma colher das de sopa de manteiga e pitadas da cebolinha picada, de salsa e de estragão. Junte, ainda, uma xícara de miolo de pão embebido em vinho branco, uma colher das de sopa de cogumelos picados, sal e pimenta-do-reino. Passe tudo duas vezes pelo moedor.

Em seguida leve a mistura ao fogo brando, com uma colher das de sopa de manteiga e uma de creme fresco. Mexa sem cessar e evite que a massa fique dura.

Encha as pernas desossadas com a massa já fria, cosa as extremidades e polvilhe com farinha de rosca. Frite na manteiga até dourar.

CREME RENVERSÉ AO CARAMELO – Ferva um litro de leite com cem gramas de açúcar e uma pequena vagem de baunilha. Deixe esfriar e, em seguida, junte cinco ovos batidos e uma pitada de sal.

Prepare uma calda (caramelo) não muito escura com duzentos gramas de açúcar e esfrie juntando um pouco de água fria. Despeje o caramelo numa forma aquecida, girando-a para que toda ela fique recoberta antes que o caramelo solidifique. Derrame o leite na forma, cubra-a e leve a banho-maria durante 45 minutos.

Coloque a forma no refrigerador por alguns minutos e depois vire-a, sobre um prato redondo. O caramelo, automaticamente, servirá de calda.

– O senhor queria vender aos tchecos o dispositivo de pontaria MKO. Mandou aqui seu amigo. Pode levar amigo de volta se nos entregar planos.

– *Vender* – retificou Thomas, com ênfase.

– Entregar – disse o coronel. – Nós não pagar. (Ele sorriu maliciosamente.) Habitualmente o senhor tem o espírito ágil, Thomas Lieven.

Às vezes, pensou Thomas, os joelhos parecem de gelatina.

– Que foi que disse, coronel? – murmurou ele.

– Eu dizia Lieven. Thomas Lieven é o seu nome. Acha que somos idiotas, irmãozinho? Pensa que nosso serviço secreto não conhece os fichários aliados? Muito engraçadas as suas operações. O pessoal riu muito, em Moscou.

Thomas recobrou o sangue-frio.

– Mas, se sabem quem sou, por que me deixam em liberdade?

– Que iríamos fazer com você, irmãozinho? Você é – não zangue, por favor – tão mau agente.

– Muito obrigado.

– Nós precisamos agentes de primeira categoria, não de personagens cômicos como você.

– Muitíssimo obrigado.

– Soube que você gosta de cozinha. Eu gosto de comer. Venha à nossa casa. Dounyacha ficará contente. Eu faço *blinis*. Caviar tenho bastante. Depois conversaremos. De acordo?

– É uma excelente ideia – disse Thomas Lieven.

Então é assim, pensou ele, humilhado, sou um péssimo agente. Um personagem cômico. E tenho de ouvir tais coisas. De que me culpam eles?

Pouco tempo depois, ele estava na cozinha de uma casa requisitada, preparando costeletas Marechal. Não se sentia à vontade. Melanine desaparecera. Em compensação a *coronela* apareceu quando ele desossava uma perna de frango: ela fazia, por assim dizer, a sua entrada na vida de Thomas Lieven, embora ele ainda não o soubesse.

Que bela mulher! Que cabelos, que olhos, que boca e que corpo! Uma pele como cetim. Que frescura, que saúde, que força! Era uma mulher única. Para ela, *soutiens* e todo e qualquer auxílio artificial, habitualmente empregados pelo sexo fraco, eram inteiramente desnecessários.

Ela entrou, fechou a porta e fixou Thomas intensamente. Seus lábios semiabertos, seus olhos semicerrados. Se eu não a beijar, pensou Thomas, creio que ela vai me estrangular com as próprias mãos. Ou então chamará um agente da polícia secreta e me acusará de sabotagem.

Ouviram-se passos do lado de fora. Separaram-se rapidamente. Já era tempo, pensou Thomas.

Dounya pegou a perna de frango com ar de quem está longe.

– Salve-me – sussurrou ela. – Fujamos juntos. Meu marido já não me ama. Ele me matará. Eu o matarei. A não ser que fujamos juntos.

– Mas, ma... ma... hum. Mas, madame, donde lhe vem a ideia de que seu marido não a ama?

– Ontem, no café, você é que levou vantagem – disse Dounya, com um sorriso feroz. – Antes ele quase matava os homens. Ele nem sequer me bate mais. Isso não é amor... Eu falo bem o alemão, não achas?

– Muito bem.

– Minha mãe era alemã. Simpatizei contigo à primeira vista. Posso fazer-te muito feliz. Leva-me para longe...

Os passos se aproximavam.

Quando o coronel entrou, Dounya ainda segurava a perna do frango.

– Estavas aqui, minha pombinha? – disse ele, com um sorriso enigmático. – Aprendes como se cozinha no ocidente capitalista onde se oprimem as classes trabalhadoras? Que há, sr. Lieven, não se sente bem?

– Isto passa logo, coronel. Poderia... poderia beber um pouco de vodca?

Uma coisa era certa: Thomas teria que fazer o impossível para voltar para o oeste o mais rapidamente possível. Ele sentia que não podia enfrentar um casal como esse. Por conseguinte, os russos teriam os falsos planos sem nada pagar. Felizmente eles não tinham o menor valor.

À mesa, ele fingiu discutir com veemência, pois sabia que os russos gostam de combates verbais. O coronel estava encantado e o contradizia com energia. Sentada entre os dois homens, Dounya os observava, meditando. Comeram e beberam muito, mas, depois dos *blinis*, Thomas conservou a cabeça fria.

– Muito bem, coronel – disse ele. – Vou fazer-lhe uma proposta: o senhor ficará com os planos sem nada pagar mas, em compensação, libertará o meu amigo e mais uma outra pessoa.

– Outra pessoa?

– O sr. Ruben Akhazian. Não sei se o senhor o conhece. Aceita mais um pouco de perna, madame?

– Aceito, com prazer, senhor.

– Ora, se conheço Akhazian – disse o coronel, com desprezo. – Esse patife. Esse traficante. Que pretende fazer com ele?

– Negócios – disse Thomas, com simplicidade. – O senhor bem compreende que eu preciso arranjar outro visto, já que o Exército Vermelho estragou o que eu tinha.

– Esse porco armênio, onde o conheceu?

– Conheci esse porco armênio aqui em Zwickau, coronel.

Realmente, o sr. Ruben Akhazian, baixo, gordo, com olhos de tubarão e um bigodinho, aparecera naquela manhã, no Hotel *zum Hirschen*, quando Thomas tomava o seu café da manhã. O sr. Akhazian foi direto ao assunto, sem subterfúgios.

– Escute com atenção, deixe-me falar sem interromper. Tenho pressa e o senhor também. Sei quem o senhor é.

– Como o sabe?

– Ruben Akhazian sabe tudo. Não interrompa, estou em dificuldades aqui. Com os russos. Para ser franco: estou envolvido num negócio duvidoso. Agora eles não me deixam mais trabalhar.

– Escute aqui, sr. Akhazian...

– Não fale. Ajude-me a passar para o oeste e eu o farei um homem rico. Já ouviu falar na ZVG?

– Claro que sim.

A ZVG, ou Zentrale Verwertungs Gesselschaft (Sociedade Central de Exploração), tinha sua sede em Wiesbaden. Os americanos a tinham organizado. A ZVG acumulava, em imensos depósitos, os excedentes de guerra, cujo valor era de muitos milhões de dólares: armas, munições, locomotivas, caminhões, remédios, madeira, aço, aviões e tecidos. A ZVG era administrada por alemães mas só podia vender para exportação, exclusivamente. Tal foi a condição imposta pelos americanos.

– ...a ZVG só pode vender a estrangeiros – disse rapidamente Ruben Akhazian a Thomas Lieven –, mas não a alemães. Eu sou estrangeiro. Comigo eles podem negociar. Tenho um primo, em Londres, que nos adiantará o dinheiro. O senhor e eu organizaremos uma sociedade. Se me ajudar a passar para o oeste, dentro de um ano estará milionário.

– Sr. Akhazian, preciso pensar no assunto.

Thomas pensara e por isso, durante o copioso almoço na *villa* nazista requisitada pelos russos, pediu ao coronel Vassili Melanine que deixasse Akhazian partir com ele.

– Akhazian ficar aqui. Terei planos de qualquer forma.

– O senhor conhece, é claro, Marek, o agente tcheco? Eu o previno que ele ficou no CIC americano, em Hof. Se eu não o for buscar ficarão com ele.

– E daí? Isto me parte o coração. O senhor entrega planos ou então também fica aqui.

– Muito bem – disse Thomas –, então eu também fico.

No dia primeiro de junho de 1947, os srs. Thomas Lieven, Bastien Fabre e Ruben Akhazian chegaram a Munique. Cansados, mas bem de saúde, foram imediatamente para a *villa* em Grünwald. Foram necessárias várias refeições e copiosas libações para fazer o coronel Melanine mudar de opinião. Finalmente, separaram-se como bons amigos. Os planos, entretanto, ficaram em Zwickau...

Os três homens pouco demoraram na capital da Bavária.

– Esses planos – explicou Thomas a Bastien – nós os impingimos aos ingleses, aos franceses e aos russos. Eles não tardarão a descobrir que foram embrulhados. Mudemos de identidade e vamos para Wiesbaden.

– Por mim está certo, meu irmão. Mas esse Akhazian me preocupa. Esse negocista quer vender armas e munições!

– Ele não fará nada disso – respondeu Thomas. – Espere até que estejamos em Wiesbaden. O sr. Akhazian vai ter uma surpresa.

E por falar em surpresas...

Na noite anterior à sua partida de Munique, os três homens bebiam, tranquilamente, um copo de vinho. Eram sete horas e meia quando soou a campainha da porta. Bastien foi abrir. Voltou branco como cera.

– V... v... vem ver aqui – gaguejou ele.

Thomas foi até o *hall* e, quando viu quem era, segurou-se aos alizares da porta e fechou os olhos.

– Não – disse ele –, não.

– Sim – disse a loura esposa do coronel Melanine, de Zwickau –, sim, sim, sou eu.

Era realmente ela. Ali estava, diante dele. Com uma enorme mala de mão. Jovem e em perfeita saúde.

– Como... como fizeste... como a senhora conseguiu passar?

– Fugi. Com um grupo. Sou uma refugiada política. Concederam-me asilo. Quero ficar contigo e ir contigo para qualquer lugar.

– Não.

– Sim... Quero ficar ou então ficarei tão infeliz que irei diretamente à polícia para contar que tu levaste uns planos para meu marido... e muitas outras coisas que sei a teu respeito.

– Mas por que... por que me queres trair?

– Porque eu te amo – afirmou ela categoricamente.

O homem é um escravo dos seus hábitos. Dois meses mais tarde, em agosto de 1947, Thomas Lieven morava e trabalhava num imenso apartamento que alugara em Wiesbaden, juntamente com Bastien Fabre e Ruben Akhazian.

– Eu não sei o que vocês têm contra Dounya. Ela é agradável. Ela cozinha para vocês. Faz tudo para ser útil. Eu a acho simplesmente deliciosa.

– Sim, mas ela exige um pouco demais de ti. Olha como os teus dedos estão trêmulos.

– Estás brincando – disse Thomas, sem convicção.

A verdade é que a sua amiga era um pouco cansativa. Ela morava num pequeno apartamento próximo e não vinha todas as noites, mas quando vinha...

Durante os raros minutos de liberdade de que dispunha, ele pensava, frequentemente, no coronel Melanine. Ele bem compreendia por que o coronel nunca chegara a general de brigada!

Em Wiesbaden, Thomas era conhecido como Ernst Heller. Evidentemente, tinha todos os documentos falsos de que necessitava. Ele tinha formado uma sociedade usando o nome do seu colaborador estrangeiro. A sociedade comprava quantidades consideráveis de mercadorias diversas e as guardava nos depósitos da ZVG na periferia da cidade em ruínas.

Além de material da Wehrmacht, os imensos armazéns da ZVG guardavam jipes, caminhões e outros materiais do Exército americano. Tratava-se de material obsoleto ou outros cujo transporte de volta aos Estados Unidos seria demasiado oneroso.

– Em vista do nosso passado duvidoso – explicou Thomas aos seus sócios –, não poderemos negociar com a América. Temos que nos dirigir a outros países, especialmente aos que estão em guerra, porque eles não podem comprar à ZVG. É proibido.

– Estou em contato – disse Ruben Akhazian, com um certo Aristóteles Pangalos, representante dos guerrilheiros gregos, e com um indochinês chamado Ho Irawadi.

– Vocês não pretendem realmente vender armamentos a esses tipos! – exclamou Bastien apavorado.

Nesse momento, Thomas Lieven fez uma declaração de princípios:

– Se *nós* não lhes vendermos armas, outros o farão. Por conseguinte nós lhes venderemos, mas essas armas não lhes serão de qualquer utilidade.

– Não entendo patavina do que estás falando.

– Deixe-me concluir. Vamos esvaziar os cartuchos e substituir a pólvora por serragem. Quanto às metralhadoras, a sua embalagem normal é em caixas pregadas, chumbadas e marcadas a fogo. Já encontrei uma carpintaria que nos fabricará caixas com as mesmas marcas. Quanto aos selos de chumbo, será fácil imitá-los. Para lastrear as caixas usaremos sabão de lavar roupa...

– E que faremos da pólvora e das metralhadoras?

– A mercadoria será embarcada em Hamburgo – disse Thomas. – Fora da barra o mar é profundo. Vocês compreendem?

Nesse mês de agosto de 1947 o abastecimento da cidade de Wiesbaden chegou ao nível mais baixo. O número de calorias chegou a 800. A escassez de batatas era pior que nunca. Apenas os hospitais e os campos de refugiados recebiam alimento com alguma regularidade. Os alimentos disponíveis eram quase exclusivamente à base de milho e não eram apreciados por serem amargos. A ração de gorduras baixou de duzentos para 150 gramas. O açúcar era distribuído à razão de uma libra de açúcar branco e uma de açúcar mascavo por mês. Concedeu-se uma ração, suplementar, de quatro ovos em vista da "péssima colheita de frutas e legumes, devido à seca". O abastecimento de leite estava praticamente paralisado. Em Wiesbaden, dois adultos em cada três não recebiam mais.

Nota bene: Uma guerra terrível não está terminada depois da derrota...

Para começar, a Sociedade Akhazian vendeu a cada um dos srs. Pangalos e Ho dois mil quilos de atebrina, um específico contra o impaludismo, e que fazia parte dos estoques da Wehrmacht. As embalagens tinham a águia alemã e a cruz gamada. Era indispensável fazer desaparecer tais emblemas. Thomas e seus associados levaram a atebrina para uma fábrica de produtos farmacêuticos, onde foi reembalada. O medicamento tornou-se exportável.

Um problema parecido, mas aparentemente insolúvel, surgiu num outro caso. Os srs. Pangalos e Ho desejavam adquirir, cada um, trinta mil capacetes coloniais. Capacetes havia, mas todos eles tinham marcada, de forma indelével, a cruz gamada. Os compradores foram forçados a desistir do negócio.

Que poderemos fazer com essa porcaria de capacetes, perguntava Thomas a si mesmo. Durante vários dias pensou no caso. Subitamente, teve uma ideia luminosa. Os capacetes tinham excelentes carneiras de couro, novas e de primeira qualidade. No momento, nenhuma fábrica de chapéus da Alemanha dispunha de uma só carneira de couro. Thomas entrou em contato com os homens desse ramo de indústria e os capacetes coloniais vendiam-se como pães quentes.

A Sociedade Akhazian lucrou mais com a venda das carneiras do que ganharia vendendo os capacetes inteiros.

Dessa forma, Thomas deu novo alento à indústria chapeleira da Alemanha.

Thomas tinha preocupações que nada tinham a ver com negócios. Dounya tornava-se cada vez mais incômoda. Estava sempre fazendo cenas, por amor ou por ciúmes. Sob todos os pontos de vista, ela era muito fatigante. Havia brigas e reconciliações constantes. Para Thomas, esse período foi o mais amalucado de sua vida.

Bastien também estava preocupado.

– Não podes continuar assim, menino. Esta mulher está te levando direto ao cemitério.

– Que posso fazer? Não a posso jogar pela porta afora, ela não iria.

– Ela irá.

– Sim, para ir direto à polícia.

– Merda! – disse Bastien. – É preciso que tu penses no futuro, meu Deus!

– Não faço outra coisa senão pensar. De qualquer forma não poderemos ficar muito tempo aqui. Quando chegar o momento teremos que partir e partir depressa, depressa demais para Dounya...

– Bolas – disse Bastien.

Depois eles venderam rolamentos de esferas aos gregos e aos indochineses. E caminhões. E jipes. E arados.

– Com esses materiais eles não podem fazer besteiras – disse Thomas.

No outono de 1947 eles descobriram que cada saco de dormir americano tinha matéria-prima para um par de calças. Eles tinham quarenta mil desses sacos. As fábricas de confecções do sul da Alemanha ainda se recordam da avalancha de material e de encomendas que as atingiu em novembro de 1947.

Na primavera de 1948 eles ultimavam os preparativos para o seu último negócio: as armas.

As munições, já convenientemente *tratadas*, estavam prontas. Foram embarcadas, juntamente com as caixas cheias de sabão de lavar roupa e que, supostamente, continham metralhadoras portáteis.

Os navios partiram com suas cargas destinadas à Grécia e à Indochina. A travessia é longa, pensou Thomas. Tranquilamente começou a tratar do fechamento do seu escritório em Wiesbaden. Nessa mesma época, várias companhias cinematográficas americanas começavam a abrir os seus escritórios.

Os temas e os títulos dos filmes feitos em Wiesbaden eram todos sem valor artístico e de uma alegria melancólica que caracterizava o período da reeducação alemã, por exemplo: *O Amor de uma Mulher*, *Noite de Núpcias no Paraíso*, *Akhbar o Tigre* e *Os Sonhos Mortais*...

– Muito breve teremos que partir, meu velho – disse Thomas a Bastien no dia 14 de maio de 1948.

– Na tua opinião, que vão fazer esses gregos e esses indochineses quando descobrirem que foram tapeados?

– Se eles nos pegam estamos liquidados.

Os compradores de armas não pegaram Thomas nem Bastien. Mas deve ser lembrado que agentes estrangeiros pegaram, na República Federal alemã, alguns *verdadeiros* traficantes, entre os anos de 1948 e 1956. Colocaram bombas de retardamento em seus carros ou liquidaram-nos, em plena rua, a tiros de revólver.

Por ocasião de um desses terríveis episódios, Thomas Lieven declarou, filosoficamente.

– Quem vende a violência perece pela violência. Nós entregamos sabão de lavar roupa. *Nós* estamos vivos.

Mas, como já o indicamos, isso se passou mais tarde. Acontece que, no dia 14 de maio de 1948, Thomas, por alguns momentos, receou que sua vida fosse terminar de forma violenta.

Cerca do meio-dia bateram à porta. Bastien foi abrir e voltou pálido como um morto.

– Dois senhores da comissão militar soviética.

– Deus do céu – disse Thomas.

Severos e eretos, os dois senhores entraram. Embora a primavera já tivesse chegado, ambos vestiam capas de couro. Thomas, subitamente, sentiu muito calor. Depois, subitamente, tiritou de frio.

Tudo acabado. Terminado. Eles me encontraram.

– Bom dia – disse um dos russos. – Sr. Heler?

– Sim.

– Procuramos a sra. Dounya Melanine. Dizem que ela está em sua casa.

– Bem... hem... hum. (Thomas recobrou o raciocínio.) Acontece que, por acaso, essa senhora está em minha casa.

– O senhor permite que lhe falemos? A sós?

– Mas certamente – disse Thomas.

Levou os dois homens à sala onde Dounya estava ocupada em tratar das unhas.

Dez minutos mais tarde, os dois cavalheiros de fisionomia impenetrável e casacos de couro despediram-se e saíram.

Bastien e Thomas correram para onde estava Dounya.

– Que queriam eles?

Com um grito de triunfo a beleza loura atirou-se ao pescoço de Thomas, com tal ímpeto que quase o derrubou.

– É o mais belo dia da minha vida. (Um beijo.) Meu coração. (Um beijo.) Meu único amor. (Um beijo.) Agora podemos nos casar.

– Podemos quê? – balbuciou Thomas.

– Nos casar!!!

– Mas tu *és* casada, Dounya!

– Já não sou mais casada. Há dois minutos. Esses homens me intimaram a voltar imediatamente para casa, em nome do tribunal soviético de divórcios ao qual meu marido apresentou queixa. Recusei. Então eles disseram: "Neste caso, o seu casamento está anulado". Aqui está o documento.

– Eu não sei ler russo – murmurou Thomas.

Sentia vertigens. Olhou para Dounya e depois para o rosto pálido de Bastien. Bonito, disse a si próprio. Os navios com os carregamentos de sabão de lavar roupa e cartuchos com serragem estão em alto-mar.

Socorro!

O que eu poderia fazer de melhor, pensava Thomas Lieven, melancolicamente, seria arranjar uma corda ou meter uma bala na cabeça. Como poderei sair dessa terrível encrenca?

Dava pena vê-lo. Na noite de 18 de maio, ao regressar de uma visita a Dounya em seu apartamento, ele arrastou-se, gemendo, até o banheiro. Era tal o seu nervosismo que, com um gesto descontrolado, fez cair o pequeno armário de medicamentos preso à parede. O armário caiu ao chão com estardalhaço.

Tonto de sono, Bastien saiu do seu quarto.

– Que diabo estás fazendo?

– Brometo – gemeu Thomas. – Preciso de brometo, preciso de um calmante.

– Vens da casa de Dounya?

– Sim. Imagina que ela já fez publicar os proclamas. Tu, tu és uma das testemunhas. É para daqui a um mês. E ela quer filhos, cinco. O mais depressa possível... A não ser que aconteça um milagre – um milagre *imediato*, compreendes tu! – sou um homem desgraçado, Bastien.

– Já entendi. Bebe esse troço. Tenho uma ideia. Talvez dê certo. Mas é preciso que eu tenha dois ou três dias livres.

– Quantos quiseres, meu velho – disse Thomas.

Bastien desapareceu. Quando voltou, seis dias mais tarde, ele estava anormalmente silencioso.

– E então? – perguntou angustiado o feliz noivo. – Vais abrir a boca ou não? Conseguiste fazer alguma coisa?

– É o que veremos – respondeu Bastien.

Isto se passou no dia 25. Nesse dia Thomas não teve nenhuma notícia de Dounya. No outro dia também. Tentou vê-la, à noite, mas ela não estava em casa.

No dia 27, às 8h15, o telefone soou. Thomas pegou o fone. A princípio só ouviu um grande barulho de vozes e ruído de motores. Depois, ouviu a voz de Dounya, desesperada e soluçante:

– Meu tesouro! Meu querido!

– Dounya – gritou ele. – Onde estás?

– No aeroporto de Frankfurt, no posto da Polícia Militar...

– Polícia Militar?

Em Frankfurt houve um soluço e depois:

– Parto para a América, meu bem...

Thomas caiu numa cadeira.

– Quê? Como?

– Meu avião parte daqui a dez minutos... Ah! Se soubesses como sou infeliz... Mas é uma questão de vida ou morte. Eles me matarão se eu ficar aqui...

– Eles te matarão – repetiu Thomas como um autômato.

Bastien entrou na sala, cantarolando. Dirigiu-se para o bar e preparou um uísque.

– Eles me escreveram cartas ameaçadoras – continuou a voz de Dounya. – Eles me atacaram e quase me estrangularam. Disseram que me matariam porque eu não quis voltar. Os americanos dizem a mesma coisa!

– Os americanos *também*?

– Não, compreendeste mal – exclamou histericamente a voz de Frankfurt. – Estão me levando para os Estados Unidos por ordem do State Department, para proteger a minha vida. É preciso não esquecer que o meu marido é um general soviético...

– Dounya, por que não me falaste em toda essa história antes?

– Não queria que corresses perigo. Proibiram que eu falasse com quem quer que fosse.

Dounya falava com tal rapidez que Thomas ficou tonto. Dounya falou de amor e de reencontro, de fidelidade e de laços eternos, além do oceano. E por fim:

– Preciso desligar, querido. O avião está à minha espera. Adeus.

– Adeus – disse Thomas Lieven.

A comunicação foi interrompida. Thomas pendurou o fone e olhou fixamente para Bastien.

– Dá-me algo para beber, também. Isso foi trabalho teu, não foi?

Bastien sacudiu a cabeça.

– Não foi muito difícil, garoto – disse ele.

Realmente não fora muito difícil, depois que Bastien descobriu que havia, perto de Nuremberg, um enorme campo para estrangeiros, chamado Valka. Foi para lá que se dirigiu o amigo fiel...

Nas sinistras proximidades do sinistro campo havia muitos botecos. Na terceira noite Bastien travou conhecimento com dois cavalheiros que se prontificaram, mediante um preço razoável, a escrever algumas cartas ameaçadoras em russo. Além disso, concordaram em ir a Wiesbaden e simular um assalto, estrangular ligeiramente uma certa senhora e causar-lhe o maior pavor de sua vida...

– ... E a reação não demorou – disse Bastien a seu amigo, esfregando as mãos.

– *Bastien!* – exclamou Thomas, indignado.

– Era um estrangulamento garantido sem perigo. Os dois Popoffs compreenderam perfeitamente que nada de sério deveria acontecer.

– Dá-me um outro uísque, puro – gemeu Thomas.

– Com prazer. Concordo que o método não era muito elegante...

– Era bárbaro.

– ... Mas acontece que tudo que te diz respeito me interessa profundamente, meu velho. Todo o tempo estava pensando ver-te cercado de cinco filhos... Espero que me perdoes.

Mais tarde, na mesma noite, conversaram sobre o futuro. E Thomas fez alusão a um novo negócio:

– Ganhamos muito dinheiro aqui. Precisamos empregar esse dinheiro o mais depressa possível.

– Por que tanta pressa?

– Ouvi certo boato... Acredita, precisamos agir sem demora. Vamos comprar carros americanos: Pontiacs, Cadillacs etc.

Thomas passou, entusiasmado, a desenvolver o seu pensamento. Um dólar, explicou ele, valia no momento cerca de 200 R-marks. Não havia falta de dinheiro. É claro que um alemão não podia obter uma licença de importação para um carro americano. Mas isto podia ser contornado. Thomas conhecia um burocrata do governo militar americano que estava prestes a terminar o seu tempo de serviço. Chamava-se Jackson Taylor. *Ele* poderia obter uma licença.

– Esse sr. Taylor, para manter as aparências, organizará uma firma para vender automóveis em Hamburgo... por nossa conta.

– Vender a quem? Ninguém tem coisa alguma neste país.

– Isto vai mudar, breve.

– E quantos carros vais importar?

– Uma centena.

– Santa Maria. E queres importar tudo de uma vez?

– Sim. Não. Quero dizer que pretendo comprar o lote e importá-lo, mas talvez não o faça imediatamente.

– Mas então quando?

– Isso depende da data da *coisa* que estão engendrando.

– Que coisa?

Thomas falou sobre a coisa que se preparava.

No dia 10 de junho de 1948, o *Olivia* deixou o porto de Nova York. No dia 17 o navio estava ao largo da costa francesa, aos 10º15' de longitude oeste e 48º30' de latitude norte. Sua carga era de cem automóveis. Nesse dia, o comandante recebeu a seguinte mensagem, em código:

"Norddeichradio – 17 junho 1948 – 15h43. schwertmann armadores hamburgo para comandante hannes dröge – conforme instruções fretadores pedimos manter sua posição atual e não entrar águas territoriais alemãs até segunda ordem – mantenha contato rádio – novas instruções serão enviadas – terminado."

Por conseguinte o *Olivia* cruzou, durante três dias e três noites, no setor indicado. Foi estabelecido um rodízio de quartos bastante elástico e folgado e a tripulação dedicou-se às delicias do pôquer e do álcool. Eram frequentes as saudações ao fretador desconhecido.

No dia 20 de junho, o primeiro rádio-operador, ligeiramente bêbado, recebeu em código a seguinte mensagem:

"Norddeichradio – 20 junho 1948 – 11h23 – schwertmann armadores hamburgo para comandante hannes dröge – conforme instruções fretador pedimos rumar sem demora porto hamburgo – terminado."

Enquanto o primeiro rádio-operador, ligeiramente bêbado, decifrava o telegrama para o comandante, o segundo rádio-operador, ligeiramente bêbado, ouvia o boletim de informações da BBC.

– Na Alemanha – disse ele retirando os fones dos ouvidos – acabam de fazer uma reforma radical da moeda. O velho marco não vale mais nada.

– Isto vai causar muitas complicações – disse o primeiro rádio-operador, com ar sombrio.

– Santo Deus – exclamou o comandante. – Minhas economias.

– Os que têm mercadorias, agora, são ricos – disse o segundo rádio-operador.

– Escute aqui – exclamou o primeiro rádio-operador. – O nosso fretador tem cem automóveis.

– Uma sorte como essa não é para nós – disse o comandante, sacudindo melancolicamente a cabeça. – Ele é um sabidão. Gostaria de saber quem é.

Caro comandante Hannes Dröge, se por acaso estiver lendo estas linhas, agora sabe quem era.

Na primavera de 1949, Thomas e Bastien viviam agradavelmente em Zurique. A sua leitura favorita e cotidiana era a página de finanças da *Nouvelle Gazette* de Zurique.

Com os lucros de suas últimas operações, Thomas comprara um grande número de ações alemãs de antes da reforma monetária. Depois da guerra a cotação dessas ações caiu muito porque ninguém sabia até que ponto as potências vitoriosas pretendiam desmantelar os centros nevrálgicos da economia alemã.

As maiores instalações industriais foram desmontadas e dissolvidos os maiores consórcios. Em 1946-1947 as ações da Vereinigte Stahlwerke eram vendidas a 15 por cento do seu valor nominal, as ações da A.E.G. a trinta por cento. Estava proibida a compra e venda de ações da I.G. Farben.

O otimismo das pessoas que, apesar de tudo, haviam comprado essas ações e outras similares foi fartamente compensado. Uma vez que as ações em R-marks foram transformadas em D-marks, as cotações começaram a subir, de mês para mês. Num apartamento em Zurique havia um homem que não se queixava por tais acontecimentos...

Assim corriam as coisas até o dia 14 de abril de 1949, quando Thomas foi, com Bastien, ao Cinema Scala. Tiveram vontade de ver o célebre filme italiano *Ladrões de Bicicletas*. Assistiram à publicidade e, a seguir, ao jornal que mostrava cenas do Grande Prêmio disputado no hipódromo de Hamburgo.

Viam-se os cavalos puros-sangues, homens de fraque e mulheres radiosamente belas. A câmara mostrava, em primeiro plano, personalidades conhecidas. Um homem gordo. Uma mulher encantadora. Mais uma linda mulher. Outra. O milagre econômico havia começado. Mais um personagem conhecido...

– *Marlock!* – berrou um espectador, no camarote nº 5.

Thomas sufocava. Na tela, ele via maior que em tamanho natural aquele sócio traidor, que ele julgava morto, aquele sócio criminoso que arruinara a sua calma existência para atirá-lo às garras dos serviços secretos. Ali estava ele, diante dos seus olhos, trajando impecável fraque e com o binóculo a tiracolo.

– É ele – gritou Thomas. – Eu o matarei. Esse porco. Eu pensava que ele estava no inferno mas ainda está vivo. Espere um pouco, agora vamos ajustar nossas contas.

– Receio, cavalheiro, não ter entendido bem o que deseja – disse o proprietário do Scala. – O *que* é que o senhor deseja?

– Mas, sim, cavalheiro, o senhor compreendeu muito bem o que eu quero. Gostaria que, após a última sessão, o senhor me alugasse o filme de atualidades que foi exibido hoje.

– Alugar? Mas por que motivo?

– Porque eu gostaria de projetá-lo, só para mim. Reconheci uma pessoa que perdi de vista desde o princípio da guerra.

Algumas horas mais tarde Thomas voava com o rolo de filme em direção aos estúdios da Praesens-Film, onde já havia combinado utilizar uma sala de projeção e os serviços de um montador. O montador fez o filme recuar e avançar sobre a mesa de montagem, até que Thomas gritou:

– *Stop!*

O pequeno *écran* do aparelho mostrava uma imagem fixa do Grande Prêmio da Primavera: uma arquibancada ocupada por alguns cavalheiros gordos e senhoras elegantes. E no primeiro plano, perfeitamente reconhecível, estava o banqueiro Robert E. Marlock. Meia hora mais tarde pôde ver a ficha pessoal que aquela organização possui de todas as pessoas que fazem negócios bancários na Alemanha.

– Aquele safado – disse Thomas a seu amigo Bastien Fabre, na noite de 15 de abril de 1949 – mora em Hamburgo. Usa o nome de Walter Pretorius. Ele já tem, novamente, um pequeno banco. A audácia. A enorme audácia daquele patife.

Bastien girou entre as mãos um copo de conhaque.

– Ele deve pensar que estás morto – disse ele. – A não ser que tenhas ido vê-lo.

– Estás maluco? Nem penses nisto. Quero que ele continue pensando que eu estou morto.

– Eu pensava que querias te vingar...

– Quanto a isto não há a menor dúvida. Mas acontece que Marlock foi aceito como banqueiro. Está instalado em Hamburgo e todo mundo sabe disso. Queres que eu compareça a um tribunal alemão para dizer: esse sr. Pretorius chama-se realmente Marlock. Esse cavalheiro roubou-me em 1939. Corno queres que eu vá dizer isso? Se eu apresentar uma acusação terá que ser sob o nome de Thomas Lieven porque era Thomas Lieven que exercia a profissão de banqueiro em Londres. O meu nome aparecerá em todos os jornais...

– Ai!

– Ai, sim. Imaginas que tenho vontade de ser liquidado por uma Mão Negra, ou Vermelha, ou Verde, ou Azul, qualquer? Um homem que tem um passado como eu tenho deve fazer tudo para evitar a publicidade.

– Então como é que vais te arranjar neste caso?

– Tenho um plano. Preciso de um testa de ferro. Já o tenho, aliás: é o Ruben Akhazian, com quem fizemos os negócios com a ZVG. Já lhe escrevi e ele virá sem demora.

– E eu? Que deverei fazer?

– Tu, meu velho – disse Thomas pousando a mão no ombro de Bastien –, terás que te separar de mim, durante alguns meses. Não fiques com esse ar infeliz. É indispensável, estamos arriscando muita coisa... Fica com todo o dinheiro que eu não precisar e vai para a Alemanha. Penso que Düsseldorf seria o melhor lugar. Comprarás uma casa no melhor bairro, um carro etc. Se eu falhar neste negócio e perder tudo, terei necessidade de crédito. E de confiança. E de dinheiro para representação. Compreendes?

– Compreendo.

– A avenida Cecile – disse Thomas, com ar sonhador. – Aí está um bairro que nos convém. Tu irás ver pessoalmente. É exatamente o que nos serve. Só gente importante mora por lá.

– Neste caso – disse Bastien –, é claro que não poderíamos morar em outro lugar.

Cabe-nos agora descrever o mais importante – e também o mais arriscado – dos planos financeiros de Thomas Lieven. Procuraremos explicar tudo, de maneira que todos possam compreender a extraordinária sutileza do seu projeto de vingança.

Lancemos, primeiramente, um olhar para a cidade de Stuttgart. Junto a essa bela cidade estavam os terrenos das Usinas Excelsior. Durante a guerra, essa fábrica tinha mais de cinco mil empregados trabalhando na produção de armamentos e instrumentos diversos, para a Luftwaffe de Goering. Em 1945 a galinha dos ovos de ouro já estava morta. Acontecia que – pelo menos durante algum tempo – não se construiriam aviões militares na Alemanha.

Consequentemente, as Usinas Excelsior reduziram o pessoal ao mínimo e limitavam-se a fabricar certos aparelhos técnicos. Mas, depois da reforma monetária do verão de 1948, a confissão de falência parecia uma necessidade inevitável. As ações da Excelsior estavam cotadas muito abaixo do seu valor nominal, variando o preço entre 18 e 25 por cento.

Na primavera de 1949, os entendidos julgavam que o desmoronamento da sociedade era uma questão de semanas.

Nessa situação desesperadora os diretores das Usinas Excelsior vieram a conhecer, no dia 8 de maio de 1949, um armênio, Ruben Akhazian, que os procurou em Stuttgart.

O sr. Akhazian, vestido com apuro e proprietário de um Cadillac modelo 1949, fez, perante o conselho de administração, a seguinte declaração:

– Senhores, eu represento uma sociedade suíça que deseja permanecer no anonimato. Essa sociedade tem muita vontade de transferir parte de sua produção para a Alemanha...

Os diretores quiseram saber por quê.

– ...Porque o preço de custo das aparelhagens técnicas é bastante mais baixo aqui. Senhores, os meus representantes suíços pensam em propor-lhes um contrato a longo prazo. Eles estariam dispostos, em condições favoráveis, a contribuir para o saneamento da vossa situação financeira. Para provar que se trata de uma proposta séria, estou autorizado a dizer-lhes que o grupo suíço em questão tomará a seu cargo a liquidação de títulos vencidos da vossa sociedade, até um montante de um milhão de marcos.

Um milhão de marcos! Para uma sociedade à beira da falência era uma aurora de esperança que surgia no horizonte. É fácil de compreender que os diretores não pedissem muito tempo para refletir.

No dia 25 de maio as Usinas Excelsior recebiam a soma de novecentos mil marcos. Era a fortuna que Thomas Lieven empregava em sua vingança. Ele trabalhava com grande afinco, nessa época. Depois de suas entrevistas com redatores de assuntos econômicos e outros jornalistas, apareceram artigos dizendo que certos grupos industriais suíços estudavam a possibilidade de estabelecer sucursais na República Federal da Alemanha ocidental. Essas notícias e mais o fato de todos os títulos da Excelsior estarem sendo pagos pontualmente causaram sensação nos meios financeiros da Alemanha do Oeste. Começou uma acentuada procura das ações da Excelsior. As cotações subiram até quarenta e cinquenta por cento.

Por instigação de Thomas Lieven, testas de ferro procuraram o Banco Pretorius, em Hamburgo, tentando saber o que estava ocorrendo com a Excelsior. Isto despertou a curiosidade e a extraordinária cupidez do pretenso Walter Pretorius.

Algum tempo depois, um certo sr. Ruben Akhazian procurou o diretor do Banco Pretorius, com quem conferenciou. (Para clareza da nossa narrativa vamos chamá-lo, de agora em diante, pelo seu verdadeiro nome de Marlock.) O sr. Akhazian viera em seu magnífico Cadillac.

– Em nome dos meus amigos suíços – disse ele –, desejaria perguntar se o senhor estaria disposto a participar num saneamento, que exigirá fortes somas, da situação financeira das Usinas Excelsior.

Em vista da constante alta das ações, Marlock não hesitou. Prometeu, em princípio, sua participação. Logo a seguir, ele começou, dissimuladamente, a comprar grandes lotes de ações da Excelsior; o que fez subir ainda mais as cotações. Marlock continuou a comprar, mesmo aos preços aumentados, pois tinha a convicção de estar fazendo o melhor negócio de sua vida.

No dia 19 de setembro, em Zurique, Thomas teve um encontro com Ruben Akhazian.

– Agora aquele miserável está em minhas mãos. Ele já empregou todas as suas disponibilidades nesse negócio perdido das Usinas Excelsior. Agora preciso trabalhar para recuperar os novecentos mil marcos que gastei para pagar os títulos e, se possível, ter algum lucro.

– Como é que pretende conseguir isto? – perguntou o armênio de olhos úmidos e amendoados.

– Utilizando marcos bloqueados, meu caro – disse Thomas calmamente.

Naquela ocasião, para garantir a estabilidade monetária, os depósitos de estrangeiros na Alemanha não podiam ser livremente transferidos. Para poder dispor do seu dinheiro, os proprietários dessas contas bloqueadas necessitavam de autorização especial.

A partir de 1951, esses marcos bloqueados só eram vendidos no estrangeiro, no mercado negro, e assim mesmo à taxa muito desfavorável de oito a dez dólares para cada cem marcos. Thomas descobriu, na Suíça, empresas industriais que tinham depósitos em marcos bloqueados, sendo que alguns deles eram dos anos 1931-1936. Essas empresas cederam-lhe seus haveres, sem dificuldade, às taxas acima mencionadas. Para elas era um meio de recuperar, pelo menos, *uma parte* do seu dinheiro.

Thomas era, portanto, agora, possuidor de marcos bloqueados. Uma vez mais ele mandou Akhazian a Hamburgo.

– A recuperação das Usinas Excelsior – explicou o pequeno armênio a Marlock – será financiada, principalmente, com marcos bloqueados das contas que possuem os meus representados suíços. Tal operação é possível, dentro dos regulamentos em vigor, desde que aprovada pelo Banco Federal. Estou autorizado a transferir tais contas, até um total de dois milhões e trezentos mil marcos, para o seu banco.

Marlock esfregou as mãos. Ele não se tinha enganado, quando farejara o melhor negócio de toda a sua vida. Foi a Frankfurt onde, durante vários dias, discutiu tenazmente com as autoridades do Banco Federal. Sob juramento solene, comprometeu-se a não utilizar o dinheiro *senão* com o objetivo de salvar a sociedade Excelsior. Diante disso, os marcos foram liberados.

– Volte a procurá-lo – disse no mesmo dia, Thomas a Akhazian. – Vou lhe entregar procurações das firmas suíças supostamente interessadas em salvar a Excelsior: trata-se de documentos falsos da melhor qualidade. Aquele sujo de Hamburgo entregará os milhões, sem dificuldade, porquanto não lhe pertencem. Retire tudo, em dinheiro, e traga o dinheiro para cá.

O pequeno armênio olhou para Thomas, com admiração.

– Ah, se eu tivesse o seu cérebro – disse ele. – Quanto custaram esses marcos bloqueados?

– Mais ou menos 160 mil dólares.

Thomas sorriu modestamente mas, mentalmente, não podia impedir que suas mãos se esfregassem.

– E quando você tiver trazido o dinheiro para Zurique, meu caro, os marcos bloqueados estarão transformados em marcos de verdade. Serão necessárias várias viagens. Você esconderá o dinheiro no pneumático de reserva e no chassi. Depois, deixaremos a Excelsior ir à falência. Nada de salvar a sociedade. E aquele safado de Hamburgo estará falido.

O sr. Ruben Akhazian partiu no dia 7 de dezembro de 1949, dizendo que estaria de volta no dia 16. No dia 16 de dezembro, a República Federal Alemã obtinha dos Estados Unidos um crédito de um bilhão de marcos.

O sr. Ruben Akhazian não voltou nesse dia histórico do renascimento alemão. O sr. Ruben Akhazian nunca mais voltou...

No dia 28 de dezembro, o banqueiro Walter Pretorius foi preso, em Hamburgo, pela polícia alemã. No mesmo momento, inspetores da Polícia Federal suíça prendiam Thomas Lieven em seu apartamento de Zurique. Estavam agindo baseados num mandado urgente da Interpol e da Agência Federal da Polícia Judiciária alemã em Wiesbaden. Os senhores Lieven e Pretorius eram acusados de ter organizado um enorme tráfico de marcos bloqueados.

– Quem me acusa? – perguntou Thomas Lieven aos inspetores suíços.

– Um tal sr. Ruben Akhazian denunciou-os às autoridades alemãs, fornecendo provas documentais. Depois disso, ele desapareceu.

Os meus dois milhões e trezentos mil marcos evaporaram-se. Hum. Acabei cometendo um erro. Mas esse Ruben Akhazian era um armênio *tão* simpático...

Antes de ser julgado Thomas Lieven ficou quase um ano na prisão. Foi um ano de grandes acontecimentos, com o verão mais quente desde um século, a abolição das restrições sobre alimentos e, no dia 28 de junho, o princípio da guerra da Coreia que causou, na Europa, uma verdadeira psicose de armazenar coisas.

No dia 19 de novembro de 1950, a segunda alta corte penal de Frankfurt condenou Thomas Lieven a uma pena de três anos e meio de prisão. O presidente da corte explicou, verbalmente, o seguinte: a franqueza e a sinceridade do acusado Lieven eram indubitáveis. A corte tinha chegado à conclusão de que *somente* motivos inexplicáveis e aparentemente de natureza psicológica tinham levado o acusado a praticar os atos que o levaram ao Tribunal. "Este homem culto e de inteligência superior, declarou textualmente o presidente, não representa, de forma alguma, o tipo usual de criminoso..."

Com relação ao segundo acusado, o banqueiro Walter Pretorius, o Presidente não teve tais expressões mitigantes. Ele foi condenado a quatro anos de prisão. Seu banco foi forçado a requerer falência. E a Inspetoria de Bancos riscou o seu nome da lista de banqueiros dignos de merecer fé, medida esta que o impediria, para sempre, de exercer a sua profissão.

Dois fatos interessantes caracterizaram o processo de Frankfurt. Sabemos que os dois acusados conheciam-se intimamente. Entretanto, nenhum deles pronunciou uma palavra, ou teve um gesto que pudesse revelar tal fato à corte.

Em seguida, o presidente foi levado a declarar, a partir do segundo dia do julgamento, que as sessões seriam secretas visto que o acusado Thomas Lieven declarou desejar explicar, com detalhes, como tinha conseguido a posse dos marcos bloqueados. Nessas condições, a imprensa ficou impossibilitada de publicar detalhes do processo Lieven – Pretorius, e a publicidade, que Thomas tanto temia, foi evitada.

De certa forma ele havia alcançado o seu objetivo: Walter Pretorius, aliás Robert E. Marlock, estava arruinado, para sempre. Perante a corte ele foi como uma trêmula carcaça.

Durante o processo os acusados não se dirigiram uma única palavra. Ouviram as sentenças sem fazer qualquer comentário. Depois, Thomas fixou, sorrindo, o seu ex-sócio. Para Robert E. Marlock, esse sorriso foi insuportável. Ele virou o rosto.

Thomas foi liberado no dia 14 de maio de 1954. Bastien o esperava diante da porta da prisão. Partiram imediatamente para a Côte d'Azur e Thomas fez uma longa cura de repouso em Saint-Jean-Cap-Ferrat.

Thomas Lieven só regressou à Alemanha no verão de 1955. Instalou-se em Düsseldorf, em sua bela casa da avenida Cecile.

Quanto às suas novas aventuras, até o seu encontro com a bela Hélène de Courville, nós já as relatamos no princípio desta narrativa.

2

THOMAS SÓ TORNOU A VER a bela Hélène na hora do café. Ela estava pálida e agitada. Tinha grandes olheiras.

– Poderei ter o teu perdão? – perguntou ela.

– Farei todo o possível, querida menina – disse ele, com doçura.

– E... e... trabalharás para nós?

– Também farei o possível.

Ela soltou um brado de alegria, saltou-lhe ao pescoço e derrubou os ovos quentes.

– É claro que imporei minhas condições. Não quero ser engajado por ti, nem pelo teu superior, o coronel Herrick, mas somente pelo chefão do FBI.

– Por Edgar Hoover? – disse ela rindo. – É engraçado, porque ele quer mesmo falar contigo. Temos ordens para levar-te para Washington.

E assim é a vida!

No dia 23 de maio de 1957, Thomas Lieven estava sentado no restaurante do aeroporto de Reno-Meno. Estava algo inquieto. Seu relógio de repetição indicava 6h20. O Superconstelation que o levaria a Nova York decolaria às quinze para as sete. E esse tal agente chamado Faber ainda não chegara.

Foi o coronel Herrick, na ocasião do embarque de Thomas, em Zurique, que mencionou esse tal agente Faber. "Faber", disse ele, "o levará à presença de Edgar Hoover." E agora esse Faber não chegava. Thomas lançou um olhar raivoso para a entrada do restaurante.

Nesse instante uma jovem mulher passava pela porta. Thomas deixou escapar um suspiro. Uma onda de calor e um formigueiro percorreram o seu corpo.

A mulher vinha em sua direção. Usava um casaco vermelho, sapatos vermelhos e uma boina vermelha, sobre a cabeleira negra azulada. Sua boca era grande e vermelha, seus olhos grandes e negros, a pele muito clara. O coração de Thomas batia que parecia que ia estourar. Não, não, pensou ele. Piedade. Isso não pode ser. É Chantal que se dirige para mim, minha querida Chantal, a única mulher que eu realmente amei. Mas ela está morta, meu Deus. Foi assassinada em Marselha...

A jovem aproximou-se de sua mesa. Thomas levantou-se, sentindo o suor correr pelas costas, Ali estava ela, ao alcance de sua mão.

– Chantal... – gemeu ele.

– Então, Thomas Lieven – disse a jovem com a voz rouca de grande fumante –, tudo bem?

– Chantal... – balbuciou ele, novamente.

– Como?

Ele recobrou o fôlego. Não, não era ela. Evidentemente não era ela. Tolices. Ela era menor, mais delicada e vários anos mais moça. Mas a semelhança, essa fantástica semelhança...

– Quem é a senhora – perguntou com esforço.

– Meu nome é Pamela Faber. Vou viajar com o senhor. Peço que me desculpe o atraso: o meu carro teve um enguiço.

– A senhora é Faber? (Thomas ainda estava completamente tonto.) Mas... mas o coronel Herrick falou-me de um *homem*.

– O coronel Hernick não me conhece. Falaram-lhe de um agente e por conseguinte ele pensou que fosse um homem. (Ela abriu um largo sorriso.) Venha, sr. Lieven. O nosso avião está pronto para partir.

Ele a olhou fixamente, como se ela fosse uma aparição. E Pamela Faber era bem isso: uma recordação doce e melancólica; algo que surgia do passado, do longínquo reino dos mortos.

A seis mil metros de altura, sobre o Atlântico, eles passaram a maior parte da noite conversando, em voz baixa, como se fossem velhos conhecidos.

A proximidade de Pamela fazia Thomas ficar sentimental. Por que razão esta mulher o emocionava tanto? Unicamente porque se parecia com Chantal? De onde lhe vinha essa impressão de a conhecer há muito tempo, de estar ligado a ela por uma eternidade?

Pamela contou que seus pais eram alemães mas que ela nascera nos Estados Unidos. Desde 1950 trabalhava para o Serviço de Informações americano. Como tinha chegado a isso? Pamela ergueu os ombros.

– Suponho que tenha sido pelo gosto das aventuras – respondeu ela com sinceridade. – Meus pais já morreram. Tinha vontade de viajar, de ver outros países, de viver, enfim.

Viver, pensou Thomas. Ver países estrangeiros. Os pais já morreram. Se perguntassem a Chantal por que ela se tornara uma aventureira, ela teria respondido da mesma forma. Chantal, sempre Chantal. Mas, também, por que esta mulher se parece tanto com ela?

– Mas agora já estou farta, sabe. Essa vida não foi feita para mim, eu me enganei. A não ser que eu já esteja muito velha.

– Que idade tem?

– Trinta e dois anos.

– Então? – disse ele, pensando nos seus 48 anos.

– Gostaria de parar. De casar-me. Ter filhos, um lar e cozinhar para a família.

– A senhora... gosta de cozinhar? – perguntou Thomas, com voz rouca.

– É a minha paixão. Por que está me olhando desse modo, sr. Lieven?

– Hum... por nada... por nada!

– Mas os serviços secretos nos fecham numa ronda diabólica, da qual não se pode escapar. Parar? Qual de nós pode parar? O senhor pode? Ninguém. Ninguém consegue permissão para parar...

O encantamento que se apoderou de Thomas Lieven durante aquela noite não mais o deixou. A magia só fez aumentar, e Thomas deixou-se envolver e mergulhar num mar de nuvens, de delícias e perfumes embriagadores.

Em Nova York tomaram outro avião para Washington. Ele agora observava Pamela com um olhar perscrutador, com interesse quase clínico. Ela tinha a honestidade de Chantal, seu bom caráter, sua coragem. Tinha, também, o lado felino de Chantal, a sua selvageria e sua força. Mas ela era mais educada e mais inteligente. Por que fico triste, cada vez que a olho?, perguntou Thomas a si mesmo.

Edgar Hoover, o sexagenário chefe do FBI, recebeu Thomas em seu gabinete, em Washington. A primeira entrevista durou apenas alguns minutos. Era um homem forte, com olhar inteligente, mas sempre impregnado de certa melancolia. Hoover, muito cordialmente disse que Thomas era bem-vindo.

– Aqui não se pode falar tranquilamente – disse ele. – Mas tenho uma ideia. Miss Faber, o senhor e eu iremos passar um bom fim de semana. Tenho uma casa de campo, não muito longe daqui.

A casa de campo de Edgar Hoover era no estado de Maryland e dominava uma cadeia de colinas harmoniosas e cobertas de árvores. Na região, havia várias outras casas confortáveis e do mesmo estilo. A casa de Hoover tinha belos móveis antigos.

MENU

Maryland, 25 de maio de 1957

Thomas Lieven cozinha para a América
e toma a decisão de morrer.

CONSOMMÉ

PERUA RECHEADA COM TRUFAS

LEMON SPONGE CAKE

PERUA RECHEADA COM TRUFAS – Use 150 gramas de porco magro, cem de carne de vitelo, duzentos gramas de toucinho fresco, o fígado da perua e 125 gramas de fígado de ganso cru. Passe tudo no moedor e prepare o recheio, acrescentando miolo de pão umedecido e duas gemas. Junte ao recheio a casca, bem picada, de duas trufas, as próprias trufas cortadas em pedaços, 125 gramas de fígado de ganso cortado em pedaços, 125 gramas de fígado de ganso, ligeiramente frito na manteiga e depois cortado em pequenos pedaços, sal, outros temperos e um pouco de vinho madeira.

Recheie a perua, salgue e cubra-lhe o peito com fatias finas de toucinho, que se retiram meia hora antes de acabar de assar, a fim de que a pele adquira cor dourado-escuro. Coloque a perua, de lado, em um pouco de água a ferver.

Vire e molhe frequentemente. Somente durante os últimos trinta minutos coloque a perua de peito para cima. O tempo para cozinhar depende do tamanho da ave.
Pode-se utilizar o recheio de trufas somente para o papo, e nesse caso usa-se para rechear o corpo uma composição mais simples, substituindo o fígado de ganso por fígado de vitela.
Como guarnição use milho em conserva passado na manteiga.
Pode-se servir juntamente um molho de mirtilos ou de cranberry.
Sirva com a seguinte salada: Corte, em pequenos cubos, maçãs, laranjas e aipos-salsão cozidos. Misture com maionese e coco ralado.

LEMON SPONGE CAKE – Duas xícaras de açúcar, seis ovos, meia xícara de água quente, duas colheres das de sopa de suco de limão, a casca de um limão raspada e duas xícaras de farinha de trigo.
Bata bem as gemas dos ovos, acrescente o açúcar, o suco e as cascas de limão, a farinha e por fim as claras batidas em neve.
Coloque numa forma e leve ao forno médio e deixe assar durante quarenta a cinquenta minutos.
Pode-se servir quente ou frio acompanhado de uma calda de frutas.

No sábado, pela manhã, enquanto tomavam café, o chefe do FBI esfregou as mãos.

– Para o *menu* de hoje, proponho uma bela perua. Ainda não estamos na melhor época, mas eu vi algumas bem novas, na aldeia. Daqui a pouco irei buscar uma. Vou trazer, também, mirtilos.

– Mirtilos?

Thomas franziu a testa.

Nesta manhã, Pamela vestia uma camisa de lenhador e *blue-jeans*, o que lhe dava um aspecto ainda mais excitante.

– É assim que nós comemos perus em nosso país, sr. Lieven – explicou ela, sorrindo.

– Que horror! Eu sempre preparo a perua...

– ...Com um recheio, não é? – disse Pamela sacudindo a cabeça em sinal de aprovação. – Minha mãe fazia o mesmo. O recheio era feito com o fígado da perua e fígado de ganso, bem picado...

– ...De vitela, de toucinho e gemas de ovos – interrompeu Thomas, agitado.

– Depois trufas – é preciso retirar a película e picar as trufas – e miolo de pão.

– ...O toucinho deve ser magro.

Os dois calaram-se, ao mesmo tempo, enrubesceram.

– Escutem aqui – disse Hoover às gargalhadas –, vocês dois se completam admiravelmente bem. Não acha, sr. Lieven?

– Sim – disse Thomas. – Estava justamente pensando nisso.

Duas horas depois, estavam os dois na cozinha. Pamela ajudou Thomas a limpar e preparar a ave e na confecção do recheio. Quando ele queria pimenta-do-reino, ela já estava com a pimenteira na mão. Quando ele verificava que o recheio estava muito mole, ela já tinha, à mão, o miolo de pão passado no moedor.

É incrível, pensava Thomas. É de embasbacar.

– Vamos cobrir o peito com toucinho – disse Pamela –, era assim que minha mãe fazia sempre.

– A sua mãe cobria o peito com toucinho fresco? – perguntou Thomas radiante. – A minha também. E ela deixava ficar o toucinho até meia hora antes de a perua estar assada.

– Claro, é para que o peito não fique seco.

Thomas levantou o uropígio da ave enquanto Pamela cosia a abertura natural, pela qual haviam introduzido o recheio no interior da carcaça da perua.

Hoover assistia à cena.

– O senhor deve imaginar, sr. Lieven – disse ele lentamente –, que nós não o trouxemos aos Estados Unidos unicamente porque é um bom cozinheiro.

– Mas? – perguntou Thomas fazendo girar a perua – entre as mãos.

– Mas porque o senhor conhece a sra. Dounya Melanine.

Thomas deixou cair a perua sobre a mesa.

– Calma – disse Pamela.

– Desculpem – disse Thomas apanhando a perua. – Onde... onde está essa senhora?

– Em Nova York. Ela era sua amante, não?

Thomas sentia pesar sobre ele o olhar de Pamela. Nervosamente ele fixava a ave.

– Sim... isto é... Ela julgava estar apaixonada por mim.

Hoover levantou-se. A sua expressão tornara-se séria.

– Sabemos – disse ele – que uma poderosa organização de espionagem russa trabalha em Nova York há bastante tempo. Não conhecemos seus métodos de trabalho e ignoramos quem faz parte dela. Mas, há três meses, um dos membros dessa organização entrou em contato com a nossa embaixada em Paris: um tal Morris. É o último amante conhecido da sra. Melanine.

Thomas colocou cuidadosamente a perua sobre a mesa.

– Continue, sr. Hoover – disse ele em tom amável. – Prometo fazer o melhor que possa. Mas sob uma condição.

– Qual é?

Thomas contemplou o melancólico chefe da contraespionagem. Contemplou a perua apetitosa. Contemplou Pamela, com suas mãos úmidas e manchadas, seu rosto esfogueado, bela e desejável.

– A condição – disse Thomas – é que o senhor me permita morrer logo que eu cumpra a missão.

Na madrugada de 21 de novembro de 1957, crianças que brincavam na praia do porto de pesca de Cascais, perto de Lisboa, encontraram conchas multicores, estrelas-do-mar, peixes meio mortos e um homem completamente morto.

O homem estava deitado de costas. Seu rosto exprimia surpresa e seu corpo vestia uma roupa de lã cinzenta, excepcionalmente elegante, embora ensopada de água do mar. O morto tinha sapatos e meias pretas, camisa branca e gravata preta. Na região do coração a camisa tinha um buraco circular e uma grande mancha de sangue. Era evidente que uma bala de grosso calibre havia mandado o defunto dessa vida para a outra que alguns julgam melhor.

Tendo descoberto o cadáver, as crianças fugiram, aos berros. Cinco minutos mais tarde chegaram pescadores e suas mulheres. Nervosos e agitados, cercaram o corpo.

– José, vê se este senhor tem um passaporte – disse um velho a seu filho.

José ajoelhou-se perto do morto e revistou-lhe os bolsos. O senhor tinha quatro passaportes.

– Eu conheço esse sujeito! – disse outro velho.

Contou, então, como tinha participado, em setembro de 1940, havia 17 anos, e mediante boa paga, no rapto de um homem elegante, efetuado por agentes alemães. Naquela época, o velho era o piloto de um barco de pesca.

– Os alemães o chamavam de “Negociante Jonas” – disse ele.

– Vê lá, José – disse o outro velho –, se o senhor tem um passaporte com o nome de Jonas.

O senhor tinha um passaporte com o nome de Emil Jonas, negociante em Rüdesheim.

– É preciso avisar a polícia, imediatamente – disse José.

– Escreva, senhorita – disse à sua secretária o comissário Manoel Vayda, da Delegacia Criminal de Lisboa. Ditou: "No que diz respeito ao cadáver encontrado na Praia de Cascais, trata-se de um indivíduo do sexo masculino, entre 45 e cinquenta anos de idade. O laudo anexo do médico-legista conclui que a morte foi causada pelo projétil de um revólver militar americano, calibre: nove milímetros. Na roupa do morto – está me seguindo senhorita? – foram encontrados: 891 dólares e 45 centavos, duas notas de despesas com cabeçalho de estabelecimentos americanos, uma conta do hotel Waldorf Astoria, de Nova York, uma carteira de chofer alemã com o nome de Thomas Lieven, um velho relógio de ouro, de repetição, e quatro passaportes: dois passaportes alemães com os nomes de Thomas Lieven e Emil Jonas, e dois passaportes franceses com os nomes de Maurice Hauser e Jean Leblanc. As fotografias de Jean Leblanc ou Emil Jonas dos arquivos da Polícia Judiciária correspondem exatamente com as que aparecem nos quatro passaportes do morto. De acordo com o que se lê acima deve-se concluir que se trata dos restos do agente-secreto Thomas Lieven, de quem tanto se falou nos últimos anos. E fora de dúvida que o defunto foi vítima de represália organizada por uma rede rival. Os serviços competentes estão ativamente empenhados em esclarecer o caso." – Que asneira! Como se alguma vez a morte de um agente secreto tivesse sido esclarecida. O assassino já estará muito longe. Escute aqui, senhorita, a senhora não está um pouco tonta? Por que diabo está tomando nota do que acabo de dizer?

"A vida do homem, nascido da mulher, é breve e cheia de tropeços" – recitou o padre diante da sepultura aberta.

Era o dia 21 de março de 1957, às 16h30. A autorização para o enterro chegara com certo atraso.

Neste dia, chovia em Lisboa e a temperatura era fresca. As pessoas que acompanhavam o enterro sentiam frio. Havia uma única mulher entre os homens que assistiam à cerimônia. Os homens pareciam ser o que eram: da mesma profissão. O ex-major Fritz da ex-circunscrição Militar de Colônia estava de cabeça baixa. A seu lado, o agente britânico Lovejoy, amarelo como um marmelo, espirrava constantemente. O espião tcheco Marek tinha uma atitude de recolhimento. Os coronéis Débras e Siméon, da contraespionagem francesa, pareciam meditar. O coronel Erich Werthe e o pequeno major Brenner estavam tristes. Ao lado do padre estava Pamela Faber, a agente americana que tanto lembrara a Thomas a imagem de Chantal Tessier, seu falecido amor.

– Que a terra te seja leve, Thomas Lieven. Amém – disse o eclesiástico.

– Amém – disse a estranha assistência.

Todos eles tinham conhecido Thomas Lieven. Todos tinham sido embrulhados por ele. Agora, os seus respectivos chefes tinham-nos encarregado de verificar se aquele patife estava realmente morto. Graças a Deus, ele estava, pensaram esses cavalheiros.

O túmulo foi fechado. Cada um dos antigos colegas de Thomas Lieven jogou um pouco de terra na fossa. Depois, os operários colocaram, com esforço, a singela laje de mármore sobre a sepultura.

Os presentes separaram-se. Brenner e Werthe saíram juntos. Eles não conheciam o seu compatriota Fritz Loos, que, por sua vez, também não os conhecia. Isto porque Fritz Loos trabalhava para um Serviço de Informações alemão recentemente organizado ao passo que Werthe e Brenner trabalhavam para outro Serviço de Informações alemão, também recentemente organizado.

Na porta do cemitério os diversos agentes tomaram táxis. Poderiam, mais simplesmente, ter tomado um pequeno ônibus, porque todos eles moravam no mesmo hotel: o melhor, naturalmente. As pátrias respectivas pagavam todas as despesas. De seus quartos, no Estoril Palace Hotel, eles telefonaram, logo depois, para a França, a Inglaterra, a Alemanha e mesmo para países atrás da cortina de ferro.

Quando conseguiram as ligações, pronunciaram frases absurdas, como, por exemplo: "O tubarão amarelo foi serviço esta tarde".

O que significava: "Examinei o corpo no necrotério. Trata-se realmente de Thomas Lieven".

Foi assim que, na tarde de 24 de novembro de 1957, várias pastas, mais ou menos volumosas, foram arquivadas nos diversos quartéis-generais das redes de informação. Todas essas pastas tinham um título: Thomas Lieven. Agora acrescentaram uma cruz.

Enquanto os seus confrades estavam pendurados aos telefones, Pamela Faber descansava em seu quarto. Ela pedira uísque, gelo e soda. Tirara seus sapatos de salto alto e colocara suas pernas bem torneadas sobre um tamborete. Relaxada, ela estava numa poltrona, fumando um cigarro e fazendo girar o copo de uísque entre as mãos.

Seus olhos negros brilhavam como duas estrelas e a sua boca parecia prestes a rir de alguma gigantesca e secreta brincadeira. Pamela Faber fumava, bebia e ria em silêncio, enquanto o crepúsculo de uma chuvosa tarde de outono descia, lentamente, sobre Lisboa. Subitamente ela ergueu o seu copo.

– À tua saúde, querido Thomas – disse ela em voz alta. – Que possas ainda viver muito tempo para mim.

A última vez que vimos Thomas Lieven ele estava na casa de campo do mais eminente criminalista americano. Foi no dia em que ele manifestou o surpreendente desejo de morrer uma vez terminada a sua missão.

– Ah! – disse Hoover friamente. – E como imagina que deve ser a sua morte?

Thomas explicou como imaginava.

– Para viver, *enfim* – enfim – em paz é necessário que eu morra – concluiu ele.

Hoover e Pamela riram-se a bom rir, tanto pela frase quanto pelo projeto.

– Poderemos estudar os detalhes mais tarde – disse Thomas. – Digam-me alguma coisa sobre Dounya e sobre esse Morris. Onde está ele?

– Em Paris – respondeu Edgar Hoover.

– Ora, essa! Pensava que estivesse em Nova York.

– Ele estava em Nova York até algumas semanas atrás. Depois partiu para a Europa. Em Paris, hospedou-se no Crillon. Foi nessa ocasião que ele perdeu a transmontana porque, na tarde de 4 de maio, deixou o hotel, atravessou a rua e entrou na embaixada americana. Pediu para falar com o embaixador e disse-lhe: "Eu sou um espião soviético".

– Eu sou um espião soviético. Posso dar informações sobre a mais importante rede de espionagem que existe nos Estados Unidos.

Eram 17h45 do dia 4 de maio de 1957.

– E quais são os seus motivos, sr. Morris? – perguntou o embaixador americano.

– Preciso da sua ajuda – respondeu Morris. (Ele tinha um rosto grande e inchado, e usava grandes óculos com aro preto.) – Recebi ordens para deixar os Estados Unidos e para voltar a Moscou via Paris. Sei o que isto significa. Eles vão me liquidar.

– Por que motivo?

– Porque... hum... acredito que falhei em minha missão – disse Morris num perfeito inglês americano. – Mulheres. Bebidas. Falar demais. E finalmente Dounya... para arremate final.

– Quem é Dounya?

– Dounya Melanine, ex-mulher de um oficial soviético. Em Nova York ela é, atualmente, recepcionista em um consultório médico. Eu estava ligado a ela, mas brigávamos todo o tempo e todo mundo reparava. Então Mark me disse que eu deveria desaparecer imediatamente.

– Quem é Mark?

– Há dez anos ele é o chefe da maior rede de espionagem nos Estados Unidos.

Verificou-se que Victor Morris tinha várias identidades diferentes. Em realidade chamava-se Hayhanen e era tenente-coronel do Serviço de Informações soviético. De 1946 a 1952 esse homem tinha seguido, na Rússia, um treinamento que o capacitasse a ir para os Estados Unidos e trabalhar como espião sob as ordens do legendário, do fabuloso *Mister Mark*.

Seis anos de treinamento! É preciso pensar no que isto representa: Hayhanen, aliás Morris, deveria esquecer totalmente sua antiga personalidade e constituir uma nova. Deveria aprender a ler, a falar, a comer, a andar e discutir como um homem nascido nos arredores de Nova York. Deveria dirigir um automóvel como um americano, dançar, escrever, fumar e embebedar-se como um americano.

O tenente-coronel Hayhanen transformou-se em um outro homem. É verdade que outro, antes dele, executara essa enorme tarefa: Mr. Mark, o melhor espião que o Kremlin jamais teve nos Estados Unidos e que, durante dez anos, escapou de ser descoberto.

Hayhanen, aliás Morris, passou em todas as provas. Munido de um notável passaporte falso, americano, ele apresentou-se, no dia 14 de abril de 1952, a Mikhail Svirine, secretário da delegação soviética junto à ONU, em Nova York. Este último combinou um encontro clandestino e entregou-lhe dinheiro.

– Entre em contato com Mr. Mark – disse ele. – Nós não nos reveremos nunca. A partir deste instante o senhor não existe para mim da mesma forma que, oficialmente, Mr. Mark não existe.

– Como reconhecerei Mark?

– Ele telefonará para o seu hotel. Aqui está um cachimbo com esculturas. O senhor o usará quando Mark indicar um lugar para o encontro.

Três dias mais tarde, Mark, pelo telefone, combinou o encontro.

– Esteja às 17h30, precisamente, no lavatório do cinema R.K.O., em Flushing.

O lavatório! Nenhum serviço de informações do mundo poderia prescindir de tal local. Morris lá estava, pontualmente, às 17h30. Um homem de aproximadamente 45 anos saiu de uma cabina. Ele era alto, quase calvo, tinha um rosto cético e inteligente, orelhas grandes, lábios finos e usava óculos sem aro. Vestia roupa de flanela e uma camisa azul de artista, sem gravata. Examinou o cachimbo com estranhas esculturas que Morris fumava e sacudiu a cabeça, em sinal de aprovação.

– Bem na hora, Morris – disse ele...

...e Mark lhe disse: Bem na hora, Morris, contou Edgar Hoover a Thomas, que escutava com atenção.

Pamela Faber estava perto dele. Tinha um ar sério. Todos os três fumavam e bebiam café e conhaque francês. O jantar onde figurara a perua havia terminado.

Hoover acendeu um grande charuto e soprou uma nuvem de fumaça cheirosa.

– Deixem-me continuar – disse ele. – Morris e Mark não se entenderam bem. Desde o primeiro instante houve uma mútua antipatia. Mas eram obrigados a se arranjar de qualquer forma...

Realmente tiveram que se aturar, um ao outro, nessa tarde, no lavatório do cinema R.K.O., Mark entregou dinheiro a Morris, a chave do código e instruções quanto à sua *cobertura*. Morris deveria abrir um estúdio fotográfico para evitar que as autoridades desconfiassem qual o seu modo de vida. Além disso, Mark indicou onde e de que maneira ele deveria colocar ou retirar mensagens secretas.

Essas mensagens – em microfilmes do tamanho de uma cabeça de alfinete – deveriam ser escondidas dentro de moedas, em velhos lenços de papel ou em cascas de laranja. Por meio de plaquetas magnéticas, era possível fixá-las embaixo de bancos, em telefones públicos, latas de lixo ou caixas do correio.

– Tudo funcionava muito bem – contou Edgar Hoover. – Como eu já disse, Morris detestava Mark, mas isso não o impedia de executar, magistralmente, as suas missões.

– Que gênero de missões?

– Muito importantes, infelizmente – suspirou Hoover. – Depois das revelações de Morris, em Paris, não podemos ter ilusões. Graças à *Organização Mark* os russos têm informações de primeira ordem! Segundo suas próprias declarações, Morris foi, por exemplo, espionar no Centro de Mísseis, de New Hyde Park.

– E nunca houve um incidente, uma falha? – perguntou Thomas.

– Sim, uma vez. O que nos serviu, pelo menos, para comprovar que as confissões de Morris eram verídicas. Essa prova aqui está. (Hoover colocou uma moeda bastante usada, de cinco centavos, sobre a mesa.) Levante-a e a deixe cair.

Thomas fez o que lhe pediam. A moeda partiu-se em dois. O seu interior era oco. Um minúsculo pedaço de filme estava colado no fundo de uma das metades.

– Este microfilme contém uma mensagem cifrada de Mark. Há quatro anos os melhores peritos do FBI procuram, em vão, decifrá-la.

– E como esta moeda chegou às suas mãos? – perguntou Thomas.

– Por mero acaso – respondeu Edgar Hoover. – Um garoto vendedor de jornais encontrou-a em 1953...

Numa noite quente de verão de 1953, James Bozart, um vendedor de jornais com o rosto cheio de sardas, descia, saltando quatro degraus de cada vez, as escadas de um grande prédio de apartamentos no Brooklyn.

Subitamente – catrapus – ele caiu a fio comprido. Seu dinheiro espalhou-se por toda parte. Praguejando entre dentes, James começou a catar suas moedas. Uma moeda de cinco centavos que apanhou pareceu-lhe curiosa ao tocar; dava, realmente, uma impressão muito curiosa...

James virou a moeda entre os dedos. Ela se separou em dois pedaços. No interior de um dos pedaços James percebeu uma mancha escura. Ora, essa. Poucos dias antes James vira uma fita de espionagem na qual mensagens em microfilme eram escondidas em cigarreiras. Seria um microfilme o que ele estava vendo?

James Bozart – hoje a nação americana lhe deve um favor enorme – apressou-se em levar a moeda à delegacia de polícia mais próxima. O comissário de serviço riu-se dele, mas o sargento Levon pensou de outra forma.

– Vamos agir, Joe – disse ele. – Mandaremos este negócio para o FBI. Quem sabe? Talvez falem de nós nos jornais.

Os jornais não falaram deles, pelo menos naquela época. Dois agentes do Federal Bureau of Investigations foram visitar James em sua casa. Queriam saber onde e exatamente em que lugar ele caíra.

Fora no número 252 da Fulton Street, um enorme prédio de apartamentos. O andar térreo era ocupado por lojas, o primeiro e o segundo andares por escritórios comerciais. Daí para cima moravam celibatários, artistas e empregados modestos. Além disso, o próprio FBI tinha um escritório na enorme construção.

Os agentes do FBI investigaram, ao máximo, o modo de vida e as atividades de cada um dos locatários do 252 Fulton Street. Os resultados foram negativos.

Os anos passaram. A mensagem do microfilme continuou indecifrável e o seu autor permaneceu desconhecido. No decorrer dos anos 1953 a 1957 os responsáveis pela segurança nacional estavam convictos de que o seu país estava cercado, atacado, por uma pavorosa rede de espionagem.

– Foi durante esses anos – informou Edgar Hoover na sua pacata casa de campo – que Morris começou, pouco a pouco, a escorregar pela ladeira. Seu encontro com Dounya Melanine foi como um tiro de misericórdia. Ele batia nela, ela batia nele. Mark, sem dúvida, enviou um relatório a Moscou e ele foi subitamente chamado. Em Paris, procurou a embaixada americana para pedir ajuda e proteção e contou tudo que sabia.

– Não parece ser muita coisa, apesar de tudo – disse Thomas.

– Não é o bastante – disse Hoover –, mas já é alguma coisa. Acontece que, apesar de tudo que o misterioso Mark fez para que Morris não viesse a saber onde ele morava, Morris conseguiu segui-lo, uma vez. E sabe onde Mark mora, segundo Morris?

– Pela sua maneira de fazer a pergunta suponho que seja na rua Fulton, 252.

– Justamente – disse Hoover. – No edifício onde James Bozart quebrou a cara, há quatro anos, e onde achou a moeda.

Fez-se silêncio na sala. Thomas levantou-se e foi até a janela. Contemplou a vasta e harmoniosa paisagem.

– Um grupo de agentes meus, entre eles Miss Faber, examinou com o maior cuidado, mais uma vez, durante as últimas semanas, cada um dos moradores do prédio. O aspecto de Mark, tal como Morris o descreveu, corresponde exatamente ao do locatário mais popular do prédio. É um pintor que mora no último andar. Chama-se Goldfuss, Emil Robert Goldfuss. Cidadão americano. Reside no 252 da Fulton Street desde 1948. Continue, Miss Faber.

– Estamos seguindo Goldfuss há várias semanas – disse Pamela. – Utilizamos meia dúzia de carros do FBI equipados com radar, rádio e televisão. Goldfuss não pode dar um passo sem que o saibamos. Resultado: zero.

– Eu não compreendo, disse Thomas. – Se ele é tão suspeito de espionagem, por que não o prendem?

– Nós não estamos na Europa, sr. Lieven – disse Pamela, sacudindo a cabeça.

– Nos Estados Unidos – explicou Edgar Hoover – só se pode prender um indivíduo se ele, indubitavelmente, cometeu um ato ilegal. De outra forma, nenhum juiz assinará o mandado de prisão. Suspeitamos que Goldfuss exerce espionagem. Mas não o podemos provar. E, enquanto não tivermos as provas, nenhum juiz deste país consentirá que o prendamos.

– Mas Morris?

– Morris deu informações a título confidencial. Tendo família na Rússia, não concordará nunca em testemunhar publicamente contra Goldfuss.

– E uma busca clandestina?

– É claro que, na ausência de Goldfuss, poderíamos entrar no apartamento e revistá-lo. Estou certo de que encontraríamos um transmissor de ondas curtas e várias outras coisas provando que ele é um espião. Mas, nesse caso, nunca conseguiríamos uma condenação.

– Por quê?

– Porque os seus advogados inquiririam os nossos homens, testemunhas presas ao juramento prestado para incriminar o acusado. Supondo que tal material foi conseguido sem uma ordem judicial de busca e apreensão, o juiz decidirá que tais provas são nulas e não existentes.

– Então, como poderá ele ser pego?

– É justamente a pergunta que lhe estamos fazendo, sr. Lieven – disse Hoover sorrindo. – Foi para isso que o fizemos vir até cá, o senhor, um velho amigo de Mme. Dounya Melanine.

– Na Rússia se faz o *chachlik* com cebolas! – gritou o gordo Boris Roganoff.

– Na Rússia *não* se faz o *chachlik* com cebolas! – gritou Thomas.

Tremendo de raiva os dois homens se enfrentavam. Havia prenúncios de bofetadas no ar. Era o dia 19 de junho de 1957 às 13h30. Fazia um calor terrível em Nova York. O drama do *chachlik* desenrolava-se na cozinha de um afamado restaurante russo da rua 44. O gordo Roganoff era o proprietário do restaurante. Thomas começara a frequentar a casa porque Dounya Melanine costumava almoçar *Chez* Roganoff. Ela trabalhava no bairro, no consultório de um tal dr. Mason.

O reencontro fora triste. Dounya, sempre cheia de paixão e de atrativos, estava desolada com o desaparecimento de Morris. Logo que falava nele, e ela sempre o fazia, seja espontaneamente, seja porque Thomas trazia constantemente o assunto à baila, ela desandava a chorar.

Thomas nada conseguia apurar. Por mais que Dounya falasse ele não adiantava um passo. Quando deixara Dounya, ia ver Pamela, que assegurava o contato com Hoover. Ela tinha um pequeno apartamento em Manhattan. Thomas estava hospedado no Waldorf Astoria.

Os dias transcorriam e nada de novo acontecia, Goldfuss não cometia um só erro. Thomas constatou que Pamela manifestava uma irritação crescente que não sabia explicar. Ele via Dounya constantemente e dava tratos à bola para descobrir o que quer que fosse para incriminar Goldfuss, uma pista qualquer que pudesse ser seguida. Mas a única coisa que Dounya fazia era chorar a ausência de Morris.

Na véspera, ela manifestara o desejo de comer *chachlik*. Thomas pusera, imediatamente, a carne de carneiro em vinha-d'alhos. Agora a carne estava no ponto e Thomas preparava-se para enfiá-la em espetos, com pedaços de toucinho, quando o gordo Boris Roganoff começou a cortar grandes pedaços de cebola. Estourou o escândalo e a discussão. Depois, os dois cavalheiros se reconciliaram. Mas esse dia parecia destinado às encrencas.

MENU

Nova York, 19 de junho de 1957

Esta refeição contribuiu para a captura do maior espião soviético.

SALADA PRINTANIÈRE

CHACHLIK COM ARROZ PILAF

BANANAS FRITAS

SALADA PRINTANIÈRE – Use um pequeno pepino descascado, rabanetes e ovos duros. Arrume numa saladeira. Polvilhe com sal, pimenta-do-reino, muito funcho picado, cebolinha e salsa. Misture tudo com uma generosa porção de creme azedo espesso.
Sirva sem perder tempo a fim de evitar que o pepino perca o seu líquido.

CHACHLIK – Corte pedaços de filé de cordeiro de dois centímetros de espessura. Coloque-os para marinar durante pelo menos 12 horas em azeite com um pouco

de suco de limão, sal, cebola picada, grãos de zimbro, um dente de alho esmagado e um pouco de vinho.
Enfie a carne, alternando com pedaços de toucinho, em espetos e grelhe até que fique rosada por dentro.

ARROZ PILAF – Refogue a fogo brando uma grande cebola picada bem fina, em manteiga ou azeite de oliva. Junte o arroz seco e continue a refogar, durante dez minutos, mexendo sempre e tendo o cuidado de não deixar tostar. Acrescente água fervendo (uma vez e meia o volume do arroz), salgue, cubra e deixe cozinhar, a fogo bem brando, durante trinta minutos. Se possível, coloque a panela sobre uma placa de amianto para evitar o fogo direto.

BANANAS FRITAS – Descasque bananas maduras, mas de consistência firme. Frite-as, rapidamente, em manteiga. Derrame na frigideira um pouco de mel e rum, vire as bananas diversas vezes e molhe-as com a calda.
Sirva imediatamente em pratos aquecidos e polvilhados de amêndoas ou pistaches picados.

Quando Dounya finalmente chegou, atrasada, é claro, e sentou-se à mesa com Thomas Lieven, ela logo demonstrou estar de péssimo humor. Tinha dores de cabeça. Constantemente levava a mão à testa e fazia cenas a todo instante. Finalmente ela conseguiu dominar-se.

– Peço-te perdão. É uma loucura todo esse trabalho, eu já não aguento mais.

– Mas que está acontecendo?

– Parece que pelo menos metade da cidade está se vacinando.

– Vacinando?

– É esse novo sérum Salk, contra a poliomielite. Tu certamente já ouviste falar. Mas o pior não é a vacinação, e sim a papelada.

– Que papelada?

– Cada cliente tem que mostrar o registro de nascimento. Passaporte e carteira de identidade não servem, só o registro de nascimento.

– E por que isto?

– É a lei. Eu tenho que anotar o número do registro de nascimento e o nome do distrito ou município onde foi feito. São centenas e centenas. Vou ficar maluca. Vacinar. Vacinar.

– Vacinar, vacinar – repetiu ele, com ar abobalhado, enquanto o coração dava saltos em seu peito.

Uma bela e jovem mulher, elegantemente vestida com um vestido amarelo, de verão, entrara no restaurante. Ele não acreditou no que via. Biruta. Ela ficou biruta. O FBI proibia terminantemente que dois agentes trabalhando no mesmo caso se encontrassem em público. Parecia, porém, que Pamela Faber não ligava para isso. Ela sentou-se de frente para Thomas, cruzou as pernas e começou a fixar Dounya.

Dounya percebeu logo o fato.

– Quem é?

– Co... como?

– Aquela mulher lá, que me olha todo o tempo. Tu a conheces?

– Eu? Quem?

– Aquela de amarelo, com o rosto maquilado. Não tentes enganar-me.

– Mas que diabo, eu nunca vi aquela mulher em toda a minha vida.

– Estás mentindo. Tu a conheces, e como!

A cena começou assim e durou toda a refeição. Quando chegou o café, a camisa de Thomas estava ensopada de suor. Quanto a Pamela Faber, continuava a fixá-los.

As coisas continuaram assim durante todo o dia.

Quando Thomas voltou ao Waldorf Astoria, um tal Roger Ackroyd o esperava no hotel. O sr. Ackroyd era conhecido como um exportador que frequentemente fazia transações com negociantes europeus.

O sr. Peter Scheuner – era o nome de Thomas – estava registrado como negociante. Os dois negociantes, que não eram nada disso, sentaram-se no bar deserto.

– Está cheirando a chamusco, Lieven – disse Ackroyd, em voz baixa. – Tem alguma novidade?

– Absolutamente nada.

– Merda – disse Mr. Ackroyd. – Há vários indícios de que Goldfuss está prestes a arrumar as malas. Não sabemos para onde irá. Austrália? Ásia? África? Europa?

– Deveremos vigiar nas fronteiras, nos aeroportos, nos portos...

– E como fazer isto? Não temos pessoal suficiente para fazer tudo isto. Para viajar é claro que Goldfuss terá um verdadeiro falso passaporte.

Um *verdadeiro* falso passaporte, Thomas bem o sabia, é um documento que passa por qualquer exame.

– Acredita que ele só tenha verdadeiros falsos passaportes?

– Isso não sei. Talvez não tenha tido tempo. Mas um passaporte ele certamente tem. E o passaporte é o suficiente. A não ser um milagre esse sujeito vai nos escapar.

Thomas suspirou profundamente. E para cúmulo do azar (disse ele irritado a si próprio), ainda tenho essa colaboradora biruta, Pamela Faber. Espera um pouco, menina. Vou te dar uma lição.

– Você sabe o que merece? Uma boa surra! – gritou Thomas.

Ofegante, ele estava, nesta mesma noite, diante de Pamela, que vestia um *peignoir* preto e quase nada por baixo, no pequeno apartamento onde ela morava.

– Que raio de ideia foi essa de ir ao Roganoff?

– Tenho o direito de ir ao Roganoff quando quiser.

– Mas não quando eu lá estiver.

– Mas eu não sabia de nada – gritou ela.

– Você sabia muito bem.

– Pois então sabia.

– E por que foi lá assim mesmo?

– Porque queria ver essa sua Dounya, essa pombinha.

Ele a olhou, com a boca aberta.

– E só por isso você arrisca estragar tudo? Toda a operação?

– Pare de gritar. Parece que você está terrivelmente caído por aquela mulher.

– Cale-se ou leva umas palmadas.

– Experimente, se for capaz.

– Espera só – disse ele, precipitando-se para ela.

Com um hábil golpe de judô a agente o fez cair de costas sobre o tapete. Ela fugiu às gargalhadas. Ele se levantou e foi em sua perseguição. Alcançou-a no quarto de dormir. Travou-se breve luta. Caíram ambos sobre a cama. Esperneando e gritando ela se viu, subitamente, deitada sobre os joelhos de Thomas.

– Largue-me... largue-me... eu vou te matar.

O *peignoir* abriu-se. Realmente, Pamela tinha pouca coisa por baixo dele. Thomas não teve dó e aplicou-lhe fortes palmadas. Ela se virou e tentou mordê-lo.

É como Chantal, pensou ele, sentindo um enlanguescimento e o sangue pulsar nas têmporas, exatamente como Chantal. Subitamente ele caiu sobre ela. Ela o mordeu. Depois seus lábios se abriram e tornaram-se acariciantes. Ela prendeu-o em seus braços e os dois mergulharam na embriagadora doçura do primeiro beijo. Os contornos do quarto tornaram-se fluidos para os olhos de Thomas Lieven, o tempo perdeu qualquer significação.

Quando voltou a si, ele viu dois olhos cheios de amor.

– Eu estava tão ciumenta – sussurrou Pamela –, tão terrivelmente ciumenta da tua russa...

Subitamente olhou com grande interesse o braço de Pamela. Ele viu duas marcas redondas e claras de uma vacina. Ele empalideceu.

– Vacina – balbuciou ele.

– Que foi? – perguntou Pamela, que se dispunha a abraçá-lo.

– Vacina... – repetiu ele transtornado.

– Estás ficando maluco?

– Goldfuss – disse ele abstrato – sabe que está em perigo. Vai tentar fugir da América e voltar para a Rússia. Todos que embarcam para a Europa são obrigados a receber diversas vacinas. É a lei. E para vacinar-se ele tem que apresentar a certidão de nascimento para que o médico anote o número. (Era tal a sua agitação que Thomas começou a gaguejar.) A certidão de nascimento, e não o passaporte. Seu falso passaporte é um *verdadeiro falso passaporte*, mas a sua certidão de nascimento será, também, uma verdadeira falsificação?

– Ele ficou louco! – disse Pamela empalidecendo. – Completamente louco.

– Absolutamente não. Porque no caso de Goldfuss apresentar (queira Deus que assim seja) uma *falsa* certidão de nascimento, nós poderemos, enfim, acusá-lo de um crime, prendê-lo e revistar sua residência.

– Thomas!

– Não me interrompa agora. Quantos médicos há em Nova York?

– Com que diabo queres que eu saiba? Pelo menos uns dez mil.

– Pouco importa – disse Thomas, dando um soco na cama. – Mesmo que tenhamos que chamar todos os agentes do FBI. Mesmo que todos eles fiquem loucos! É preciso tentar.

Na noite de 19 de junho de 1957, 277 colaboradores do FBI foram mobilizados em Nova York. Foram encarregados de visitar, o mais rapidamente possível, os 13.810 médicos exercendo a sua profissão naquela metrópole de dez milhões de habitantes.

Cada um dos 277 tinha uma fotografia de um homem de aproximadamente 45 anos, que tinha um rosto cético e inteligente, grandes orelhas, lábios finos e que usava óculos.

A partir dessa noite, 277 homens munidos de 277 fotografias fizeram a mesma pergunta um número incalculável de vezes: "Conhece este homem, doutor? É um dos seus pacientes? O senhor o vacinou recentemente?".

As mesmas perguntas foram feitas no dia 20 de junho.

No Waldorf Astoria, um tal Peter Scheuner, homem de negócios, alemão, estava sobre brasas. De tempo em tempo o telefone chamava. Eram os homens do FBI que informavam, em código, que a operação prosseguia sem resultado. Cada vez Thomas repunha o fone no gancho, suspirando.

As coisas se modificaram, completamente, no dia 21 de junho às 14h35. A campainha do telefone soou, novamente.

– Zero – disse uma voz de baixo.

Thomas deu um salto.

– Onde?

– 3145 Riverside Drive – respondeu a voz. – Dr. Wilcox.

Vinte minutos mais tarde, Thomas estava no pequeno consultório do dr. Ted Wilcox, médico de certa idade, clinicando num dos bairros mais pobres de Nova York. O dr. Wilcox tinha uma fotografia na mão.

– Lembro-me perfeitamente deste homem, principalmente porque pessoas bem-vestidas são muito raras entre os meus clientes.

Então, pensou Thomas, acabaste mesmo cometendo um erro, tu, o superagente soviético. Escolheste um médico residindo o mais longe possível do teu bairro. Eu compreendo por quê. Mas foi um raciocínio errado.

– Este homem veio ao meu consultório na tarde de 16 de junho, para ser vacinado. Eu lhe forneci um *passaporte epidêmico internacional* que se deve apresentar quando se pretende, por exemplo, viajar para a Europa.

Coxeando, o velho médico dirigiu-se ao seu fichário e procurou a data de 16 de junho.

– Ele se chama Martin Collins. Segundo a sua certidão de nascimento é um cidadão americano, nascido a 7 de julho de 1910, em Manhattan. O número da certidão é 32027/7/71897.

Às 17h15, Thomas Lieven e um atlético agente do FBI obrigaram a dois empregados do registro civil de Manhattan a trabalhar umas horas suplementares. Depois de uma longa demora um deles voltou, cansado. Soprou a poeira que cobria uma ficha amarelada.

– Martin Collins... – resmungou ele –, Collins, Martin que significa esta história toda? Os senhores disseram mesmo: 32027/7/71897?

– Sim – disse Thomas.

O funcionário levantou a cabeça.

– Escutem, senhores, o registro de nascimento número 32027/7/71897 foi feito em 4 de janeiro de 1898 no nome de uma tal Emilie Woermann, morta de pneumonia em 6 de janeiro de 1902, com a idade de quatro anos.

Thomas olhou para o homem do FBI.

– O nosso amigo está frito – disse ele em voz baixa.

Sobre a porta havia uma placa de cobre onde se lia:

EMIL ROBERT GOLDFUSS

A porta estava no último andar do enorme prédio da Fulton Street número 252. No dia 21 de junho, às 19h06, dois homens estavam diante dessa porta. Um deles sacou um revólver e soltou a trava de segurança. O outro tirou do bolso um velho relógio de repetição, de ouro.

– Estranho – disse Thomas Lieven –, são apenas sete horas e eu estou com uma fome canina.

O homem do FBI bateu na porta, deu um passo para o lado e apontou sua arma.

A porta se abriu. Um homem magro apareceu no umbral. Vestia uma blusa azul de pintor e tinha uma palheta na mão. Sorriu de forma amável e simpática. Olhou para o revólver do agente do FBI.

– De que se trata? – perguntou ele. – Uma brincadeira? Publicidade? Um presente?

– Sr. Goldfuss, ou Mark, ou Collins – disse o agente do FBI – ou qualquer que seja o seu nome, está preso.

– Quem é o senhor?

– FBI.

– O senhor não me pode prender, cavalheiro – disse o pintor amavelmente. Eu nada fiz contra a lei e o senhor não tem uma ordem de prisão.

– Sim, sim, sr. Goldfuss – disse Thomas –, nós temos um mandado.

Ele aproximou-se e também sorriu.

– E o senhor, quem é?

– Um amigo da casa – respondeu Thomas. – Quero dizer, do FBI. Acontece, sr. Goldfuss, que o seu mandado de prisão já está pronto há dias. Só faltava encontrar um bom motivo e preencher os claros. E onde nós encontramos o bom motivo: uma falsa certidão de nascimento...

Dois homens subiram rapidamente do andar inferior; dois outros desceram do sótão.

– Trouxemos estes amigos porque sabemos, evidentemente, que o senhor não é apenas um simpático falsificador de certidões de nascimento.

– Mas?

– Mas, sem dúvida, o melhor agente que a União Soviética jamais teve – disse Thomas. – E eu não tenho por hábito fazer elogios exagerados.

O sr. Goldfuss sorriu para Thomas. Os dois homens se olharam, em silêncio. Os seus olhares não vacilaram...

Procedeu-se a uma busca no *atelier*. Os homens do FBI encontraram a certidão de nascimento com o nome de Collins, documentos com o nome de Goldfuss, 3.545 dólares em dinheiro, uma passagem em nome de Collins de um navio que partiria para a Europa no dia 1º de julho e um poderoso transmissor de ondas curtas Hallicrafter que aparecia, abertamente, entre dois quadros.

Os homens do FBI ajudaram Goldfuss a preparar sua pequena mala de mão. Thomas reparou que Goldfuss jogava alguns lenços de papel, visivelmente usados, numa cesta de papel. Dirigiu-se para a cesta e apanhou os lenços amarrotados. Goldfuss ficou lívido como um morto. Thomas desdobrou cuidadosamente os lenços. Descobriu pequenas manchas escuras, que pareciam sujeira de mosca.

– Hum! – fez Thomas.

Vinte anos de perigos e de experiência nos serviços secretos de vários países haviam aguçado suas faculdades de percepção. Não se tratava de sujeira de moscas...

Dois dias depois os americanos acordaram para ter a notícia da captura do mais perigoso agente russo de todos os tempos. Os microfilmes, que ele dissimulara em lenços de papel amarrotados, revelaram o seu complicado código, seu verdadeiro nome e a sua história.

O homem que durante dez anos exercera, com toda a tranquilidade, a espionagem nos Estados Unidos, sem despertar suspeitas, era um coronel do Serviço Secreto soviético. Chamava-se Rodolphe Ivanovitch Abel.

Na noite de 23 de junho de 1957, os teletipos espalharam a notícia de sua prisão, e de sua importância, para os jornais dos cinco continentes do mundo. Durante as semanas que se seguiram, as proezas do coronel Abel tiveram a honra de figurar na primeira página de todos os jornais. O mundo ficou sabendo muita coisa sobre ele, mas não tudo.

Não soube, por exemplo, nada sobre um almoço de um homem alegre com dois senhores muito austeros. Isso se passou no dia 17 de agosto de 1957, num luxuoso chalé, nas românticas colinas cobertas de árvores do estado de Maryland.

– Por que motivo esses ares tão sérios, senhores? – perguntou Thomas, com ar jovial.

Ele olhou para Hoover, o chefe da Polícia Federal americana. Depois passou a olhar para James B. Donovan, um quadragenário com a pele queimada pelo sol e cabelos prematuramente encanecidos. No futuro julgamento de Abel, Donovan seria o defensor do mestre espião.

Thomas chegava da cozinha. Trazia uma bandeja com uma grande frigideira, fogareiro de álcool e outros utensílios. Depois de colocar a bandeja sobre uma pequena mesa e acender o fogareiro, ele respondeu a própria pergunta.

– Está bem claro. Presumo que toda essa sisudez é provocada pela lembrança dos tempos de guerra quando cada um dos senhores dirigia uma organização de espionagem concorrente e tinham o hábito de brigar constantemente, hein?

Aparentemente, ele acertara no alvo. Hoover deixou escapar uma espécie de grunhido e Donovan começou a tossir. Realmente, Donovan dirigira durante a guerra a famosa OSS. Em várias ocasiões, ele e os seus homens tiveram desentendimentos com os homens de Edgar Hoover.

Thomas colocou a frigideira sobre o fogareiro e continuou de bom humor.

– Queiram sentar-se, senhores. Prevendo o nosso estado de espírito, tomei a liberdade de inventar um prato que acalma os nervos, anima o espírito e estimula a alegria.

Thomas agitou a frigideira sobre a chama. Na frigideira estavam os rins de vitela, cortados em cubos e já ligeiramente assados.

– Que este almoço nos aproxime de nosso objetivo!

– Que objetivo? – resmungou Donovan, desconfiado.

– Ajudar – disse Thomas com ar circunspecto, enquanto derramava conhaque sobre os rins – ao seu cliente e também aos Estados Unidos da América.

– Abel – disse Hoover olhando para Donovan – irá para a cadeira elétrica. Não pode haver nem uma sombra de dúvida. Temos mais provas contra ele do que seria necessário.

– Gostaria de saber – disse Donovan erguendo os ombros – como o senhor conseguirá provar que o meu cliente é um espião soviético.

– Que lástima! – disse Thomas sacudindo a cabeça. – Perder um talento dessa qualidade. É pena. Verdadeiramente, é uma pena.

– Pena por quê?

– Pensar que um homem como Abel vai ser torrado na cadeira elétrica.

– O senhor seria muito amável se controlasse o seu vocabulário, sr. Scheuner. Pelo menos antes da refeição.

– Peço desculpas! Mas realmente fico desolado. Abel não tem apenas talento. É um gênio.

– Ora, vamos, vamos...

– Porque *vamos, vamos?* Permita que eu o lembre, sr. Donovan, que, durante a guerra, o senhor tentou trabalhar na Suíça para o OSS? Em seis meses, apenas, os suíços o desmascararam e mandaram embora. E Abel? Trabalhou dez anos nos Estados Unidos sem que o prendessem.

MENU

Maryland, 17 de agosto de 1957

Os rins ao champanhe de Thomas agem até sobre os big shots.

RINS DE VITELA AO CHAMPANHE
SOLHA AO FORNO
CREME DE CHANTILLY AO ANANÁ

RINS AO CHAMPANHE – Limpe dois rins de vitela, retire-lhes a pele e a gordura. Corte-os em cubos e faça-os dourar, durante três minutos, em manteiga muito quente. Salgue e polvilhe com pimenta-do-reino. Traga a frigideira para a mesa e coloque-a sobre um fogareiro de álcool. Molhe com um copo pequeno de conhaque e flambe.
Apague as chamas com champanhe.
Acrescente cem gramas de cogumelos picados e fritos em manteiga e uma colher de salsa picada.
Aqueça novamente, mas sem deixar ferver.

Reparta em porções sobre pedaços de pâte brisée ou folhada.

SOLHA AO FORNO – Uma vez o peixe limpo esfregue-o com sal e pimenta-do-reino. Molhe com suco de limão e deixe repousar durante uma hora.
Enxugue bem e cubra, dos dois lados, com fatias bem finas de toucinho. Coloque o peixe em prato resistente ao calor e molhe com manteiga derretida e leve ao forno. Deixe cozinhar meia hora, sem virar mas molhando constantemente com o líquido que escorre para o prato. Acrescente, pouco a pouco, creme azedo adicionado de meia colher das de café de maisena. Sirva no prato em que foi assado.

CREME DE CHANTILLY AO ANANÁ – Forre uma grande compoteira rasa com biscoitos (champanhe ou palitos franceses) e molhe-os bem com suco de abacaxi. Cubra com uma espessa camada de creme de chantilly pouco açucarado. Enfeite a superfície com muitos pedaços de abacaxi e cerejas em conserva. Sirva gelado.

– Um momento! – disse Donovan vagueando o olhar de Thomas para Hoover, de Hoover para Thomas. – Sinto que há mouro na costa. Aparentemente o senhor não está em condições de fazer-me uma proposta final. Por isso, está esvoaçando em torno do assunto. Vamos logo, de que se trata?

– E agora o champanhe – disse Thomas Lieven, derramando o vinho borbulhante na frigideira quente.

Um delicioso e apetitoso perfume espalhou-se no ar.

– Ah, ah! – fez Hoover.

Ele recostou-se. Até a fisionomia tensa de Donovan acalmou-se. Ele sorriu, ligeiramente.

– Estão vendo? – disse Thomas. – O champanhe já está agindo. (Continuando a trabalhar, ele prosseguiu em sua dissertação.) – O FBI guardará em segredo as provas mais esmagadoras contra Abel. Abel, não será condenado à morte.

– Mas?

– Perdão? – disse Thomas erguendo as sobrancelhas como que indicando reprovação. – O senhor me surpreende, sr. Donovan. Por que *mas*? O senhor prefere que o seu cliente seja executado?

– Não me atribua palavras que eu não proferi! Foi Hoover quem achou que Abel iria para a cadeira elétrica.

– De acordo com a justiça, sim – disse Thomas, servindo os rins. – Mas, se admitirmos que o FBI tenha planos pessoais a respeito do seu cliente.

– Então?

– Então existiriam, evidentemente, outras possibilidades quanto à sentença. Prisão perpétua, por exemplo. Ou trinta anos de trabalhos forçados. Vinte anos. Dez..

– E as provas a que se referia Hoover?

– As provas podem ser dissimuladas. Pelo menos uma parte delas: a pior. Mas coma, pelo amor de Deus, sr. Donovan! O rim está esfriando.

O advogado de cabeleira branca começou a comer, maquinalmente. Olhava para Thomas com os olhos semicerrados.

– E que vantagem haveria para os senhores? – perguntou ele mastigando.

Engasgou-se com a comida e tossiu. Thomas, bom samaritano, bateu-lhe nas costas.

– O senhor está vendo! Eu queria dizer logo, mas não tive coragem. Parecia-me pouco delicado fazer uma observação a uma alta personalidade como o senhor.

– F... fazer observar, quê? – disse Donovan sufocado e tossindo.

– Que não se deve falar quando se come – disse Thomas com simplicidade. – Mas creio que tudo vai bem agora.

James B. Donovan colocou o talher sobre a mesa. Seus lábios pareciam um simples traço. A sua voz era a de um bloco de gelo, se admitirmos que um bloco de gelo possa falar, o que não acontece.

– Vamos parar de brincar de gato e rato – disse ele. – Estou perguntando: qual seria a vantagem, para o FBI, em esconder as provas mais esmagadoras e assim salvar a vida de Abel?

– O senhor não prefere responder, pessoalmente, a esta pergunta, senhor? – perguntou Thomas a Hoover.

Hoover rosnou algo ininteligível e curvou-se sobre o seu prato.

– Mas que coisa! – disse Thomas. – Sou sempre eu que devo responder às perguntas embaraçosas. Muito obrigado. Muito bem, sr. Donovan, eis aqui. A vantagem do FBI seria em conservar uma chance de poder, mais cedo ou mais tarde, salvar a vida de um agente americano.

– Um agente americano?

– Sr. Donovan, lamento muito ter de me intrometer nos meandros dos serviços de informações americanos, mas, afinal de contas, o senhor também esteve metido no negócio, não é? Quase ao fim da guerra o senhor contribuiu para organizar o serviço de contraespionagem para vigiar a União Soviética. É exato?

James B. Donovan ficou calado.

– Não se trata de uma censura – disse Thomas, piscando o olho. – Afinal de contas é a sua função. Muito bem... afinal de contas o fato de ser justamente o senhor que hoje defende um espião soviético nada tem de paradoxal, não é?

– Fui indicado pelo próprio tribunal que desejava, assim agindo, demonstrar a sua imparcialidade.

– Mas, por favor! Também não estava fazendo qualquer censura – disse Thomas com ar indulgente.

– Eu suponho – disse Donovan com ar ofendido – que todo país tem o seu serviço de informações.

– Mas é preciso não ser apanhado – murmurou Hoover sempre inclinado para o seu prato.

– Exatamente – continuou Thomas. – É bem verdade que eu já antevejo o dia – é um simples problema de cálculo das probabilidades – em que os russos peguem um agente americano. Pode acontecer, não é? Um pouco mais de rim, cavalheiros? (Ele os serviu com gestos elegantes.) Eu imaginei, por exemplo, que certos aviões, especialmente equipados, voem sobre um certo país e que, durante seus voos, fotografem algo mais, além de nuvens.

– Trata-se, é claro, de um boato absurdo – disse Hoover, sem erguer a cabeça.

Donovan, subitamente, redobrou a atenção.

– É claro que sim, evidentemente – respondeu Thomas, em tom claro. – E os protestos russos sobre a violação do seu espaço aéreo não têm o menor fundamento.

Hoover levantou a cabeça e piscou um olho.

– Em todos esses casos tratava-se de aviões meteorológicos que, acidentalmente, se desviaram da rota normal!

– Evidentemente – disse Thomas. – Mas que aconteceria se um desses – hum – pilotos meteorológicos fosse abatido?

– Eu conheço esses aparelhos – disse Donovan, lentamente. – A D.C.A. não os pode abater. Eles voam alto demais.

– O impossível pode tornar-se possível. Parece que já existem foguetes de extraordinária precisão. Supondo, portanto, que um tal foguete atinja, algum dia, nos céus soviéticos um desses pilotos meteorológicos; que esse piloto sobreviva e seja levado a um tribunal, que se trate de um piloto que o sr. Hoover tenha prazer em rever... Não seria realmente uma pena que nessa ocasião o sr. Abel já tivesse deixado este mundo? Um cadáver não serve como base para trocas, cavalheiros.

– Realmente, sr. Scheuner – disse Edgar Hoover, com voz meio estrangulada, o seu cinismo vai além de todos os limites.

– Queiram desculpar-me, senhores. Eu apenas fazia alusão a uma hipótese. Uma mera hipótese...

– E – perguntou Donovan, muito lentamente – se nenhum desses pilotos for abatido?

– Está vendo, sr. Donovan – disse Thomas cordialmente –, estamos começando a nos entender. Nesse caso eu posso muito bem imaginar o sr. Abel, por simples gratidão, decidir-se a mudar de lado e passar a trabalhar para os Serviços americanos.

James B. Donovan fixou o olhar sobre Edgar Hoover.

– A sua opinião também é esta?

– O senhor ouviu o que o sr. Scheuner disse. Nada tenho a acrescentar.

O rosto do advogado ficou cor de tijolo.

– Que pensa o senhor que eu sou, sr. Scheuner? Que julga ser o meu cliente? Trata-se de uma proposta?

– Trata-se unicamente do produto da minha imaginação, sr. Donovan – respondeu Thomas com ar modesto –, e nada mais.

– O meu cliente *nunca* aceitará uma proposta semelhante! – gritou James B. Donovan.

No dia 27 de agosto de 1957, um tal Peter Scheuner foi à prisão de Nova York. Estava autorizado, por altas esferas, a conversar, a sós, com Rodolphe Ivanovitch Abel. O diretor, em pessoa, acompanhou Scheuner, que, aparentemente, era um V.I.P., até o parlatório. A caminho contou que o espião soviético já gozava da simpatia geral.

– Geralmente os vermelhos são maltratados pelos outros detentos, mas Abel não. (O diretor ergueu os olhos para o céu.) Posso dizer que ele é o predileto de todos. Tocou música para os presos, organizou um número de cabaré, estabeleceu um novo sistema de comunicações...

– Ele fez o quê?

O diretor sorriu, meio encabulado.

– O senhor não ignora que os detentos comunicam-se, entre si, de cela para cela?

– Ah, sim – disse Thomas perdido nas lembranças sentimentais dos seus anos na prisão –, o velho e bom telégrafo pelas paredes.

– Abel explicou aos nossos detentos um novo sistema, infinitamente superior e que funciona cem vezes mais rápido.

– E como é isso?

– Prefiro não revelar. Direi apenas que o sistema utiliza circuitos elétricos.

– Com mil raios – disse Thomas, erguendo as sobrancelhas.

Durante a vida, pensou ele, só se encontram os melhores associados quando já é tarde demais.

Chegaram ao parlatório. Thomas entrou. Por trás de uma grade de finas malhas estava Rodolphe Ivanovitch Abel, elegantemente vestido. Com ar muito sério olhou para o visitante, que se aproximava. O diretor fez um sinal aos guardas e saiu com eles. As pesadas portas de aço foram fechadas.

Separados pela grade Thomas Lieven e o espião soviético Abel estavam frente a frente. Olharam-se longamente, em silêncio. Poder-se-ia ouvir uma mosca voar. Depois, Thomas Lieven começou a falar...

Não sabemos o que ele disse. Ignoramos, igualmente, o que respondeu Abel. Nem um nem outro jamais tocou no assunto. A entrevista durou 49 minutos.

O processo contra Rodolphe Ivanovitch Abel começou no dia 26 de setembro de 1957. O tribunal era presidido pelo Meritíssimo Juiz Mortimer Byers. As sessões eram, em sua maioria, públicas.

Astuciosamente Abel soube assegurar-se da assistência de um dos melhores advogados americanos. Quando lhe disseram que escolhesse um defensor, ele declarou:

– Não tenho dinheiro. Os 3.545 dólares que foram encontrados em minha casa não me pertencem. Por conseguinte, peço ao tribunal que me assegure um defensor.

É bem de ver que o tribunal escolheu um advogado que, ao mesmo tempo, além de não poder ser suspeito de qualquer simpatia pelo comunismo, fosse também um dos ases da profissão, isto é: um homem como James B. Donovan.

O processo adotou precedentes especiais. O acusado tinha o direito de se locomover livremente no recinto do tribunal, de fazer suas refeições na cantina onde comiam os jurados e de conversar com os jornalistas.

Por outro lado, o Juiz Byers proibiu às 38 testemunhas que entrassem na sala de julgamento antes de prestar suas declarações.

É preciso dizer que as testemunhas em questão não precisavam ter estado na sala de julgamento porque, desde a tarde do primeiro dia de debates, os jornais passaram a registrar, minuciosamente, tudo que se passava no tribunal.

Por motivos de segurança, os agentes do FBI e as pessoas expostas a qualquer perigo depuseram com os rostos cobertos. Usaram capuchos, com aberturas para os olhos e para a boca e pareciam representantes da Ku Klux Klan.

Thomas Lieven compareceu com o mesmo disfarce. Como todas as outras testemunhas mascaradas, ele tinha um número sobre o peito.

Eis aqui, segundo as minutas do processo, um extrato do seu interrogatório:

Byers – Nº 17 o senhor assistiu à prisão do sr. Abel. Queira descrever o seu comportamento.

Nº 17 – O sr. Abel estava muito calmo. Foi durante a busca que ele deu sinais de histerismo.

Byers – Por quê?

Nº 17 – Porque o rádio começou a funcionar no apartamento vizinho. Era Elvis Presley que cantava. O sr. Abel apertou os punhos sobre as orelhas. Ele gritou textualmente: "É um veneno para os nervos. Esse tipo é um dos principais motivos por que desejo voltar para a Rússia".

(Risos)

Byers – Silêncio na sala. Nº 17, o senhor teve ocasião de falar com vários moradores do imóvel. Quais eram as suas impressões a respeito do sr. Abel?

Nº 17 – Excelentes, sob todos os pontos de vista. Todos o achavam extremamente simpático. No decorrer dos anos em que morou no edifício ele pintou retratos de muitos deles, inclusive de funcionários do FBI que lá trabalhavam.

(Rumores)

Byers – Ele pintou retratos de funcionários do FBI?

Nº 17 – Uma meia dúzia. E com grande talento, Meritíssimo.

Byers – Os autos demonstram que Abel tinha o aparelho emissor de ondas curtas que utilizava completamente a descoberto e visível em seu *atelier*.

Nº 17 – É exato, Meritíssimo.

Byers – E os agentes do FBI não se aperceberam?

Nº 17 – Sim. Alguns pediram explicações detalhadas sobre o funcionamento do aparelho. Eles tomaram Abel por um radioamador. Certa vez o aparelho começou a chamar quando Abel estava pintando um agente do FBI. Abel transmitiu uma breve resposta. O agente do FBI perguntou: "Quem era?". Abel respondeu: "Quem pensa que poderia ser? Moscou, é claro".

(Gargalhadas)

Byers – Se tal coisa se repetir, farei evacuar a sala. Nº 17, foi o senhor quem encontrou vários lenços de papel, velhos, nos quais Abel havia dissimulado minúsculos microfilmes. Um deles continha a chave de um código complexo. O senhor conseguiu decifrar a mensagem que o acusado redigiu pouco antes da sua prisão, sob a forma de numerosos grupos de quatro algarismos?

Nº 17 – Sim, Meritíssimo.

Byers – Qual era essa mensagem?

Nº 17 – (lendo) "Nossos melhores cumprimentos por seus esplêndidos coelhos. Não se esqueça de tratar da partitura de Beethoven. Fume o seu cachimbo mas segure o livro vermelho com a mão direita."

Byers – Isto não é a mensagem em linguagem clara!

Nº 17 – É verdade, Meritíssimo. É o resultado da decifração. Aparentemente Abel teria codificado duas vezes as suas mensagens.

Byers – E a chave do segundo código?

Nº 17 – Infelizmente, nunca foi descoberta, Meritíssimo.

> (Gargalhadas. Movimentos e ruídos. O juiz fez evacuar a sala. A sessão foi interrompida às 11h34...)

O processo durou quase quatro semanas. Depois chegou o momento de o júri deliberar. Deliberou durante horas. Espectadores e jornalistas ficavam cada vez mais nervosos. Que havia para deliberar durante tanto tempo?

Era o dia 23 de outubro. Os jurados só voltaram à sala às 19h45. Fez-se um silêncio mortal. Toda a assistência levantou-se.

– Sr. presidente do júri – perguntou o juiz –, chegaram a um veredicto?

– Sim, Meritíssimo.

– Qual é ele?

– Segundo o nosso veredicto unânime o acusado é culpado de todas as acusações imputadas.

Nem um músculo se moveu no rosto de Rodolphe Ivanovitch Abel.

A sentença foi dada no dia 15 de novembro: trinta anos de trabalhos forçados e dois mil dólares de multa.

Trinta anos e dois mil dólares de multa para o maior espião russo de todos os tempos? Como era isso possível? Todo o país discutia a sentença benigna, mas isso durou pouco. Depois, como tudo na vida, o caso Abel caiu no esquecimento.

O acaso é caprichoso.

No dia 1º de maio de 1960 um avião de reconhecimento americano, do tipo U2, foi derrubado pelos russos. "Avião americano abatido por foguete russo..." lia-se em todos os jornais. O piloto do aparelho chamava-se Francis G. Powers, tinha trinta anos, era casado e natural do estado da Virgínia. O incidente teve lugar durante um feriado de grande tensão e pouco antes do início da conferência de cúpula, durante a qual Eisenhower, Kruschev, MacMillan e De Gaulle preparavam-se para discutir a paz mundial. Os soviéticos usaram o pretexto para fazer fracassar a conferência antes mesmo de seu início.

O piloto foi julgado por um tribunal militar, em Moscou. O procurador-geral Rudenko – o mesmo do processo de Nüremberg – qualificou o seu crime como *monstruoso*, o que, entretanto, não o impediu de mostrar clemência em sua peroração: "Levando em conta o arrependimento manifestado pelo acusado", disse ele, "não exigirei a pena de morte." Rudenko pediu 15 anos de prisão. O tribunal mostrou-se ainda mais clemente: o piloto foi condenado a dez anos de prisão.

O pai do acusado, Oliver Powers, um honesto sapateiro, declarou aos jornalistas: "Tenho esperança de que Kruschev agracie meu filho. Afinal de contas ele próprio perdeu um filho na guerra contra os alemães, na qual os nossos soldados combateram, lado a lado, com os russos. Se ele não o puder agraciar, haverá talvez a possibilidade de trocá-lo por um espião russo que está preso nos Estados Unidos. Estou pensando no agente Abel..."

Em sua opinião, que irá acontecer?

Hein?

Após essa breve incursão pelo futuro, voltemos ao outono de 1957.

No dia 23 de outubro de 1957, o espião soviético Abel foi declarado culpado. No dia 25 de outubro, duas pessoas entraram no gabinete de Edgar Hoover, em Washington. Eram Thomas Lieven e Pamela Faber.

Hoover estava de bom humor e recebeu-os amavelmente.

– Que posso fazer por vocês?

– Cumprir a sua promessa – disse Thomas. – O senhor está lembrado de que pedi que me deixasse morrer, uma vez cumprida a minha missão?

– Lembro-me bem – disse Hoover lentamente.

– Ótimo – exclamou Pamela, entusiasmada. – Chegou o momento porque, depois, nós queremos nos casar, o mais rapidamente possível.

Hoover mordeu os lábios.

– Manterei a minha palavra – disse ele. – Mas não imagine que se trata de uma festa alegre, sr. Lieven. É doloroso, muito doloroso.

– Para morrer, faz-se qualquer coisa – disse Thomas. – Além disso, ouvi dizer que há excelentes especialistas na *Harper Clinic*.

(Evidentemente a Harper Clinic tem outro nome. Mas sabemos que ela existe, sabemos onde está localizada e sabemos o seu verdadeiro nome.)

– Muito bem. Tomarei as providências quanto à clínica. Desejo que você morra bem e que viva feliz, muito feliz, com Pamela. Mas fique sabendo que a sua morte pode exigir algumas semanas. Será preciso que encontremos um cadáver. E um cadáver parecido com você não se encontra todos os dias.

– Sr. Hoover, por favor – disse Thomas. – Num país tão grande como os Estados Unidos não será difícil encontrar a mercadoria adequada.

No dia 27 de outubro, Pamela Faber acompanhou Thomas à Harper Clinic, um estabelecimento isolado, cercado por altos muros, vigiado, noite e dia, por agentes do FBI, e que está situado em alguma parte dos Estados Unidos.

Deram a Thomas um quarto confortável com a janela abrindo para um grande parque. Pamela ficou no quarto vizinho. Logo após a chegada ela foi visitá-lo. Levaram duas horas para dizer bom dia.

– Ah – suspirou Pamela, cansada e feliz –, que felicidade estar, finalmente, só contigo!

– Se nos deixarem em paz – disse ele, acariciando-a. – É uma sensação estranha, realmente. Pensar que terei um rosto novo, novos documentos de identidade, um novo nome e uma nova nacionalidade. Aos 48 anos isso não deve ser comum. (Abraçou-a.) Como queres que eu fique, querida?

– Que queres dizer com isto?

– Ora! Já que me vão fuxicar a cara, espero ter o direito de manifestar certos desejos. Com relação às orelhas, talvez; ou o nariz.

– Queres saber – disse Pamela rindo –, quando eu era pequena tinha loucura pelos gregos da antiguidade. Eu sempre me dizia: é preciso que o homem com quem te casares tenha um perfil grego. Tu achas... tu achas... (ela corou). Oh, não, é uma tolice.

– Queres dizer: um nariz grego? – perguntou ele gentilmente. – Se é só isso. E as minhas orelhas? Gostas delas?

– Certamente, querido. Todo o resto é ótimo.

– Tens certeza? Ainda há tempo. É uma operação que se faz de uma só vez. Creio que os cirurgiões da clínica poderão melhorar muitas coisas: diminuir – aumentar – conforme o gosto do freguês.

– Não, não – exclamou ela. – Quanto ao resto não quero nenhuma alteração.

Durante os dias que se seguiram, Thomas Lieven deu muito trabalho a, pelo menos, três médicos. Eles o fotografaram, tomaram medidas cranianas com um grande compasso e o examinaram de todas as formas. Depois ele foi proibido de fumar. Depois não podia mais beber. Depois Pamela não teve mais o direito de... – enfim, Thomas foi proibido de tudo.

A operação foi no dia 7 de novembro. Quando recobrou os sentidos estava no seu quarto. A cabeça estava dolorida e toda enfaixada.

No quarto dia depois da operação ele começou, lentamente, a sentir-se melhor. Os médicos mudaram os curativos. Pamela ficava o dia inteiro sentada a seu lado, procurando distraí-lo, mas só falando em coisas sérias porque, quando Thomas tentava sorrir, por baixo das ataduras, sentia dores.

Um belo dia chegou um telegrama que era ansiosamente esperado. Estava endereçado ao sr. Grey – era o pseudônimo de Thomas na clínica. O texto era o seguinte: "Tia Vera chegou bem. Afetuosamente Edgar".

Pamela e Thomas leram o telegrama. Pamela gritou de alegria e apertou a mão de Thomas.

– Eles encontraram o cadáver, querido. Encontraram o cadáver certo.

– Agora a coisa não pode mais falhar – disse Thomas, satisfeito.

Ele estava enganado; infelizmente, alguma coisa falhou. No dia 13 de novembro um senhor com ar preocupado, olhos melancólicos e um vasto resfriado apareceu na clínica. Pediu para falar, a sós, com o sr. Grey. Quando ficou só com Thomas ele se apresentou como John Misaras, agente do FBI. Além do seu resfriado, Misaras era portador de más notícias.

– Tivemos complicações com o cadáver – disse ele espirrando terrivelmente. – Acredite, sr. Grey, estamos desolados.

– Que aconteceu ao cadáver? – perguntou Thomas com o coração apertado.

– Não o temos mais.

– Onde está ele?

– Em Ancara.

– Ah! – fez Thomas, surpreso.

– Já o enterraram.

– Ah! – fez Thomas novamente.

– Devo esclarecer que havia, naquele dia, cinco cadáveres e houve troca entre dois: o nosso e um outro. O outro ainda está conosco. É um diplomata turco. Mas, infelizmente, ele não se parece com o senhor. É realmente uma pena.

– Ah! – fez Thomas, pela terceira vez.

– O senhor não está compreendendo?

– Nem uma palavra.

– Em Detroit, encontramos um morto, sem família. Poderia ser seu irmão gêmeo. Uma embolia. Nós o preparamos como seria necessário...

– Prepararam?

– Sim. Em seguida ele foi colocado num caixão especial para ser enviado, por avião, para a Europa. Meu patrão queria fazer tudo direito. Para não chamar a atenção de outros agentes ele fez embarcar o caixão num avião que transportava mais quatro cadáveres. Era um aparelho fretado pela Embaixada da Turquia. Um diplomata turco morrera num acidente de automóveis, juntamente com a esposa e dois filhos rapazes. Todos os jornais noticiaram. Diziam também que um avião fora fretado para levar os ataúdes. Logicamente, ninguém se interessou por saber que havia mais um caixão a bordo.

– Agora compreendo.

– Infelizmente, houve uma confusão, em Paris. Deveriam desembarcar o *nosso* caixão. Os outros quatro seguiriam para Ancara. É claro que o nosso caixão tinha uma marca especial. Mas houve um erro de transmissão no telegrama cifrado e os nossos homens em Paris ficaram com o caixão errado.

– Meu Deus!

– Sim, é muito embaraçoso. Constatamos que era o diplomata turco que estava no caixão.

– E... e... o cadáver que parecia comigo?

– Foi enterrado em Ancara. Na sepultura da família. Estou desolado, sr. Grey, mas nada mais podemos fazer. É preciso esperar até que encontremos outra coisa, que lhe convenha...

Em vista disso, Thomas e Pamela esperaram. No dia 19 de novembro chegou outro telegrama para o sr. Grey:

"Tio Fred em segurança. Afetuosamente Edgar."

– Eles acharam um outro – sussurrou Pamela.

– Vamos tocar na madeira e esperar que tudo corra bem desta vez.

Tudo correu bem. No momento em que Thomas e Pamela tocavam na madeira o segundo cadáver adequado estava deitado na mesa de operações de um médico da confiança do FBI, em Chicago. O morto parecia-se extraordinariamente com Thomas Lieven. Baseando-se em fotografias, o médico empenhava-se, usando água oxigenada, injeções de parafina e outros recursos a acentuar, ainda mais, a semelhança. Enquanto isto, outros colaboradores tinham à mão roupas e acessórios que tinham pertencido a Thomas: o relógio de ouro de repetição e quatro passaportes expedidos com quatro nomes diferentes.

Um agente do FBI acompanhava, com interesse, o trabalho do cirurgião plástico, enquanto este injetava um pouco de parafina líquida no nariz do cadáver.

– Quem é ele? – perguntou o médico.

– Lucky Campanello – respondeu o agente. – Entorpecentes, chantagens e lenocínio. Há duas horas uns companheiros tiveram uma briga com ele. Eles tiveram sorte. Ele não teve.

– Estou vendo – disse o médico examinando o local por onde penetrara uma bala de revólver, no peito e pouco acima do coração de Lucky Campanello.

Durante os 47 anos que viveu sobre a terra, este Campanello só tinha praticado o mal e vivido à custa do mal. Nunca deu uma alegria a ninguém. Ninguém gostava dele e muitos o tinham odiado. Não tinha parentes. Dessa maneira, só agora, depois de morto, iria fazer algo de útil.

Depois que o médico de Chicago acabou o seu trabalho, Lucky foi enviado para Malta, dentro de um recipiente especial. Em Malta o recipiente foi colocado num navio que zarpou minutos depois.

No dia 20 de novembro, cerca de meia-noite, o navio balançava suavemente, próximo a Lisboa, fora das águas territoriais portuguesas. Um escaler foi baixado ao mar e nele tomaram lugar três cavalheiros vivos e um cavalheiro defunto. O escaler rumou para terra.

Na madrugada do dia 21 de novembro de 1957, meninos que brincavam na areia branca do porto de pesca de Cascais, perto de Lisboa, encontraram conchas multicores, estrelas-do-mar, peixes meio mortos e um cavalheiro completamente morto.

EPÍLOGO

Muito bem! Como é a continuação da história? Como ela terminará? Que aconteceu a Thomas Lieven e a Pamela? Quem nos contou a história de todas essas extravagantes aventuras? Como tantos acontecimentos secretos e ultrassecretos da nossa época chegaram ao nosso conhecimento?

São muitas perguntas. Temos resposta para todas elas, embora isso obrigue um homem a sair da obscuridade onde, pela sua profissão, ele deve e deveria sempre permanecer.

Este homem sou eu. Eu, o autor, que coligi para você as aventuras e as receitas culinárias do agente secreto Thomas Lieven.

Em agosto de 1958, meus editores enviaram-me, por um mês, aos Estados Unidos. Fiquei quatro meses. Eu deveria colher a documentação para um romance. O romance nunca foi escrito. O que foi escrito é a história que você está lendo, neste momento. Eu a descobri nos Estados Unidos. E foi uma mulher maravilhosamente bela – como poderia ser de outra maneira? – que me forneceu a primeira pista.

Por motivos óbvios eu não posso dizer o nome da cidade onde vi essa mulher pela primeira vez. Era uma quente tarde de setembro. Eu estava com fome. Um amigo, jornalista, recomendara-me um restaurante para *gourmets*. Fui lá. E foi então que eu a vi...

Saltos altos, um *tailleur* bege, bem justo, ela caminhava na minha frente. Seus cabelos escuros tinham reflexos azuis. De estatura média, era maravilhosamente bem feita. Suas linhas lembravam um iate de corrida.

Apertei o passo e passei pela senhora. Ela tinha a boca grande e vermelha, grandes olhos negros e uma bela testa.

Subitamente, esqueci que tinha fome...

A minha doce Lulu que me perdoe! Ela conhece os homens e sabe que o melhor deles nada vale quando o deixam viajar só.

Durante mil metros de avenida eu continuei com o jogo infantil. Às vezes caminhava adiante dela e às vezes deixava que ela passasse por mim. Quanto mais a via mais ela me agradava. Perdão, doce Lulu, perdão! Bem sabes que só amo a ti.

A senhora, é claro, percebeu as minhas manobras. Sorriu levemente. Não estava zangada. As mulheres amáveis nunca se zangam. Ela, simplesmente, andou um pouco mais depressa. Eu também.

Subitamente apareceu o restaurante recomendado por meu amigo. Algo de imprevisto aconteceu. A senhora interessante não continuou a caminhar. Ao contrário: ela entrou.

Avante, disse a mim mesmo, seguindo-a sem ter a mínima ideia do que me esperava do outro lado da porta.

Alcancei a senhora no pequeno vestiário. Ela dava uns toques no penteado, diante de um espelho.

– *Hello*! – disse eu em inglês.

Ela sorriu para o espelho.

– *Hello*! – disse ela, também.

Apresentei-me, inclinando o busto.

– Madame – disse eu, a seguir –, devo confessar que, desde que nasci, sou de uma timidez doentia. Nunca, nem mesmo em sonhos, teria a ideia de dirigir a palavra a uma pessoa desconhecida.

– Não diga – disse ela virando-se.

– É verdade. Mas hoje, logo que a vi, não pude resistir. Madame, a senhora ajudou-me a vencer o meu complexo. Estou muito grato. Um acontecimento semelhante deve ser festejado. Parece que aqui se come um peito de faisão que é notável.

– Sim – disse ela, olhando-me com ar sério. – O peito de faisão é excelente.

– Neste caso, permita que eu a preceda.

Saí do vestiário. Ela seguiu-me.

A sala do restaurante era de dimensões médias e muito bem decorada com móveis antigos. Estava completamente cheia. Apenas uma mesa num ângulo estava vazia, mas tinha um cartão "Reservada".

Um garçom aproximou-se. Disfarçadamente dei-lhe uma nota de cinco dólares.

– Obrigado – disse eu – por nos ter reservado a mesa.

Ajudei a excitante senhora a sentar-se.

– Dois peitos de faisão, Henry – disse a senhora. – Antes uma *bisqué* de camarões. Mas antes um aperitivo. Um martíni seco, sr. Simmel?

Felizmente o meu editor é generoso. A conta vai ser salgada.

– Preferiria um uísque.

– Eu também – disse a senhora. – Dois duplos, então, Henry.

– Muito bem, patroa – disse Henry.

– Como? – perguntei. – Foi *patroa* que ele disse?

– Ele disse patroa.

– Mas por quê?

– Porque eu sou a patroa aqui – disse ela rindo. – O senhor poderia ter economizado os seus cinco dólares.

– Isto não tem importância. Quem paga é o meu editor.

– Seu editor? O senhor é escritor?

– Alguns são dessa opinião, outros não. Miss... hem... hem...

– Thompson – disse ela –, Pamela Thompson.

Subitamente ela olhava para mim com verdadeiro interesse. Por quê?

– De repente a senhora passou a olhar para mim com verdadeiro interesse, Miss Thompson. Por quê?

– Porque o senhor é escritor, sr. Simmel, gosto muito de escritores.

– Que sorte, Miss Thompson.

Para resumir, senhoras e senhores, a *bisqué* estava excelente, o peito de faisão, uma maravilha. Eu falava sem parar. Com muito espírito, como é fácil de compreender. Quando chegou o café eu já controlava a situação. Ela aceitou o meu convite para ir ao cinema.

– O.K., sr. Simmel. Arranjarei os lugares. Conheço o proprietário do cinema. Quer ir buscar-me?

– Com enorme prazer, Miss Thompson.

– Digamos às sete e meia? Isso nos dará tempo para tomar um drinque em minha casa.

– Sete e meia, ótimo.

Puxa, diabo, disse a mim mesmo, devo causar um efeito formidável nas mulheres. Deveria ter sido galã, imbecil que sou.

Nessa tarde fui ao barbeiro. Depois comprei duas belas orquídeas e vesti a minha melhor roupa: o azul-marinho. Às sete e meia em ponto toquei a campainha da porta de um apartamento. Uma placa de cobre tinha a inscrição:

THOMPSON

Não esperei muito. A porta foi aberta e um homem de aproximadamente cinquenta anos apareceu, no umbral.

Esbelto e de estatura regular, tinha o rosto fino, olhos inteligentes, uma larga testa e têmporas grisalhas. Além disso ele tinha um nariz grego de forma clássica e um pequeno bigode. Tudo que pode agradar às mulheres, afinal.

– Sr. Simmel, creio eu – disse o homem. – Faça o favor de entrar. Estou muito contente por conhecê-lo. Minha mulher falou do senhor!

– Sua... hum... sua *mulher?*

– Minha mulher, sim. Chamo-me Thompson. Roger Thompson.

Houve um movimento atrás dele. Pamela, a minha graciosa Pamela, entrou no pequeno *hall*. Tinha um vestido para coquetel, verde, muito decotado e com arabescos cor de ouro. Seu sorriso era de uma inocência radiante.

– Ah, já chegou! Meu Deus, que lindas orquídeas. Não acha que ele é simpático, Roger? O senhor não se aborrece se o meu marido for ao cinema conosco?

Nessa noite, no cinema, eu tive muita pena de mim mesmo. Meus joelhos batiam, a todo instante, na divisão do camarote. Minha cadeira era desconfortável e dura. Fazia calor. Eu tinha dor de cabeça. E quando vi que o sr. e a sra. Thompson seguravam as mãos, antes mesmo que a fita começasse, eu fiz a seguinte reflexão: "Exemplo típico de uma noite gorada".

Mas eu me enganava. Mas muito mesmo.

Porque, depois do cinema, essa noite tornou-se uma das mais agradáveis de minha estada na América. Fomos jantar – no restaurante dos Thompson, é claro. Que jantar! O sr. Thompson fez o *menu* e foi pessoalmente à cozinha. Durante uns momentos fiquei só com Pamela.

– Zangado? – perguntou ela.

– Mas não.

– Durante o almoço eu o achei tão gentil e simpático... Tudo que dizia me agradava...

– Que disse eu?

– Que gostava de comer bem; que gostava da companhia de mulheres bonitas; que nunca mais queria vestir um uniforme; que se sentia em casa em qualquer parte do mundo, onde quer que tenha um amigo.

– Cara senhora, devo acrescentar algo ao que disse.

– Quê?

– Eu... eu... eu também acho o seu marido muito gentil e simpático.

– Não é verdade? – disse ela radiante. – É verdade que ele é mesmo. Mas o senhor não o conhece. Não sabe o que já passamos juntos. Não sabe como ele pensa. Para mim, o amor sempre foi dirigido pela cabeça. Nunca amei verdadeiramente a homem cuja forma de pensar e de se exprimir eu não admirava. Mas com Roger foi amor à primeira vista. O grande amor de minha vida...

– Mas... mas então por que me convidou, sra. Thompson?

– Pamela.

– Por que me convidou, Pamela?

– Porque o senhor é escritor. O senhor o compreenderá mais tarde, ou talvez não compreenda... Tudo depende dele.

– A senhora faz tudo que ele diz?

– Sim – respondeu-me ela, com um sorriso radioso. – E ele faz o mesmo. Sempre. Sempre pede a minha opinião. É claro que, de vez em quando, ele faz das suas, como todos os homens. Mas sempre volta para mim. Sei que sou a única mulher com quem ele quer viver. É uma grande força para uma mulher, não acha?

A vida é curiosa.

O que eu imaginara não se realizou. Não obtive o que pretendia pedir a Pamela. Mas ganhei coisa melhor: sua amizade e a amizade do seu marido.

Durante as três semanas seguintes víamo-nos quase diariamente. Divertimo-nos enormemente. E nossas opiniões pareciam verdadeiramente coincidir em todos os assuntos.

Percebi, várias vezes, que Thompson me observava com ar pensativo. Notei, também, que ele me fazia muitas perguntas. Sobre o meu passado. Sobre as minhas ideias. Mas nunca falava sobre ele próprio.

Como estava combinado, eu recolhia documentação para o meu próximo romance, o que me obrigava, às vezes, a sair da cidade. Era-me agradável voltar porque sabia que os Thompson estariam à minha espera, na estação ou no aeroporto. Finalmente julguei que já tinha colhido todo o material necessário. Tomei uma passagem para Frankfurt no avião do dia 29 de outubro às 20h45.

No dia 28 Roger Thompson chamou-me em meu hotel.

– Soube que pretende deixar-nos – disse ele. – Gostaria de organizar um pequeno jantar para você.

– É uma ideia maravilhosa, Roger.

– Então, hoje às sete e meia?

– Perfeito.

– Ah, antes que me esqueça: telefone a sua companhia de aviação. Cancele a sua reserva para amanhã à noite e peça para ficar na lista de espera.

– Mas por que razão?

– Porque é muito possível que você fique aqui por algum tempo.

– Não compreendo.

Ouvi o seu riso.

– Esta noite você compreenderá tudo e, pelo amor de Deus, não apareça outra vez com duas orquídeas.

Por conseguinte eu apareci com três orquídeas. Pamela estava mais linda do que nunca. Roger mais agradável que nunca e o jantar que ele preparara estava melhor que nunca. O primeiro prato foi um linguado, guarnecido com ostras fritas e recoberto com um molho holandês ao caviar.

– Nunca comi coisa igual – tive que admitir. – Preciso anotar a receita para levar para minha mulher...

MENU

Algum lugar nos Estados Unidos da América.
28 de outubro de 1958

Este livro nasceu durante esta refeição.

RODOVALHO COM OSTRAS E MOLHO HOLANDÊS COM CAVIAR
FILÉ WELLINGTON AO MOLHO MADEIRA
GNOCCHI À MODA DE SALZBOURG

RODOVALHO (OU LINGUADO) – Cozinhe o peixe em água e sal (sem exagerar no sal) e coloque-o, com a parte mais clara para cima, em um prato aquecido. Cerque-o de ostras fritas.

OSTRAS FRITAS – Retire as ostras das cascas, seque-as com um pano, cubra com farinha de rosca e frite, rapidamente, na manteiga.

MOLHO HOLANDÊS COM CAVIAR – Numa pequena panela bata duas gemas com um pouquinho de vinagre e uma colher, das de sobremesa, de água quente. Leve a panela a banho-maria em fogo brando e adicione, batendo sempre, 125 gramas de manteiga. Bata até que o molho engrosse, salgue e junte suco de limão. Na hora de servir misture o molho quente com cinquenta gramas de caviar.

FILÉ WELLINGTON – Faça dourar, na manteiga, um pedaço de filé e, uma vez esfriado, coloque sobre uma camada de cebolinha, cogumelos, salsa e estragão picados e refogados na manteiga e que se espalhou sobre massa folhada crua. Guarneça a carne de fatias de fígado de ganso e de trufas estufadas em vinho madeira.
Dobre a massa sobre a carne e cole com gema de ovo. Leve ao forno para assar.
Prepare um molho com o suco que escorreu da carne e vinho Madeira.

GNOCCHI À MODA DE SALZBOURG – Em um prato grande bata seis claras de ovo em ponto de neve, junte as gemas, duas colheres das de sopa de farinha de trigo, sessenta gramas de manteiga derretida e um quarto de xícara de leite quente com açúcar e algumas gotas de extrato de baunilha.
Derreta sessenta gramas de manteiga em uma frigideira funda, derrame nela a mistura preparada, cubra e leve ao fogo até que o fundo tome cor.
Corte, na própria frigideira, gnocchi de tamanho grande, vire-os e deixe cozinhar de novo. Em seguida acrescente mais um quarto de xícara de leite com baunilha e deixe no fogo até que a massa tenha absorvido o leite e tenha adquirido uma consistência leve.
Pulverize com açúcar e sirva imediatamente, antes que a massa murche.

– Além das receitas – disse o dono da casa, com ar sonhador –, haverá muitas outras coisas a anotar.

Olhei para ele. Olhei para sua bela esposa. Ambos sorriam com amizade e simpatia.

– Meu caro – disse Roger Thompson –, tenho uma confiança ilimitada no julgamento de Pamela. Ela convenceu-me imediatamente da sua boa-fé. Mas eu sou um homem e preciso ser prudente.

– Prudente? Por quê?

– Aí está a questão: Por quê?

Com o garfo Thompson mexia no peixe. Depois sua fisionomia se esclareceu.

– Meu caro Mário – disse ele –, eu não fui sempre o dono de um restaurante para *gourmets*. O meu nome não foi sempre Roger Thompson. Tenho um passado de muitas aventuras. Mais um pouco de caviar?

– Deixe de bancar o imbecil – disse Pamela. (Ela olhou para mim.) – Meu marido – continuou ela – já viveu muito: acontecimentos engraçados, acontecimentos tristes, acontecimentos empolgantes. Sempre achei que alguém deveria escrever tudo isso. É necessário que muita gente saiba o que lhe aconteceu. Poderia ser útil.

– Útil?

– Meu marido é um pacifista convicto.

– O único problema – disse o homem que se fazia chamar Roger Thompson – é o seguinte: se eu contar a minha história você pode me assegurar que ninguém saberá o meu verdadeiro nome nem o meu endereço?

– Sim – disse eu. – Eu posso.

Fiquei na América até o dia 2 de janeiro de 1959. Quando parti havia em minha bagagem 16 rolos de fitas magnéticas de trilha dupla. Quando parti, levava para a Europa a história de uma vida única: as aventuras e as receitas do agente secreto Thomas Lieven.

Agora, poderei ser compreendido e desculpado se eu disser que o homem que me contou sua vida não se chama, é claro, nem Roger Thompson nem Thomas Lieven. Compreenderão, igualmente, que eu não mencione o nome da cidade onde ele vive e trabalha em companhia de sua bela esposa. Acrescentemos que ele comprou o restaurante com o dinheiro que ganhou naquela operação com as ações da DESU que contamos no princípio dessa narrativa. O empréstimo do corretor suíço Pierre Muerrli tinha dado sorte a Thomas. Especulações felizes o tornaram rico. No verão de 1958, Pamela, munida da procuração necessária, tomou o avião para Zurique, levou ao sr. Muerrli os seus 717.850 francos, retirou as falsas ações da conta anônima, rasgou-as em pedacinhos e as fez desaparecer na privada de seu quarto de hotel. Como Lieven tinha previsto, todo mundo ganhara dinheiro e ninguém fora prejudicado. Ainda mais: ninguém desconfiou das origens tenebrosas do negócio.

Enquanto o meu avião ganhava velocidade na pista, para voar para horizontes longínquos, o Atlântico e o velho mundo, *Roger Thompson* e sua esposa ficaram no terraço do aeroporto. Senti, subitamente, que a saudade me invadia. Adeus, Pamela, adeus, Roger; sejam sempre felizes os dois...

O que você me contou eu escrevi. Espero que você esteja satisfeito comigo. Os últimos metros da fita sonora passam pelo gravador. É Thomas Lieven quem fala e eu concluo a minha história com as suas próprias palavras:

"Durante toda a minha vida desconfiei das grandes palavras e dos grandes heróis. Também não gosto muito de hinos nacionais, de uniformes e dos pretensos *homens fortes*.

"Meu velho amigo Bastien voltou para Marselha, onde nascera. Seu trabalho consiste em supervisionar, no porto, o embarque de cargas.

"Ele trata com muita gente: chineses, alemães, franceses, corsos e árabes. Ele se entende bem com todos e todos se entendem com ele. Dizem quando se referem a ele: 'É um tipo legal. Com ele é possível falar francamente'.

"Eu, também, no meu pequeno restaurante tenho que tratar com muita gente: brancos, amarelos e negros. Alguns dos meus clientes são da religião israelita, outros são cristãos. Há também alguns muçulmanos e budistas.

"Dá-me prazer imaginar que um dia virá em que todos os homens coabitarão nesta terra tão harmoniosamente quanto os amigos de Bastien e a clientela do meu restaurante. Por que razão o que funciona bem para algumas centenas é impossível quando se trata de muitos milhões? Os homens das docas dizem que o meu amigo Bastien é *razoável*. Parece-me que, com um pouco de juízo, nós todos poderíamos conseguir o mesmo. Cada um de nós recebeu do bom Deus a faculdade de pensar. Proporia que, durante algum tempo, nós nos dediquemos menos a acreditar do que a refletir. As consequências seriam miraculosas. Não haveria mais guerras. Porque, como são os homens que fazem as guerras, esses mesmos homens devem ser capazes de evitá-las.

"Por conseguinte, ergo a minha taça à razão humana. Que ela nos proteja a todos, negros, amarelos e brancos. Que ela nos tire do vale onde reina a angústia e nos leve a um paraíso de alegrias e de paz!"

Índice de receitas

Entradas

Sopas

Pratos principais (com acompanhamentos)

Sobremesas

IMPRESSÃO:

GRÁFICA EDITORA Pallotti IMAGEM DE QUALIDADE

Santa Maria - RS - Fone/Fax: (55) 3220.4500
www.pallotti.com.br